Fuentes

CONVERSACIÓN Y GRAMÁTICA

FOURTH EDITION

....

DEDICATION

We dedicate this book to Sandy Guadano, editor and friend.

....

Fuentes

CONVERSACIÓN Y GRAMÁTICA

FOURTH EDITION

Debbie Rusch
Boston College

Marcela Domínguez

Lucía Caycedo Garner
University of Wisconsin—Madison, Emerita

with the collaboration of

Donald N. Tuten
Emory University

Carmelo Esterrich
Columbia College Chicago

Australia • Brazil • Japan • Korea • Mexico • Singapore • Spain • United Kingdom • United States

Conversación y gramática 4/e

Rusch / Domínguez / Caycedo Garner

Publisher: Beth Kramer

Executive Editor: Lara Semones

Managing Development Editor: Harold Swearingen

Assistant Editor: Marissa Vargas-Tokuda

Editorial Assistant: Maria Colina

Media Editor: Morgen Murphy

Senior Marketing Manager: Ben Rivera

Marketing Coordinator: Jillian D'Urso

Senior Marketing Communications Manager: Stacey Purviance

Senior Content Project Manager: Carol Newman

Art Director: Linda Jurras

Print Buyer: Susan Spencer

Senior Rights Acquisition Account Manager: Mardell Glinski Schultz

Text Permissions Editor: Ana Fores

Production Service: Integra Software Services

Text Designer: Carol Maglitta/One Visual Mind

Senior Photo Editor: Jennifer Meyer Dare

Photo Researcher: Susan McDermott Barlow

Cover Designer: Polo Barrera

Cover Image: Laguna Negra, Nahuel Huapi National Park, Rio Negro, Argentina, South America/Getty

Compositor: Integra Software Services

Library of Congress Control Number: 2009932484

Student Edition:

ISBN-13: 978-1-4390-8290-4

ISBN-10: 1-4390-8290-1

Loose-leaf Edition:

ISBN-13: 978-0-495-90924-8

ISBN-10: 0-495-90924-6

Heinle
20 Channel Center Street
Boston, MA 02210
USA

Cengage Learning is a leading provider of customized learning solutions with office locations around the globe, including Singapore, the United Kingdom, Australia, Mexico, Brazil and Japan. Locate your local office at **international.cengage.com/region**

Cengage Learning products are represented in Canada by Nelson Education, Ltd.

For your course and learning solutions, visit **www.cengage.com.**

Purchase any of our products at your local college store or at our preferred online store **www.ichapters.com.**

Printed in the United States of America
3 4 5 6 7 13 12

Contents

Contents

Capítulo 3 • *La América precolombina* 68

Capítulo 4 • *Llegan los inmigrantes* 100

Capítulo 5 • *Los Estados Unidos: Sabrosa fusión de culturas* 130

Capítulo 6 • *Nuevas democracias* 161

Capítulo 7 • *Nuestro medio ambiente* 192

Contents

Capítulo 10 • *Las relaciones humanas* 278

Capítulo 11 • *Sociedad y justicia* 305

Contents

Preface

Preface Contents

To the Student

Fuentes: Conversación y gramática and *Fuentes: Lectura y redacción,* Fourth Edition, present an integrated skills approach to intermediate Spanish that develops both your receptive (listening and reading) and productive (speaking and writing) skills simultaneously, and also combine the skills in many of the activities you are asked to carry out. For instance, you may be asked to read a list of actions and mark those that you have done, then talk to a classmate to find out which he/she has done, and finally report orally or in writing on the experiences you have in common. In this way, you use multiple skills at once, as in real life, to develop your communicative skills in Spanish.

Learning Spanish also means developing an appreciation of the cultures that comprise the Hispanic world. In *Fuentes: Conversación y gramática* conversations, interviews, and other listening passages, as well as videos, movies, songs and short readings expose you to information about diverse topics and Hispanic countries. You will also hear directly from Spanish speakers from numerous countries about their opinions, experiences, and individual perspectives in the **Fuente hispana** quotes that appear throughout the chapters. *Fuentes: Lectura y redacción*, the companion volume to *Fuentes: Conversación y gramática*, contains additional readings, as well as writing practice, coordinated with the topics and grammar of each chapter. The magazine and literary selections, as well as informational readings in *Fuentes: Lectura y redacción* are designed to further enrich your understanding of Hispanic cultures.

As you work with the *Fuentes* program, remember that learning a language is a process. This process can be accelerated and concepts studied can be learned more effectively if you study on a day-by-day basis. What is learned quickly is forgotten just as quickly, and what is learned over time is better remembered and internalized.

More important, envision yourself as a person who comprehends and speaks Spanish. Don't be afraid to take risks and make errors; it is part of the learning process. Finally, enjoy your study of the Spanish language and cultures as you progress through the course.

Preface

Study Tips for *Fuentes: Conversación y gramática*

The following study suggestions are designed to help you get the most out of your study of Spanish.

Tips for listening:

- Visualize the speakers in the listening passage.
- Listen for a global understanding the first time you hear the passage and listen for more specific information the second time, as indicated in the activities.
- Remember that you do not need to understand every word of each listening passage.

Tips for grammar study and activities:

- Prepare well before each class, studying a little every day rather than cramming the day before the exam.
- Focus on what you can do with the language or on what each concept allows you to express.
- Work cooperatively in paired and small-group activities.
- Do corresponding activities in the Workbook, or on the Student Companion Website, when assigned or as additional practice.

Tips for vocabulary study:

- Pronounce words aloud.
- Study new words over a period of days.
- Try to use the new words in sentences that are meaningful to you.
- Do corresponding activities in the Workbook and/or those on the Student Companion Website when assigned or as additional practice.

Student Components

Fuentes: Activities Manual

The Workbook portion of the Activities Manual allows you to practice the functional grammar and vocabulary presented in *Fuentes: Conversación y gramática* in order to reinforce what you learn in class as you progress through each text chapter. A Workbook Answer Key is also available at the request of your institution or instructor.

The Lab Manual section provides pronunciation and listening comprehension practice. The lab activities, coordinated with a set of recordings, can be done toward the end of each chapter and prior to any quizzes or exams.

Fuentes: Quia Online Activities Manual

The online version of the Activities Manual contains the same content as the print version in an interactive format that provides immediate feedback on many activities. The lab audio program is included in the online version.

Text Audio CD

The audio CD for *Fuentes: Conversación y gramática* contains the listening selections at the beginning of the chapters so that you can listen to them outside of class. The audio cd is available for purchase or in MP3 format on the Premium Website.

Lab Audio CD Program

A set of recordings to accompany the Lab Manual portion of the Activities Manual contains pronunciation practice, listening comprehension activities based on structures and vocabulary presented in *Fuentes: Conversación y gramática,* and the conversation that starts each chapter in your textbook. The CDs are available for purchase or in MP3 format on the Premium Website. This audio program is the same as the recordings available in the Quia online Activities Manual.

Fuentes Video

Videofuentes contains twelve video segments in a newsmagazine format. Filmed in Mexico, Spain, Argentina, and the United States, the segments include interviews with the actor-comedian John Leguizamo and Elena Climent, a Mexican artist; a tribute to Celia Cruz; clips from a film by the Spanish director Pedro Almodóvar; a Chilean short-subject film; overviews of Mayan culture, the cultural heritage of Spain, agritourism in northern Spain, and the "desaparecidos" and their children in Argentina.

The textbook and Student Companion and Premium Websites provide a variety of related video-based activities for in-class and outside-class practice designed to promote cultural awareness and to help you reinforce your language skills.

Fuentes: Student Companion Website

The Website, written to accompany the *Fuentes* program, contains activities designed to give you further practice with structures and vocabulary as well as exercises about chapter topics that explore Spanish-language sites. Although the sites you will access are not written for students of Spanish, the tasks that you will be asked to do are. The site also includes activities based on feature films and a list of chapter-by-chapter links that can be used to explore additional cultural information on topics you have read about in *Fuentes: Conversación y gramática* and *Fuentes: Lectura y redacción.* You can access the site at **www.cengage.com/spanish/fuentes.**

Preface

Acknowledgments

The publisher and authors wish to thank the following reviewers for their feedback on this edition of *Fuentes*. Many of their recommendations are reflected in the changes made.

Gail Ament, Morningside College
Olga Arbeláez , Saint Louis University
Karen Berg, College Of Charleston
Jens Clegg, Indiana University-Purdue University Fort Wayne
Colleen Coffey, Marquette University
Sara Colburn-Alsop, Franklin College
José Colmeiro, Michigan State University
Edmée Fernández, Pittsburg State University
Diane Forbes, Rochester Institute Of Technology
Gail González, U of Wisconsin - Parkside
Viktoria Hackbarth, University of Illinois - Urbana-Champaign
Matilde Holte, Howard University
Elisa Lucchi-Riester, Butler University
Joanna Lyskowicz, Drexel University
Leira Manso, Broome Community College
Antxon Olarrea, University of Arizona
Jason Old, Southeastern University
Mariola Pérez de la Cruz, Western Michigan University
Virginia Rademacher, Babson College
Kathleen Regan, University of Portland
Laura Ruiz-Scott, Scottsdale Community College
Karyn Schell, University of San Francisco
Wilfredo Valentín-Márquez, Millersville University
Barry Velleman, Marquette University
Maria Villalobos-Buehner, Grand Valley State University
Shauna Williams, University of Notre Dame
Timothy Woolsey, Penn State
U. Theresa Zmurkewycz, St. Joseph's University

We thank the following people for sharing their lives and thoughts by supplying us with information for the **Fuente hispana** feature and other general cultural information. Through their words students will have the opportunity of seeing another very personal side of the Spanish-speaking world.

Helena Alfonzo, Venezuela
Alexandre Arrechea, Cuba
Martín Bensabat, Argentina
Marcus Brown, Peru
Dolores Cambambia, Mexico
Fernando Cañete, Argentina
Bianca Dellepiane, Venezuela
Pablo Domínguez, Argentina
Pedro Domínguez, Argentina
Viviana Domínguez, Argentina
Carmen Fernández Fernández, Spain
Fabián García, United States (Mexican-American)
Adán Griego, United States (Mexican-American)
Íñigo Gómez, Spain
María Jiménez Smith, Puerto Rico
Alejandro Lee Chan, Panama
Fabiana López de Haro, Venezuela
Esteban Mayorga, Ecuador
Mauricio Morales Hoyos, Colombia
Peter Neissa, Colombia
William Reyes-Cubides, Colombia
Bere Rivas de Rocha, Mexico
Ana Rodríguez Lucena, Spain
Magalie Rowe, Peru
Lucrecia Sagastume, Guatemala
Víctor San Antonio, Spain
María Fernanda Seemann Meléndez, Mexico
Mauricio Souza, Bolivia
Haggith Uribe, United States (Mexican-American)
Rosa Valdéz, United States (Mexican-American)
Natalia Verjat, Spain
Alberto Villate, Colombia
María Elena Villegas, Mexico

Thank you to Raquel Valle Sentíes for the use of her poem, to Sarah Bartels-Marrero for sharing her experience of walking the Inca Trail, to Jennifer Jacobsen and Jeff Stahley for their insight on teaching English abroad, to Hannah

Nolan-Spohn for telling about her volunteer position while studying in Ecuador, to Khandle Hedrick and Stephanie Valencia for supplying realia, and to Nahuel Chazarreta, Leticia Mercado, Lucila Domínguez, Ann Widger, Laura Acosta, Carla Montoya Prado, Sabrina Stackler, Robert Miller, Silvia Martín Sánchez, Meghan Allen, Tanya Duarte, Juan Alejandro Vardy, and Lorenzo Barello for supplying photos. A special thanks to Gene Kupferschmid for insightful comments and suggestions regarding different aspects of the program.

Thanks to Carmen Fernández, Ann Merry, Olga Tedias-Montero, Liby Moreno Carrasquillo, Martha Miranda Gómez, Miguel Gómez, Rosa Maldonado Bronnsack, Alberto Dávila Suárez, Virginia Laignelet, Blanca C. Dávila Knoll, Jorge Caycedo Dávila, Rosa Garza Mouriño, Gloria Arjona, Azalia Saucedo, Jeannette Rodríguez, Susana Domínguez, Lucía Sierra de Laignelet, and André Garner Caycedo for their help in polling people for linguistic items of use today in the Spanish-speaking world.

We are extremely grateful to Nancy Levy-Konesky for her outstanding work writing and producing *Videofuentes* and to Frank Konesky and TVMAN/Riverview Productions, John Leguizamo, Elena Climent, Severino García, Nuria Miravalles, the Abuelas of Plaza de Mayo, Alberto Vasallo III, Tomás Moreno, Abel (Mayan guide), Patricia Sardo de Dianot, Ana María Pinto, Mercedes Meroño, Horacio Pietragalla Corti, and Buscarita Roa for participating in this project. We would also like to thank Telemundo for footage of their tribute to Celia Cruz, el deseo s.a. for allowing us to use clips from the Pedro Almodóvar film *Hable con ella*, and Rodrigo Silva Rivas and Aldo Aste Salbuceti for permission to show the short film *En la esquina*. Special thanks to Andrés Coppo, Stephanie Valencia, Nicole Gunderson, Sarah Link, the children who received awards at Fenway Park, and to our announcer Frances Colón for their participation in the video.

A very special thanks to Sandy Guadano who guided us every step of the way since we put our first words on paper in 1989. Although Sandy did not work on this edition of *Fuentes: Conversación y gramática*, she did work on *Fuentes: Lectura y redacción*. She was always a source of wisdom for us and guided us diligently putting her mark on all that we did. Thanks to our developmental editors Sarah Link and Grisel Lozano-Garcini for their insightful comments, their ability to get us to do our best, their gentle nudges to get all done on time, and their encouragement during the development phase. Thanks also to our production editor Carol Newman, for her detailed approach, her clarity in instructions, and her dedication to making *Fuentes* the best it can be. But what we most want to thank Carol for is training Amy Johnson years ago and convincing her to lend her expertise to the production phase of this project. We also thank all of the other people at Cengage, from technology to marketing to sales, who have helped us along the way, especially to Lara Semones. Thanks to Andrés Fernández Cordón, the Argentinian artist who gives our text life and always adds a touch of humor. Finally, a big thank you to our students for giving us feedback and for motivating us to do our best work.

D. R.
M. D.
L. C. G.

La vida universitaria

Jóvenes universitarios en San Miguel de Allende, México.

METAS COMUNICATIVAS

- presentarse y presentar a otros
- obtener y dar información sobre el horario de clases
- hablar de gustos
- describir clases, profesores y estudiantes

I. Introducing Yourself and Others

Dos universitarias se saludan en Caracas, Venezuela.

ACTIVIDAD 1 ¡A conocerse!

Parte A: Completa las preguntas con las expresiones interrogativas **cuál, cómo, de dónde, qué** y **cuántos.**

¿__________ te llamas?	Me llamo...
¿__________ es tu nombre?	Mi nombre es...
¿__________ es tu apellido?	(Korner.)
¿__________ se escribe (Korner)?	(Ka, o, ere, ene, e, ere.)
¿__________ años tienes?	Tengo... años.
¿__________ eres?	Soy de (Chicago).
¿En _______ año (de la universidad) estás?	En primero/segundo/tercero/cuarto.
¿__________ es tu pasatiempo favorito?	Me gusta (jugar al tenis).

Primero and **tercero** drop the final **o** before a masculine singular noun: **estoy en primer año.**

Parte B: Habla con un mínimo de tres personas y escribe su información de la Parte A.

Parte C: Presenta a una de las personas de la Parte B.

▶ Les presento a Jessy Korner, es de Chicago y tiene 20 años. Está en su tercer año de la universidad. Le gusta jugar al tenis.

II. Obtaining and Giving Information about Class Schedules

Las materias académicas

ACTIVIDAD 2 Las materias de este semestre

Parte A: Marca con una X las materias que tienes este semestre. Si tienes una materia que no aparece en la lista, pregúntale a tu profesor/a **¿Cómo se dice...?**

- ❑ alemán
- ❑ álgebra
- ❑ antropología
- ❑ arqueología
- ❑ arte
- ❑ biología
- ❑ cálculo
- ❑ ciencias políticas
- ❑ computación
- ❑ comunicaciones
- ❑ contabilidad (*accounting*)
- ❑ ecología
- ❑ economía
- ❑ filosofía
- ❑ francés
- ❑ historia
- ❑ ingeniería
- ❑ lingüística
- ❑ literatura
- ❑ matemáticas
- ❑ mercadeo/marketing
- ❑ música
- ❑ negocios
- ❑ oratoria (*public speaking*)
- ❑ psicología
- ❑ química
- ❑ relaciones públicas
- ❑ religión
- ❑ sociología
- ❑ teatro
- ❑ trigonometría
- ❑ zoología

Parte B: En parejas, averigüen qué especialización hace la otra persona, qué materias tiene y alguna información sobre esas clases. Hagan las siguientes preguntas.

¿Qué especialización haces o no sabes todavía?
¿Tienes clase de...?
¿Cuántos estudiantes hay en la clase de...?
¿Hay trabajos escritos (*papers*)?
¿Hay exámenes parciales? ¿Hay examen final?

Dos estudiantes españoles hacen experimentos con su profesor de química orgánica.

 *Universidades*

Internet references such as this indicate that you will find links to related sites on the *Fuentes* website.

materias = asignaturas

Obvious cognates will be presented in thematic vocabulary lists throughout this text, and they will be translated only in the end-of-chapter vocabulary section.

computación = informática (*España*)

¿Lo sabían?

En un país hispano, las facultades (*schools, colleges*) de una universidad pueden estar distribuidas por toda la ciudad. Los estudiantes asisten a clase en la facultad y luego se reúnen a estudiar o a charlar en el bar de la facultad o en los cafés cercanos. Las universidades generalmente no tienen tantos clubes como en los Estados Unidos, pero sí hay representantes de los partidos políticos que organizan reuniones o manifestaciones.

¿Cómo es la vida de un universitario en este país?

ACTIVIDAD 3 Mi horario

Parte A: Completa la siguiente tabla sobre las materias que tienes este semestre.

lunes, martes, miércoles, jueves, viernes. Abreviaturas = l/m/miér/j/v

materia				
día y hora				
profesor/a				

To tell time, use **¿Qué hora es? Es la una./ Son las dos.**

To tell at what time something takes place **¿A qué hora es? Es a la/s...**

Parte B: Completa cada pregunta con una palabra interrogativa.

¿__________ materias tienes?
¿A __________ hora es tu clase de...?
¿__________ días tienes la clase de...?
¿__________ se llama el/la profesor/a? o, ¿__________ es el/la profesor/a?

Parte C: Ahora, con una persona diferente a la de la Actividad 2, usa las preguntas de la Parte B para anotar el horario de tu nuevo compañero/a.

materia				
día y hora				
profesor/a				

III. Expressing Likes and Dislikes

Gustar and Other Verbs

1. To express likes and dislikes you can use the verb **gustar,** as shown in the following chart.

The pronoun **mí** takes an accent, but the possessive adjective **mi** does not: **A mí me gusta esta clase. Mi hermano estudia aquí.**

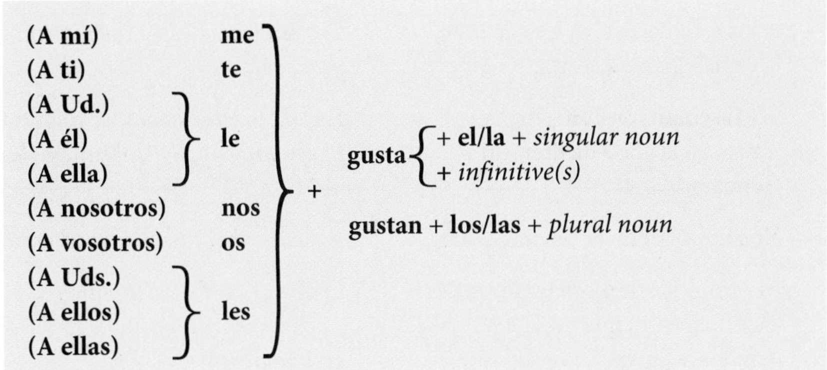

(A mí)	**me**	+	**gusta** + **el/la** + *singular noun* / + *infinitive(s)*
(A ti)	**te**		
(A Ud.) / **(A él)** / **(A ella)**	**le**		
(A nosotros)	**nos**		**gustan** + **los/las** + *plural noun*
(A vosotros)	**os**		
(A Uds.) / **(A ellos)** / **(A ellas)**	**les**		

Me **gusta** la clase de historia.	*I like history class.*
¿Te **gusta** hacer experimentos?	*Do you like to do experiments?*
(A ellos) Les **gusta** reunirse con amigos y trabajar juntos en proyectos.*	*They like to get together with friends and work on projects.*
Nos **gustan** las matemáticas.	*We like math.*

***Note: Gusta,** the singular form of the verb, is used with one or more infinitives even if the infinitive is followed by a plural noun.

2. Between **gusta/n** and a noun, you need an article **(el, la, los, las)**, a possessive adjective **(mi, mis, tu, tus,** etc.), or a demonstrative adjective **(este, ese, aquel,** etc.).

Me gusta **la** biología.	*I like biology.*
Me gustan **mis** clases este semestre, pero no me gusta estudiar mucho los fines de semana.	*I like my classes this semester, but I don't like to study much on weekends.*
A mis amigos y a mí nos gusta **esta** residencia estudiantil.	*My friends and I like this dorm.*

3. Other verbs used to express likes and dislikes that follow the same pattern as **gustar** are:

caer bien/mal	to like/dislike someone
encantar	to really like
fascinar	to really like
importar	to matter (to care about something)
interesar	to interest
molestar	to bother, to annoy

A los estudiantes no **les cae bien** la profesora de historia.* — *The students dislike the history professor.*

Me fascinan los libros que analizamos en la clase de literatura comparada. — *I really like the books we analyze in my comparative literature class.*

Nos importa sacar buenas notas. — *We care about getting good grades.*

Al profesor Hinojosa **le molestan** los estudiantes que no vienen preparados a clase.* — *Professor Hinojosa is bothered by students who don't come to class prepared.*

***Note:**

1. **Me gusta la profesora de historia** might imply that you are attracted to the person. This is not the case with **Me cae bien la profesora de historia.**
2. Remember that **a** + **el** = **al: al profesor Hinojosa,** but **a la profesora Ramírez; al Sr. Vargas,** but **a los Sres. Vargas.**

ACTIVIDAD 4 Los gustos de la gente

Parte A: Completa la primera columna con las palabras necesarias.

In countries like Chile, Peru, and Argentina they say **Los profesores toman exámenes y los estudiantes los dan.** In many other countries these verbs are reversed.

numeroso/a = large (in number of people)

A ____ nos		los colores de la universidad
A ____ me		ir al gimnasio
____ presidente de la universidad ____		la mascota de la universidad
A ____ le		estudiar y salir los sábados
____ Uds. ____		las personas de la residencia
____ profesor de... ____	fascina/n	mi compañero/a de cuarto
A mi padre ____	cae/n bien	tomar examen los viernes
____ ____ les	molesta/n	las personas falsas
A ti ____		la gente que duerme en clase
____ mis amigos ____		oír música de los años 70
A mi madre ____		las clases numerosas
____ ____ profesora de... ____		la variedad de gente en esta universidad

Parte B: Ahora, forma oraciones usando un elemento de cada columna. Puedes añadir la palabra **no** si quieres. Luego comparte tus oraciones con la clase.

► A nosotros (no) nos molesta trabajar los sábados.

ACTIVIDAD 5 Tus gustos

Parte A: Completa esta información sobre tus gustos usando por lo menos cuatro de los siguientes verbos: **fascinar, encantar, gustar, caer bien/mal, importar, interesar** y **molestar.**

1. ____________ las clases fáciles.
2. ____________ mi profesor/a de...
3. ____________ mi horario de clases este semestre.
4. ____________ las clases con trabajos escritos y exámenes.
5. ____________ los exámenes finales para hacer en casa.
6. ____________ mis compañeros/as de cuarto o apartamento.
7. ____________ la gente que bebe mucho alcohol en las fiestas.
8. ____________ los profesores exigentes (*demanding*).
9. ____________ el costo de la matrícula (*tuition*).
10. ____________ participar en el gobierno estudiantil.
11. ____________ las fraternidades y hermandades, como ΩΣΔ.
12. ____________ ser miembro del club de... de la universidad.

Parte B: Ahora, en parejas, háganse preguntas como las siguientes y justifiquen sus respuestas.

¿Te gustan las clases fáciles?
Sí, me encantan porque...
No, no me gustan porque...
No, me molestan mucho las clases fáciles porque...
¿Y cómo te caen tus profesores?
Todos me caen bien porque...
Mi profesor de historia me cae mal porque...
Me caen bien tres y me cae mal uno porque...

IV. Describing Classes, Professors, and Students

ACTIVIDAD 6 ¿Cómo es tu profe?

To review adjective agreement, see Appendix C.

Parte A: Piensa en un/a profesor/a que te cae bien este semestre y marca los adjetivos que describan mejor a esa persona.

❑ admirable	❑ encantador/a (*charming*)
❑ astuto/a	❑ honrado/a (*honest*)
❑ atento/a (*polite, courteous*)	❑ ingenioso/a (*resourceful*)
❑ brillante	❑ intelectual
❑ capaz (*capable*)	❑ justo/a (*fair*)
❑ cómico/a	❑ sabio/a (*wise*)
❑ comprensivo/a (*understanding*)	❑ sensato/a (*sensible*)
❑ creativo/a	❑ sensible (*sensitive*)
❑ divertido/a	❑ tranquilo/a

Parte B: Ahora, habla con otra persona y descríbele a tu profesor/a.

► Me cae muy bien mi profesora de teatro porque es muy creativa y...

Parte C: En parejas, decidan cuáles son las cuatro cualidades más importantes de un profesor y por qué.

► Un profesor debe ser... porque...

ACTIVIDAD 7 Me molesta mucho

Remember: use **ser** to describe what the professor and/or class are like.

Parte A: Marca los adjetivos que describen la clase que menos te gusta este semestre y al profesor o a la profesora de esa clase. Piensa en la clase y las personas de esa clase.

❑ aburrido/a (*boring*)	❑ exigente
❑ cerrado/a (*narrow-minded*)	❑ fácil
❑ conservador/a	❑ insoportable (*unbearable*)
❑ creído/a (*vain*)	❑ lento/a (*slow*)
❑ despistado/a (*absent-minded*)	❑ liberal
❑ difícil	❑ numerosa
❑ estricto/a	❑ rígido/a

Parte B: Ahora, en parejas, quéjense de (*complain about*) la clase que menos les gusta sin mencionar el nombre del profesor / de la profesora.

► No me gusta nada mi clase de... porque es...

► No me interesa la clase porque el profesor es...

Parte C: Marquen y luego digan cómo están los estudiantes en una clase aburrida con un profesor malo y por qué.

Remember: use **estar** to say how the students in the class feel.

❑ aburridos (*bored*)	❑ enojados
❑ atentos (*attentive*)	❑ entretenidos (*entertained*)
❑ concentrados	❑ entusiasmados (*excited*)
❑ contentos	❑ nerviosos
❑ distraídos (*distracted*)	❑ preocupados
❑ dormidos	❑ relajados

ACTIVIDAD 8 Planes para este semestre

Parte A: En parejas, háganse preguntas sobre las cosas que van y no van a hacer este semestre usando las siguientes ideas.

To express future actions, use **voy, vas, va,** etc. + **a** + *infinitivo*.

► ¿Vas a cambiar alguna clase este semestre?

- cambiar alguna clase
- tener muchos trabajos escritos
- hablar con un/a profesor/a para entrar en una clase que está llena (*full*)
- tomar muchos exámenes finales
- tener un semestre fácil o difícil
- visitar a sus padres con frecuencia

Parte B: Cuéntenle a otra persona cómo va a ser el semestre de su compañero/a de la Parte A.

► Cintia no va a cambiar ninguna clase este semestre porque le gustan mucho todas. Va a tener...

Testing Your Knowledge of Spanish

ACTIVIDAD 9 **La vida universitaria**

Khandle está en Buenos Aires, Argentina, y le escribe un mail a su amigo Javier, que vive en el D. F. Completa su mensaje con palabras lógicas. Usa solo una palabra en cada espacio.

pasantía = internship

Querido Javier:

¿Cómo estás? Yo muy __________ (1), pero muy cansada porque acabo de empezar clases en la universidad y no tengo más vacaciones __________ (2) julio. Como sabes, me tengo que levantar temprano porque __________ (3) durante el día en un banco donde hago una pasantía y __________ (4) la noche voy a clase. Por suerte, mi jefa es __________ (5) comprensiva y me permite salir del trabajo una hora antes. Después, voy a un bar enfrente de __________ (6) universidad y mis compañeros y yo nos reunimos para estudiar para __________ (7) clase de física. Es una clase muy difícil y no se pueden hacer muchas preguntas porque __________ (8) más de 100 estudiantes. El profesor es muy inteligente __________ (9) no es muy dinámico; por eso, los estudiantes muchas veces __________ (10) aburridos en su clase. Pero no todas mis clases son así; las otras materias que tengo son mucho mejores y, aunque empiezan a las 8 de la noche y __________ (11) a las 10, __________ (12) caen bien los profesores que tengo. Bueno, luego cuando salgo de clase, tomo el autobús y llego a casa a __________ (13) 10:30, pero no me acuesto hasta las 12. Como ves, mis días son __________ (14) largos, pero los fines de __________ (15) son muy buenos porque mis amigos y __________ (16) siempre organizamos alguna fiesta __________ (17) divertirnos.

Bueno, escríbeme y cuéntame qué haces. Hace un mes __________ (18) no me escribes y quiero que me cuentes un poco de __________ (19) vida.

Un abrazo,

Khandle

Do the corresponding web activities to review the chapter topics.

UCA

ALUMNO VISITANTE

Legajo: 51739-7

HEDRICK, KHANDLE

PAS: 01.928.379

Vocabulario activo

Las materias académicas

alemán *German*
álgebra *algebra*
antropología *anthropology*
arqueología *archeology*
arte *art*
biología *biology*
cálculo *calculus*
ciencias políticas *political sciences*
computación *computer science*
comunicaciones *communications*
contabilidad *accounting*
ecología *ecology*
economía *economics*
filosofía *philosophy*
francés *French*
historia *history*
ingeniería *engineering*
lingüística *linguistics*
literatura *literature*
matemáticas *mathematics*
mercadeo/marketing *marketing*
música *music*
negocios *business*
oratoria *public speaking*
psicología *psychology*
química *chemistry*
relaciones públicas *public relations*
religión *religion*
sociología *sociology*
teatro *theater*
trigonometría *trigonometry*
zoología *zoology*

Verbos como *gustar*

caer bien/mal *to like/dislike someone*
encantar *to really like*
fascinar *to really like*
importar *to matter (to care about something)*
interesar *to interest*
molestar *to bother, to annoy*

Adjetivos descriptivos con *ser*

aburrido/a *boring*
admirable *admirable*
astuto/a *astute, clever*
atento/a *polite, courteous*
brillante *brilliant*
capaz *capable*
cerrado/a *narrow-minded*
cómico/a *funny*
comprensivo/a *understanding*
conservador/a *conservative*
creativo/a *creative*
creído/a *vain*
despistado/a *absent-minded*
difícil *hard*
divertido/a *fun*
encantador/a *charming*
estricto/a *strict*
exigente *demanding*
fácil *easy*
honrado/a *honest*
ingenioso/a *resourceful*
insoportable *unbearable*
intelectual *intellectual*
justo/a *fair*
lento/a *slow*
liberal *liberal*
numeroso/a *large (in number of people)*
rígido/a *rigid*
sabio/a *wise*
sensato/a *sensible*
sensible *sensitive*
tranquilo/a *calm*

Adjetivos descriptivos con *estar*

aburrido/a *bored*
atento/a *attentive*
concentrado/a *concentrated*
distraído/a *distracted (momentarily)*
dormido/a *asleep*
enojado/a *angry*
entretenido/a *entertained*
entusiasmado/a *excited*
nervioso/a *nervous*
preocupado/a *worried*
relajado/a *relaxed*

Expresiones útiles

¿A qué hora es...? *At what time is . . . ?*
la facultad *school, college*
la matrícula *tuition*
el trabajo escrito *paper*

Learning Spanish is like learning to figure skate. Each year a skater adds a few moves to his/her routines, but never stops practicing and improving on the basics. As the skater progresses from doing a double axel to a triple axel, he/she must still polish technique. There are marks for both technical merit and artistic merit. Both must be worked on, and as the skater becomes better in the sport, actual progress is more and more difficult to perceive.

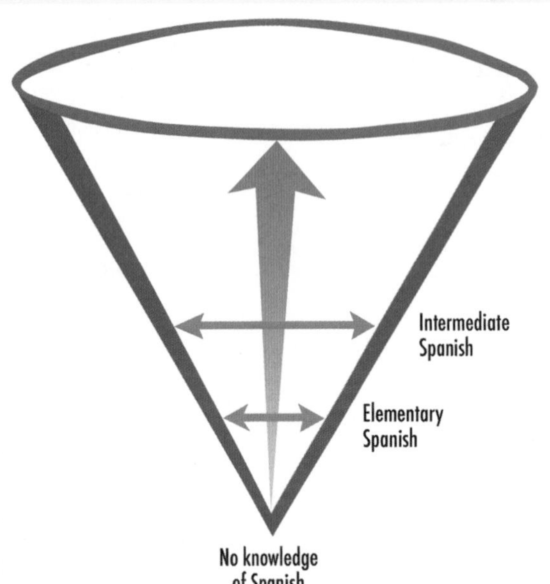

The process of learning a language is depicted in the cone. In order to learn a foreign language, students must progress vertically as well as horizontally. But as one proceeds vertically, one must always cover more distance horizontally. Progress is noted while moving vertically. This includes learning new tenses, object pronouns, etc. (or in skating, landing a new jump for the first time). Horizontal progress is not perceived as easily as vertical. Horizontal progress includes fine tuning what one has already learned by becoming more accurate, enlarging one's vocabulary, covering in more depth topics already presented in a beginning course, and gaining fluency. This progress is like improving scores for artistic merit or consistently skating cleaner programs than ever before. As you pursue your studies of Spanish, remember that progress is constantly being made.

Nuestras costumbres

Estudiantes venezolanos charlan fuera de clase.

METAS COMUNICATIVAS

- narrar en el presente y en el futuro
- hablar sobre la vida nocturna
- dar y obtener información
- evitar (*avoiding*) redundancias

Una cuestión de identidad

Dos jóvenes almuerzan en un restaurante en Santiago de Chile.

llamarle la atención	to find something interesting/strange
ser un/a pesado/a	to be a bore
hace + *time expression* + **que** + *present tense*	to have been doing something for + *time expression*

ACTIVIDAD 1 Términos

Parte A: Los términos **chicano, mexicoamericano** y **latinoamericano** a veces provocan confusión. Decide qué características de la columna B pueden describir a cada uno de estos grupos. Es posible usar las características para más de un término.

El chicano (Internet references such as this indicate that you will find links to related sites on the *Fuentes* website.)

A	B
chicano: __________	a. Es ciudadano norteamericano.
mexicoamericano: __________	b. Es de Latinoamérica.
latinoamericano: __________	c. Es de ascendencia mexicana.
	d. Habla español.
	e. Habla portugués.
	f. El término tiene connotación política.

Parte B: Pedro está en Chile y está completando una solicitud para ingresar a una universidad en los Estados Unidos. Le pregunta a su amiga Silvia, que estudió allí, qué significan ciertos términos. Escucha la conversación y compara tu información de la Parte A con lo que dice Silvia.

ACTIVIDAD 2 Más información

Antes de escuchar la conversación otra vez, lee las siguientes preguntas. Luego escucha la conversación para buscar la información necesaria.

1. ¿Qué problema tiene Pedro al completar la solicitud?
2. Después de escuchar la explicación de Silvia, ¿qué decide marcar Pedro?
3. Según la conversación, ¿en qué se diferencia una universidad de los Estados Unidos de una universidad de Latinoamérica?

¿Lo sabían?

En general, en los países hispanos cuando se le pregunta a alguien de dónde es, lo típico es responder con la nacionalidad del país donde nació. La gente no responde con el origen de su familia, ya que lo importante no es de dónde vinieron sus antepasados, sino dónde nació uno. A pesar de que tampoco es común identificarse con el nombre de una región, sí se usan términos regionales como latinoamericano o centroamericano para describir a toda la gente de una región geográfica extensa. Entonces, una persona llamada Simona Baretti, nacida en Venezuela, se identifica como venezolana y no como sudamericana, o latinoamericana, o hispanoamericana, y mucho menos como "italovenezolana".

¿Existe algún término regional para referirse a la gente del continente donde vives?

ACTIVIDAD 3 ¿Qué eres?

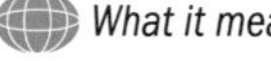

What it means to be Latino

Parte A: En este libro vas a leer sobre las vivencias y opiniones de hispanos de 20 a 50 años, que son de diferentes partes del mundo. Sus comentarios no se pueden generalizar para todos los hispanos; simplemente son la opinión de cada persona en particular. Lee lo que dice una chica norteamericana sobre su identidad.

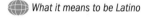

Fuente hispana

"Yo me considero chicana, pero me siento más cómoda identificándome como mexicoamericana porque para mí es el término que más representa mi estado entre dos culturas. Soy mexicana porque mis padres son de México y de allí viene parte de mi cultura y mi herencia, y a la vez soy americana porque nací y fui criada en los Estados Unidos. Para mí, los términos latina o hispana son muy generales, ya que cada país latinoamericano tiene sus propias luchas y diferencias culturales." ■

Parte B: En grupos de tres, utilicen las siguientes preguntas para hablar de su nacionalidad y el origen de su familia.

1. ¿Se consideran Uds. americanos, norteamericanos, italoamericanos, afroamericanos, francoamericanos, etc.? Y si son de Canadá, ¿se consideran Uds. norteamericanos, italocanadienses, etc.?
2. La población de los Estados Unidos o de Canadá que habla inglés, ¿siente alguna conexión con personas de Inglaterra, Australia u otros países donde se habla inglés?
3. ¿Cuánto tiempo hace que su familia vive en este país?
4. Si sus padres o abuelos no son originariamente de un país de habla inglesa, ¿hablan ellos el idioma de su país? ¿Lo entienden? ¿Hablan inglés también?
5. ¿Cuáles son algunas costumbres y tradiciones que conservan Uds. del país de origen de su familia? Piensen en la música, la comida, las celebraciones especiales, etc.
6. ¿Por qué preguntan muchas universidades de los Estados Unidos en la solicitud de ingreso la raza y/o el origen étnico de los estudiantes?

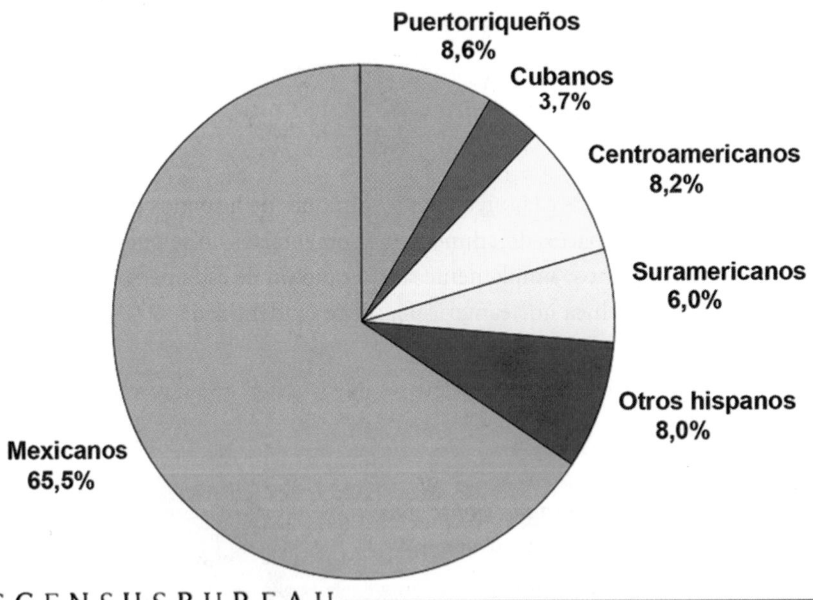

I. Narrating in the Present

A Regular, Stem-Changing, and Irregular Verbs

To talk about what you usually do, you generally use the present tense. For information on how to form the present indicative (**presente del indicativo**), including irregular and stem-changing verbs, see Appendix A, pages 354-356.

Do the corresponding web activities as you study the chapter.

Paulina y yo **caminamos** a la universidad todas las mañanas.	*Paulina and I walk to the university every morning.*
Ella **prefiere** tomar clases por la mañana, pero **sé** que a veces **trasnocha** y **falta** a clase.	*She prefers to take morning classes, but I know she sometimes stays up all night and misses class.*

Here are verbs that you can use to talk about what you usually do.

-ar *verbs*	
ahorrar (dinero/tiempo)	to save (money/time)
alquilar (películas)	to rent (movies)
charlar	to chat
cuidar (a) niños	to baby-sit
dibujar	to draw
escuchar música*	to listen to music
faltar (a clase/al trabajo)	to miss (class/work)
flirtear/coquetear*	to flirt
gastar (dinero)	to spend (money)
mirar (la) televisión*	to watch TV
pasar la noche en vela	to pull an all-nighter
pasear al perro	to walk the dog
probar (o → ue)	to taste; to try
sacar buena/mala nota	to get a good/bad grade
trasnochar	to stay up all night

Cuido niños. (*Kids, anybody's kids.*)

Cuido a los niños de mi hermana. (*Specific child/children*)

Stem-changing verbs are followed by **ue, ie, i,** and **u** in parentheses to show the stem change that takes place, for example, **jugar** (**u** → **ue**). Note that some **-ir** verbs have a second change, which is used when forming the preterit (**durmió**, **durmieron**) and the present participle (**durmiendo**). This change is listed second: **dormir** (**o** → **ue**, **u**).

*Notes:

1. **Flirtear** can take both male and female subjects, while **coquetear** usually takes a female subject.
2. The verbs **mirar** (*to look at*) and **escuchar** (*to listen to*) only take **a** when they are followed by a person.

Mientras estudio, **escucho** música clásica.	*While I study, I listen to classical music.*
Siempre **escucho a** mi padre.	*I always listen to my father.*

Devolver = to return <u>something</u> somewhere: **Él va a devolver el suéter a la tienda.**

Volver = to return somewhere. **Él va a volver a la tienda.**

-er *verbs*	
devolver (o → ue)	to return (*something*)
escoger*	to choose
hacer investigación/dieta	to do research / to be on a diet
poder (o → ue)	to be able to, can
soler (o → ue) + *infinitive*	to usually + *verb*
volver (o → ue)	to return

-ir *verbs*	
asistir (a clase/a una reunión)	to attend (class/a meeting)
compartir	to share
contribuir*	to contribute
discutir	to argue; to discuss
mentir (e → ie, i)	to lie
salir* bien/mal (en un examen)	to do well/poorly (on an exam)
seguir* (instrucciones / a + alguien) (e → i, i)	to follow (instructions/someone)

***Note:** Verbs followed by an asterisk in the preceding lists have spelling changes or irregular forms. See Appendix A, page 355 for formation of these verbs.

The present tense can also be used to state what one is going to do or is doing at the moment.

> (*phone conversation*)
> —¿Qué haces? ¿Puedo ir a tu casa?
> —Miro la tele, pero dentro de quince minutos voy al bar de la esquina a encontrarme con mi novia.

ACTIVIDAD 4 Un conflicto familiar

Parte A: Una madre que vive en los Estados Unidos le escribe a Consuelo, una señora que da consejos (*advice*) en Internet. Completa el mail de la página siguiente sin repetir ningún verbo.

Parte B: En grupos de tres, comparen la familia de la madre desesperada con su propia familia. ¿Son iguales o diferentes?

- A mi madre también le molesta cuando mi hermano escucha música rap.
- Esos niños pequeños son perfectos, pero en mi familia no es así. Son muy mal educados. Asisten a clase, pero no escuchan a los maestros y no hacen la tarea.

Estimada Consuelo:

Estoy divorciada y tengo tres hijos: Enrique, Carlos y Maricruz, que ____________________ (1) dieciséis, once y diez años respectivamente. Mis dos hijos menores ____________________ (2) encantadores. ____________________ (3) a clase todos los días, ________________ (4) notas excelentes y ______________________ (5) en el comedor de la escuela sin protestar. Por la tarde, ___________________ (6) a casa, ________________ (7) la tarea y ________________ (8) preparar sándwiches porque tienen hambre. Luego ________________ (9) mientras ____________________ (10) televisión y por la noche ____________________ (11) como unos angelitos.

Mi hijo Enrique, en cambio, ______________ (12) muy rebelde. Está en la escuela secundaria, pero a veces ______________ (13) a clase por la mañana. Y el chico me ______________ (14), pues me dice que va a clase, pero en vez de ir a clase, __________ (15) a un parque con sus amigos y allí ellos ______________ (16) al fútbol y también ______________ (17) con las chicas (a veces creo que estos chicos tienen demasiada testosterona). Y ahora, la novedad es que no ______________ (18) hablar español. Yo le hablo en español y él me ______________ (19) en inglés. El problema es que yo no ______________ (20) entender bien el inglés y sus abuelitos tampoco.

Yo ________________ (21) mi día muy temprano porque tengo que estar en el trabajo a las ocho. ________________ (22) todo el día en una tienda de ropa y luego ______________ (23) a una clase de inglés en un instituto norteamericano. Por lo tanto, ________________ (24) a casa tarde después de un día largo y ________________ (25) muy cansada. A esa hora, generalmente Enrique ________________ (26) música rap muy fuerte y yo le ________________ (27) que baje el volumen, pero el muchacho no ________________ (28) por qué me molesta. Entonces él y yo ________________ (29) y todo termina muy mal.

Consuelo, ¿por qué mis hijos menores ________________ (30) tan buenos y mi hijo mayor __________ (31) tan rebelde? Yo _________ (32) a Enrique y todo el día __________ (33) en soluciones posibles, pero no _________ (34) qué hacer.

Madre desesperada

almorzar
asistir
comer
dormir
hacer
mirar
regresar
sacar
ser
soler
tener

contestar
faltar
flirtear
ir
jugar
mentir
poder
querer
ser

asistir
comenzar
discutir
entender
estar
pedir
poner
trabajar
volver

pensar
querer
saber
ser
ser

ACTIVIDAD 5 Una clase aburrida

En grupos de tres, digan qué hacen o no hacen generalmente los estudiantes cuando están en una clase que es aburrida. Mencionen un mínimo de cinco acciones.

ACTIVIDAD 6 ¿Cuánto hace que...?

Remember: Use **hace** + *time expression* + **que** + *present tense* to indicate how long an action has taken place. The action started in the past and continues in the present.

como/unas = aproximadamente

En parejas, túrnense para entrevistarse y averiguar si la otra persona hace las siguientes actividades y cuánto tiempo hace que las realiza. Sigan el modelo.

▶ A: ¿Estudias psicología?

B: Sí, estudio psicología. B: No, no estudio psicología.

A: ¿Cuánto (tiempo) hace que estudias psicología?

B: Hace (como/unas) tres semanas que estudio psicología.

ahorrar dinero	compartir apartamento/ habitación en una residencia estudiantil	hacer trabajo voluntario
esquiar	tocar un instrumento musical	trabajar
estudiar español	jugar al (*nombre de un deporte*)	hacer ejercicio
hablar otro idioma	tener una página de Facebook	¿?

ACTIVIDAD 7 Los fines de semana

Actividades de tiempo libre

Parte A: En parejas, miren el cuestionario de la página siguiente y túrnense para entrevistarse y averiguar qué hacen los fines de semana. El/La entrevistado/a debe cerrar el libro. Sigan el modelo.

▶ —¿Qué prefieres hacer los fines de semana: comer en la universidad, pedir comida a domicilio o almorzar en...?

—Prefiero...

91+501 28 28
MOTO PAELLA
Paellas a domicilio
Travesía de Tellez nº 2
Ingredientes de primera calidad
91+501 28 28

Preferir:

- ❑ comer en la universidad
- ❑ pedir comida a domicilio
- ❑ almorzar y/o cenar afuera

Dormir:

- ❑ 7 horas o menos
- ❑ 8 horas
- ❑ más de 8 horas

Gastar dinero en:

- ❑ música
- ❑ comida
- ❑ ropa

Asistir a:

- ❑ conciertos
- ❑ eventos deportivos
- ❑ manifestaciones políticas
- ❑ conferencias
- ❑ estrenos (*premieres*) de películas
- ❑ exhibiciones de arte

Gustarle:

- ❑ trasnochar
- ❑ hablar por teléfono
- ❑ alquilar películas

Soler:

- ❑ pasar la noche en vela
- ❑ ir a fiestas
- ❑ jugar al (*nombre de un deporte*)

Parte B: Ahora compartan la información que averiguaron con el resto de la clase para comparar lo que hacen los universitarios típicos.

ACTIVIDAD 8 La puntualidad

Parte A: Lee las siguientes preguntas sobre la puntualidad y mira las respuestas que dio el panameño de la foto. Luego escribe tus respuestas a estas preguntas.

	Un panameño
1. Si invitas a amigos a cenar a tu casa, ¿para qué hora es la invitación y a qué hora llegan tus amigos?	"Es para las 8:00 y llegan a las 8:30/9:00."
2. Si quedas en encontrarte con un amigo en un café a las 3:00, ¿a qué hora llegas?	"Llego a las 3:15."
3. Si tienes una clase que empieza a las 10:00, ¿a qué hora llegas a la clase? ¿A qué hora llega tu profesor/a?	"Llego a las 10:15 y el profe llega a las 10:10. (Las clases son de dos horas.)"
4. Si tienes una entrevista de trabajo a las 9:15, ¿a qué hora llegas?	"Llego a las 9:10."
5. Si tienes cita con el médico a las 11:30, ¿a qué hora llegas? ¿A qué hora te ve el médico?	"Llego a las 11:30 y el médico me ve a las 12:00/12:30."
6. Dentro de las normas de tu país, ¿te consideras una persona puntual?	"Sí, soy bastante puntual."

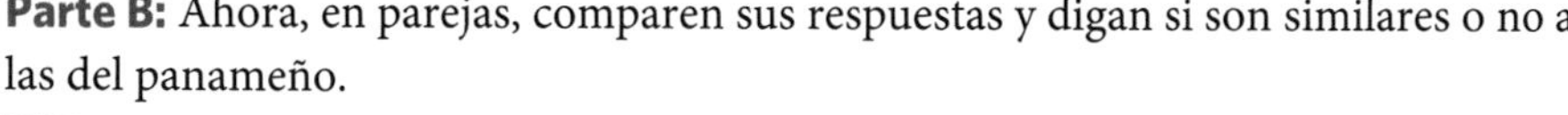

Parte B: Ahora, en parejas, comparen sus respuestas y digan si son similares o no a las del panameño.

ACTIVIDAD 9 ¿Qué hacen?

Parte A: En grupos de tres, miren las listas de acciones de las páginas 17–18 y usen la imaginación para decir todo lo que hacen estas personas un día normal.

Use **ir a** + *infinitive* to discuss future events.

Parte B: Uds. tienen una bola de cristal y saben que la vida de estas cuatro personas se va a cruzar. Inventen una descripción lógica para explicar qué va a ocurrir. Comiencen diciendo: **La estudiante va a salir de su casa una noche y...**

ACTIVIDAD 10 Un conflicto en casa

En parejas, una persona es el padre/la madre y la otra persona es el/la hijo/a. Cada persona debe leer solamente las instrucciones para su papel.

Padre/Madre	Cosas que hace tu hijo/a
Tu hijo/a tiene 17 años y es un poco rebelde. Mira la lista de cosas que hace y que no debe hacer y luego dile qué tiene que hacer para cambiar su rutina. También hay algunas cosas de tu rutina que tu hijo/a no acepta y las va a comentar. Cuestiona lo que te dice, pero intenta entender a tu hijo/a. Empieza la conversación diciendo "Quiero hablar contigo".	• faltar a clase • tocar la batería (*drums*) constantemente • trasnochar con frecuencia • mentir mucho • preferir andar con malas compañías • sacar malas notas en la escuela • dormir todo el fin de semana

Hijo/a	Cosas que hace tu padre/madre
Tu padre/madre observa cada cosa que tú haces. Por eso tú decides observar las cosas que hace él/ella. Aquí hay una lista de cosas que hace él/ella. Ahora tu padre/madre va a hablarte de las cosas que tú haces. Cuestiona lo que te dice y háblale de las cosas que, en tu opinión, no debe hacer.	• gastar mucho dinero en cosas innecesarias • decir que está enfermo/a y faltar al trabajo cuando está bien • tocar el piano muy mal • soler mirar *La rueda de la fortuna* en la tele • gritar cuando habla con el celular • beber mucho los fines de semana • fumar a escondidas detrás del garaje

B Reflexive Constructions

1. To indicate that someone does an action to himself/herself, you must use reflexive pronouns (**pronombres reflexivos**). Compare the following sentences.

Me despierto a las 8:00 todos los días.	Todas las mañanas **despierto** a mi padre a las 8:00.
Mi padre **se baña** por la noche.	Mi padre **baña** a mi hermanito por la noche.
Mis hermanas siempre **se cepillan** el pelo por la mañana.	Mi hermana **cepilla** al perro una vez por semana.

Remember: Definite articles (**el, la, los, las**) are frequently used with body parts.

In the first column of the previous examples, the use of reflexive pronouns indicates that the subject doing the action and the object receiving the action are the same. In the second column, subjects and objects are not the same; therefore, reflexive pronouns are not used.

2. The reflexive pronouns are:

me acuesto	**nos** acostamos
te acuestas	**os** acostáis
se acuesta	**se** acuestan

For information on reflexive pronouns and their placement, see Appendix D, page 371.

3. Common reflexive verbs that are used to describe your daily routine are:

acostarse (o → ue)	**maquillarse** (*to put on makeup*)
afeitarse (la barba/las piernas/etc.)	**peinarse**
arreglarse (*to make oneself presentable*)	**ponerse la camisa/la falda/etc.**
bañarse	**prepararse (para)**
cepillarse (el pelo/los dientes)	**probarse ropa (o → ue)** (*to try on clothes*)
despertarse (e → ie)	**quitarse la camisa/la falda/etc.**
desvestirse (e → i, i)	**secarse (el pelo/la cara/etc.)**
dormirse (o → ue, u)	**sentarse (e → ie)**
ducharse	**vestirse (e → i, i)**
lavarse (el pelo/las manos/ la cara/etc.)	

arreglar = to fix (*as in a car motor*)

arreglarse la cara = **maquillarse**

arreglarse el pelo = to fix one's hair

dormir = to sleep

dormirse = to fall asleep

Do not confuse **sentirse (e → ie, i)** with **sentarse (e → ie)** = to sit down.

4. Here are some verbs that do not indicate actions performed upon oneself, but need reflexive pronouns in order for them to have the meanings listed here.

aburrirse (de)	to become bored (with)
acordarse (de) (o → ue)	to remember
caerse	to fall down
callarse	to shut up
darse cuenta (de)	to realize
despedirse (de) (e → i, i)	to say good-by (to)
divertirse (e → ie, i)	to have fun, to have a good time
enfadarse/enojarse	to get mad
equivocarse	to err, to make a mistake
interesarse (por)	to take an interest (in)
irse (de)	to go away (from), to leave (*a place*)
ocuparse (de)	to take care (of)
olvidarse (de)	to forget (about)
preocuparse (de)	to take care (of)
preocuparse (por)	to worry (about)
quejarse (de)	to complain (about)
reírse (de) (e → i, i)	to laugh (at)
sentirse (e → ie, i)	to feel

ACTIVIDAD 11 La respuesta de Consuelo

Parte A: Completa el mail de la página siguiente que Consuelo le escribe a la madre desesperada de la Actividad 4.

Parte B: Consuelo cree que la comunicación entre la madre y su hijo es la mejor solución para ellos. En grupos de tres, comenten qué pueden hacer los padres para tener mejor comunicación con sus hijos.

► En mi opinión, los padres pueden... Deben... Tienen que...

Querida madre desesperada:

Yo también tengo un hijo adolescente y por eso entiendo muy bien su problema. Creo que no ______________ (1) si le digo que su hijo, como el mío, tiene malos hábitos: estoy segura de que ______________ (2) tarde por la mañana, no ______________ (3), no ______________ (4) y no ______________ (5) con ropa apropiada para ir a la escuela. También dice Ud. que su hijo a veces no va a la escuela y estoy segura de que ______________ (6) y, por eso, prefiere ir al parque, donde ______________ (7) con sus amigos. También me imagino que Ud. debe ______________ (8) triste cuando su hijo no quiere hablar español porque Ud. cree que él puede perder parte de su cultura. Pero él no quiere ser diferente de los otros adolescentes; quiere ______________ (9) y ser como los chicos de su edad y para él, eso significa, lamentablemente, no hablar español.

aburrirse
afeitarse
despertarse
divertirse
equivocarse
integrarse
peinarse
sentirse
vestirse

Nosotras, como madres, ______________ (10) por su apariencia física y su comportamiento, y les decimos qué deben hacer. Pero nuestros hijos ______________ (11) de los consejos que les damos y en parte tienen razón, pues creo que no ______________ (12) de que necesitan ser un poco más independientes.

darse cuenta
preocuparse
quejarse

Creo que Uds. deben ______________ (13) y hablar para poder negociar qué es aceptable e inaceptable para un adolescente. Por ejemplo, Ud. debe prometer hablarle en inglés delante de sus amigos y él debe intentar usar español cuando habla con su abuela y así ella puede ______________ (14) cómoda con su nieto. Pero intente no ______________ (15) con su hijo; escúchelo, y creo que la situación va a mejorar en su hogar.

enojarse
sentarse
sentirse

Le deseo mucha suerte,

Consuelo

ACTIVIDAD 12 Tu rutina

Parte A: En parejas, describan cuatro o cinco actividades de su rutina de la mañana y de su rutina de la noche. Usen verbos de la lista de la página 23 y mencionen algunos detalles adicionales. Sigan el modelo.

▶ Por la mañana yo me despierto a las 6:15, pero me levanto a las 6:45 y tomo café antes que nada. Después...

Parte B: Ahora díganse cuatro cosas que generalmente hacen los fines de semana y tres cosas que van a hacer este fin de semana.

▶ En general, los fines de semana me levanto tarde, pero este fin de semana voy a levantarme temprano porque...

ACTIVIDAD 13 La salud

Parte A: Completa la siguiente tabla sobre tu vida. Escribe tus iniciales en la columna apropiada.

	Siempre/Mucho	Generalmente	A veces	Nunca
despertarse tarde	______	______	______	______
dormirse con la tele encendida	______	______	______	______
escuchar música a todo volumen	______	______	______	______
practicar deportes	______	______	______	______
beber alcohol	______	______	______	______
cepillarse los dientes después de comer	______	______	______	______
pasar noches en vela	______	______	______	______
salir cuatro noches por semana	______	______	______	______
sentirse de buen humor	______	______	______	______
reírse de sí mismo/a	______	______	______	______
preocuparse mucho por todo	______	______	______	______

Parte B: En parejas, entrevisten a la otra persona y escriban sus iniciales en la columna apropiada. Al escuchar la respuesta de su compañero/a, reaccionen usando una de las expresiones que se presentan abajo y pídanle más información. Sigan el modelo.

▸ —¿Bebes alcohol?

—Sí, bebo mucho. / No, nunca bebo. / etc.

—¡No me digas! ¿Por qué?

—Porque...

Para reaccionar

¡No me digas! / ¿De veras? / ¿En serio?	Really? / You're kidding.
Yo también.	I do too. / Me too.
Yo tampoco.	Neither do I. / Me neither.
En cambio yo...	Instead I . . . / Not me, I . . .
¡Qué chévere! (*Caribe*)	That's cool!
¡Qué lástima!	What a pity!

Parte C: Ahora, miren las respuestas y díganle al resto de la clase si su compañero/a lleva una vida sana. Justifiquen su opinión.

▸ Liz (no) lleva una vida sana porque...

sano/a = healthy

cuerdo/a = sane

ACTIVIDAD 14 ¿Cómo son Uds.?

Parte A: En parejas, túrnense para entrevistar a la otra persona y así formar una idea de su perfil psicológico.

1. aburrirse cuando alguien le cuenta un problema
2. divertirse solo/a o en compañía de otros
3. acordarse del cumpleaños de sus amigos
4. preocuparse por los demás (*others*)
5. sentirse mal si está solo/a
6. aceptar sus errores cuando se equivoca en la vida
7. olvidarse de ir a citas
8. interesarse por la salud de sus familiares

Parte B: Ahora usen los siguientes adjetivos para describirle a la clase cómo es la persona que entrevistaron. Justifiquen su opinión.

Remember to use **ser** to describe what your partner is like.

Adjetivos: **considerado/a, despistado/a, egoísta, extrovertido/a, sociable, solitario/a, impaciente, introvertido/a, paciente**

▶ Tom es una persona muy sociable porque...

ACTIVIDAD 15 Las reacciones

Parte A: Primero, lee las siguientes situaciones y escribe en la primera columna un adjetivo para indicar cómo te sientes. Después, pon una X en la segunda o la tercera columna para indicar si te callas o te quejas.

Adjetivos: **enojado/a, fatal, frustrado/a, impaciente, irritado/a, nervioso/a, preocupado/a,** etc.

	Me siento...	Me callo	Me quejo
si no me gusta el servicio de un restaurante	________	______	______
si en el lugar donde trabajo una persona fuma en el baño	________	______	______
si estoy en un avión y el niño que está detrás de mí me molesta	________	______	______
si mi taxista maneja como un loco	________	______	______
si un profesor me da una nota que me parece baja	________	______	______
si alguien cuenta un chiste ofensivo	________	______	______
si mis vecinos ponen música a todo volumen	________	______	______
si no puedo matricularme en una clase	________	______	______

(*Continúa en la página siguiente.*)

Parte B: En parejas, comparen y discutan sus respuestas. Justifiquen por qué se quejan o se callan. Usen las siguientes frases para reaccionar.

Para reaccionar 

No sirve de nada quejarse / No vale la pena quejarse...	It's not worth it to complain . . .
Vale la pena callarse porque...	It's worth it to keep quiet, because . . .
Tienes razón.	You're right.

ACTIVIDAD 16 Un poco de imaginación

En grupos de tres, imagínense que estas dos personas son sus amigos y contesten las preguntas que siguen.

1. ¿Cómo se llaman y dónde trabajan?
2. ¿Qué hace el hombre para divertirse? ¿Y la mujer?
3. ¿Quién se divierte más?
4. ¿Dónde se aburren ellos?
5. ¿Se preocupan por su apariencia física?
6. ¿Se dan cuenta de los comentarios de los demás o no se preocupan por esas cosas?
7. ¿Cuál de los dos se interesa por la política? ¿Por qué?
8. ¿Cuál de los dos se olvida de pagar las cuentas a tiempo?

II. Discussing Nightlife

La vida nocturna

Nombre del grupo: ¿Qué hacemos esta noche?

Tipo de grupo: Cerrado

Información:

Tipo: Vida nocturna

Descripción: La idea del grupo es contar y sugerir qué hacer los fines de semana por la noche. Contar qué haces esta noche y qué hiciste anoche.

Muro:

Fernanda Correa ha escrito hoy a las 11
Esta noche salgo con Carola y Victoria. No sé qué vamos a hacer.

Mariano Campoy ha escrito hoy a las 11:15
¿Por qué no van a la **disco** Luna Gaucha que va a estar mi dj preferido? Se puede **pedir algo de tomar** que no es caro y la música va a estar muy buena.

Fernanda Correa ha escrito hoy a las 11:20
Sí, la música va a estar muy buena, pero si nadie **te saca a bailar...**

Mariano Campoy ha escrito hoy a las 11:25
Pero Uds. **bailan en grupo.** ¿Cual es el problema?

Carola Medrano ha escrito hoy a las 12
Podemos ir al cine y yo puedo comprar **las entradas** por Internet. Fernanda, **¿me pasas a buscar?** Pero **no me vas a dejar plantada,** ¿no?

Victoria Caropi ha escrito hoy a las 13
Nos juntamos en el bar de la esquina a las 9 y ahí vemos qué hacemos - ir al cine, a comer algo y si no tenemos **plata, vamos a dar una vuelta.** ¿Bien? ¿Alguien más quiere unirse al programa?

Enviar mensaje al grupo
Crear evento
Editar:
- grupo
- miembros
- coordinadores

Invitar a gente al grupo

Contacto:
carolaestanoche@gmail.com

club

order something to drink

asks you to dance

dance in a group

tickets; will you pick me up

you are not going to stand me up

we will get together

money (*slang*); we go cruising/for a ride/for a walk

The verb **ligar** is never followed directly by a noun as a direct object. **Todas las noches Juan sale con sus amigos a ligar.**

Palabras relacionadas con la vida nocturna	
ir a bailar	
pasar tiempo con alguien	to hang out with someone
ir a un bar	to go to a bar, café
ir a un concierto	
sacar/comprar entradas	to get/to buy tickets
sentarse en la primera/segunda/ última fila	to sit in the first/second/last row
ir detrás del escenario	to go backstage
el/la revendedor/a	scalper
ligar (*España, México*)	to pick someone up (at a club, bar, etc.)
pasar a buscar/recoger a alguien (por/en un lugar)	to pick someone up (at home, etc.)
pasear en el auto	to go cruising
quedar en una hora (con alguien)	to meet (someone) at an agreed upon time
reunirse/juntarse con amigos	to get together with friends
tener un contratiempo	to have a mishap (that causes one to be late)

ACTIVIDAD 17 Tu opinión

Lee y marca las ideas con las que estás de acuerdo. Luego, en grupos de tres, justifiquen sus respuestas.

1. ❑ Es preferible sacar a bailar a alguien que bailar en grupo.
2. ❑ La primera fila no es la mejor para ver un concierto.
3. ❑ La gente que sale a pasear en el auto no tiene nada mejor que hacer.
4. ❑ Ser revendedor es una buena forma de ganarse la vida.
5. ❑ Las personas que quedan en una hora y luego tienen contratiempos son desafortunadas.
6. ❑ La gente que te deja plantado/a generalmente es gente distraída.

ACTIVIDAD 18 Tu vida nocturna

En parejas, discutan las siguientes preguntas relacionadas con la vida nocturna.

1. ¿Van a bailar? ¿Con qué frecuencia? ¿Sacan a bailar a otra persona o esperan a que la otra persona los saque a bailar? ¿Por qué baila la gente?
2. ¿Les gusta ir a los bares? ¿Por qué? ¿Por qué se reúne la gente en los bares? ¿Por qué generalmente beben los jóvenes más que sus padres?
3. ¿Les compran las entradas a los revendedores el día del concierto o las compran con anticipación? ¿Cuánto cuesta normalmente una entrada? ¿Tienen a veces la oportunidad de ir detrás del escenario? ¿Qué hace la gente en un concierto de rock?
4. ¿Qué hacen si aceptan la invitación de alguien, pero después deciden no salir? ¿Y si alguien los está esperando en un lugar y Uds. tienen un contratiempo?

III. Obtaining and Giving Information

¿Qué? and ¿cuál?

1. In general, the uses of **qué** and **cuál(es)** parallel English uses of *what* and *which (one)*, except in cases where they are followed by **ser.**

¿Qué te ocurre?	*What's wrong? / What's the matter?*
¿Qué haces mañana?	*What are you doing tomorrow?*
¿Cuál le gusta más?	*Which (one) do you like more?*
¿Cuáles de estos cantantes prefieren?	*Which of these singers do you prefer?*

Note: A noun can follow both **qué** and **cuál(es)**, although **qué** + *noun* is more common: **¿Qué vestido te vas a poner esta noche?**

2. Use **qué** + **ser** to ask for a definition or for group classifications.

Definition	Group Classification
—**¿Qué es** un revendedor?	—**¿Qué eres,** demócrata o republicano?
—Es una persona que le vende a otro algo que compró.	—Ninguno de los dos. Soy del Partido Verde.

Note: The question **¿Qué es eso/esto?** is used to ask for the identification of an unknown object or action.

—**¿Qué es eso?**

—Es una quena, un instrumento musical que tocan en los Andes. (*identification*)

3. In all other instances not covered in points 1 and 2, use **cuál(es)** with **ser.**

¿Cuál es tu número de teléfono?	*What's your telephone number? (Which, of all the numbers in the world, is your phone number?)*
¿Cuál es tu dirección?	*What's your address? (Which, of all the addresses in the world, is your address?)*
¿Cuáles son tus zapatos?	*Which (of all the shoes) are your shoes?*

Compare the following questions.

—**¿Qué es** tarea?	—**¿Cuál es** la tarea?
—Tarea es un trabajo escrito que da el profesor para hacer en casa.	—La tarea para mañana es hacer las actividades 4 y 5 del cuaderno de ejercicios.

Notice that the question on the left is asking for a definition of what homework is while the one on the right is asking about a specific homework assignment.

ACTIVIDAD 19 ¿Qué hacemos esta noche?

Completa las siguientes preguntas sobre la página de Internet en la página 29 con **qué** o **cuál(es)**. Luego contéstalas.

1. ¿______________ es el objetivo del grupo?
2. ¿______________ programa sugiere Mariano: ir al cine, a una disco o a dar una vuelta?
3. ¿______________ es Luna Gaucha?
4. ¿______________ sugiere hacer Carola?
5. ¿______________ es posiblemente el mail de Carola Medrano?
6. ¿______________ significa "dejar plantada"?
7. ¿______________ de los programas deciden hacer las chicas?

ACTIVIDAD 20 ¿Cuánto sabes?

Parte A: Completa las siguientes preguntas sobre la cultura hispana con **qué** o **cuál(es)**.

1. ¿A ______________ hora almuerza la gente en España?
2. ¿______________ es un sinónimo de "pasarlo bien"?
3. ¿Con ______________ de estas formas se despiden dos mujeres mexicanas jóvenes: un beso o un apretón de manos?
4. ¿______________ es "tener un contratiempo"?
5. ¿______________ películas ve más un mexicano: nacionales o extranjeras?
6. ¿______________ significa ser hispano?
7. Si se invita gente a una fiesta en Panamá a las nueve de la noche, ¿a ______________ hora llegan los invitados?
8. ¿______________ es una guayabera y en ______________ países se lleva?
9. ¿______________ es el nombre de la mujer argentina que sirvió de inspiración para una obra de Broadway y una película con Madonna?
10. ¿______________ son los dos países suramericanos que llevan el nombre de personajes históricos?
11. ¿______________ es un "taco" en España? ¿Y en México?
12. ¿______________ moneda usan en México?
13. ¿______________ de las islas del Caribe es la más grande?
14. ¿______________ es la montaña más alta de América?

Parte B: En parejas, túrnense para hacer y contestar las preguntas de la Parte A. Si no saben la respuesta, digan **No sé. / No tengo idea. ¿Lo sabes tú?**

IV. Avoiding Redundancies

Subject and Direct-Object Pronouns

Read the following conversation and state what is unusual.

A: ¿Agustín invita a salir a Sara?
B: No, Agustín no invita a salir a Sara porque Agustín no conoce a Sara.
A: ¿Cuándo va a conocer Agustín a Sara?
B: No sé cuándo va a conocer Agustín a Sara.

Obviously there is a great deal of repetition in the conversation. Two ways of avoiding repetition are (1) substituting a subject pronoun (**yo, tú, Uds.,** etc.) for the subject or omitting the subject altogether and (2) substituting direct-object pronouns for direct-object nouns.

A: ¿Agustín invita a salir a Sara?
B: No, no la invita a salir porque él no la conoce.
A: ¿Cuándo va a conocerla?
B: No sé cuándo la va a conocer.

Pobre Jaime. Sus amigos quedan a una hora con él y no vienen; siempre **lo** dejan plantado.

1. A direct object (**complemento directo**) is the person or thing that is directly affected by the action of the verb. It answers the question *whom?* or *what?* Notice that when the direct object refers to a specific person or to a loved animal, the personal **a** precedes it.

No encuentro **las llaves.**	*I can't find the keys.*
No encuentro a **mi hijo.**	*I can't find my child.*
No encuentro a **mi perro.**	*I can't find my dog.*

Note: The personal **a** is not usually used after the verb **tener**: **Tengo una hermana.**

2. The direct-object pronouns are:

me	nos
te	os
lo, la	los, las

Sentences with direct objects	Sentences with direct-object pronouns
Anoto **el teléfono de la muchacha.**	**Lo** anoto.
Carlos ve **a su novia** dos veces por semana.	Carlos **la** ve dos veces por semana.
XXX	Ella **me/te/os/nos** ve una vez por año.

3. Placement of direct-object pronouns:

Before the Conjugated Verb	or	After and Attached to the Infinitive
La ve dos veces por semana.		XXX
La va a ver.	=	Va a **verla.**
La tiene que ver ahora.	=	Tiene que **verla** ahora.

Before the Conjugated Verb	or	After and Attached to the Present Participle
Lo estoy comprando.	=	Estoy **comprándolo.**

This activity includes more uses of **a** besides the personal **a.** To review other uses, see Appendix E.

Remember: **a** + **el** = **al**

ACTIVIDAD 21 Mensajes de texto

Parte A: Lorena entra al baño y su madre toma el celular de su hija para leer los mensajes. Complétalos con **a, al, a la, a los, a las,** o deja el espacio en blanco cuando sea necesario.

Abreviaciones en mensajes de texto:

adnde = adónde

cn = con

d = de

dcir = decir

dsp = después

m = me

q = que / qué

x = por

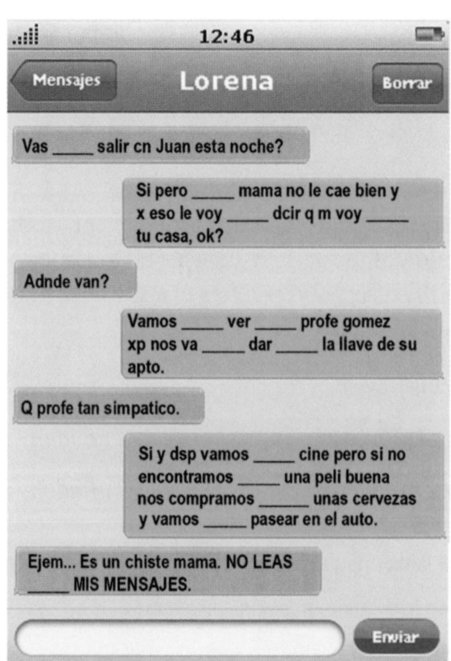

Parte B: En parejas, digan si hay personas que leen los mensajes de otros. Comenten de quiénes son los mensajes que leen y por qué creen Uds. que los leen.

ACTIVIDAD 22 En Los Ángeles

La siguiente historia sobre un joven que vive en Los Ángeles contiene redundancias de sujeto y complemento directo que están en bastardilla (*italics*). Léela y después intenta reescribirla para que sea más natural.

Soy de familia hispana y vivo en Los Ángeles con mis padres, mis hermanos y mi abuela. Mi abuela no habla inglés y por eso, cuando *mi abuela* necesita ir al médico, yo acompaño *a mi abuela*. Mientras el doctor examina *a mi abuela* para ver qué tiene, *yo* traduzco la conversación entre ellos. Mi abuela siempre tiene la misma enfermedad y parece que *la enfermedad* sigue *a mi abuela* por todas partes, porque vamos al consultorio del médico con frecuencia.

Hay mucha gente mexicana en esta ciudad y muchos saben inglés, otros estudian *inglés* y otros casi no hablan *inglés*. Sé que no es fácil aprender otro idioma, especialmente si uno trabaja 80 horas por semana. *Yo* tuve suerte porque aprendí *inglés* en la escuela y aprendí español en casa. Muchas personas, especialmente los mayores, que no hablan bien inglés tienen miedo de participar activamente como ciudadanos. Por eso trabajo en un centro de votación que contrata voluntarios. El centro entrena *a los voluntarios* y luego *los voluntarios* salen a hablar con la comunidad hispana. Vamos por lo general a los supermercados y le explicamos a la gente que su voto cuenta y que *el voto* no es obligatorio, sino que *el voto* es un privilegio. También *el voto* es un derecho y cada ciudadano debe ejercer *este derecho*. Cada año, el día de las elecciones, con orgullo, mi abuela ejerce *su derecho* y yo acompaño *a mi abuela* para traducir la papeleta y le digo dónde debe poner las equis. Pero ella siempre pone *las equis* sola con mucho cuidado...

ACTIVIDAD 23 ¿Sabes quiénes...?

En el mundo hispano hay gran variedad de costumbres, razas y usos del idioma español, entre otras cosas. En parejas, pregúntenle a su compañero/a si sabe qué grupo hispano hace las acciones que se indican. Sigan el modelo.

▶ decir la palabra "guagua" en vez de "autobús"

—¿Sabes quiénes dicen la palabra "guagua" en vez de "autobús"?

—Sí, la dicen los caribeños.

1. pronunciar la "ce" y la "zeta" como la "th" en inglés
2. usar el término "vos"
3. comer pan de muerto
4. decir "tacos"
5. generalmente no tener sangre indígena
6. decir la palabra "platicar" por "charlar"
7. tocar música con influencia de ritmos africanos

- argentinos
- caribeños
  - puertorriqueños,
  - cubanos,
  - dominicanos
- costarricenses
- españoles
- mexicanos

ACTIVIDAD 24 ¿Te visitan?

En parejas, háganse preguntas sobre cosas que hacen sus padres y sus amigos.

▶ —¿Te llaman por teléfono tus padres?

—Sí, me llaman mucho. —No, no me llaman nunca.

sus padres	llamarlo/la por teléfono visitarlo/la en la universidad controlarlo/la mucho
sus amigos	venir a visitarlo/la de otra universidad invitarlo/la a cenar criticarlo/la por algo dejarlo/la plantado/a con frecuencia

ACTIVIDAD 25 Los profes

En grupos de tres, piensen en los profesores que han tenido y en otros profesores que conocen. Después, formen oraciones explicando cómo son en general. Usen expresiones como: **algunos, pocos, normalmente, en general, generalmente** y **la mayoría**. Sigan el modelo.

▶ verlos fuera de sus horas de oficina

Generalmente, no **nos ven** fuera de sus horas de oficina.

Muchos de los profesores no **nos ven** fuera de sus horas de oficina, pero hay algunos que sí **nos ven**. Algunos incluso van a tomar algo con nosotros a la cafetería.

1. escucharlos atentamente cuando Uds. hablan
2. respetarlos
3. conocerlos bien
4. considerarlos parte importante de la universidad
5. subirles la nota si se quejan
6. invitarlos a tomar algo después de clase

ACTIVIDAD 26 La primera salida

Parte A: Lee lo que dicen dos jóvenes, un argentino y una mexicana, sobre la primera vez que uno sale con alguien. Compara sus respuestas.

Fuente hispana

"En una primera salida típicamente el chico invita a la chica. Si él tiene auto, la pasa a buscar o si no, quedan en un lugar que puede ser un bar o un cine. La primera vez paga el chico porque es una cuestión social, pero hay muchos jóvenes que no tienen mucho dinero y a veces las chicas que no tienen mucho dinero se aprovechan de los chicos y salen con ellos solo porque quieren salir. El chico muchas veces espera que ella le dé por lo menos un beso en la boca. En las próximas salidas generalmente pagan a medias y si se gustan, hay muchos más besos." ■

they take advantage of

Fuente hispana

"Por tradición, el hombre se acerca e investiga sobre la mujer que le interesa. Por tradición, el hombre invita por primera vez después de platicar algunas veces con la mujer. Tradicionalmente, el hombre la recoge en su casa y paga lo que sea que hagan (ir al cine, a un café, a una fiesta...). Por tradición, el hombre mantiene a su mujer y paga todos los gastos que tengan juntos. Hoy día hay mucha gente que no sigue las tradiciones porque no son muy prácticas. Entonces existen parejas que no dependen tanto de la diferencia de géneros. Así, a veces invita ella, a veces él o cada uno paga lo suyo." ■

Parte B: Ahora, en grupos de tres, digan cómo es una primera salida en este país.

Do the corresponding activities to review the chapter topics.

CAPÍTULO 1

Vocabulario activo

Verbos

-ar *verbs*

ahorrar (dinero/tiempo) *to save (money/time)*
alquilar (películas) *to rent (movies)*
charlar *to chat*
cuidar (a) niños *to baby-sit*
dibujar *to draw*
escuchar música *to listen to music*
faltar (a clase / al trabajo) *to miss (class/work)*
flirtear/coquetear *to flirt*
gastar (dinero) *to spend (money)*
mirar (la) televisión *to watch TV*
pasar la noche en vela *to pull an all-nighter*
pasear al perro *to walk the dog*
probar (o → ue) *to taste; to try*
sacar buena/mala nota *to get a good/bad grade*
trasnochar *to stay up all night*

-er *verbs*

devolver (o → ue) *to return (something)*
escoger *to choose*
hacer investigación/dieta *to do research / to be on a diet*
poder (o → ue) *to be able to, can*
soler (o → ue) + *infinitive* *to usually + verb*
volver (o → ue) *to return*

-ir *verbs*

asistir (a clase / a una reunión) *to attend (class / a meeting)*
compartir *to share*
contribuir *to contribute*
discutir *to argue; to discuss*
mentir (e → ie, i) *to lie*
salir bien/mal (en un examen) *to do well/poorly (on an exam)*
seguir (instrucciones / a + alguien) (e → i, i) *to follow (instructions/someone)*

Verbos reflexivos

La rutina diaria

acostarse (o → ue) *to lie down; to go to bed*
afeitarse (la barba/las piernas/etc.) *to shave (one's beard/legs/etc.)*
arreglarse *to make oneself presentable*
bañarse *to take a bath*
cepillarse (el pelo/los dientes) *to brush (one's hair/teeth)*
despertarse (e → ie) *to wake up*
desvestirse (e → i, i) *to get undressed*
dormirse (o → ue, u) *to fall asleep*
ducharse *to take a shower*
lavarse (el pelo/las manos/la cara/etc.) *to wash (one's hair/hands/face/etc.)*
maquillarse *to put on makeup*
peinarse *to comb one's hair*
ponerse la camisa/la falda/etc. *to put on the shirt/the skirt/etc.*
prepararse (para) *to get ready (for)*
probarse ropa (o → ue) *to try on clothes*
quitarse la camisa/la falda/etc. *to take off the shirt/the skirt/etc.*
secarse (el pelo/la cara/etc.) *to dry (one's hair/face/etc.)*
sentarse (e → ie) *to sit down*
vestirse (e → i, i) *to get dressed*

Otros verbos que usan pronombres reflexivos

aburrirse (de) *to become bored (with)*
acordarse (de) (o → ue) *to remember*
caerse *to fall down*
callarse *to shut up*
darse cuenta (de) *to realize*
despedirse (de) (e → i, i) *to say good-by (to)*
divertirse (e → ie, i) *to have fun, to have a good time*
enfadarse/enojarse *to get mad*
equivocarse *to err, to make a mistake*
interesarse (por) *to take an interest (in)*
irse (de) *to go away (from), to leave (a place)*
ocuparse (de) *to take care (of)*
olvidarse (de) *to forget (about)*
preocuparse (de) *to take care (of)*
preocuparse (por) *to worry (about)*
quejarse (de) *to complain (about)*
reírse (de) (e → i, i) *to laugh (at)*
sentirse (e → ie, i) *to feel*

La vida nocturna

bailar en grupo *to dance in a group*
dejar plantado/a a alguien *to stand someone up*
ir a dar una vuelta *to go cruising/for a ride/for a walk*
ir a un bar *to go to a bar, café*
ir a un concierto *to go to a concert*
- **sacar/comprar entradas** *to get/to buy tickets*
- **sentarse en la primera/segunda/última fila** *to sit in the first/second/last row*
- **ir detrás del escenario** *to go backstage*
- **el/la revendedor/a** *scalper*

ir a una disco / ir a bailar *to go to a club / to go dancing*
ligar (*España, México*) *to pick someone up (at a club, bar, etc.)*
pasar a buscar/recoger a alguien (por/en un lugar) *to pick someone up (at home, etc.)*
pasar tiempo con alguien *to hang out with someone*
pasear en el auto *to go cruising*
pedir algo de tomar *to order something to drink*
la plata *money (slang)*
quedar en una hora con alguien *to meet at an agreed upon time*
reunirse/juntarse con amigos *to get together with friends*
sacar a bailar a alguien *to ask someone to dance*
tener un contratiempo *to have a mishap (that causes one to be late)*

Expresiones útiles

llamarle la atención *to find something interesting/strange*
ser un/a pesado/a *to be a bore*
hace + *time expression* **+ que +** *present tense* *to have been doing something for* + time expression
En cambio yo... *Instead I . . . / Not me, I . . .*
¡No me digas! / ¿De veras? / ¿En serio? *Really? / You're kidding.*
No sirve de nada quejarse / No vale la pena quejarse... *It's not worth it to complain . . .*
¡Qué chévere! (*Caribe*) *That's cool!*
¡Qué lástima! *What a pity!*
Tienes razón. *You're right.*
Vale la pena callarse porque... *It's worth it to keep quiet, because . . .*
Yo también. *I do too. / Me too.*
Yo tampoco. *Neither do I. / Me neither.*

Más allá

Canción: "Hablemos el mismo idioma"

Gloria Estefan

Nace en Cuba en 1957, pero llega a los dos años a vivir en los Estados Unidos con su familia. Al principio de su carrera como cantante, forma parte del Miami Sound Machine, grupo que luego se disuelve. Gloria lleva vendidos 70 millones de discos gracias a su popularidad y a su productor y esposo, Emilio Estefan. A lo largo de su carrera, ella recibe varios Grammys, entre ellos uno por su álbum *Mi tierra,* donde aparece la canción "Hablemos el mismo idioma". Estefan no solo es cantante y compositora, sino también escritora de libros para niños.

ACTIVIDAD **Hispanos en los Estados Unidos**

Parte A: En grupos de tres, digan cuáles son los principales grupos hispanos que hay en los Estados Unidos y digan dónde se encuentran las grandes poblaciones de cada grupo.

Parte B: Mientras escuchan la canción, busquen la siguiente información.

- qué cosas tienen en común los hispanos
- qué cosas los hacen diferentes
- qué significa para la cantante hablar el mismo idioma
- cuáles son los beneficios de hablar el mismo idioma

Parte C: Como dice Estefan, "en la unión hay un gran poder". En grupos de tres, mencionen grupos o asociaciones de personas que están unidas por una causa común y digan qué hacen para lograr su objetivo.

Videofuentes: *¿Cómo te identificas?*

Antes de ver

ACTIVIDAD 1 Términos hispanos

Explica la diferencia entre los términos **chicano, latinoamericano** y **mexicoamericano** que ya discutiste en clase.

Mientras ves

ACTIVIDAD 2 ¿Cómo se identifican?

Parte A: Mientras escuchas a varios hispanohablantes que explican cómo se definen, completa la siguiente tabla.

Jessica Carrillo Fernández

Nombre	País	Se identifica como...
Rodrigo	______	______
Cecilia	______	______
Gregorio*	______	______
Jessica*	______	______
Mirta*	______	______
John*	______	______
Carmen*	______	______
Alberto	______	______

*Personas que no fueron entrevistadas en su país.

Parte B: Ahora escucha las entrevistas otra vez y marca las definiciones que los entrevistados asocian con los siguientes términos.

1. ______ latinoamericano
2. ______ hispano
3. ______ latino

a. hablar español, compartir tradiciones
b. saber hablar español
c. ser gente cálida y tener cosas en común
d. la unión de muchos pueblos
e. la unión del continente

Después de ver

ACTIVIDAD 3 ¿Cómo te identificas tú?

En el video, algunos hispanohablantes dicen que se identifican como parte de Latinoamérica. En grupos de tres, discutan las siguientes preguntas.

1. ¿Se identifican Uds. como parte del continente americano o con un país específico?
2. ¿Con qué países del continente se identifican más o menos? Miren las ideas de la lista para justificar su respuesta.
   - tener costumbres similares
   - escuchar la misma música
   - hablar el mismo idioma
   - ver los mismos programas de televisión
   - pensar de forma similar
   - leer a los mismos escritores

Proyecto: Un anuncio publicitario

Para este proyecto, necesitas grabar un anuncio publicitario para la radio sobre un lugar o evento hispano en tu ciudad; por ejemplo, una noche de salsa en una disco, un restaurante hispano o un concierto de algún cantante hispano. El anuncio debe ser de 30 a 45 segundos. Puedes buscar la siguiente información en Internet.

- identificación del evento/lugar
- dirección (y fecha)
- por qué es especial
- precios
- para qué tipo de público

España: pasado y presente

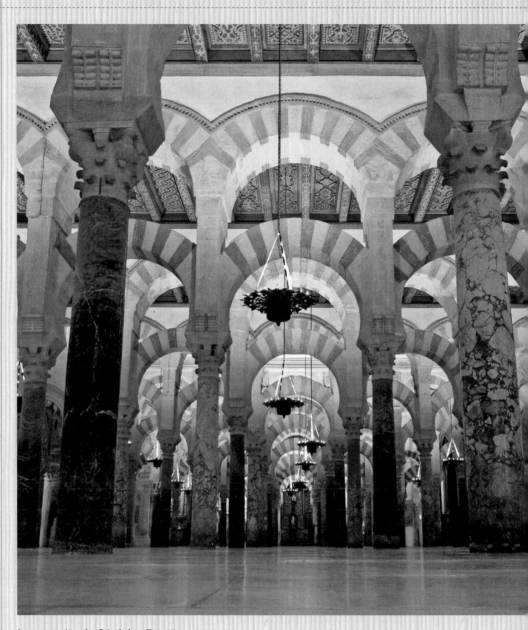

La mezquita de Córdoba, España.

METAS COMUNICATIVAS

- hablar de cine
- narrar en el pasado (primera parte)
- decir la hora y la edad en el pasado

Un anuncio histórico

La estrella mora.

estar harto/a (de + *infinitive*)	to be fed up (with + *-ing*)
el lunes	on Monday
los lunes	on Mondays
año(s) clave	key year(s)

llave = key (*as in a car key*)

ACTIVIDAD 1 Algo de historia

Parte A: Antes de escuchar un anuncio comercial de la radio, habla sobre la siguiente información.

1. ciudades, países o zonas geográficas que relacionas con las siguientes religiones:
   - el islamismo
   - el judaísmo
   - el catolicismo
2. religión que asocias con:
   - el Tora, la Biblia, el Corán
   - Mahoma, los reyes Fernando e Isabel de España, Maimónides
   - una iglesia, una sinagoga, una mezquita
3. año en que Colón llegó a América
4. tipo de gobierno que asocias con Francisco Franco (socialista, comunista, fascista, democrático)

Parte B: Lee los siguientes acontecimientos de la historia española y luego, mientras escuchas el anuncio comercial, ponlos en orden cronológico.

_______ Murió Franco y empezó la transición a la democracia.
_______ Los moros invadieron la península Ibérica.
_______ España perdió sus últimas colonias.
_______ Los judíos, los moros y los cristianos pudieron estudiar y trabajar juntos entre los años...
_______ Empezó la Guerra Civil.
_______ Los Reyes Católicos vencieron a los moros en España.

ACTIVIDAD 2 Más información

Escucha el anuncio comercial una vez más y contesta estas preguntas.

1. ¿Qué otro nombre se usa en España para musulmán?
2. ¿Por qué invadieron la península Ibérica los musulmanes? ¿Sabes qué países forman esa península?
3. ¿Quién fue el rey español entre 1252 y 1284?
4. ¿Con qué otro nombre se conoce a Fernando y a Isabel?
5. ¿Cuáles fueron las últimas colonias que perdió España?
6. ¿Cuántos años estuvieron los moros en la península Ibérica?
7. ¿Cuántos años duró la colonización española de América y la zona del Pacífico?
8. ¿Cuántos años duró la dictadura de Franco?

¿Lo sabían?

En el año 1492 ocurrieron tres acontecimientos de gran importancia, no solo en la historia de España sino también en la historia mundial.

- Se publicó la primera gramática de la lengua española.
- Los Reyes Católicos vencieron a los moros, que luego se fueron de la región, también expulsaron a los judíos, y así pudieron tener en la península una sola religión: el catolicismo.
- La llegada de Colón a América marcó el principio de la colonización española en el Nuevo Mundo.

El año 1975 fue clave para la España moderna porque murió Francisco Franco y empezó la transición a la democracia al nombrar rey a Juan Carlos de Borbón. En 1978 España se convirtió en una monarquía parlamentaria. En 1982 el país se unió a la OTAN y en 1986, España ingresó en lo que hoy día es la Unión Europea.

¿Cuál es la función de la OTAN? ¿En qué crees que se beneficia España al ser parte de la Unión Europea? ¿A qué organizaciones regionales o mundiales pertenece tu país y cuáles son sus beneficios?

OTAN (Organización del Tratado del Atlántico Norte) = NATO

I. Narrating in the Past (Part One)

A The Preterit

Do the corresponding web activities as you study the chapter.

1. In order to speak about the past you need both the preterit (**pretérito**) and the imperfect (**imperfecto**). This section will focus on the uses of the preterit. In general terms, the preterit is dynamic and active and is used to move the narrative along while talking about the past. The preterit forms of regular verbs are as follows.

entrar		**perder***		**vivir**	
entr**é**	entr**amos**	perd**í**	perd**imos**	viv**í**	viv**imos**
entr**aste**	entr**asteis**	perd**iste**	perd**isteis**	viv**iste**	viv**isteis**
entr**ó**	entr**aron**	perd**ió**	perd**ieron**	viv**ió**	viv**ieron**

***Note:** -**ar** and -**er** stem-changing verbs do not have a stem change in the preterit. To review formation of the preterit and irregular forms, including -**ir** stem-changers, see Appendix A, pages 357-359.

2. The main uses of the preterit are:

a. to denote a completed state or an action

X

Los romanos **llegaron** a la península Ibérica en 218 a. de C.	*The Romans arrived in the Iberian Peninsula in 218 B.C.*

b. to express the beginning or end of a past action

X...

Los moros **comenzaron** la invasión en 711.	*The Moors began the invasion in 711.*

...X

La dominación mora **terminó** en 1492.	*Moorish domination ended in 1492.*

c. to express an action or state that occurred over a specific period of time

[X]

La dominación mora **duró** 781 años.	*Moorish domination lasted 781 years.*

Es común no poner acentos en las mayúsculas porque las reglas de acentuación dicen que es opcional. Por eso dice aquí EL LEYO, y no ÉL LEYÓ. ¿Cuál fue el último libro que leíste tú?

ACTIVIDAD 3 Analiza

Examina las siguientes oraciones sobre la historia de España y la colonización del continente americano. Primero, subraya (*underline*) los verbos en el pretérito y, segundo, indica cuál de los siguientes explica mejor el uso del pretérito en cada oración.

A. X

B. X... O ...X

C. [X]

To review large numbers, see Appendix G.

1. ______ Isabel, junto con Fernando, gobernó una España unida desde 1492 hasta su muerte.
2. ______ En 1502, empezó la colonización de las Antillas.
3. ______ Isabel la Católica murió en Medina del Campo en 1504.
4. ______ Desde 1510 hasta 1512, Juan Ponce de León fue gobernador de Puerto Rico.
5. ______ En 1513, Juan Ponce de León inició la búsqueda de la Fuente de la Juventud en lo que hoy en día es la Florida.
6. ______ En 1521, Hernán Cortés derrotó a los aztecas en la región que actualmente es México.
7. ______ Francisco Pizarro capturó a Atahualpa, el último emperador inca, en 1532.
8. ______ Pizarro completó la conquista del Imperio Inca en 1535.
9. ______ Los españoles llegaron a lo que hoy día es Texas en 1720.
10. ______ En 1769, los clérigos españoles comenzaron a fundar misiones en California para llevar la palabra de Dios a los indígenas.
11. ______ En 1898 terminó la dominación española del continente americano.
12. ______ Los españoles dominaron partes de Hispanoamérica y de los Estados Unidos durante más de cuatrocientos años.

ACTIVIDAD 4 El siglo XX

Para aprender más sobre la España del siglo XX, completa las siguientes oraciones con el pretérito de los verbos que se presentan.

Cuando los intelectuales huyen de un país por razones políticas, este éxodo se llama **fuga de cerebros**.

s/z sound = za **ce** ci **zo** zu (empe**cé**, hi**zo**)

1. Durante y después de la Guerra Civil española, intelectuales como el escritor Ramón Sender y el músico Pablo Casals __________ de España y __________ en el exilio porque su vida corría peligro. (salir, vivir)
2. En 1937 Picasso ________ el *Guernica*, un cuadro que representa la destrucción de un pueblo en el norte de España. Desde 1939 hasta 1981 se __________ el cuadro en el Museo de Arte Moderno de Nueva York y después de la dictadura de Franco, el *Guernica* __________ a España. (hacer, exhibir, volver)
3. Durante la dictadura de Franco, Dolores Ibárruri, uno de los líderes del Partido Comunista, ________ a vivir a la Unión Soviética, donde ________ casi cuarenta años en exilio. __________ a España en 1977, cuando se ____________ los diferentes partidos políticos. (irse, pasar, regresar, legalizar)

4. En mayo de 1976, __________ el periódico *El País,* que __________ la prensa española al permitir la libertad de palabra en la sección de opinión. (aparecer, cambiar)
5. En 1980, Pedro Almodóvar __________ la película *Pepi, Luci, Bom y otras chicas del montón* que __________ "la movida" de Madrid. "La movida" __________ parte de la revolución cultural y sexual de la España posfranquista. (producir, mostrar, formar)
6. Se __________ el divorcio en 1981. (legalizar)

la movida = nightlife in post-Franco Spain

ACTIVIDAD 5 Eventos históricos

Parte A: Lee lo que dice un joven español sobre eventos históricos importantes que ocurrieron en las dos últimas décadas del siglo XX.

Fuente hispana

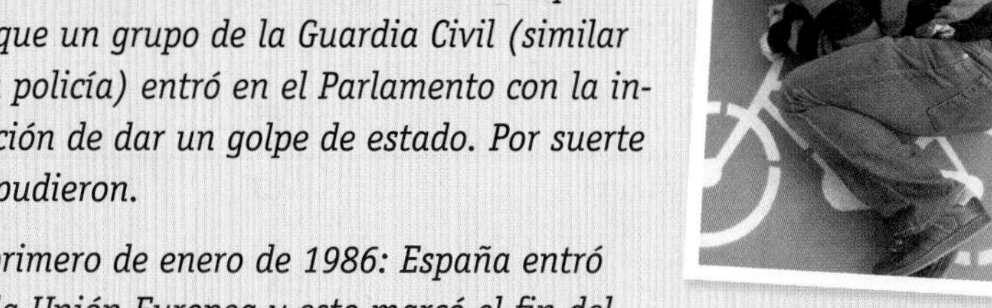

"El 23 de febrero de 1981: Este día es muy importante en la historia reciente de España porque un grupo de la Guardia Civil (similar a la policía) entró en el Parlamento con la intención de dar un golpe de estado. Por suerte no pudieron.

El primero de enero de 1986: España entró en la Unión Europea y esto marcó el fin del complejo de los españoles de ser un país atrasado con respecto a sus vecinos. La Unión Europea hoy les ofrece grandes posibilidades de trabajo y de convivencia a todos sus ciudadanos. Podemos viajar de un país a otro sin pasaporte, usar la misma moneda y trabajar en cualquiera de los países de la Unión." ■

Parte B: Haz una lista de tres o cuatro acontecimientos históricos que tuvieron lugar durante tu vida hasta el año pasado, pero no escribas las fechas. Incluye, por ejemplo, guerras, elecciones, muertes de personas famosas, accidentes graves (nucleares o desastres naturales, como terremotos o erupciones volcánicas), actos de terrorismo, asesinatos, inventos.

Parte C: Ahora, en parejas, háganse preguntas para ver si la otra persona sabe en qué año ocurrieron los acontecimientos que escribió cada uno.

▶ A: ¿En qué año empezó la segunda guerra de los Estados Unidos con Iraq?

B: Empezó en...

A: ¿En qué año fue el huracán Katrina?

B: El huracán fue en...

ACTIVIDAD 6 ¿Qué hiciste?

Parte A: Marca en la primera columna las cosas que hiciste tú el fin de semana pasado. Después, en parejas, túrnense para averiguar qué hizo su compañero/a y marquen sus respuestas en la segunda columna.

▶ —¿Miraste televisión el fin de semana pasado?

—Sí, miré televisión. —No, no miré televisión.

Remember the following letter combinations when spelling preterit forms:

hard **c** sound = ca **que** qui co cu (to**qué**)

hard **g** sound = ga **gue** gui go gu (ju**gué**)

s/z sound = za **ce** ci **zo** zu (empe**cé**, hi**zo**)

	yo	mi compañero/a
1. reunirse con amigos	❑	❑
2. comer fuera y pedir un plato caro	❑	❑
3. charlar con alguien interesante	❑	❑
4. dormir hasta muy tarde	❑	❑
5. reírse mucho	❑	❑
6. jugar a un deporte con pelota	❑	❑
7. alquilar una película	❑	❑
8. trasnochar	❑	❑
9. tocar un instrumento musical	❑	❑
10. pagar una cuenta	❑	❑
11. mentir para "proteger" a alguien	❑	❑
12. divertirse sin gastar dinero	❑	❑
13. ir a un concierto	❑	❑
14. ver una película en el cine	❑	❑
15. vestirse con ropa elegante	❑	❑

Parte B: Ahora, cambien de pareja (*partner*) y cuéntenle a la otra persona algunas de las cosas que hicieron, algunas que hizo su compañero/a de la Parte A y otras cosas que hicieron los dos.

B Narrating in the Past: Meanings Conveyed by Certain Verbs

In Spanish, some verbs convey a different meaning depending upon whether they are used in the present or in the preterit. The meaning conveyed by the preterit usually indicates a completed action or the beginning or end of an action.

	Present	Preterit
saber (+ *information*)	to know (something)	found out (something)
conocer (+ *place/* **a** + *person*)	to know (some place/ someone)	met for the first time/ began to know (some place/ someone)

Cuando Colón **supo** que a los portugueses no les interesaba su viaje, se fue a España.

When Columbus found out that the Portuguese weren't interested in his trip, he went to Spain.

En 1486 **conoció a** los Reyes Católicos en Córdoba.

In 1486 he met the Catholic Kings in Cordoba.

	Present	**Preterit**
no querer (+ *infinitive*)	not to want (to do something)	refused and didn't (do something)
no poder (+ *infinitive*)	not to be able (to do something)	was/were not able and didn't (do something)

Los portugueses **no quisieron** financiar las ideas de Colón; por eso **no pudo** hacer el viaje.

The Portuguese refused to finance Columbus's ideas; that is why he couldn't make the trip.

	Present	**Preterit**
tener que (+ *infinitive*)	to have to (do something)	had to and did (do something)

Colón **tuvo que** ir a España para pedir dinero.

Columbus had to go to Spain to ask for money.

ACTIVIDAD 7 Este semestre

Habla de la siguiente información sobre el principio de este semestre.

1. Nombra a tres personas que conociste el primer día de clases.
2. ¿Cuándo supiste el nombre de tus profesores, el semestre pasado o al principio del semestre?
3. ¿Intentaste entrar en una clase y no pudiste? Si contestas que sí, ¿cuál fue?
4. ¿Cuáles son dos cosas que tuviste que hacer cuando llegaste a la universidad?
5. ¿Alguien te invitó a hacerte miembro de un club, pero no quisiste por no tener suficiente tiempo libre?

ACTIVIDAD 8 ¿Qué tal la fiesta?

En parejas, usen las siguientes ideas para contarle a su compañero/a sobre la última fiesta a la que fueron.

1. cómo supiste de la fiesta
2. adónde fuiste
3. quién la organizó
4. cómo fuiste (caminaste, fuiste en metro/coche)

(*Continúa en la página siguiente.*)

5. a quién conociste
6. quiénes más asistieron
7. qué sirvieron para beber/comer
8. cuáles son tres cosas que hiciste
9. si lo pasaste bien o mal
10. si sueles ir a muchas fiestas

C Indicating When Actions Took Place: Time Expressions

1. To move the narration along in the past, use adverbs of time and other expressions of time that tell when an action took place. Some common expressions include:

a las tres/cuatro/etc.	at three o'clock/four o'clock/etc.
anoche	last night
anteanoche	the night before last
anteayer	the day before yesterday
ayer	yesterday
de repente	suddenly
el lunes/fin de semana/mes/año/ siglo pasado	last Monday/weekend/month/year/ century
en (el año) 1588	in (the year) 1588
la semana/década pasada	last week / in the last decade

Anteanoche miré una película sobre la Guerra Civil española. — *The night before last I saw a movie about the Spanish Civil War.*

Esa guerra empezó **en 1936.** — *That war started in 1936.*

2. To express how long ago an action took place, use one of the following formulas.

Que is frequently omitted in speech except when asking questions.

hace + *period of time* + (**que**) + *verb in the preterit*
verb in the preterit + **hace** + *period of time*

¿Cuánto tiempo **hace que** los europeos **probaron** el chocolate? — *How long ago did Europeans try chocolate?*

Hace cinco siglos (**que**) los europeos **probaron** el chocolate por primera vez.

Los europeos **probaron** el chocolate por primera vez **hace cinco siglos.**

Europeans tried chocolate for the first time five centuries ago.

3. Use the following expressions with the preterit tense to denote how long an action occurred.

desde... hasta...	from . . . until . . .
durante...* años/semanas/horas	during . . . years/weeks/hours
por...* años/semanas/horas	for . . . years/weeks/hours

***Note:** It is common to specify a time period with or without **por** or **durante.**

España dominó Hispanoamérica **por/durante 406 años.**

España dominó Hispanoamérica **406 años.**

ACTIVIDAD 9 Averigua

Usa la siguiente información para hacerles preguntas a tus compañeros sobre el presente y el pasado. Escribe solo los nombres de los que contesten que sí.

▶ —¿Asististe a un concierto de música rap el fin de semana pasado?

—Sí, asistí a un concierto. (*escribe el nombre de la persona*)

—No, no asistí a ningún concierto.

	Nombre	
1.	___________	ir a la oficina de un/a profesor/a el semestre pasado
2.	___________	tener cuatro materias este semestre
3.	___________	elegir una clase fácil el semestre pasado
4.	___________	darse cuenta de algo importante la semana pasada
5.	___________	hacer ejercicio ayer durante 30 minutos
6.	___________	faltar al trabajo anteayer
7.	___________	dejar de salir con alguien el mes pasado
8.	___________	hacer experimentos en un laboratorio todas las semanas
9.	___________	sentirse muy cansado/a al principio del semestre
10.	___________	generalmente discutir con su compañero/a de habitación (o novio/a, esposo/a o un pariente)
11.	___________	tener un/a estudiante de posgrado como profesor/a el semestre pasado

ACTIVIDAD 10 ¿Qué hizo?

En parejas, túrnense para contar lo que Uds. creen que hizo su profesor/a ayer. Usen cada una de las siguientes expresiones de tiempo en cualquier orden. Tachen (*Cross out*) las expresiones al usarlas.

ayer	**más tarde**	**durante dos horas**
primero	**luego**	**a las cinco**
después	**por la tarde**	**por la noche**

ACTIVIDAD 11 ¿Cuánto hace?

En parejas, túrnense para preguntarse cuánto hace que hicieron las siguientes cosas y averiguar más información sobre cada una.

► A: ¿Cuánto tiempo hace que fuiste al cine con un amigo?

B: Hace tres días que fui al cine. / Fui al cine anteanoche.

A: ¿Qué viste?

B: ...

1. alquilar una película buena
2. invitar a alguien a cenar
3. conducir por lo menos dos horas
4. enojarse con alguien
5. ir a otra ciudad
6. venir a esta universidad
7. olvidarse de algo importante
8. faltar a una clase
9. gastar más de cien dólares en algo
10. hacer una locura (*something crazy*)

D Indicating Sequence: Adverbs of Time

In order to narrate a series of actions, it is necessary to use words that indicate when the actions occurred in relation to other actions. The following words and phrases are used to express sequence.

preposition + infinitive: después **de** volv**er**

antes	before
antes de + *infinitive*	before + *-ing*
primero	first
luego/más tarde	later, then
después	later, then, afterwards
después de + *infinitive*	after + *-ing*
tan pronto como/en cuanto	as soon as
al terminar (**de** + *infinitive*)	after finishing (+ *-ing*)

antes	before
inmediatamente	immediately
enseguida	at once
finalmente	finally
al terminar (de + *infinitive*)	after finishing (+ *-ing*)

Enseguida may be written as one word or two: **en seguida.**

Note: When sequencing events, use **más tarde, luego,** and **después.** Only use **entonces** to indicate a result and not to indicate "later" or "afterwards". **Estaba cansada y entonces/por eso me fui a dormir.**

ACTIVIDAD 12 Un día terrible

En parejas, creen una historia sobre el día terrible que tuvo un amigo de Uds. Usen las expresiones de la columna A en el orden en que aparecen y las acciones de la columna B en orden lógico.

A	B
1. Esta mañana...	ponerse dos medias de diferente color
2. En cuanto...	salir de la casa tarde
3. Luego...	llegar a clase con la ropa sudada (*soaked with sweat*)
4. Después...	entrar en la ducha/quemarse con agua caliente
5. Más tarde...	levantarse tarde
6. Tan pronto como...	correr a clase cansadísimo/a
7. Enseguida...	tomar el autobús equivocado
8. Al terminar...	bajar del autobús/torcerse el tobillo (*ankle*)

ACTIVIDAD 13 Tu día, ayer

En grupos de tres, cuéntenle a sus compañeros con muchos detalles qué hicieron ayer. Usen palabras como: **primero, luego, más tarde** y **después de** + *infinitivo.*

ACTIVIDAD 14 Sus vacaciones

La arquitectura española

Parte A: Lee esta parte del diario de un turista sobre las vacaciones que tomó en Granada y luego responde a las preguntas de tu profesor/a.

...por la mañana fui hacia la Alhambra, un castillo moro increíble. Al llegar, vi a un grupo de gitanas con flores para venderles a los turistas, pero no compré ninguna flor. Luego entré en la Alhambra, donde, con un grupo de turistas, visité las diferentes salas decoradas con diseños geométricos y poemas escritos en árabe. Pero lo que más me impresionó fue el constante sonido del agua. Hay agua en el Patio de los Leones y por todas partes. Luego vimos los baños y un guía nos explicó que en el siglo XIV los moros tenían agua fría, agua caliente y agua perfumada...

El Patio de los Leones en la Alhambra.

Parte B: En parejas, usen las siguientes ideas para contarle a su compañero/a sobre sus últimas vacaciones. Recuerden usar palabras como: **primero, luego, después, después de** + *infinitivo*.

- adónde fuiste
- cuánto tiempo estuviste
- con quién fuiste
- cuánto costó
- cómo viajaste
- qué viste
- qué cosas hiciste
- a quién conociste

Al escuchar sobre las vacaciones de su compañero/a, reaccionen usando algunas de estas expresiones.

Para reaccionar 

Para expresar sorpresa:	**¡Por Dios!** **¡Por el amor de Dios!**
Para comentar positivamente sobre algo:	**¡Qué bueno!** **¡Qué divertido!**
Para pedir más información:	**¿Y después qué?** **¿Y qué más?**

E Past Actions That Preceded Other Past Actions: The Pluperfect

When narrating in the past, to express an action that occurred before another action Spanish uses the pluperfect (**pluscuamperfecto**). To form the pluperfect, use a form of the verb **haber** in the imperfect + *past participle* (**participio pasivo**).

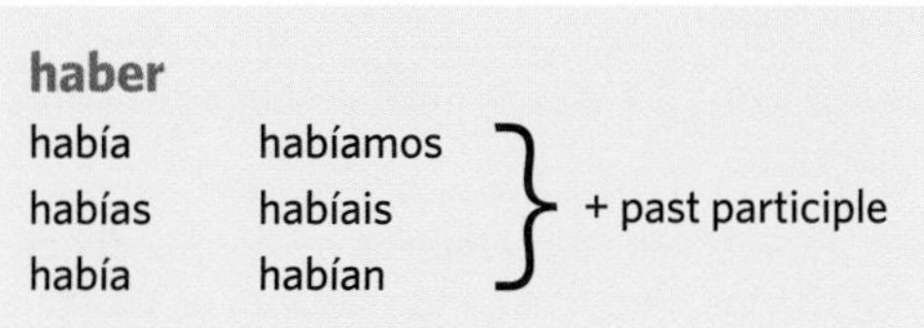

haber
había habíamos
habías habíais
había habían
+ past participle

Past participles are formed by adding **-ado** or **-ido** (**hablado, vendido, comido**). Common irregulars include: **abrir → abierto, decir → dicho, escribir → escrito, hacer → hecho, poner → puesto, ver → visto, volver → vuelto.** To review the formation of past participles, see Appendix A, page 365.

The past participle always ends in **-o** when it is part of a verb phrase.

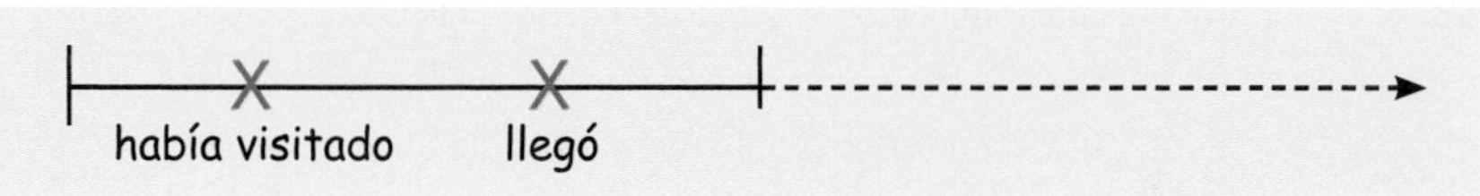

Leif Ericsson ya **había visitado** América cuando **llegó** Colón.	*Leif Ericsson had already visited America when Columbus arrived.*

Note: Ya is frequently used before the pluperfect to emphasize that an action had *already* occurred before another took place.

ACTIVIDAD 15 ¿Ya habías...?

En parejas, háganse preguntas sobre su pasado. Sigan el modelo.

▸ viajar a Europa / terminar la escuela secundaria

—¿(Ya) habías viajado a Europa cuando terminaste la escuela secundaria?

—Sí, fui con mis padres en 2006. / —No, ...

1. sacar la licencia de manejar / empezar el tercer año de la escuela secundaria
2. aprender a leer / empezar el primer grado de la primaria
3. vivir en el mismo lugar toda la vida / venir a estudiar aquí
4. ver una película de Almodóvar / decidir tomar esta clase
5. compartir dormitorio con otra persona / empezar la universidad

ACTIVIDAD 16 La vida de Pedro Almodóvar

Parte A: El cineasta español Pedro Almodóvar es conocido en todo el mundo. Lee su información biográfica para responder a las preguntas de tu profesor/a.

cortometraje = short (film)

largometraje = feature-length film

Pedro Almodóvar (centro) con Antonio Banderas y Penélope Cruz cuando ganó el Oscar por *Todo sobre mi madre.*

guion = script; screenplay

Pedro Almodóvar	
1949	Nace* en Calzada de Calatrava, España, durante la dictadura de Francisco Franco.
1965	A los 16 años llega a Madrid justo después de cerrarse la Escuela Oficial de Cine.
1969-1980	Consigue trabajo en una compañía telefónica, donde se queda por casi 12 años. Filma cortometrajes con una cámara de 8 mm. En 1975 muere Franco.
1980	Hace su primer largometraje *Pepi, Luci, Bom y otras chicas del montón*, que se convierte en una película de culto entre los españoles.
1984	Su película *¿Qué he hecho yo para merecer esto?*, una comedia negra, recibe aclamación mundial.
1988	Recibe una nominación al Oscar a la mejor película de habla no inglesa por *Mujeres al borde de un ataque de nervios.*
1989	Su película *Átame* tiene problemas al estrenarse en los EE.UU. La Motion Picture Association of America la califica con "X". Almodóvar y otros artistas empiezan un proceso legal contra la MPAA y logran que esta establezca una nueva clasificación moral, la de "NC-17".
2000	Gana el Oscar a la mejor película de habla no inglesa por *Todo sobre mi madre.*
2003	Gana el Oscar al mejor guion original por *Hable con ella.*
2006	Todas las actrices de su película *Volver* reciben el premio a la mejor actriz en el festival de Canes y la protagonista, Penélope Cruz, recibe una nominación al Oscar por la misma película.

*It is possible to use the present tense instead of the preterit to narrate in the past. This is called the **presente histórico**.

Parte B: Ahora usa la siguiente información para formar oraciones sobre la vida de Almodóvar. ¡Ojo! Algunos verbos deben estar en el pretérito y otros en el pluscuamperfecto.

▶ Franco subir al poder / nacer Almodóvar

Franco ya había subido al poder cuando nació Almodóvar.

1. llegar a Madrid / la Escuela Oficial de Cine cerrarse
2. morir Franco / hacer *Pepi, Luci, Bom y otras chicas del montón*
3. recibir aclamación mundial / recibir una nominación al Oscar a la mejor película de habla no inglesa por *Mujeres al borde de un ataque de nervios*
4. la MPAA darle una clasificación de "X" a *Átame* / la MPAA establecer la clasificación de "NC-17"
5. ganar el Oscar al mejor guion original / ganar el Oscar a la mejor película de habla no inglesa

¿Lo sabían?

Después de la muerte de Franco, España pasó por una época llamada "el destape". Es en este período cuando gente como Pedro Almodóvar pudo expresarse libremente. Para saber qué es el destape lee lo que dice una madrileña.

"El destape fue una época muy curiosa que empezó en el 75, año de la muerte de Franco. Se legaliza en la Semana Santa de 1976 el Partido Comunista. Se aprueba la Constitución en el 78. La represión existente en vida de Franco deja de existir. Surgieron muchas revistas que escribían sin censura y en las que hablaban de política, cotilleos, economía y sexualidad e incluían cantidad de fotos de chicas ligeras de ropa o topless *(destapadas). Todos los artículos que acompañaban estas fotos hablaban de la liberación de la mujer, de que las españolas éramos 'retrógradas', de 'cómo vivían las europeas' (nosotras al parecer no lo éramos), etc. La 'movida madrileña', equiparable en su concepto al destape, fue un movimiento de libertad que llenó las calles de gente joven hasta las madrugadas y que también llenó de asombro a las personas conservadoras. Fue como la fiebre, una fuerte subida y después todo volvió a la normalidad."* ■

¿Hubo una época parecida al destape en tu país?

ACTIVIDAD 17 La línea de tu vida

Parte A: En la siguiente línea marca un mínimo de cinco años importantes de tu vida. Algunas posibilidades son: el año en que naciste, el año en que recibiste un premio o tu equipo ganó una competencia, el año en que trabajaste por primera vez. Marca los años, pero no escribas qué hiciste en esos años.

Parte B: En parejas, muéstrense su línea y pregúntense sobre las fechas importantes de su vida. Hagan preguntas como: **¿Qué pasó en...? ¿En qué año (terminaste la escuela secundaria)? ¿Ya habías... cuando...?**

Parte C: Ahora hablen de la vida de su compañero/a diciendo oraciones como la siguiente.

- Elisa ya **había estudiado** un poco de español cuando **fue** a México por primera vez.

II. Discussing Movies

 *El cine*

El cine

www.ojocritico.com.uy
Criticamos películas clásicas y de actualidad

Juana la Loca
España, 2001
Castellano, color, 115 minutos
Clasificación moral: No recomendada para menores de 13 años
Drama
Director: Vicente Aranda
Reparto: Pilar López de Ayala, Daniele Liotti, Rosana Pastor, Giuliano Gemma, Roberto Álvarez, Eloy Azorín, Guillermo Toledo, Susy Sánchez, Manuela Arcuri, Carolina Bona
Guion: Vicente Aranda, Antonio Larreta
Productor: Enrique Cerezo Producciones
Fotografía: Paco Femenía
Banda Sonora: José Nieto

Crítico: Nahuel Chazarreta
publicado hoy a las 18:15

Crítica

La película es la historia de amor y celos entre Juana, hija de los Reyes Católicos, y Felipe el Hermoso que se que se unen en un matrimonio por conveniencia. A pesar de que no refleja de forma verdadera la historia real, me gustó mucho la película, entre ellos las **actuaciones** de Pilar López de Ayala en el **personaje** de Juana y la de Daniele Liotti en el personaje de Felipe. Le actriz mencionada ganó un **premio** Goya a la mejor actriz. El guion, los diálogos y los **vestuarios** son maravillosos. Le doy 4 estrellas, no dejen de verla.

Rating
This film was rated "**No recomendada para menores de 13 años**" in Spain, but received a rating of R in the U.S. and AA in Canada.

Cast

Critic

Screenplay

Soundtrack

Critique/Review

acting; character

award; costumes

El personaje is always masculine: **Me gustó el personaje que representó Penélope Cruz en *Volver*.**

Los premios Goya en España son equivalentes a los Oscar.

Palabras relacionadas con el cine	
el actor/la actriz	
actuar	
los amantes	lovers
el argumento	plot
dar una película	to show a movie
los efectos especiales	
el estreno; estrenarse	premiere, opening; to premiere
filmar	
la fotografía	
el género	genre
comedia	
de acción	
de ciencia ficción	
de espionaje	spy movie

de terror	
documental	
infantil	
melodrama	
musical	
las películas mudas	silent films
romántica	
thriller	
el papel de...	the role of . . .
hacer el papel del malo	to play the role of the bad guy
producir	to produce
los trailers	previews

Expresiones relacionadas con el cine	
seguir/estar en cartelera	to still be showing / "now playing"
ser muy hollywoodense	to be like a Hollywood movie
ser una película taquillera	to be a blockbuster

ACTIVIDAD 18 Definiciones

En parejas, túrnense para definir palabras o frases del vocabulario, pero no usen la palabra en su definición. La otra persona tiene que adivinar qué palabra o frase es. Usen frases como: **Es la persona que..., Es un tipo de película en que..., Es el lugar donde...**

ACTIVIDAD 19 La película

Mira el blog sobre la película *Juana la Loca* en la sección de vocabulario y contesta estas preguntas.

1. ¿Quién dirigió la película?
2. ¿Quiénes son los dos personajes importantes?
3. ¿Quién ganó un premio Goya y por qué?
4. ¿Cuándo se estrenó la película?
5. ¿De qué género es?
6. ¿Qué clasificación moral tiene?
7. Lee la crítica. ¿Te gustaría ver esta película? ¿Por qué sí o no?

ACTIVIDAD 20 El género

En grupos de tres, piensen en las películas que están dando en el cine y hablen sobre las siguientes ideas.

1. Clasifíquenlas por género.
2. Comenten si las bandas sonoras son buenas, malas o no son de importancia.
3. Comenten sobre la reacción de los críticos.
4. Nombren una película que vieron últimamente que no es un éxito de taquilla pero que vale la pena ver.
5. Comenten si todas las películas taquilleras son muy hollywoodenses o no.

ACTIVIDAD 21 Los Oscars

En grupos de cinco, decidan qué películas o personas deben recibir el Oscar este año en las siguientes categorías.

1. la mejor película
2. la mejor dirección
3. el mejor actor
4. la mejor actriz
5. el mejor guion original/adaptado
6. los mejores efectos especiales
7. el mejor vestuario

ACTIVIDAD 22 Mi favorita

When summarizing the plot of a movie, it is common to use the present tense (**Es una película sobre una familia que vive en...**).

Parte A: Piensa en tu película favorita. Después, prepárate para hablar de esa película con otra persona para convencerla de que debe alquilar la película o ir a verla si todavía sigue en cartelera. Piensa en los siguientes temas mientras te preparas para dar una pequeña sinopsis de la película.

- el/la director/a; los protagonistas
- la banda sonora; la fotografía
- si el guion está basado en un hecho real, una novela, un cuento, etc.
- dónde la filmaron y en qué año se estrenó
- si recibió alguna nominación o premio

Parte B: En parejas, hable cada uno de su película favorita usando el presente.

III. Stating Time and Age in the Past

The Imperfect

You saw how the preterit is used to move the narrative along. In this section you will see how the imperfect is used to set the scene or background when telling time and someone's age in reference to past events.

1. To tell time in the past, use **era/eran** + *the time.*

A: ¿Qué hora **era** cuando empezó la película?	*What time was it when the movie started?*
B: **Era** la una y cuarto.	*It was a quarter after one.*
A: ¿Qué hora **era** cuando terminó?	*What time was it when it ended?*
B: **Eran** las tres y pico.	*It was a little after three.*

2. To state someone's age in the past, use a form of the verb **tener** in the imperfect + *age.*

Pedro Almodóvar **tenía 16 años*** cuando se mudó a Madrid.	*Pedro Almodóvar was 16 when he moved to Madrid.*

***Note:** The word **años** is necessary when expressing age.

ACTIVIDAD 23 ¿Qué hiciste el viernes pasado?

Parte A: Mira la lista de acciones y tacha las cosas que no hiciste el viernes pasado.

- levantarte
- ducharte
- desayunar
- asistir a tu primera clase
- almorzar
- dar una vuelta
- volver a casa
- estudiar
- hacer ejercicio
- ir al cine
- cenar
- reunirte con amigos
- acostarte

Parte B: En parejas, intercámbiense las listas. Pregúntenle a su compañero/a qué hora era cuando hizo las cosas de la lista que no están tachadas. Miren el modelo e intenten variar sus preguntas.

▶ —¿Qué hora era cuando te levantaste? / —¿A qué hora te levantaste?

—Eran las ocho y media cuando me levanté. / —Me levanté a las ocho y media.

(*Continúa en la página siguiente.*)

Parte C: Lean el siguiente párrafo que describe lo que hizo un joven español de 26 años el viernes pasado y comparen las horas a las que Uds. y él hicieron acciones similares.

▶ Se levantó a las 9, pero yo me levanté a las...

Fuente hispana

"Eran las 9:00 a. m. cuando me desperté el viernes. Me duché, desayuné y después empecé a estudiar para una asignatura. Eran las 11:30 cuando cogí el coche y conduje a la universidad para asistir a una hora de clase. Luego volví a casa a eso de la 1:00, encendí el ordenador y leí el mail. Era la 1:45 cuando preparé la comida. Comí solo y después de comer, leí el periódico en el sofá y luego dormí un poco. Eran las 5:00 cuando empecé a estudiar otra vez y estudié hasta las 8. Entonces me preparé para ir a nadar y fui a nadar por media hora. Eran las 9:15 cuando volví a casa y entonces mi familia y yo cenamos. Luego fui al cine con unos amigos. La película empezó a las 10:30. Al salir de la película, tomamos una cerveza en un bar. Allí hablamos un rato y después se fue cada uno a su casa. Eran las 2:00 de la mañana cuando llegué a casa." ■

ACTIVIDAD 24 Tenía...

Contesta estas preguntas sobre ti y tu familia.

1. ¿Cuántos años tenían tus padres cuando se conocieron? ¿Dónde se conocieron?
2. ¿Cuántos años tenía tu madre cuando tú naciste? ¿Y tu padre?
3. ¿Tienes un/a hermano/a menor? ¿Cuántos años tenías cuando nació?
4. ¿Tienes un/a hermano/a mayor? ¿Cuántos años tenía cuando tú naciste?
5. ¿Tienes un/a hijo/a o un/a sobrino/a? ¿Cuántos años tenías tú cuando nació?
6. ¿Cuántos años tenías cuando te graduaste de la escuela secundaria?
7. ¿Cuántos años vas a tener al terminar tus estudios universitarios?

ACTIVIDAD 25 La historia de la conquista

En parejas, una persona cubre el cuadro A y la otra persona cubre el cuadro B. Háganse preguntas para intercambiar la siguiente información y completar su cuadro sobre personajes famosos de la conquista.

a. cuándo nacieron
b. dónde nacieron
c. qué cosas importantes hicieron
d. cuántos años tenían cuando hicieron algunas de esas cosas
e. cuándo murieron y qué edad tenían cuando murieron

► A: ¿Cuándo nació Ponce de León?

B: Nació en... ¿Cuándo murió Ponce de León?

A: Murió en...

Estatua de Ponce de León en San Juan, Puerto Rico.

A

	Fechas	Nacionalidad	Datos importantes
Juan Ponce de León	_______-1521	_______	_______, fundar San Juan, _______
Américo Vespucio	1451-_______	italiano	_______, hacer expediciones a América del Sur y América Central desde 1497 hasta 1503
Álvaro Núñez Cabeza de Vaca	_______-1557	_______	ser explorador, explorar el suroeste de los Estados Unidos y llegar al Golfo de California, _______
Francisco Pizarro	1471-_______	_______	ser líder de la conquista del Perú desde 1530 hasta 1535

B

	Fechas	Nacionalidad	Datos importantes
Juan Ponce de León	1460-_______	español	ser gobernador de Puerto Rico desde 1510 hasta 1512, _______, explorar la Florida en 1513
Américo Vespucio	1451-1512	_______	ser explorador, hacer expediciones a _______ y _______
Álvaro Núñez Cabeza de Vaca	1490-_______	español	ser explorador, _______ y _______, ser gobernador de Paraguay desde 1541 hasta 1542
Francisco Pizarro	_______-1541	español	_______

Vocabulario activo

Expresiones de tiempo

a las tres/cuatro/etc. *at three o'clock/ four o'clock/etc.*
anoche *last night*
anteanoche *the night before last*
anteayer *the day before yesterday*
ayer *yesterday*
de repente *suddenly*
desde... hasta... *from . . . until . . .*
durante... años/semanas/horas *during . . . years/weeks/hours*
el lunes/fin de semana/mes/año/siglo pasado *last Monday/weekend/ month/year/century*
en (el año) 1588 *in (the year) 1588*
la semana/década pasada *last week/ in the last decade*
por... años/semanas/horas *for . . . years/weeks/hours*

Palabras para indicar secuencia

al terminar (de + *infinitive***)** *after finishing (+ -ing)*
antes *before*
antes de + *infinitive* *before + -ing*
después *later, then, afterwards*
después de + *infinitive* *after + -ing*
enseguida *at once*
finalmente *finally*
inmediatamente *immediately*
luego/más tarde *later, then*
primero *first*
tan pronto como/en cuanto *as soon as*

El cine

el actor/la actriz *actor/actress*
la actuación *acting*
actuar *to act*
los amantes *lovers*
el argumento *plot*
la banda sonora *soundtrack*
la clasificación moral *rating*
la crítica *critique*
el/la crítico/a de cine *movie critic*
dar una película *to show a movie*
el/la director/a *director*
los efectos especiales *special effects*
estrenarse *to premiere*
el estreno *premiere, opening*
filmar *to film*
la fotografía *photography*
el género *genre*
  comedia *comedy*
  de acción *action*
  de ciencia ficción *science fiction*
  de espionaje *spy movie*
  de terror *horror*
  documental *documentary*
  drama *drama*
  infantil *children's movie*
  melodrama *melodrama*
  musical *musical*
  las películas mudas *silent films*
  romántica *romantic*
  thriller *thriller*
el guion *script; screenplay*
el papel de... *the role of . . .*
  hacer el papel del malo *to play the role of the bad guy*
el personaje *character*
el premio *award*
producir *to produce*
el/la productor/a *producer*
el reparto *cast*
los trailers *previews*
el vestuario *costumes*

Expresiones relacionadas con el cine

seguir/estar en cartelera *to still be showing/ "now playing"*
ser muy hollywoodense *to be like a Hollywood movie*
ser una película taquillera *to be a blockbuster*

Expresiones útiles

año(s) clave *key year(s)*
estar harto/a (de + *inf.***)** *to be fed up (with + -ing)*
hacer una locura *to do something crazy*
el lunes *on Monday*
los lunes *on Mondays*
ya *already*
¡Por Dios! / ¡Por el amor de Dios! *My gosh/God!*
¡Qué bueno! *That's great!*
¡Qué divertido! *How fun!*
¿Y después qué? *And then what?*
¿Y qué más? *And what else?*

Más allá

Canción: "Milonga del moro judío"

Jorge Drexler

Nació en Uruguay en 1964. Su abuelo tuvo que escaparse de Alemania en la época de Hitler por ser judío. En los años 70, los padres de Drexler y su familia tuvieron que irse de Uruguay al ser perseguidos por un gobierno militar y se establecieron un tiempo en Israel. Jorge Drexler estudió medicina en Uruguay, pero abandonó la profesión para ganarse la vida como cantautor. En 2005 recibió el Oscar a la mejor canción ("Al otro lado del río"). Hoy día vive en España con sus hijos y su pareja, quien es católica. Drexler se considera judío y "muchas otras cosas más".

La milonga es un tipo de música que tiene raíces similares al tango; puede tener un ritmo melancólico y tratar temas serios.

cantautor = cantante que escribe sus propias canciones

ACTIVIDAD La canción y el cantante

Parte A: Antes de escuchar, lee el nombre de la canción y la biografía de Jorge Drexler y usa esa información para decir cómo crees que se relaciona el nombre de la canción con la vida del cantante. Después escucha la canción para ver si estás en lo cierto.

Parte B: Mientras escuchas la canción otra vez, busca la siguiente información y luego compártela con la clase.

- cómo se describe a sí mismo
- qué opina sobre las guerras
- quién gana en una guerra
- qué piensa sobre el concepto de un "pueblo elegido"

Parte C: En este capítulo aprendiste sobre la invasión de los moros en la península Ibérica y los casi 800 años de paz y convivencia intercalados con guerras. En grupos de cuatro, mencionen (además de la Reconquista española) persecuciones, conflictos, actos de terrorismo o guerras que se hicieron en nombre de la religión.

Videofuentes: *España: ayer y hoy*

Maimónides, médico, filósofo y rabino judío nacido en Córdoba, España, en 1135.

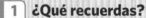

Antes de ver

ACTIVIDAD 1 ¿Qué recuerdas?

Antes de ver un video sobre la historia de España, di cuáles son algunos de los grupos que habitaron la península Ibérica. Luego menciona personas famosas que están relacionadas con la historia de España.

Mientras ves

ACTIVIDAD 2 Los invasores

Ahora lee las siguientes ideas y luego mira el video para buscar la información.

1. a. nombre de un grupo que invadió la península Ibérica
   b. cuándo llegaron
   c. en qué se vio su influencia
2. a. nombre de otro grupo que invadió la península Ibérica
   b. cuándo llegaron
   c. cuánto tiempo estuvieron
   d. en qué se vio su influencia
   e. dos lugares importantes que ocuparon en la península Ibérica
3. la importancia de la Reconquista y de Covadonga

Después de ver

ACTIVIDAD 3 La historia de su país

En grupos de tres, hablen sobre los siguientes datos de su país.

1. a. quiénes fueron sus primeros habitantes
   b. influencias que se ven hoy día
2. a. qué grupos llegaron al país
   b. cuándo llegaron
   c. influencias que se ven hoy día
3. dos momentos importantes en la historia de su país

Película: *La lengua de las mariposas*

Drama: España, 1999

Director: José Luis Cuerda

Guion: Rafael Azcona y José Luis Cuerda, basado en *¿Qué me quieres, amor?*, una novela de Manuel Rivas

Clasificación moral: Todos los públicos

Reparto: Fernando Fernán Gómez, Manuel Lozano, Uxía Blanco, Gonzalo Martín Uriarte, más...

Sinopsis: Un niño de ocho años, Moncho (Manuel Lozano), asiste a la escuela primaria por primera vez en 1936 en un pueblo de Galicia, España. Forma una relación especial con su maestro (Fernando Fernán Gómez), quien le enseña sobre el mundo, la vida y la importancia de que las mariposas tengan la lengua en forma de espiral. Pero el 18 de julio de ese año las cosas cambian cuando empieza la Guerra Civil española.

ACTIVIDAD Guerras de la historia

Parte A: La película que vas a ver ocurre en la época justo antes del comienzo de la Guerra Civil española. Para entender la historia del mundo hay que saber cómo un evento se relaciona con otro. En parejas, intenten decir qué guerra ocurrió antes que la otra.

► la Primera Guerra Mundial / la Guerra de Secesión norteamericana

La Guerra de Secesión norteamericana ya había ocurrido cuando empezó la Primera Guerra Mundial.

1. la guerra hispano-estadounidense / la Guerra Civil española
2. la guerra hispano-estadounidense / la Primera Guerra Mundial
3. la Guerra Civil española / la Primera Guerra Mundial
4. la Guerra Civil española / la Segunda Guerra Mundial
5. la Guerra Civil española / la guerra fría

Parte B: Ahora vayan al sitio de Internet del libro de texto y hagan las actividades que allí se presentan.

CAPÍTULO 3

La América precolombina

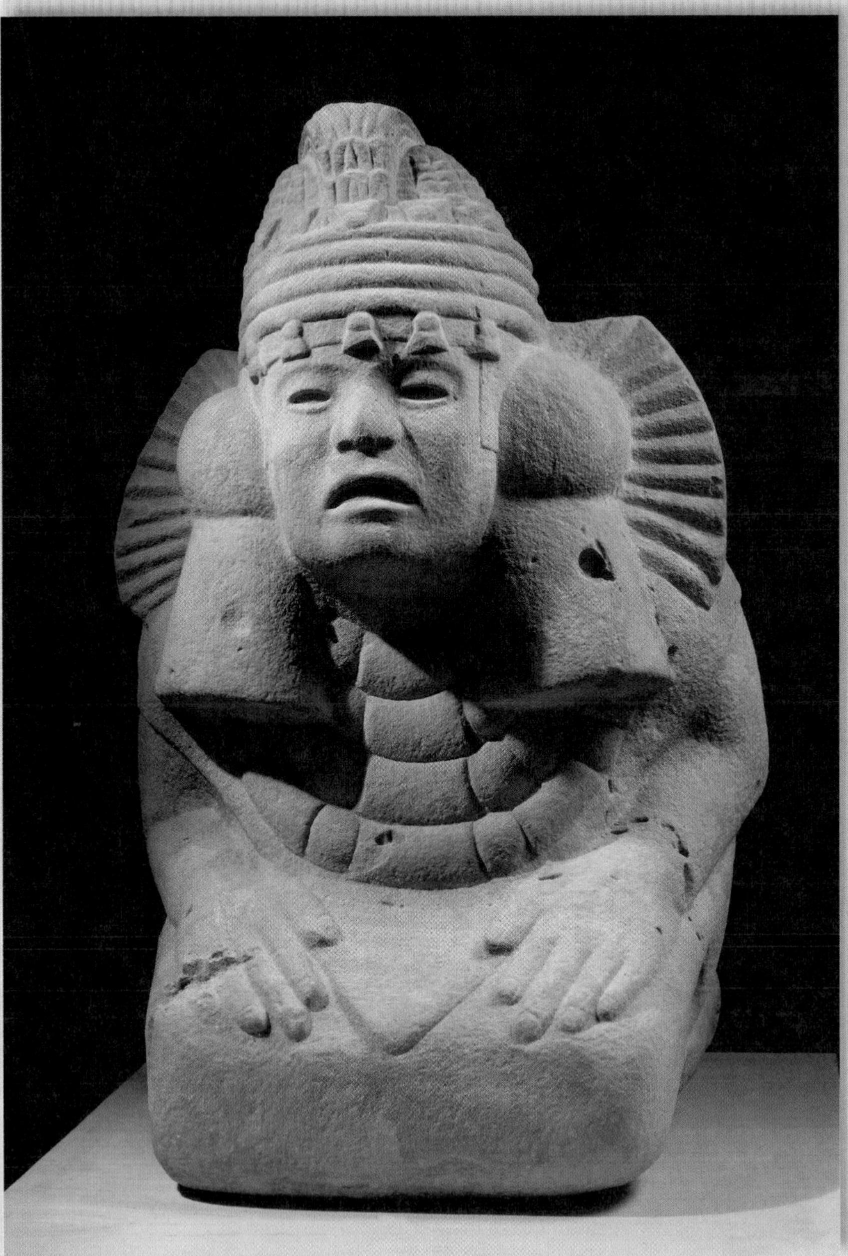

Estatua de la diosa Chihuateteo en Veracruz, México.

METAS COMUNICATIVAS

- narrar en el pasado (segunda parte)
- describir cosas y personas
- indicar el beneficiario de una acción

La leyenda del maíz

Había una vez...	Once upon a time there was/were . . .
¿A que no saben...?	Bet you don't know . . . ?
No saben la sorpresa que se llevó cuando...	You wouldn't believe how surprised he/she was when . . .

ACTIVIDAD 1 **¿Qué sucedió?**

Parte A: La locutora de un programa de radio para niños va a contar una leyenda tolteca sobre cómo llegó el maíz a la tierra. El personaje principal de la leyenda se llama Quetzalcóatl. Antes de escucharla, en grupos de tres, miren los dibujos que también cuentan la leyenda e intenten adivinar qué sucedió.

hormigas = ants

hormiguero = anthill

Parte B: Ahora escuchen la leyenda y al terminar, discutan en su grupo si su interpretación era correcta. De no ser así, resuman qué ocurrió.

Parte C: Escuchen la leyenda otra vez y agreguen (*add*) detalles, especialmente sobre cómo consiguió Quetzalcóatl los granos de maíz y qué hizo con ellos.

Leyendas

ACTIVIDAD 2 Los regalos

Discutan cuál de los cinco regalos de los dioses fue el mejor para los toltecas y expliquen por qué. Después, digan cuál de los cinco regalos les interesó más a los españoles durante su dominación de Hispanoamérica y por qué.

¿Lo sabían?

Cabeza de Quetzalcóatl en Teotihuacán, México.

Quetzalcóatl, el dios emplumado, ocupa un lugar de mucha importancia en la mitología mexicana. En una leyenda se le atribuye la creación de la raza humana. Se dice que descendió de la tierra de los muertos, encontró unos huesos, vertió (*shed*) su propia sangre sobre ellos y así creó a los seres humanos. También se dice que inventó el calendario y les enseñó a los seres humanos la astronomía. Algunas leyendas cuentan que Quetzalcóatl era de color blanco y que tenía barba. Por eso, cuando Cortés llegó a México, Moctezuma, que era el líder azteca, creyó que había vuelto Quetzalcóatl y lo recibió amigablemente. Esto le facilitó a Cortés la conquista de México.

¿Cuál es un personaje mitológico de gran importancia en el folclore de tu país? Descríbelo y explica qué hizo.

I. Narrating in the Past (Part Two)

A Preterit and Imperfect: Part One

Do the corresponding web activities as you study the chapter.

In Chapter 2, you reviewed how to use the preterit to refer to a completed past action, to the beginning or end of past actions, and for an action that occurred over a set period of time. You also learned how to express time and age using the imperfect. In this section you will review other uses of the imperfect and how it is used with the preterit to narrate past events.

1. The imperfect is formed as follows.

estar		**hacer**		**dormir**	
est**aba**	est**ábamos**	hac**ía**	hac**íamos**	dorm**ía**	dorm**íamos**
est**abas**	est**abais**	hac**ías**	hac**íais**	dorm**ías**	dorm**íais**
est**aba**	est**aban**	hac**ía**	hac**ían**	dorm**ía**	dorm**ían**

For irregular forms, see Appendix A.

2. Use the imperfect:

a. to describe past actions in progress in which neither the beginning nor the end of the action matters. Compare the following examples.

Ayer a las siete **leía** otra leyenda tolteca.
Yesterday at seven he was reading another Toltec legend (action in progress, start or end of action not important).

Ayer a las siete **terminó** de leer otra leyenda tolteca.
Yesterday at seven he finished reading another Toltec legend (end of an action).

b. to describe two or more actions in progress that occurred simultaneously. Use **mientras** or **y** to connect the two actions.

La diosa Tierra **observaba** a su hijo Quetzalcóatl **mientras** él **ayudaba** a los toltecas.

Mother Earth was observing her son Quetzalcóatl while he was helping the Toltecs.

Él **seguía** a las hormigas y **miraba** lo que **hacían**.

He was following the ants and watching what they were doing.

Note: Past actions in progress can also be expressed using the imperfect progressive. It gives greater emphasis to the ongoing nature of the action than the imperfect. Form it by using the imperfect of **estar** + *present participle* (***gerundio***).

Mientras **hablaba/estaba hablando** con sus padres, **pensaba/estaba pensando** cómo ayudar a los toltecas.

While he was talking to his parents, he was thinking about how to help the Toltecs.

c. to describe an action in progress in the past when another action occurred or interrupted the action in progress. Use the preterit for the action that occurred or interrupted the action in progress. Use **cuando** or **mientras** to connect the two clauses. Compare the following sentences.

besaba

abrió

besó abrió

Quetzalcóatl **besaba/estaba besando** a su novia **cuando** su padre **abrió** la puerta.
Quetzalcóatl was kissing his girlfriend (action in progress) when his father opened the door (interrupting action). [Ok, so it wasn't part of the real legend . . .]

Quetzalcóatl **besó** a su novia y su padre **abrió** la puerta.

Quetzalcóatl kissed his girlfriend and his father opened the door. (First Quetzalcóatl kissed her, then his father opened the door.)

trabajaban

entró

entró tomó escapó

Quetzalcóatl **entró** al hormiguero **mientras** las hormigas **trabajaban/estaban trabajando** como locas.
Quetzalcóatl entered the anthill while the ants were working like crazy.

Cuando Quetzalcóatl **entró** al hormiguero, **tomó** los cuatro granitos y **se escapó.**
When Quetzalcóatl entered the anthill, he took the four grains and escaped.

ACTIVIDAD 3 ¿Qué hacías?

En parejas, túrnense para preguntarle a la otra persona sobre su pasado reciente y lejano. Hagan preguntas como: **¿Qué hacías ayer a las 2:30 de la tarde? ¿Dónde estabas...?**

1. ayer a las 10:15 de la mañana
2. en esta época el año pasado
3. en junio hace dos años
4. a las 9:20 de la noche el sábado pasado
5. en noviembre del año pasado
6. en agosto del año pasado

ACTIVIDAD 4 Acciones simultáneas

En parejas, digan qué hacía cada vecino en su apartamento e inventen lo que hacía un pariente o conocido.

▶ la señora del 3° B → hablar por teléfono, su hija → ¿?

Mientras la señora del 3° B hablaba/estaba hablando por teléfono, su hija jugaba/estaba jugando en el baño con el lápiz de labios.

1. el Sr. Pérez del 1° B → mirar televisión, su esposa → ¿?
2. el niño del 5° A → hacer la tarea, su hermana → ¿?
3. la mujer del 7° C → dar a luz (*give birth*) en su casa, su esposo → ¿?
4. la niña del 3° B → tocar el piano, su profesora de piano → ¿?
5. la abuelita del 4° A → dormir, sus nietos traviesos (*mischievous*) → ¿?

ACTIVIDAD 5 Situaciones

En parejas, combinen las acciones en progreso de la caja A con las interrupciones de la caja B para contar qué les ocurrió a diferentes personas de la clase. Por último, digan qué hicieron esas personas después. Sigan el modelo.

▶ afeitarse   cortarse la luz

John se afeitaba cuando se cortó la luz y por eso usó su afeitadora manual para terminar de afeitarse.

A (acciones en progreso)
1. ducharse
2. caminar por la calle
3. manejar por la autopista
4. cocinar un huevo en el microondas
5. bajar las escaleras
6. pasear al perro

B (interrupciones)
morder a una persona
caerse
explotar
ver a su novio/a con otro/a
chocar con otro carro
acabarse el agua caliente

C
¿Qué hizo/hicieron después?

B Preterit and Imperfect: Part Two

You have been using the imperfect to refer to past actions or states that were in progress. In this section you will review other uses of the imperfect.

Read this narration of a children's story.

> Jack y Jill **salieron** de casa a buscar agua y **empezaron** a subir una cuesta. El pobre Jack **se cayó** y **se rompió** la coronilla y Jill **se cayó** también. Nunca **recogieron** el agua.

Now read the following version of the same story.

había = there was/were

> Jack y Jill **salieron** de casa a buscar agua y **empezaron** a subir una cuesta. La cuesta **era** muy grande y **había** muchas piedras que **dificultaban** la subida. Jack y Jill no **llevaban** botas de montaña ni **tenían** cuerdas ni otros aparatos para poder subir. El pobre Jack no **era** muy ágil y generalmente no **practicaba** deportes y por eso **se cayó** y **se rompió** la coronilla. Jill tampoco **tenía** mucha coordinación y, por eso, **se cayó** también. Nunca **recogieron** el agua.

In the preceding paragraph, the blue verbs are in the imperfect and the ones in red are in the preterit. Which tense is used to describe or set the scene? Which is used to move the action along? If you answered imperfect to the first question and preterit to the second, you were correct. It is by combining the two that you can narrate and describe past events and convey your thoughts about them.

To review uses of the preterit, see Chapter 2, pp. 45, 48–49.

1. Use the preterit:
- **a.** to express a completed action or state.
- **b.** to denote the beginning or the end of a past action or state.
- **c.** to express an action or state that occurred over a specific period of time.

To review actions in progress, see pp. 71–72.

To review time and age, see Chapter 2, p. 61.

2. Use the imperfect:
- **a.** to describe actions in progress.
- **b.** to set the scene or background of a story by:
  - telling the time an action occurred
  - telling the age of a person
  - describing people, places, and things
  - describing ongoing emotions or mental states

Eran las once de la noche y **había** luna llena.	*It was eleven o'clock at night and there was a full moon.*
El hormiguero **estaba** en la colina y **había** hormigas y flores por todas partes.	*The anthill was on a hill and there were ants and flowers all over the place.*
Quetzalcóatl **tenía** tanto sueño que no podía quedarse despierto.	*Quetzalcóatl was so tired that he couldn't stay awake.*
Tenía solo veintitantos años, pero siempre hacía más de lo que sus padres **esperaban**.	*He was only twenty-something, but he always did more than his parents expected.*

c. to describe habitual actions in the past.

Todos los días Quetzalcóatl **iba** a la montaña y les **rezaba** a sus padres, los dioses.

Every day Quetzalcóatl went up/used to go up the mountain and prayed to his parents, the gods.

Durante el día **pasaba** el tiempo con los toltecas. **Trabajaba** y **comía** con ellos, pero sentía que les faltaba algo.

During the day he spent/used to spend time with the Toltecs. He worked/used to work and ate/used to eat with them, but he felt that they were lacking something.

The following time expressions are usually used with the imperfect to describe past habitual actions. However, they can be used with the preterit to indicate recurring completed actions that occurred during a specific time period. Compare the sentences.

siempre	*always*
a menudo / con frecuencia / frecuentemente	*frequently*
todos los días/meses/años	*every day/month/year*
muchas veces	*many times*

Quetzalcóatl les **pedía** inspiración a sus padres a menudo.

Quetzalcóatl frequently used to ask his parents for inspiration.

Durante una semana entera, les **pidió** ayuda a sus padres a menudo.

During an entire week, he frequently asked his parents for help.

Cuando era niña, comía chocolate todos los días.
El sábado pasado comí un chocolatito y mira lo que me pasó.

Sorpresas "agradables" que te da la vida.

Always use the verb **soler** in the imperfect when talking about the past since it is only used to describe past habitual actions. It can be translated as *used to* and is followed by an infinitive.

Quetzalcóatl solía ir a la montaña por la noche.

ACTIVIDAD 6 Cómo vivían los aztecas

Leticia está de visita en México y escribió en su blog sobre la vida de los aztecas. Completa el blog con el pretérito o el imperfecto de los verbos indicados.

El blog de Leticia

hoy a las 15.34

contar
comenzar
ser
hablar
adorar
hacer
tener; asemejarse
construir
ver
pensar
fundar
estar
llegar
unirse
contar; perder
morirse
traer
aprender
hacer

Bueno, el guía nos ________ (1) que la civilización azteca ________ (2) en México doscientos años antes de la Conquista. El gobierno que tenían los aztecas ________ (3) una monarquía elegida y la lengua que ________ (4) era el náhuatl. Esa civilización ________ (5) a una multitud de dioses y sus líderes religiosos ________ (6) muchos sacrificios humanos. ________ (7) numerosos templos que ________ (8) a las pirámides de Egipto. Los aztecas ________ (9) su capital Tenochtitlán en una isla porque un día uno de sus líderes religiosos ________ (10) en ese preciso lugar un águila en un cacto devorando una serpiente, y ________ (11) que se cumplía la profecía hecha por un dios. Los aztecas ________ (12) esa capital en 1428. El imperio ________ (13) unido por la fuerza y no por la lealtad; por eso, cuando Cortés ________ (14), algunas ciudades descontentas con los líderes ________ (15) a él en contra del imperio azteca. En el siglo XVI, la sociedad azteca, que ________ (16) con ocho millones de habitantes, ________ (17) más de la mitad de la población ya que muchísimos ________ (18) de viruela, una enfermedad que ________ (19) del Viejo Mundo los españoles. Como ves, durante mi visita a Tenochtitlán ________ (20) mucho sobre los aztecas, y por supuesto, a menudo, le ________ (21) preguntas al guía (¡lo volví loco!).

Indígenas hoy día

¿Lo sabían?

Después de la llegada de los colonizadores españoles, la vida de los indígenas cambió para siempre. Muchos de ellos murieron porque sus cuerpos no resistían las enfermedades extrañas de los europeos. Otros fueron matados por los colonizadores.

La mayoría de los colonizadores eran hombres que llegaban sin familia. Una vez allí, muchos tuvieron hijos con mujeres indígenas. El fruto de esas uniones tan tempranas en la historia poscolombina es el mestizo, que hoy en día forma una comunidad étnica predominante en muchos países hispanoamericanos, tales como Honduras (90%), El Salvador (90%), México (60%) y Colombia (58%).

La época de la colonización terminó cuando los países latinoamericanos se independizaron de España, pero hoy día, el avance de la modernización amenaza con hacer desaparecer las costumbres de los indígenas y es por eso que esa lucha por conservar sus costumbres, culturas y lenguas continúa.

¿Sabes quiénes son Rigoberta Menchú y Evo Morales? ¿Hay personas como ellos en tu país?

ACTIVIDAD 7 Los mayas y los incas

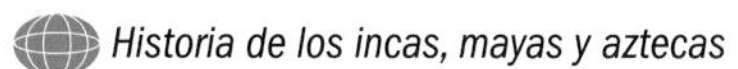

Parte A: En parejas, Uds. son arqueólogos: uno estudia a los mayas y el otro a los incas. Lea cada uno solamente su información y úsenla para hablarle a su compañero/a.

Los mayas

- habitar la península de Yucatán en el sur de México y en Centroamérica
- comer maíz, tamales, frijoles e insectos
- tener calendario; poder predecir los eclipses del sol y de la luna
- emplear una escritura jeroglífica con más de 700 signos y conocer el concepto del "cero"

Los incas

- vivir en el sur de Colombia, Perú, Bolivia, Ecuador y el norte de Chile y Argentina
- tener una red de caminos excelente
- usar la piedra y el bronce
- hacer telas a mano, cerámica artística
- cultivar la papa y el maíz
- no tener escritura; todo transmitirse por tradición oral

Parte B: Ahora, en grupos de cuatro, hablen de cómo vivían los indígenas de su país antes de que llegaran los europeos.

ACTIVIDAD 8 La vida antes de la tecnología

En grupos de tres, digan por lo menos una o dos cosas que hacía la gente cuando no existían los siguientes inventos. Luego, digan cuáles son las ventajas y desventajas de cada uno.

▶ Cuando no existía el MP3, la gente escuchaba música con grabadoras o estéreos. La calidad de la grabación no era...

1. el televisor
2. el avión
3. el plástico
4. la electricidad
5. la computadora

ACTIVIDAD 9 El barrio de tu infancia

En parejas, describan cómo era su vida y el barrio donde vivían cuando eran niños, usando los temas de la página siguiente como guía. Mientras escuchan sobre la vida de su compañero/a, háganle preguntas para obtener más información y reaccionen usando las expresiones que aparecen al final de la actividad.

▶ —Mi barrio era muy bonito porque tenía muchos árboles y era tranquilo.

—El mío también era tranquilo.

Casa, in this context, means where you lived.

Temas	
barrio	rural, urbano, casas, edificios, tiendas, centros comerciales, parques
amigos	descripción física y personalidad, lugares favoritos para jugar, cosas que hacían juntos
vecinos	descripción de personas interesantes o raras
robos (*thefts*)	muchos, pocos
casa	moderna o vieja, color, número de habitaciones
habitación	número de camas, compartir con un/a hermano/a
pertenencias	cosas favoritas y por qué

Para reaccionar

¡No me digas! / ¿De veras?
Yo también.
Yo tampoco.
El/La mío/a también.
El/La mío/a tampoco.
¡Qué chévere! (Caribe)
¡Qué lástima!

ACTIVIDAD 10 ¿Qué hacían tus padres?

Parte A: Una muchacha mexicana describe cómo era la vida de sus padres cuando tenían la edad que ella tiene ahora. Lee con cuidado la descripción.

Fuente hispana

"Mi mamá trabajaba en una tienda departamental, en el departamento de ropa, y le gustaba salir con sus amigas a caminar por el centro y platicar en las cafeterías. Veía a mi papá solo los fines de semana porque él trabajaba en una ciudad diferente y venía cada fin de semana a ver a sus padres y, por supuesto, a mi mamá. Él era comerciante en esa época y se casaron cuando él tenía 24 años y ella 21. A ellos les gustaba ir de vacaciones a ciudades coloniales como Oaxaca y a la playa en Veracruz o Acapulco. Los fines de semana salían al cine, o días de campo, también iban a conciertos de cantantes de boleros. A mi papá le gusta bailar, pero no a mi mamá, así que raramente iban a clubes nocturnos. Cuando tuvieron a su primera hija, tenían parejas de amigos con hijos pequeños, y salían con ellos porque se mudaron a la ciudad donde trabajaba mi padre y estaban lejos de la familia de ambos." ■

Parte B: En parejas, describa cada uno la vida de sus propios (*own*) padres usando las siguientes ideas como guía. Luego compárenla con la de los padres de la muchacha mexicana de la Parte A.

- estudiar, dónde trabajar
- con quién/dónde vivir
- tener hijos
- qué hacer en su tiempo libre durante el día, durante la noche
- adónde ir de vacaciones

ACTIVIDAD 11 En el cielo

Unos animales están en el cielo contando cómo murió cada uno. Cada animal trata de impresionar a los otros con su cuento. En grupos de tres, usen la imaginación para completar lo que dijo cada uno y después compartan sus respuestas con la clase.

ACTIVIDAD 12 Una leyenda

Al principio de este capítulo escuchaste una leyenda tolteca sobre el maíz. En grupos de tres, usen la imaginación para crear una leyenda sobre cómo apareció el búfalo en Norteamérica. Utilicen las siguientes ideas como guía.

- quién era el personaje principal de la leyenda
- qué hacía en su vida diaria
- qué quería para su gente
- qué ocurrió un día
- después de crear al búfalo, cómo lo empezaron a utilizar los seres humanos para mejorar su vida

ACTIVIDAD 13 **El encuentro**

Parte A: Lee lo que dijeron un ecuatoriano y una venezolana sobre los aspectos positivos y negativos del encuentro entre los españoles y las culturas indígenas. Después contesta las preguntas de tu profesor/a.

Fuente hispana

"Uno de los aspectos positivos es que los europeos entendieron que el mundo era más grande, rico y diverso de lo que pensaban; que había personas con una vivencia cultural totalmente diferente de la tradicional europea.

Uno de los aspectos negativos es que esta vivencia sirvió para que la cultura europea se entendiera a sí misma, pero no para entender a las culturas indígenas." ■

Fuente hispana

"La conquista española trajo como consecuencia que diversas civilizaciones fueran exterminadas; los indígenas tuvieron que someterse al rey español y aprender un nuevo idioma y nuevas costumbres. Pero no todo fue malo, pues de ese encuentro resultó el mestizaje étnico y cultural que existe en Latinoamérica. Aunque tenemos muchos nexos con España, los latinos somos únicos, diferentes, y tenemos así una manera muy particular de ver la vida." ■

Parte B: En grupos de tres, digan los aspectos positivos y negativos del encuentro entre los europeos que llegaron a este país y las culturas indígenas. Luego compartan sus ideas con el resto de la clase.

II. Describing People and Things

A Descripción física

Emiliano Zapata, mexicano (1879–1919)

Zapata luchó en México por las tierras que los ricos les habían confiscado a los campesinos (indígenas y mestizos).

Forma de la cara	
ovalada	oval
redonda	round
triangular	triangular

Piel	
blanca	light-skinned
morena	dark-skinned
trigueña	olive-skinned

Señas particulares	
la barba	beard
la cicatriz	scar
los frenillos	braces
el hoyuelo	dimple
el lunar	beauty mark
las patillas	sideburns
las pecas	freckles
el tatuaje	tattoo
ser peludo/a	to be hairy
tener cuerpo de gimnasio	to be buff
tener brazos fornidos	to have muscular arms

Color de ojos	
azules	blue
claros	light colored
color café	brown
color miel	light brown
negros	black
pardos	hazel
verdes	green

Color y tipo de pelo/cabello

tener pelo canoso/castaño/negro
to have gray/brown/black hair

ser pelirrojo/a o rubio/a
to be a redhead or a blond/e

tener permanente
to have a perm

tener pelo lacio (liso)/ondulado/rizado
to have straight/wavy/curly hair

ser calvo/a
to be bald

tener cola de caballo/flequillo/trenza(s)
to have a ponytail/bangs/braid(s)

B Personalidad

All of the following adjectives are used with the verb **ser** when describing personality traits.

Cognados obvios		
idealista	**paciente**	**prudente**
impulsivo/a	**pesimista**	**realista**
optimista		

To review other adjectives for describing people, see pp. 8, 9, and 12.

Otros adjetivos	
acogedor/a	welcoming, warm
atrevido/a	daring (*negative connotation*), nervy
caprichoso/a	capricious; fussy
cariñoso/a	loving, affectionate
celoso/a	jealous
espontáneo/a	spontaneous
holgazán/holgazana / perezoso/a	lazy
juguetón/juguetona	playful
malhumorado/a	moody, ill-humored
orgulloso/a	proud (*negative connotation*)
osado/a	daring (*positive connotation*)
tacaño/a	stingy, cheap
travieso/a	mischievous, naughty

tacaño/a = cheap (unwilling to spend money; describes people)

barato/a = cheap (inexpensive; describes goods and services)

ACTIVIDAD 14 ¿Quién tiene esto?

Parte A: Mira a tus compañeros y escribe el nombre de personas que tienen las siguientes características.

	Nombre		Nombre
pelo lacio y largo	______________	un tatuaje	______________
un lunar en la cara	______________	ojos color café	______________
cara ovalada	______________	pecas	______________
una cicatriz	______________	barba o bigotes	______________
pelo rizado	______________	cola de caballo o trenza(s)	______________

Parte B: En grupos de tres, comparen sus observaciones.

ACTIVIDAD 15 Lo positivo y lo negativo

En grupos de tres, escojan tres adjetivos de las listas de la personalidad y digan qué es lo positivo y lo negativo de poseer esas características.

▶ Si una persona es muy, muy prudente cuando maneja, siempre va a llegar tarde, pero sí llegará porque no va a tener accidentes.

ACTIVIDAD 16 La persona ideal

Parte A: En parejas, describan cómo son físicamente el hombre y la mujer ideales que aparecen en los anuncios comerciales de este país. Mencionen también tres adjetivos que describan su personalidad.

Parte B: Ahora lean las siguientes descripciones que hacen una mexicana y un ecuatoriano sobre la persona ideal. Compárenlas con las descripciones que hicieron Uds.

Fuentes hispanas

"El hombre ideal que aparece en los anuncios comerciales de México es alto (más de 1 metro 75), de complexión atlética (cuerpo de gimnasio), tiene espalda ancha y brazos fornidos (hmmmm); es moreno, por supuesto; de ojos más bien claros, color miel, cabello oscuro y bien peinado. No es muy peludo de la cara; tiene labios gruesos, mandíbula cuadrada, pómulos resaltados y nariz recta. Es serio, pero muy optimista." ■

"Pues la mujer ideal tiene piel blanca o canela (durante el verano); es delgada, pero con curvas. Mide 1 metro 70. Tiene pelo castaño u oscuro, preferiblemente lacio. La boca es chica, la nariz respingada, los ojos claros y la cara delgada. Es idealista y cariñosa." ■

1,75m = 5' 7"

pómulos resaltados = high cheekbones

1,70m = 5' 6"

nariz respingada = turned-up nose

ACTIVIDAD 17 ¿Cómo eras de adolescente?

En parejas, descríbanle a la otra persona cómo eran Uds. cuando tenían 14 años. Usen tres adjetivos para describir su personalidad y tres para su físico. Díganle también si en la actualidad tienen o no esas características.

▶ Cuando yo era adolescente, era muy celoso porque..., pero ahora... Físicamente, tenía...

ACTIVIDAD 18 Los famosos

Las siguientes son fotos de personas famosas que fueron tomadas cuando eran jóvenes. ¿Quiénes son? En parejas, cada uno seleccione dos de las fotos y después diga cómo eran físicamente esas personas y qué hacían un día típico. Por último, comenten cómo son esas personas ahora y qué hacen.

III. Describing

A *Ser* and *estar* + Adjective

To describe, you can use **ser** and **estar** followed by adjectives. These rules will help you remember when to use which verb.

1. Use **ser** + *adjective* when you are describing the *being*, that is, when you are describing physical, mental, or emotional characteristics you normally associate with a person, or physical characteristics you associate with a thing.

Pablo **es** tan **alto** como su padre.	*Pablo is as tall as his father.*
Su esposa **es** (**una persona**) muy **celosa**. Él no puede ni mirar a otra mujer.	*His wife is (a) really jealous (person). He can't even look at another woman.*
Su apartamento **es** (**un lugar**) muy **moderno**.	*His apartment is (a) very modern (place).*

2. Use **estar** + *adjective* when describing the *condition* or *state of being* of a person, place, or thing.

Nosotros **estábamos cansados** de estar en la playa.	*We were tired of being at the beach.*
El agua **estaba muy fría.**	*The water was very cold.*
Mi padre siempre **estaba enojado** con alguien de la familia.	*My father was always mad at someone in the family.*

Siempre is normally used with **estar. Siempre está preocupado/borracho/enfermo**/etc.

3. Adjectives that are normally used with **ser** to describe the characteristics of a person or thing may be used with **estar** to indicate a change of condition.

Being **ser + *adjective***	**Change of Condition** **estar + *adjective***
Mi marido **es** (**un hombre**) **muy cariñoso.** *My husband is (a) very affectionate (man).*	**Estás muy cariñoso hoy,** ¿qué pasa? *You are really affectionate today; what's up?*
El gazpacho **es** una sopa española **fría.** *Gazpacho is a cold Spanish soup.*	Camarero, esta sopa **está fría.** *Waiter, this soup is cold.*

estar muerto/a = to be dead

4. Some adjectives convey different meanings, depending on whether they are used with **ser** or **estar**. Remember that **ser** is used to describe the *being* and **estar** the *condition* or *state of being.*

	Being ser + *adjective*	Condition or State of Being estar + *adjective*
aburrido/a	boring	bored
bueno/a	good	(tastes) good
despierto/a	alert	awake
listo/a	smart	ready
vivo/a	smart/sharp	alive

La película **era aburrida.**
The movie was boring.

Nosotros **estábamos aburridos.**
We were bored.

Según la maestra, el niño **es muy despierto.**
According to the teacher, the child is very alert.

El niño **está despierto** y quiere jugar.
The child is awake and wants to play.

ACTIVIDAD 19 Anuncios comerciales

Parte A: Las siguientes oraciones son partes de anuncios comerciales. Complétalas usando **ser** o **estar.**

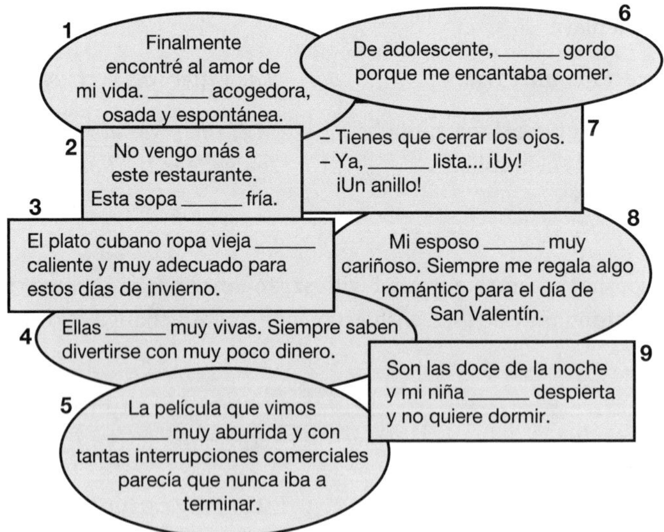

1 Finalmente encontré al amor de mi vida. ______ acogedora, osada y espontánea.
2 No vengo más a este restaurante. Esta sopa ______ fría.
3 El plato cubano ropa vieja ______ caliente y muy adecuado para estos días de invierno.
4 Ellas ______ muy vivas. Siempre saben divertirse con muy poco dinero.
5 La película que vimos ______ muy aburrida y con tantas interrupciones comerciales parecía que nunca iba a terminar.
6 De adolescente, ______ gordo porque me encantaba comer.
7 – Tienes que cerrar los ojos.
– Ya, ______ lista... ¡Uy! ¡Un anillo!
8 Mi esposo ______ muy cariñoso. Siempre me regala algo romántico para el día de San Valentín.
9 Son las doce de la noche y mi niña ______ despierta y no quiere dormir.

Parte B: En parejas, escojan uno de los anuncios comerciales, imaginen qué ofrece y desarrollen (*develop*) el comercial.

ACTIVIDAD 20 Impresiones equivocadas

En parejas, imaginen que Uds. trabajan para una empresa y por primera vez asisten a una fiesta con sus compañeros de trabajo. Se sorprenden porque algunas personas están mostrando un aspecto de sí mismos que nunca se ve en la oficina. Reaccionen a las descripciones. Sigan el modelo.

► Marta Ramos: secretaria; siempre le encuentra el lado positivo a las cosas, pero esta noche no porque su novio está bailando con otra.

Marta es tan..., pero, ¡qué increíble! Esta noche está muy...

1. Jorge Mancebo: jefe de personal; siempre lleva corbata y habla poco; esta noche lleva una cadena de oro; está bailando cumbia con la cocinera.
2. Cristina Salcedo: trabaja en relaciones públicas; siempre habla con todos y escucha sus problemas; esta noche está sentada sola en un rincón mirando al suelo y tomando Coca-Cola.
3. Paulina Huidobro: jefa de producción; nunca sonríe y siempre le ve el lado negativo a todo; esta noche tiene una sonrisa de oreja a oreja y está besando apasionadamente a Juan Gris, el jefe de ventas.

cumbia = baile colombiano

ACTIVIDAD 21 Sus compañeros

En parejas, hablen de la personalidad de tres compañeros de la clase por lo menos y digan cómo creen que se sienten ellos hoy.

► Craig es muy cómico e hiperactivo. Hoy está preocupado porque se peleó con su novia.

ACTIVIDAD 22 Un conflicto escolar

En parejas, una persona es el padre o la madre de un niño y la otra persona es el/la maestro/a. Cada persona debe leer solamente las instrucciones para su papel. Al hablar, usen las siguientes expresiones de **Para reaccionar**.

Padre/Madre

Tu hijo de ocho años es muy bueno y obediente. Siempre te dice que el/la maestro/a no lo quiere y lo trata muy mal y por eso recibe malas notas. Estás muy enojado/a y ahora tienes una cita con su maestro/a. Explícale la situación y háblale de la personalidad de tu hijo.

Maestro/a

Eres maestro/a y hay un estudiante de ocho años que tiene muchos problemas de comportamiento (*behavior*) y ahora viene el padre o la madre a hablarte. Explícale cómo es su hijo y cómo se comporta últimamente.

Para reaccionar

Me parece que...	It seems to me that . . .
Creo que...	I think that . . .
En mi opinión...	In my opinion . . .
Es decir... / **O sea...**	That is (to say) . . .
Ud. me dice que...	You are telling me that . . .

B The Past Participle as an Adjective

1. Use **estar** + *past participle* (**participio pasivo**) to indicate the result caused by an action.

Action	**Result**
Los padres **se preocupaban** porque sus hijos no sacaban buenas notas en la escuela.	**Estaban preocupados.** *They were worried.*
Pablo **pone** la mesa para comer.	La mesa **está puesta.** *The table is set.*

2. The past participle functions as an adjective and agrees in gender and number with the noun it modifies.

 El pollo está servido.
 Las camas están hechas.

3. Some irregular past participles that are frequently used as adjectives include:

abrir → abierto/a	poner → puesto/a
escribir → escrito/a	resolver → resuelto/a
hacer → hecho/a	romper → roto/a
morir → muerto/a	

To review formation and a more complete list of irregular past participles, see Appendix A, page 365.

ACTIVIDAD 23 En una disco

Parte A: Completa las conversaciones de la página siguiente que escuchas en una disco, usando **estar** + *el participio pasivo* de los siguientes verbos.

abrir
descomponerse (*to break down*)
disponerse (*to get ready*)
envolver
hacer
romper
vestirse

1

El sistema de sonido de esta disco ________ ____________.

Entonces, salgamos de aquí y vamos a tomar algo al café de la esquina.

2

Mira a esas dos muchachas.

Sí, ________ ____________ con ropa ridícula.

3

Estoy convencida de que ella es una persona muy cerrada.

¿De veras? Ayer ________ ____________ a nuevas ideas.

4

Vamos, abre el regalo.

Pero, ¿qué es? ¿Y por qué ________ ____________ en papel de periódico?

5

Hace cinco minutos yo ________ ____________ a sacar a bailar a ese chico.

¿Y qué ocurrió? ¿Por qué no bailaron?

6

Perdón, pero creo que necesitas dejar de bailar.

Pero, ¿por qué?

Es que tus pantalones ________ ____________.

7

Mira los tatuajes que lleva este hombre y los va a tener para toda la vida.

No te preocupes. ________ ____________ con tinta lavable. Después de bañarse, van a desaparecer.

Parte B: En parejas, escojan una de las conversaciones y continúenla.

ACTIVIDAD 24 La escena

La puerta del vecino estaba abierta y Uds. entraron en el apartamento. Describan lo que vieron y saquen conclusiones para explicar qué ocurrió.

IV. Indicating the Beneficiary of an Action

The Indirect Object

1. In Chapter 1 you saw that a direct object answers the questions *what* or *whom*. An indirect object normally answers the questions *to whom* or *for whom*. In the sentence "I gave a gift to my friend," "a gift" is *what* I gave (direct object), and "my friend" is the person *to whom* I gave the gift (indirect object).

2. If a sentence has an indirect object (**complemento indirecto**), it almost always needs an indirect-object pronoun. As you saw with the verb **gustar**, the indirect-object pronouns are:

me	nos
te	os
le	les

Mi amiga Dolores hace investigaciones en el Amazonas y no tiene teléfono; por eso **le** escribí una carta.	*My friend Dolores is doing research in the Amazon and doesn't have a telephone; that's why I wrote a letter to her.*
Le escribí una carta **a Dolores.***	*I wrote a letter to Dolores.*
Les compré un regalo **a Marcos y a Ana.***	*I bought a present for Marcos and Ana.*
Me compraste ese regalo **a mí,** ¿no?*	*You bought that present for me, didn't you?*

***Note:** A prepositional phrase introduced by **a** can be used to provide clarity, or simply for emphasis. Here are the pronouns you can use after **a**.

a **mí**	a **nosotros/as**
a **ti**	a **vosotros/as**
a **Ud.**	a **Uds.**
a **ella**	a **ellas**
a **él**	a **ellos**

Use either the indirect-object pronoun or a prepositional phrase introduced by **para,** but not both in the same sentence. **Compré una camisa para mi padre. Le compré una camisa (a mi padre).**

Mí has an accent when it is a prepositional pronoun: **detrás de mí, a mí, para mí,** etc. **Mi** without an accent is a possessive adjective: **Mi madre es peruana.**

3. Place indirect-object pronouns:

Before the Conjugated Verb	or	After and Attached to the Infinitive
Le escribí una postal a mi hermano ayer.		XXX
Le había escrito una postal antes de irme de Ecuador.		XXX
Le quiero escribir una postal.	=	Quiero **escribirle** una postal.

Before the Conjugated Verb	or	After and Attached to the Present Participle
Le estoy escribiendo una postal.	=	Estoy **escribiéndole*** una postal.

*Note the need for an accent. To review accent rules, see Appendix F, pages 374–376.

ACTIVIDAD 25 ¿Quién besó a quién?

En parejas, miren el dibujo y decidan cuáles de las siguientes oraciones describen la escena.

1. Le dio ella un beso a él.
2. Él le dio un beso a ella.
3. Le dio un beso a ella.
4. Le dio un beso ella.
5. Le dio un beso.
6. Le dio un beso él.
7. Ella le dio un beso a él.
8. Le dio él un beso a ella.
9. Le dio un beso a él.
10. A ella le dio un beso.

ACTIVIDAD 26 El regalo

Usa pronombres de complemento indirecto para completar la historia sobre un episodio que le sucedió a un joven chileno durante un viaje.

Hace un mes mi hermano y yo fuimos de vacaciones a Oaxaca, México; una región que tiene hoy día un millón de indígenas. Allí __________ compramos a mis padres un jarrón de cerámica negra, típica de la región, para su aniversario de boda. Pusimos

(*Continúa en la página siguiente.*)

el regalo con mucho cuidado en una caja y lo facturamos (*checked it*) en el aeropuerto. Por desgracia, cuando llegamos a Santiago, nos dimos cuenta de que el jarrón estaba roto. Entonces fuimos directamente a la oficina de reclamos, donde __________ pidieron la queja (*complaint*) por escrito. Yo __________ escribí un mail al gerente de la aerolínea en ese aeropuerto. Poco después, el gerente __________ envió un mail disculpándose por lo que había pasado. Él __________ hizo muchas preguntas sobre el contenido de la caja y su valor en dólares norteamericanos. ¡Qué fastidio! Como yo no __________ pude contestar todas las preguntas, __________ pregunté a mi hermano que siempre lo sabe todo o, por lo menos, cree que lo sabe todo. Luego el gerente __________ ofreció el dinero que habíamos gastado, pero nosotros __________ explicamos enfáticamente que no queríamos el dinero, solo queríamos el recuerdo que __________ habíamos comprado a nuestros padres. A la semana siguiente recibimos otro mail del gerente que nos dejó boquiabiertos y en el que __________ proponía otra idea: __________ daba gratis (a nosotros) dos pasajes a Oaxaca, México, para nuestros padres. Nos fascinó la idea e inmediatamente __________ informamos que aceptábamos su oferta. ¡Valió la pena escribir tantos mails y ser tan perseverantes!

parientes = relatives

ACTIVIDAD 27 Parientes típicos o atípicos

Parte A: En parejas, entrevístense para obtener respuestas a las siguientes preguntas y así averiguar si la otra persona tiene parientes típicos o atípicos.

padres = parents

1. ¿Te regalan ropa pasada de moda o ropa de moda?
2. ¿Te dan mucha comida?
3. ¿Te pellizcaban (*pinched*) la mejilla cuando eras niño/a?
4. ¿Les daban muchos consejos a tus padres sobre cómo educarte cuando eras niño/a?
5. ¿Les ofrecen a otros parientes y a ti trabajos horribles en su compañía o su tienda durante los veranos?
6. ¿Les muestran a Uds. fotos o videos aburridísimos de la familia?
7. ¿Le dicen a la gente cuánto dinero ganan? Si contestas que sí, ¿le mienten sobre la cantidad?
8. Cada vez que te ven, ¿te dan dinero?
9. ¿Les piden dinero a tus padres?
10. ¿Te cuentan historias aburridas sobre su juventud?

Parte B: Ahora, díganle a su compañero/a si tiene una familia típica o atípica y defiendan su opinión.

► En mi opinión, tus parientes son atípicos porque te regalan...

ACTIVIDAD 28 ¿Cuándo fue la última vez que...?

Parte A: En parejas, túrnense para preguntarle a la otra persona cuándo fue la última vez que hizo las actividades de la lista de la página siguiente.

▶ A: ¿Cuándo fue la última vez que le compraste flores a una persona?

B: Hace un mes les compré flores a mis padres.

A: ¿Por qué les compraste flores?

B: Porque era su aniversario.

B: Nunca le compro flores a nadie.

A: ¿Por qué nunca le compras flores a nadie?

B: Porque no me gusta regalar flores.

1. darle un beso a alguien
2. hablarles a sus padres sobre su novio/a
3. escribirle una carta de amor a alguien
4. regalarle algo a un/a amigo/a
5. decirle a alguien "te quiero"
6. escribirle un poema a alguien
7. mandarle a alguien una tarjeta virtual cómica o cursi

Parte B: Ahora digan cuándo fue la última vez que alguien les hizo a Uds. las acciones de la Parte A.

▶ Hace cinco meses que alguien me regaló flores. / Mi hermana me regaló flores hace cinco meses. / Nadie me regala flores nunca.

ACTIVIDAD 29 La historia de la Malinche

Parte A: Lee el párrafo sobre un personaje importante de la historia de México y contesta la pregunta que le sigue.

Malinalli es la hija de un noble indígena y sabe hablar maya y también náhuatl, el idioma azteca. Cuando se muere su padre, su madre **la** vende y la compra un grupo de indígenas. Este grupo, a su vez, se la vende a otro grupo de indígenas. Después de la batalla de Tabasco, estos indígenas **le** dan un regalo a Cortés: Malinalli. Él **la** bautiza y **le** pone el nombre de Marina. Aguilar, un español que sabe maya, **le** enseña español. Durante un período de seis años ella se convierte en compañera, intérprete, enfermera y amante de Cortés, y **le** enseña a Cortés a llevarse bien con los indígenas. **Lo** ayuda a formar una alianza con los tlaxcalas, archienemigos de los aztecas, para derrotar el imperio de Moctezuma. Doña Marina, como **la** llaman los conquistadores, es indispensable tanto para los españoles como para los tlaxcalas. El gran conquistador y doña Marina tienen un hijo juntos y Cortés se queda con ella hasta que no **la** necesita más. Luego, doña Marina pasa a ser propiedad de uno de sus capitanes. Después de su separación de Cortés, esta mujer tan importante en la conquista de México pasa a ser anónima. Hoy día se la conoce con el nombre de "la Malinche".

(*Continúa en la página siguiente.*)

¿A quiénes se refieren las palabras en negrita?

a. **la** en la línea 2 ____________________

b. **le** en la línea 4 ____________________

c. **la** en la línea 5 ____________________

d. **le** en la línea 5 ____________________

e. **le** en la línea 6 ____________________

f. **le** en la línea 7 ____________________

g. **lo** en la línea 8 ____________________

h. **la** en la línea 10 ____________________

i. **la** en la línea 12 ____________________

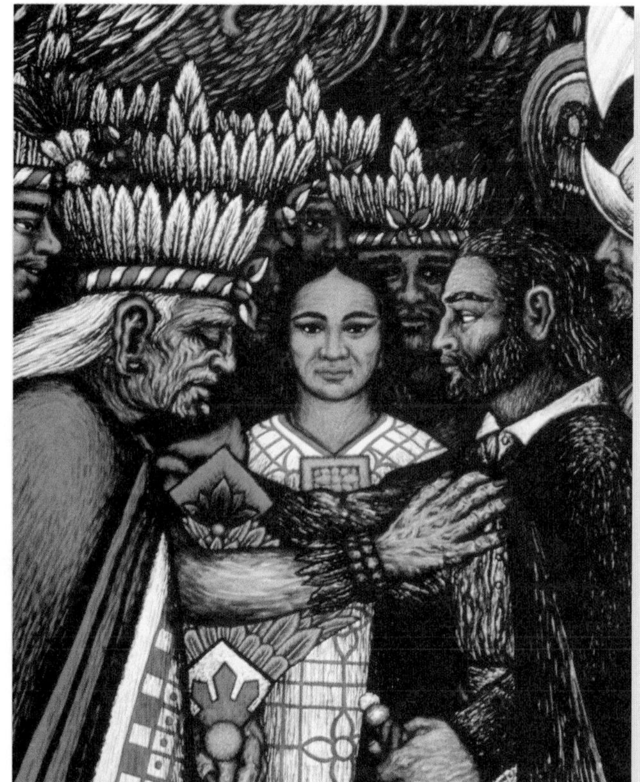

Moctezuma, Hernán Cortés y la Malinche en el mural ***La alianza de Cortés***, de Desiderio Hernández Xochitiotzin.

Parte B: Es común usar el presente en un relato histórico. Este uso del presente se llama "el presente histórico". En parejas, lean la historia de la Malinche otra vez. Luego cierren el libro y entre los/las dos cuenten la historia usando el pretérito y el imperfecto.

 *La Malinche*

Do the corresponding web activities to review the chapter topics.

Vocabulario activo

Adverbios de tiempo

a menudo / con frecuencia / frecuentemente *frequently*
mientras *while*
muchas veces *many times*
siempre *always*
todos los días/meses/años *every day/month/year*

Descripción física

Forma y partes de la cara *Shape and parts of the face*

cuadrada *square*
ovalada *oval*
redonda *round*
triangular *triangular*
la barbilla *chin*
la mandíbula *jaw*
el pómulo *cheekbone*

Color de ojos *Eye color*

azules *blue*
claros *light colored*
color café *brown*
color miel *light brown*
negros *black*
pardos *hazel*
verdes *green*

Color y tipo de pelo/cabello *Color and type of hair*

ser calvo/a *to be bald*
ser pelirrojo/a o rubio/a *to be a redhead or a blond/e*
tener cola de caballo/flequillo/trenza(s) *to have a ponytail/bangs/braid(s)*
tener pelo canoso/castaño/negro *to have gray/brown/black hair*
tener pelo lacio (liso)/ondulado/rizado *to have straight/wavy/curly hair*
tener permanente *to have a perm*

Piel *Skin*

blanca *light-skinned*
morena *dark-skinned*
trigueña *olive-skinned*

Señas particulares *Identifying characteristics*

la barba *beard*
los bigotes *mustache*
la cicatriz *scar*
los frenillos *braces*
el hoyuelo *dimple*
el lunar *beauty mark*
las patillas *sideburns*
las pecas *freckles*
el tatuaje *tattoo*
ser peludo/a *to be hairy*
tener cuerpo de gimnasio *to be buff*
tener brazos fornidos *to have muscular arms*

Descripción de la personalidad

acogedor/a *welcoming, warm*
atrevido/a *daring* (negative connotation), *nervy*
caprichoso/a *capricious; fussy*
cariñoso/a *loving, affectionate*
celoso/a *jealous*
espontáneo/a *spontaneous*
holgazán/holgazana *lazy*
idealista *idealistic*
impulsivo/a *impulsive*
juguetón/juguetona *playful*
malhumorado/a *moody, ill-humored*
optimista *optimistic*
orgulloso/a *proud* (negative connotation)
osado/a *daring* (positive connotation)
paciente *patient*
perezoso/a *lazy*
pesimista *pessimistic*
prudente *prudent*
realista *realistic*
tacaño/a *stingy, cheap*
travieso/a *mischievous, naughty*

Expresiones útiles

descomponerse *to break down*
disponerse *to get ready*
¿A que no saben...? *Bet you don't know . . . ?*
Creo que... / En mi opinión... *I think that . . . , In my opinion . . .*
El/La mío/a también. *Mine too.*
El/La mío/a tampoco. *Mine either.*
Es decir... / O sea... *That is (to say) . . .*
Había una vez... *Once upon a time there was/were . . .*
Me parece que... *It seems to me that . . .*
No saben la sorpresa que se llevó cuando... *You wouldn't believe how surprised he/she was when . . .*
Ud. me dice que... *You are telling me that . . .*

Más allá

Canción: "La Llorona"

Lila Downs

Nació en 1968 en la región de Oaxaca, México, de madre mixteca y de padre norteamericano. Pasó su adolescencia en los Estados Unidos para luego regresar a México. Cuando su padre murió, ella volvió a los Estados Unidos, donde estudió en la universidad de Minnesota en Minneapolis. Entre las variadas influencias musicales que Downs menciona en su página de Facebook se encuentran Mercedes Sosa, Nina Simone, Celia Cruz, John Coltrane, Billie Holiday, Bob Marley y los Grateful Dead. Lila apareció y cantó varias canciones, incluyendo "La Llorona", en la película *Frida*.

ACTIVIDAD **Canción y leyenda**

Parte A: Antes de escuchar una canción de la región de Oaxaca, haz lo siguiente.

- Mira el nombre de la canción y busca una palabra que conoces dentro de la palabra principal (es una acción).
- Di si la persona que hace esa acción es un hombre o una mujer.
- Infiere cuál es el tono de la canción.

Parte B: Lee las siguientes ideas y luego, mientras escuchas la canción, marca las opciones correctas.

______ un hombre le habla a una mujer	______ una mujer le habla a un hombre
______ él va a morir porque ella quiere	______ ella va a morir porque él quiere
______ él acepta la muerte	______ ella acepta la muerte
______ él está muy feo ahora	______ ella está muy fea ahora
______ él vio a la mujer	______ ella vio al hombre
______ él llevaba ropa elegante	______ ella llevaba ropa bonita
______ él siempre va a quererla	______ ella siempre lo va a querer

Parte C: La canción que escuchaste está basada en una leyenda prehispánica que se refiere a una mujer fantasma que llora por la muerte de sus hijos. Esta leyenda a veces se usa en ciertas regiones de México y en partes de Latinoamérica para asustar a los niños cuando no se portan bien. En grupos de tres, digan si había un personaje mítico que sus padres usaban para asustarlos a Uds. cuando se portaban mal. Digan cómo se llamaba, cómo era físicamente y qué les hacía a los niños.

Videofuentes: *Los mayas*

Antes de ver

ACTIVIDAD 1 Indígenas de Latinoamérica

Antes de mirar un video sobre un grupo indígena de Latinoamérica, habla sobre la siguiente información.

- grupos indígenas que habitan Latinoamérica
- la zona con que los asocias
- algo sobre sus tradiciones o conocimientos

Mientras ves

ACTIVIDAD 2 La cultura maya

Parte A: Mira la primera parte del video sobre la cultura maya, hasta donde empieza a hablar el guía turístico, y busca información sobre los siguientes lugares.

- Mérida
- Tulum
- Chichén Itzá

Chichén Itzá.

Parte B: Lee las siguientes preguntas y luego mira el resto del video para contestarlas.

1. ¿Quién era Kukulkán?
2. ¿Qué ocurre dos veces al año en su templo de Chichén Itzá?
3. Según el guía, ¿cómo desaparecieron los mayas?
4. ¿Cómo son físicamente los mayas?
5. ¿Por qué los jóvenes mayas se sienten avergonzados de ser mayas?

Familia maya.

Después de ver

ACTIVIDAD 3 La revalorización

En las últimas décadas se han empezado a apreciar más las culturas de los pueblos originales de Latinoamérica. En grupos de tres, discutan las siguientes preguntas sobre las culturas indígenas de su país.

1. ¿Qué grupos indígenas existen hoy día en su país?
2. ¿Qué lugares indígenas se pueden visitar? ¿Han estado en alguno de ellos?
3. ¿Conocen a alguien de origen indígena? Si contestan que sí, ¿saben si habla o no el idioma de sus antepasados? Si eres de origen indígena, ¿hablas el idioma de tus antepasados?
4. ¿Qué grupos indígenas conservan su idioma?

Proyecto: La leyenda de La Llorona

La leyenda de La Llorona es de origen prehispánico y, a través de los siglos, han aparecido muchas versiones diferentes de la misma. Casi todas estas versiones mencionan una mujer, unos niños, un hombre y un río. En este proyecto, vas a preparar una presentación de un mínimo de diez páginas de PowerPoint para contar una versión infantil de la leyenda de La Llorona. Necesitas seguir estos pasos:

1. leer en Internet diferentes versiones de la leyenda y escoger una
2. incluir en el cuento
    - cómo era cada uno de los personajes
    - el contexto en el que ocurrió la tragedia
    - cuál fue la tragedia
    - qué ve la gente hoy día que está relacionado con esta leyenda
3. agregar imágenes, efectos especiales y sonidos a tu presentación para que un niño pueda entenderla mejor

Llegan los inmigrantes

Escena de mestizaje, Miguel Cabrera. México, 1763.

METAS COMUNICATIVAS

- hablar de la inmigración
- hablar de la historia familiar
- narrar y describir en el pasado (tercera parte)
- expresar sucesos (*events*) pasados con relevancia en el presente
- expresar ideas abstractas y sucesos no intencionales

Entrevista a un artista cubano

Alexandre Arrechea en su estudio de La Habana, Cuba.

por parte de (mi, tu, etc.) padre/madre	*on my/your/etc. father's/mother's side*
a pesar de que	*even though*
a la hora de + *infinitive*	*when the time comes* + infinitive

ACTIVIDAD 1 La influencia de los inmigrantes

Piensa en los diferentes grupos de inmigrantes que hay en este país y dónde se puede ver su influencia. Da ejemplos específicos.

ACTIVIDAD 2 La entrevista

Parte A: Vas a escuchar una entrevista con Alexandre Arrechea, un artista cubano. Mientras escuchas, anota la siguiente información.

1. origen de su familia
2. un ejemplo de influencia africana
3. un ejemplo de racismo

Parte B: Escucha la entrevista otra vez para contestar estas preguntas.

1. ¿Qué tipo de trabajo tuvieron sus antepasados de origen africano?
2. ¿Por qué dice el artista que la influencia africana en la comida cubana está camuflada?
3. ¿A qué se refiere el comentario "Tú no eres negro, eres blanco"?
4. En cuanto a las parejas, ¿hay muchos matrimonios entre blancos y negros?
5. Alex le sugiere a la entrevistadora que visite Cuba. ¿Dónde le recomienda que se quede para entender mejor a la gente?

¿Lo sabían?

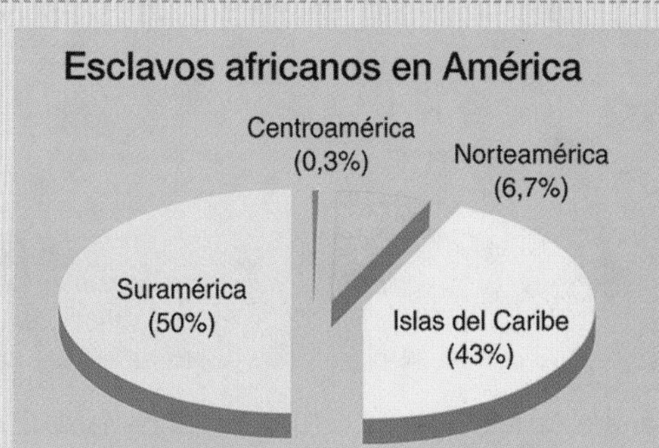

(Fuente: The African Presence in the Americas 1492–1992, Schomburg Center for Research in Black Culture, The New York Public Library. http://www.si.umich.edu/CHICO/Schomburg/text/migration7big.html.)

Cuando los conquistadores llegaron al continente americano, usaron inicialmente a los indígenas para los trabajos pesados, pero con el tiempo muchos empezaron a morirse de enfermedades que padecían los españoles. Los españoles comenzaron a darse cuenta de que los indígenas también se resistían a servir a los conquistadores. Fue en parte por esa falta de mano de obra que comenzó el tráfico de esclavos de África hacia el Nuevo Mundo. Aunque llegaron esclavos a todo el continente, el 38,2% fue a Brasil, el 7,3% a Cuba y solamente el 4,6% llegó a los Estados Unidos. Hoy día, en Cuba, la influencia africana se encuentra en la música, el baile, la comida y en la cultura en general. Hasta en la religión que practican algunos cubanos, que se llama santería, se ve esta fusión de culturas al combinar a dioses africanos con santos de la religión católica.

¿Qué fusión de culturas se puede observar en tu país?

ACTIVIDAD 3 En los Estados Unidos

En grupos de tres, hablen de los inmigrantes africanos que llegaron a los Estados Unidos. Digan cuándo y por qué llegaron y dónde se ve su influencia hoy día.

I. Discussing Immigration

La inmigración

🌐 Do the corresponding web activities as you study the chapter.

Pedro Domínguez y sus hermanos; Buenos Aires, Argentina, 1926.

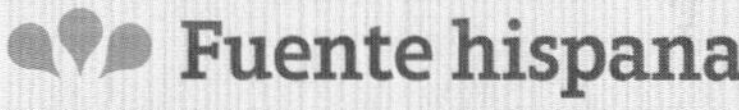

Fuente hispana

"Mi madre es argentina y mi abuela también, pero mis **bisabuelos** *maternos eran italianos. Mi abuelo materno* **emigró** *de Casablanca, Marruecos, cuando tenía 18 años. A lo largo de este capítulo voy a contar la historia de la inmigración de mi padre.*

Mi padre llegó por barco a Buenos Aires, Argentina, desde España en 1925 cuando tenía dos años. Eran nueve en total: Mi abuelo, mi abuela y sus siete hijos. Todos **eran oriundos de** *Cáceres en la región de Extremadura e iban a Argentina a* **hacerse la América** *y* **en busca de nuevos horizontes**, *porque la situación en España no era muy buena y América prometía más oportunidades de triunfar. Era una familia* **de pocos recursos**, *pero llegaron con algo de dinero y mi abuelo* **tenía mucha iniciativa.** *Él era comerciante en España y cuando llegó a Buenos Aires, abrió una camisería, una tienda donde hacía camisas a medida."* ■

argentino

great-grandparents

emigrated

were originally from

to seek success in America; in search of new opportunities (horizons)

low-income

he had a lot of initiative

MUSEO DEL INMIGRANTE

Certificado de arribo a América

ISAAC BENSABAT
de Nacionalidad ESPAÑOLA
procedente de STA. CRUZ DE TENERIFE,
llegó a BUENOS AIRES
el 7 de Junio de 1907
en el buque CAP. VERDE

Sus datos de origen son : EDAD : 58 años
Estado Civil : CASADO
Profesión : COMERCIANTE
Religión : CATOLICA

La información consignada fue obtenida por el C.E.M.L.A. según los registros de Embarque de inmigrantes de la Dirección Nacional de Población y Migración. No obstante este Certificado no tiene validez para realizar cualquier trámite administrativo, judicial o de otra índole.

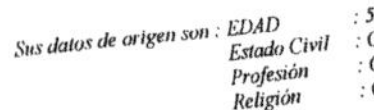

altocity.com Line

Casa FOA

Personas	
los antepasados	ancestors
el/la descendiente	descendant
el/la emigrante	
el/la esclavo/a	slave
el/la extranjero/a	foreigner
el/la inmigrante	
el/la mestizo/a	
el/la mulato/a	
el/la pariente lejano/a	distant relative
el/la refugiado/a político/a	political refugee
el/la residente	
el/la tatarabuelo/a	great-great-grandfather/ grandmother

Otras palabras relacionadas con la inmigración	
la ascendencia	ancestry
la discriminación, discriminar a alguien	
la emigración	
el extranjero	abroad
hacer algo contra su voluntad	to do something against one's will
hacerse ciudadano/a	to become a citizen
inmigrar, la inmigración	
la libertad	freedom
el orgullo	pride
recibir a alguien con los brazos abiertos	to receive someone with open arms
sentir nostalgia (por)	to be homesick; to feel nostalgic (about)
sentirse rechazado/a	to feel rejected
ser bilingüe/trilingüe/políglota	
ser mano de obra barata	to be cheap labor
ser una persona preparada	to have an education
tener incentivos	
tener prejuicios contra alguien	to be prejudiced against someone
tener título	to have an education/a degree
tener un futuro incierto	to have an uncertain future

ACTIVIDAD 4 Definiciones

En parejas, miren las listas de palabras sobre la inmigración de las páginas 103 and 104 y túrnense para definir una palabra o frase sin usarla en su definición. La otra persona debe adivinar qué palabra o frase es.

ACTIVIDAD 5 ¿Quiénes llegaron?

Latinoamérica ha recibido gente de todas partes del mundo. En parejas, una persona debe mirar la tabla A y la otra la tabla B. Luego háganse preguntas para completar su tabla sobre los diferentes inmigrantes que llegaron.

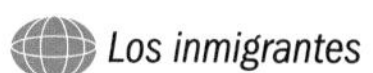
Los inmigrantes

A			
nacionalidad y épocas importantes de emigración	**adónde fueron y por qué**	**condiciones en su país de origen**	**otros datos**
alemanes ¿?	Chile - el gobierno (ofrecerles) tierra	¿?	• (ser) gente preparada como artesanos, (tener) título universitario
chinos 1849-1874	¿?	¿?	• ¿? • (trabajar) bajo condiciones infrahumanas
italianos ¿?	Argentina - (trabajar) en las fábricas y en ¿?	• ¿? • en el norte (haber) interés en hacerse la América	• (haber) dos hombres por cada mujer emigrante
judíos al final del siglo XIX	¿?	• (huir) de la pobreza y el antisemitismo en Rusia	¿?

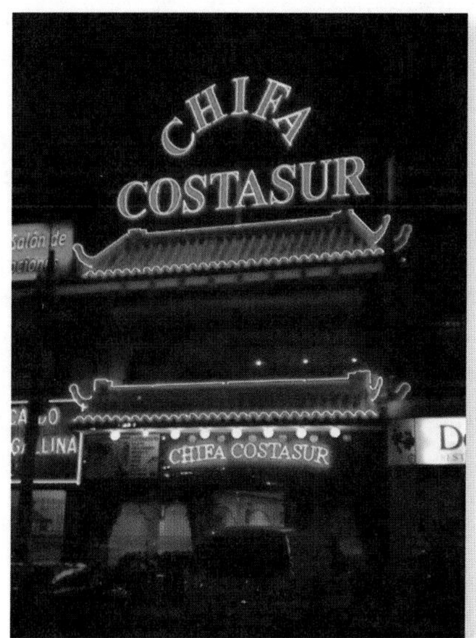

En Perú, hoy día hay restaurantes chinos que se conocen como *chifas*.

B			
nacionalidad y épocas importantes de emigración	**adónde fueron y por qué**	**condiciones en su país de origen**	**otros datos**
alemanes 1846-1851	¿?	(haber) problemas políticos (especialmente para la clase media con ideas liberales) y (haber) una crisis agrícola	¿?
chinos ¿?	Perú - (trabajar)	• (haber) sobrepoblación en China	• ¿? • casi todos (ser) hombres • hoy día 2 millones de peruanos (ser) de sangre china
italianos 1880-1914	Argentina - ¿? y (trabajar) en la agricultura	• en el sur (haber) sobrepoblación y pobreza • ¿?	¿?
judíos ¿?	Argentina - (haber) tolerancia religiosa después de independizarse de España	¿?	• Argentina (ser) hoy el séptimo país del mundo en números de judíos

¿Lo sabían?

En el año 1965, cuando la situación económica en Corea estaba en crisis, algunos ciudadanos coreanos optaron por inmigrar a países como Paraguay y Argentina, que ofrecían incentivos para inmigrantes, y con el tiempo llegaron a tener una posición económica estable. Aunque los hijos de estos inmigrantes asistían a escuelas donde se mezclaban con los niños locales, las familias coreanas vivieron apartadas y muchas nunca se integraron culturalmente. Desafortunadamente, cuando los países receptores entraron en un período económico difícil, algunas personas discriminaron a los coreanos por tener éxito con sus negocios cuando otras personas estaban perdiendo trabajo en el sector industrial. Por eso, algunos de esos inmigrantes decidieron irse del país que en un momento los había recibido con los brazos abiertos.

¿Puedes nombrar casos en la historia de tu país cuando el aumento de xenofobia ha coincidido con una crisis económica?

ACTIVIDAD 6 El mosaico de razas

Parte A: Todos los países tienen inmigrantes de diferentes partes del mundo. En grupos de tres, mencionen cuáles son los principales grupos de inmigrantes que vinieron a este país.

Shakira, colombiana de raíces siriolibanesas, canta con Stevie Wonder antes de la asunción de mando del presidente Obama.

Parte B: Ahora discutan las siguientes ideas sobre los italianos que llegaron a los Estados Unidos.

- cuándo llegaron
- por qué emigraron
- cuál era la situación en su país
- cómo llegaron a los Estados Unidos
- si fueron recibidos con los brazos abiertos
- qué idioma hablaban
- qué educación tenían
- si hubo discriminación una vez que llegaron
- en qué partes del país se establecieron

ACTIVIDAD 7 Un pariente

En parejas, lean otra vez la descripción de Pablo en la sección de vocabulario sobre cómo llegó su padre a Buenos Aires. Luego, cuéntenle a su compañero/a cómo llegó un/a pariente o un/a conocido/a suyo/a a este país.

II. Expressing Past Intentions, Obligations, and Knowledge

Preterit and Imperfect (Part Three)

1. To express a past plan that did not materialize, use the imperfect of **ir** + **a** + *infinitive*. This construction can be used to give excuses.

Mi bisabuelo **iba a ir** a los EE.UU. en el *Titanic*, pero se enfermó y fue unas semanas más tarde en otro barco.

My great-grandfather was going to go to the U.S. on the Titanic, *but he got sick and went some weeks later on another ship.*

Iba a mudarse al norte, pero hacía mucho frío en esa región y por eso no fue.

He was going to move to the north, but it was very cold in that region and that's why he didn't go.

2. Because the imperfect and the preterit express different aspects of the past, they may convey different meanings with certain verbs when translated into English. In these cases, the imperfect emphasizes the ongoing nature of the state, while the preterit emphasizes the onset or end of an action. These verbs or verb phrases include:

	Imperfect (ongoing state)	**Preterit (action)**
conocer (**a** + *person*)	knew (someone or some place)	met for the first time / began to know (someone or some place)
saber (+ *information*)	knew (something)	found out (something)
no querer (+ *infinitive*)	didn't want (to do something)	refused and didn't (do something)
no poder (+ *infinitive*)	was/were not able (to do something)	was/were not able and didn't (do something)
tener que (+ *infinitive*)	had to / was supposed to (do something), but didn't necessarily do it	had to and did (do something)

Josef Hausdorf **no podía** vivir más en su país y por eso emigró con su familia a Chile.	*Josef Hausdorf couldn't live in his country any more so he emigrated with his family to Chile.*
Su hijo Hans **no quería** irse a Chile porque no **conocía** a nadie allá.	*His son Hans didn't want to go to Chile because he didn't know anyone over there.*
Hans **tenía que** despedirse de su mejor amigo Fritz, pero fue a su casa y no estaba.	*Hans had to say good-by to his best friend Fritz, but he went to his house and he wasn't there.*
Al final **no pudo** verlo, así que le escribió una carta donde **no quiso** decirle "adiós", sino "hasta luego".	*In the end he wasn't able (didn't manage) to see him, so he wrote him a letter in which he refused to say "good-by" but rather "until later".*
Al llegar al puerto, Hans **supo** que había otros niños en el barco a Chile.	*When he arrived at the port, Hans found out there were other kids on the ship to Chile.*
Conoció a quince niños la primera noche y para el segundo día ya **sabía** todos los nombres.	*He met fifteen kids the first night and by the second day he already knew all their names.*

ACTIVIDAD 8 Miniconversaciones

Parte A: Diferentes personas en la cafetería de la universidad hablan del fin de semana pasado. Completa las conversaciones con el pretérito o el imperfecto de los verbos indicados. Lee cada conversación antes de decidir qué forma del verbo usar.

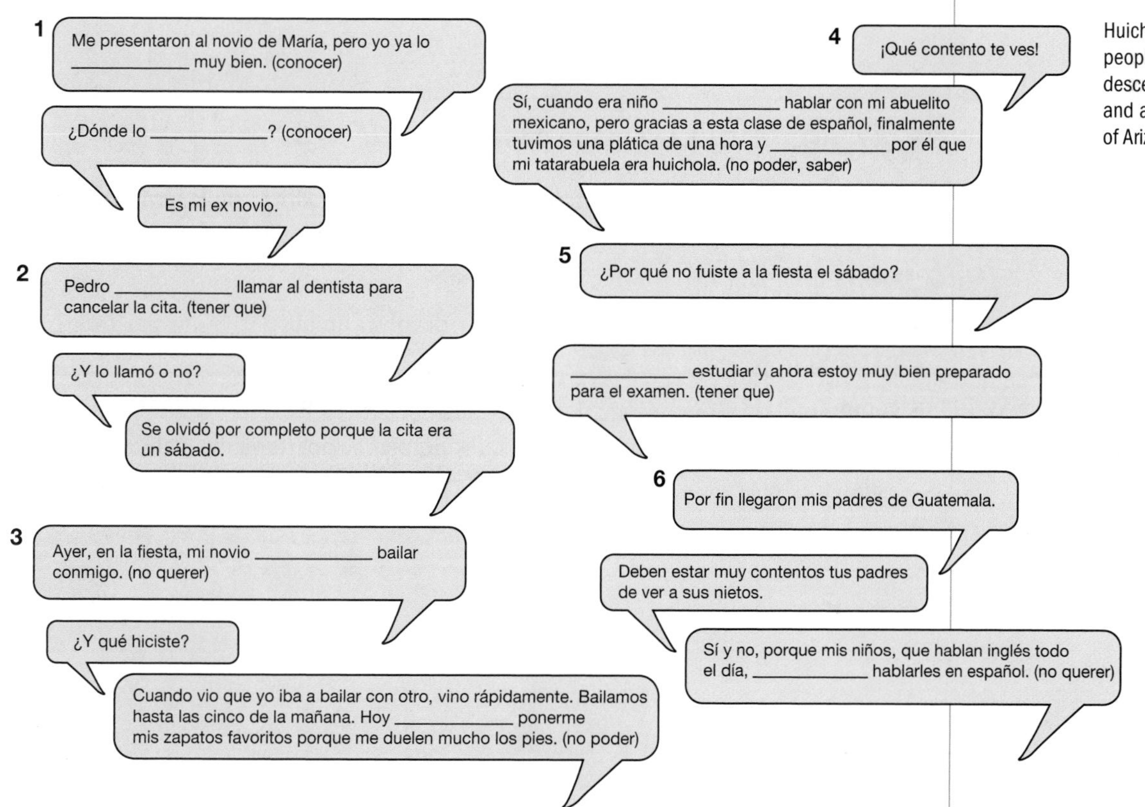

1
Me presentaron al novio de María, pero yo ya lo __________ muy bien. (conocer)
¿Dónde lo __________? (conocer)
Es mi ex novio.
2
Pedro __________ llamar al dentista para cancelar la cita. (tener que)
¿Y lo llamó o no?
Se olvidó por completo porque la cita era un sábado.
3
Ayer, en la fiesta, mi novio __________ bailar conmigo. (no querer)
¿Y qué hiciste?
Cuando vio que yo iba a bailar con otro, vino rápidamente. Bailamos hasta las cinco de la mañana. Hoy __________ ponerme mis zapatos favoritos porque me duelen mucho los pies. (no poder)
4
¡Qué contento te ves!
Sí, cuando era niño __________ hablar con mi abuelito mexicano, pero gracias a esta clase de español, finalmente tuvimos una plática de una hora y __________ por él que mi tatarabuela era huichola. (no poder, saber)
5
¿Por qué no fuiste a la fiesta el sábado?
__________ estudiar y ahora estoy muy bien preparado para el examen. (tener que)
6
Por fin llegaron mis padres de Guatemala.
Deben estar muy contentos tus padres de ver a sus nietos.
Sí y no, porque mis niños, que hablan inglés todo el día, __________ hablarles en español. (no querer)

Huicholes are indigenous people in Mexico who are descendent from the Aztecs and are related to the Hopi of Arizona.

Parte B: En parejas, escojan una de las conversaciones y continúenla. Mantengan una conversación por lo menos de diez líneas usando el pretérito y el imperfecto dentro de lo posible.

ACTIVIDAD 9 Tenía todas las buenas intenciones

Ayer tus amigos y tú iban a hacer muchas cosas, pero todos tuvieron diferentes problemas. Usa la siguiente información para decir cuáles eran sus intenciones, por qué no las llevaron a cabo y qué hicieron después.

► Paul y yo íbamos a esquiar en el lago, pero no pudimos prender el motor del bote y por eso nos quedamos allí tomando el sol y nadando un poco.

A Intenciones
1. hacer un picnic
2. ir a una fiesta
3. comprar el libro de trigonometría
4. estudiar para el examen
5. jugar un partido de tenis
6. sacar un libro de la biblioteca
7. pagar la cuenta de la luz por Internet

B Problemas
no tener conexión
llover
estar cansados
invitarte a una fiesta
no haber más en la librería
no tener el carnet de estudiante
quedarse dormidos

C
¿Qué ocurrió después?

ACTIVIDAD 10 La semana pasada

En parejas, digan tres cosas que tenían que hacer y que no hicieron la semana pasada y por qué. Luego digan tres cosas que sí tuvieron que hacer. Piensen en cosas como las siguientes.

- dejar una clase
- hacer fotocopias
- comprar...
- llamar a sus padres / un/a amigo/a
- estudiar para la clase de...
- devolver un libro
- mandarle un mail a...
- pagar la cuenta de luz/gas/etc.
- limpiar su apartamento/habitación
- empezar a escribir un trabajo

ACTIVIDAD 11 Un cambio radical

Parte A: Lee la siguiente historia de lo que ocurrió cuando el padre de Pablo llegó a Argentina.

Fuente hispana

"Después de cuarenta días en barco con siete niños —la más pequeña de un añito— la familia de mi padre llegó a Argentina. Mis abuelos **no conocían a nadie** *y* **no sabían dónde iban** *a vivir. Por suerte, otro español los ayudó y encontraron un lugar en la capital. Lamentablemente, al mes de llegar a Argentina, se murió mi abuela y mi abuelo se quedó solo con siete hijos. Entonces* **tuvo que poner** *a sus hijas en un internado de monjas y a los hijos en un internado de curas. Al principio los niños* **no querían ir** *a la escuela, pero finalmente lo aceptaron. Los dos únicos que se quedaron en casa por un tiempo fueron la hija menor, que tenía un año, y mi padre, que tenía dos años y medio."* ■

internado = boarding school

En el caso de los hijos del abuelo de Pablo, la educación fue gratuita debido a sus circunstancias.

Parte B: En grupos de tres, hablen sobre una vez que Uds. se mudaron a un lugar nuevo, empezaron a asistir a una escuela nueva o fueron a un campamento durante el verano. Expliquen los problemas que tuvieron, qué tuvieron que hacer para hacer nuevos amigos y también hablen de las cosas que no querían hacer porque se sentían incómodos.

¿Lo sabían?

Cuando una persona va a vivir a otro país, generalmente pasa por lo que se llama el choque cultural. Este proceso consta de cuatro etapas diferentes. La primera etapa es la llamada luna de miel, en la que al recién llegado le fascina el nuevo país y todo le resulta atractivo. La segunda etapa es la del rechazo, cuando el individuo se siente incómodo con todo lo que esté conectado con la "nueva" cultura; se cuestiona por qué está allí y se aísla de su entorno. A medida que pasa el tiempo, la persona comienza a aceptar las nuevas costumbres y a adaptarse. Algunas personas se quedan en esa tercera etapa, pero por lo general, muchas van más allá y entran en la cuarta etapa cuando se integran a la cultura: celebran las tradiciones del lugar, comen sus comidas y tienen amigos de esa cultura.

¿Has pasado un período largo en otro país? Si contestas que sí, ¿pasaste por alguna etapa del choque cultural?

III. Expressing Abstract Ideas

Lo + Adjective and *lo que*

1. Use the word **lo**, followed by a masculine singular adjective, to express abstract ideas.

Lo bueno es que muchos inmigrantes logran integrarse a la sociedad.	*The good (part/thing/point) is that many immigrants manage to integrate into society.*
Lo triste son los individuos que discriminan a esos inmigrantes.*	*The sad (part/thing) are the individuals who discriminate against those immigrants.*

***Note:** Just as in English, since **individuos** is plural, so is the verb that precedes it.

2. Lo que is used to express *the thing that* or *what,* whenever *what* is not a question word.

Lo que les interesaba era no perder contacto con la familia.	*What/The thing that they were interested in was not losing contact with their family.*
¿Qué dices? **Lo que** propones es absurdo.	*What are you saying? What/The thing that you propose is absurd.*

ACTIVIDAD 12 Libros y películas

Parte A: Vamos a ver cuánto sabes de libros y películas. Intenta combinar ideas de las tres columnas y empieza cada oración con **lo** + *adjetivo.*

► trágico *Romero* asesinar / al arzobispo

Lo trágico de la película *Romero* fue que asesinaron al arzobispo.

interesante	*Psicosis*	Hester Prynne / tener / un hijo ilegítimo
trágico	*Frida*	él / enamorarse / de Dulcinea
increíble	*ET*	quemarse / la ciudad de Atlanta
escandaloso	*Bambi*	morirse / su madre
terrible	*La letra escarlata*	esconderse / en el armario
cómico	*El Quijote*	los dos / suicidarse
triste	*Lo que el viento se llevó*	él / atacarla / en la ducha
romántico	*Romeo y Julieta*	sufrir / un accidente de tráfico horrible

Parte B: Ahora menciona otras películas o libros y di qué fue lo interesante, lo horrible, lo increíble, lo cómico, etc.

ACTIVIDAD 13 El año pasado

En parejas, díganle a la otra persona qué fue lo mejor, lo peor, lo terrible, lo que les fascinó, lo que les molestó y lo que les interesó del año pasado.

► Lo que me molestó del año pasado fueron los nuevos programas de la televisión... todos los reality shows... prefiero la ficción.

ACTIVIDAD 14 Tu universidad

En grupos de tres, discutan las siguientes ideas sobre su universidad.

- lo que les divierte
- lo que les gusta
- lo que les molesta
- lo que proponen para mejorarla

ACTIVIDAD 15 Lo triste fue que...

Parte A: Lee el siguiente episodio de la familia de Pablo y responde a las preguntas de comprensión de tu profesor/a.

Fuente hispana

"Antes de emigrar a Argentina, mi abuelo tenía una mercería en Cáceres y al lado había una zapatería. Todos los meses, el dueño de la zapatería y mi abuelo jugaban juntos a la lotería. **Lo triste** *fue que al mes de irse mi abuelo con toda su familia a Argentina, el dueño de la zapatería se sacó 'la grande'. Mi abuelo supo esto como un año más tarde porque en esa época era muy difícil comunicarse a larga distancia.* **Lo irónico** *fue que mi abuelo se fue a Argentina para hacerse la América y su amigo, que se quedó en España, fue el que se hizo millonario."* ■

mercería = notions shop

Parte B: En parejas, hablen de momentos de su vida o de la vida de alguien que conozcan y digan qué fue lo triste, lo cómico, lo trágico, lo irónico, etc.

IV. Expressing Accidental or Unintentional Occurrences

Unintentional *se*

Note that the singular and plural nouns function as subjects of the verbs in this construction even though they are placed after the verb.

1. To express accidental or unintentional occurrences, use the following construction with **se** and an indirect-object pronoun.

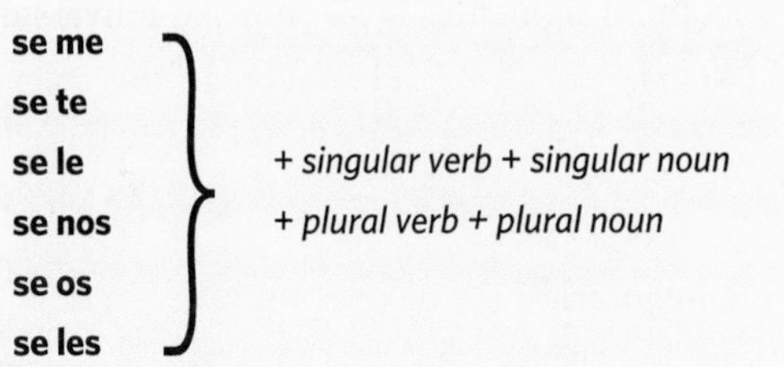

Se nos cay**ó** la **computadora.**	*We dropped the computer.*
Se le perd**ieron** las **llaves.**	*He/She/You lost the keys.*

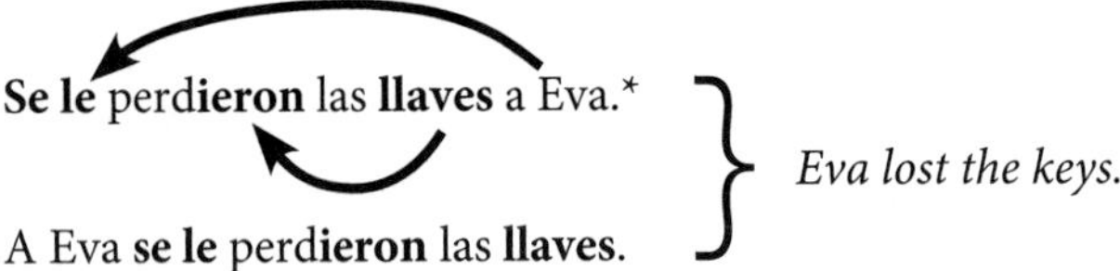

Se le perd**ieron** las **llaves** a Eva.*
A Eva **se le** perd**ieron** las **llaves**.
} *Eva lost the keys.*

*__Note:__ A phrase introduced by **a** + *noun/pronoun* can be used to provide clarity or emphasis of the indirect-object pronoun (**me, te, le, nos, os, les**). It can be placed at the beginning or end of a sentence.

2. Compare the following sentences, one involving an intentional occurrence and the other an unintentional one.

Intentional Occurrence	Unintentional Occurrence
El otro día me enfadé con mi novio y **quemé su foto** para no tener ningún recuerdo de él.	El otro día prendí una vela cerca de la foto de mi novio y me fui. Cuando volví, **se me había quemado la foto.**
The other day I got mad at my boyfriend and I burned his picture so as not to have any reminder of him.	*The other day I lit a candle near my boyfriend's picture and I left. When I returned, the picture had burned.*

3. The following list presents verbs commonly used with this construction.

acabar/terminar	**Se me acabó** el dinero. No tengo ni un centavo.
caer	**Se le cayeron** dos platos al suelo (a Jorge).
descomponer	**Se me descompuso** el televisor y me costó 250 pesos arreglarlo.
olvidar	No me llamaste. ¿**Se te olvidó** el celular en casa?
perder	Tu tía me contó que **se te perdió** el perrito.
quedar (*to leave behind*)	**Se le quedaron** los anteojos en casa (a Daniela).
quemar (*to burn*)	¡Qué mala suerte! **Se nos quemó** la cena.
romper	Cuidado con esa copa de cristal. **Se te va a romper**.

descomponer (*some countries in Hispanic America*) = **averiar** (*Spain*)

ACTIVIDAD 16 La boda

Dos parejas de novios que se casaron la semana pasada tuvieron bastante mala suerte el día de su boda. En parejas, una persona mira la información del matrimonio A y la otra la información del matrimonio B. Después, cuéntense qué le ocurrió a cada pareja y luego decidan cuál creen que tuvo peor suerte y por qué.

A: Clara Gómez y Aldo Portillo
a ella / caer / un pedazo de pastel de boda / en el vestido
a él / romper / la cremallera (*zipper*) de los pantalones
a ellos / quedar / los pasaportes en la casa / tomar el avión un día más tarde
a él / perder / las tarjetas de crédito el segundo día de la luna de miel
a él / perder / el anillo de matrimonio

B: Santiago Vélez y Sara Sosa
a él / romper / una botella de champaña
a ella / caer / el anillo de matrimonio por el lavabo
a ellos / olvidar / los pasajes de avión en la casa
a ellos / acabar / la gasolina camino al aeropuerto / el avión salir / sin ellos
a ella / perder / las maletas

ACTIVIDAD 17 Excusas por llegar tarde

Mañana cinco policías van a llegar tarde al trabajo para protestar contra los sueldos bajos. Escribe las cinco excusas que van a dar por llegar tarde, usando la construcción con el **se** accidental. Empieza las oraciones con frases como: **Una policía va a decir que... / Un policía va a explicar que...**

ACTIVIDAD 18 La pregunta inocente

Parte A: Antes de mirar la tira cómica, contesta las siguientes preguntas sobre tu niñez.

1. Cuando eras pequeño/a y se te caía un diente, ¿dónde lo ponías?
2. ¿Alguien te traía algo? Si contestas que sí, ¿quién y qué te traía?

Parte B: En muchas culturas hispanas, los niños ponen los dientes debajo de la almohada y el Ratoncito Pérez les deja dinero. Mira la tira cómica y contesta las siguientes preguntas.

1. ¿Qué se le cayó a la computadora?
2. ¿Dónde la quiere poner el niño?
3. ¿Cuál es el juego de palabras en la tira cómica?

V. Narrating and Describing in the Past

Summary of Preterit and Imperfect

As you read more about Pablo's father's childhood in Argentina, pay attention to how the preterit and imperfect are used to talk about the past.

Preterit	Imperfect
	Setting the scene: Description (1) "Después de la muerte de mi abuela, mi abuelo ***estaba*** solo y ***tenía*** muy poco dinero para mantener a sus siete hijos.
Completed action (2) Por eso un día ***puso*** a sus hijos en un internado.	**Setting the scene: Time and age** (3) Mi padre ***tenía*** siete años cuando empezó la escuela. ***Eran*** las ocho de la mañana cuando llegó a su primer día de clase.
	Setting the scene: Ongoing emotion or mental state (4) ***Estaba*** muy triste porque su padre y sus hermanas estaban muy lejos.
	Action or state in progress (5) Pero, le ***gustaba*** ir a la escuela porque sus hermanos ***estaban*** allí.
	Habitual action (6) Luis, hermano mayor de mi padre, siempre ***se escapaba*** de la escuela.
Action in progress when another action occurred (7) Un día, mientras Luis ***se escapaba*** por una ventana, un cura lo ***vio*** y ***llamó*** a mi abuelo para decirle que su hijo ya no podía volver a la escuela.	
Beginning/End of action (8) Mi padre ***terminó*** de estudiar a los 12 años y ***empezó*** a trabajar con mi abuelo.	**Intention** (9) Mi padre ***iba a estudiar*** hasta los 18, pero la familia necesitaba dinero.
Action over specific period of time (10) Así que mi padre ***asistió*** a la escuela solo cinco años.	**Simultaneous ongoing actions** (11) Mientras los hijos ***trabajaban***, las hijas ***preparaban*** la comida y ***lavaban*** y ***planchaban*** la ropa.

ACTIVIDAD 19 Siempre hay una primera vez

Parte A: Piensa en una de las siguientes situaciones y completa la tabla de la página siguiente.

¿Cuándo fue la primera vez que...
- diste o recibiste un beso?
- viajaste en avión o en tren?
- manejaste un coche y estabas solo/a?

Circunstancias				Lo que ocurrió
Edad	Lugar	Mes / Día de la semana	Emociones	

Parte B: Ahora, en parejas, cuéntense sus historias y háganse preguntas para averiguar más información. Usen las siguientes expresiones para reaccionar a la historia de su compañero/a.

Para reaccionar 

¡Qué horror!	How terrible/horrible!
¡Qué cursi!	How tacky!
¡Qué genial!	How great!
Lo pasaste bien/mal, ¿eh?	You had a good/bad time, right?
Te cayó bien/mal, ¿eh?	You liked/disliked him/her, right?
¡Caray!	Geeze!
Fuiste de Guatemala a Guatepeor.	You went from bad to worse. (*play on words in Spanish*)
No puede ser. / No te creo.	That can't be true. / I don't believe you.

ACTIVIDAD 20 Una historia interesante

Parte A: Piensa en una de las siguientes situaciones y completa la tabla para prepararte a contar la historia.

- una vez que hiciste algo malo y tus padres te pillaron (*caught you*)
- la ocasión en que conociste a tu primer/a novio/a
- una fiesta sorpresa a la cual asististe
- tu primer día de universidad
- la peor salida con alguien

Circunstancias				Lo que ocurrió
Edad	Lugar	Mes / Día de la semana	Emociones	

Parte B: Ahora, en parejas, cuéntense sus historias y háganse preguntas para averiguar más información. Tomen apuntes sobre la historia de su compañero/a para luego contarle la historia a otra persona.

Parte C: Ahora cambien de compañero/a y usen sus apuntes para contarle la historia que acaban de escuchar.

ACTIVIDAD 21 La historia de Canelo: un perro fiel

En parejas, miren los siguientes dibujos que cuentan la historia verídica (*true*) de un hombre enfermo que necesitaba diálisis y que no tenía a nadie excepto a su perro Canelo. Expliquen qué ocurrió usando el pretérito y el imperfecto.

Canelo de verdad existió y si vas a Cádiz, en el sur de España, puedes visitar la calle Canelo, leer la placa en su honor y ver su estatua.

Todos los días...

Pero un día...

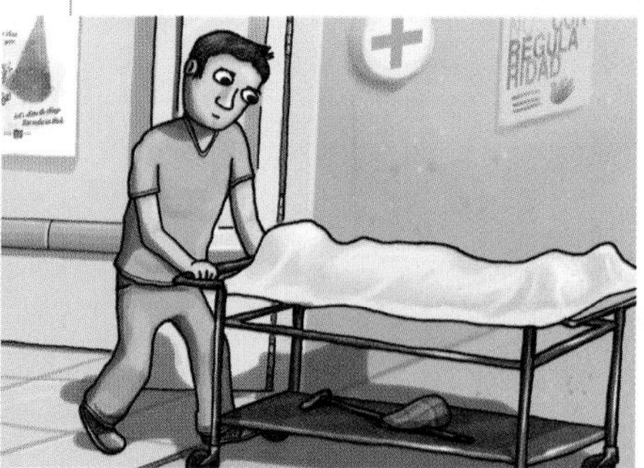

Lamentablemente...

Una mañana...

Pero al día siguiente...

Unos meses después...

Lo increíble fue que...

Al día siguiente...

Pero una noche, doce años después, cuando...

Al final...

ACTIVIDAD 22 Armemos una historia

En parejas, cada uno mire solamente una de las siguientes listas de palabras y luego, inventen juntos una historia integrando las palabras. Deben turnarse para usar las expresiones de su lista en el orden que prefieran. Al usar una expresión, táchenla. Comiencen la historia con la siguiente oración: **Manuela había llegado a los Estados Unidos hacía dos semanas y no hablaba inglés...**

A	
un día	mientras
pero entonces	lo que siempre
conoció	sentía nostalgia
tenía que	lo cómico fue que mientras

B	
al final	de repente
ya sabía	no quería
por suerte	se le cayó
lo triste fue que	se sentía rechazada

ACTIVIDAD 23 La foto misteriosa

En grupos de tres, miren la siguiente foto y usen la imaginación y la guía de ideas para inventar una historia sobre lo que ocurrió.

- cómo era la vida de esta persona, de qué país había emigrado, qué tenía que hacer un día típico, qué sabía hacer, a qué persona importante conocía
- qué ocurrió un día y por qué, qué hora era, a quién conoció, qué iba a hacer pero no pudo, qué tuvo que hacer ese día
- al final qué pasó

ACTIVIDAD 25 Y este semestre, ¿qué?

En parejas, pregúntenle a la otra persona si ha hecho las siguientes actividades este semestre. La persona que responde debe explicar su respuesta. Sigan el modelo.

▶ —¿Ya has tomado un examen?

—Sí, ya he tomado un examen. Tuve uno...

—No, todavía no he tomado ningún examen. Tengo uno...

1. hablar con su consejero/a académico/a
2. ir a la oficina de su profesor/a de español
3. elegir las materias para el próximo semestre
4. decidir con quién(es) va a vivir el año que viene
5. encontrar un lugar para vivir el año que viene
6. solicitar un trabajo para el verano

ACTIVIDAD 26 Cambios

Parte A: En grupos de cuatro, dos de Uds. son personas muy pesimistas y las otras dos son muy optimistas. Mencionen tres o cuatro de los sucesos (*events*) sociales o políticos más importantes que han ocurrido en los últimos doce meses. Pueden usar la lista de sucesos que se presenta a continuación. Sigan los modelos.

▶ (pesimista) Este año ha habido muchos robos en esta ciudad.

▶ (optimista) Este año hemos creado más programas sociales.

- haber más/menos personas sin trabajo
- crear más/menos programas para reducir la violencia en el hogar
- aumentar/reducir la contaminación
- haber más/menos escándalos políticos
- aumentar/reducir el nivel de pobreza
- mejorar/empeorar el nivel de la enseñanza primaria y secundaria
- tener más/menos accidentes de avión
- haber más/menos atentados terroristas

Parte B: Ahora profundicen sobre uno o dos de los sucesos sociales o políticos que mencionaron en la Parte A.

Do the corresponding web activities to review the chapter topics.

Vocabulario activo

La inmigración

Personas

los antepasados *ancestors*
el/la bisabuelo/a *great-grandfather/grandmother*
el/la descendiente *descendant*
el/la emigrante *emigrant*
el/la esclavo/a *slave*
el/la extranjero/a *foreigner*
el/la inmigrante *immigrant*
el/la mestizo/a *mestizo (indigenous and European)*
el/la mulato/a *mulatto (black and European)*
el/la pariente lejano/a *distant relative*
el/la refugiado/a político/a *political refugee*
el/la residente *resident*
el/la tatarabuelo/a *great-great-grandfather/grandmother*

Otras palabras relacionadas con la inmigración

la ascendencia *ancestry*
en busca de nuevos horizontes *in search of new opportunities (horizons)*
la discriminación *discrimination*
discriminar a alguien *to discriminate against someone*
la emigración *emigration*
emigrar *to emigrate*
el extranjero *abroad*
hacer algo contra su voluntad *to do something against one's will*
hacerse ciudadano/a *to become a citizen*
hacerse la América *to seek success in America*
la inmigración *immigration*
inmigrar *to immigrate*
la libertad *freedom*
el orgullo *pride*
recibir a alguien con los brazos abiertos *to receive someone with open arms*
sentir nostalgia (por) *to be homesick; to feel nostalgic (about)*
sentirse rechazado/a *to feel rejected*
ser bilingüe/trilingüe/políglota *to be bilingual/trilingual/a polyglot*
ser mano de obra barata *to be cheap labor*
ser oriundo/a de (+ *ciudad o país*) *to be originally from (+ city or country)*
ser una persona de pocos recursos *to be a low-income person*
ser una persona preparada *to have an education*
tener incentivos *to have incentives*
tener iniciativa *to have initiative/drive*
tener prejuicios contra alguien *to be prejudiced against someone*
tener título *to have an education / a degree*
tener un futuro incierto *to have an uncertain future*

Verbos que se usan con *se* accidental

acabar/terminar *to run out (of)*
caer *to fall*
descomponer *to break down*
olvidar *to forget*
perder *to lose*
quedar *to leave behind*
quemar *to burn*
romper *to break*

Expresiones útiles

a la hora de + *infinitive* *when the time comes* + infinitive
a pesar de que *even though*
por parte de (mi, tu, etc.) padre/madre *on (my, your, etc.) father's/mother's side*
¡Caray! *Geeze!*
Fuiste de Guatemala a Guatepeor. *You went from bad to worse.*
Lo pasaste bien/mal, ¿eh? *You had a good/bad time, right?*
No puede ser. / No te creo. *That can't be true. / I don't believe you.*
¡Qué cursi! *How tacky!*
¡Qué genial! *How great!*
¡Qué horror! *How terrible/horrible!*
Te cayó bien/mal, ¿eh? *You liked/disliked him/her, right?*

Más allá

Canción: "Papeles mojados"

Lamari

María del Mar Rodríguez o Lamari, como se la conoce, nació en 1975 en Málaga, una ciudad en el sur de España, en la región donde se encuentran las raíces de la música flamenca. Esta cantante y compositora es la voz del conjunto Chambao. Su estilo de música, conocido como *flamenco chill*, combina ritmos del flamenco con música electrónica. Según Lamari, "En la música no existen fronteras, ni barreras, ni razas, ni religiones" y es por eso que sigue experimentando y evolucionando. Como compositora, Lamari busca inspiración en todas partes del mundo, pero su música mantiene una conexión fuerte con el flamenco de su ciudad natal.

ACTIVIDAD Sin la documentación

Parte A: España es uno de los países de Europa que hoy día tiene que enfrentarse al tema de los indocumentados. Antes de escuchar la canción, di de dónde crees que llega a ese país el principal grupo de inmigrantes y cómo llega.

1. **principal grupo de inmigrantes**
   a. de Portugal b. del norte de África c. del sur de Francia
2. **cómo llega**
   a. a pie b. por barco c. por avión

Parte B: Ahora que sabes de dónde viene y cómo llega este grupo de inmigrantes, trata de explicar a qué hace referencia el nombre de la canción.

Parte C: Mientras escuchas la canción, marca las respuestas a las siguientes preguntas.

1. ¿Cómo se refiere la cantante a estas personas que emigran?
   a. refugiados políticos c. gente de poca educación
   b. buena gente
2. ¿Qué ocurre con muchos indocumentados?
   a. llegan y se integran c. no llegan porque mueren
   b. llegan, pero luego se regresan
3. Se personifica al mar en la canción. ¿Qué hace el mar?
   a. canta b. llora c. grita

(*Continúa en la página siguiente.*)

4. ¿Qué nos quiere mostrar la cantante?
   a. lo difícil que es decidir abandonar su país natal
   b. lo peligroso que es hacer el viaje para emigrar
   c. lo duro que es integrarse a otra cultura

Parte D: En grupos de tres, mencionen por los menos dos grupos de indocumentados que llegan a este país, y digan de dónde vienen, cómo llegan y qué peligros encuentran en el camino.

Videofuentes: *La legendaria Celia Cruz*

Antes de ver

ACTIVIDAD 1 Los famosos

Antes de ver un video sobre Celia Cruz, di cuántas personas de la primera lista conoces y si tienes música de algunas de ellas. Luego, en grupos de tres, discutan la lista de ideas de la segunda columna.

Elvis Presley
Billie Holiday
Jerry García
Jim Morrison
Ella Fitzgerald
Judy Garland
Bill Haley
Barry White
Frank Sinatra
John Lennon

- qué hicieron estas personas
- por qué fueron una leyenda en vida o después de su muerte
- qué talento tenían
- cómo se vestían para el escenario
- cuáles fueron sus innovaciones
- edad de la gente que los escuchaba
- qué aspectos tenían en común con otras personas famosas

La negra tiene tumbao = The black woman's got style

"La negra tiene tumbao", de Celia Cruz, ganó un Grammy Latino.

Mientras ves

ACTIVIDAD 2 Su vida

Parte A: Ahora mira el primer segmento del video hasta donde la reportera pregunta quién es Celia Cruz. Mientras miras el video, piensa en la siguiente información para después comentarla.

1. ritmos que influyeron en la salsa
2. año en que nació Celia Cruz
3. edad que tenía cuando llegó a los Estados Unidos
4. premios que recibió
5. año en que murió
6. lugar del funeral
7. bandera que llevaba el ataúd (*casket*)
8. lugares donde era famosa

Parte B: Primero, lee las siguientes preguntas y después mira el resto del video para buscar las respuestas.

1. ¿Sabía hablar inglés?
   a. sí b. no
2. ¿Qué edad tenía el público que escuchaba a la cantante?
   a. 18–30 años c. mayores de 50 años
   b. 30–50 años d. gente de todas las edades
3. ¿Qué crees que hacía ella para mantener la atención de este público? (Marca todas las respuestas posibles.)
   a. Cantaba diferentes tipos de música. d. Se vestía de maneras divertidas.
   b. Se cambiaba el color del pelo con frecuencia. e. Era optimista siempre.
   c. Sonreía mucho. f. Bailaba mientras cantaba.
4. ¿Cómo se sentía respecto a su país natal?
   a. Nunca quería volver. b. Estaba enojada. c. Sentía nostalgia.
5. ¿Qué gritan al final los cantantes que le rinden homenaje (*pay homage*)?
   a. ¡Viva Celia! b. ¡Azúcar! c. ¡Rumba!

Después de ver

ACTIVIDAD 3 El funeral

Parte A: Lee la descripción del funeral de Celia Cruz y contesta las preguntas de tu profesor/a.

> **Celia Cruz murió el 16 de julio de 2003 en su casa de Nueva Jersey. Después de su muerte, el cuerpo de la cantante fue trasladado a Miami para un velorio al que asistieron más de cien mil personas. En Nueva York, otras cien mil personas, incluyendo a políticos como Hillary Clinton y Charles Rangle, también le rindieron homenaje.**
>
> **El funeral de Celia Cruz se realizó en la catedral de San Patricio de Nueva York, donde asistieron actores y cantantes, tales como Antonio Banderas, Jon Secada, y Gloria y Emilio Estefan. El alcalde de Nueva York, Michael Bloomberg, acompañaba al marido de Celia al entrar en la catedral y Patti LaBelle cantó el Ave María durante la ceremonia. Se enterró a la cantante en el cementerio del Bronx, como era su deseo, ya que quería estar en ese barrio entre los latinos y los negros. Allí se encuentran personalidades famosas, como Miles Davis, Irving Berlin y Duke Ellington.**

Parte B: En grupos de tres o cuatro, imaginen que la semana pasada murió un/a artista muy famoso/a. Decidan quién era e incluyan la siguiente información para describir el funeral.

- de qué o cómo murió
- dónde fue y quiénes asistieron
- quiénes hablaron y cantaron
- qué hacían sus admiradores mientras el ataúd pasaba por la calle
- dónde se enterró a la persona

Película: *Al otro lado*

Drama: México, 2005

Director: Gustavo Loza

Guion: Gustavo Loza

Clasificación moral: No apta para menores de 13 años

Reparto: Carmen Maura, Silke, Jorge Miló, Adrián Alonso, Nauofal Azzouz, Sanâa Alaoui, Nuria Badih, Ronny Bandomo, Susana González, más...

Sinopsis: Un niño cubano, otro mexicano y una niña marroquí enfrentan cada uno los problemas de la migración cuando un ser querido se va. Cada uno de estos niños echa de menos a su padre, que está "al otro lado". Este amor entre padres e hijos es universal y no tiene límites aun cuando uno de ellos está ausente. Cada niño reacciona de manera distinta al tratar de mejorar sus circunstancias.

ACTIVIDAD Familias separadas

Parte A: La película *Al otro lado* presenta el tema migratorio y lo que ocurre cuando las fronteras separan a los hijos de sus padres. El caso de Elián González en los Estados Unidos fue un caso relacionado con el tema migratorio. Busca información en Internet para contestar las siguientes preguntas sobre ese caso.

1. ¿Con quiénes y de qué país salió Elián González? ¿Adónde iban ellos?
2. ¿Cuántos años tenía el niño?
3. ¿En qué viajaron? ¿Qué ocurrió durante el viaje? ¿Quiénes y dónde encontraron a Elián y a las otras dos personas?
4. ¿Con quiénes vivió el niño al llegar a los Estados Unidos?
5. ¿Dónde estaba su padre? ¿Sabía que su hijo iba a ir a otro país? ¿Cómo supo dónde estaba su hijo?
6. Al final, ¿qué pasó? ¿Quiénes estaban contentos y quiénes no?
7. ¿Dónde está hoy día Elián y cuántos años tiene?

Parte B: Ahora ve al sitio de Internet del libro de texto y haz las actividades que allí se presentan.

Los Estados Unidos: Sabrosa fusión de culturas

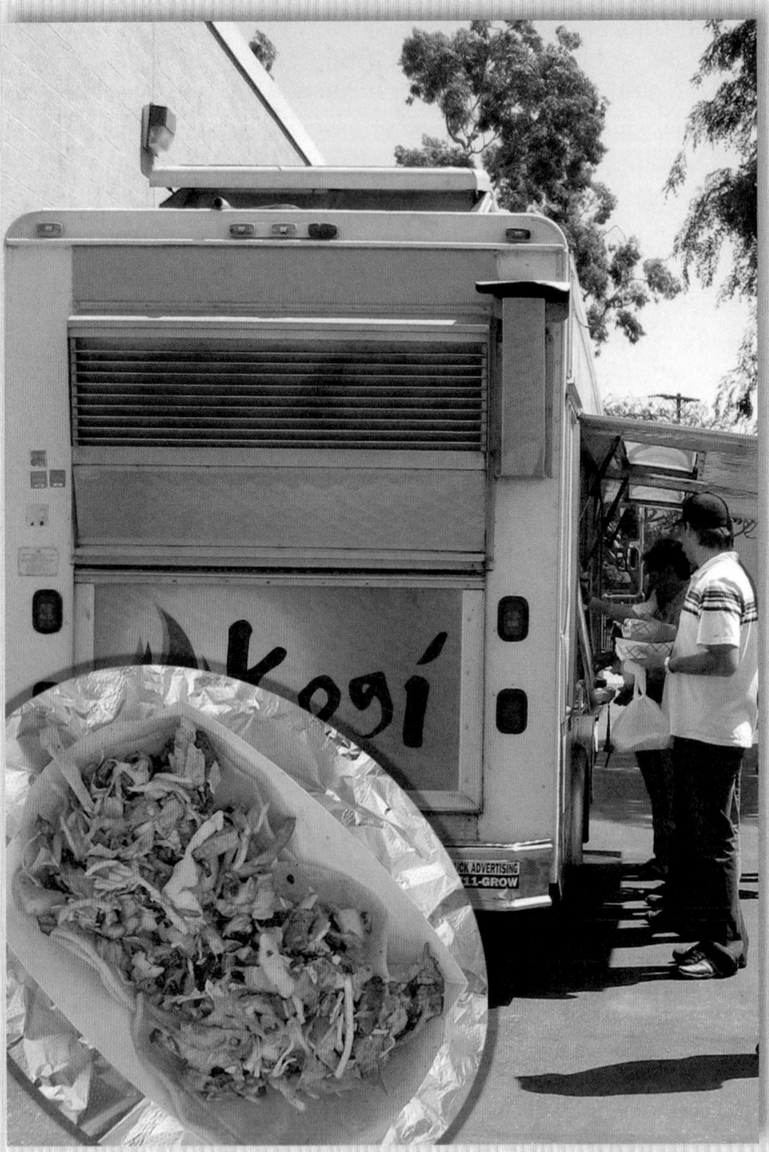

Taco coreano, un ejemplo de fusión de culturas en Los Ángeles.

METAS COMUNICATIVAS

- influir, sugerir, persuadir y aconsejar
- dar órdenes directas e indirectas
- hablar de hábitos alimenticios
- informar y dar instrucciones

En esta mesa se habla español

tener ganas de + *infinitive*	to feel like + *-ing*
¿Acaso no sabías?	But, didn't you know?
dar cátedra	to lecture someone (on some topic)
... y punto.	. . . and that's that.

catedrático/a = university professor

ACTIVIDAD 1 La comida y su origen

Parte A: Una familia está en los Estados Unidos almorzando en un restaurante hispano. Antes de escuchar su conversación, nombra platos típicos que conoces de España, México y Cuba. También nombra tipos de música que asocias con esos países.

Parte B: Ahora, mientras escuchas la conversación, marca los adjetivos que describan la conversación y luego, di qué problema tiene el niño con la comida.

______ agresiva	______ informativa
______ estimulante	______ romántica
______ graciosa	______ tensa
______ inesperada	______ tranquila

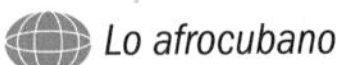 *Lo afrocubano* 

ACTIVIDAD 2 En el restaurante

Lee las siguientes oraciones y complétalas mientras escuchas la conversación otra vez.

1. La familia pidió ____________________, ____________________ y ____________________ para comer.
2. Estos platos son de ____________________. (país)
3. El niño no quiere hablar ____________________. (idioma)
4. Hay un señor que está bailando ____________________ y no es buen bailarín.
5. El plátano es original de ____________________. (continente)
6. Los españoles llevaron el plátano al Caribe desde ____________________ (lugar) en ____________________. (año)
7. Los padres quieren que el niño ponga ____________________ en la mesa.
8. Según el niño, el plátano viene de ____________________.

El Tratado de Guadalupe Hidalgo

¿Lo sabían?

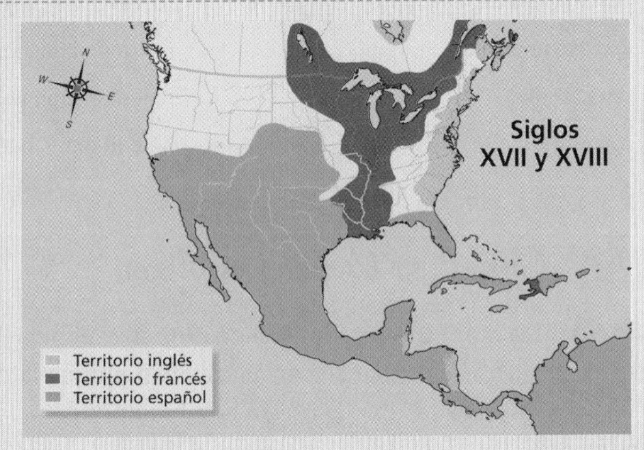

Por más de dos siglos, los españoles exploraron y ocuparon gran parte del territorio de lo que hoy son los Estados Unidos, especialmente la Florida y la región del suroeste. Entre 1810 y 1821, perdieron sus posesiones en Norteamérica. México logró su independencia de España en 1821 y luego, en 1848, por el Tratado de Guadalupe Hidalgo, le cedió a los Estados Unidos lo que hoy es conocido como el "Southwest". Los norteamericanos se encontraron allí con una población ya establecida que no hablaba inglés y que se integró a la cultura estadounidense a través de las sucesivas generaciones. Algunos de sus descendientes conservaron su lengua y sus tradiciones.

Hoy hay más de 45.000.000 de hispanos en los EE.UU., muchos de los cuales hablan solo inglés, otros solo español y otros son bilingües. Debido a que se encuentran rodeados de inglés, es común oír a hispanos alternar entre los dos idiomas dentro de una misma conversación, a veces sin darse cuenta.

¿Qué palabras del español usas al hablar inglés?

Es típico que a todo inmigrante adulto de primera generación le cueste aprender un idioma. Los hispanos de segunda y subsiguientes generaciones hablan bien inglés, pero empiezan a perder el idioma de sus padres y abuelos. Esto suele ocurrir también con otros grupos de inmigrantes (italianos, chinos, alemanes, etc.).

ACTIVIDAD 3 La influencia culinaria

La comida hispana: Recetas

Parte A: En grupos de tres, intenten decir cuáles de estos alimentos conocían los indígenas del continente americano antes de 1492 y cuáles conocían los europeos. Si no están seguros, traten de adivinar. Sigan el modelo.

▶ Antes de 1492 los europeos ya conocían..., pero los indígenas no lo/la/los conocían.

1. la papa	5. el chile
2. los productos lácteos (*dairy*)	6. el trigo (*wheat*)
3. el tomate	7. el maíz
4. el chocolate	8. el azúcar

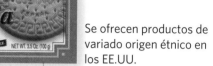

Se ofrecen productos de variado origen étnico en los EE.UU.

Parte B: Después de comparar sus respuestas con el resto de la clase, digan cómo influyeron estos productos en la dieta italiana, irlandesa y mexicana.

▶ En México, usan el queso (producto lácteo) para preparar chiles rellenos.

ACTIVIDAD 4 Las implicaciones

En la conversación que escuchaste, la mujer le dice al niño que el plátano está delicioso. Dado el contexto, lo que el mensaje probablemente implica es "Debes comértelo". Hay muchas maneras de influir sobre la forma de actuar de otra persona. Por ejemplo: si eres una persona muy perezosa y hay una ventana abierta y tienes frío, puedes decir frases directas e indirectas para lograr que otra persona se levante y cierre la ventana.

Directas	Indirectas
Por favor, ¿podrías cerrar la ventana?	¿No tienes frío? Te vas a enfermar.
Debes cerrar las ventanas cuando hace frío.	¿De dónde viene esa corriente de aire?
Tienes que cerrar la ventana... hace frío.	¡Qué frío!

En parejas, formen oraciones que muestren maneras directas e indirectas para lograr que otra persona haga estas acciones.

- preparar café
- sacar a pasear al perro
- lavar los platos
- no cambiar de canal de televisión constantemente

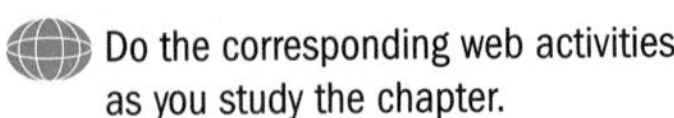
Do the corresponding web activities as you study the chapter.

I. Influencing, Suggesting, Persuading, and Advising

A The Present Subjunctive

In Spanish, the indicative (**el indicativo**) and the subjunctive (**el subjuntivo**) are two verbal moods. So far in this text, you have been using the indicative mood in asking questions, stating facts, and describing. The subjunctive mood can be used in sentences that express influence, doubt, emotion, and possibility. This chapter will focus on the use of the subjunctive to express influence and give advice.

1. The present subjunctive endings are as follows.

	hablar			**comer**			**salir**	
que	hable	hablemos	que	coma	comamos	que	salga	salgamos
	hables	habléis		comas	comáis		salgas	salgáis
	hable	hablen		coma	coman		salga	salgan

To review the formation of the present subjunctive, see Appendix A, pages 361–362.

2. Compare the following columns and notice how you use the subjunctive to express influence or advice in a personal way, and the infinitive to merely express a person's own preferences.

Influencing or advising others Verb of influence or advice + **que** + *subjunctive*	**Stating one's own preferences** Verb of preference + *infinitive*
(Yo) Quiero que (Uds.) vengan mañana. *I want you to come tomorrow.*	**Quiero venir** mañana. *I want to come tomorrow.*
Ellos prefieren que Marc Anthony cante salsa. *They prefer that Marc Anthony sing salsa.*	**Ellos prefieren cantar** salsa. *They prefer to sing salsa.*

All the sentences in the first column contain two clauses, each with its own verb. For example, in the first sentence **(Yo) Quiero** is an independent clause and can stand on its own because it is a complete sentence. On the other hand, **que (Uds.) vengan mañana** is a dependent clause that is a phrase and cannot, therefore, stand on its own.

3. Use these verbs to express influence or give advice.

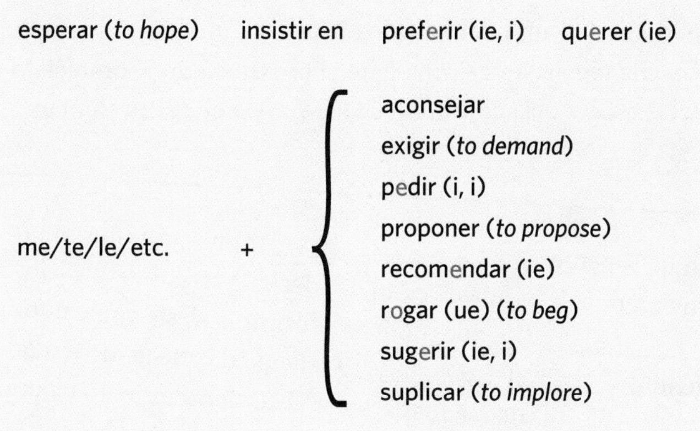

esperar (*to hope*) insistir en preferir (ie, i) querer (ie)

me/te/le/etc. + aconsejar / exigir (*to demand*) / pedir (i, i) / proponer (*to propose*) / recomendar (ie) / rogar (ue) (*to beg*) / sugerir (ie, i) / suplicar (*to implore*)

Me aconsejan que pruebe el plátano frito.*	*They advise me to try the fried plantain.*
Les rogamos que bajen la música.*	*We beg them to lower the music.*

***Note:** The indirect-object pronouns (**me, te, le,** etc.) refer to the person being advised/begged/etc. and not to the person doing the advising/begging/etc.

4. Compare the following columns. Notice how you can also use the subjunctive to express influence or advice in an impersonal way to a specific person, and the infinitive to express advice or influence to no one in particular.

Impersonal advice to a specific person	**Impersonal advice to no one specific**
Impersonal expression of influence or advice + **que** + *subjunctive*	Impersonal expression of influence or advice + *infinitive*
Es preferible que (Uds.) preparen las papas ahora. *It's preferable that you prepare the potatoes now.*	**Es preferible preparar las papas** ahora. *It's preferable to prepare the potatoes now.*
Es mejor que (tú) vuelvas mañana. *It's better that you return tomorrow.*	**Es mejor volver** mañana. *It's better to return tomorrow.*

5. Use the following impersonal expressions in the affirmative or the negative to express influence in an impersonal way.

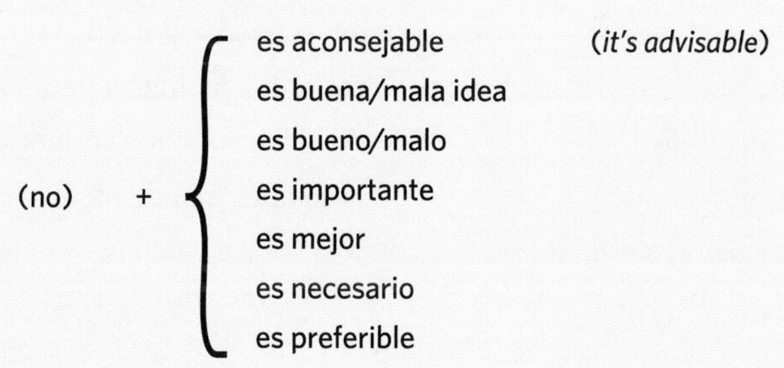

(no) + es aconsejable (*it's advisable*) / es buena/mala idea / es bueno/malo / es importante / es mejor / es necesario / es preferible

Es buena idea que pongamos la mesa.	*It's a good idea that we set the table.*
Es importante que tengan todo listo.	*It's important that you have everything ready.*

ACTIVIDAD 5 Un deseo

Parte A: Un periódico de un pueblo de los Estados Unidos publicó el deseo que tiene una muchacha mexicoamericana para el próximo año. Complétalo usando el infinitivo o el presente del subjuntivo de los verbos que se presentan.

aprender	Mi deseo es muy simple: Espero que la gente ______________ (1) un poco más sobre
	quiénes somos los hispanos. Estoy un poco cansada de escuchar decir cosas como que a los
trabajar	hispanos no les gusta ______________ (2), que prefieren dormir la siesta y que nunca son
darse	puntuales. Es necesario que la gente ______________ (3) cuenta de que no es verdad
generalizar	y que no es bueno ______________ (4) de esa manera por el comportamiento de unos
hacer	pocos. Prefiero que nadie ______________ (5) comentarios ni positivos ni negativos.
entender	Es importante ______________ (6) que los hispanos somos muy variados ya que no todos
	hablamos español y, si hablamos español, no todos somos de España. También es importante que
saber	los americanos ______________ (7) que no todos somos católicos y que no todos comemos
buscar	arroz con frijoles. Les recomiendo que ______________ (8) en Internet información sobre
saber	quiénes somos los hispanos, pues es importante ______________ (9) con quién comparti-
	mos nuestro día a día. Un guatemalteco y un chileno tienen tantas diferencias como un esta-
entender	dounidense y un inglés. Pero lo más importante es que quiero que ______________ (10)
	que somos tan americanos como el resto del país. Ese es mi deseo para el próximo año.

Parte B: En grupos de tres, mencionen los estereotipos que existen en los Estados Unidos sobre diferentes grupos (hombres blancos, mujeres asiáticas, rubias, deportistas, etc.). Expliquen si alguna vez alguien ha hecho comentarios de este tipo sobre Uds. y qué quieren Uds. que sepa la gente que hace esa clase de comentarios.

ACTIVIDAD 6 El compañero de cuarto

En parejas, díganle a la otra persona qué cualidades son importantes y qué cualidades no son importantes en un/a compañero/a de cuarto o apartamento.

▸ Para mí, es importante que mi compañero/a no ponga música a todo volumen.

- ser ordenado/a
- saber cocinar
- no fumar
- no hacer mucho ruido
- ser hombre/mujer
- no mirar la televisión a toda hora
- no usar mis cosas sin permiso
- tener mucho dinero
- pagar las cuentas a tiempo
- no llevar muchos amigos a casa
- no hablar mal de otros
- ¿?

ACTIVIDAD 7 Choque de culturas

El show de Silvina, similar al show de Oprah Winfrey, pero para hispanos en los Estados Unidos, presenta hoy un programa que se llama "Padres hispanos, hijos rebeldes". Lean los siguientes comentarios típicos de padres e hijos.

Comentarios de los padres	Comentarios de los hijos
"Mi hija es una rebelde. Nunca llega a casa a la hora que le digo."	"Mamá no habla inglés bien."
"Mi hijo siempre lleva la misma gorra (*cap*). Nunca se la quita."	"Me molesta hablar español en público."
"Ahora anda con unos que no respetan a los mayores."	"A los 18 años me voy a ir de la casa."

En parejas, imaginen que Uds. son psicólogos invitados al programa. Deben pensar en los comentarios y preparar por lo menos tres consejos para darles a padres e hijos hispanos.

▶ Es importante que Uds. aprendan a escuchar a la otra persona.

▶ Les recomiendo que conozcan a los amigos de sus hijos.

ACTIVIDAD 8 "Sí, se puede"

Parte A: Lee esta biografía de Dolores Huerta y cámbiala al pasado usando el pretérito y el imperfecto.

Dolores Huerta
Nace en Nuevo México en 1930. Cuando deja la casa de sus padres, se muda con su madre, dos hermanos y su abuelo a Stockton, California, donde tiene parientes. Puesto que su madre tiene un restaurante y un hotel, puede vivir con cierta comodidad. Después de su primer matrimonio, durante el cual nacen dos hijas, obtiene un título universitario. Después de la Segunda Guerra Mundial, participa en un grupo que se dedica a inscribir a la gente para votar y organiza clases de ciudadanía; finalmente termina trabajando como la mano derecha de César Chávez en la organización y administración del sindicato de trabajadores agrícolas *United Farm Workers* y, cuando muere Chávez, la nombran presidenta del sindicato. Hoy día es la presidente de la Fundación Dolores Huerta y sigue con su trabajo de defensora de los derechos del campesino y de la mujer.

Mural en Tucson, Arizona.

Parte B: Muchas personas que trabajan en los campos agrícolas de los Estados Unidos van de granja en granja. Sus niños muchas veces viajan con ellos y van de escuela en escuela. Formen oraciones con las siguientes frases para hacer una lista de medidas que organizaciones como *United Farm Workers* esperan que los dueños de las granjas tomen.

▶ La organización *United Farm Workers* espera que los dueños de las granjas...

1. darles viviendas adecuadas a los campesinos
2. no emplear a los niños
3. no usar insecticidas dañinos como bromuro de metilo (*methylbromide*)
4. pagarles un sueldo apropiado a los campesinos
5. ofrecerles seguro médico a los campesinos
6. cooperar económicamente con las escuelas donde estudian los niños

ACTIVIDAD 9 Las exigencias de la sociedad

Parte A: En grupos de tres, digan si eran los hombres o las mujeres los que hacían las siguientes labores en las familias típicas de la televisión de los años 60 ó 70, como la familia Brady del programa *The Brady Bunch.*

▶ Generalmente, cocinaban las mujeres.

labores domésticas: cocinar, limpiar el baño, lavar los platos, sacar la basura, cortar el césped, pasar la aspiradora

trabajo: trabajar tiempo completo, trabajar horas extras

niños: cuidarlos, bañarlos, darles de comer, llevarlos a la escuela, hablar con sus maestros, disciplinarlos, participar en sus actividades deportivas

Parte B: En grupos de tres, usen la lista de la Parte A para comentar qué espera la sociedad norteamericana actual que hagan los hombres y las mujeres después de casarse. Usen expresiones como: **La sociedad le exige a la mujer que..., espera que el hombre..., quiere que...**

▶ La sociedad le exige al hombre que tenga trabajo y le exige a la mujer que...

Parte C: Ahora lean lo que dicen dos mexicoamericanos de primera y segunda generación sobre lo que se espera del hombre y de la mujer. Luego comparen esas opiniones con las que discutieron en la Parte B.

mandilón = a man wrapped around his wife's little finger

Fuentes hispanas

"En la sociedad mexicana se espera que sea el hombre el que trabaja fuera de la casa y la mujer dentro, pero cuando llegan a los Estados Unidos, las cosas cambian. Aquí la sociedad le exige a la mujer que trabaje fuera de la casa y también dentro, pero el hombre mexicano que viene aquí no quiere hacer los quehaceres domésticos pues teme ser un mandilón." ■

mexicoamericana de segunda generación

"Las mujeres mexicanas que llegan a este país saben cocinar y atender al esposo, hacen los quehaceres de la casa y también trabajan fuera de la casa. En cambio, las mexicanas de segunda generación no saben ni quieren hacer nada. Creo que es porque sus papis les dan todo. Yo quiero una mujer que me atienda y que, como yo, trabaje dentro y fuera de la casa. Por supuesto, en la casa yo voy a contribuir lavando los platos, haciendo la comida a veces y llevando a los niños a la escuela." ■

mexicoamericano de primera generación

B Giving Indirect Commands and Information: *Decir que* + Subjunctive or Indicative

1. To give indirect commands, you can use a form of the verb **decir** + **que** + *verb in the subjunctive.*

Tu madre **te dice que pruebes** el asopao de camarones.	*Your mom is telling you to try the shrimp stew.*
Les dice que estén más abiertos a otras culturas.	*He's telling them to be more open to other cultures.*

Notice how you can use this construction to express impatience or emphasize a point when someone does not heed your desires.

—Ayúdame... esta caja es muy pesada.	*Help me . . . this box is very heavy.*
—Sí, sí... espera.	*OK, OK . . . wait.*
—**¡Te digo que** me **ayudes!**	*I'm telling you to help me!*

tell to (do something) → subjunctive

2. To give information instead of indirect commands, use the verb **decir** + **que** + *verb in the indicative.*

Tu padre **dice que** siempre **comes** toda la comida. ¡Qué bueno eres!	*Your dad says that you always eat all your food. You're so good!*
Él **dice que** ella **está** ocupada con los niños.	*He says that she's busy with the kids.*

say/tell that → indicative

ACTIVIDAD 10 ¿Qué dijo?

Parte A: Estás tomando café en un bar y escuchas las siguientes conversaciones. Complétalas según el contexto, con el indicativo o el subjuntivo del verbo que está entre paréntesis.

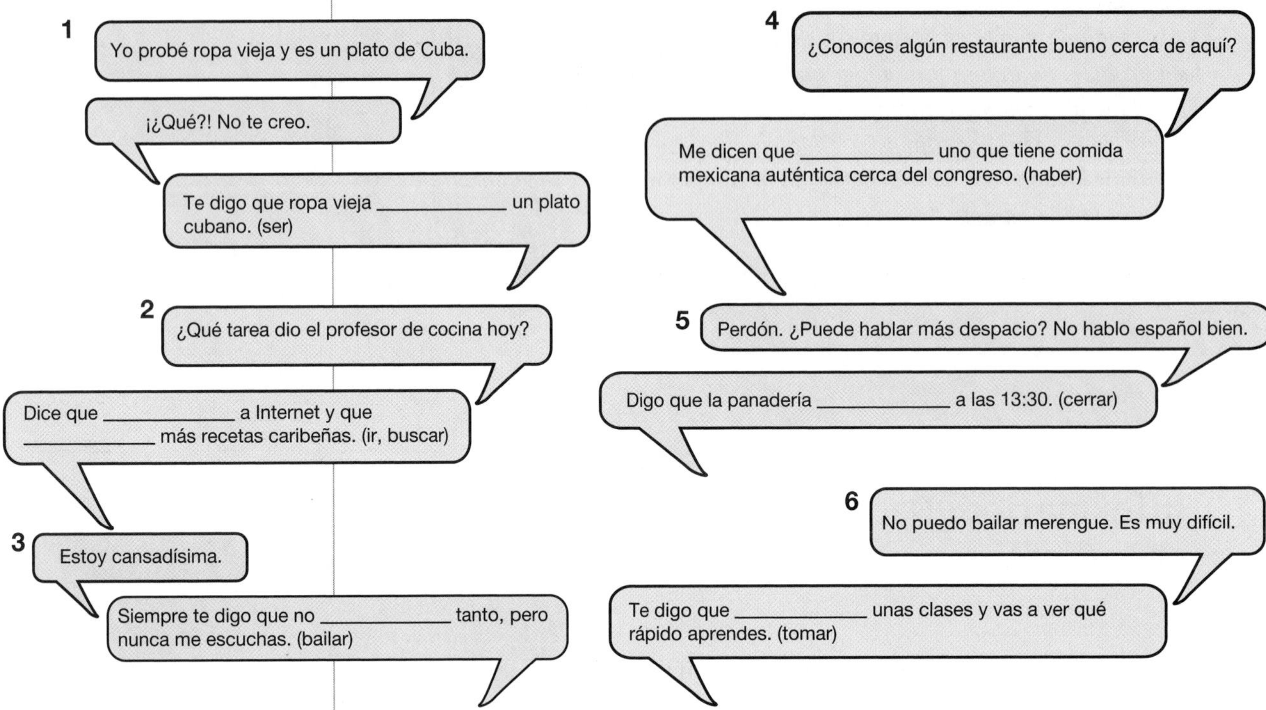

1
Yo probé ropa vieja y es un plato de Cuba.
¡¿Qué?! No te creo.
Te digo que ropa vieja __________ un plato cubano. (ser)
2
¿Qué tarea dio el profesor de cocina hoy?
Dice que __________ a Internet y que __________ más recetas caribeñas. (ir, buscar)
3
Estoy cansadísima.
Siempre te digo que no __________ tanto, pero nunca me escuchas. (bailar)
4
¿Conoces algún restaurante bueno cerca de aquí?
Me dicen que __________ uno que tiene comida mexicana auténtica cerca del congreso. (haber)
5
Perdón. ¿Puede hablar más despacio? No hablo español bien.
Digo que la panadería __________ a las 13:30. (cerrar)
6
No puedo bailar merengue. Es muy difícil.
Te digo que __________ unas clases y vas a ver qué rápido aprendes. (tomar)

Parte B: En parejas, escojan una de las conversaciones y continúenla.

ACTIVIDAD 11 La reunión de voluntarios

Parte A: En parejas, el/la estudiante A llegó tarde a una reunión sobre trabajo voluntario en la comunidad y el/la estudiante B se tuvo que ir antes del final de la reunión. Usen los apuntes que tomaron para explicarle a la otra persona qué ha dicho la coordinadora. También usen expresiones como: **La coordinadora dice que nosotros hablemos... La coordinadora dice que hay trabajos...**

A	B
• nosotros: darle nuestro número de celular • su oficina preparar a los voluntarios • nosotros: no descuidar los estudios • nosotros: elegir el trabajo que vamos a hacer	• nosotros: comenzar trabajando con otro voluntario • haber muchos trabajos diferentes • nosotros: dedicarle tres horas semanales al trabajo • nosotros: notificar si no podemos ir

Parte B: Ahora contesten estas preguntas.

1. ¿Hacen Uds. algún tipo de trabajo voluntario?
2. ¿Qué trabajo voluntario se puede hacer a través de su universidad? ¿Cuál prefieren y por qué?
3. ¿Hay programas patrocinados por su universidad en otros países? ¿Cuáles son?

II. Giving Direct Commands

A Affirmative and Negative Commands with *Ud.* and *Uds.*

1. You already know a number of ways to express influence over another person's actions. Some are more direct than others. The most direct way to get someone to do something is by giving a command (**una orden**). When giving commands to people you address as **Ud.** or **Uds.,** follow these rules.

Affirmative Ud./Uds. Commands Subjunctive **Ud./Uds.** form	**Negative Ud./Uds. Commands** **No** + subjunctive **Ud./Uds.** form
Venga (Ud.)* mañana. *Come tomorrow.*	**No haga** eso. *Don't do that.*
Vayan (Uds.)* ahora mismo. *Go right now.*	**No toquen** eso; está caliente. *Don't touch that; it's hot.*

***Note:** Subject pronouns are rarely used with commands, but if they are, they follow the verb.

2. Object pronouns (reflexive, direct, or indirect) follow and are attached to affirmative commands; they precede verbs in negative commands.

Affirmative Commands	**Negative Commands**
Pruébenlo, está muy rico. **Dígamelo** todo... quiero saber todos los detalles. **Levántese.**	No **lo prueben,** está horrible. No **me lo diga,** prefiero no saber nada. No **se levante.**

To review accent rules, see Appendix F, page 374.

To review formation of commands, see Appendix A, pages 362–364. To review placement of object pronouns, see Appendix D, pages 370–372.

ACTIVIDAD 12 Directo o indirecto

Completa las oraciones con **viene**, **venir** o **venga**. Luego numéralas de la más a la menos directa.

________	Quiero que Ud. ________ mañana.
________	¿Por qué no ________ Ud. mañana?
________	Ud. tiene que ________ mañana.
________	Es mejor que Ud. ________ mañana.
________	________ mañana.

ACTIVIDAD 13 Para bajar el colesterol

Una doctora le dice a un paciente lo que necesita hacer para bajar el colesterol. Cambia las sugerencias a órdenes.

1. Ud. tiene que hacer una dieta estricta.
2. No puede comer flan de coco.
3. Su esposa y Ud. no deben comer en restaurantes.
4. Necesita hacer ejercicio por lo menos tres veces por semana.
5. Ud. y su esposa deben salir a caminar juntos.
6. Es mejor evitar (*avoid*) el pescado frito.
7. Debe venir a verme dentro de tres meses.
8. Necesita hacerse otro examen de colesterol antes de venir.

ACTIVIDAD 14 La clase de salsa

Parte A: El paciente de la actividad anterior decide tomar una clase de salsa como parte de su actividad física semanal. En parejas, completen las instrucciones que les dio el profesor a los estudiantes el primer día de clase.

El paso hacia atrás

1. ______________ la punta del pie derecho en el suelo. No ______________ el peso y no ______________ el pie izquierdo. (poner, cambiar, mover)

2. En el segundo tiempo, ______________ el pie derecho hacia atrás y ______________ el peso a la pierna derecha. No ______________ el pie izquierdo. (llevar, cambiar, mover)

3. ______________ el peso a la pierna izquierda. No ______________ la pierna derecha. (cambiar, mover)

4. ______________ el pie derecho hacia el centro y ______________ el peso hacia la pierna derecha. No ______________ el pie izquierdo. (llevar, cambiar, mover)

El paso hacia delante

5. ______________ exactamente lo mismo hacia delante, pero ______________ con el pie izquierdo. (hacer, empezar)

Parte B: Ahora pongan música salsa y practiquen los pasos.

¿Lo sabían?

 *Música hispana*

Una pareja bailando salsa en el Club 21 de Sacramento, California.

La música y los bailes típicos varían de un país hispano a otro. En España, por ejemplo, el flamenco, de origen principalmente árabe, es uno de los bailes tradicionales, mientras que en Cuba son populares la rumba, el chachachá y el mambo. La salsa, a pesar de lo que se cree comúnmente, se originó en Nueva York entre los inmigrantes cubanos y puertorriqueños, y no en Cuba o Puerto Rico. Entre los músicos famosos de música caribeña se encuentran Celia Cruz (cubana, 1925–2003), conocida como "la Reina de la Salsa" y Tito Puente (1923–2000), percusionista que nació en Harlem de familia puertorriqueña y que combinó elementos del jazz americano con la música caribeña y los ritmos africanos. Pero la música latina más popular en los Estados Unidos es la norteña, que combina ritmos mexicanos, como la ranchera, con música popular en los Estados Unidos, como la polka. Uno de los conjuntos norteños más famosos es el de Ramón Ayala y sus Bravos del Norte. Además existen artistas de diferentes tipos de música latina que primero se hicieron famosos cantando en español y luego hicieron el "crossover" al cantar en inglés para el mercado norteamericano. En esta categoría se destacan cantantes como Shakira, Enrique Iglesias y Paulina Rubio.

¿Conoces a otros cantantes que han hecho "crossover"?

ACTIVIDAD 15 Problemas y soluciones

Dos personas acaban de llamar a un programa de radio para contar sus problemas. Lee sus problemas y dales órdenes (*commands*) y sugerencias para que los solucionen.

Llamada no. 1

"Mi vecino es insoportable. Se levanta temprano y se pone a bailar salsa. Hace un ruido fatal. Hablé con él, pero dice que hace ejercicio porque necesita bajar el colesterol, que está en su casa y que nadie puede decirle lo que debe o no debe hacer."

Llamada no. 2

"Mi esposo está loco. Desde que el doctor le dijo que debe hacer ejercicio para bajar el colesterol no para un momento. Ahora baila salsa todo el día, por la mañana se levanta temprano y empieza chaca, chaca chaca chaca, chaca chaca, chacachá. Insiste en que yo vaya a su clase de salsa también. Pero yo no sé bailar. Estoy harta y no sé qué hacer."

B Affirmative and Negative Commands with *tú* and *vosotros*

The affirmative **tú** and **vosotros/as** commands are the only commands that do NOT use the subjunctive form.

1. When giving commands to people you address using **tú,** follow these rules.

Affirmative tú Commands Present indicative **tú** form without the **-s** at the end	**Negative tú Commands** **No** + subjunctive **tú** form
Cierra la puerta.	**No cierres** la puerta.
Siéntate aquí.	**No te sientes** aquí.
Cuéntame el problema.	**No me cuentes** el problema. Ya sé qué pasa.
Explícalo mejor.	**No lo expliques** más.

Remember that object pronouns (reflexive, direct, or indirect) follow and are attached to affirmative commands, and precede verbs in negative commands.

2. Irregular affirmative **tú** command forms include:

	Affirmative Commands	**Negative Commands**
decir	**Di** la verdad.	No digas nada.
hacer	**Hazlo.**	No hagas eso.
ir(se)	**Vete** de aquí.	No te vayas.
poner	**Pon** los vasos en la mesa.	No pongas los codos en la mesa.
salir	**Sal** inmediatamente.	No salgas.
ser	**Sé** bueno.	No seas malo.
tener	**Ten** cuidado, está caliente.	No tengas miedo, el perro es bueno.
venir	**Ven** aquí.	No vengas todavía.

To review formation of commands, see Appendix A, pp. 362–364. To review placement of object pronouns, see Appendix D, pp. 370–372. To review accent rules, see Appendix F, pp. 374–376.

3. When giving commands to people you address using **vosotros/as**, follow these rules. Remember: the **vosotros/as** form is only used in Spain.

Affirmative vosotros/as Commands Delete **r** from the infinitive and substitute **d**	**Negative vosotros/as Commands** **No** + subjunctive **vosotros/as** form
Habladme en voz alta.	**No me habléis.**
Corred.	**No corráis.**

Reflexive Verbs Delete the **r** from the infinitive and add **os**	**Reflexive Verbs** **No** + **os** + subjunctive **vosotros/as** form
Levantaos.	**No os levantéis.**

ACTIVIDAD 16 Instrucciones especiales

Un compañero de trabajo puso las siguientes instrucciones en el tablón de anuncios de la oficina. Complétalas con órdenes correspondientes a la forma de **tú.**

Remember: Place the object pronoun before the verb in a negative command and after and attached to an affirmative command.

Instrucciones para las personas que no quieren trabajar

I. No ________ nunca. (confesarlo)

II. ________ sin impaciencia la orden de trabajo; no ________. (Esperar, buscarla)

III. No ________ a los que trabajan. (molestar)

IV. ________ una postura especial para dar la impresión de que estás ocupado. (Adoptar)

V. Amas el trabajo bien hecho, por eso, ________ para los compañeros más calificados. (dejarlo)

VI. Si te vienen ganas de trabajar, ________ y ________ a que se te pasen. (sentarse, esperar)

VII. No ________ culpable al recibir el primer sueldo. (sentirse)

VIII. Hay más accidentes en el trabajo que en las cafeterías: ________ a la cafetería a menudo. (ir)

IX. El trabajo consume, el descanso no. ¡________ cuidado! ________ lo menos posible. (Tener, Hacer)

Conclusión:
El trabajo es una cosa buena. No ________ egoísta y ________ para los demás. (ser, dejarlo)

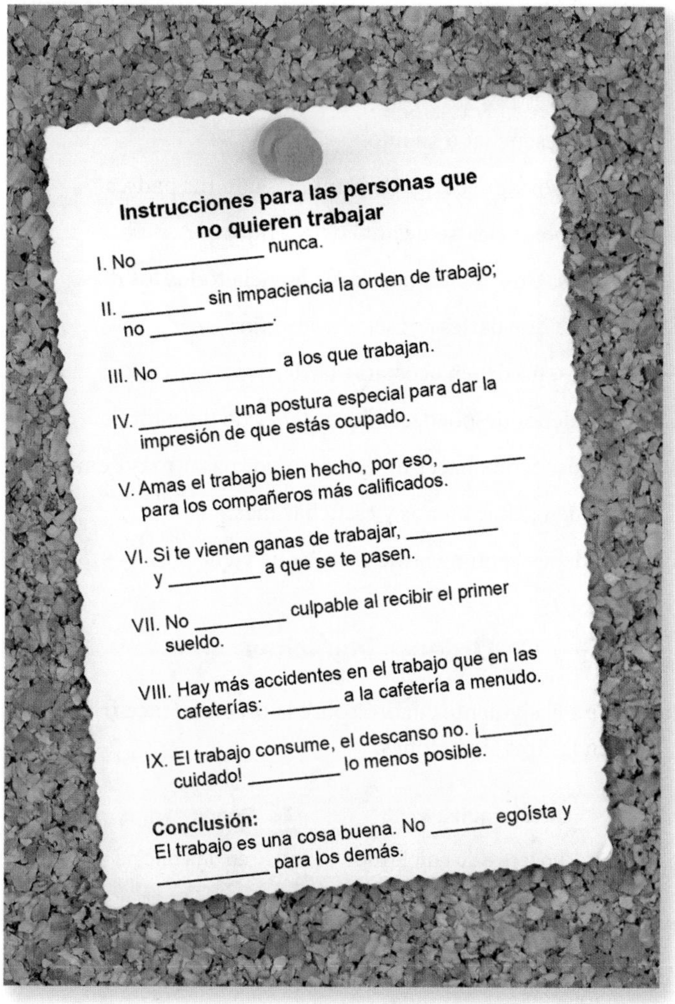

ACTIVIDAD 17 Los cuatro mandamientos para un amigo triste

En parejas, Uds. tienen un amigo que siempre está triste y deciden escribirle una lista de **cuatro mandamientos** (*commandments*) para ayudarlo a ser feliz. Intenten ser graciosos. Pueden usar el estilo de la actividad anterior como guía.

► No salgas con personas más tristes que tú. Sal con personas más alegres.

ACTIVIDAD 18 La asistente social y su caso

Una asistente social les da órdenes a miembros de una familia porque no escuchan sus consejos. Cambia las siguientes sugerencias a órdenes con la forma para **tú, Ud.** o **Uds.,** según a quién le esté hablando ella.

▶ Felipe, debes limpiar tu habitación.

Felipe, limpia tu habitación.

1. Uds. deben escuchar a su hijo.
2. Juan, es importante que te comuniques con tus padres.
3. Uds. no deben pelearse delante de sus hijos.
4. Muchachos, Uds. tienen que ir a la escuela todos los días.
5. Señor, tiene que darles consejos a sus hijos.
6. Muchachos, no deben acostarse tarde.
7. Lucía, no debes desobedecer las órdenes de tus padres.
8. Muchachos, deben hacer un esfuerzo por pasar más tiempo con sus padres.
9. Todos deben gritar menos y escuchar más.
10. Ignacio, debes venir a verme el mes que viene.

Desobedecer is conjugated like **conocer**.

ACTIVIDAD 19 Órdenes implícitas

Parte A: Mira el siguiente cuadro sobre la oración **Hace frío** y las órdenes que están implícitas en las tres situaciones.

Oración	Quién a quién	Dónde	Orden implícita
Hace frío.	un jefe a su empleado	en una oficina	Apague el aire acondicionado.
	un instructor de esquí a otro	en la montaña	Ponte el anorak.
	un amante a su pareja	en un coche aparcado	Dame un beso.

Parte B: Ahora, en grupos de tres, completen las cajas en blanco del siguiente cuadro. Recuerden poner una orden bajo la columna "Orden implícita".

Oración	Quién a quién	Dónde	Orden implícita
Tengo hambre.	un niño a su padre	en un carro en la autopista	
	una mujer a su esposo		
Dentro de cinco minutos los atiendo.		en un restaurante	
Esta sopa está fría.	una suegra a su nuera		
		en un restaurante	

Discussing Food

La comida

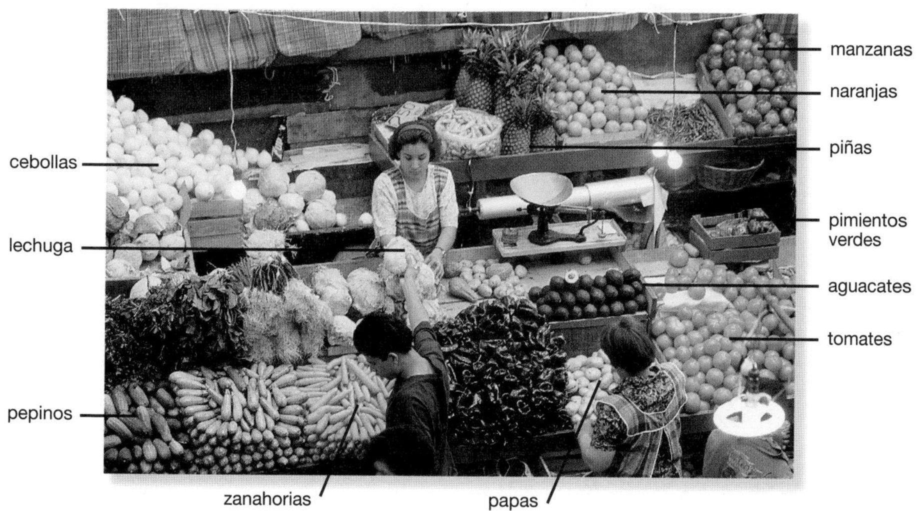

Un puesto en un mercado de Guadalajara, México.

papas (*Latinoamérica*) = **patatas** (*España*)

Carnes: cerdo (*pork*), **cochinillo** (*roast suckling pig*), **cordero** (*lamb*), **solomillo** (*filet mignon*), **ternera** (*veal*)
Pescado: anchoas, atún, lenguado (*sole*), **merluza** (*hake*), **sardinas**
Mariscos: calamares, camarones (*shrimp*), **langostinos** (*prawns*), **mejillones** (*mussels*), **ostras**
Fruta: durazno (*peach*), **pera, plátano** (*banana; plantain*), **sandía** (*watermelon*)
Verduras: berenjena (*eggplant*), **brócoli, maíz**
Legumbres: arvejas (*peas*), **frijoles** (*beans*), **garbanzos** (*chick peas*), **lentejas** (*lentils*)
Embutidos: salchicha (*sausage*)
Cereales: arroz
Dulces: flan, pastel (*cake; pie*)
Frutos secos: almendras, maní (*peanuts*), **nueces** (*walnuts*)
Productos lácteos: crema, leche, leche descremada (*skim*), **mantequilla**
Bebidas (*Beverages*): **agua mineral con o sin gas, jugo** (*juice*), **vino**
Productos: congelados (*frozen*), **enlatados** (*canned*), **frescos**
Platos: el aperitivo, el primer plato, el segundo plato, el postre, el café

For more food items see Appendix G, p. 377.

camarones (*Latinoamérica*) = **gambas** (*España*)

durazno (*Latinoamérica*) = **melocotón** (*España*)

arvejas (*partes de Latinoamérica*) = **guisantes** (*España*)

maní (*Latinoamérica*) = **cacahuetes** (*España*), **cacahuates** (*México*)

jugo (*Latinoamérica*) = **zumo** (*España*)

aperitivo = comida y bebida antes de la comida

ACTIVIDAD 20 Me encanta

Parte A: En parejas, digan qué comidas de la lista de vocabulario les encantaba comer cuando eran niños y cuáles no les gustaban para nada.

Parte B: Ahora digan cuáles de las comidas que mencionaron comen ahora.

ACTIVIDAD 21 Congelados, enlatados o frescos

En parejas, decidan a qué categoría(s) pertenecen los siguientes productos. Luego añadan (*add*) dos productos más en cada categoría.

	Productos		
	Enlatados	**Congelados**	**Frescos**
1. pollo			
2. berenjena			
3. jamón			
4. ajo			
5. arvejas			
6. langostinos			
7. maíz			
8. anchoas			

ACTIVIDAD 22 ¿Qué comiste?

Parte A: Haz una lista de todo lo que comiste ayer y di cuándo lo comiste.

- ▶ A las ocho comí cereal con leche y un plátano.
- ▶ A las diez comí una barra de chocolate—un Snickers.

Desayuno típico español.

Parte B: En parejas, lean lo que comieron una española y una mexicana y comparen lo que comieron ellas con lo que comieron Uds. También comparen el horario de las comidas. ¿Quién comió comida más saludable? ¿Quién almorzó más temprano? Etc.

chilaquiles = tortillas con salsa y queso

Fuentes hispanas

"El sábado desayuné a las nueve de la mañana chilaquiles con frijoles, cóctel de frutas y jugo de naranja. Comí a las tres de la tarde crema de brócoli, pechuga de pollo asada con ensalada de verduras y un pastelito de postre. Cené a las nueve de la noche un vaso de leche." ■

mexicana

"Ayer desayuné una tostada, un par de galletas y un café con leche. Sobre las 11:30 entré en un bar y me tomé un café con un croissant y, a eso de la una, empecé a preparar la comida. De primer plato hice mahonesa para acompañar unos espárragos; de segundo, una carne guisada con patatas y zanahorias y de postre, sandía y melocotón. Me puse a comer alrededor de las dos y media y claro, para terminar, me tomé un cortadito. Por la tarde fui de compras con mi madre y a las 7:30 paramos en un bar, donde tomamos un aperitivo. Pedimos unas cañas y el camarero nos dio unas patatas fritas y aceitunas para picar, pero teníamos hambre y pedimos una ración de gambas al ajillo para compartir. Dejé a mi madre en su casa; al volver a la mía me encontré con un amigo y paramos en otro bar, donde tomé una Coca-Cola y compartimos un pincho de tortilla. Por la noche, más o menos a las once, me preparé dos huevos fritos con una loncha de jamón y un poco de queso. De postre me comí un poco más de la sandía mientras miraba la tele." ■

española

café con leche = café con mucha leche caliente (se sirve en taza normal, generalmente se toma por la mañana y no después de comer)

mayonesa (*Latinoamérica*) = **mahonesa** (*España*)

carne guisada = *stew*

cortadito = un café expreso con un poquito de leche (se sirve en taza pequeña, se toma después de comer o por la tarde)

cañas = *glasses of beer*

tortilla = omelet (*España*)

ACTIVIDAD 23 El menú

Parte A: En grupos de tres, imaginen que Uds. trabajan en una compañía de servicio de comidas para eventos. Su profesor/a de español es un/a cliente y les pide que le planeen el menú para una cena importante. Decidan qué van a servir de aperitivo, de primer y segundo plato y de postre, y discutan por qué. Esto es lo que saben sobre los invitados.

Diego Maldonado: Es vegetariano.

Alicia Carvajal: Le fascina todo tipo de carne.

Germán Martini: Tiene alergia a los camarones y a los langostinos y está a dieta, por eso prefiere comida de bajas calorías.

Lucrecia Hernández: Tiene buen paladar, le gusta absolutamente todo.

Parte B: Ahora denle las sugerencias del menú perfecto a su profesor/a y estén preparados para explicar por qué eligieron ese menú. Usen expresiones como; **De aperitivo le recomendamos que sirva..., también le sugerimos que ofrezca...**

ACTIVIDAD 24 Gustos personales

Parte A: En parejas, entrevístense para averiguar sus preferencias alimenticias.

1. ¿Te gusta la comida de otros países? ¿Cuál es tu plato favorito? ¿Cuál es el país de origen de esa comida?
2. ¿Prefieres la comida casera o la de restaurante?
3. ¿Cuándo fue la última vez que comiste fuera y qué comiste?
4. ¿Qué platos comías con mucha frecuencia cuando eras niño/a?
5. ¿Cuántas veces por día comes?
6. ¿Comes mientras miras televisión o mientras lees algo?
7. ¿Comes mucha comida chatarra (*junk food*)?
8. ¿Te gusta cocinar? Si contestas que sí, ¿quién te enseñó? ¿Qué platos cocinas?

Cena familiar en San Miguel de Allende, México.

Parte B: Ahora usen la información de la Parte A para decirle a la otra persona si tiene buenos hábitos alimenticios. Si no tiene buenos hábitos, denle consejos.

▶ No tienes buenos hábitos alimenticios porque... Te aconsejo que...

ACTIVIDAD 25 Los modales de la mesa

Parte A: Usa las siguientes ideas para decir órdenes que normalmente oyen los niños hispanos o los de tu país a la hora de comer.

1. poner las dos manos en la mesa
2. poner la mano que no usas debajo de la mesa
3. empujar los frijoles con el cuchillo
4. no apoyar los codos en la mesa
5. dejar el cuchillo y tomar el tenedor con la otra mano al comer
6. tomar solo un pedazo de pan para comerlo y no todo el pan
7. no levantarse de la mesa inmediatamente después del postre

Parte B: En parejas, decidan cuáles de las órdenes anteriores se oyen en su país y cuáles se oyen en un país hispano.

¿Lo sabían?

Los modales de mesa varían en todo el mundo. Lo que es apropiado en un lugar, puede ser descortés en otro. En la mayoría de los países de habla española, se considera buena educación poner las dos manos en la mesa, no levantar los codos al cortar la comida y empujar con la ayuda del cuchillo o, en algunos países, con un pedazo de pan. El pan se rompe con la mano en trozos pequeños a medida que se come.

Después de comer el postre, viene la sobremesa, que consiste en conversar mientras se toma el café. Por eso en un restaurante el mesero lleva la cuenta a la mesa solo cuando los clientes la piden, ya que se considera mala educación llevarla si no la han pedido.

Cuando comes en casa, ¿qué hace tu familia después de comer el postre? ¿Y en un restaurante?

Etiqueta y modales de mesa

ACTIVIDAD 26 A discutir

En grupos de tres, lean las siguientes citas relacionadas con la comida y coméntenlas.

Fuentes hispanas

"En la mesa se descubre la educación de cualquier persona. Si quieres saber si un hombre o una mujer tiene buenos modales, invítalo a comer: si no sabe comportarse, pues fuera de la mesa será peor, te lo aseguro." ■

—Pedro Vargas Ponce
Director de la Escuela Superior de Protocolo, Venezuela

"Comer no es solo una actividad biológica; es también algo social, cultural. La comida es un momento muy especial en el que de algún modo se manifiestan actitudes esenciales ante la vida." ■

—José Fernando Calderero
Autor de* Los buenos modales de tus hijos mayores, *España

III. Informing and Giving Instructions

Impersonal and Passive *se*

1. When giving information or instructions in situations where the person doing the action is not important, you may use the following construction with **se**.

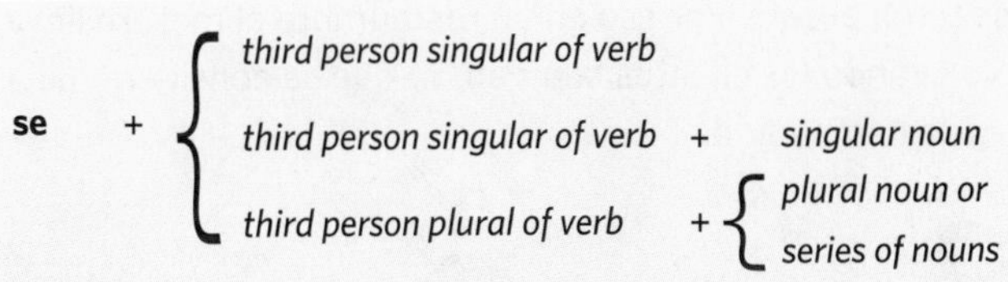

The first two examples contain the **se impersonal** (no noun follows). The last three contain the **se pasivo** (a noun follows or is implied).

Se come bien en esta casa.	*People/They/You eat well in this house.* (No noun follows the verb; therefore the verb is singular.)
Se estudia mucho en esta universidad.	*People/They/You study a lot at this university.*
En España, **se usa aceite** de oliva para cocinar.	*Olive oil is used to cook in Spain.*
Se comen quesadillas en México y **se hacen*** con carne o con pollo.	*Quesadillas are eaten in Mexico and they are made with beef or chicken.*
Se añaden sal y pimienta.	*Salt and pepper are added.*

***Note:** At times, the noun following the verb is omitted to avoid repetition, but is understood from the context.

2. The following verbs related to food preparation are frequently used with the **se** construction.

añadir	to add
bajar/subir el fuego	to lower/raise the heat
calentar (ie)	to heat
echar	to pour; to put in
freír (i, i)	to fry
hervir (ie, i)	to boil
mezclar	to mix

ACTIVIDAD 27 Información para novatos

En parejas, contesten estas preguntas sobre actividades estudiantiles de su universidad. Usen la construcción con **se** en las respuestas.

1. ¿Dónde se come bien?
2. ¿Dónde se estudia? ¿Cuándo se estudia?
3. ¿Se estudia mucho o poco?
4. ¿Adónde se va los fines de semana para divertirse?
5. ¿Dónde se vive el primer año? ¿Y el último año?
6. Normalmente, ¿a qué hora se va a la primera clase?

ACTIVIDAD 28 Una receta

Parte A: Completa las instrucciones para una receta típica de Puerto Rico, usando la construcción con **se**. Atención: gandules y habichuelas son tipos de frijoles.

limpiar	______________ (1) las habichuelas.
lavar	______________ (2) dos veces en agua fría y
dejar	______________ (3) en agua durante
quitar	una noche. ______________ (4) el agua.
hervir	______________ (5) 8 tazas de agua
añadir	en una olla. ______________ (6) las
dejar	habichuelas y la calabaza. ______________ (7)
	hervir a fuego moderado por una hora hasta que las
	habichuelas estén casi blandas.
preparar	Mientras tanto, ______________ (8) el sofrito.
calentar	En una cacerola ______________ (9) el aceite.
freír	A fuego lento ______________ (10) el cerdo
	curado y el jamón hasta que estén dorados.
bajar	______________ (11) el fuego a muy bajo,
freír	y ______________ (12) ligeramente la cebolla,
	los pimientos, el ajo, el cilantro y el orégano
	por 10 minutos.
	Cuando las habichuelas están casi blandas,
pisar	______________ (13) la calabaza con un
añadir	tenedor y ______________ (14) la mezcla al
añadir	sofrito. ______________ (15) la salsa de tomate
poner	y la sal. ______________ (16) todo a hervir
cocinar	y ______________ (17) sin tapar, a fuego
	moderado, por una hora hasta que espese al gusto.

Habichuelas puertorriqueñas

(**8** porciones)
1 libra de gandules o habichuelas
8 tazas de agua
3/4 de libra de calabaza, pelada y cortada en pedacitos
1 cucharada de aceite vegetal
1 pedazo (**2** onzas) de cerdo curado (tocino grueso)
2 onzas de jamón
1 cebolla, picada
1 pimiento verde, picado
2 pimientos rojos, picados
1 cucharada de cilantro, picado
1/4 de cucharadita de orégano, espolvoreado
1 diente de ajo
1/4 de taza de salsa de tomate
2 cucharaditas de sal

calabaza = pumpkin
sofrito = combination of lightly sautéed ingredients
dorados = golden
espese = it thickens

Parte B: Ahora, dale instrucciones detalladas a tu profesor/a para preparar un sándwich de mantequilla de maní y mermelada.

ACTIVIDAD 29 Música y comida

La música y la comida son una parte importante de la cultura de un país. En parejas, completen el cuadro y luego formen oraciones usando la construcción con **se** para decir en qué país se consumen las siguientes comidas y se escucha la siguiente música.

▶ tomar fabada (una sopa)

En España se toma fabada. / No estoy seguro/a, pero creo que se toma fabada en España.

	Comidas y bebidas	Música
Cuba		
España	tomar fabada,	
México		
Argentina		
Perú		

Comidas y bebidas
servir arroz con pollo
usar salsa picante
preparar gazpacho (una sopa fría)
hacer asado (*barbecue*)
comer mole
beber Inca Cola
freír plátano
hacer tortillas de maíz
comer tortillas de huevos
beber sangría
comer ropa vieja

Música
tocar música andina
bailar el flamenco
componer tangos
bailar el mambo y la rumba
tocar música de mariachis
bailar el chachachá
tocar la gaita (*bagpipe*)

Tocando jazz afrocubano en el Festival de Jazz de Monterey, California.

ACTIVIDAD 30 En el restaurante puertorriqueño

En grupos de cuatro, lea cada uno solamente uno de los siguientes papeles y prepárense para representarlo. También miren el menú de la página siguiente.

A

Eres camarero/a en un restaurante. No te gusta tu trabajo y por eso eres muy antipático/a con los clientes. Ahora llega una familia a una mesa. Prepárate para darles algunas sugerencias y recuerda que el símbolo del corazón en el menú indica bajo contenido graso. Usa expresiones como: **Le sugiero/recomiendo que pruebe... La ensalada se prepara con... ¿Quiere algo de primer plato?** Tú apareces en la escena para tomar el pedido, servir la comida, darles alguna mala noticia o hacerles algún comentario negativo. Usa alguna de las expresiones que aparecen al final de la página.

B

Estás en un restaurante con tu esposa e hijo/a. Tu hijo/a tiene muy malos modales en la mesa y siempre estás atento para corregirlo/la. Tú tienes el colesterol alto, pero te encantan las comidas de alto contenido graso. Pídele sugerencias al camarero o a la camarera. Usa expresiones como: **¿Qué me sugiere/recomienda? ¿El pollo se prepara con (mucho aceite/ajo)? ¿Con qué viene la carne?** Usa alguna de las expresiones que aparecen al final de la página.

C

Estás en un restaurante con tu esposo y tu hijo/a. Tu esposo tiene el colesterol alto y le encanta comer comidas con muchas calorías. Tienes que asegurarte de que él pida comida de bajo contenido graso y que no coma mucho. Tú eres vegetariana y tienes un hambre atroz. Pídele sugerencias al camarero o a la camarera. Usa expresiones como: **¿Qué me sugiere/recomienda? ¿El bistec se sirve con papas o con papas fritas?** Usa algunas de las expresiones de la siguiente lista.

D

Estás en un restaurante con tus padres y estás muy aburrido/a y no tienes mucha hambre. También tienes muy malos modales en la mesa. Te gusta, por ejemplo, poner los codos en la mesa para llamar la atención de tu padre. Haz diferentes modales inaceptables en una mesa hispana. A tus padres les gusta comer, y tu rol es comentar sobre sus hábitos alimenticios y los tuyos usando algunas expresiones de la siguiente lista.

Para comentar

Buen provecho.	Enjoy your meal.
Estoy satisfecho/a. **No puedo más.**	I'm full.
ser de buen comer	to have a good appetite
tener un hambre atroz	to be really hungry
querer repetir	to want a second helping

Borinquen

Restaurante puertorriqueño

Especialidades de la casa

	Camarones a la criolla	$14.95
♥	Arroz con pollo	$10.50
	Bistec encebollado	$14.95
	Fricasé de ternera	$12.50
♥	Arroz con gandules	$6.75
	(con plátano frito)	$7.75
	Lechón asado con yuca frita	$14.00
	Carne guisada de res	$12.95
♥	Pescado del día con papas	$14.25
♥	Pollo al ajo con verduras	$10.95
	Pechuga de pollo rellena de plátano maduro	$12.95
	Arroz blanco y habichuelas	$4.00
	Mofongo	$2.50
	Tostones	$2.50
	Pasteles	$2.50
	Plátanos maduros	$2.50

Ensaladas

♥	Ensalada mixta	$5.50
♥	Ensalada de tomate	$5.50
♥	Ensalada verde	$5.00

Sopas

♥	Habichuelas negras	$5.00
	Pollo	$5.00
	Asopaos de Pollo, Camarones, Mariscos	$10.95

Postres

Flan de coco	$3.95
Coco rallado con queso	$4.50
Dulce de papaya con queso	$4.50

Bebidas

Agua mineral	$2.00
Cerveza	$4.50
Jugos tropicales	$2.50
Batida de mango	$2.50
Café	$2.00

Debido a la influencia de los Estados Unidos en Puerto Rico, los puertorriqueños usan punto en vez de coma cuando escriben números: Puerto Rico $8.95.

batida (*Puerto Rico*) = **batido** (*otros países*)

lechón asado = roast suckling pig

mofongo = plantain side dish

tostones = fried plantain chips

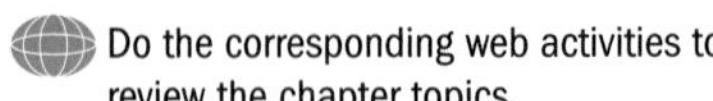
Do the corresponding web activities to review the chapter topics.

Vocabulario activo

Verbos de influencia

aconsejar *to advise*
esperar *to hope*
exigir *to demand*
insistir en *to insist*
pedir (i, i) *to ask (for)*
preferir (ie, i) *to prefer*
proponer *to propose*
querer (ie) *to want*
recomendar (ie) *to recommend*
rogar (ue) *to beg*
sugerir (ie, i) *to suggest*
suplicar *to implore*

Expresiones impersonales para expresar influencia

es aconsejable *it's advisable*
es buena/mala idea *it's a good/bad idea*
es bueno/malo *it's good/bad*
es importante *it's important*
es mejor *it's better*
es necesario *it's necessary*
es preferible *it's preferable*

La comida

Carnes *Meat*

el cerdo *pork*
el cochinillo *roast suckling pig*
el cordero *lamb*
el solomillo *filet mignon*
la ternera *veal*

Pescado *Fish*

las anchoas *anchovies*
el atún *tuna*
el lenguado *sole*
la merluza *hake*
las sardinas *sardines*

Mariscos *Seafood*

los calamares *calamari, squid*
los camarones/las gambas *(Spain)* *shrimp*
los langostinos *prawns*
los mejillones *mussels*
las ostras *oysters*

Fruta *Fruit*

el aguacate *avocado*
el durazno/melocotón (*Spain*) *peach*
la manzana *apple*
la naranja *orange*
la pera *pear*
la piña *pineapple*
el plátano *banana; plantain*
la sandía *watermelon*

Verduras *Vegetables*

la berenjena *eggplant*
el brócoli *broccoli*
la cebolla *onion*
la lechuga *lettuce*
el maíz *corn*
la papa/patata (*Spain*) *potato*
el pepino *cucumber*
el pimiento (verde/rojo) *(green/red) pepper*
el tomate *tomato*
la zanahoria *carrot*

Legumbres *Legumes*

las arvejas/los guisantes (*Spain*) *peas*
los frijoles *beans*
los garbanzos *garbanzos (chick peas)*
las lentejas *lentils*

Embutidos *Types of Sausages*

la salchicha *sausage*

Cereales *Cereals*

el arroz *rice*

Dulces *Sweets*

el flan *custard*
el pastel *cake; pie*

Frutos secos *Nuts*

las almendras *almonds*
el maní/los cacahuetes (*Spain*)**/los cacahuates** (*Mexico*) *peanuts*
las nueces *walnuts*

Productos lácteos *Dairy products*

la crema *cream*
la leche *milk*
la leche descremada *skim milk*
la mantequilla *butter*

Bebidas *Drinks*

el agua mineral
  con gas *sparkling water*
  sin gas *mineral water*
el café con leche *coffee with milk*
el cortado *espresso with a touch of milk*
el jugo/zumo (*Spain*) *juice*
el vino *wine*

Productos *Products*

congelado/a *frozen*
enlatado/a *canned*
fresco/a *fresh*

Platos *Dishes, courses*

el aperitivo *food and beverage before a meal*
el primer plato *first course*
el segundo plato *second course*
el postre *dessert*

Verbos para la cocina

añadir *to add*
bajar el fuego *to lower the heat*
calentar (ie) *to heat*
echar *to pour; to put in*
freír (i, i) *to fry*
hervir (ie, i) *to boil*
mezclar *to mix*
subir el fuego *to raise the heat*

Expresiones útiles

¿Acaso no sabías? *But, didn't you know?*
la comida chatarra *junk food*
dar cátedra *to lecture someone (on some topic)*
tener ganas de + *infinitive* *to feel like + -ing*
... y punto. *. . . and that's that.*
Buen provecho. *Enjoy your meal.*
Estoy satisfecho/a. / No puedo más. *I'm full.*
querer repetir *to want a second helping*
ser de buen comer *to have a good appetite*
tener un hambre atroz *to be really hungry*

Más allá

Canción: "Ella y él"

Ricardo Arjona

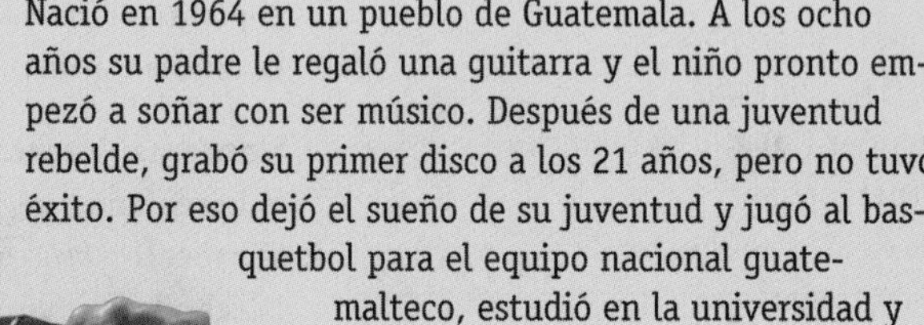

Nació en 1964 en un pueblo de Guatemala. A los ocho años su padre le regaló una guitarra y el niño pronto empezó a soñar con ser músico. Después de una juventud rebelde, grabó su primer disco a los 21 años, pero no tuvo éxito. Por eso dejó el sueño de su juventud y jugó al basquetbol para el equipo nacional guatemalteco, estudió en la universidad y también, siguiendo el camino de su padre, fue maestro de escuela por unos años. Pero su sueño lo persiguió y volvió al estudio de grabaciones para hacer otro álbum. Este tuvo éxito regional, y fue al grabar su tercer disco que sus canciones con letras poéticas llegaron a ser conocidas mundialmente.

ACTIVIDAD Los opuestos se atraen

Parte A: En parejas, digan qué tienen en común las personas de cada pareja y en qué son diferentes.

Will Smith y Jada Pinkett	Demi Moore y Ashton Kutcher
Jennifer López y Marc Anthony	Bill y Hillary Clinton
Michelle y Barack Obama	Angelina Jolie y Brad Pitt

Parte B: La canción "Ella y él" de Ricardo Arjona habla de dos personas que son opuestas y se enamoran. Lee la siguiente lista y luego, mientras escuchas la canción, marca con quién asocias cada palabra o frase, con ella o con él.

ella		él	ella		él
_____	Cuba	_____	_____	champagne	_____
_____	Estados Unidos	_____	_____	mojito	_____
_____	salsa, rumba, mambo	_____	_____	moreno/a	_____
_____	rock and roll	_____	_____	blanco/a	_____
_____	intelectual	_____	_____	habla español	_____
_____	liberal	_____	_____	habla inglés	_____
_____	conservador/a	_____	_____	habla mucho y rápidamente	_____
_____	comida norteamericana	_____	_____	Lincoln, Clinton, el Tío Sam	_____
_____	comida caribeña	_____	_____	Fidel, Lenín	_____

Parte C: Escucha la canción otra vez y contesta estas preguntas: ¿Dónde se conocieron? ¿Por qué estaban allí? ¿Dónde viven hoy?

Parte D: Ahora, en parejas, una persona debe recomendarle a su compañero/a que salga con un/a amigo que es totalmente el opuesto de él/ella. La otra persona debe mostrarse reticente.

Videofuentes: *Entrevista a John Leguizamo*

Antes de ver

ACTIVIDAD 1 Hispanos famosos

Antes de ver la entrevista a un hispano famoso, di el nombre de hispanos famosos que viven en los Estados Unidos, explica de dónde son o de qué origen es su familia y qué hacen.

Mientras ves

ACTIVIDAD 2 Leguizamo y su vida

Mira la primera parte de la entrevista con el actor y cómico John Leguizamo hasta donde explica en qué idioma siente. Contesta las siguientes preguntas.

1. ¿De dónde es? ¿De dónde son sus padres?
2. ¿Cuántos años tenía cuando llegó a los Estados Unidos?
3. Según Leguizamo, ¿en qué idioma piensa y en qué idioma siente? ¿Por qué crees que dice que piensa en un idioma y siente en otro?

ACTIVIDAD 3 Los inmigrantes

Mira ahora el resto de la entrevista para contestar las siguientes preguntas.

1. ¿Qué mensaje quiere el cómico que entendamos?
2. Según el cómico, ¿cuál es la dura realidad del hispano que emigra a los Estados Unidos?
3. ¿Qué les recomienda a las personas que estudian español?

Después de ver

ACTIVIDAD 4 Los estereotipos

Parte A: En el video, vemos cómo John Leguizamo se ríe de los estereotipos de los latinos que viven en los Estados Unidos. En grupos de tres, discutan en qué consiste el estereotipo de la gente norteamericana que existe en otros países.

Parte B: Ahora, en su grupo, digan cómo quieren Uds. que el resto del mundo vea a la gente de los Estados Unidos.

Proyecto: Una receta

Vas a filmar un programa de cocina para *Gourmet*, un canal de televisión. En el video, vas a dar instrucciones usando el **se pasivo** (se corta/n, se añade/n, etc.) y órdenes (mezclen, hiervan, etc.) para preparar una receta de un país de habla española. Aquí hay algunas posibilidades: tortilla española, moros y cristianos, baleada, tamales de Cambray, empanadas, arepas con queso, sancocho y churros.

Nuevas democracias

Chilenos protestan en reclamo por familiares que desaparecieron durante la dictadura de Pinochet.

METAS COMUNICATIVAS

- expresar emociones y opiniones
- expresar duda y certeza
- hablar de política

METAS ADICIONALES

- formar oraciones complejas
- usar *para* y *por*

Nadie está inmune

los desaparecidos	missing people
quién diría	who would have said/thought
salirse con la suya	to get his/her way

Sting cantó "Ellas danzan solas" para familiares de desaparecidos en Argentina.

ACTIVIDAD 1 La situación política

Parte A: Antes de escuchar a dos chilenos hablar sobre la gente que desapareció en Chile durante el gobierno militar del general Pinochet, identifica las siguientes cosas.

- dos países hispanos, aparte de Chile, que han tenido gobierno militar
- un país hispano que hoy día tiene un gobierno estable
- dos factores que pueden causar inestabilidad económica en una democracia

Parte B: Lee las siguientes oraciones y luego escucha la conversación para completarlas.

Mendoza es una ciudad en Argentina al lado de los Andes y cerca de la frontera con Chile.

1. En ____________________ (año), Sting dio un concierto en Mendoza, Argentina, en honor de ____________________.
2. Durante el gobierno militar de Chile torturaron e hicieron desaparecer a ____________________ personas.
3. Pinochet, el ex dictador chileno, estaba de viaje en ____________________ cuando el juez español Garzón le pidió a ese país su extradición.
4. Algunas de las víctimas de Pinochet eran de ascendencia ____________________.
5. Al final, el dictador Pinochet no fue encarcelado por sus crímenes por estar ____________________.

ACTIVIDAD 2 Más datos

Escucha la conversación otra vez para responder a las siguientes preguntas.

1. ¿Por qué fueron 15.000 chilenos al concierto de Sting en Mendoza, Argentina?
2. Sting escribió una canción dedicada a las madres y esposas de los chilenos desaparecidos. ¿Por qué crees que la llamó "Ellas danzan solas"?
3. ¿A qué se refiere la chica cuando dice que los gobernantes no van a salirse con la suya?
4. ¿Por qué decidieron los familiares de los desaparecidos hacer el reclamo a España?
5. Pinochet creía que tenía inmunidad diplomática, pero Garzón no opinaba lo mismo. Después de lo que ocurrió en Inglaterra, ¿va a ser más fácil o más difícil para los gobernantes que violan los derechos humanos visitar otros países?

¿Lo sabían?

Durante la dictadura de Pinochet en Chile, entre el 11 de septiembre de 1973 y 1990, desaparecieron o murieron más de 3.000 personas. Entre ellos había estudiantes, trabajadores de fábricas, artistas y profesionales. Muchos de ellos fueron torturados y asesinados por disentir del gobierno. La forma pacífica que encontraron algunas madres y esposas de los desaparecidos para expresar su protesta era bailar la cueca frente a una estación de policía. Este es un baile típico de Chile que es lento y se baila en pareja, pero en esas ocasiones las mujeres llevaban en su pecho la foto del familiar desaparecido y bailaban con un compañero invisible. Cuando el cantante Sting se enteró de la situación en Chile, se conmovió por lo ocurrido, escribió una canción en honor de esas mujeres y la llamó "Ellas danzan solas". La canción imitaba en parte el ritmo de la cueca.

Hay músicos o actores que han dado conciertos o han hecho anuncios a favor de los derechos humanos. ¿Conoces a alguno?

ACTIVIDAD 3 La situación aquí

En grupos de tres, digan si están de acuerdo con estas ideas sobre su país y justifiquen sus respuestas.

1. La situación económica de este país está cada día mejor.
2. Cada vez hay más gente de clase media y menos gente de clase baja.
3. Existe la violación de los derechos humanos en este país.
4. Hay muchos actos de violencia.

I. Expressing Feelings and Opinions about Future, Present, and Past Actions and Events

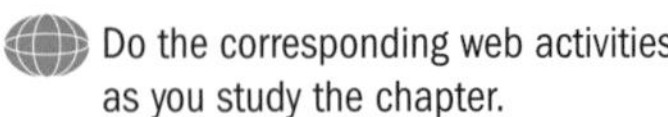
Do the corresponding web activities as you study the chapter.

A The Present Subjunctive

In Chapter 5, you learned how to use the subjunctive to make suggestions, persuade, influence, and give advice. The subjunctive can also be used to express feelings and opinions about another person's states or actions.

1. Compare the following columns and notice how you use the subjunctive to express feelings and opinions in a personal way about another person's situation, and the infinitive to merely express a person's feelings about their own situation.

Expressing feelings/opinions about another person's situation Verb of emotion + **que** + *subjunctive*	**Expressing feelings/opinions about one's own situation** Verb of emotion + *infinitive*
(Nosotros) estamos contentos de que (Uds.) puedan votar. *We are happy that you can vote.*	**(Nosotros) estamos contentos de poder** votar. *We are happy to be able vote.*
(Ella) espera que (él) vote por el Partido Verde. *She hopes that he votes for the Green Party.*	**(Ella) espera votar** por el Partido Verde. *She hopes to vote for the Green Party.*

2. Use the following verbs to express feelings or opinions.

esperar	estar contento/a (de)	estar triste (de)	lamentar (*to lament, to be sorry*)
sentir (ie, i) (*to be sorry*)	temer (*to fear*)		tener miedo (de)
me/te/le/etc. +	alegrar* (*to be glad/happy*) dar pena* (*to feel sorry*) molestar* sorprender* (*to be surprised*)		

*Note: These verbs function like **gustar** and take the singular form when followed by a clause introduced by **que: me/te/le alegra/da/molesta/sorprende.**

(A ellas) **Les molesta que no haya** libertad de palabra. *It bothers them that there is no freedom of speech.*	(A ellas) **Les molesta no tener** libertad de palabra. *It bothers them not to have freedom of speech.*
Me alegra que (tú) puedas ir a la manifestación. *I'm happy that you can go to the protest.*	**Me alegra poder** ir a la manifestación. *I'm happy to be able to go to the protest.*

3. Compare the following columns and notice how you can also use the subjunctive to express feelings or opinions in an impersonal way about a specific person or situation, or the infinitive to express feelings or opinions about no one in particular.

Impersonal feelings/opinions about a specific person Impersonal expression of emotion + **que** + *subjunctive*	**Impersonal feelings/opinions about no one specific** Impersonal expression of emotion + *infinitive*
Es una vergüenza que ese político sea corrupto. *It's shameful that this politician is corrupt.*	**Es una vergüenza ser** corrupto. *It's shameful to be corrupt.*
¡Qué lástima que no tengamos elecciones este año! *What a shame not having elections this year!*	**¡Qué lástima no tener** elecciones este año! *What a shame that we aren't having elections this year!*

4. Use the following impersonal expressions to express feelings or opinions.

es horrible/terrible es fantástico es maravilloso	es lamentable es raro (*it's strange*) ¡Qué sorpresa...! (*What a surprise . . . !*)
es bueno/malo es una lástima/pena (*it's a pity/ shame*) es una vergüenza (*it's a shame/ shameful*)	¡Qué bueno...! (*How good . . . !*) ¡Qué lástima/pena...! (*What a pity/ shame . . . !*) ¡Qué vergüenza...! (*How shameful . . . !*)

5. The word **ojalá** (*I hope*) comes from the Arabic expression *may Allah grant* and is used to express wishes. The verb that follows **ojalá** is always in the subjunctive form. **Que** is optional.

Ojalá (que) tengamos paz en el mundo.	*I hope that we have peace in the world.*

ACTIVIDAD 4 Un colega

Parte A: Dos oficinistas están hablando sobre un colega de la oficina. Completa la conversación con la forma apropiada del presente del subjuntivo o el infinitivo de los verbos que se presentan.

Marta Me sorprende que nuestros jefes no le __________ (1) un aumento de sueldo a Carlos el mes que viene. (dar)

Ernesto ¿Qué dices? ¿Cómo lo sabes?

Marta Me lo contó nuestra jefa. Es una lástima que él no __________ (2) aumento como nosotros. Ojalá que la jefa __________ (3) de idea. (recibir, cambiar)

Ernesto Mira, mujer. Me alegra que la jefa __________ (4) el trabajo que nosotros hacemos y lamento que la empresa no le __________ (5) a Carlos el aumento. Pero tú sabes que él no trabaja tanto como los demás. Es bueno que las cosas __________ (6) justas. (reconocer, dar, ser)

Marta ¡Qué increíble! Es lamentable __________ (7) este tipo de comentario de tu parte. (oír)

Ernesto ¿A qué te refieres?

Marta ¡Qué pena que tú no __________ (8) ser objetivo y que no __________ (9) hacer un comentario imparcial sobre un colega! Dices eso sobre Carlos porque te molesta que él __________ (10) mejor trabajador que tú. Y punto. (intentar, poder, ser)

Parte B: En parejas, usen la conversación entre Ernesto y Marta como ejemplo, pero cámbienla para hablar de un estudiante de la escuela secundaria que no va a recibir una beca (*scholarship*) el año que viene y por eso no va a poder ir a la universidad.

ACTIVIDAD 5 Me molesta

En grupos de tres, usen la lista para decir cuatro o cinco cosas que les molestan o no de otras personas. Digan si les molestan mucho, un poco o nada, y expliquen por qué.

▶ Me molesta (mucho) que una persona siempre esté contenta porque...

- ser inmadura
- fumar cerca de ti
- quejarse constantemente
- masticar (*chew*) chicle y hacer ruido
- hablar mal de otros
- mentir mucho
- votar a un candidato solo por ser carismático
- dar consejos
- hablar con la boca llena
- no compartir sus cosas
- pedir dinero prestado
- opinar de política sin fundamentos (*facts*)
- criticar al gobierno, pero no votar
- ¿?

ACTIVIDAD 6 ¿Lamentables o raras?

Parte A: Lee las situaciones siguientes e indica si son buenas, lamentables o si son raras o no.

a. es bueno
b. es lamentable
c. es raro
d. no es raro

1. ________ un hombre / gastar / mucho dinero en ropa
2. ________ una persona desconocida / pedirte / dinero para el autobús
3. ________ un hombre / ser / víctima de acoso (*harassment*) sexual
4. ________ tu ex novio/a / salir / con tu mejor amigo/a
5. ________ tus amigos / criticar / a tu pareja
6. ________ un esposo / quedarse / en casa con los niños y / no trabajar
7. ________ una persona / no pagar / los impuestos (*taxes*)
8. ________ un estudiante muy perezoso / recibir / una beca importante

Parte B: Ahora, en parejas, túrnense para dar su opinión sobre estas situaciones y expliquen por qué piensan así.

▶ (No) Es raro que un hombre gaste mucho dinero en ropa porque generalmente a los hombres (no) les interesa la ropa.

ACTIVIDAD 7 La universidad y sus prioridades

La situación actual de tu universidad te afecta como estudiante y por eso crees que se necesitan cambios. En parejas, miren la siguiente lista y elijan dos cambios de cada categoría. Luego escriban su opinión sobre la situación actual e indíquenles a las autoridades de la universidad los cambios necesarios.

▶ Es lamentable que no haya facultad de estudios afrocaribeños. Es necesario que Uds. abran esa facultad.

Facultades

- abrir una nueva facultad de...
- contratar a más profesores para la facultad de...
- tener más/menos ayudantes de cátedra (*teaching assistants*)
- prestar más atención a las evaluaciones de los profesores que hacen los estudiantes
- poner en Internet las evaluaciones que hacen los estudiantes

Vivienda y transporte

- construir más residencias estudiantiles
- construir apartamentos baratos para estudiantes casados o con hijos
- aumentar/implementar el/un sistema de autobuses gratis
- ofrecer más lugares para estacionar carros y bicicletas
- bajar el precio de las residencias y las comidas

(*Continúa en la página siguiente.*)

Remember: **facultad** = academic department (Biology) or school (Law)

Tecnología

- emplear a más personal para reparar computadoras
- tener soporte técnico gratis las 24 horas
- darles a los estudiantes un programa de correo electrónico más moderno
- modernizar los laboratorios de ciencias

ACTIVIDAD 8 Las elecciones en Perú

Parte A: Así como participar en la política de la universidad hace que se produzcan cambios, votar en las elecciones presidenciales también genera cambios. Lee lo que explica una peruana sobre el voto en Perú.

Fuente hispana

"En Perú el voto es obligatorio, como en varios países de Latinoamérica, pero cuando no nos gustan los candidatos que se presentan, tenemos la opción de votar en blanco. Ese tipo de voto se usa como señal de protesta y los políticos lo tienen muy en cuenta. También en Perú, un candidato necesita el 50% más un voto para ganar. Pero si nadie obtiene ese porcentaje, se realiza una segunda elección entre los dos candidatos con el mayor número de votos. Lo bueno es que entonces todo el pueblo puede reevaluar su voto y volver a votar." ■

Parte B: En grupos de tres, digan si han votado en el pasado y especifiquen en qué elecciones. Luego den su opinión sobre el voto obligatorio, el voto en blanco y la segunda votación en Perú. ¿Creen que pueda existir una segunda votación en este país algún día? Usen expresiones como: **Me alegra que... porque..., Espero que..., Tengo miedo de que..., Me sorprende que...**

B The Present Perfect Subjunctive

So far, you have learned how to express feelings about the present and the future using the present subjunctive. Look at the following sentences said by a man who has not seen his wife in a while and is anxiously waiting for her.

espero llegue

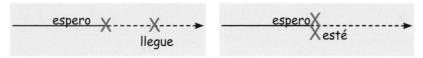

espero esté

Espero que el vuelo de LanChile **llegue** pronto.
I hope that the LanChile flight arrives/will arrive soon.

Espero que Rosa **esté** en ese vuelo.
I hope that Rosa is on that flight.

When expressing present feelings about something that has already occurred, use an expression of emotion + **que** + *present perfect subjunctive* (**pretérito perfecto del subjuntivo**), which is formed by using the present subjunctive form of the verb **haber** + *past participle.*

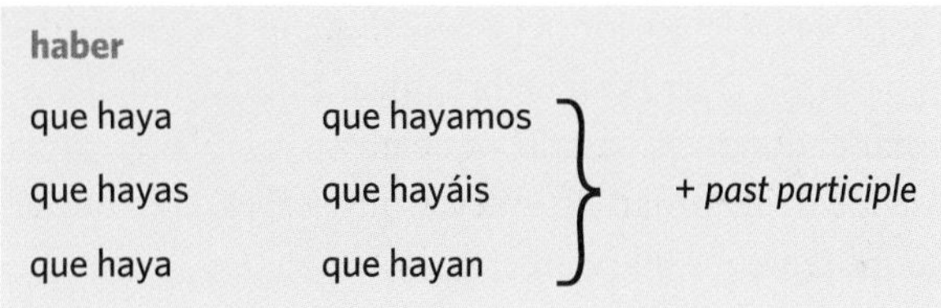

haber		
que haya	que hayamos	
que hayas	que hayáis	+ *past participle*
que haya	que hayan	

To review the formation of past participles, see Appendix A, page 365.

Espero que el avión no **se haya demorado.***
I hope that the plane hasn't had any delays.

¡Qué bueno que ella **haya encontrado** un pasaje económico!
How good that she (has) found a cheap ticket!

Me sorprende que hayan puesto a Rosa en primera clase.
It surprises me that they (have) put Rosa in first class.

*Note: In a verb phrase, past participles (e.g., **demorado**) always end in **-o.** Also note that reflexive and object pronouns (**me, lo, le, se,** etc.) are placed before **haber.**

ACTIVIDAD 9 Mail a una hija

Un padre le escribe un mail a su hija que está en otro país. Completa esta parte del mail con la forma apropiada del presente del subjuntivo, del pretérito perfecto del subjuntivo o con el infinitivo de los verbos que se presentan.

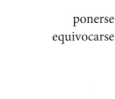

Querida Gabriela:

Espero que ____________________ (1) bien. Toda la familia te echa de menos. Sí, finalmente se acabaron las elecciones. Es una pena que tú no ____________________ (2) escuchar el discurso del nuevo presidente porque estuvo sensacional. Él dijo que es necesario ____________________ (3) paciencia, pero que las cosas van a cambiar. Es maravilloso que el domingo pasado los ciudadanos ____________________ (4) a alguien del P.R.U. después de años de un gobierno opresivo. Por mi parte, estoy contento de que el país ____________________ (5) este nuevo presidente. Ahora es importante ____________________ (6) conciencia de la situación del país y que nosotros ____________________ (7) algo para que la situación mejore. Lamento que tú no ____________________ (8) aquí la noche de las elecciones para ver las celebraciones en las calles por toda la ciudad. Ojalá que ____________________ (9) un recordatorio en tu agenda para ir al consulado a votar el domingo pasado y que no ____________________ (10) de fecha. Me olvidé de recordártelo antes. Como sabes, creo que el voto es un derecho que todos tenemos que ejercer.

COMITÉ NACIONAL REPUBLICANO enEspañol

¿Lo sabían?

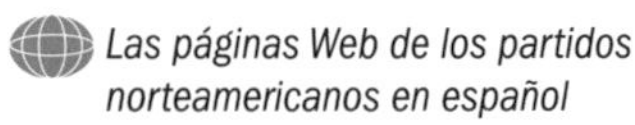
Las páginas Web de los partidos norteamericanos en español

A la hora de las elecciones, los candidatos para la presidencia de los Estados Unidos tienen muy en cuenta a la población hispana ya que, con más de 45 millones, es la minoría más grande de ese país. El votante hispano tiende a ser conservador en asuntos (*issues*) sociales, pero en general, apoya a aquellos candidatos que suelen ser un poco más liberales. Aunque, como grupo de votantes, existe una tendencia entre los latinos a inclinarse hacia el partido demócrata, también hay grupos que suelen votar por los republicanos, como los cubanoamericanos, cuyos votos, especialmente en el estado de Florida, fueron de gran importancia en las elecciones presidenciales del año 2000. Ocho años más tarde el voto hispano fue igual de importante para los demócratas, especialmente en estados como Florida, Colorado, Nuevo México y Nevada.

Hoy día, los políticos organizan campañas para atraer el voto latino y algunos de ellos dan discursos y hacen debates en español. Además, tienen páginas Web en español y hacen propaganda en Univisión y Telemundo.

¿Sabes el nombre de algún político hispano en tu ciudad, estado o en el gobierno federal?

Latina trabajando para la campaña presidencial de Barack Obama.

ACTIVIDAD 10 Acontecimientos importantes

Expresa tu opinión sobre los siguientes acontecimientos del pasado con frases como **Es lamentable que..., Me alegra que..., Es interesante que...**

▶ administración del canal de Panamá / pasar a manos panameñas

Me alegra que la administración del canal de Panamá haya pasado a manos panameñas porque el canal está en ese país y ellos están capacitados para administrarlo.

1. México / venderles California a los Estados Unidos
2. en 2003 los hispanos / convertirse en la minoría más numerosa de los Estados Unidos
3. en Argentina / desaparecer 30.000 personas durante la guerra sucia entre 1976 y 1983
4. Michelle Bachelet / ser la primera mujer presidenta de Chile
5. Óscar Arias (ex presidente costarricense) / ganar el Premio Nobel de la Paz
6. el Che Guevara / escribir su famoso diario entre 1966 y 1967
7. Perón (ex presidente argentino) / quemar iglesias

ACTIVIDAD 11 El año pasado

Parte A: En parejas, miren la siguiente lista de acciones. Escoja cada uno dos temas para hablar en detalle sobre cosas que hicieron el año pasado.

1. aprender español
2. conseguir un buen trabajo
3. preocuparte seriamente por los estudios
4. hacer nuevos amigos
5. hacer un viaje a otro país
6. ver un documental sobre...

Parte B: Ahora miren la lista otra vez y expresen cómo se sienten con respecto a algunas cosas que hicieron el año pasado. Expliquen también las consecuencias que esas acciones tienen hoy día en su vida. Usen expresiones como: **Es una lástima que..., Es fantástico que...**

▶ ir a fiestas

Es una lástima que no haya ido a más fiestas porque me encantan. Ahora que tengo clases más difíciles y un trabajo, no tengo mucho tiempo para divertirme.

ACTIVIDAD 12 Los jubilados

Parte A: En parejas, uno de Uds. es don Rafael, un jubilado que está haciendo una revisión de su vida, y la otra persona es su amiga doña Carmen. Lean la biografía de Rafael y hagan comentarios. Don Rafael debe hablar de las cosas que lamenta de su pasado usando expresiones como: **¡Qué lástima que...!, Es triste que...** Doña Carmen debe hacerle ver a don Rafael el lado positivo usando expresiones como: **¡Qué bueno que...!, Es maravilloso que...** Pueden inventar detalles.

Rafael Legido, 75 años, jubilado
Cuando era joven, sus padres ofrecieron pagarle los estudios universitarios, pero no quiso estudiar. En vez de estudiar, fue a trabajar de cajero en un banco. Después de muchos años, llegó a ser subgerente del banco. En su trabajo, conoció a la mujer con la cual se casó. No tuvieron hijos. Sus compañeros de trabajo jugaron juntos a la lotería y ganaron 10 millones de dólares. Él no quiso jugar.

Parte B: Ahora, Carmen hace una revisión negativa de su vida y Rafael trata de hacerle ver el lado positivo.

Carmen Ramos, 77 años, jubilada
Llegó a ser Miss Chile. Nunca usó su fama para luchar contra el abuso de menores o la pobreza de su país. No se casó con el amor de su vida porque él no tenía dinero. En cambio, se casó con un millonario, pero no tuvo un matrimonio feliz. Tuvo seis hijos, pero nunca les dedicó mucho tiempo; más bien pasó su tiempo viajando.

II. Discussing Politics

La política

Las noticias del día

Fuente hispana

"El **activismo** *político y social es una faceta más de la vida estudiantil universitaria de América Latina. Diariamente, antes de empezar clases, entre clases y después de ellas, los estudiantes se reúnen en cafeterías cerca de las universidades para charlar y es frecuente debatir la situación política y social del país. El mantenerse al tanto de lo que está sucediendo no se considera una tarea sino un deber ciudadano, un* **compromiso** *social.*

Pero la participación sociopolítica no solo es el discutir los **sucesos del momento,** *sino también la intervención en* **huelgas** *o* **paros** *nacionales y en* **protestas** *y* **manifestaciones** *públicas para que se realicen cambios en el sistema que afectan* **el bienestar común.** *Tan importantes son la valoración y el consenso estudiantil para la vida política de un país en Latinoamérica, que en algunos países la Cámara y el Senado tienen representantes de la juventud."* ■

ecuatoriano

activism

commitment

current events

strikes; work stoppages

protests; demonstrations

the common good

Cognados obvios	
el abuso, abusar	**la estabilidad/inestabilidad**
la corrupción	**la influencia, influir* en**
la democracia, democrático/a	**la protección, proteger**
la dictadura, el/la dictador/a	**protestar**
la eficiencia/ineficiencia	

*Note: irregular verb

To refer to the two major U.S. political parties use **el partido demócrata** and **el partido republicano.**

For irregular verbs, see Appendix A, page 355.

el soborno = la mordida (*México*)

Otras palabras	
el acuerdo	agreement/pact
estar de acuerdo	to be in agreement
llegar a un acuerdo	to reach an agreement
la amenaza, amenazar	threat, to threaten
el apoyo, apoyar	support, to support
el asunto político/económico	political/economic issue
la campaña electoral	political campaign
la censura, censurar, censurado/a	censorship, to censor, censored
el golpe de estado	coup d'état
la igualdad/desigualdad	equality/inequality
la inversión, invertir (ie, i)	investment, to invest
la junta militar	military junta
la libertad de palabra/prensa	freedom of speech/the press
la política	politics
el político / la mujer política	politician
el pueblo	the people
el respeto a / la violación de los derechos humanos	respect for / violation of human rights
el soborno	bribe

ACTIVIDAD 13 La democracia y la dictadura

En parejas, digan cuáles de las siguientes palabras asocian Uds. con la dictadura y cuáles con la democracia y por qué. Es posible asociar la misma palabra con las dos.

- amenazas
- gran número de robos (*thefts*)
- campaña electoral
- censura
- soborno
- corrupción
- ineficiencia
- violación de derechos humanos
- libertad de prensa
- gran número de manifestaciones

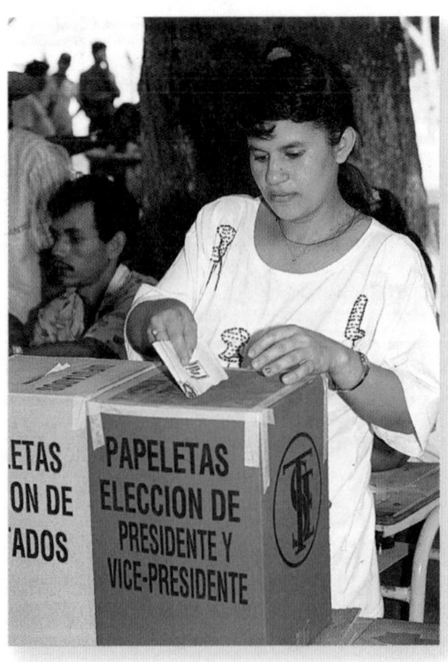

Una joven vota en Guazapa, El Salvador.

ACTIVIDAD 14 La voz de los jóvenes

En grupos de tres, comparen lo que dice el ecuatoriano en la página 173 con lo que pasa en su universidad o en su país. ¿Hablan de política los estudiantes? Comenten sobre la participación o falta de participación de los estudiantes de su universidad y den ejemplos específicos de su participación reciente.

Manifestantes en Quito.

ACTIVIDAD 15 Situación política en Hispanoamérica

Da tu opinión y expresa emociones sobre los siguientes ejemplos de la situación política y social pasada y actual de Hispanoamérica, y explica por qué piensas así. Usa expresiones como: **(No) Me sorprende, Es una lástima, Es bueno/malo.**

▶ Un juez español pidió la extradición de un militar argentino para juzgarlo en España.

Me alegra que un juez español haya pedido la extradición de un militar argentino para juzgarlo en España porque...

1. Rigoberta Menchú, indígena guatemalteca, ganó el Premio Nobel de la Paz.
2. Existe discriminación racial en Hispanoamérica.
3. La CIA ayudó al general Pinochet a subir al poder en Chile con un golpe de estado.
4. Hay mucha desigualdad económica en Hispanoamérica.
5. Han muerto muchos políticos en Colombia por hacerles frente a los narcotraficantes.
6. Los militares tienen mucha influencia en algunos gobiernos hispanoamericanos.
7. El voto en blanco ganó en las elecciones de legisladores de Buenos Aires en 2002.

ACTIVIDAD 16 ¿Intervenir?

Di si es bueno o no que un país intervenga en otros países y defiende tu opinión. Usa expresiones como: **(No) Es buena idea que un país... porque..., Me molesta que un país... porque...**

▶ ayudar a educar a los analfabetos

Es buena idea que un país ayude a educar a los analfabetos de otros países porque si más gente sabe leer, creo que esos países van a necesitar menos ayuda en el futuro.

1. darles ayuda económica para mejorar su infraestructura
2. venderles armas y entrenar a los militares para combatir el tráfico de drogas
3. tolerar la violación de los derechos humanos
4. mandarles medicamentos y construir hospitales
5. ayudar a proteger el medio ambiente
6. abrir fábricas y crear fuentes de trabajo
7. contribuir a la campaña electoral de algunos candidatos
8. ayudar cuando hay desastres naturales

III. Expressing Belief and Doubt about Future, Present, and Past Actions and Events

In this chapter you have seen how to use the subjunctive to express feelings and opinions about other people's actions. Additionally, the subjunctive is used to express doubt.

1. Compare the following columns and notice how the subjunctive is used to express doubt in a personal way about your or another person's future, present, and past situation. In contrast, the indicative is used to express belief and certainty about self or others.

To express doubt about self or others Verb of doubt + **que** + *subjunctive*	**To express belief or certainty about self or others** Verb of belief/certainty + **que** + *indicative*
El candidato no está seguro (de) que (él) tenga suficientes votos.* *The candidate isn't sure that he has enough votes.*	**El candidato está seguro (de) que (él) tiene** los votos que necesita para ganar. *The candidate is sure he has the votes he needs in order to win.*
(Yo) dudo que (ellos) reformen la Constitución. *I doubt that they will reform the Constitution.*	**(Yo) estoy seguro (de) que (ellos) van a reformar** la Constitución. *I am sure that they will reform the Constitution.*
Ana no cree que la policía haya detenido a su hermano en la manifestación. *Ana doesn't think (believe) that the police (have) arrested her brother at the demonstration.*	**Ana cree que la policía ha detenido / detuvo** a su hermano en la manifestación. *Ana believes that the police (have) arrested her brother at the demonstration.*

*Notice that the verb indicating doubt and the verb following **que** can have the same subject.

2. Here is a list of expressions of doubt that take the subjunctive and a list of those that necessitate the use of the indicative to express belief and certainty.

Expressions of Doubt: Subjunctive	**Expressions of Belief or Certainty: Indicative**
no estar seguro/a (de)	estar seguro/a (de)
no creer	creer
¿creer?	
dudar	
¿Crees que el presidente tenga una buena política exterior?	**Creo que el presidente tiene** una buena política exterior.

3. Compare the following columns to see how you can use the subjunctive to express doubt in an impersonal way or the indicative to express certainty in an impersonal way.

Impersonal expression of doubt + que + *subjunctive*	Impersonal expression of certainty + que + *indicative*
Es probable que nosotros **hayamos perdido** las elecciones.	**Es evidente que** nosotros **hemos perdido / perdimos** las elecciones.
No es verdad que los partidos políticos **tengan** mucho dinero.	**Es verdad que** los partidos políticos **tienen** mucho dinero.

4. The following lists contain impersonal expressions of doubt and of certainty.

Impersonal Expressions of Doubt: Subjunctive	Impersonal Expressions of Certainty: Indicative
es imposible*	está claro
(no) es posible*	no cabe duda (de)
(no) es probable	es seguro
(no) puede ser	
no es evidente	es evidente
no es obvio	es obvio
no es verdad/cierto	es verdad/cierto

*Note: These impersonal expressions can be followed by an infinitive if no specific person is mentioned. Compare:

Es imposible que ganen con esa política exterior.	**Es imposible ganar** con esa política exterior.
No es probable que ella haya perdido las elecciones solo por no tener el apoyo de los sindicatos.	**No es posible haber perdido** las elecciones solo por no tener el apoyo de los sindicatos.

ACTIVIDAD 17 Un candidato a presidente

Parte A: Un candidato presidencial está preparando su discurso final antes de las elecciones. Complétalo con la forma apropiada de los verbos correspondientes.

ir
complacer
preocuparse
abrirse
poder
importar
cometer
conocer
tener
deber
necesitar

Querido pueblo:

Mañana son las elecciones y llega el momento de la decisión final. Si Uds. me eligen como líder del país, pueden estar seguros de que ________________ (1) a hacer todo lo que prometí durante la campaña electoral. Ya sé que es imposible ________________ (2) a todos los ciudadanos, que hay gente que no cree que yo ________________ (3) por sus problemas en el pasado y que duda que yo ________________ (4) y que ________________ (5) escuchar los problemas del pueblo cuando era senador. Lo niego (*deny*) categóricamente. No es verdad que a mí no me ________________ (6) sus problemas. Admito que ________________ (7) errores en esa época, pero no cabe duda que ________________ (8) los problemas del pueblo y se lo voy a demostrar a todos. Les prometo prestar atención a todas sus necesidades. Yo quiero trabajar por el país, pero creo que todos ________________ (9) que poner nuestro granito de arena para que el país progrese. Mis colaboradores y yo creemos que ________________ (10) empezar a actuar ya mismo. No cabe duda de que el país ________________ (11) un cambio inmediato. Pueblo querido: ¡Mañana triunfaremos!

Parte B: Ahora, en grupos de tres, expresen su opinión sobre los políticos en general usando frases como: **(No) Creo que..., (No) Estoy seguro/a (de) que..., Dudo que...**

▶ Dudo que muchos políticos se preocupen por los niños de este país porque ellos no votan.

- prestar atención al medio ambiente
- hacer lo que quiere la gente
- preocuparse por los pobres
- cumplir sus promesas
- interesarse por las grandes empresas
- ser honrados

ACTIVIDAD 18 Un político con éxito

En parejas, elijan las cinco características más importantes para que un político tenga éxito y justifiquen sus ideas. Usen expresiones como: **(No) Es importante, (No) Es necesario, (No) Es posible.**

▶ Es importante que el político aparezca con niños en las fotos.

▶ No es posible que tenga éxito si no habla bien.

- ser honrado/a
- besar a los bebés
- tener buena apariencia física
- tener dinero para su campaña electoral
- creer en Dios
- ser buen padre o buena madre
- tener título universitario
- tener buen sentido del humor
- estar casado/a
- serle fiel a su esposo/a
- estar en buen estado físico
- ¿?

ACTIVIDAD 19 ¿Mentira o verdad?

Parte A: ¡Vas a decir mentiras! Escribe una lista de cinco cosas que hiciste en el pasado; algunas deben ser mentira.

Parte B: En parejas, escuchen lo que dice su compañero/a y decidan si es verdad o no.

▸ —Me gradué de la escuela secundaria cuando tenía dieciséis años.

—Dudo que te hayas graduado de la escuela secundaria cuando tenías dieciséis años.

—Creo que es verdad porque eres muy inteligente.

ACTIVIDAD 20 Opiniones sobre historia

En grupos de tres, den su opinión sobre los siguientes sucesos usando expresiones como: **(No) Creo que... porque..., Dudo que..., No cabe duda que...**

1. Mark McGwire fue el mejor bateador de la historia del béisbol.
2. Michael Jordan fue el mejor jugador de la historia del basquetbol.
3. Bill Clinton aspiró el humo cuando fumó mariguana.
4. O. J. mató a Nicole Brown Simpson y a Ron Goldman.
5. Oswald actuó solo en el asesinato de Kennedy.
6. Madoff estafó (*swindled*) a miles de personas e instituciones.

IV. Forming Complex Sentences

The Relative Pronouns *que* and *quien*

As you progress in your study of Spanish, using relative pronouns (**pronombres relativos**) in your speech and writing will improve your fluency. Compare these two narrations in English.

Dick and Jane are friends. They have a dog. The dog's name is Spot. Spot runs fast.	Dick and Jane, who are friends, have a dog named Spot that runs fast.

As you can see, relative pronouns are important to connect shorter sentences in order to avoid repetition. They help make speech interesting to listen to and give prose richness and variety.

Remember to use **que** for essential information even when referring to people.

1. When you want to describe a person, place, or thing with information that is essential and omitting it would change the meaning of the sentence, you may introduce it with **que** (*that/which/who*).

En los países hispanos, las personas **que estudian inglés** tienen mejores oportunidades de trabajo.	*In Hispanic countries, the people who/that study English have better job opportunities.* (only the people who study English)
Cursé una clase de geografía social **que me interesaba mucho.**	*I took a social geography class which/that interested me a lot.*
El cuadro ganador fue pintado por un niño **que solo tenía cuatro años.**	*The winning painting was painted by a child who/that was only four years old.*

Quien(es) is generally preferred in writing to give nonessential information about people.

2. When you want to give nonessential information in a sentence, you may introduce it with **que** or **quien(es)** for people, and **que** for things. In writing, you must set off the nonessential information with commas. Note that nonessential information may be omitted from a sentence without changing the meaning of the sentence. Compare the following sentences.

La maestra fue con algunos niños a la playa. Los niños, **que/quienes** sabían nadar, se metieron en el agua en cuanto llegaron.	*The teacher went with some kids to the beach. The kids, who knew how to swim, got in the water as soon as they arrived.* (All the kids knew how to swim, all the kids got in the water.)
La maestra fue con algunos niños a la playa. Los niños **que** sabían nadar se metieron en el agua en cuanto llegaron. Los otros hicieron castillos de arena.	*The teacher went with some kids to the beach. The kids who knew how to swim got in the water as soon as they arrived. The others made sand castles.*

ACTIVIDAD 21 Comentarios

Completa estos comentarios que se oyeron en una manifestación en contra del presidente y el Congreso con **que** o **quien(es)**.

1 Los políticos ____________ entienden los problemas económicos votaron en contra de un aumento de sus propios sueldos. Al final perdieron porque hay más congresistas egocéntricos, ____________ se preocupan de sí mismos y no por el bienestar del pueblo. ¡Qué pena!

2 El presidente, ____________ se divorció tres veces, cree que el matrimonio como institución es fundamental. Claro, con tanta práctica...

3 Los senadores ____________ ganaron las elecciones este año recibieron una invitación de la esposa del presidente a una cena de gala. Van a comer como reyes mientras el pueblo se muere de hambre.

4 Todos los políticos del Partido Populista, ____________ votaron en bloque contra la protección del medio ambiente, son unos sinvergüenzas.

5 El presidente invitó a un grupo de congresistas a su despacho e incluyó en ese grupo a los tres congresistas ____________ habían participado en el golpe de estado hace cinco años. ¡Increíble! Estos tres hombres no creen en un gobierno democrático.

6 Josefina Montoya, ____________ es la Malinche de hoy día, dice una cosa durante la campaña y luego hace otra. Basta de mentiras. Basta de corrupción.

ACTIVIDAD 22 Identifica a hispanos famosos

En parejas, túrnense para identificar al mayor número posible de hispanos famosos usando pronombres relativos.

▶ La Malinche es la mujer que ayudó a Cortés a entenderse con los indígenas.

- Carlos Santana
- Isabel Allende
- Alex Rodríguez
- Juan Domingo Perón
- Evo Morales
- Celia Cruz
- Hernán Cortés
- Hugo Chávez
- Cameron Díaz
- Francisco Franco
- Gabriel García Márquez
- Isabel la Católica

ACTIVIDAD 23 ¿Qué es eso?

Parte A: Al llegar a un país nuevo, muchas personas tienen problemas para entender los modismos y expresiones del nuevo idioma. En parejas, una persona es un/a extranjero/a que no entiende algunas cosas que oye en CNN y la otra persona le explica los significados. Usen pronombres relativos en las respuestas. Sigan el modelo.

▶ —Dicen que el candidato de Texas no puede ganar las elecciones porque tiene *baggage*. No entiendo. ¿A quién le importa si tiene maletas o no?

—*Baggage* no significa "maletas" en ese contexto. Significa que el candidato hizo cosas que pueden ser ilegales o que no les van a gustar a los ciudadanos del país.

1. Oí que el partido republicano tuvo un *field day* ayer porque alguien descubrió que una senadora demócrata había recibido sobornos. ¿Significa que pasaron el día en el campo?
2. Luego dijeron que esa senadora le dio una explicación a la prensa, pero muchos la llamaron un *tall story*. ¿Cómo puede ser alto un cuento?
3. Otros comentaron que la senadora iba a salir adelante porque había asistido al *school of hard knocks* y por eso iba a sobrevivir el escándalo. ¿Existe una escuela con ese nombre?
4. Más tarde oí decir que los de la radio le iba a poner su *spin* a la historia. ¿Qué es *spin*?

Parte B: Ahora, cambien de papel.

1. Dijeron en la tele que iban a poner *sound bites* de una pelea entre dos políticos. No es posible que muerdan el sonido, ¿verdad? ¿Lo oí mal?
2. Uno de los políticos llamó a otro un *fuddy-duddy*. No tengo la más remota idea qué significa eso. ¿Sabes tú?
3. Luego dijeron que ese *fuddy-duddy* estaba *ticked off*. No entendí nada.
4. Más tarde dijeron que el *fuddy-duddy* salió en un programa de televisión y que había tenido un *hissy fit*. ¿Se enfermó? ¿Tuvo un ataque de asma?

V. Indicating Cause, Purpose, and Destination

Por and *para*

Remember to use prepositional pronouns after **por** and **para** when needed: **mí, ti, Ud., él/ella, nosotros/as, vosotros/as, Uds., ellos/as.**

Uses of *por*

a. to express *on behalf of, for the sake of,* or *instead of*

Acepto este premio **por** mi padre que murió durante la guerra sucia.	*I accept this award for (on behalf of) my father who died during the Dirty War.*
Debes hacerlo **por** el bienestar común.	*You should do it for (for the sake of) the common good.*
Ayer trabajé **por** mi tío.*	*Yesterday I worked for (instead of) my uncle.*

*Note: Compare this sentence with **Ayer trabajé para mi tío.** Yesterday I worked for my uncle. (He is my boss.)

b. to indicate movement *through* or *by*

Caminé **por** el Congreso.	*I walked through the Congress.*
Pasé **por** el Congreso.	*I went by the Congress.*

c. to express reason or motivation

La congresista va a tomar licencia **por** estar* embarazada.	*The congresswoman is going to take a maternity leave.* (The pregnancy is the reason she is taking her leave.)
Por el golpe de estado en 1973, los chilenos vivieron años de mucha inseguridad.	*Because of the coup d'état in 1973, the Chileans lived years of much insecurity.*

*Note: **Por** and **para** are prepositions; therefore, verbs immediately following them need to be in the infinitive form.

Uses of *para*	
a. to express physical or temporal destination	
Después del terremoto, el gobierno mandó medicinas **para** los damnificados. ⟶X	*After the earthquake, the government sent medicine for the victims.* (physical destination)
El presidente salió **para** la estación de radio e hizo un anuncio.	*The president left for the radio station and made an announcement.* (physical destination)
Deben tener listo el discurso presidencial **para** mañana, ¿verdad?	*They should have the presidential speech ready for tomorrow, right?* (temporal destination)
b. to express purpose	
Ella trabaja como voluntaria en el Congreso **para** adquirir experiencia en la política.	*She works as a volunteer in Congress to have experience in politics.*
Este programa de computación es **para** realizar gráficos tridimensionales.	*This computer program is for making three-dimensional graphs.*
Estudia **para** (ser) diplomática.	*She's studying to be a diplomat.*

After having studied the uses of **por** and **para,** compare the following sentences and analyze the reason for using **por** or **para** in each case.

El presidente sale mañana **para** la zona del desastre.	Va a pasar cinco horas viajando **por** los pueblos más afectados.
Lo va a hacer **para** ayudar a los damnificados.	Lo va a hacer **por** ser su responsabilidad.

ACTIVIDAD 24 Los itinerarios

Elige un itinerario de la primera columna y el lugar de paso lógico de la segunda para formar la ruta completa de cada viaje. Consulta los mapas de este libro si es necesario. Sigue el modelo.

▶ Washington ⟶ Miami / Atlanta

Mañana salgo de Washington **para** Miami y pienso pasar **por** Atlanta.

Inicio del viaje → destino final	Lugar de paso
• Lima → Machu Picchu • Madrid → Barcelona • la Ciudad de México → Acapulco • La Paz → Sucre • Buenos Aires → Salta • Santiago → Viña del Mar • Medellín → Popayán • Guatemala → Chichicastenango	*Taxco* *Córdoba* *Zaragoza* *Valparaíso* *Antigua* *Cali* *Cochabamba* *Cuzco*

ACTIVIDAD 25 Los cacerolazos

Parte A: Lee la historia sobre un tipo de protesta muy popular en Latinoamérica y completa los espacios con **por** o **para.**

En Chile, durante el gobierno de Allende, se empezó un tipo de protesta llamada "el cacerolazo". Espontáneamente, algunas madres de familias salieron de sus casas, caminaron __________ (1) las calles con sus ollas, sartenes y cucharas, y empezaron a hacer ruido __________ (2) estar descontentas con el gobierno __________ (3) la falta general de comida. Los cacerolazos, como los famosos *sit-ins* de los años 60 en los Estados Unidos, son una manera no violenta __________ (4) luchar __________ (5) el bienestar del pueblo.

A través de los años, las cacerolas se convirtieron en símbolo de protesta; hasta se ven cacerolas como iconos en algunas páginas web. Hoy día se anuncian la hora y el lugar de los cacerolazos __________ (6) Internet o muchas veces __________ (7) mensaje de texto __________ (8) obtener una buena difusión.

Parte B: En grupos de tres, hablen de diferentes problemas a nivel internacional, nacional, estatal o local. Digan si saben de algo interesante que hizo la gente de su país como forma de protesta.

Cacerolazo contra el presidente en Venezuela.

ACTIVIDAD 26 Motivos y propósitos

Habla de los motivos y propósitos de cada una de las siguientes situaciones, formando oraciones con una frase de la primera columna y una de la segunda. Debes encontrar dos posibilidades para cada frase de la primera columna: una con **por** para indicar el motivo de la acción y otra con **para** para indicar el propósito.

- La familia llegó a casa tarde, a las nueve, **por** el tráfico que había.
- La familia llegó a casa a las nueve **para** ver su programa de televisión favorito.

Personas y hechos	Motivos y propósitos
1. Romeo y Julieta se suicidaron	a. haber prometido cambios radicales
2. El presidente subió al poder	b. las oportunidades de trabajo que crea
3. César Chávez hizo una huelga de hambre	c. vender sus productos
4. Nike usa en sus anuncios a muchos deportistas	d. estar unidos en la muerte
5. El gobierno norteamericano participa en el Tratado de Libre Comercio (TLC)	e. protestar contra el uso de insecticidas en las huertas
	f. la fama que tienen entre los jóvenes
	g. mejorar la situación económica
	h. los problemas de salud de los campesinos
	i. amor
	j. aumentar las exportaciones a México y Canadá

ACTIVIDAD 27 Debate sobre la pena de muerte

Parte A: La pena de muerte es un tema muy controvertido. Lee las siguientes ideas y completa las que tienen espacio en blanco con **por** o **para**. Luego marca si las oraciones están a favor (AF) o en contra (EC) de la pena de muerte.

	AF	EC
1. La pena de muerte se implementa __________ evitar más asesinatos.	_____	_____
2. La violencia genera violencia.	_____	_____
3. Los asesinos pasan __________ un juicio (*trial*) imparcial antes de ser condenados a muerte.	_____	_____
4. La ejecución es necesaria __________ aliviar el sufrimiento de los familiares de la víctima.	_____	_____
5. __________ miedo a la pena de muerte, los criminales matan menos.	_____	_____
6. __________ el bien de la sociedad, no debe haber pena de muerte. Somos un país civilizado.	_____	_____
7. Es muy costoso darles a los criminales cadena perpetua (*life imprisonment*).	_____	_____
8. Matar al asesino no es una solución __________ los familiares de la víctima.	_____	_____
9. La gente que no tiene dinero __________ contratar a un abogado suele perder el caso.	_____	_____
10. Se puede ejecutar a algunas personas __________ crímenes que no cometieron.	_____	_____

Parte B: Ahora, en grupos de cuatro, dos personas van a debatir a favor de la pena de muerte y dos personas en contra. Pueden usar sus propias ideas y las de la Parte A para defender su postura.

Para debatir

Para estar de acuerdo:	**Para no estar de acuerdo:**	**Para interrumpir:**
Estoy de acuerdo (con lo que dices).	No estoy de acuerdo (con lo que dices).	Pido la palabra. (*May I speak?*)
Seguro.	Lo dudo.	Perdón, pero...
Es verdad/cierto.		Quiero hablar.

Do the corresponding web activities to review the chapter topics.

Vocabulario activo

Verbos para expresar emoción u opinión

alegrarle (a alguien) *to be glad/happy*
darle pena (a alguien) *to feel sorry*
esperar *to hope*
estar contento/a (de) *to be happy*
estar triste (de) *to be sad*
lamentar *to lament, to be sorry*
molestarle (a alguien) *to be bothered/annoyed by*
sentir (ie, i) *to be sorry*
sorprenderle (a alguien) *to be surprised*
temer *to fear*
tener miedo (de) *to be afraid (of)*

Expresiones impersonales para expresar emoción u opinión

es bueno *it's good*
es fantástico *it's great*
es horrible *it's horrible*
es lamentable *it's a shame/lamentable*
es una lástima *it's a pity/shame*
es malo *it's bad*
es maravilloso *it's wonderful*
es una pena *it's a pity/shame*
es raro *it's strange*
es terrible *it's terrible*
es una vergüenza *it's a shame/shameful*
ojalá *I hope*
¡Qué bueno...! *How good . . . !*
¡Qué lástima...! *What a pity/shame . . . !*
¡Qué pena...! *What a pity/shame . . . !*
¡Qué sorpresa...! *What a surprise . . . !*
¡Qué vergüenza...! *How shameful . . . !*

Expresiones para indicar duda

¿creer? *to think/believe?*
dudar *to doubt*
es imposible *it's impossible*
no creer *not to think/believe*
no es cierto *it's not true*
no es evidente *it's not evident*
no es obvio *it's not obvious*
(no) es posible *it's (not) possible*
(no) es probable *it's (not) probable*
no es verdad *it's not true*
no estar seguro/a (de) *not to be sure*
(no) puede ser *it can(not) be*

Expresiones para indicar certeza

creer *to think/believe*
es cierto *it's true*
es evidente *it's evident*
es obvio *it's obvious*
es seguro *it's certain*
es verdad *it's true*
está claro *it's clear*
estar seguro/a (de) *to be sure*
no cabe duda (de) *there is no doubt*

Palabras relacionadas con la política

abusar *to abuse*
el abuso *abuse*
el activismo *activism*
el acuerdo *agreement/pact*
  estar de acuerdo *to be in agreement*
  llegar a un acuerdo *to reach an agreement*
la amenaza *threat*
amenazar *to threaten*
apoyar *to support*
el apoyo *support*
el asunto político/económico *political/economic issue*
el bienestar común *the common good*
la campaña electoral *political campaign*
la censura *censorship*
censurado/a *censored*
censurar *to censor*
el compromiso *commitment*
la corrupción *corruption*
la democracia *democracy*
democrático/a *democratic*
los desaparecidos *missing people*
la desigualdad *inequality*
el/la dictador/a *dictator*
la dictadura *dictatorship*
la eficiencia *efficiency*
la estabilidad *stability*
el golpe de estado *coup d'état*
la huelga *strike*
la igualdad *equality*
la ineficiencia *inefficiency*
la inestabilidad *instability*
la influencia *influence*
influir en *to influence (something)*
la inversión *investment*
invertir (ie, i) *to invest*
la junta militar *military junta*
la libertad de palabra/prensa *freedom of speech/the press*
la manifestación *demonstration*
el paro *work stoppage*
el partido demócrata *Democratic party*
el partido republicano *Republican party*
la política *politics*
el político / la mujer política *politician*
la protección *protection*
proteger *to protect*
la protesta *protest*
protestar *to protest*
el pueblo *the people*
el respeto a / la violación de los derechos humanos *respect for / violation of human rights*
el soborno *bribe*
el suceso; los sucesos del momento *the event; current events*

Expresiones útiles

el/la ayudante de cátedra *teaching assistant*
la beca *scholarship*
Lo dudo. *I doubt it.*
quién diría *who would have said/thought*
salirse con la suya *to get his/her way*
(No) Estoy de acuerdo (con lo que dices). *I (don't) agree (with what you say).*
Perdón, pero... *Excuse me, but . . .*
Pido la palabra. *May I speak?*
Quiero hablar. *I want to speak.*
Seguro. *Sure.*

Más allá

Canción: "Desapariciones"

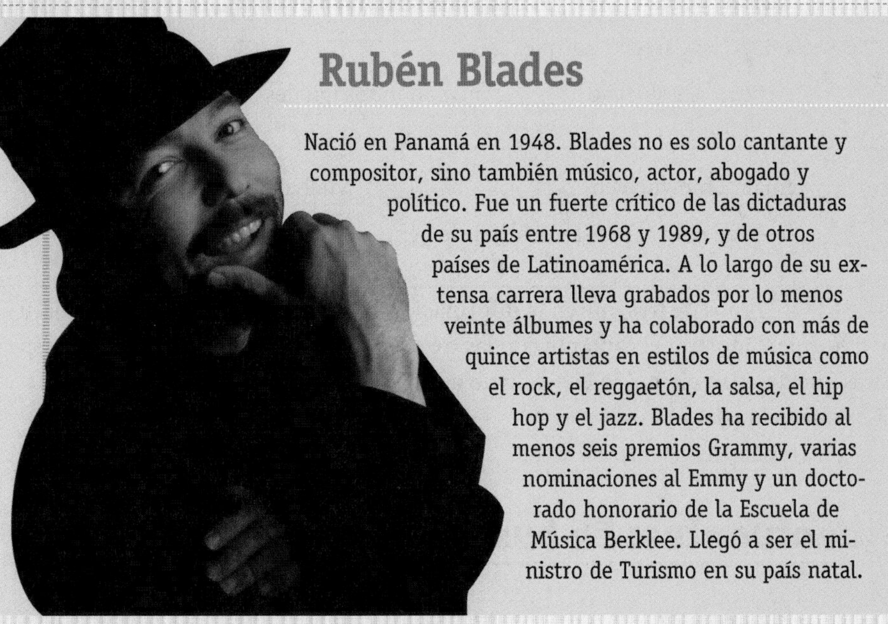

Rubén Blades

Nació en Panamá en 1948. Blades no es solo cantante y compositor, sino también músico, actor, abogado y político. Fue un fuerte crítico de las dictaduras de su país entre 1968 y 1989, y de otros países de Latinoamérica. A lo largo de su extensa carrera lleva grabados por lo menos veinte álbumes y ha colaborado con más de quince artistas en estilos de música como el rock, el reggaetón, la salsa, el hip hop y el jazz. Blades ha recibido al menos seis premios Grammy, varias nominaciones al Emmy y un doctorado honorario de la Escuela de Música Berklee. Llegó a ser el ministro de Turismo en su país natal.

ACTIVIDAD ¿Quiénes desaparecieron?

Parte A: Antes de escuchar la canción, mira el título y di qué aprendiste en este capítulo sobre los desaparecidos. Explica quiénes eran, por qué se los llama así, por qué desaparecieron y en qué país/es ocurrió esto.

Parte B: Escucha la canción y completa los seis puntos siguientes. Recuerda leer cada punto con cuidado antes de escuchar la canción.

1. En la primera parte de la canción, diferentes personas hablan del familiar que desapareció en cada caso.

Desaparecido	Parentesco del desaparecido	Cuándo desapareció	Por qué desapareció
No. 1			X
No. 2			X
No. 3			
No. 4		X	

2. Escribe cuatro de los muchos ruidos que escuchó el hombre anoche en la calle.

____________ ____________ ____________ ____________

3. A pesar de los ruidos la gente no salió a la calle porque...

______ tenía miedo ______ miraba una telenovela ______ llovía

(Continúa en la página siguiente.)

4. Se puede buscar a los desaparecidos en...

   ______ los hospitales ______ centros de detención ______ el agua

5. Las personas desaparecen porque....

   ______ critican al gobierno ______ no son todos iguales ______ ponen bombas

6. Los desaparecidos...

   ______ finalmente vuelven ______ vuelven muertos

   ______ vuelven solo al pensamiento de la gente

Parte C: En grupos de tres, miren la información que anotaron en la Parte B y discutan qué quiere mostrar el cantante con las tres partes de la canción (las personas específicas que desaparecieron, lo que ocurrió anoche y las preguntas y respuestas sobre los desaparecidos).

Videofuentes: *En busca de la verdad*

Antes de ver

Mercedes Meroño, vicepresidenta de Madres de Plaza de Mayo.

ACTIVIDAD 1 ¿Qué recuerdas?

Antes de ver un video sobre algo que ocurrió durante la dictadura militar en Argentina entre 1976 y 1983, hablen en grupos de tres sobre lo que saben de las siguientes ideas.

- los desaparecidos de Chile y el general Pinochet
- Sting y los derechos humanos
- los desaparecidos de Argentina y las Madres de Plaza de Mayo

Mientras ves

ACTIVIDAD 2 Los desaparecidos

Lee las siguientes preguntas y luego, para contestarlas, mira el video sobre los desaparecidos, hasta donde Horacio empieza a hablar de sus padres.

1. ¿Cuántas personas desaparecieron en Argentina?
2. ¿Qué les ocurrió a los desaparecidos? ¿Y a sus hijos?
3. ¿Cuáles fueron los grupos de protesta que se formaron y cuáles eran sus objetivos?

ACTIVIDAD 3 La historia de Horacio

Ahora lee las siguientes ideas y luego mira el resto del video para escuchar la historia de Horacio.

1. qué hace Horacio
2. quiénes eran sus padres y qué les ocurrió
3. cómo llegó Horacio a su nueva familia
4. cómo descubrió su verdadera identidad
5. por qué es importante no olvidar lo que ocurrió

Horacio Pietragalla Corti describe a su familia.

Después de ver

ACTIVIDAD 4 Nunca más

En grupos de tres, discutan las siguientes preguntas sobre los derechos humanos. Usen expresiones como: **Dudo que... haya..., Creo que..., Es terrible que...**

1. ¿Conocen otros países donde hubo o hay hoy día violaciones de derechos humanos? ¿El mundo hizo o hace algo para detenerlas? ¿Alguien hizo o hace algo para juzgar a los culpables?
2. ¿Alguna vez ha violado el gobierno de este país los derechos humanos de sus ciudadanos? ¿Y de los ciudadanos de otros países? Si contestan que sí, ¿el mundo hizo algo para detenerlo? ¿Alguien hizo algo para juzgar a los culpables? ¿Cómo reaccionaron los ciudadanos del país?
3. ¿Qué creen que se pueda hacer para que los gobiernos del mundo respeten los derechos humanos? Mencionen por lo menos cuatro ideas.

Proyecto: Una viñeta política

Busca en Internet dos viñetas políticas de uno de los siguientes humoristas gráficos hispanos y luego contesta las preguntas que se presentan. Entrégale al/a la profesor/a las viñetas que seleccionaste y las respuestas a las preguntas.

- Lalo Alcaraz (mexicoamericano)
- Quino (argentino)
- Allan McDonald (hondureño)

1. ¿Qué ocurre en la escena? ¿Qué crítica hace el humorista? ¿Qué quiere que el lector comprenda?
2. ¿Qué lamenta el humorista? ¿Qué le molesta? ¿Qué espera que ocurra? Empieza tus respuestas con **El humorista lamenta que..., A él le molesta que..., Espera que...**

Nuestro medio ambiente

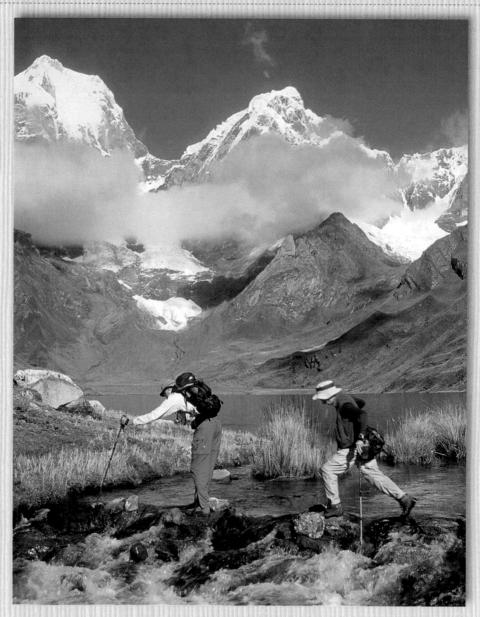

Grupo de ecoturistas cruzan la laguna Carhuacocha, Perú.

METAS COMUNICATIVAS

- afirmar y negar
- describir lo que uno busca
- evitar la redundancia
- describir acciones que van a ocurrir
- hablar del medio ambiente y del turismo de aventura

Unas vacaciones diferentes

 *Ecoturismo*

¡Ya sé!	I've got it!
algo así	something like that
desde luego	of course

Mujeres quichuas preparan terrazas de cultivo en Latacunga, Ecuador.

ACTIVIDAD 1 Viajando se aprende

Parte A: Antes de escuchar la conversación, menciona los tres últimos lugares adonde fuiste de vacaciones, di qué hiciste en cada viaje y cómo lo pasaste.

Parte B: Ahora vas a escuchar una conversación en la cual María José habla con Pablo sobre sus próximas vacaciones. Primero lee las siguientes oraciones y luego, mientras escuchas, marca si son ciertas (**C**) o falsas (**F**).

1. ______ María José no conoce muchos lugares.
2. ______ Ella quiere ir a un lugar donde pueda visitar catedrales.
3. ______ El verano pasado estuvo en Venezuela.
4. ______ Un amigo de Pablo estuvo en Ecuador.
5. ______ A María José no le interesa ir a Ecuador.

ACTIVIDAD 2 Los detalles

Primero, lee las siguientes preguntas y después escucha la conversación otra vez para contestarlas.

1. ¿Qué grupo indígena vive en Capirona, Ecuador?
2. ¿En qué consiste el programa que organizan?
3. ¿Qué es una minga?
4. ¿Cómo se llega al pueblo?
5. ¿Por qué crees que le interese este viaje a María José?

ACTIVIDAD 3 Opiniones

En grupos de tres, discutan qué es lo peligroso, lo divertido y lo beneficioso de hacer un viaje de ese tipo.

Para más información: www.volunteerabroad.com y www.ecotourism.org

¿Lo sabían?

La toma de conciencia por el medio ambiente ha despertado interés por hacer viajes que incluyan más que una semana en la playa. Por eso hay muchas organizaciones que preparan grupos para viajar a regiones del mundo donde se necesita ayuda. Una de ellas es "Amigos de las Américas", que recluta a gente para trabajar en proyectos en pueblos rurales de América Latina. Hoy día, también hay numerosos lugares que son frecuentados por ecoturistas. Entre ellos están: las Islas Galápagos de Ecuador para ver la flora y fauna, el Parque Tayrona en Colombia para explorar la selva, la laguna de Scammon en México para ver ballenas y los glaciares de la Patagonia en Argentina.

¿Tu universidad ofrece estos tipos de viajes?

Parque Nacional Natural Tayrona, Colombia.

I. Discussing Adventure Travel and the Environment

A El equipaje

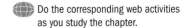

Do the corresponding web activities as you study the chapter.

El blog de Sara

Para ver fotos, haz clic

Mis Links

Camino del Inca

Machu Picchu

Ecoturismo

Cuzco

Iquitos

Amazonas en peligro

Selva negra

Mi padre y yo llegamos hace unos días de hacer el Camino del Inca que termina en Machu Picchu. Estamos agotados, pero valió la pena hacerlo. Fue increíble. Pisamos las mismas piedras y cruzamos los mismos puentes que construyeron los incas antes de la llegada de los españoles. Para los que quieran hacer este viaje de tres días y medio por las montañas de Perú, recuerden que hay que estar en buen estado físico, pero por suerte los porteadores (asistentes) cargan **las tiendas de campaña** y **las mochilas.** No se preocupen por comprar **mapa** topográfico porque un guía siempre acompaña al grupo. Lo fundamental para llevar es **saco de dormir, linterna** (con **pilas cargadas**), **repelente contra insectos** y—siempre viene bien—**una navaja suiza.** También un buen **protector solar** es esencial porque a esas alturas el sol es peligroso. Y fundamental para este viaje es una buena cámara con **la batería cargada** porque se van a querer pegar un tiro si no pueden sacar fotos del espectáculo maravilloso que van a ver.

tents
backpacks; map
sleeping bag
flashlight; charged batteries (AA, AAA);
insect repellent; Swiss army knife;
sunscreen
charged battery (cell phone, camera)

B Deportes

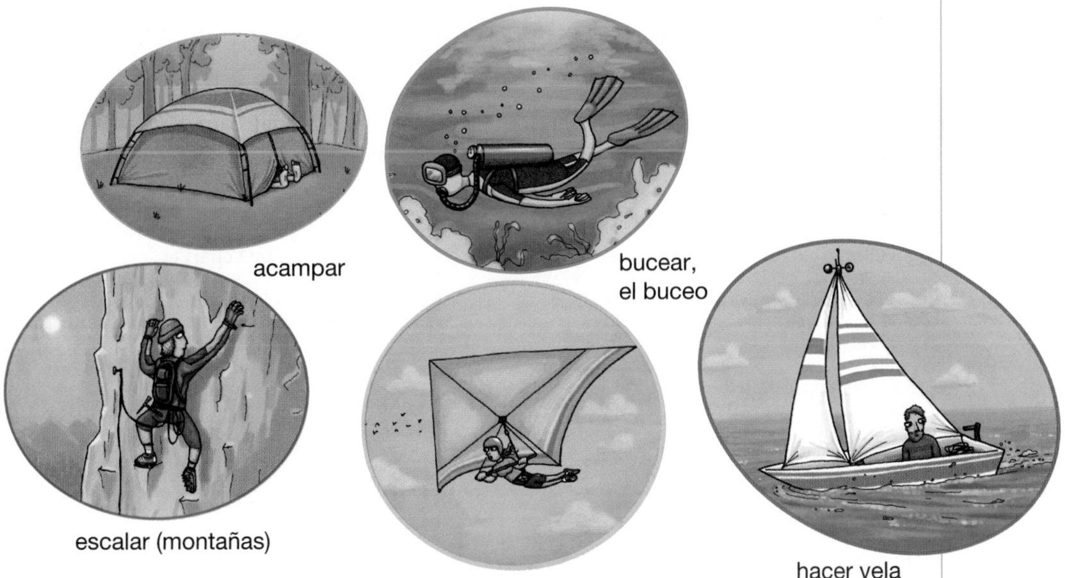

acampar

bucear, el buceo

escalar (montañas)

hacer alas delta

hacer vela

You may also see the word **piragua** for *kayak*.

hacer rafting = hacer navegación de rápidos (*Costa Rica*)

Many sports that have become popular in recent years take their names from English. These words may change in the future and already vary in use from one country to another. The words presented here are the most common.

Otros deportes	
hacer	
una caminata	to go for a walk/hike
esquí nórdico/alpino/acuático	to cross country/downhill/water ski
kayak	
rafting	
senderismo/trekking	to hike
snorkel	
snowboard	
surf	
montar	
a caballo	to ride a horse
en bicicleta de montaña	

 *El reciclaje*

For basic words related to the environment, see Appendix G.

contaminación = **polución**, but the former is preferable.

C El medio ambiente

la agricultura sostenible	sustainable agriculture
los cambios climáticos	climate changes
la contaminación, contaminante, contaminar	pollution, contaminating, to contaminate/pollute
los desechos, desechable, desechar	rubbish, disposable, to throw away
el desperdicio, desperdiciar	waste, to waste
la destrucción, destruir	destruction, to destroy
el equilibrio/desequilibrio	balance/imbalance
la extinción, extinguirse	extinction, to become extinct
las fuentes de energía renovable	sources of renewable energy
la huella ecológica	ecological footprint
la preservación, preservar	
la protección, proteger	
recargable, el cargador (solar)	rechargeable, (solar) charger
los recursos naturales	natural resources
reducir	
la restricción, restringir	

ACTIVIDAD 4 Los viajes

En grupos de tres, hagan una lista de cosas que se necesitan para hacer las siguientes actividades y compártanla con la clase.

1. acampar un fin de semana
2. una caminata de un día
3. un viaje de una semana por la selva
4. un viaje en bicicleta de 15 días

ACTIVIDAD 5 Categorías

En grupos de tres, túrnense para nombrar por lo menos cuatro deportes que pertenecen a las siguientes categorías. Incluyan palabras del vocabulario y otras que sepan.

1. deportes acuáticos
2. deportes en los cuales los participantes usan zapatos especiales
3. deportes que se practican en el aire
4. deportes que se practican cuando hace frío
5. deportes que se practican cuando hace calor
6. deportes baratos
7. deportes caros

Iquitos, Perú.

ACTIVIDAD 6 Deportes peligrosos

Parte A: En grupos de tres, discutan las siguientes preguntas.

1. ¿Practican algún deporte peligroso?
2. ¿Qué deportes peligrosos se pueden practicar en la ciudad donde viven o cerca de allí?
3. ¿Por qué creen que algunas personas disfrutan de los deportes peligrosos como escalar montañas o bucear en cuevas del Caribe?

Parte B: Hay gente que dice que todos los deportes son peligrosos. Cuente cada uno un accidente que tuvo mientras practicaba un deporte. Si no tuvieron ninguno, hablen de un accidente que tuvo alguien que conozcan.

ACTIVIDAD 7 Cuidemos el mundo en que vivimos

En grupos de tres, discutan las siguientes preguntas.

1. ¿Qué factores contribuyen a los cambios climáticos que se están viendo en nuestro planeta hoy día? ¿Qué productos destruyen la capa de ozono y cuáles no la contaminan?
2. ¿Cuántos animales que están en peligro de extinción pueden nombrar? ¿Por qué están en peligro? ¿Podemos hacer algo para detener su extinción?
3. ¿Qué se puede usar en los carros en lugar de gasolina? ¿Creen Uds. que los países deben tener restricciones en el nivel de emisiones tóxicas que producen los carros? ¿Por qué?

ACTIVIDAD 8 Los recursos naturales

Parte A: Lee lo que dice una venezolana sobre los recursos naturales de Latinoamérica y explica de qué manera no intencional recicla la gente.

Fuente hispana

"En muchos países latinoamericanos se usan menos recursos naturales que en países como los Estados Unidos porque la gente, que en general tiene menos dinero, compra menos y por lo tanto consume menos. Esto incluye la compra de comida, de ropa, de objetos de diversión y recreación, como música, artículos de deportes, etc., y también energía. Mucha gente consume menos gasolina porque usa el transporte público o tiene carros pequeños que consumen menos. Y cuando algo se rompe, como un televisor, un microondas o un secador de pelo, conviene llevarlo a arreglar ya que la mano de obra para arreglarlo es mucho más barata que el valor del producto nuevo. Entonces en Latinoamérica muchas veces se recicla no necesariamente de manera consciente, sino porque resulta más práctico y económico y así al consumir menos, logran conservar más." ■

Parte B: Ahora, en grupos de tres, preparen por lo menos cinco recomendaciones para hacerle a la clase sobre qué puede hacer cada uno en su vida diaria para consumir menos recursos naturales y reducir su huella ecológica. Miren la lista de ideas que se presenta abajo y al hablar, usen expresiones como: **Les recomendamos que..., Les aconsejamos que...**

► Les recomendamos que vayan menos a las tiendas para no ver tantas cosas atractivas y así comprar menos cosas innecesarias.

- cosas que se compran todos los días
- cantidad de plástico/papel que se usa para empacar las cosas
- gas/electricidad/agua/gasolina
- cantidad de comida que se compra
- compras innecesarias
- productos desechables
- compra de libros versus biblioteca
- uso innecesario del carro
- comerciales en la tele, el periódico y la radio
- propaganda por correo (catálogos, ofertas del supermercado, etc.)

ACTIVIDAD 9 Ecoturismo, ¿peligro o no?

Parte A: Lee las siguientes oraciones y marca tu opinión usando esta escala:

a = estoy seguro/a **b** = es posible **c** = no lo creo

1. _____ La sola presencia del ser humano destruye el medio ambiente.
2. _____ Para llegar a lugares remotos hay que usar medios de transporte que contaminan el medio ambiente.
3. _____ Para tomar conciencia del valor de la naturaleza, hay que ver las zonas remotas y vírgenes con nuestros propios ojos.
4. _____ El dinero que gastan los turistas se puede usar para la preservación de las áreas silvestres.
5. _____ Después de hacer un viaje de ecoturismo, los participantes tienen un papel más activo en el movimiento verde: reciclan más, compran productos que contaminan menos e intentan cambiar las leyes de su país para proteger el medio ambiente.
6. _____ Los controles de un gobierno nunca van a ser suficientemente estrictos para controlar los problemas que puede traer el ecoturismo.
7. _____ El contacto con los turistas cambia para siempre la vida de las personas de una región.
8. _____ Los ecoturistas nunca tiran basura ni hacen nada para destruir el lugar que visitan.
9. _____ La presencia constante de grupos de turistas no es natural y por eso, crea un desequilibrio en el área.

Héctor Ceballos Lascuráin, creador del término ***ecoturismo***

Parte B: Algunos creen que el ecoturismo es beneficioso porque así la gente aprende a apreciar y preservar la naturaleza. Otros creen que el mismo ecoturismo ayuda a destruir el medio ambiente. Formen grupos de cuatro, con dos a favor y dos en contra, y preparen un debate sobre este tema. Pueden usar las ideas mencionadas en la Parte A y expandirlas e inventar otras razones para apoyar su postura. Al debatir usen las siguientes expresiones.

Para debatir

Para estar de acuerdo:	Para no estar de acuerdo:	Para interrumpir:
Tienes razón.	No estoy de acuerdo del todo.	¿Me dejas hablar?
Sin duda alguna. (*Without a doubt.*)	No me termina de convencer. (*I'm not totally convinced.*)	Ahora me toca a mí. (*Now it is my turn.*)
Opino como tú.	De ningún modo. (*No way.*)	Un momento.

II. Affirming and Negating

In this section you will review commonly used affirmative and negative expressions, and specifically how negative expressions are used.

1. Here is a list of common affirmative and negative expressions.

Affirmative Expressions	Negative Expressions
todo everything **algo** something	**nada** nothing, (not) anything
todos/as everyone **todo el mundo** everyone **muchas/pocas personas** many/few people **alguien** someone	**nadie** no one
siempre always **muchas veces** many times **con frecuencia / a menudo** frequently **a veces** sometimes **una vez** once	**nunca / jamás** never

2. Two common ways to create sentences with negative expressions in Spanish are:

Remember: If you use **no** before the verb, use a negative word after the verb.

no + *verb* + *negative word*
negative word + *verb*

—¿Te ayudó la Sra. López?	*Did Mrs. López help you?*
—¿Ayudarme? Esa mujer **no** me **ayuda jamás.** / Esa mujer **jamás** me **ayuda.**	*Help me? That woman doesn't ever help me / never helps me.*
—¿Quiénes fueron a la reunión de negocios?	*Who went to the business meeting?*
—**No fue nadie.** / **Nadie fue.**	*Nobody went.*
—¿Funciona?	*Does it work?*
—No, **no funciona nada** en esta oficina. / No, **nada funciona.***	*No, nothing works in this office.*

***Note: Nada** can only precede the verb when it is the subject.

3. When **nadie** and **alguien** are direct objects, they must be preceded by the *personal* **a**. Compare:

Direct object (needs personal *a*)	Subject
—¿Viste **a alguien**?	—¿**Alguien** te vio?
—**No, no** vi **a nadie.**	—No, **nadie** me vio. / No, no me vio **nadie**.

4. To talk about indefinite quantity in affirmative sentences and questions, use the following adjectives and pronouns.

Affirmative Adjectives	Affirmative Pronouns
algún/alguna/algunos/ algunas + *noun*	**alguno/alguna/algunos/ algunas**

—Hay **algunos sacos de dormir** en rebaja en la tienda Sierra y quiero comprar uno.
There are some sleeping bags on sale at the Sierra store and I want to buy one.

—¡Yo también! ¿Sabes si hay **alguna** cerca de mi casa?
Me too! Do you know if there is one (referring to the store) near my house?

5. To talk about indefinite quantity in negative sentences, use the following adjectives and pronouns.

Negative Adjectives	Negative Pronouns
ningún/ninguna + *singular noun*	**ninguno/a**

—**No** hay **ningún centro de reciclaje** en mi barrio.
There aren't any recycling centers in my neighborhood.

—Es verdad. **No** hay **ninguno.**
That's true. There aren't any.

6. It is common to use the pronouns **ninguno** and **ninguna** with a prepositional phrase beginning with **de: Ninguno de mis amigos** recicla.

The plural form **ningunos/as** is seldom used except with plural nouns such as **pantalones** and **tijeras** (*scissors*): No tengo **ningunos pantalones** limpios.

ACTIVIDAD 10 Conversaciones ecológicas

Parte A: Completa las siguientes conversaciones relacionadas con la ecología usando palabras afirmativas o negativas.

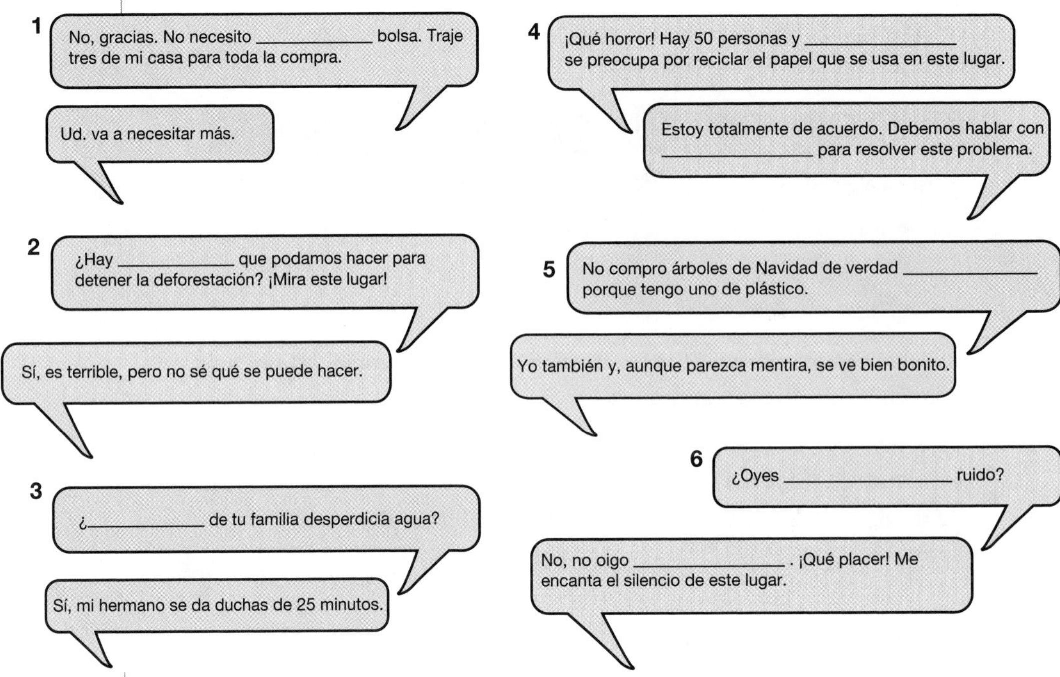

1
No, gracias. No necesito ____________ bolsa. Traje tres de mi casa para toda la compra.
Ud. va a necesitar más.
2
¿Hay ____________ que podamos hacer para detener la deforestación? ¡Mira este lugar!
Sí, es terrible, pero no sé qué se puede hacer.
3
¿____________ de tu familia desperdicia agua?
Sí, mi hermano se da duchas de 25 minutos.
4
¡Qué horror! Hay 50 personas y ____________ se preocupa por reciclar el papel que se usa en este lugar.
Estoy totalmente de acuerdo. Debemos hablar con ____________ para resolver este problema.
5
No compro árboles de Navidad de verdad ____________ porque tengo uno de plástico.
Yo también y, aunque parezca mentira, se ve bien bonito.
6
¿Oyes ____________ ruido?
No, no oigo ____________. ¡Qué placer! Me encanta el silencio de este lugar.

Parte B: Ahora, en parejas, digan dónde creen que tiene lugar cada conversación y de qué se habla. Usen oraciones como: **Es posible que ellos estén en... y creo que están hablando sobre...**

ACTIVIDAD 11 ¿Con qué frecuencia?

Parte A: En parejas, túrnense para averiguar y marcar en la tabla con qué frecuencia hace su compañero/a las siguientes actividades. Sigan el modelo.

► —¿Con qué frecuencia montas en bicicleta?

—Monto en bicicleta a veces.

	jamás	a veces	a menudo
1. montar en bicicleta	❑	❑	❑
2. comprar verduras orgánicas	❑	❑	❑
3. hacer deportes que no contaminan	❑	❑	❑
4. usar transporte público	❑	❑	❑
5. vestirse con ropa de algodón orgánico y/o de bambú	❑	❑	❑
6. reciclar latas (*cans*) de bebidas	❑	❑	❑
7. hacer ecoturismo	❑	❑	❑
8. contribuir con dinero a organizaciones que protegen el medio ambiente	❑	❑	❑

Parte B: Repitan la actividad, pero ahora con referencia a sus años de la escuela secundaria.

ACTIVIDAD 12 ¿Conoces a tu compañero?

Parte A: Escojan un/a compañero/a y luego, sin consultar con esa persona, marquen las cosas de la siguiente lista que creen que tiene en la habitación o apartamento.

❑ cestos para reciclar	❑ pósteres de animales en peligro de extinción
❑ plantas	❑ guías de turismo
❑ cuadros de arte moderno	❑ fotos de su familia
❑ ositos de peluche (*teddy bears*)	❑ DVDs de películas de acción

Parte B: Ahora, hablen con su compañero/a para confirmar sus predicciones. Sigan el modelo.

▶ —Creo que tienes algunos cestos para reciclar.

—Es verdad, tengo dos: uno para papel y otro para latas de gaseosas.

—Te equivocas, no tengo ninguno. / No tengo ningún cesto para reciclar.

ACTIVIDAD 13 ¿Cómo es tu familia?

En parejas, usen la siguiente lista de ocupaciones para averiguar sobre la familia de su compañero/a. Sigan el modelo.

▶

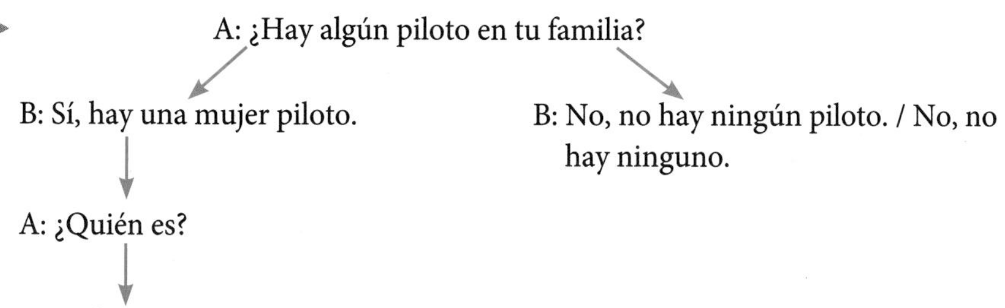

A: ¿Hay algún piloto en tu familia?
B: Sí, hay una mujer piloto.
B: No, no hay ningún piloto. / No, no hay ninguno.
A: ¿Quién es?
B: Mi hermana y trabaja para Mexicana.

1. vendedor
2. enfermero
3. plomero
4. artista
5. político
6. arquitecto
7. cartero
8. ecologista
9. carpintero
10. camarero

plomero = **fontanero** (*España*)

III. Describing What One Is Looking For

The Subjunctive in Adjective Clauses

1. As you have already learned, the subjunctive can be used in sentences to express influence, emotion, doubt, and denial. Additionally it can be used to describe persons, animals, or things that you are looking for or want but you don't know if they exist. Study the following examples.

May or May Not Exist Present Subjunctive	**Exists** Indicative
Buscamos una persona **que organice** programas de reciclaje.* *We are looking for someone who organizes recycling programs.* (There may or may not be such a person.)	Buscamos a la persona **que organiza** programas de reciclaje aquí. *We are looking for the person who organizes recycling programs here.* (We know this person exists.)
Tengo que encontrar un abogado **que haya estudiado** derecho ambiental.* *I have to find a lawyer who has studied environmental law.* (Might exist, might find one.)	Conozco a un abogado **que estudió** derecho ambiental. *I know a lawyer who studied environmental law.* (Exists, I could introduce you to him.)
Buscamos un lugar **donde no haya** mucha contaminación. *We are looking for a place where there isn't much pollution.* (Might exist, we might find it.)	Sabemos de un lugar **donde no hay** mucha contaminación. *We know of a place where there isn't much pollution.* (Exists, we can take you there.)

Notice that sometimes you must use **donde** instead of **que** to talk about places. This use parallels English.

***Note:** When describing a person that you are looking for or want and that may or may not exist, the *personal* **a** is not used (compare the first two sets of sentences in each column) unless you use the word **alguien: Buscamos a alguien que haya reducido su huella ecológica.**

2. The subjunctive is also used when emphatically describing something that, according to the speaker, does not exist. Compare the following constructions.

Making a statement	Making an emphatic statement <u>no</u> + *verb* + *negative word* + <u>que</u> + *subjunctive*
Nadie me entiende en mi familia.	**No hay nadie que me entienda** en mi familia.
Ningún profesor da poca tarea.	**No hay ningún profesor que dé** poca tarea.
Nadie me cae bien.	**No encuentro a nadie que me caiga** bien.*

*__Note:__ Use the *personal* **a** before **nadie** when it is a direct object.

Remember: never use the *personal* **a** after **hay**.

ACTIVIDAD 14 El medio ambiente

Parte A: Mira la siguiente información y di qué se necesita hacer para proteger el medio ambiente. Usa frases como: **Necesitamos..., Se necesita/n..., Queremos tener...** Sigue el modelo.

▶ personas / recoger / basura de la calle

Se necesitan personas que recojan basura de la calle.

¡REMUEVA!
¡CORTE!
¡PÓNGALO EN EL BOTE!
RECICLE SU ARBOLITO DE NAVIDAD
CIUDAD DE LOS ANGELES DEPARTAMENTO DE OBRAS PÚBLICAS BURÓ DE SANEAMIENTO

1. fábricas / no tirar / desechos a los ríos
2. más científicos / hacer / estudios para encontrar fuentes de energía renovable
3. más organizaciones / proteger / las especies de animales que están en peligro de extinción
4. alcaldes / construir / zonas verdes en las ciudades
5. carros / emitir / menos gases tóxicos
6. compañías / construir / paneles de energía solar baratos para las casas
7. supermercados / no envolver / muchos productos con plástico
8. gente / no desperdiciar / recursos naturales

Parte B: En grupos de tres, organicen las ideas anteriores de la más importante a la menos importante. Estén listos para justificar el orden que han elegido. Usen expresiones como: **Lo más importante es que..., También es importante que...**

ACTIVIDAD 15 El lugar ideal

Parte A: En el mundo hay una gran variedad de lugares para vivir. Mira la siguiente lista y marca con una X las tres características más importantes para ti.

❑ nevar mucho/poco	❑ tener temperaturas moderadas
❑ estar cerca de las montañas	❑ estar cerca del agua
❑ ser posible comprar comida de huertas con agricultura sostenible	❑ ser un centro urbano con un buen sistema de transporte público
❑ haber muchas/pocas actividades culturales	❑ no haber fábricas que contaminen
❑ estar en el campo	❑ tener buenas escuelas
❑ convivir gente de diferentes razas y culturas	❑ existir programas para reducir, reutilizar y reciclar
❑ ser un lugar tranquilo	❑ haber poca delincuencia

Parte B: En parejas, díganle a su compañero/a las características que buscan Uds. en un lugar para vivir. Usen expresiones como: **Busco un lugar que/donde..., Quiero vivir en un lugar que/donde...** Después, digan si conocen un lugar que tenga esas características. Usen (**No**) **Conozco un lugar que/donde...**

¿Lo sabían?

- Cada año, Suramérica pierde el 1% de los bosques.
- En el sur de Chile hay conejos con cataratas y ovejas con córneas inflamadas, posiblemente por el agujero en la capa de ozono.
- La urbanización de América Latina crece más rápidamente que en ninguna otra parte del mundo. En la actualidad el 78% de la población vive en zonas urbanas.
- En América Latina se encuentra el 40% de todas las especies de los bosques tropicales del mundo.
- Centroamérica, con solo el 0,5% de la superficie emergida (*land*) del planeta, tiene el 7% de la biodiversidad del planeta.
- Colombia tiene el 10% de las especies de flora y fauna del mundo.

¿Sabes qué animales de tu país están en peligro de extinción? ¿Hay un lugar donde la deforestación sea un problema? Si contestas que sí, ¿dónde?

ACTIVIDAD 16 ¿Qué piensas?

Parte A: Completa estas ideas sobre tu universidad con la forma correcta del verbo indicado. Después, marca con una X las oraciones con las que estás de acuerdo y con una O aquellas con las que no estás de acuerdo.

1. ____ No hay ninguna facultad que ________________ profesores sobresalientes. (tener)
2. ____ No hay ninguna cafetería en esta universidad que ________________ buena comida. (servir)
3. ____ No conozco a ningún profesor que ________________ tarde a clase. (llegar)
4. ____ No hay ningún profesor que ________________ exámenes finales fáciles. (dar)
5. ____ No hay nadie en esta universidad que ________________ en los exámenes. (copiar)
6. ____ No hay ningún estudiante que ________________ estudiar muchas horas por día. (querer)
7. ____ No hay ninguna facultad que ________________ una huella ecológica baja. (tener)

Parte B: En grupos de tres, compartan y justifiquen sus opiniones. Usen expresiones como: **(No) es verdad que..., Es obvio que..., Es posible que...**

ACTIVIDAD 17 Una encuesta

Parte A: Usa la siguiente información para hacerles preguntas a tus compañeros. Escribe solo los nombres de los que contesten que sí.

▶ —¿Apagas las luces al salir de tu habitación?

—Sí, las apago. —No, no las apago.

Nombre	
1. ________________	reciclar papel
2. ________________	tener un carro híbrido
3. ________________	usar pilas recargables
4. ________________	no desperdiciar agua al ducharse
5. ________________	comprar bombillas de luz de bajo consumo
6. ________________	ser miembro de un grupo ecológico como Greenpeace
7. ________________	no comprar agua en botellas de plástico
8. ________________	consumir comida orgánica y local

Greenpeace en España

Parte B: En parejas, túrnense para averiguar si su compañero/a tiene a alguien en su lista que haga las actividades de la Parte A.

▶ —¿Hay alguien en tu lista que apague las luces?

—Sí, Cindy las apaga. ¿Y tú? ¿Hay alguien en tu lista que...?

—No, no hay nadie que las apague. ¿Y tú? ¿Hay alguien en tu lista que...?

Ecuador recicla.

ACTIVIDAD 18 ¿Conoces a alguien que...?

En parejas, túrnense para decir si conocen a alguien que haya hecho las siguientes actividades. Sigan el modelo.

▶ A: ¿Conoces a alguien que haya nadado en el río Amazonas?

B: No, no conozco a nadie que haya nadado en el Amazonas.

B: Sí, conozco a alguien.

A: ¿Quién es y cuándo lo hizo?

B: Mi hermano nadó en el Amazonas el año pasado.

1. ver pingüinos en la Patagonia
2. escalar los Andes
3. hacer rafting
4. ver una película de esquí de Warren Miller
5. cruzar el Atlántico en barco
6. hacer alas delta
7. saltar con una cuerda bungee
8. hacer una caminata de ocho horas

ACTIVIDAD 19 Un lugar de vacaciones

En parejas, una persona quiere ir de vacaciones y llama a una agencia de viajes para que le recomienden un lugar. El/La agente de viajes le da algunas sugerencias. Lea cada uno un papel y luego mantengan una conversación telefónica.

Cliente/a

Estas son algunas de las características que buscas en un lugar de vacaciones: al lado del mar, tranquilo, económico, temperatura no mayor de 30 grados. Usa expresiones como: **Busco un lugar que..., Quiero un lugar donde...**

30 grados centígrados = 86 Fahrenheit

Agente de viajes

Averigua qué tipo de lugar busca el/la cliente/a y luego recomiéndale y descríbele uno de los siguientes lugares. Usa expresiones como: **Le recomiendo que..., Le aconsejo que..., Este lugar es...**

Isla Margarita, Venezuela:
Parque nacional, con muchos pájaros, aguas tranquilas
Clima agradable, vientos suaves
Hoteles: $, $$

Isla Contoy, México:
Santuario de pájaros (especialmente pelícanos)
Snorkel
Clima agradable, vientos suaves
Hoteles: $

Acapulco, México:
Vida nocturna, deportes acuáticos de todo tipo, pesca
Clima agradable, bahía protegida, playas preciosas
Hoteles: $, $$, $$$

A conjunction is a word that links two clauses, each containing an action or a state.

IV. Expressing Pending Actions

The Subjunctive in Adverbial Clauses

1. When you want to talk about *pending* actions or states use the present subjunctive after the following adverbial conjunctions of time (**conjunciones adverbiales de tiempo**).

cuando	when
después (de) que	after
en cuanto	as soon as
hasta que	until
tan pronto como	as soon as

Look at the following examples:

Independent Clause	Dependent Clause
Present indicative or **ir a** +*infinitive*	Conjunction of time + Present subjunctive

Me voy a casar con él *I'll marry him*	**cuando** *when*	un astronauta **llegue** a Plutón. *an astronaut lands on Pluto.* (pending action)
Quiere ir a las Galápagos *She wants to go to the Galápagos*	**en cuanto** *as soon as*	**tenga** dinero. *she has money.* (pending state)

2. In contrast, when you want to talk about *habitual* actions or states, use the indicative in the dependent clause. Compare the following sentences.

Habitual actions = Indicative	Pending actions = Subjunctive
Todos los días ella llama a sus padres **tan pronto como llega** a casa. *Every day she calls her parents as soon as she arrives home.*	Ella va a llamar a sus padres **tan pronto como llegue** a casa. *She's going to call her parents as soon as she arrives home.*
Después de que almorzamos, generalmente caminamos por el parque. *After we have lunch, we generally walk in the park.*	**Después de que almorcemos,** queremos caminar por el parque. *After we have lunch, we want to walk in the park.*

3. **Después de** and **hasta** without the word **que** are prepositions, not conjunctions, and are followed directly by an infinitive.

Después de terminar mis estudios, voy a hacer ecoturismo por Costa Rica.	*After finishing my studies, I am going to take an ecotour of Costa Rica.*

ACTIVIDAD 20 El futuro está en nuestras manos

Parte A: Lee el siguiente comentario sobre el medio ambiente que publicó en su blog un ecologista y complétalo con el infinitivo, el indicativo o el subjuntivo de los verbos que aparecen en el margen.

Mi comentario de hoy:

Gran parte de la población está consciente de que hay que proteger el medio ambiente y ojalá que cuando nuestros hijos __________ (1) su propia familia, haya agua limpia y aire puro. Pero para que eso ocurra cada uno tiene que poner su granito de arena. — tener

En nuestra ciudad, muchos ciudadanos llevan un carrito o sus propias bolsas para los comestibles cuando _____ (2) al supermercado. Otros reciben bolsas de plástico en el supermercado, pero después de ______(3) las bolsas, las reciclan utilizándolas como bolsas de basura. Sin embargo, no vamos a solucionar el problema del desperdicio de plástico hasta que todos los ciudadanos ___________ (4) carritos o _________________ (5) las bolsas. — ir; usar; usar; reciclar

Generalmente, cuando alguien __________ (6) bebidas en el supermercado, deja un depósito que luego se le entrega en cuanto _____________ (7) sus envases. No obstante, todavía se ven botellas rotas en la calle; pero hasta que todos _____________ (8) conscientes del desperdicio que es eso, no vamos a poder solucionarlo. — comprar; devolver; estar

Tampoco debemos olvidar que consumimos papel en cantidades industriales y que existen supermercados con centros de recolección de papel periódico y de envases como los de Tetra Pak. Por eso no debemos olvidar de llevar estos residuos al supermercado tan pronto como ___________ (9) una bolsa llena. — tener

Tenemos que prometernos que no vamos a dejar de trabajar por esta causa hasta que _____________ (10) de agua limpia y aire puro. Es nuestra obligación. Se lo debemos a nuestros hijos. — gozar

Parte B: El gobierno de la Ciudad de México hace una campaña para cuidar el medio ambiente. Mira el póster para hablar de las siguientes preguntas.

1. ¿Qué son materiales orgánicos e inorgánicos? Da algunos ejemplos.
2. ¿Qué significa la frase "tírala bien" en este contexto? ¿Qué significa la frase "Lo que tiras bien, se te regresa bien."?
3. ¿Cuáles son las tres erres que se mencionan en el póster? Da ejemplos de cómo pones tú en práctica las tres erres.

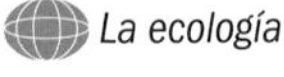 *La ecología*

ACTIVIDAD 21 En una reunión de Mundo Verde

Estás en una fiesta con miembros de Mundo Verde, una organización que se dedica a proteger el medio ambiente. Solo oyes partes de las conversaciones, pero puedes imaginar el resto. Completa estas frases de forma lógica.

1. Los bosques van a estar en mejores condiciones después de que...
2. Va a haber más fuentes de energía renovable cuando...
3. Los cambios climáticos van a empeorar hasta que...
4. Va a seguir agrandándose (*grow larger*) el agujero en la capa de ozono hasta que...
5. La contaminación causada por las fábricas va a reducirse en cuanto...
6. Si compras un coche usado, tienes que hacerle un control de emisión tan pronto como...

ACTIVIDAD 22 Tu vida actual y tus planes futuros

Pending → Subjunctive

Habitual → Indicative

En parejas, túrnense para hacerse las siguientes preguntas. Al contestar, usen las expresiones que están entre paréntesis.

▶ —¿Cuándo vas a ir a visitar a tu familia? (en cuanto)

—En cuanto termine el semestre.

1. ¿Cuándo vas a comprar un carro nuevo? (en cuanto)
2. ¿Cuándo sales con tus amigos? (después de)
3. Generalmente, ¿cuándo haces la tarea para esta clase? (después de que)
4. ¿Cuándo miras televisión? (cuando)
5. ¿Hasta cuándo vas a vivir en el lugar donde vives ahora? (hasta que)
6. ¿Cuándo vas al cine? (cuando)
7. ¿Cuándo te levantas? (tan pronto como)
8. ¿Cuándo vas a ver a tus padres? (después de que)

ACTIVIDAD 23 ¿Verdad o mentira?

Parte A: ¡Vas a mentir! Escribe cuatro cosas que piensas hacer, usando las ideas que se presentan abajo. Algunas cosas deben ser mentira y otras deben ser verdad. Usa, en tus oraciones, las conjunciones adverbiales **cuando, después de que, en cuanto** y **tan pronto como**.

▶ terminar la clase de hoy

Después de que termine la clase de hoy, voy a alquilar una película en español.

- tu jefe / pagarte
- empezar las vacaciones
- tener mucho dinero
- graduarte de la universidad
- conseguir tu primer trabajo estable
- ¿?

Parte B: En parejas, una persona comparte sus planes y la otra decide si son verdad o mentira. Usen frases como: **Dudo que..., No creo que..., Creo que..., Es posible que...** Luego cambien de papel.

V. Avoiding Redundancies

Double Object Pronouns

Never use **me lo, me la,** etc., with verbs like **gustar** since the noun following the verb is not a direct object, but rather the subject of the verb.

Remember: Indirect-object pronoun before direct-object pronoun.

1. In Chapters 1 and 3 you reviewed the use of direct-object pronouns (**me, te, lo/la, nos, os, los/las**) and indirect-object pronouns (**me, te, le, nos, os, les**). When you use both in the same sentence, the indirect-object pronoun precedes the direct-object pronoun. The following chart contains all possible combinations of indirect- and direct-object pronouns.

me lo, me la, me los, me las	nos lo, nos la, nos los, nos las
te lo, te la, te los, te las	os lo, os la, os los, os las
se lo, se la, se los, se las	se lo, se la, se los, se las

—¿Quién **te** mandó **las flores**?

—José Carlos **me las** mandó.
José Carlos sent them to me.

—¿**Me** puedes explicar **el problema**?

—Ya **te lo** expliqué.
I already explained it to you.

2. The indirect-object pronouns **le** and **les** become **se** when followed by the direct-object pronouns **lo, la, los,** or **las.**

—¿**Le** regalaste **la corbata** a tu padre?

—Sí, **se la** di ayer.

3. Review the following rules you learned for placement of object pronouns.

<u>**Before** the Conjugated Verb (Including Negative Commands)</u>	or	<u>**After** and **Attached** to the Infinitive, Present Participles, and Affirmative Commands</u>
Siempre **se lo digo.**		XXX
Se lo dije.		XXX
¿Quieres que yo **se lo diga?**		XXX
Se lo he dicho.		XXX
Se lo voy a decir. (**voy** = conj. verb)	=	Voy a **decírselo.*** (**decir** = inf.)
Se lo estoy diciendo. (**estoy** = conj. verb)	=	Estoy **diciéndoselo.*** (**diciendo** = pres. part.)
¡No **se lo digas!** (**no digas** = neg. command)		**¡Díselo!*** (**di** = aff. command)

***Note:** Remember the use of accents. To review accent rules, see Appendix F.

ACTIVIDAD 24 El regalo anónimo

Lee la siguiente conversación y contesta las preguntas que le siguen.

MARCOS ¿Y estas flores?

IGNACIO **Se** las mandaron a mi hermano Juan.

MARCOS ¿Quién?

IGNACIO No tengo la menor idea. En este momento mi hermano **le** está preguntando a su novia Marisol por teléfono.

MARCOS Mira, aquí entre las flores hay una tarjeta.

IGNACIO A ver. Dáme**la**, que quiero leerla.

MARCOS ¿Qué dice?

IGNACIO "Ojalá que te gusten. **Te las** mando por ser tu cumpleaños. Espero verte esta noche." Pero, ¿quién escribió esto?

JUAN [Cuelga. (*He hangs up.*)] ¡Oigan! Marisol dijo que ella no **me las** envió.

MARCOS Vamos, dinos quién es. Confiésa**noslo.** ¿Quién es tu admiradora secreta?

¿A qué o a quién se refieren los siguientes pronombres de complemento directo e indirecto?

1. línea 2, **se** ____________________
2. línea 5, **le** ____________________
3. línea 7, **la** ____________________
4. línea 9, **te** y **las** ____
5. línea 11, **me** y **las** ____
6. línea 13, **nos** y **lo** ____

ACTIVIDAD 25 ¿Quién?

En parejas, una persona le hace preguntas sobre su vida a la otra. La que contesta debe usar pronombres de complemento directo e indirecto cuando sea posible. Cuando terminen, cambien de papel.

▶ quién te manda mensajes de texto graciosos

—¿Quién te manda mensajes de texto graciosos?

—Nadie me los manda. —Mi amigo Paul me los manda.

1. quién te envía mail
2. quién te manda flores
3. a quién le mandas mail
4. quién te da regalos que te gustan
5. quién te da regalos que no te gustan
6. a quién le das consejos amorosos

ACTIVIDAD 26 La vida universitaria

En parejas, túrnense para hacerse preguntas sobre su vida universitaria. Al contestar deben usar pronombres de complemento directo e indirecto cuando sea posible.

1. si alguien le prestó el dinero para la universidad
2. si recibió una beca al graduarse de la escuela secundaria
3. si la universidad le ofreció una beca
4. quién le da consejos para seleccionar las materias
5. dónde estudió español por primera vez
6. cuándo va a terminar su carrera
7. quién le explica las materias difíciles
8. cuál de sus amigos lo/la ayuda más

ACTIVIDAD 27 Vamos a acampar

Parte A: En parejas, Uds. están preparándose para ir a acampar juntos. Mire cada uno su papel. El/La estudiante A debe preguntarle a B si hizo las cosas que tenía que hacer. Si B no las hizo, A debe darle órdenes para que las haga. Sigan el modelo.

► A: ¿Le diste las llaves del apartamento al vecino?

B: Sí, se las di. Desde luego. B: No, no se las di.

A: ¿Por qué no se las diste?

B: Porque...

A: Pues dáselas.

A check mark indicates that you completed the task.

A

Esto es lo que tenía que hacer tu compañero/a hoy:

- ☐ poner la navaja en la mochila
- ☐ mandarle el dinero al Sr. Gómez para la reserva del camping
- ☐ darle a un amigo un número de teléfono en caso de emergencia
- ☐ comprar protector solar

B

Esto es lo que tenías que hacer hoy:

- ☐ poner la navaja en la mochila
- ☑ mandarle el dinero al Sr. Gómez para la reserva del camping
- ☐ darle a un amigo un número de teléfono en caso de emergencia
- ☑ comprar protector solar

Parte B: Ahora el estudiante B mira su información y le pregunta a A si hizo las cosas que tenía que hacer y le da órdenes si no las hizo.

A

Esto es lo que tenías que hacer hoy:
- ☑ limpiar los sacos de dormir
- ☑ darle el código de la alarma del apartamento a tu padre
- ☐ pedirle el mapa topográfico a tu prima
- ☐ poner las pilas en la mochila

B

Esto es lo que tenía que hacer tu compañero/a hoy:
- ☐ limpiar los sacos de dormir
- ☐ darle el código de la alarma del apartamento a su padre
- ☐ pedirle el mapa topográfico a su prima
- ☐ poner las pilas en la mochila

A check mark indicates that you completed the task.

ACTIVIDAD 28 Costa Rica

Costa Rica

Parte A: Vas a leer parte de un folleto que escribió el gobierno costarricense sobre Costa Rica. Antes de leer y en parejas, completen el siguiente gráfico sobre ese país. Si no saben, traten de adivinar.

Geografía	Clima	Flora y fauna	Deportes
Gobierno	**Historia**	**Composición étnica**	**Nivel de vida actual**

Parte B: Lean individualmente esta parte del folleto y después contesten las preguntas que le siguen.

Imagínense un pequeño país lleno de asombrosos bosques tropicales, un sinnúmero de playas, donde la persona con la que probablemente va a encontrarse es con su yo interior; un clima variado (más fresco en las montañas y cálido en las playas), una fascinante vida silvestre y un ambiente hogareño; esto les permitirá tener una idea básica de Costa Rica. Detengámonos ahora en su gente: su cultura es una refrescante mezcla de tradiciones europeas, americanas y afrocaribeñas, pulida por más de cien años de educación gratuita y una democracia estable. Alguien dijo una vez que para el resto del mundo, Costa Rica es como un parque nacional: un lugar donde aquello que se valora es preservado. Es una pequeña maravilla.

Aguas termales de Tabacón en Costa Rica.

Belleza y aventura

Un escritor de viajes americano dijo que Costa Rica "ofrece más belleza y aventura por acre que cualquier otro lugar en el mundo". Los viajeros salen de Costa Rica sintiendo que no solo han visto mucho, sino que han hecho cosas nuevas. Las caminatas, la pesca, el "snorkeling", el buceo, la navegación de rápidos, el ir en kayak y el "surfing", se ubican entre las actividades favoritas. Las caminatas probablemente se ubican en primer lugar debido a que hay tanto que ver en Costa Rica, desde sus paisajes naturales, pasando por aves, mariposas, hasta tortugas que vienen a desovar. Costa Rica es reconocida por pescadores experimentados en todo el mundo debido a los récords mundiales en pesca de sábalo, róbalo y pez vela. La navegación de rápidos ha ido aumentando en popularidad como una manera excitante pero segura de experimentar la naturaleza. Los amantes de este deporte saben que en Costa Rica pueden encontrar corrientes confiables durante todo el año. Para cualquiera de estas actividades resulta fácil encontrar proveedores y guías profesionales. Muchos de ellos cuentan con la representación de mayoristas y agentes en los Estados Unidos y Canadá, entre otros.

Diversidad

Costa Rica es un puente biológico entre América del Norte y América del Sur. Esto explica la increíble diversidad de su flora y fauna, como también el flujo constante de especies emigrantes. Más pequeño que el Lago Michigan, el territorio costarricense cuenta con tres cadenas montañosas y más de doce zonas climáticas. Usted podrá manejar desde el Caribe hasta el Pacífico en un día, visitar un volcán y disfrutar de una gran variedad de paisajes. Hay más de 600 millas de playa que le permitirán descansar del bullicio de la gente.

Una naturaleza espléndida

Costa Rica goza de reconocimiento internacional por sus Parques Nacionales. Incluyen impresionantes volcanes, bosques, llanuras, escenarios de anidamiento de aves y desove de tortugas, arrecifes de coral y virtualmente cualquier forma de naturaleza que usted espera encontrar en el Trópico.

- Costa Rica posee más de 800 especies de aves, más de lo que se encuentra en toda Norte América.

Un ocelote en un parque nacional costarricense.

- Tiene unas 1.200 especies de orquídeas.
- 8.000 especies de plantas de mayor evolución.
- El 10% de todas las mariposas del mundo y más mariposas de las que existen en todo el continente africano.
- Más quetzales que cualquier otro país en el mundo.
- Más de 150 especies de frutas comestibles.*

*Éstos y otros datos tomados de *Costa Rica, the traveler's choice* de Rex Govorchin.

Nación pacífica culta

Cristóbal Colón, suponiendo la existencia de muchísimo oro, bautizó estas tierras con el nombre de Costa Rica. Luego resultó que la mayoría del oro ya había sido convertido en joyería por los indígenas. Sin poseer el atractivo que generan las minas de oro y plata, Costa Rica permaneció relativamente aislada y despoblada durante 400 años. Todos, incluso el gobernador español, tenían que producir su propia comida. Esto condujo a que Costa Rica tuviera una sociedad relativamente igualitaria de pequeños agricultores. Las cosas comenzaron a cambiar durante el siglo XIX, cuando el café de Costa Rica comenzó a exportarse a Europa. La recién independiente sociedad costarricense adquirió los beneficios de la civilización, tales como educación, desarrollo político, ferrocarriles y energía eléctrica, sin muchos de los trastornos inherentes a la misma. Cien años más tarde, Costa Rica posee el nivel de alfabetización más elevado de Latinoamérica, un alto promedio de esperanza de vida y una Orquesta Sinfónica de clase mundial. Un 25% de su territorio lo constituyen las áreas de conservación.

1. ¿Cómo es el clima de Costa Rica?
2. ¿Qué puedes decir de la flora y fauna?
3. ¿Cuál es el tamaño de Costa Rica?
4. ¿Hay muchos ríos en Costa Rica? ¿Cómo lo sabes?
5. ¿Qué deportes acuáticos se pueden practicar en Costa Rica? ¿Dónde se pueden practicar?
6. ¿Cuál es un deporte muy popular y por qué?
7. ¿Qué te gustaría hacer en Costa Rica?
8. ¿Cómo es el nivel de vida de Costa Rica? ¿Puedes compararlo con el de los otros países centroamericanos?
9. ¿Hace algo el gobierno para conservar el medio ambiente?
10. Obviamente, el gobierno costarricense escribió este folleto para gente de habla española, pero ¿a quién crees que se dirija principalmente? ¿Cómo lo sabes? (Hay tres pistas en el texto.)

Parte C: En parejas, vuelvan a mirar su gráfico de la Parte A y comparen sus respuestas con lo que aprendieron al leer. ¿Tenían la información correcta? Ahora, hagan un gráfico semejante con los datos que aprendieron al leer. Después, decidan qué datos son los más sorprendentes. Al hablar, usen expresiones como: **Me sorprende mucho que Costa Rica..., Es interesante que...**

Parte D: Ahora, imagínense que Uds. van a pasar una semana en Costa Rica. Hagan una lista de lo que van a hacer cada día. Usen expresiones como: **Busco un lugar que/donde..., por eso quiero que nosotros...; Después de que... podemos...; Lo que prefiero...**

Do the corresponding web activities to review the chapter topics.

Vocabulario activo

Expresiones afirmativas y negativas

a menudo / con frecuencia *frequently*
a veces *sometimes*
algo *something*
alguien *someone*
algún/alguna/os/as + *noun a, some, any*
alguno/a/os/as *one, some*
jamás/nunca *never*
muchas/pocas personas *many/few people*
muchas veces *many times*
nada *nothing, (not) anything*
nadie *no one*
ningún/ninguna + *singular noun* *not any*
ninguno/a *not any, none, no one*
siempre *always*
todo *everything*
todo el mundo / todos/as *everyone*
una vez *once*

Conjunciones adverbiales de tiempo

cuando *when*
después (de) que *after*
en cuanto / tan pronto como *as soon as*
hasta que *until*

Los viajes de aventura

El equipo *Equipment*

la batería *battery (cell phone, camera)*
cargado/a *charged*
la linterna *flashlight*
el mapa *map*
la mochila *backpack*
la navaja suiza *Swiss army knife*
la pila *battery (AA, AAA)*
el protector solar *sunscreen*
el repelente contra insectos *insect repellent*
el saco de dormir *sleeping bag*
la tienda de campaña *tent*

Deportes *Sports*

acampar *to go camping*
bucear *to scuba dive*
el buceo *scuba diving*
escalar (montañas) *to climb (mountains)*
hacer
- **alas delta** *to hang-glide*
- **una caminata** *to go for a walk/hike*
- **esquí nórdico/alpino/acuático** *to cross country/downhill/water ski*
- **kayak** *to go kayaking*
- **rafting** *to go rafting*
- **senderismo/trekking** *to hike*
- **snorkel** *to snorkel*
- **snowboard** *to snowboard*
- **surf** *to surf*
- **vela** *to sail*

montar a caballo *to ride a horse*
montar en bicicleta de montaña *to ride a mountain bike*

El medio ambiente *The Environment*

la agricultura sostenible *sustainable agriculture*
los cambios climáticos *climate changes*
el cargador (solar) *(solar) charger*
la contaminación *pollution*
contaminante *contaminating*
contaminar *to contaminate, pollute*
desechable *disposable*
desechar *to throw away*
los desechos *rubbish*
el desequilibrio *imbalance*
desperdiciar *to waste*
el desperdicio *waste*
la destrucción *destruction*
destruir *to destroy*
el equilibrio *balance*
la extinción *extinction*
extinguirse *to become extinct*
las fuentes de energía renovable *sources of renewable energy*
la huella ecológica *ecological footprint*
la preservación *preservation*
preservar *to preserve*
la protección *protection*
proteger *to protect*
recargable *rechargeable*
los recursos naturales *natural resources*
reducir *to reduce*
la restricción *restriction*
restringir *to limit, restrict*

Expresiones útiles

algo así *something like that*
desde luego *of course*
¡Ya sé! *I've got it!*
Ahora me toca a mí. *Now it is my turn.*
De ningún modo. *No way.*
¿Me dejas hablar? *Will you let me speak?*
No estoy de acuerdo del todo. *I don't completely agree.*
No me termina de convencer. *I'm not totally convinced.*
Opino como tú. *I'm of the same opinion.*
Sin duda alguna. *Without a doubt.*
Tienes razón. *You are right.*
Un momento. *Just a moment.*

Más allá

Canción: "¿Dónde jugarán los niños?"

Maná

El grupo mexicano Maná (que significa *energía positiva* en polinesio) es conocido por su estilo de música pop rock. Sus canciones de amor son muy populares; entre ellas se encuentran "Oye mi amor" y "Vivir sin aire". Maná se hizo famoso en los Estados Unidos después de que el músico Carlos Santana invitó al grupo a participar en un álbum. A lo largo de sus más de veinte años de trayectoria, Maná ha recibido varios premios nacionales e internacionales. Hoy día su organización *Fundación Selva Negra* se dedica al rescate y a la conservación del medio ambiente.

Para más información: http://www.selvanegra.org.mx

ACTIVIDAD Cambios climáticos

Parte A: En la canción que vas a escuchar el cantante cuenta cómo eran ciertas cosas cuando su abuelo era niño. En parejas, miren la siguiente lista y usen la imaginación para describir cómo creen Uds. que eran estas cosas.

- juegos y juguetes
- el tiempo y la temperatura
- la condición de los ríos, lagos, mares y océanos
- la calidad del aire

Parte B: Ahora escucha la primera parte de la canción y marca las cosas relacionadas con la naturaleza que veía el abuelo cuando era niño.

❑ alcatraces (*calla lilies*)	❑ margaritas (*daisies*)
❑ animales sanos	❑ muchos peces
❑ aire limpio	❑ ríos transparentes
❑ árboles	❑ cielo azul

Parte C: Antes de escuchar el resto de la canción describe las condiciones en que está la naturaleza hoy día. Luego, mientras escuchas, presta atención a las palabras que usa el cantante para describir el cielo y el mar.

Parte D: La preocupación del cantante en la canción que escucharon es la condición en que vamos a dejarles el planeta a los niños. En grupos de tres, miren la lista de la Parte A y den su opinión sobre cómo creen que van a ser esas cosas dentro de cuarenta años, cuando Uds. tengan nietos. Usen expresiones como: **Creo que dentro de 40 años, los juguetes van a ser...; Dudo que...; Cuando tenga nietos, la naturaleza...; Dentro de 40 años, no va a haber ningún...**

Videofuentes: *El turismo rural*

Antes de ver

ACTIVIDAD 1 La provincia de Asturias

Antes de ver un video sobre Asturias, España, mira la siguiente foto y el mapa, luego usa la imaginación para decir qué deportes se pueden practicar allí y qué clima tiene la región.

Montañas asturianas.

Mientras ves

ACTIVIDAD 2 Un turismo diferente

Lee las siguientes ideas y luego mira el video y apunta esta información.

1. las tres zonas principales de Asturias
2. tipo de turismo que se puede hacer en la región y en qué consiste
3. dos tipos de animales que están en peligro de extinción
4. descripción de los hórreos
5. proceso para hacer sidra
6. cómo se sirve la sidra y por qué

Después de ver

ACTIVIDAD 3 Turismo rural en tu país

En grupos de tres, usen la siguiente descripción de la Quintana de la Foncalada como modelo para crear una casa rural en su país. Miren las siguientes ideas y piensen en las cosas que necesitan. Al hablar, usen expresiones como: **Buscamos un lugar que..., Tenemos una persona que..., Vamos a enseñarles...**

- región del país donde puede estar la casa rural
- proceso que pueden enseñarles a los turistas
- animales que pueden estar en peligro de extinción que Uds. van a proteger

Casería tradicional asturiana totalmente rehabilitada en una finca de una hectárea. Alojamiento rural con la posibilidad de quedarse en una habitación con baño o alquilar una casa entera. En la finca tenemos un parque infantil, mesas para merendar. Finca ganadera con razas autóctonas en peligro de extinción: ponis asturcones, ovejas xaldas, pitas pintas. Producción ecológica de cordero, sidra. Planta de energía solar térmica y fotovoltaica. Ecomuseo del Asturcón con exposiciones y actividades relacionadas con las especies ganaderas asturianas. Taller de alfarería con producción y cursos de cerámica tradicional asturiana.

Para más información y para hacer reservas, buscar La Quintana de la Foncalada en este sitio web: **http://www.asturcon-museo.com**

Proyecto: Un anuncio informativo

ACTIVIDAD Crea conciencia

Vas a grabar un anuncio informativo para la radio de por lo menos 45 segundos para incentivar a la gente a proteger el medio ambiente. Debes ser muy específico/a y no hablar de cosas generales. Al preparar el anuncio piensa en las siguientes ideas:

- cómo motivar a la gente a proteger el medio ambiente
- qué sugerencias concretas se pueden dar
- qué decir para que la gente quiera escuchar el anuncio

Hablemos de trabajo

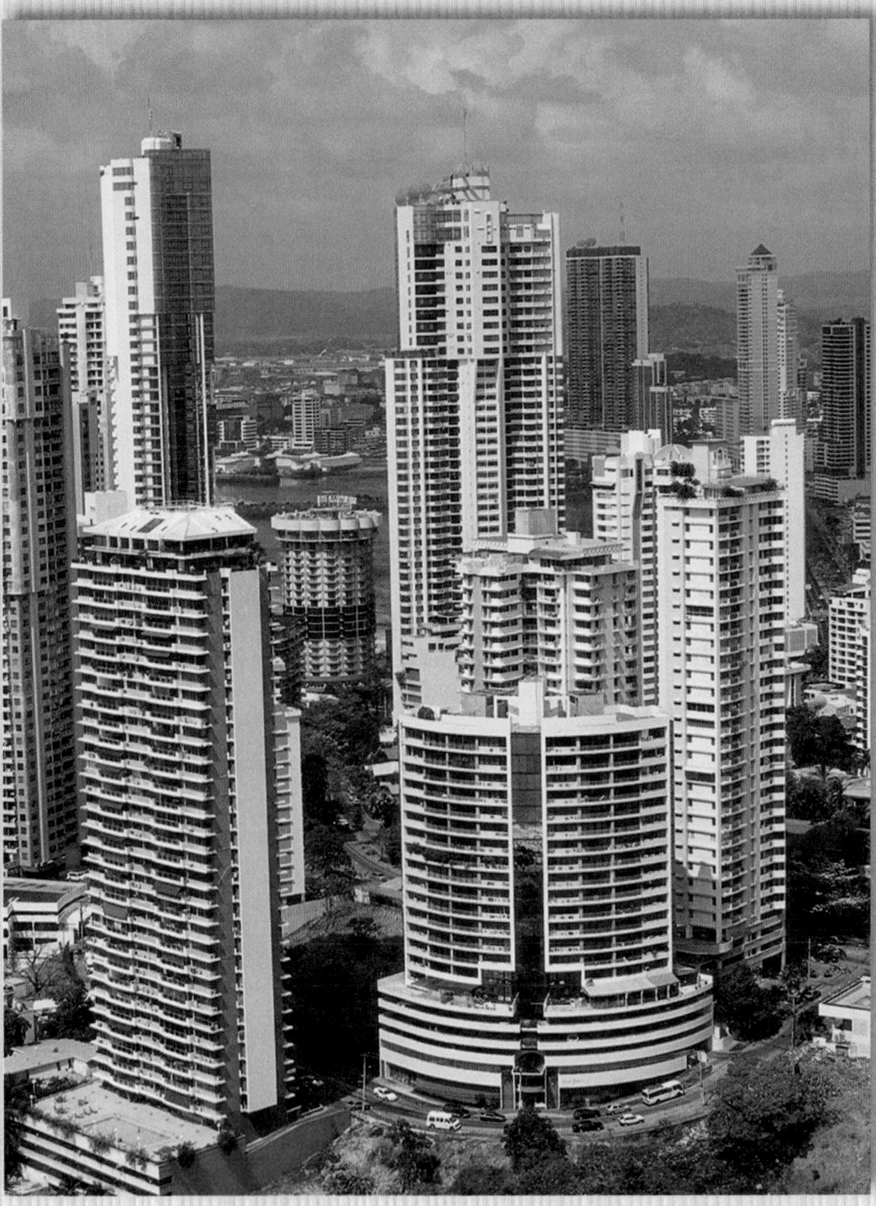

Edificios de oficinas y viviendas en la Ciudad de Panamá, Panamá.

METAS COMUNICATIVAS

- expresar posibilidad, tiempo, propósito y restricción
- hablar sobre el trabajo
- negar y expresar opciones
- contar lo que dijo otro
- describir acciones recíprocas

Un trabajo en el extranjero

un montón	a lot
No, en absoluto.	No, not at all.
darle igual (a alguien)	to be all the same (to someone), to not care

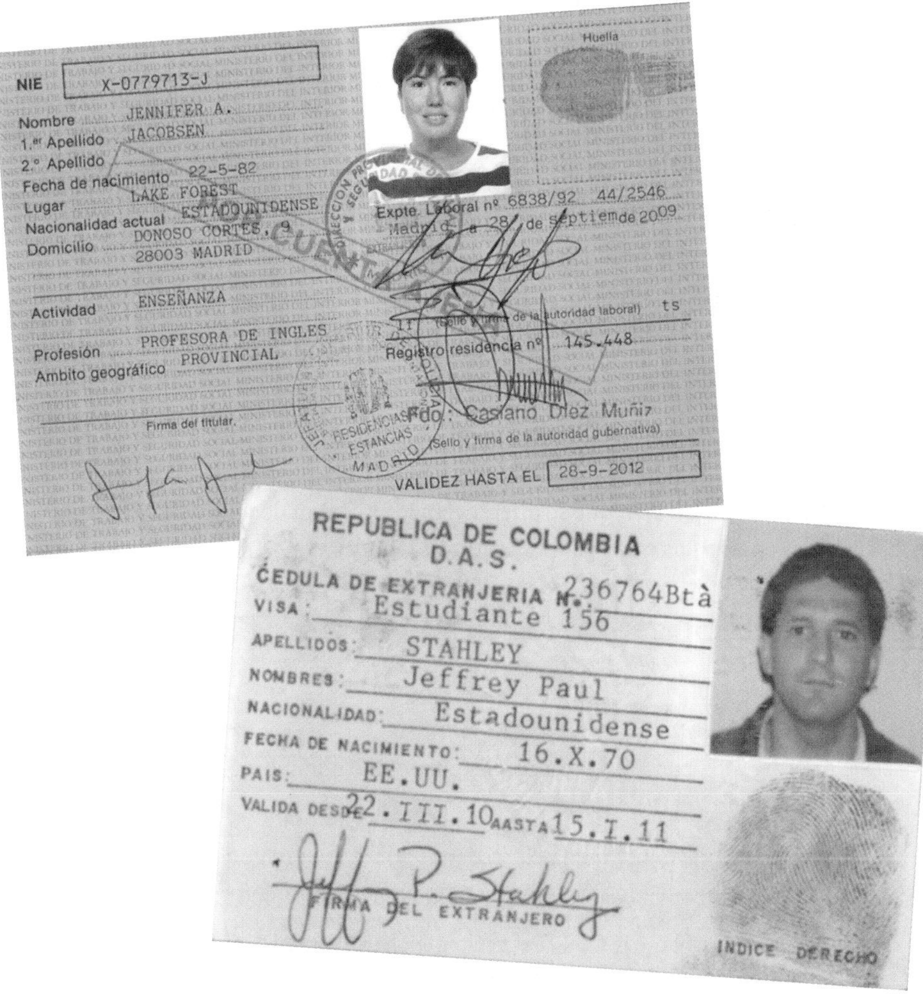

NIE X-0779713-J
Nombre JENNIFER A.
1.er Apellido JACOBSEN
2.º Apellido
Fecha de nacimiento 22-5-82
Lugar LAKE FOREST
Nacionalidad actual ESTADOUNIDENSE
Domicilio DONOSO CORTES, 9
28003 MADRID
Actividad ENSEÑANZA
Profesión PROFESORA DE INGLES
Ambito geográfico PROVINCIAL
Firma del titular.
Huella
Expte. Laboral nº 6838/92 44/2546
Madrid, a 28 de septiembre de 2009
(Sello y firma de la autoridad laboral)
Registro residencia nº 145.448
Fdo.: Casiano Díez Muñiz
(Sello y firma de la autoridad gubernativa)
VALIDEZ HASTA EL 28-9-2012

REPUBLICA DE COLOMBIA
D.A.S.
CEDULA DE EXTRANJERIA N. 236764Btà
VISA: Estudiante 156
APELLIDOS: STAHLEY
NOMBRES: Jeffrey Paul
NACIONALIDAD: Estadounidense
FECHA DE NACIMIENTO: 16.X.70
PAIS: EE.UU.
VALIDA DESDE 22.III.10 HASTA 15.I.11
FIRMA DEL EXTRANJERO
INDICE DERECHO

ACTIVIDAD 1 Trabajar fuera del país

Vas a escuchar a dos norteamericanos hablar en una entrevista de radio sobre cómo consiguieron trabajo en el extranjero. Antes de escucharlos, en grupos de tres, discutan las siguientes preguntas y luego compartan sus respuestas con el resto de la clase.

1. ¿Conocen a alguien que haya trabajado en el extranjero? Si contestan que sí, ¿qué hizo esa persona? ¿Cómo consiguió el trabajo?
2. ¿Les gustaría trabajar en el extranjero? Si contestan que sí, ¿qué tipo de trabajo les gustaría hacer? ¿Adónde les gustaría ir?

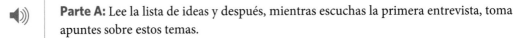

ACTIVIDAD 2 Las entrevistas

Parte A: Lee la lista de ideas y después, mientras escuchas la primera entrevista, toma apuntes sobre estos temas.

1. país en el que trabajó la persona
2. tipo de trabajo que hizo
3. estudios que había hecho antes
4. cómo consiguió el trabajo
5. si el dinero que ganaba le alcanzaba para vivir

Parte B: Ahora lee esta lista de ideas y después, mientras escuchas la segunda entrevista, toma apuntes sobre estos temas.

1. país en el que trabajó la persona
2. tipo de trabajo que hizo
3. cómo consiguió el trabajo
4. lo beneficioso del trabajo para esta persona
5. consejo que les da esta persona a los que quieran hacer lo mismo

ACTIVIDAD 3 Una comparación

Di en qué se asemejan y en qué se diferencian la situación de Jenny y la de Jeff. Escucha las entrevistas otra vez si es necesario.

¿Lo sabían?

He aquí algunos consejos para conseguir trabajo como profesor de inglés en el extranjero.

- Toma en la universidad una clase o más sobre la pedagogía de la enseñanza de inglés como segunda lengua o como lengua extranjera.
- Ve al congreso de TESOL (*Teachers of English to Speakers of Other Languages*) adonde van muchas escuelas, institutos y universidades en busca de profesores.
- Busca academias de inglés en el país que te interesa en sitios como **www.eslcafe.com** y el **Craigslist** de cada país.
- Si el país que te interesa es España, puedes solicitar una beca del gobierno español para trabajar por un año en una escuela como auxiliar de conversación (solo para ciudadanos de los EE.UU. y Canadá).
- Al llegar al país que hayas escogido, puedes conseguir estudiantes particulares a través de anuncios en los periódicos o en librerías, o a través de amigos o de maestros de escuela primaria.

I. Discussing Work

El trabajo

 Do the corresponding web activities as you study the chapter.

Hace una semana que llegué a Chile desde mi querido El Salvador natal y poco a poco me estoy acostumbrando a mi nuevo lugar de trabajo aquí en Santiago. Gracias a la organización AIESEC conseguí una **pasantía** donde trabajo **medio tiempo** en una **empresa** de publicidad. Estoy aprendiendo bastante sobre diseño gráfico y esta semana empecé a colaborar en una campaña de una **ONG** para ayudar a los niños de la calle. Espero que tenga éxito la campaña porque el tema me entristece mucho. Con mis compañeros de trabajo me llevo muy bien y, en cuanto a la pasantía, gano un pequeño **sueldo,** pero no recibo ni **seguro médico** ni otros **beneficios.** Lo que sí voy a tener es **experiencia laboral**, que pienso incluir en mi **curriculum,** y espero que mi jefe me dé una buena **carta de recomendación** para mejorar así las posibilidades de conseguir un buen trabajo. Acá estoy en el trabajo—¿te gusta la corbata roja? Mi jefe es el de pelo canoso que está detrás de mí.

You may also hear **práctica profesional** instead of **pasantía.**

internship

part time; company

organización no gubernamental

salary

health insurance; benefits

work experience; CV, résumé

letter of recommendation

Palabras relacionadas con el trabajo	
los avisos clasificados	classified ads
completar una solicitud	to fill out an application
contratar/despedir (i, i) a alguien	to hire/fire someone
entrevistarse (con alguien)	to be interviewed (by someone)
estar desempleado/a / estar sin trabajo	to be unemployed
la oferta y la demanda	supply and demand
las referencias	references
sin fines/ánimo de lucro	nonprofit
solicitar un puesto/empleo	to apply for a job
tomar cursos de perfeccionamiento/ capacitación	to take continuing education/training courses

estar desempleado/a = estar sin empleo / estar en (el) paro (*España*)

Note: **sueldo** = salary; **salario** = wages (hourly pay)

El empleo	
aumentar/bajar el sueldo	to raise/lower the salary
los ingresos	income
el pago mensual/semanal	monthly/weekly pay
el salario mínimo	minimum wage
trabajar tiempo completo	to work full time

el aguinaldo = **la paga extraordinaria** (*España*)

Los beneficios	
el aguinaldo	end-of-the-year bonus
los días feriados	holidays
la guardería (infantil)	child care center
la licencia por maternidad/paternidad/ enfermedad/matrimonio	maternity/paternity/sick/wedding leave
el seguro dental/de vida	dental/life insurance

Cómo buscar trabajo

ACTIVIDAD 4 Quiero un trabajo

Usa el vocabulario sobre el trabajo y di qué se necesita hacer para conseguir un trabajo.

ACTIVIDAD 5 Los beneficios

En grupos de tres, discutan cuáles son los beneficios que puede ofrecer una empresa. Luego pónganse de acuerdo para ponerlos en orden de importancia y justifiquen su orden. Comiencen diciendo **¿Cuáles son algunos de los beneficios que...?**

ACTIVIDAD 6 Las pasantías

Parte A: La mitad de la clase debe buscar información en su universidad sobre qué oportunidades hay para hacer pasantías. La otra mitad tiene que buscar información de organizaciones que ofrecen pasantías en el extranjero. Para la próxima clase deben estar listos para hablar de diferentes posibilidades.

Parte B: En grupos de cuatro, hablen de lo que encontraron sobre las pasantías.

Parte C: Miren el chiste y luego discutan si es común que a la persona que hace una pasantía se le pida que haga cosas que no tienen nada que ver con su descripción laboral.

Pereyra, estudiante de ingeniería hidráulica, descubre que su pasantía puede estar llena de sorpresas

ACTIVIDAD 7 Historia laboral

En grupos de tres, discutan las siguientes preguntas.

1. ¿Han trabajado alguna vez?
2. ¿Han tenido o tienen trabajo de tiempo completo con beneficios? Si contestan que sí, ¿qué beneficios recibieron?
3. ¿Han trabajado medio tiempo? ¿Han trabajado solo durante los veranos? Si contestan que sí, ¿recibieron algunos beneficios?
4. ¿Cuál es el mejor o el peor trabajo que han tenido? Descríbanlo y expliquen por qué fue bueno o malo.
5. Cuando nacieron, ¿estaba empleada su madre? Si contestan que sí, ¿dejó el puesto? ¿Le dieron licencia por maternidad? ¿Volvió a trabajar? ¿Trabajó tiempo completo o medio tiempo? ¿Existía la oportunidad de pedir licencia por paternidad? Si contestan que sí, ¿la pidió su padre?

ACTIVIDAD 8 ¿Qué opinas?

Di si estás de acuerdo o no con las siguientes ideas y por qué.

1. Todas las empresas deben tener guardería.
2. Debe haber más cursos de capacitación para los desempleados.
3. Es justo que las empresas bajen los sueldos para no tener que despedir a algunos empleados.
4. Si una empresa tiene que despedir a unos empleados, estos deben ser los últimos que se han contratado.
5. Todo empleado de tiempo completo debe tener seguro médico y un mes de vacaciones pagadas cada año.

ACTIVIDAD 9 La entrevista de trabajo

En parejas, una persona va a entrevistar a la otra para el puesto de recepcionista de un hotel usando la información que aparece a continuación. El trabajo es de tiempo completo durante el verano y medio tiempo durante el año escolar. El/La candidato/a debe contestar diciendo la verdad sobre su experiencia y su preparación. El/La entrevistador/a debe decidir si va a darle el puesto a esta persona o no. Escuchen primero mientras su profesor/a entrevista a otro/a estudiante y después entrevisten a su pareja.

Responsabilidades y requisitos	
• tener buena presencia	• tener experiencia con el público
• saber llevarse bien con otros empleados	• ser organizado/a
• usar computadoras	• trabajar días feriados
• contestar el teléfono	• tener conocimiento de uno o dos idiomas extranjeros
• ser capaz de resolver conflictos	

ACTIVIDAD 10 La oferta y la demanda

Parte A: En grupos de cuatro, analicen sus posibilidades de empleo en el futuro. Para hacerlo, apunten la siguiente información para cada miembro del grupo.

- el puesto que quiere tener
- dónde prefiere tener ese trabajo
- cuánto dinero quiere ganar
- la oferta y la demanda de ese trabajo en el mundo, en este país, en diferentes regiones del país o en ciudades específicas
- el efecto de la oferta y la demanda sobre el sueldo que va a poder ganar

Parte B: Basándose en las respuestas de la Parte A, decidan quién tiene las mejores posibilidades de conseguir el puesto que busca y quién creen que va a tener más dificultades y por qué.

¿Lo sabían?

Pro and Con of Trade Agreements

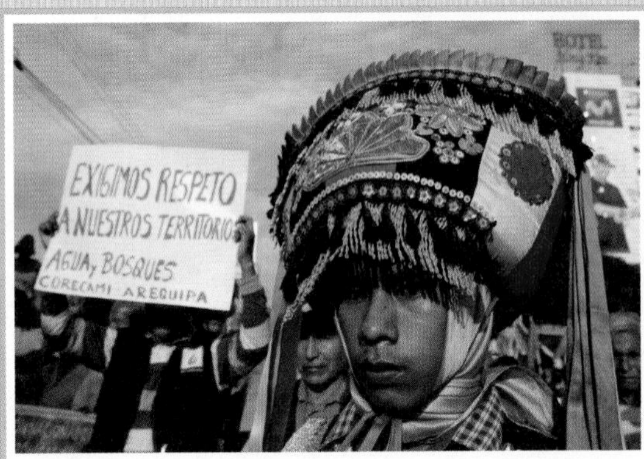

Indígenas peruanos se manifiestan en contra de un tratado entre la Comunidad Andina (CAN) y la Unión Europea.

Entre los acuerdos comerciales en que participan algunos países hispanos se encuentran el CAFTA-DR (Tratado de Libre Comercio de Centroamérica y la República Dominicana) y el Mercosur (Mercado Común del Sur). Los defensores de estos tratados opinan que los países participantes se benefician económicamente, ya que facilitan, entre otras cosas, la importación y exportación de productos sin tarifas aduaneras. El negociar como grupo, especialmente para países menos fuertes económicamente, es otra de las consecuencias positivas. Sin embargo, hay quienes critican estos acuerdos porque argumentan que benefician solo a los ricos y no a los pobres. Entre quienes sufren las consecuencias negativas de estos acuerdos internacionales están los indígenas de los países miembros. Ellos sufren la explotación del territorio donde viven, que afecta no solo la diversidad biológica, sino también su manera de vivir y sus tradiciones.

¿Sabes si tu país tiene tratados de libre comercio con otros países? ¿Cuáles son? En tu opinión, ¿brindan beneficios o no para tu país?

II. Expressing Restriction, Possibility, Purpose, and Time

The Subjunctive in Adverbial Clauses

In Chapter 7, you studied how to express pending actions with the subjunctive. In this chapter, you will study how to express restriction, possibility, purpose, and time.

1. The following adverbial conjunctions are followed by the subjunctive. They are used when the subject in the dependent clause is different from the subject in the independent clause.

Restriction:	**siempre y cuando / con tal (de) que**	provided that
	a menos que	unless
	sin que	without
Possibility:	**en caso (de) que**	in the event that, if
Purpose:	**para que**	in order that, so that
Time:	**antes (de) que**	before

Podemos comenzar el proyecto **siempre y cuando** la jefa lo **autorice.** — *We can start the project provided that the boss authorizes it.*

Voy a cancelar la reunión **en caso de que** el jefe **no pueda** venir. — *I'm going to cancel the meeting if the boss can't come.*

2. If there is no change of subject, an infinitive follows the prepositions **sin, para,** and **de** (in phrases like **antes de, con tal de, en caso de**). Compare the following sentences.

Two Subjects: Conjunction + *subjunctive*	One Subject: Preposition + *infinitive*
Mi hermano trabaja día y noche **para que su familia pueda** vivir bien.	**Mi hermano** trabaja **para poder** vivir bien.
Yo pienso hacerlo **sin que nadie** me **oiga.**	**Yo** pienso hacerlo **sin hacer** ruido.
Los empleados van a reunirse **antes de que la jefa** les **hable** sobre los beneficios.	**Los empleados** van a reunirse **antes de hablarle** a la jefa sobre los beneficios.
Carmen va a aceptar ese trabajo **con tal (de) que** le **den** vacaciones.	**Carmen** va a aceptar ese trabajo **con tal de tener** muchas vacaciones.

To remember the conjunctions, memorize the acronym **ESCAPAS.**

E en caso (de) que

S sin que

C con tal (de) que

A antes (de) que

P para que

A a menos que

S siempre y cuando

3. The conjunctions **a menos que** and **siempre y cuando** are always followed by the subjunctive whether or not there are two different subjects.

Ellos van a buscar un regalo esta tarde **a menos que** (**ellos**) no **tengan** tiempo.	*They are going to look for a present this afternoon unless they don't have time.*
(**Nosotros**) Podemos terminar el proyecto **siempre y cuando** (**nosotros**) **tengamos** el dinero.	*We can finish the project provided that we have the money.*

ACTIVIDAD 11 Beneficios laborales

Parte A: Completa la siguiente explicación que da un argentino sobre los beneficios laborales que existen en su país con la forma apropiada de los verbos que se presentan.

La licencia por paternidad también existe en muchos países hispanos.

"Argentina ofrece algunos beneficios para que el trabajador ________________ (1. tener) cierta protección económica. Uno de estos beneficios es la licencia por matrimonio, gracias a la cual si alguien se casa, puede faltar al trabajo por doce días sin que su jefe le ________________ (2. computar) esas faltas. En caso de ________________ (3. estar) embarazada, una mujer tiene derecho a pedir licencia por maternidad por tres meses. En caso de que un empleado ________________ (4. estar) enfermo, se le puede dar licencia por enfermedad y el número de días que puede faltar depende de la gravedad del caso. Cuando un trabajador se siente mal, no puede faltar sin ________________ (5. llamar) a su trabajo ese mismo día. El jefe se encarga entonces de mandar a un médico a la casa del empleado para que lo ________________ (6. examinar), lo ________________ (7. diagnosticar) y ________________ (8. pasar) un informe a la empresa.

Los empleados reciben un aguinaldo, que es equivalente a un mes de sueldo y que reciben mitad en junio y mitad en diciembre, siempre y cuando ________________ (9. trabajar), por los menos, un año entero. Por ley, las empresas les pagan a sus trabajadores ese bono para que ellos ________________ (10. tener) un ingreso adicional.

Antes de ________________ (11. despedir) a un empleado, un jefe tiene que mandarle un telegrama a su casa diciéndole que va a quedar cesante después de un mes. A partir de ese momento y durante su último mes, el empleado trabaja seis horas por día en vez de ocho y generalmente usa esas dos horas diarias restantes para ________________ (12. buscar) otro trabajo. Por lo general, el empleador no tiene problemas, siempre y cuando ________________ (13. hacer) lo que le indica la ley: pagarle al empleado el sueldo de su último mes, un sueldo mensual por cada año que trabajó en la empresa, más las vacaciones que no tomó y parte del aguinaldo." ■

Parte B: En parejas, discutan las siguientes preguntas.

1. ¿Ofrecen las empresas de su país los mismos beneficios?
2. ¿Les sorprenden algunos de estos datos? ¿Por qué?
3. ¿Creen que estos beneficios sean buenos para las empresas? ¿Y para los empleados?

ACTIVIDAD 12 Derechos y obligaciones laborales

Trabajas en la oficina de Recursos Humanos de una empresa y estás a cargo de redactar algunos de los derechos y obligaciones de los empleados. Completa las siguientes reglas.

Los empleados...
no deben hacer llamadas personales a larga distancia en el trabajo a menos que...
pueden llegar tarde algunas veces siempre y cuando...
pueden trabajar en su casa una vez por semana en caso de que...
que hacen llamadas a larga distancia desde su casa, deben apuntar la fecha, la hora y el nombre de la persona para que...
no deben usar papel con membrete (*letterhead*) de la compañía a menos que...
no deben trabajar horas extras sin...
pueden navegar por Internet para...

ACTIVIDAD 13 Los mexicanos y los negocios

Parte A: Un hombre de negocios norteamericano va a ir a México en un viaje de negocios y recibe la siguiente información de una colega sobre cómo comportarse con los mexicanos. Lee la información y luego contesta las preguntas de tu profesor/a.

Cómo dirigirse a la gente
Los títulos profesionales son muy importantes en el protocolo mexicano. Use los términos **doctor, profesor, ingeniero, abogado, licenciado, contador** y **arquitecto** seguido del apellido al hablar con estos profesionales para mostrar respeto.

Vestimenta

- A mucha gente de negocios le causa una buena impresión que otros lleven ropa de diseñadores siempre y cuando sea de colores oscuros, como gris o azul marino.
- En caso de que tenga una comida informal, no lleve guayabera (camisa liviana que se usa afuera de los pantalones). Eso se acepta en el Caribe, pero normalmente no en México.

Temas de conversación
Para que le cause buena impresión a sus clientes mexicanos, es importante poder hablar de México y de sus lugares famosos, de la cultura y de la historia mexicana. También, si comenta sobre fútbol nacional o internacional, va a ser bien recibido. En caso de que ya conozca bien a la persona, es buena idea preguntar por la familia. Si no la conoce todavía, hágale preguntas sobre ella. Obviamente, también se habla del trabajo, pero no al principio de la conversación.

Temas que hay que evitar
Para que no tenga problemas, es aconsejable que evite hablar de política y de religión.

Comportamiento

- Al hablar, la gente está físicamente más cerca uno de otro que en los EE.UU. Se considera descortés alejarse de la persona con la que uno habla.
- Los hombres mexicanos son cálidos y por lo general establecen contacto físico con otro hombre ya sea tocándole los hombros o tomándolo del brazo.
- En caso de que un mexicano lo invite a su casa, no hable de negocios. La invitación es simplemente social y quizás para establecer un primer contacto.

Sé que se va a México y quería darle algunas recomendaciones para que las tenga en cuenta a la hora de hacer negocios con los mexicanos.

Clara González

Parte B: En parejas, decidan cuáles son los tres consejos más importantes que leyeron y por qué. Justifiquen sus respuestas diciendo **Es importante que... para que..., a menos que...**

Parte C: Ahora, en grupos de tres, preparen un mínimo de cinco ideas sobre cómo debe comportarse un hombre/una mujer de negocios mexicano/a que va a venir a este país. Incluyan expresiones como: **para (que), sin (que), en caso de (que), a menos que, siempre y cuando.**

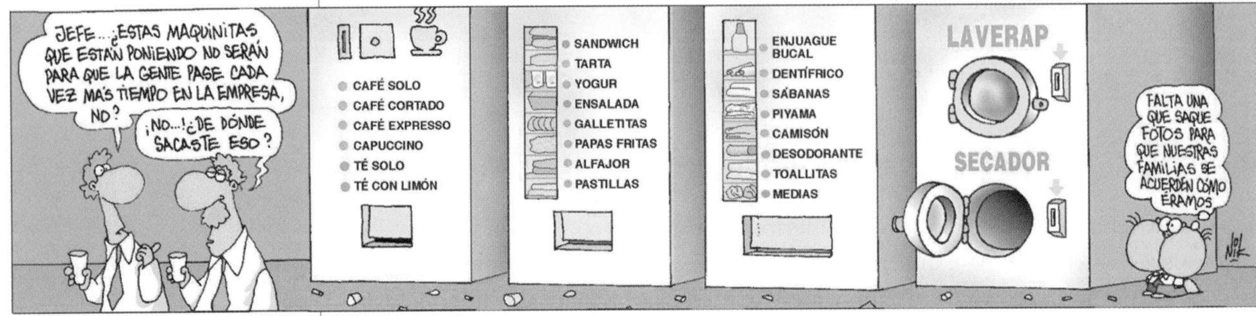

ACTIVIDAD 14 El coche perfecto

Una empresa hizo un concurso de diseños para el coche perfecto y el siguiente es uno de los posibles ganadores. Mira el coche y después termina las siguientes oraciones.

pajita = straw = **popote** (*México*), **pitillo** (*Colombia*)

1. Hay una cafetera con una cantidad ilimitada de café para que...
2. Hay un paraguas en caso de que...
3. Hay una cámara de video en la parte trasera del carro y un televisor adelante para que...
4. Con un periscopio el conductor puede ver el tráfico sin...
5. El asiento del conductor vibra para...
6. Las llantas traseras son enormes en caso de que...
7. Hay una pajita que va de la cafetera al conductor para que...

ACTIVIDAD 15 Reacción en cadena

En grupos de tres, inventen una historia con una de las ideas de la siguiente lista. Formen cinco oraciones en cadena (*chain sentences*) con expresiones como: **para que, sin que, en caso de que, a menos que, siempre y cuando.** Creen las oraciones de la siguiente manera: la última idea de una oración se convierte en la primera idea de la oración siguiente. Sigan el modelo.

▶ ir a Guatemala

A: Antes de que yo vaya a Guatemala, mis padres tienen que darme dinero.
B: Mis padres van a darme dinero siempre y cuando saque buenas notas.
C: No voy a sacar buenas notas a menos que estudie mucho. etc.

1. conseguir un buen trabajo
2. comprar un perro
3. el/la profesor/a de español estar contento/a

III. Reporting What Someone Said

Reported Speech

Telling or reporting what someone said is called reported speech **(estilo indirecto)**. Look at the following exchange.

PEDRO ¿**Vas a ir** a la reunión con los representantes de Telecom?
TERESA Sí, ¿**y tú?**
PEDRO **No, no voy a ir** porque **me invitaron** a una exposición de productos nuevos de Nokia.

Now look at a report of what was said.

Pedro le preguntó a Teresa si **iba a ir** a la reunión con los representantes de Telecom. Ella le respondió que **sí** y le preguntó a Pedro si él **iba a ir.** Él dijo que **no** porque lo **habían invitado** a una exposición de productos nuevos de Nokia.

Study the following examples showing how to report what was said when the reporting verb is in the preterit.

What Someone Said	Reporting What Someone Said (reporting verb in the preterit)
Narration in the Present	**Imperfect**
"Raúl **trabaja** tiempo completo."	Dijo que Raúl **trabajaba** tiempo completo.
Narration in the Future	
"**Voy a solicitar** el puesto."	Le comentó que **iba a solicitar** el puesto.
Narration in the Past with the Imperfect	
"**Tomábamos** cursos de capacitación."	Me explicaron que **tomaban** cursos de capacitación.
Narration in the Past without the Imperfect	**Pluperfect**
"¿**Has completado** la solicitud?"	Le preguntó si **había completado** la solicitud.
"Sí, la **terminé** anoche."	Le respondió que la **había terminado** anoche/la noche anterior.
"Nunca **había trabajado** con nadie tan rápido."	Añadió que nunca **había trabajado** con nadie tan rápido.

When a reporting phrase in the present is used (**dice que, explica que, pide que, comenta que**), the action or state being reported doesn't change tense: **Ocurrió** un accidente terrible. **Dice** (*introductory verb → present*) **que ocurrió** (*reporting verb*) un accidente terrible.

Note: Some common reporting phrases in the preterit are: **dijo que, explicó que, añadió que, preguntó qué/cuándo/si, contestó que, respondió que, comentó que.**

ACTIVIDAD 16 ¿Qué dijeron?

Cambia esta conversación del estilo directo al indirecto. Sigue el modelo.

▶ Mauricio le preguntó a Virginia qué iba a hacer esa noche. Ella le contestó que...

Mauricio	¿Qué vas a hacer esta noche?
Virginia	Tengo una reunión de trabajo.
Mauricio	¿Qué pasó?
Virginia	No terminamos el proyecto, por eso tenemos que quedarnos en la oficina.
Mauricio	¿Han tenido muchos problemas?
Virginia	Sí, hemos tenido algunos, pero esta noche vamos a terminar. Si quieres, a las once, podemos ir al bar de la esquina de mi casa para tomar un café.

ACTIVIDAD 17 La desaparición de un compañero

En parejas, una persona es un/a estudiante universitario/a y la otra persona es un/a detective de la policía. Lean solo el papel que les corresponde.

El/La estudiante universitario/a

Hace dos días que tu compañero/a de cuarto salió por la noche y no volvió. Esta fue la última conversación que tuviste con él/ella.

Compañero/a	¡Qué cansado/a estoy! He estado todo el día con el proyecto de física para la clase del profesor López y finalmente lo terminé.
Tú	Pensé que nunca ibas a terminar... trabajaste 12 horas en ese proyecto.
Compañero/a	Estoy muerto/a. Ahora voy a ir al cine para distraerme.
Tú	¿Qué película vas a ver?
Compañero/a	Creo que la última de Benicio del Toro.
Tú	Ah sí, la están dando en el cine que está cerca de aquí.
Compañero/a	Sí, la función empieza a las 8:00, así que pienso estar en casa a las 10:30. ¿Quieres ir conmigo?
Tú	No, gracias. Voy a encontrarme con unos amigos para cenar.

Ahora vas a hablar con un/a detective. Contesta sus preguntas usando el estilo indirecto.

▶ Me dijo que estaba muy cansado/a.

(Continúa en la página siguiente.)

El/La detective

Un/a estudiante universitario/a te llama para decirte que hace dos días que su compañero/a de cuarto no aparece por la residencia. Hazle preguntas.

1. su compañero/a / decirle / cómo / sentirse
2. por qué / estar / cansado/a
3. decirle a Ud. / adónde / ir
4. informarle a Ud. / a qué hora / volver
5. él/ella / hacer / algún otro comentario
6. qué / explicarle / Ud. / que ir a hacer

Empieza la conversación preguntándole **¿Le dijo su compañero cómo se sentía?**

ACTIVIDAD 18 Dos historias cómicas

En parejas, cada persona lee una de las siguientes historias y luego se la cuenta a su compañero/a usando el estilo indirecto. Al escuchar la historia de la otra persona, usen las siguientes expresiones.

Para reaccionar

¡Qué curioso!	How strange/weird!
¡Qué gracioso!	How funny!
¡Uy! ¡Metió la pata!	Wow! He/She put his/her foot in his/her mouth!
Me lo imagino.	I imagine/bet.
A ver si te entendí bien.	Let me see if I get it.
¡Ya caigo!	Now I get it.

Historia 1

"Me considero una persona muy respetuosa y nunca he sido irrespetuoso con nadie. Pero el miércoles pasado tenía una entrevista de trabajo a las ocho de la mañana y mi despertador no sonó. Me desperté a las ocho menos cuarto, salté de la cama, me vestí y salí de casa corriendo. Estaba muy nervioso porque sabía que iba a llegar tarde. Iba en mi carro y al llegar al lugar, vi que un auto estaba por estacionar en el único lugar que había. Pero yo estaba desesperado y estacioné en ese lugar. La mujer del otro carro estaba furiosa, pero yo entré corriendo al edificio donde tenía la entrevista. Me recibió la secretaria, esperé unos diez minutos y pasé a la oficina para la entrevista. Qué sorpresa cuando vi entrar a la mujer a quien yo le quité el último lugar para estacionar. Voy a comprarme dos despertadores para no llegar tarde a citas importantes y para no hacer cosas desesperadas."

Empieza diciendo: Un amigo me dijo que...

Historia 2

"El otro día mi jefe nos mandó un mail a Fernanda y a mí con la siguiente información:

> 'Fernanda y Marcos:
> Hoy tenemos que terminar el proyecto y entregárselo al Sr. Covarrubias, que lo necesita con urgencia.'

El Sr. Covarrubias es insoportable; le encanta trabajar y nos obliga a trabajar tanto como él. Pero yo tengo esposa e hijos y también quiero pasar tiempo con ellos. Por eso, me molestó mucho recibir ese mail y para descargarme, le escribí un mail a mi jefe, que también opina que ese señor es muy molesto:

> 'Ese hombre me tiene harto. Estoy seguro que está solo en la vida y no tiene otra cosa que hacer sino trabajar. Tengo una idea: voy a presentarle a mi hermana. Así va a interesarse menos por el trabajo.'

El único problema fue que en vez de hacer clic en 'contestar', hice clic en 'contestar a todos', sin acordarme que mi jefe nos había mandado el mail a Fernanda, a mí Y AL SR. COVARRUBIAS. A los cinco minutos recibí un mail del Sr. Covarrubias que decía: 'Quisiera conocerla'."

Empieza diciendo: Mis amigos Marcos y Fernanda recibieron un mail ayer de su jefe. Él me contó que el otro día su jefe les había mandado un mail a él y a Fernanda donde les dijo que...

ACTIVIDAD 19 ¿Alguna vez?

En grupos de tres, háganse las siguientes preguntas para hablar de diferentes situaciones personales.

1. ¿Alguna vez te has vuelto a encontrar con un vecino o un amigo de tu niñez? ¿Qué te preguntó? ¿Qué te contó de su vida? ¿Qué le contaste tú?
2. Cuando estabas en la escuela secundaria, ¿tuviste novio/a alguna vez? ¿Qué le dijiste o que te dijo la otra persona para comenzar el noviazgo?
3. ¿Alguna vez alguien te ha ofrecido en su casa una comida que te disgustaba mucho? ¿Qué le dijiste?
4. ¿Alguna vez has rechazado la invitación de alguien con una mentira? ¿Qué le dijiste?
5. ¿Alguna vez le has dicho a alguien una verdad muy difícil de aceptar? ¿Qué le dijiste?
6. ¿Alguna vez has estado con alguien que tenía mal aliento? ¿Le dijiste algo?

IV. Negating and Expressing Options

O... o, ni... ni, ni siquiera

1. When you want to say *either . . . or*, use **(o)... o.** When you want to express *neither . . . nor*, use **(ni)... ni.**

Esta noche quiero ir (**o**) al cine **o** a un restaurante.	*I want to go (either) to the movies or to a restaurant tonight.*
Trabajé tanto que esta noche **no** quiero ir (**ni**) al cine **ni** a un restaurante.	*I worked so hard that tonight I don't want to go to the movies or to a restaurant.* (literally, I worked so hard that tonight I don't want to go neither to the movies nor to a restaurant.)
Ni Carlos ni Perla me han llamado.*	*Neither Carlos nor Perla has called me.*

*__Note:__ When subjects are preceded by **ni... ni...**, or **(o)... o...** the verb is plural.

2. To express *not even,* use **ni** (**siquiera**).

Ni (**siquiera**) mi novia me entiende.	*Not even my girlfriend understands me.*
No recibí **ni** (**siquiera**) un centavo por el trabajo.	*I didn't even receive a penny for the work.*

To review rules on negating, see Chapter 7, pages 200–201.

Remember to use the **no** before the verb since Spanish requires the use of the double negative.

ACTIVIDAD 20 Lectura entre líneas

Lee primero la siguiente conversación y después contesta las seis preguntas que le siguen para reconstruir lo que crees que ocurrió. Hay muchas posibilidades; por eso, usa la imaginación al contestar, pero basa tus respuestas en la conversación. Intenta usar **ni... ni** y **o... o** al hablar.

Lola Por fin has llegado. ¿Sabes algo?
Verónica Nada. Y tú no te has movido; sigues al lado del teléfono.
Lola No sé qué hacer. Ni ha llamado ni ha dejado una nota... ¡Nada!
Verónica ¡Qué raro que no haya dado ni una señal de vida!
Lola Han pasado tres días.
Verónica ¿Ha llamado él a Víctor?
Lola Ni siquiera a él. No ha llamado ni a Víctor ni a nadie.
Verónica ¿Has llamado a la policía?

(*Continúa en la página siguiente.*)

LOLA No, todavía no he hecho nada. O lloro pensando en alguna tragedia o me enfado pensando que está divirtiéndose por ahí y que no se ha preocupado ni siquiera por avisar.

VERÓNICA ¿Qué vas a hacer cuando vuelva?

LOLA O lo voy a abrazar... o lo voy a matar.

1. ¿Cuál de estas palabras describe mejor los sentimientos de Lola: desesperada, interesada o preocupada?
2. ¿De quién hablan las mujeres: un esposo, un amante, un hijo o un amigo? ¿Por qué crees eso?
3. ¿Qué crees que haya hecho Verónica en las últimas dos o tres horas?
4. ¿Es Víctor una persona importante en la vida del hombre misterioso? ¿Cuál es la importancia de las palabras "ni siquiera" en la frase "Ni siquiera a él"? ¿Quién puede ser Víctor?
5. ¿Dónde crees que esté el hombre misterioso y qué crees que esté haciendo?
6. ¿Va a llamar el hombre? ¿Va a volver? Si vuelve, ¿qué va a pasar?

ACTIVIDAD 21 Tu futuro

En parejas, miren las siguientes listas y decidan qué lugares y tipo de trabajos van a ser parte de su futuro y cuáles no. Usen las siguientes ideas u otras originales y sigan el modelo.

► Me gustaría vivir o en... o en..., pero no quiero estar ni en el campo ni...

Lugar para vivir			
pueblo pequeño	norte del país	Europa	Suramérica
Alaska	campo	oeste del país	este del país
sur del país	Hawai	ciudad	afueras de una ciudad

Lugar de trabajo			
oficina	al aire libre	escuela	empresa pequeña
hospital	laboratorio	casa	negocio de mi familia

Un trabajo relacionado con...			
construcción	ventas	salud	investigación
educación	turismo	política	administración

¿Lo sabían?

El microcrédito

Mujeres peruanas deciden cómo utilizar el dinero en sus microempresas.

Algunas personas tienen pocas posibilidades de elegir lo que van a hacer en la vida por haber nacido en una familia pobre, con poco acceso a la educación y al dinero. Desde hace unos años ha surgido una manera innovadora para ayudar a esas personas o, más bien, para que se ayuden ellas mismas. Lee lo que explica una peruana sobre lo que pasa en su país.

"Existen en el mundo los llamados bancos éticos que son organizaciones que buscan ayudar a la gente necesitada a la vez que les brindan beneficios a sus inversores. El sistema de estos bancos consiste en dar microcréditos a familias pobres en países en vías de desarrollo; en especial a las mujeres, porque son ellas las que, por lo general, tienen menos acceso a la educación y al trabajo, y quienes, en algunos casos, son jefe de familia. Se forman así los bancos comunales que consisten en grupos de diez a treinta mujeres que se encargan de seleccionar un comité de administración. Estas mujeres reciben préstamos con un interés muy bajo que cada una destina a diferentes microempresas; por ejemplo, a la venta de comida y la manufactura y venta de ropa. El grupo de mujeres se apoya en sus microempresas y en el pago del préstamo en cuotas." ■

Banco Comunal "Mujeres Unidas" Asistencia

Cuenta interna

The **asistencia** page is where they take attendance for meetings (**p = presente, t = tarde, f = falta**). The **cuenta interna** page is the official bookkeeping system.

V. Describing Reciprocal Actions

Se/Nos/Os + Plural Verb Forms

1. The pronouns **se, nos,** and **os** may be used to describe actions that people do *to themselves:* **Ella se ducha.** Another use of these pronouns is to describe actions people do *to each other* or *to one another.* These are called reciprocal actions (**acciones recíprocas**). Compare the following sentences and drawings.

Él **se baña.**	Los trillizos de la familia Peñalver **se bañan.**
He's bathing (himself).	*The Peñalver triplets are bathing one another.*
Se llaman por teléfono con frecuencia.	*They call each other frequently.*
Nos peleamos como perros y gatos.	*We fight like cats and dogs.*
Vosotros **os** lleváis muy bien.	*You get along very well.*

2. Note the ambiguity in meaning of the following sentence.

Ellos **se miraron.** { *They looked at themselves.* / *They looked at each other.* }

To avoid ambiguity or to add emphasis, it is common to include the phrase **(el) uno a(l) otro** and its feminine and plural forms **(la) una a (la) otra / (los) unos a (los) otros / (las) unas a (las) otras.** The definite articles are optional.

Después de hacer su última oferta, los dos negociadores **se miraron** intensamente **(el) uno a(l) otro.**	*After making their last offer, the two negotiators looked intensely at each other.*
Los empleados **se ayudan (los) unos a (los) otros** con el nuevo programa de computadoras.	*The employees help one another with the new computer program.*
Él y ella se miraron (el) **uno a**(l) **otro.***	*They looked at each other.*

***Note:** When there is a masculine and a feminine, use the masculine form: **(el) uno a(l) otro**.

3. Verbs that are often used with a specific preposition use the same prepositions to clarify a reciprocal action.

Se despidieron (la) una **de** (la) otra.	*They said good-by to each other.*
Se pelearon (el) uno **con** (el) otro.	*They fought with each other.*
Se rieron (los) unos **de** (los) otros.	*They laughed at one another.*

ACTIVIDAD 22 La interacción

En parejas, digan cómo se comportan Uds. con diferentes personas o cómo se comportan ciertas personas entre ellas y por qué, combinando una frase de la primera columna y una frase de la segunda.

mi novio/a y yo	• no dirigirse la palabra
mi padre/madre y yo	• llevarse bien/mal
mis padres	• (no) entenderse
mi hermano/a y yo	• amarse
mis primos	• (no) pelearse
mi perro/gato y yo	• besarse
mi abuelo/a y mi madre	• escribirse mails
mi compañero/a de cuarto y yo	• mandarse mensajes de texto
mi ex novio/a y yo	

Remember: Direct-object pronouns are **me, te, lo, la, nos, os, los, las** and indirect-object pronouns are **me, te, le, nos, os, les.**

ACTIVIDAD 23 Un guion de telenovela

Parte A: Completa esta parte del guion de una telenovela, usando pronombres de complemento directo o indirecto y pronombres reflexivos y recíprocos.

Él __________ entrega una flor a ella y ella __________ huele (*smells*) y sonríe. Ella __________ toma la mano (a él). __________ miran uno a otro con mucha intensidad y (ellos) __________ besan. En ese momento entra otra mujer.

Ella __________ mira (a ellos) con asombro, pero ellos no __________ ven hasta que ella __________ comienza a insultar. Él __________ pone una mano sobre la boca y __________ intenta calmar. Ella no __________ calla.

Las dos mujeres __________ siguen mirando. La primera mujer __________ explica a la otra quién es. Todos __________ ríen aliviados. Al final, todos ellos __________ abrazan.

Parte B: Ahora, en grupos de cuatro, representen el guion que acaban de completar. Uno de Uds. debe leerlo mientras los otros tres actúan.

ACTIVIDAD 24 No nos entendemos

Parte A: En grupos de cuatro, formen dos parejas (Pareja A y Pareja B). Lean solamente el papel para su pareja y antes de entrar en negociaciones con la otra pareja, tomen unos minutos para hacer una lista de lo que quieren pedir/ofrecer y por qué.

Pareja A

Uds. son representantes del sindicato (*labor union*) de MicroTec y deben crear una lista de beneficios laborales para los empleados. En los últimos años la empresa ha reducido los beneficios y ahora Uds. los consideran miserables y una desvalorización de su trabajo.

Pareja B

Uds. son representantes de la dirección de MicroTec y deben crear una lista de beneficios laborales para los empleados. Obviamente quieren empleados felices, pero también quieren ahorrarle dinero a la empresa. En los últimos años, Uds. han reducido los beneficios BASTANTE para no tener que despedir a ningún empleado.

Parte B: Ahora los representantes del sindicato y la dirección deben discutir los beneficios laborales e intentar llegar a un acuerdo. Usen expresiones como: **Queremos..., Insistimos en..., a menos que..., para (que)...**

Do the corresponding web activities to review the chapter topics.

Vocabulario activo

Conjunciones adverbiales

En caso (de) que *in the event that, if*
Sin que *without*
Con tal (de) que *provided that*
A menos que *unless*
Para que *in order that, so that*
Antes (de) que *before*
Siempre y cuando *provided that*

Palabras relacionadas con el trabajo

los avisos clasificados *classified ads*
la carta de recomendación *letter of recommendation*
completar una solicitud *to fill out an application*
contratar a alguien *to hire someone*
el curriculum (vitae) *CV, résumé*
despedir (i, i) a alguien *to fire someone*
entrevistarse (con alguien) *to be interviewed (by someone)*
estar desempleado/a / estar sin trabajo *to be unemployed*
la experiencia laboral *work experience*
hacer una pasantía *to do an internship*
la oferta y la demanda *supply and demand*
la organización no gubernamental (ONG) *non-governmental organization (NGO)*
las referencias *references*
sin fines/ánimo de lucro *nonprofit*
solicitar un puesto/empleo *to apply for a job*
tomar cursos de perfeccionamiento/capacitación *to take continuing education/training courses*

El empleo

aumentar/bajar el sueldo *to raise/lower the salary*
la empresa *company*
los ingresos *income*
el pago mensual/semanal *monthly/weekly pay*
el salario mínimo *minimum wage*
el sueldo *salary*
trabajar medio tiempo / tiempo completo *to work part/full time*

Los beneficios

el aguinaldo *end-of-the-year bonus*
los días feriados *holidays*
la guardería (infantil) *child care center*
la licencia *leave (of absence)*
por enfermedad *sick leave*
por maternidad *maternity leave*
por matrimonio *wedding leave*
por paternidad *paternity leave*
el seguro médico/dental/de vida *health/dental/life insurance*

Expresiones útiles

darle igual (a alguien) *to be all the same (to someone), to not care*
el uno al otro / la una a la otra *each other*
los unos a los otros / las unas a las otras *one another* (*more than two people*)
un montón *a lot*
ni... ni *neither . . . nor*
ni (siquiera) *not even*
No, en absoluto. *No, not at all.*
o... o *either . . . or*
A ver si te entendí bien. *Let me see if I get it.*
Me lo imagino. *I imagine/bet.*
¡Qué curioso! *How strange/weird!*
¡Qué gracioso! *How funny!*
¡Uy! ¡Metió la pata! *Wow! He/She put his/her foot in his/her mouth!*
¡Ya caigo! *Now I get it.*

Más allá

Canción: "El imbécil"

León Gieco

El cantautor argentino (1951–) compró su primera guitarra con su propio sueldo cuando tenía ocho años y comenzó tocando durante fiestas patrias en su escuela. Luego tocó con un conocido grupo folclórico de Argentina y con el tiempo empezó a tocar con bandas de rock y con músicos famosos, como Charly García, María Rosa Yorio y Gustavo Santaolalla. Se lo conoce por combinar música folclórica con rock argentino y por sus letras con contenido político y social. Por los temas de sus canciones y el uso de instrumentos como la harmónica lo llaman el Bob Dylan de Argentina.

ACTIVIDAD Los mendigos

Parte A: Hay personas que salen a la calle para pedir dinero. Antes de escuchar la canción, habla de los siguientes puntos.

- quiénes son estas personas (incluye la edad)
- dónde piden dinero
- por qué lo piden
- si ofrecen algo a cambio de dinero, qué ofrecen
- cómo los mira la gente

Parte B: En la canción que vas a escuchar, hay dos personas que hablan: el cantante y un padre de familia. La canción menciona a personas menores de edad que se acercan a los autos en el semáforo para pedir dinero. Mira las siguientes preguntas y luego escucha la canción para marcar las respuestas que se mencionan. Para cada pregunta hay más de una respuesta correcta.

A cambio de dinero, ¿qué ofrecen los niños?	______ dulces	______ estampitas religiosas	______ hacer malabarismo (*juggling*)	______ limpiar el parabrisas
¿Qué hace el padre cuando se acerca un niño a pedir "guita"?	______ cerrar las puertas	______ cerrar las ven-tanillas	______ darle unas monedas	______decirle que se vaya
¿Qué les dice el padre a sus hijos Patri, Ezequiel y Nancy y a su tía?	______ cuidado con el reloj	______ cuidado con el pañuelo de seda	______ miren sin mirar	______ pongan el brazo adentro
Según el padre, ¿por qué los menores piden en la calle?	______ tienen hambre	______ no quieren trabajar	______ no son afortu-nados como sus hijos	

Parte C: El cantante dice que el padre es un imbécil. En grupos de tres, discutan por lo menos tres razones por las cuales creen que lo llama así.

Videofuentes: *Almodóvar y los estereotipos*

Antes de ver

ACTIVIDAD 1 ¿Con quién asocias este trabajo?

Antes de ver algunas escenas de una película de Pedro Almodóvar, mira la siguiente lista de ocupaciones y di si generalmente las asocias con un hombre o con una mujer. Justifica tus respuestas.

1. doctor/doctora
2. enfermero/enfermera
3. general/mujer general
4. maestro/maestra de jardín infantil
5. piloto/mujer piloto
6. portero/portera
7. presidente/presidenta de este país
8. profesor/profesora de química
9. torero/torera

Almodóvar dirige una escena de *Hable con ella*.

Mientras ves

ACTIVIDAD 2 Hable con ella

Parte A: Vas a mirar tres clips de la película *Hable con ella*, donde se ven hombres y mujeres que tienen diferentes trabajos. Mira el video hasta donde terminan los clips y piensa en las siguientes ideas.

- las ocupaciones que se presentan
- si un hombre o una mujer tiene el trabajo
- estereotipo(s) que se presenta(n) en cada clip

Parte B: Ahora lee las siguientes preguntas y luego, para contestarlas, mira los clips otra vez.

Clip 1

1. ¿Qué pregunta dice Benigno que le ha hecho el padre de la chica? ¿A qué cultura le atribuye la pregunta?
2. ¿Cómo se siente Benigno con la pregunta que le hizo el padre?

Clip 2

Marcos, un amigo de Benigno, va a alquilar la casa de Benigno y habla con la portera.

1. ¿Por qué está sorprendida e indignada la portera?
2. ¿Qué información recibe ella sobre Benigno?
3. ¿Cómo crees que va a obtener ella más información sobre Benigno?

Marcos habla con la portera.

Clip 3

1. ¿En qué tipo de programa de televisión aparece la torera?
2. ¿Por qué dice la entrevistadora que el torero llamado el Niño de Valencia se ha burlado de ella?

Parte C: En el siguiente segmento, Pedro Almodóvar habla sobre el personaje de Lydia, la torera, que trabaja en una profesión de hombres donde hay mucho machismo. Mira la entrevista con Almodóvar y luego di si existen otras profesiones donde haya machismo y no se acepte a las mujeres como iguales.

Después de ver

ACTIVIDAD 3 Tus estereotipos

Parte A: En grupos de tres, contesten estas preguntas y justifiquen sus respuestas.

1. Cuando tengan hijos pequeños, ¿van a emplear a un hombre o a una mujer como niñero/a? Imaginen que hay dos maestros (un hombre y una mujer) para la clase de primer grado y Uds. pueden elegir: ¿van a elegir al hombre, a la mujer o van a dejar que la escuela decida?
2. En el trabajo, ¿prefieren trabajar para un jefe, una jefa o les da igual?
3. En el gobierno, ¿prefieren un presidente, una presidenta o les da igual? ¿Cambia su respuesta si la persona tiene hijos adolescentes?
4. En cuanto a la salud, ¿prefieren ir a un doctor, a una doctora o les da igual? ¿Depende su preferencia del problema que tengan?
5. En el ejército, ¿las mujeres deben servir igual que los hombres? Imaginen que Uds. tienen un hijo que es soldado y está en la guerra: ¿prefieren que la persona que combata junto a su hijo sea hombre, mujer o les da igual?

Parte B: Discutan las siguientes preguntas teniendo en cuenta sus respuestas de la Parte A.

1. ¿Existen prejuicios contra la mujer en el campo laboral? ¿Y contra el hombre?
2. ¿Uds. mismos tienen prejuicios?
3. Los idiomas evolucionan con los cambios en la sociedad. Hoy día hay ocupaciones que se asociaban o se asocian típicamente con un solo sexo. En inglés, la palabra *president* puede referirse a un hombre o a una mujer, pero en algunos casos se usa una palabra diferente si la ocupación la ejerce un hombre o una mujer. ¿Pueden pensar en ejemplos de palabras como estas?

Película: *Crimen ferpecto*

Comedia negra

España, 2004

Director: Alex de la Iglesia

Guion: Jorge Guerricaechevarría y Alex de la Iglesia

Clasificación moral: No recomendada para menores de 18 años

Reparto: Guillermo Toledo, Mónica Cervera, Luis Varela, Fernando Tejero, Javier Gutiérrez, Kira Miró, más...

Sinopsis: Rafael, un enamorado de las mujeres bonitas, trabaja en la sección de ropa femenina de una tienda. Su sueño es ser jefe de planta. Don Antonio, su rival para el puesto, es el encargado de la sección de hombres. Este último muere accidentalmente durante una discusión con Rafael. La única testigo de este suceso es Lourdes, una vendedora obsesiva que trata de chantajear a Rafael para que se case con ella. Para salir de esa situación, Rafael tiene que planear el *crimen perfecto.*

ACTIVIDAD El trabajo y sus conflictos

Parte A: Antes de ver la película *Crimen ferpecto*, en grupos de tres hablen sobre las siguientes preguntas.

1. ¿Existe la palabra "ferpecto"? ¿Por qué creen que se usa ese término en el nombre de la película?
2. ¿Cuáles son cuatro cualidades que debe tener un buen vendedor?
3. ¿Cuáles son los problemas de tener una relación amorosa con un/una compañero/a de trabajo?
4. ¿Creen que sea posible cometer el crimen perfecto? Justifiquen su respuesta.

Parte B: Ahora vayan al sitio de Internet del libro de texto y hagan las actividades que allí se presentan.

Es una obra de arte

La familia, Marisol Escobar (1930–) de ascendencia venezolana.

METAS COMUNICATIVAS

- expresar influencia, emoción y duda en el pasado
- hablar sobre arte
- cambiar el enfoque de una idea

METAS ADICIONALES

- usar el infinitivo
- usar expresiones de transición

Entrevista a una experta en artesanías

¿A qué se debe eso?	What do you attribute that to?
llevarle (a alguien) dos/tres meses	to take (someone) two/three months
se me fueron las ganas de + *infinitive*	I didn't feel like + *-ing* anymore
un dineral	a great deal of money/a fortune

ACTIVIDAD 1 El sombrero

Parte A: El locutor de un programa de radio entrevista a una experta acerca de un sombrero muy famoso. Antes de escuchar la entrevista, mira la foto que aparece en esta página y usa la imaginación y la lógica para intentar contestar las siguientes preguntas.

1. ¿Sabes cómo se llama ese tipo de sombrero?
2. ¿Quiénes hacen esos sombreros?
3. ¿Dónde crees que los hagan?
4. ¿Cuánto tiempo lleva hacer un sombrero bueno? ¿Y uno muy bueno?
5. ¿Dónde se venden y cuánto cuestan?

Parte B: Ahora, para confirmar tus predicciones, escucha la entrevista. Busca también la respuesta a las siguientes preguntas.

1. ¿En qué momento del día se hacen esos sombreros y por qué?
2. ¿Quiénes reciben la mayor parte del dinero de la venta de los sombreros?

ACTIVIDAD 2 La interpretación

En la entrevista, la Sra. Gómez le comenta al locutor del programa que la hija y la nieta de una artesana no están interesadas en continuar esta tradición porque “Ud. ya sabe cómo son los jóvenes”. ¿Qué quiere decir con esa frase?

Los sombreros panamá

¿Lo sabían?

Mantas en venta en el mercado de Otavalo.

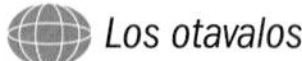 *Los otavalos*

Entre los artesanos de Hispanoamérica se destacan los otavalos, un grupo indígena de Ecuador que produce mantas y telas. En 1966, los otavalos abrieron su primera tienda propia y apenas doce años después ya tenían setenta y cinco tiendas. Hoy en día, se dedican a la exportación de sus productos a otros países, especialmente a Europa, Canadá y los Estados Unidos. Por ser tan industriosos y buenos comerciantes, se considera a los otavalos como uno de los grupos indígenas más prósperos de Hispanoamérica.

¿Puedes mencionar artesanías que se hacen en tu país y explicar quiénes las hacen?

I. Discussing Art

Do the corresponding web activities as you study the chapter.

El arte

 *El arte*

Fuente hispana

"No entiendo mucho de arte, pero hay algunas **obras maestras** *que me encanta ver una y otra vez. Entre ellas están la ilustración* Don Quijote *del pintor español Pablo Picasso y* **el cuadro** Las dos Fridas *de la mexicana Frida Kahlo. Para el primero,* **las fuentes de inspiración** *fueron el personaje soñador Don Quijote y su compañero Sancho Panza, del libro escrito por Miguel de Cervantes, y el otro es* **un autorretrato** *de una artista que tuvo un accidente grave de joven que la afectó para toda la vida. Ambas obras me fascinan porque son increíbles. Por lo general,* **las naturalezas muertas** *me aburren porque me parecen siempre muy parecidas unas a otras y* **las obras abstractas** *no las entiendo y no las puedo* **interpretar.**" ■

venezolana

masterpieces
painting
sources of inspiration
self-portrait
still lifes
abstract works
to interpret

El arte, when singular, generally takes masculine adjectives: **el arte moderno.** When plural, it takes feminine modifiers: **las bellas artes.**

La obra de arte	
el/la artista	
el dibujo, dibujar	drawing, to draw
la escena	
el/la escultor/a, la escultura	
la estatua	
el fondo	background
la imagen	
el paisaje	landscape
el/la pintor/a, la pintura, pintar	painter, painting, to paint
el primer plano	foreground
la reproducción	
el retrato	portrait

(Continúa en la página siguiente.)

la burla, burlarse de...	mockery, to mock/joke (make fun of)
expresar	
glorificar	to glorify
el mensaje	message
la sátira	satire
el símbolo, el simbolismo, simbolizar	

Apreciación del arte	
la censura, el censor, censurar	
la crítica, el crítico, criticar	critique; critic; to critique, criticize
la interpretación	

Algunos movimientos artísticos: abstracto, barroco, cubismo, impresionismo, realismo.

ACTIVIDAD 3 Los símbolos

Las obras de arte están llenas de símbolos y mensajes. Habla del simbolismo en el arte combinando un símbolo con un concepto.

▶ El color blanco representa/simboliza... porque...

Símbolos	Conceptos
el color blanco	• la muerte
el color rojo	• la esperanza
una calavera	• la religión
una cruz	• la paz
una paloma (*dove*)	• la pureza
el color verde	• la violencia, la pasión

calavera

ACTIVIDAD 4 ¿Qué te parecen?

En parejas, miren todas las obras de arte que hay en este capítulo y usen las siguientes expresiones para comentar. Expliquen por qué hacen esos comentarios utilizando el vocabulario de la sección de arte.

Para hablar de un cuadro

¿Qué te parece (este cuadro)?	What do you think (about this painting)?
No tiene ni pies ni cabeza.	I can't make heads or tails of it.
No tiene (ningún) sentido para mí.	It doesn't make (any) sense to me.
¡Qué maravilla!	
¡Qué horrible!	
(No) Me conmueve.	It moves/doesn't move me.
Me siento triste/contento/a al verlo.	I feel sad/happy when I see it.
Ni me va ni me viene. / Ni fu ni fa.	It doesn't do anything for me.

ACTIVIDAD 5 ¿Dónde están?

En grupos de tres, digan dónde están las siguientes obras maestras e identifiquen si es un cuadro, un mural o una escultura. Usen expresiones como: **Estoy seguro/a de que El David, una escultura de Miguel Ángel, está en...; Sé que no...; (No) es posible que...; (No) creo que...**

Mona Lisa también se llama *La Gioconda*.

Obra maestra	Lugar
David / Miguel Ángel	• Galería de la Academia en Florencia
Las dos Fridas / Frida Kahlo	• el Museo Rodin en París
La vista de Toledo / El Greco	• el Centro Reina Sofía en Madrid
La maja vestida / Goya	• el Louvre en París
Guernica / Picasso	• el Museo Metropolitano en Nueva York
Mona Lisa / da Vinci	• el Museo de Arte Moderno en el D. F.
El pensador / Rodin	• el Museo del Prado en Madrid
Hispanoamérica / Orozco	• la Universidad de Dartmouth en New Hampshire

¿Lo sabían?

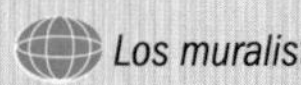 *Los muralistas*

Hispanoamérica, de José Clemente Orozco (1883-1949), Universidad de Dartmouth.

En 1923, un grupo de artistas mexicanos que habían vivido bajo la dictadura de Porfirio Díaz y habían pasado por un período revolucionario cuando eran estudiantes de arte, formaron un sindicato de pintores y escultores. Entre ellos estaban los famosos muralistas Diego Rivera, David Alfaro Siqueiros y José Clemente Orozco. Debido a que este sindicato apoyaba el papel revolucionario del nuevo gobierno, este les ofreció a los pintores diferentes muros (*walls*) de la Ciudad de México y de edificios públicos para que hicieran pinturas sobre ellos. Así comenzó el movimiento llamado *Muralismo*, el primero de la historia que desarrolló temas sociopolíticos en la pintura.

¿Sabes dónde hay murales en tu ciudad, qué representan y quiénes los pintaron?

ACTIVIDAD 6 El arte en California

Mucha gente cree, erróneamente, que el arte de los artistas mexicoamericanos en los Estados Unidos ha recibido influencia del arte hispanoamericano en general. Sin embargo, su mayor influencia es la de los muralistas mexicanos. En parejas, comparen el siguiente mural de una artista chicana con el de Orozco en la página anterior. Usen palabras de la sección de arte para decir en qué se parecen y en qué se diferencian.

Parte del mural *La ofrenda*, Yreina Cervantez (1952-).

ACTIVIDAD 7 ¿Qué es realmente arte?

En parejas, discutan estas preguntas sobre el arte.

1. ¿Cuál es la diferencia entre arte y artesanía?
2. Cuando un niño hace un dibujo, ¿se considera arte?
3. ¿Cuál es la diferencia entre un grafiti y un mural? ¿Conocen a alguien que haya pintado grafiti? ¿Cómo era el grafiti y dónde lo pintó?
4. Muchos humoristas gráficos usan sátira o se burlan de algo, pero existen periódicos que censuran sus tiras cómicas (*comic strips*) y no las publican. ¿Cuándo y por qué creen que los periódicos hagan eso? ¿Cuál es su tira cómica favorita y por qué?
5. Otro tipo de arte es el diseño gráfico. Las empresas gastan un dineral en crear sus logotipos (*logos*). ¿Qué logotipos les gustan? ¿Simbolizan algo en especial? Miren los logotipos que se presentan aquí y digan qué simbolizan y qué promocionan.

ACTIVIDAD 8 El arte en la ropa

Camiseta, un par de jeans y zapatos de tenis es la vestimenta más común que llevan los jóvenes de hoy. En parejas, averigüen qué tipo de mensajes tienen las camisetas que Uds. generalmente llevan. Sigan el modelo.

▶ —¿Tienes alguna camiseta que tenga una imagen simbólica?

—Sí, tengo una con la paloma de la paz de Picasso.

—No, no tengo ninguna que tenga imagen simbólica.

1. tener una imagen simbólica
2. tener mensaje político o ecológico
3. glorificar un equipo deportivo, etc.
4. criticar algo directamente
5. hacer sátira de algo
6. tener una obra de arte
7. tener algo gracioso

ACTIVIDAD 9 Críticos de arte

En grupos de tres, miren el último cuadro que hizo una pintora mexicana y en el cual se representó a sí misma. Lean el nombre de la pintura y después discutan las siguientes ideas.

1. su reacción al mirar el cuadro
2. por qué tienen esa reacción
3. todos los detalles que hay en el cuadro: la luz, las sombras, las figuras, las líneas diagonales y las curvas, los colores
4. cuál creen que haya sido la fuente de inspiración de la artista
5. cuál es el mensaje del cuadro

Sueño y presentimiento, María Izquierdo (1906-1955).

¿Lo sabían?

Durante muchos siglos las artes estuvieron dominadas por los hombres, ya que eran ellos quienes recibían apoyo financiero para crear su obra y quienes tenían fama mundial. Actualmente también se reconocen las contribuciones de las artistas. Entre las más conocidas de Hispanoamérica se encuentran las mexicanas Frida Kahlo (1907-1954) y María Izquierdo (1902-1955), que lograron reconocimiento gracias a su conexión con Diego Rivera. Otras artistas conocidas en la actualidad son las argentinas Lidy Prati (1921-) y Liliana Porter (1941-), la colombiana Ana Mercedes Hoyos (1930-), Marisol Escobar (1930-), de ascendencia venezolana, y la cubana Ana Mendieta (1948-1985).

¿Puedes nombrar alguna artista famosa del pasado o del presente? ¿Qué sabes sobre ella?

II. Expressing Influence, Feelings, and Doubt in the Past

The Imperfect Subjunctive

In previous chapters you learned many uses of the subjunctive:

Chapter 5: influencing, suggesting, persuading, and advising
Chapter 6: expressing feelings, opinions, belief, and doubt
Chapter 7: describing what one is looking for and expressing pending actions
Chapter 8: expressing restriction, possibility, purpose, and time

In this chapter you will learn how to express all of the preceding uses, but in reference to the past. In the interview you heard, the Panama hat expert used the imperfect subjunctive when she discussed an artisan's past desire that her daughter and granddaughter learn to make the hats: **"Había una artesana que quería que su hija y su nieta *aprendieran* [este arte]."**

1. To form the imperfect subjunctive (**imperfecto del subjuntivo**):

a. use the third person plural of the preterit: **pagaron**
b. drop the **-ron** ending: **paga~~ron~~**
c. add the following subjunctive endings to all **-ar, -er,** and **-ir** verbs.

pagar → paga~~ron~~		**decir → dije~~ron~~**	
que paga**ra**	que pagá**ramos**	que dije**ra**	que dijé**ramos**
que paga**ras**	que paga**rais**	que dije**ras**	que dije**rais**
que paga**ra**	que paga**ran**	que dije**ra**	que dije**ran**

To review formation of the preterit and of the imperfect subjunctive, see Appendix A, pages 357–359 and 364, respectively.

Note: There is an optional form, frequently used in Spain and in some areas of Hispanic America, in which you substitute **-se** for **-ra;** for example: **pagara = pagase; dijéramos = dijésemos.**

2. Once you have determined that a subjunctive form is needed, you must decide which of the following forms to use.

present subjunctive	**que compre, que compres,** etc.
present perf. subjunctive	**que haya comprado, que hayas comprado,** etc.
imperfect subjunctive	**que comprara, que compraras,** etc.

Use the following guidelines to determine which form is needed.

a. As you studied in previous chapters, when the verb in the independent clause refers to the present or the future, you use the present subjunctive in the dependent clause to refer to a present or future action or state.

	Independent Clause Present/Future	Dependent Clause Present Subjunctive (Present/Future Reference)
Influencing: Chapter 5	Mi jefe **va a querer** *My boss is going to want*	**que** yo **trabaje** en su estudio de arte. *me to work in his art studio.*
Indirect commands: Chapter 5	**Te dice** *He's telling you*	**que traigas** las esculturas. *to bring the sculptures.*
Feelings: Chapter 6	**Me alegra** *I'm glad*	**que** el museo **abra** temprano. *that the museum opens early.*
What one is looking for: Chapter 7	**Buscamos** un diseño *We are looking for a design*	**que sea** moderno. *that is modern.*
Pending actions: Chapter 7	**Quiero vender** mi cuadro *I want to sell my painting*	**en cuanto termine** de pintarlo. *as soon as I finish painting it.*
Time: Chapter 8	**¿Vas a reescribir** el contrato *Are you going to rewrite the contract*	**antes de que lleguen?** *before they arrive?*

b. As you studied in Chapter 6, when the verb in the independent clause refers to the present and the dependent clause refers to a past action or state, you use the present perfect subjunctive in the latter.

	Independent Clause Present	Dependent Clause Present Perfect Subjunctive (Past Reference)
Doubt: Chapter 6	**Es probable** *It's probable*	**que** el artesano **haya visto** ese cuadro. *that the artisan has seen the painting.*
Feelings: Chapter 6	No **me sorprende** *It doesn't surprise me*	**que hayan censurado** tu escultura. *that they have censored your sculpture.*

c. When the verb in the independent clause refers to the past and the dependent clause refers to a past action or state, use the imperfect subjunctive in the dependent clause.

Independent Clause Past	Dependent Clause Imperfect Subjunctive (Past Reference)
Ella me **había aconsejado** *She had advised me*	**que comprara** esa reproducción. *to buy that reproduction.*
Nosotros **dudábamos** *We doubted*	**que** la pintura **fuera** auténtica. *that the painting was authentic.*
Quería un sombrero panamá *I wanted a Panama hat*	**que** no **costara** un dineral. *that didn't cost a fortune.*
Estudió muchísimo *She studied a lot*	**para que** la **admitieran** en la escuela de Bellas Artes. *so that they would admit her to the School of Fine Arts.*
Le **iba a hablar** *I was going to talk to him*	**cuando** él **llegara** a casa. *when he arrived home.*

Influencing: Chapter 5

Doubt: Chapter 6

What one is looking for: Chapter 7

Purpose: Chapter 8

Pending Action: Chapter 7
Note that if actions are pending in the past, they take the imperfect subjunctive.

ACTIVIDAD 10 El arte del pasado

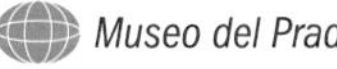 *Museo del Prado*

Parte A: Lee las siguientes páginas sobre el arte en España y complétalas con el imperfecto del subjuntivo de los verbos que aparecen en el margen.

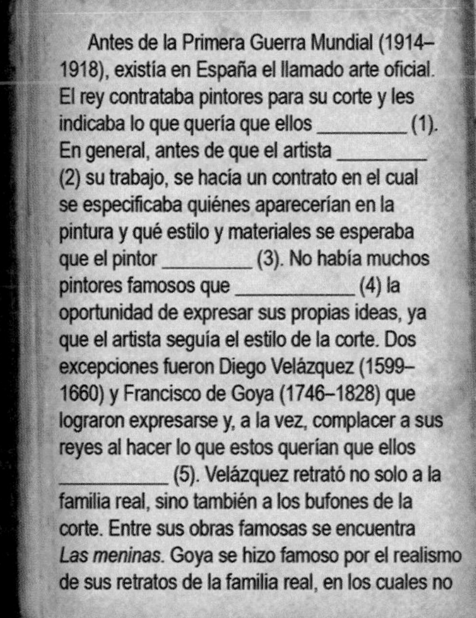

Antes de la Primera Guerra Mundial (1914–1918), existía en España el llamado arte oficial. El rey contrataba pintores para su corte y les indicaba lo que quería que ellos _________ (1). En general, antes de que el artista _________ (2) su trabajo, se hacía un contrato en el cual se especificaba quiénes aparecerían en la pintura y qué estilo y materiales se esperaba que el pintor _________ (3). No había muchos pintores famosos que ___________ (4) la oportunidad de expresar sus propias ideas, ya que el artista seguía el estilo de la corte. Dos excepciones fueron Diego Velázquez (1599–1660) y Francisco de Goya (1746–1828) que lograron expresarse y, a la vez, complacer a sus reyes al hacer lo que estos querían que ellos ___________ (5). Velázquez retrató no solo a la familia real, sino también a los bufones de la corte. Entre sus obras famosas se encuentra *Las meninas*. Goya se hizo famoso por el realismo de sus retratos de la familia real, en los cuales no hizo nada para que los miembros de la familia _________ (6) físicamente más atractivos de lo que en realidad eran. Uno de sus cuadros más conocidos es *La familia de Carlos IV*.

Había también, por otro lado, un arte llamado religioso comisionado por la Iglesia. Esta contrataba a artistas para que _________ (7) escenas de la Biblia. Casi siempre estas escenas eran descriptivas y dramáticas y con ellas la Iglesia buscaba que el pueblo _________ (8) el contenido de las Sagradas Escrituras.

Después de la Segunda Guerra Mundial (1939–1945), hubo en España una reacción contra lo establecido oficialmente ya que los artistas querían que la gente __________ (9) su individualismo. Es así como aparecieron múltiples estilos de pintura que más tarde se llevaron al continente americano donde influyeron en los diversos estilos artísticos.

admirar
aprender
comenzar
hacer
parecer
pintar
representar
tener
utilizar

Parte B: En parejas, miren el cuadro de Velázquez, *Las meninas*, y contesten estas preguntas.

1. ¿A cuántas personas pintó Velázquez en este cuadro? ¿Cuántas están en primer plano y cuántas están en el fondo?
2. ¿Pueden encontrar al artista en el cuadro? ¿Hacia dónde mira?
3. Velázquez pintó a los reyes y a la Infanta (*Princess*) Margarita en el cuadro. ¿Pueden encontrarlos?
4. ¿Quiénes quería el pintor que fueran las personas principales, la Infanta o los reyes?
5. ¿Qué otros personajes se ven en el cuadro?
6. ¿Es una pintura estática o hay movimiento?
7. ¿Pueden deducir algo sobre la vida diaria del Palacio Real?

ACTIVIDAD 11 Se oyó en un museo

Parte A: Estás en un museo y escuchas lo que dicen algunas personas que están a tu alrededor. Completa los comentarios con el presente del subjuntivo, el pretérito perfecto del subjuntivo o el imperfecto del subjuntivo de los verbos que están entre paréntesis.

1. Quería que ____________________ el horror de la guerra. (observar)
2. Nos rogó que lo ____________________ lo antes posible. (hacer)
3. Dudo que ayer ella los ____________________. (convencer)
4. Sentí mucho que tú no ____________________ ir al picnic. (poder)
5. Les recomendé que ____________________ a las doce. (venir)
6. Quiero que mañana tú ____________________ a los Ramírez a comer en el mejor restaurante. (invitar)
7. ¿Crees que nosotros ____________________ algunos en la exhibición de mañana? (vender)
8. La policía dice que no hay nadie que lo ____________________. (ver)
9. Lo hizo sin que tú ____________________ presente. (estar)
10. Ella no iba a descansar hasta que la ____________________. (terminar)

Parte B: Ahora, en parejas, usen la imaginación y creen un contexto para cinco o seis de las oraciones. El contexto debe contener la siguiente información.

- quién la dijo
- a quién se la dijo
- en referencia a qué

Usen expresiones como: **Es posible/probable que se la haya dicho... a... porque...**

ACTIVIDAD 12 Las exigencias de nuestros padres

Parte A: Cuando Uds. estaban en la escuela secundaria, probablemente escuchaban muchas exigencias de sus padres. En parejas, túrnense para preguntarle a su compañero/a si estas eran o no algunas de las exigencias de sus padres. Para formar oraciones, combinen una frase de la primera columna con una de la segunda. Sigan el modelo.

▶ exigirle / volver a casa temprano

—¿Te exigían tus padres que volvieras a casa temprano?

—Sí, mis padres me exigían que volviera a casa temprano.

—No, mis padres no me exigían que volviera a casa temprano.

	Exigencias
preferir	• (no) poner la música a todo volumen
insistir en	• sacar buenas notas en la escuela
esperar	• (no) andar con malas compañías
exigirle	• hacer la cama
recomendarle	• (no) ver mucha televisión
prohibirle	• (no) pelearse con su hermana/o
pedirle	• (no) beber alcohol
(no) querer	• (no) consumir drogas
	• (no) hacerse tatuajes
	• ¿?

Parte B: En parejas, hablen de las exigencias que les hacen sus padres ahora. ¿Son iguales a las que les hacían cuando estaban en la secundaria o son diferentes? Usen oraciones como: **Cuando era menor me exigían que..., pero/y ahora insisten en que...**

ACTIVIDAD 13 Era importante que...

Di qué cosas de la siguiente lista eran o no importantes para ti cuando tenías diez años. Usa expresiones como: **(no) interesarle, (no) querer, (no) ser importante.**

▶ tus amigos / ser / populares

Cuando tenía diez años, me interesaba que mis amigos fueran populares.

1. tener muchas cosas
2. tus amigos / respetarte
3. llevar ropa de moda
4. tus padres / estar / orgullosos de ti
5. cuidar el físico
6. tu equipo de fútbol/béisbol / ganar
7. tus maestros / no darte / tarea
8. tener muchos amigos
9. tus hermanos / no tocar / tus cosas
10. ¿?

Remember: if you have no change of subject, use the infinitive.

ACTIVIDAD 14 Tus amigos de la secundaria

En grupos de tres, digan qué tipo de amigos querían tener y tenían cuando estaban en la escuela secundaria. Pueden usar las siguientes ideas. Sigan el modelo.

▶ Buscaba amigos que fueran cómicos.

▶ Tenía amigos que no consumían drogas.

- (no) hablar mal de ti
- (no) practicar deportes
- (no) tener mucho dinero
- (no) vivir cerca de ti
- (no) gustarles fumar
- (no) tener carro
- (no) chismear (*gossip*)
- (no) estudiar mucho
- (no) ser divertidos
- ¿?

ACTIVIDAD 15 Los mejores y los peores

En parejas, terminen estas frases para hablar de los mejores y peores trabajos que han tenido.

Los trabajos terribles	Los trabajos fantásticos
El/La jefe/a siempre quería que nosotros...	El/La jefe/a siempre quería que nosotros...
Nos exigía que...	Nos exigía que...
Nos prohibía que...	Nos permitía que...
Me molestaba que mi jefe/a...	Me encantaba que mi jefe/a...
Siempre hacía comentarios negativos para que...	Siempre hacía comentarios positivos para que...

ACTIVIDAD 16 Creencias del pasado

Forma oraciones para expresar las creencias falsas que tenía la gente en el pasado y contrástalas con lo que se sabe ahora. Sigue el modelo.

▶ no creer / el insecticida DDT / causar / problemas para el ser humano

—En el pasado la gente no creía que el insecticida DDT causara problemas para el ser humano.

—Es verdad, pero ahora sabemos que...

1. no creer / el asbesto / ser / peligroso para el ser humano
2. estar segura / la tierra / ser / plana
3. creer / el consumo de muchas proteínas / ser / bueno para la salud
4. no creer / la cocaína / ser / una droga
5. dudar / el hombre / poder / volar

ACTIVIDAD 17 La hipótesis del cuadro

Parte A: En grupos de tres, miren el cuadro que está a continuación y contesten las preguntas para formar una hipótesis sobre su contenido y su historia.

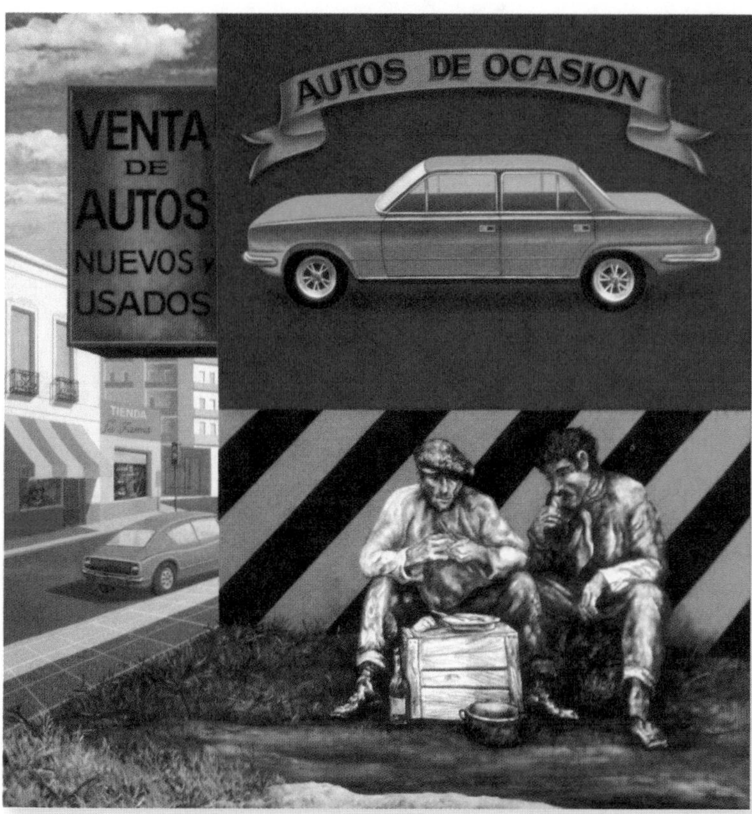

1. ¿Es una escena estática o hay movimiento? Den ejemplos para justificar su respuesta.
2. ¿En qué año más o menos creen Uds. que el/la artista haya pintado el cuadro?
3. ¿Creen que lo haya pintado un hombre o una mujer? ¿Por qué?
4. ¿Quiénes son las figuras centrales del cuadro? ¿Cómo son? ¿Qué hacen un día normal? ¿Por qué creen que el/la artista haya escogido presentarlos en blanco y negro en vez de color?
5. ¿Qué quería el/la artista que sintiéramos al ver esta escena: tristeza, orgullo, felicidad, melancolía? ¿Algo más? Justifiquen su respuesta.

Parte B: Ahora escuchen la información que les va a dar su profesor/a sobre el cuadro para ver qué adivinaron de la Parte A.

 Botero

ACTIVIDAD 18 Interpretación de un cuadro

Parte A: Mira el cuadro y lee qué dijo un colombiano al verlo. Luego prepárate para hablar de la información que aparece después de la descripción.

Fuente hispana

"Me acuerdo del día en que visité el Museo Nacional de los Estados Unidos en Washington, D.C. Fui con unos parientes que me estaban visitando y por accidente nos metimos donde se estaban exponiendo los óleos del pintor colombiano Fernando Botero.

Lo que estaba viendo en ese momento me fascinó. Parecía que el maestro había pintado a mi familia. Allí, en el lienzo, claramente podía yo ver a mi papá vestido de modo muy conservador; a mi tío, el coronel, quien era miembro del ejército colombiano, que resplandecía con sus medallas e imponía una sensación de firmeza; a mi primo, el cura, quien había estudiado en Roma y decían que iba a ser arzobispo dentro de muy poco tiempo, lo había pintado como una figura humilde y sencilla. Mi madre, a quien Botero había pintado en el centro del cuadro, estaba bien vestida y mantenía una expresión serena, pero a la misma vez aburrida; a la izquierda del cuadro, estaba mi abuela, quien sostenía a mi hermana menor. Mi abuela era idéntica a mi papá. Mi hermana, sentada sobre mi abuela, se veía bellísima, pero también tenía esa mirada aburrida que mantenía mi mamá. Podía ser que ya se hubieran dado cuenta de los límites que la sociedad les estaba imponiendo. Yo también estaba en ese cuadro insolente; el pintor me había colocado detrás de todos, medio escondido, porque yo era el escándalo de la familia. Mi padre quería que yo fuera abogado o médico, pero, en cambio, yo salí del país y me fui a los Estados Unidos a estudiar literatura.

La familia presidencial, Fernando Botero (1932-).

Y al fondo del cuadro, Botero había pintado la gran cordillera de los Andes, algo que me hacía falta aquí en Washington D.C., porque todo era plano en esta ciudad. Salí del museo queriendo agradecerle a Botero por haberle mostrado al mundo una parte de mi identidad colombiana." ■

1. Describe otro elemento del cuadro; algo que no menciona el colombiano.
2. Explica de qué modo muestra el cuadro la identidad colombiana del hombre que lo describe.

Parte B: Ahora en grupos de tres, haga uno el papel del joven colombiano y los otros dos el papel de los padres, y representen el día en que el hijo les dice a sus padres que se va a estudiar literatura a los Estados Unidos.

III. Shifting the Focus in a Sentence

The Passive Voice

Many sentences you have dealt with up to this point have been in the active voice (**la voz activa**). That is to say that the subject (agent or doer of the action) does something to someone or something (the object of the action).

ACTIVE VOICE		
Subject (Agent or doer)	**Action**	**Object**
Botero	pintó	el cuadro *La familia presidencial.*
Botero	*painted*	*the painting* The Presidential Family.
La prensa	ha publicado	las críticas de la exhibición.
The press	*has published*	*the critiques of the exhibition.*

1. The passive voice (**la voz pasiva**), which in Spanish is mainly found in writing, is used to place emphasis on the action and the receiver of the action instead of the agent or doer of the action. In Spanish, as in English, the passive construction is formed by reversing the word order, that is, the object becomes the subject.

PASSIVE VOICE			
Passive Subject	**ser** + ***past participle***	**por**	**Agent or Doer**
El cuadro *La familia presidencial*	**fue** pintado	por	Botero.
The painting The Presidential Family	*was painted*	*by*	*Botero.*
Las críticas de la exhibición	**han sido** publicad**as**	por	la prensa.
The critiques of the exhibition	*have been published*	*by*	*the press.*

Notice that the past participle agrees in gender and in number with the passive subject. To review past participle formation, see Appendix A, page 365.

2. In many passive sentences it is possible to omit the agent (the phrase with **por**) when it is obvious, irrelevant, a secret, or unknown.

La obra de Picasso **fue aclamada** (por la gente).

3. Another way to express an idea where the doer of the action is not important, is to use the **se** + *singular/plural verb* construction. This construction, the *passive* **se**, is very common in everyday speech. To review, see Chapter 5, page 152.

Se critica a Botero con frecuencia.	*Botero is criticized frequently.*
Se exhiben cuadros fantásticos en esa galería.	*Great paintings are exhibited in that gallery.*

ACTIVIDAD 19 ¿Ciertas o falsas?

Pon estas oraciones sobre el arte y la arqueología en la voz pasiva y después decide si son ciertas o falsas. Corrige las falsas.

1. Los romanos construyeron La Alhambra en Granada.
2. Velázquez pintó el cuadro *Las meninas*.
3. Los aztecas construyeron Machu Picchu.
4. Frank O. Gehry diseñó el Museo Guggenheim Bilbao.
5. Salvador Dalí pintó muchos murales en México.
6. María Izquierdo pintó *Sueño y presentimiento*.

ACTIVIDAD 20 Acontecimientos importantes

Forma oraciones con la voz pasiva usando palabras de las tres columnas. Si no estás seguro/a, adivina.

▶ El primer mail mandar Ray Tomlinson en 1971

El primer mail fue mandado por Ray Tomlinson en 1971.

La canción "El imbécil"	componer	Pierre y Marie Curie
La vacuna contra la polio	crear	Pablo Picasso
La película *Hable con ella*	desarrollar	León Gieco
La Quinta Sinfonía	grabar	Pedro Almodóvar
El cuadro *Guernica*	dirigir	Alberto Einstein
La teoría de la relatividad	descubrir	Isabel Allende
El metal radio	pintar	Jonas Salk
La novela *La casa de los espíritus*	escribir	Beethoven

IV. Using the Infinitive

Summary of Uses of the Infinitive

During this course you have used the infinitive in a variety of situations. The following rules will help you review the different uses. Use an infinitive:

1. after verbs such as **deber**, **querer, necesitar, desear, soler,** and **poder**.

Quiero ir a la exhibición de Goya.	*I want to go to Goya's exhibition.*
Ella **desea tener** una escultura de él y luego **invitar** a todos sus amigos para que la vean.	*She wants to have a sculpture by him and then invite all her friends to see it.*

2. after **tener que** and **hay que**.

Tengo que escribir una crítica sobre ese mural.	*I have to write a critique of that mural.*
No hay que ser rico para soñar.	*You don't have to be rich to dream.*

3. after impersonal expressions such as **es posible** or **es necesario** when there is no specific subject mentioned.

No es posible pintar bien sin recibir instrucción previa.	*It's not possible to paint well without receiving previous instruction.*

4. directly after the prepositions **a, de, para, por,** and **sin**.

preposition + infinitive (**después de obtener**)

If a gerund in English, infinitive in Spanish.

English: *preposition + gerund* (*after getting*)

Después de pintar por muchos años, Ernesto fue finalmente aceptado en el mundo del arte.	*After painting for many years, Ernesto was finally accepted in the art scene.*
No puedes entrar a la exhibición **sin tener** invitación.	*You can't enter the exhibition without having an invitation.*

5. after **al**.

Al ver el cuadro, Marisel sintió nostalgia por su pueblo.	*Upon seeing the painting, Marisel felt nostalgic about her village.*

6. after verbs like **gustar**.

To review verbs like **gustar,** see pp. 5–6.

A Carlos no le **gusta vender** ni **regalar** sus obras de arte.	*Carlos doesn't like selling nor giving away his works of art.*

7. when a verb is the subject of the sentence.

Expresar lo que uno siente es a veces necesario.	*Expressing what one feels is sometimes necessary.*

ACTIVIDAD 21 Ideas sobre el arte

Completa estas ideas sobre el arte con el infinitivo y otras palabras necesarias.

1. Si quieres interpretar una obra de arte es imprescindible...
2. Para... lo que pinta un artista a veces es necesario... el contexto histórico.
3. Un artista se expone a la crítica al...
4. Un escultor a veces no puede...
5. ... un cuadro y... una crítica es fácil, pero pintar una obra maestra es muy difícil.
6. Muchos artistas ganan poco dinero por...
7. Antes de... una obra de arte, es importante... y también se debe...

ACTIVIDAD 22 Mensajes informativos

En grupos de tres, Uds. son locutores de una emisora de radio y tienen que escribir una serie de mensajes cortos para informarle al público sobre las múltiples oportunidades que hay para ver arte en su ciudad. Al escribir los mensajes integren diferentes usos del infinitivo cuando sea posible. A continuación hay una lista de cinco eventos a los que la gente puede asistir este mes.

¿Qué?	¿Dónde?
La historia en cuadros - La historia de Latinoamérica 1492-1800, representación cronológica.	Museo de la Ciudad
Tú también puedes ser escultor - Oportunidad de crear con las manos para gente entre cinco y ochenta años.	Museo del Barrio Domingo, 14 de marzo a las 14:30
CIEN - Exhibición multimedia de fotografías en blanco y negro de 100 personas el día que cumplieron los 100 años. Cada foto viene acompañada de una narración de la persona misma.	Sala de exhibiciones del Banco de la República
Los murales del barrio - Visita a un barrio para explorar los murales hechos por jóvenes de la ciudad. Algunos van a estar allí para hablarnos sobre sus obras.	Lugar de encuentro: Puerta del Museo del Barrio Sábado, 20 marzo a las 13:00
Invenciones - prácticas, graciosas, ingeniosas e inútiles - Exhibición de invenciones de aparatos que se pueden encontrar en una casa y que nos hacen la vida más fácil.	Museo de Ciencias

► ¿Quieren **disfrutar** de una vida más fácil? ¿No les gusta **tener que atarse** los zapatos todos los días? No importa: una máquina puede **hacerlo.** Deben **visitar...**

V. Using Transitional Phrases

Expressions with *por*

Por is frequently used in transitional phrases that help to move a conversation or a narrative along. The following list contains common expressions with **por**.

por casualidad	by chance
por cierto	by the way
por ejemplo	for example
por esa razón	for that reason
por eso	that's why/therefore
por lo general	in general
por lo menos	at least
por un lado... por el otro / por una parte... por la otra	on one hand ... on the other
por otro lado / por otra parte	on the other hand
por (si) las dudas / por si acaso / por si las moscas	just in case
por lo tanto / por consiguiente	therefore
por supuesto	of course

ACTIVIDAD 23 Conversaciones breves

Parte A: Completa las siguientes conversaciones usando expresiones con **por.**

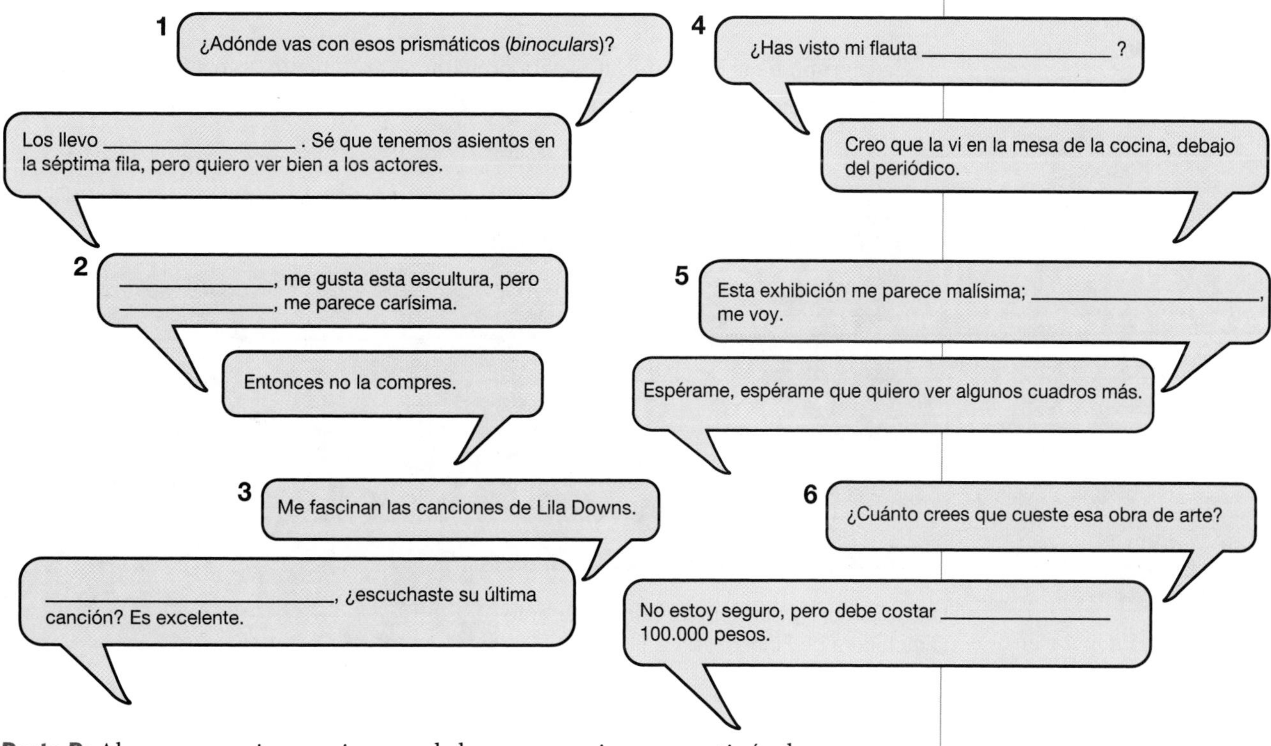

1
¿Adónde vas con esos prismáticos (*binoculars*)?
Los llevo ________________. Sé que tenemos asientos en la séptima fila, pero quiero ver bien a los actores.
2
________________, me gusta esta escultura, pero ________________, me parece carísima.
Entonces no la compres.
3
Me fascinan las canciones de Lila Downs.
________________, ¿escuchaste su última canción? Es excelente.
4
¿Has visto mi flauta ________________?
Creo que la vi en la mesa de la cocina, debajo del periódico.
5
Esta exhibición me parece malísima; ________________, me voy.
Espérame, espérame que quiero ver algunos cuadros más.
6
¿Cuánto crees que cueste esa obra de arte?
No estoy seguro, pero debe costar ________________ 100.000 pesos.

Parte B: Ahora, en parejas, escojan una de las conversaciones y continúenla.

ACTIVIDAD 24 Los comentarios

En parejas, digan qué piensan sobre cada una de las siguientes ideas usando por lo menos tres expresiones con **por** para cada situación.

► Las artesanías no son arte.

Por lo general eso es lo que piensa mucha gente y **por eso** no se aprecia el trabajo de los artesanos. **Por otro lado,** ...

1. El grafiti es arte.
2. Hay censura artística en este país.
3. Algún día van a desaparecer los libros.

ACTIVIDAD 25 ¿Censura o no?

De vez en cuando los gobiernos o gente adinerada le pagan a un artista para que haga arte público. En 1933, por ejemplo, Nelson Rockefeller contrató a Diego Rivera, el muralista mexicano, para que pintara un mural en una de las paredes del Centro Rockefeller en Nueva York. En el mural, Rivera incluyó un retrato de Vladimir Lenin, pero a Rockefeller no le gustó y le pidió a Rivera que cambiara la cara de Lenin por la de un individuo desconocido. Rivera rechazó la idea y Rockefeller lo despidió y destruyó el mural para que no se viera. Un individuo que financia una obra de arte puede censurar al artista que emplea, pero ¿qué ocurre cuando es un gobierno el que patrocina la obra? Divídanse en dos grupos para debatir la siguiente idea.

Los gobiernos no deben patrocinar obras de arte que la mayor parte de la población no acepta.

Cada grupo tiene cinco minutos para preparar su argumento, uno a favor o y el otro en contra. Su profesor/a va a moderar el debate.

Do the corresponding web activities to review the chapter topics.

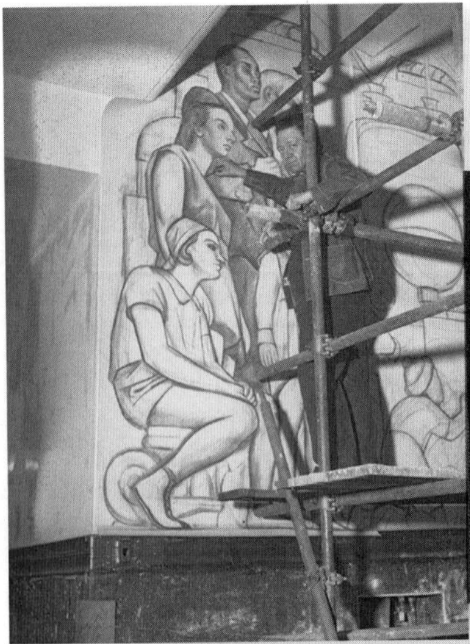

Diego Rivera pinta un mural en el Centro Rockefeller de Nueva York.

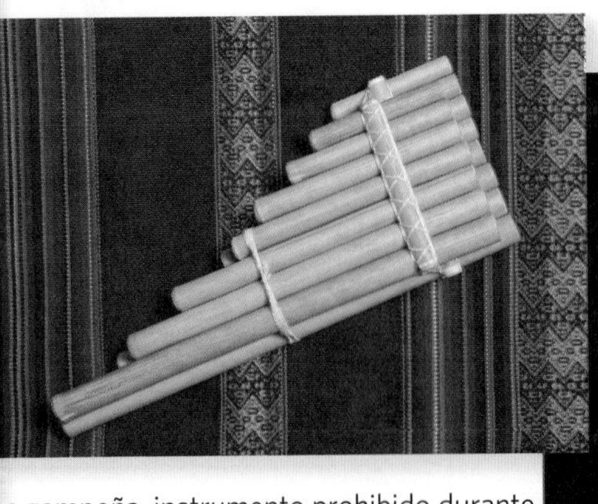

La zampoña, instrumento prohibido durante la dictadura de Pinochet en Chile.

Alicia Alonso, bailarina y coreógrafa cubana. Se prohibió su entrada en los Estados Unidos durante el régimen de Castro.

Vocabulario activo

El arte

el/la artista *artist*
el autorretrato *self-portrait*
la burla *mockery*
burlarse de *to mock/joke (make fun of)*
el cuadro/la pintura *painting*
dibujar *to draw*
el dibujo *drawing*
la escena *scene*
el/la escultor/a *sculptor*
la escultura *sculpture*
la estatua *statue*
expresar *to express*
el fondo *background*
la fuente de inspiración *source of inspiration*
glorificar *to glorify*
la imagen *image*
el mensaje *message*
la naturaleza muerta *still life*
la obra abstracta *abstract work*
la obra maestra *masterpiece*
el paisaje *landscape*
pintar *to paint*
el/la pintor/a *painter*
el primer plano *foreground*
la reproducción *reproduction*
el retrato *portrait*
la sátira *satire*
el simbolismo *symbolism*
simbolizar *to symbolize, signify*
el símbolo *symbol*

Apreciación del arte

el censor *censor*
la censura *censorship; censure*
censurar *to censor; to censure*
la crítica *critique*
criticar *to critique; to criticize*
el crítico *critic*
la interpretación *interpretation*
interpretar *to interpret*

Expresiones para hablar de un cuadro

(No) Me conmueve. *It moves/doesn't move me.*
Me siento triste / contento/a al verlo. *I feel sad/happy when I see it.*
Ni me va ni me viene. / Ni fu ni fa. *It doesn't do anything for me.*
No tiene ni pies ni cabeza. *I can't make heads or tails of it.*
No tiene (ningún) sentido para mí. *It doesn't make (any) sense to me.*
¡Qué horrible! *How horrible!*
¡Qué maravilla! *How marvelous!*
¿Qué te parece (este cuadro)? *What do you think (about this painting)?*

Expresiones con *por*

por casualidad *by chance*
por cierto *by the way*
por ejemplo *for example*
por esa razón *for that reason*
por eso *that's why/therefore*
por lo general *in general*
por lo menos *at least*
por lo tanto / por consiguiente *therefore*
por un lado... por el otro / por una parte... por la otra *on one hand ... on the other*
por otro lado / por otra parte *on the other hand*
por (si) las dudas / por si acaso / por si las moscas *just in case*
por supuesto *of course*

Expresiones útiles

¿A qué se debe eso? *What do you attribute that to?*
un dineral *a great deal of money / a fortune*
llevarle (a alguien) + *time period* *to take (someone)* + time period
se me fueron las ganas de + *infinitive* *I didn't feel like* + -ing *anymore*

Más allá

Canción: "Dalí"

Mecano

Los hermanos Nacho y José María Cano, junto con Ana Torroja, formaron en España el conjunto Mecano en 1981, durante la época de "la movida". Su música, de estilo tecno pop, era muy popular con los jóvenes de esa época. También cantaron algunas de sus canciones en francés e italiano, así que durante los diez años que estuvieron juntos, se oyó su música en España, Francia, Italia y Latinoamérica. Su primer éxito fue "Hoy no me puedo levantar" y, casi 25 años después, José María Cano escribió una obra musical sobre las canciones del grupo que se estrenó en los teatros de Madrid.

ACTIVIDAD **El genio**

Parte A: Antes de escuchar la canción sobre el famoso Eugenio Salvador Dalí, contesta las siguientes preguntas.

1. ¿Quién y cómo era?
2. ¿Por qué características faciales era conocido?
3. ¿De dónde era?
4. ¿Cuál era el estilo de su obra?

Parte B: Mira las siguientes ideas y luego escucha la canción para marcar las que se mencionan. Para algunos puntos hay más de una opción correcta.

Dalí era un...	___ genio	___ intelectual	___ loco	___ obsesivo
Al morir tenía unos...	___ 70 años	___ 80 años	___ 90 años	___ 100 años
Vivía en..., España	___ Cadaqués	___ Marbella	___ Toledo	___ Valencia
Estilo de su obra	___ cubista	___ impresionista	___ realista	___ surrealista
Cosas importantes para él	___ el dinero	___ Dios	___ su hermana Ana María	___ su esposa Gala
Él debe reencarnarse en...	___ lápiz o pincel	___ lienzo o papel	___ sí mismo	___ su obra maestra

Parte C: Según la canción, el artista era un genio y un loco. En grupos de tres, hablen de las siguientes preguntas.

1. ¿Conocen a alguien que sea un loco? ¿Y a alguien que sea un genio? ¿Y a alguien que sea las dos cosas? ¿Creen que sea posible ser un genio y un loco a la vez o es que los genios son unos incomprendidos?
2. En su opinión, ¿qué es preferible: ser una persona cuerda con inteligencia normal o ser un genio con algo de locura?

Videofuentes: *El arte de Elena Climent*

Antes de ver

ACTIVIDAD 1 Tu carrera y tu futuro laboral

Antes de ver el primer segmento sobre cómo y por qué empezó a pintar la artista mexicana Elena Climent, habla sobre las siguientes preguntas.

1. ¿Ya sabes qué trabajo te gustaría tener cuando termines la universidad? ¿Cuándo lo supiste y cuántos años tenías? Si no sabes, ¿qué crees que te pueda ayudar a tomar esa decisión?
2. Cuando terminaste la escuela secundaria, ¿qué querían tu padre o tu madre que estudiaras? ¿Hiciste lo que querían?
3. ¿Están de acuerdo tus padres con la carrera que estudias? ¿Por qué? Si no has elegido una especialización todavía, ¿les preocupa eso a tus padres?
4. ¿Estudias la misma carrera que estudió alguien de tu familia? Si contestas que sí, ¿qué influencia tuvo esa persona en la elección de tu carrera?

Elena Climent pintando en su casa.

Mientras ves

ACTIVIDAD 2 La pintora y su infancia

Ahora mira el primer segmento sobre Elena Climent hasta donde explica por qué su padre no quería que ella pintara. Mientras miras, piensa en las siguientes preguntas. Luego comparte las respuestas con el resto de la clase.

1. ¿Cuántos años tenía la artista cuando empezó a dibujar y por qué empezó?
2. ¿Qué ocupación tenía el padre?
3. ¿Por qué no quería el padre que ella pintara?

ACTIVIDAD 3 La influencia mexicana

Aunque esta artista mexicana vive en los Estados Unidos, se ve en su obra mucha influencia de su país natal. Observa el resto del video para escuchar la definición de los siguientes términos. Después busca ejemplos de cada uno en sus pinturas.

1. animismo
   definición: ______________________
   ejemplo: ______________________
2. reciclaje
   definición: ______________________
   ejemplo: ______________________
3. sincretismo
   definición: ______________________
   ejemplo: ______________________

Después de ver

ACTIVIDAD 4 Mirar un cuadro

Parte A: En grupos de tres, observen el siguiente cuadro y describan todos los elementos que ven. Luego den, por lo menos, dos ejemplos de elementos que muestren la influencia mexicana.

Mesa de mosaicos con espejo, Elena Climent (1955–).

Parte B: Climent pone en los cuadros partes de su vida que representan momentos de su pasado. En los mismos grupos de tres, imaginen que cada uno de Uds. tiene una mesa enfrente de una ventana y tiene que ponerle cosas que reflejen algún aspecto de su vida: su juventud, su familia, su escuela, su ciudad o pueblo, etc. Las cosas pueden ser una foto especial, un libro, una llave... lo que quieran. Expliquen qué van a poner en la mesa y cómo van a colocarlo todo. Digan también qué se puede ver por la ventana que está detrás de la mesa.

Proyecto: Comentar un cuadro

Investiga una de las siguientes obras de arte y escribe un informe.

- *Guernica* de Pablo Picasso
- *Shibboleth* de Doris Salcedo
- *La jungla* de Wilfredo Lam
- *La tamalada* de Carmen Lomas Garza
- *Las dos Fridas* de Frida Kahlo
- *Abu Ghraib* (serie de pinturas) de Fernando Botero

Busca información de por lo menos cuatro fuentes diferentes y no te olvides de citarlas (*cite*) correctamente. Incluye la siguiente información:

- nombre del cuadro
- breve biografía que incluya nombre del/de la artista, país de origen, fecha de nacimiento (y de muerte, si ya murió)
- descripción del contenido de la obra (paisaje, autorretrato, colores, símbolos, etc.)
- el mensaje del/de la artista (**Quería que..., Es posible que...**, etc.)

You should try to consult sources in Spanish, but be careful when writing your report to not *steal* sentences. You may paraphrase or quote. Use appropriate conventions for citing your sources and all quotes.

Las relaciones humanas

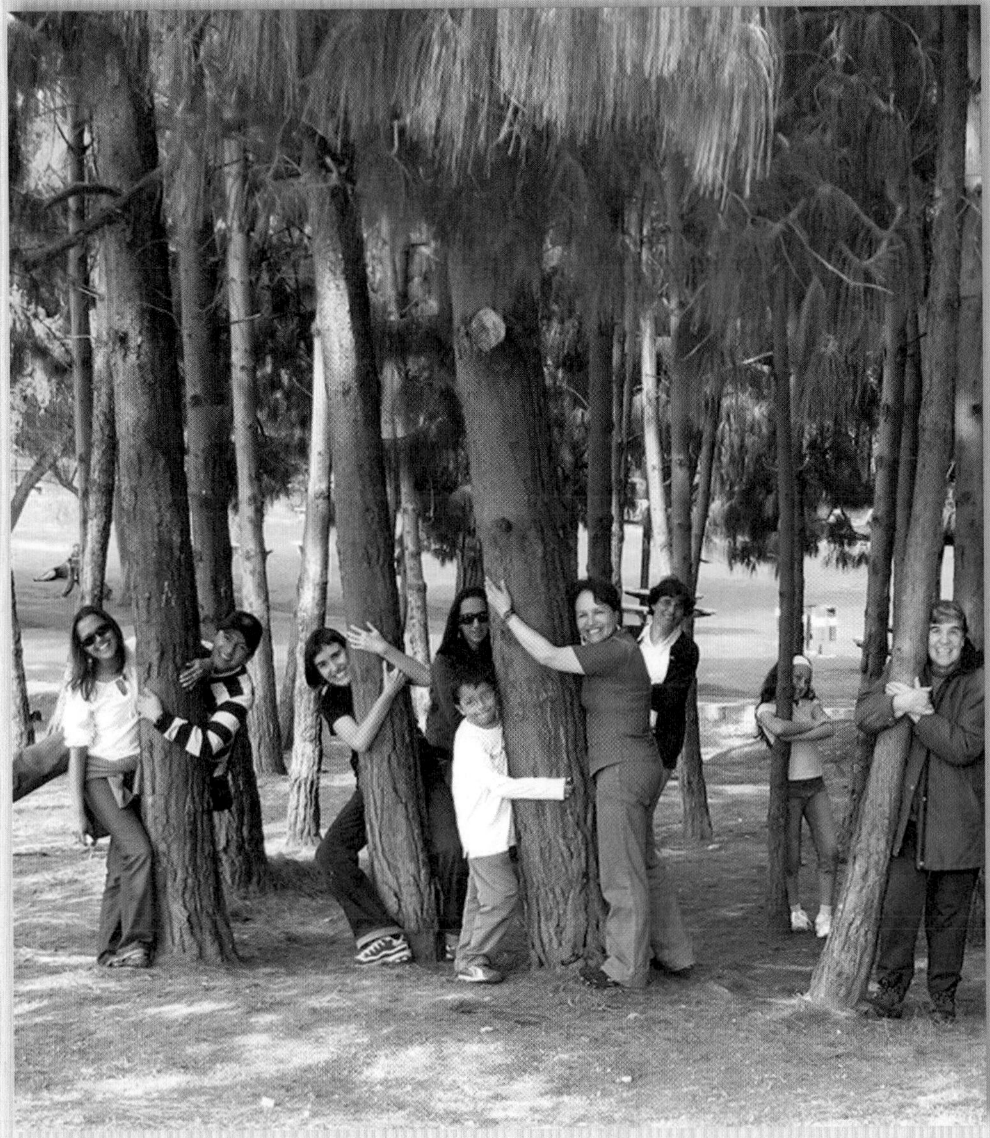

Familia en Colombia.

METAS COMUNICATIVAS

- hablar de las relaciones humanas
- expresar acciones futuras
- hacer predicciones y promesas
- hablar de situaciones imaginarias, dar consejos y pedirle algo a alguien
- expresar probabilidad
- hacer hipótesis (primera parte)

¡Que vivan los novios!

un/a amigo/a íntimo/a	a close friend
¿No te/le/les parece?	Don't you think so?
mientras más vengan, mejor	the more, the merrier

 *La boda*

Chicas tiran de las cintitas de un pastel de boda.

ACTIVIDAD 1 Las bodas

Marca qué costumbres asocias generalmente con bodas de tu país (MP), de varios países hispanos (PH) o de ambos grupos (A).

1. ______________ ceremonia civil o religiosa
2. ______________ ceremonia civil y religiosa
3. ______________ damas de honor como madrinas
4. ______________ padres y madres como padrinos
5. ______________ pajes con anillos
6. ______________ tirarles arroz a los novios al salir de la iglesia
7. ______________ fiesta con baile
8. ______________ pastel de boda

ACTIVIDAD 2 Otras costumbres

Parte A: Escucha el programa de radio "Charlando con Dolores" de una emisora de Dallas para enterarte de, por lo menos, dos costumbres hispanas relacionadas con las bodas.

Parte B: Lee las siguientes preguntas y luego escucha el programa de radio otra vez para buscar la información.

1. En Paraguay, ¿qué hay en el pastel de boda por fuera?
2. ¿Qué hay en el extremo de cada una?

(Continúa en la página siguiente.)

3. Hay una especial; ¿qué es y qué significa lo que saca esta persona?
4. ¿Quiénes participan de esta actividad?
5. Según el hombre mexicano, ¿a quién se invita cuando la boda es en un pueblo?
6. ¿Qué llevan a la boda algunos invitados?
7. ¿Qué hay en abundancia en la boda de un pueblo?

Parte C: En parejas, describan costumbres de su país relacionadas con las bodas que no se hayan mencionado en la actividad anterior.

ACTIVIDAD 3 ¿Qué opinas?

En grupos de tres, discutan las siguientes ideas relacionadas con las bodas en su país.

1. Los padres de la novia deben pagar todos los gastos de la fiesta.
2. Los invitados solo deben comprar regalos de la lista de regalos.
3. Las damas de honor de la novia deben llevar el vestido que la novia elija por más feo que sea.
4. Hay hambre en el mundo y por eso la gente no debe gastar tanto dinero en una boda.

¿Lo sabían?

Antes de entrar a la iglesia; Matiguás, Nicaragua.

Las tradiciones en torno a las bodas varían mucho de un país hispano a otro. En Nicaragua, por ejemplo, la primera persona que camina hacia el altar lleva en sus manos un rosario muy grande. Hacia el final de la ceremonia, esta persona les coloca el rosario a los recién casados alrededor de los hombros, como símbolo de unión. Entre otras tradiciones está la serenata en Colombia, en la que el novio le lleva a la novia un conjunto de "serenateros" uno o dos días antes de la boda, generalmente la noche que reciben los regalos, y junto con la familia pasan un rato escuchando música. Esta serenata no es como se hacía antiguamente, cuando los serenateros cantaban en la calle frente a la ventana de la habitación de la chica.

¿Qué opinas de la tradición de la serenata tradicional? ¿Era cursi o romántica? ¿Te gustaría recibir o mandarle una serenata a alguien? ¿Hay algunas tradiciones que se están perdiendo en tu país?

I. Stating Future Actions, Making Predictions and Promises

The Future Tense

Do the corresponding web activities as you study the chapter.

You are already familiar with the two most common ways to refer to future actions: a construction with **ir a** + *infinitive* (**Voy a ir a la ceremonia**) and the present tense, which is usually preferred for prearranged, scheduled events (**El año que viene nos casamos**).

1. Another way to refer to future actions is by using the future tense (**el futuro**). In everyday speech, this tense is not as common as the present or **ir a** + *infinitive*. The future tense is formed by adding the following endings to the infinitive form of the verb.

usar		vender		vivir	
usar**é**	usar**emos**	vender**é**	vender**emos**	vivir**é**	vivir**emos**
usar**ás**	usar**éis**	vender**ás**	vender**éis**	vivir**ás**	vivir**éis**
usar**á**	usar**án**	vender**á**	vender**án**	vivir**á**	vivir**án**

For information on irregular verbs, see Appendix A, page 360.

Los recién casados **irán** a Cozumel esta noche.	*The newlyweds will go to Cozumel tonight.*
Luego **vivirán** en Cartagena.	*Then they will live in Cartagena.*
Con el tiempo, **tendrán** dos o tres hijos.	*In time, they will have two or three children.*

Note: When expressing a future idea in sentences that require the subjunctive in the dependent clause, remember to use the present subjunctive: **Ellos <u>querrán</u> que sus hijos <u>estudien</u> otro idioma desde niños.**

2. You can use the future tense to make promises and predictions.

—¿Me vas a querer cuando sea viejo?	*Are you going to love me when I am old?*
—Siempre te **querré**.	*I will always love you.* (promise)
—¿Sabes si ya compraron casa?	*Do you know if they bought a house yet?*
—No, pero me imagino que **comprarán** algo cerca de los padres de él.	*No, but I imagine that they will buy something near his parents.* (prediction)

ACTIVIDAD 4 ¿Cómo serán?

En parejas, describan cómo creen que será físicamente la otra persona cuando tenga setenta y cinco años. A continuación hay algunas ideas que pueden ayudarlos. Justifiquen su descripción.

- tener pelo canoso o teñido (*dyed*)
- ser calvo/a
- llevar peluca (*wig, toupee*)
- ser activo/a o sedentario/a
- tener buena o mala salud
- ser gordo/a o delgado/a
- llevar anteojos bifocales o trifocales
- tener arrugas (*wrinkles*)
- tener cuerpo de gimnasio o ser fofo/a
- estar senil o tener la mente lúcida
- oír bien o mal
- ¿?

ACTIVIDAD 5 ¿Lo harán?

En parejas, túrnense para preguntarse cuáles de las siguientes actividades no harán nunca y cuáles harán si pueden. Expliquen sus respuestas.

▶ —¿Cantarás en un coro?

—Sí, cantaré en un coro porque me fascina cantar.

—No, jamás cantaré en un coro porque no tengo oído musical.

1. ganar un dineral
2. hacer un crucero por el Caribe
3. vivir en la misma ciudad que sus padres
4. aspirar a ser famoso/a
5. salir en el programa de "Jeopardy"
6. dedicarse a ayudar a los necesitados
7. hacer el doctorado
8. venir a trabajar a esta universidad
9. tener un perro o un gato
10. adoptar a un niño

ACTIVIDAD 6 El pasado y el futuro

Acciones habituales en el pasado → Imperfecto

Parte A: Lee cómo era la vida en el año 1900 y luego di cómo será el mundo en el año 2075.

1. En el año 1900 las personas no viajaban mucho porque usaban caballos, barcos o trenes y cada viaje llevaba muchos días. En el año 2075...
2. En el año 1900 se pagaba en las tiendas con monedas o billetes. En el año 2075...
3. En el año 1900 la gente cerraba las puertas con llave y para entrar tenía que tener la llave. En el año 2075...
4. En el año 1900 casi ninguna mujer tenía puesto en el gobierno. En el año 2075...
5. En el año 1900 existían tiendas donde se compraba comida, ropa, etc. En el año 2075...

Parte B: Ahora usa la imaginación para describir otras cosas que ocurrían en el año 1900 y después predice qué pasará en el futuro.

1. las bodas
2. las labores domésticas
3. el cáncer
4. la semana laboral de 40 horas o más
5. las guerras
6. las escuelas públicas

ACTIVIDAD 7 La estructura familiar

En grupos de tres, lean las siguientes descripciones sobre la estructura familiar actual de este país y digan cómo creen que será esa estructura dentro de veinte años.

1. La mujer hace más tareas domésticas que el hombre.
2. Hay desigualdad entre el sueldo que ganan los hombres y las mujeres.
3. Las parejas generalmente se casan entre los 25 y los 30 años.
4. Las familias tienen generalmente dos hijos.
5. Hay bastante gente soltera con hijos.
6. Muchos jóvenes no pueden seguir sus estudios por falta de dinero.
7. Los adolescentes salen por la noche con permiso de los padres.
8. La tasa de divorcio es alta.
9. Existen familias no tradicionales, pero no son la mayoría.

ACTIVIDAD 8 Votos matrimoniales

Parte A: En parejas, escriban el nombre de un matrimonio famoso. Para que esta pareja renueve los votos matrimoniales, cada estudiante hace el rol de uno de los esposos y escribe cinco promesas para leerle a la otra persona. Seleccione cada uno tres promesas de la siguiente lista y luego añadan dos promesas originales al final.

PROMESAS	
____	decirle la verdad siempre
____	serle fiel
____	quererlo/la para toda la vida
____	apoyarlo/la
____	respetarlo/la
____	tener presentes sus deseos
____	estar con él/ella en las buenas y en las malas
____	________________________________
____	________________________________

Parte B: En parejas, mírense a los ojos, hagan el papel de las personas famosas y díganse las promesas para renovar los votos matrimoniales.

II. Expressing Imaginary Situations, Giving Advice, and Making Requests

The Conditional Tense

1. To express what someone would do, use the conditional tense (**el condicional**).

Sería interesante hacer un estudio sobre los hombres que ganan menos dinero que su esposa. ¿Cómo **describirían** ellos su papel en la familia?	*It would be interesting to do a study about men who earn less money than their wives. How would they describe their role in the family?*

2. The conditional is formed by adding the following endings to the infinitive form of the verb.

usar		vender		vivir	
usar**ía**	usar**íamos**	vender**ía**	vender**íamos**	vivir**ía**	vivir**íamos**
usar**ías**	usar**íais**	vender**ías**	vender**íais**	vivir**ías**	vivir**íais**
usar**ía**	usar**ían**	vender**ía**	vender**ían**	vivir**ía**	vivir**ían**

For information on irregular verbs, see Appendix A, page 360.

3. The conditional is frequently used to give advice when prefaced by the phrases **yo que tú/él/ella/ellos...** and **(yo) en tu/su lugar.**

Yo que tú, me casaría con ella.	*If I were you, I would marry her.*
(Yo) en su lugar, les **diría** la verdad.	*If I were in his place, I would tell them the truth.*

4. You can also use the conditional to make very polite requests. The following requests are listed from the most direct (commands), to the most polite (conditional).

Dime dónde es la ceremonia.	Haz esto.
¿Me dices dónde es la ceremonia?	Quiero que hagas esto.
¿**Podrías** decirme dónde es la ceremonia?	**Me gustaría** que hicieras esto.*

*__Note:__ When making a polite request, if the independent clause contains the conditional, use the imperfect subjunctive in the dependent clause.

ACTIVIDAD 9 Situaciones de la vida diaria

Parte A: Lee las siguientes situaciones de la vida diaria y marca qué harías en cada una.

1. Estás en el banco y la mujer que está delante de ti solo habla español y tiene problemas porque el cajero solo habla inglés. ¿Qué harías?
   a. ayudarla y traducirle b. no hacer nada c. buscar un cajero que hablara español
2. Llegas a tu casa solo/a de noche y encuentras la puerta abierta. ¿Qué harías?
   a. entrar para investigar b. buscar a un vecino c. llamar a la policía
3. Un vendedor te devuelve diez dólares de más en una tienda. ¿Qué harías?
   a. devolverle el dinero b. darle las gracias e irte c. comprar algo más en esa tienda
4. Un amigo que tiene novia te cuenta que está saliendo con otra chica. ¿Qué harías?
   a. decirle la verdad a la novia b. no hablarle más a tu amigo c. sugerirle a él que se lo dijera a su novia

Parte B: En parejas, miren las situaciones de la Parte A otra vez y marquen individualmente lo que creen que respondió su compañero/a. No pueden consultar con él/ella.

Parte C: Ahora hablen sobre las respuestas y las predicciones que hicieron.

► A: ¿Qué haría yo en la primera situación?
B: Yo creo que no la ayudarías porque eres muy tímido/a.
A: Soy tímido/a, pero también soy amable y hablo bien español.

ACTIVIDAD 10 ¿Qué harías?

En parejas, un/a estudiante lee las dos situaciones de la caja A y la otra persona las dos de la caja B. Luego túrnense para contarle las situaciones de su caja a la otra persona y preguntarle qué harían. Reaccionen a lo que dice su compañero/a usando las siguientes expresiones.

Para reaccionar

Positivas:	**Negativas:**
¡Qué decente!	¡Qué caradura! (*Of all the nerve!*)
¡Qué responsable!	¡Qué sinvergüenza! (*What a dog/rat!*)
Eres un ángel.	¡Qué desconsiderado/a! (*How inconsiderate!*)
Eres un/a santo/a.	Francamente, creo que tú... (*Frankly, I think that you . . .*)
Eres más bueno/a que el pan.	Esa es una mentira más grande que una casa. (*That's a big fat lie.*)

Ángel is always masculine.

Situaciones para el/la estudiante A
1. Has gastado más de $4.000 con la tarjeta de crédito y no tienes más crédito. En la cuenta bancaria tienes solo $1.600 y quieres hacer un viaje a México con tus amigos durante las vacaciones. No sabes qué hacer.
2. Has chocado contra un auto estacionado y a tu auto no le ha pasado nada, pero el otro está un poco dañado. Calculas que el arreglo no costará más de $200. Nadie ha visto el choque y estás solo/a. No sabes qué hacer.

Situaciones para el/la estudiante B
1. Acabas de comprar un celular sin seguro. Al salir de la tienda se te cayó al suelo y, aunque no se ve ningún daño, ahora no funciona. No sabes qué hacer.
2. Un amigo te dio su perro para que lo cuidaras por dos días. Sin saber que el chocolate era malo para los animales, le diste un poco. Al perro le gustó, pero se enfermó y lo llevaste al veterinario. La cuenta fue de $450 y el informe solo dice que el perro tuvo indigestión. No sabes qué hacer.

ACTIVIDAD 11 Yo que tú...

En parejas, un/a estudiante mira las situaciones A y la otra persona mira las situaciones B. A le cuenta a B sus problemas usando sus propias palabras. B debe decir qué haría en cada caso usando las expresiones **yo que tú/él/ella/ellos** y **yo en tu/su lugar.** Luego cambien de papel.

A	B
1. Mi madre quiere que me quede aquí y que no acepte un trabajo en Bolivia.	1. Un amigo me acusó de robarle el radio.
2. Mis padres van a ir a Europa y no saben si alquilar un carro o comprar un "Eurail pass".	2. Mi padre no quiere que mi madre trabaje, pero ella quiere trabajar.
3. Un amigo quiere que yo salga en el programa de Jerry Springer.	3. A mi hermano, que está casado y tiene hijos, le ofrecieron un buen trabajo en una fábrica, pero es por la noche y no sabe qué hacer.

ACTIVIDAD 12 Una emergencia

Estás en el trabajo y acabas de enterarte que tu padre tuvo un accidente grave. Fuiste a pedirle algunos favores a una compañera, pero no la encontraste. Por eso, le pediste los mismos favores a tu jefa. Cambia lo que ibas a pedirle a tu compañera a la forma de Ud. y usa frases como: **¿Me podría...?, Querría que..., Me gustaría que...**

1. ¿Me puedes ayudar?
2. ¿Me dejas usar tu carro?
3. ¿Puedes cancelar mis citas con los clientes?
4. ¿Me puedes prestar cien dólares?
5. Quiero que llames a mi madre para decirle que iré enseguida al hospital.
6. No quiero que le digas nada a nadie en la oficina.

III. Expressing Probability

The Future and Conditional Tenses

When you are not sure about something, you may express probability. For example, you may wonder how old someone is, or if a person is late, you may wonder where he/she might be.

1. To wonder or to express probability about the present, use the future tense.

—¿Qué **estarán haciendo** los niños?	*I wonder what the kids are doing.*
—**Harán** alguna travesura porque están tan callados.	*They must be doing something bad because they are so quiet.*
—¿Cuántos años **tendrá** Ramón?	*I wonder how old Ramón is.*
—**Tendrá** unos cincuenta.	*He's probably about fifty.*

2. To wonder or to express probability about the past, use the conditional tense.

—¿Por qué se divorciaron?	*Why did they get divorced?*
—No tengo idea. **Tendrían** muchos problemas y ella **estaría** muy descontenta.	*I have no clue. They probably had a lot of problems and she was very unhappy.*

ACTIVIDAD 13 Solos en casa

En parejas, Uds. están solos en una casa por la noche y están un poco nerviosos porque ha habido muchos robos últimamente. Hagan conjeturas acerca de lo que pasa siguiendo el modelo.

▶ Oyen un ruido en otra habitación.

A: ¿Oíste ese ruido?
B: Sí. ¿Qué será?
A: Será el viento.

1. Un perro empieza a ladrar.
2. Suena el teléfono y, al contestar, no habla nadie.
3. Oyen un grito que viene de fuera de la casa.
4. Escuchan la sirena de la policía.
5. Alguien llama a la puerta.

ACTIVIDAD 14 ¿En qué año sería?

Intenta decir la edad exacta que tenían ciertas personas famosas o el año exacto en que ocurrieron los siguientes acontecimientos. Si no estás seguro/a, mira las opciones que se presentan y usa expresiones como: **sería a principios de los..., a fines de los..., en el año..., de... a...** o **tendría... años.**

► llegar / Armstrong a la luna

a. a principios de los 60 b. a fines de los 60 c. a principios de los 70

Armstrong llegó a la luna en 1969. Sería a fines de los sesenta cuando Armstrong llegó a la luna.

1. ser / las Olimpiadas en Barcelona
   a. en el año 1988 b. en el año 2000 c. en el año 1992
2. Penélope Cruz / ser / protagonista de una película norteamericana por primera vez
   a. 18 años b. 25 años c. 28 años
3. norteamericanas / ganar / la Copa Mundial de Fútbol
   a. mediados de los 70 b. a finales de los 80 c. a finales de los 90
4. JFK / morir / asesinado en Dallas, Texas
   a. 36 años b. 46 años c. 56 años
5. Miguel Indurain / español / ganar el Tour de Francia cinco veces consecutivas
   a. de 1974 a 1978 b. de 1991 a 1995 c. de 1998 a 2002
6. Shakira / producir / su primer álbum en inglés
   a. 20 años b. 24 años c. 27 años

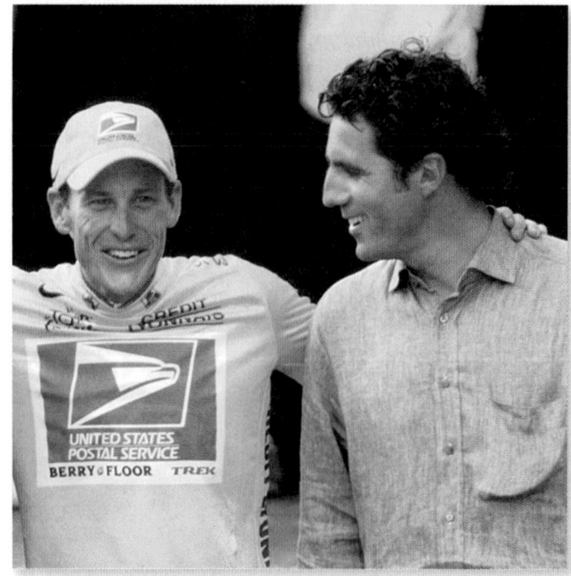

Los ciclistas Lance Armstrong y Miguel Indurain.

IV. Discussing Human Relationships

Las relaciones humanas

Cuernos

La relevancia que le damos a la **fidelidad** sexual, independientemente de la edad, es altísima; sólo un 2,7% la considera "poco importante". Pero además **confiamos en** nuestros compañeros sentimentales: más del 68% de los españoles no cree que sus **parejas** les **hayan sido infieles,** mientras que el 30,5% de los varones y el 10,7% de las mujeres reconocen haberlo sido alguna vez. Estos son algunos datos de la muestra que Sigma Dos ha realizado en la última semana de julio en exclusiva para *Magazine*. El escritor, político y demógrafo Joaquín Leguina analiza los resultados de la encuesta y señala que "estas proporciones de infieles subestiman la realidad". Pero si algo ha llamado la atención del autor del libro *Cuernos* es el porcentaje de menores de 30 años que sostienen como motivo inevitable de ruptura **una cana al aire**: "La permisividad de los jóvenes españoles queda muy en entredicho".

Joaquín Leguina. "Cuernos", *El Mundo*, 17 Agosto, 2003 (www.el-mundo.es/magazine/2003). Reprinted by permission.

The title *Cuernos* is taken from the expression **ponerle los cuernos a alguien** = *to cheat on someone* (literally, to put horns on your partner).

fidelity

we trust

partners

have been unfaithful, have cheated

echar(se) una cana al aire = to have a one-night stand; to let your hair down

La pareja y la familia	
el asilo/la casa/la residencia de ancianos	nursing home
la crianza, criar	raising, rearing; to raise, rear
ejercer autoridad	to exert authority
entrometerse (en la vida de alguien)	to intrude, meddle (in someone's life)
la falta de comunicación	lack of communication
la generación anterior	previous generation
la igualdad de los sexos	equality of the sexes
inculcar	to instill, inculcate
independizarse (de la familia)	to become independent (from one's family)
la infidelidad	
el machismo	
malcriar	to spoil, pamper (a child)
matriarcal, patriarcal	
moral, inmoral	
la niñera	nanny

(Continúa en la página siguiente.)

rebelde, rebelarse	rebellious; to rebel
sumiso/a	submissive
tener una aventura (amorosa)	to have an (love) affair
el vínculo	bond
vivir juntos/convivir	to live together

ACTIVIDAD 15 Tu opinión

Lee y marca las ideas con las que estás de acuerdo. Luego, en grupos de tres, discútanlas.

1. ❑ Los padres malcrían a sus hijos porque no tienen tiempo de educarlos bien.
2. ❑ En este país está mal visto que un/a chico/a de 22 años no se haya independizado de sus padres.
3. ❑ Hay falta de comunicación entre padres e hijos porque todos están muy ocupados.
4. ❑ En este país existe la igualdad de sexos.
5. ❑ Los vínculos entre padres e hijos son muy fuertes, pero eso no quiere decir que los hijos deseen vivir en la misma ciudad o el mismo estado que sus padres.
6. ❑ Convivir antes de casarse es inmoral.

ACTIVIDAD 16 El matrimonio en el futuro

En una época, el matrimonio por amor y no por conveniencia se consideraba una idea muy radical. En parejas, discutan las siguientes preguntas sobre el matrimonio.

The word **pareja** can mean *partner* or *couple*.

1. Cuando en generaciones anteriores el matrimonio era un arreglo, ¿qué tipo de conflictos tendrían los hombres y las mujeres?
2. ¿Qué tipo de problemas tendrán ahora las parejas que se casan por amor?
3. ¿Qué tipo de vínculo creen que se establecerá entre dos personas en el futuro?

ACTIVIDAD 17 La mujer mexicana

Parte A: El siguiente párrafo es parte de un artículo que apareció en una revista mexicana. Léelo para enterarte de cómo predice que será la mujer del año 2025.

ASÍ SERÁ LA MUJER

La mujer del año 2025 será realista, optimista y se sentirá cómoda con su incorporación a todos los ámbitos de la vida social. Formará una familia distinta a la tradicional, basada en las nuevas relaciones de pareja: el hogar dejará de ser el "reposo del guerrero", y el hombre compartirá las labores domésticas. Las cualidades que más valorará en su compañero serán la ternura, la inteligencia y el sentido del humor. Rechazará el papel de *superwoman* y no deseará ser perfecta. En el trabajo accederá a puestos de mayor responsabilidad, pero no cambiará su calidad de vida por conseguir el éxito a cualquier precio.

Source: *Revista Mía de México*, Editorial Televisa/Publicaciones Continentales de México.

Parte B: Ahora, en parejas, imaginen cómo será la vida de la mujer mexicana actual. Deduzcan las respuestas a estas preguntas basándose en lo que acaban de leer.

1. ¿Cómo será la mujer mexicana actual?
2. Por lo general, ¿qué tipo de familia tendrá ahora?
3. El hogar se ve hoy día como el "reposo del guerrero". ¿Qué significará esta frase?
4. ¿Qué tareas hará el hombre mexicano en el hogar hoy día?
5. ¿Cuáles serán las cualidades que más valora la mujer en un hombre?
6. ¿Qué papel le asignará la sociedad a la mujer?
7. Generalmente, ¿qué tipo de trabajo tendrá ahora la mujer fuera del hogar?

ACTIVIDAD 18 La tele y la familia

Parte A: En grupos de tres, miren la siguiente escena, y comenten las ideas que la acompañan.

1. los aparatos electrónicos y la falta de comunicación en la familia
2. la televisión como un miembro más de la familia
3. la televisión como niñera
4. la televisión para inculcar valores tanto positivos como negativos

Parte B: Ahora comenten estas preguntas relacionadas con la televisión y su infancia.

1. número de horas que miraban televisión
2. tipos de programas que miraban
3. si la televisión era su niñera y por qué sí o no
4. número de horas que pasaban en Internet
5. de qué modo creen que les haya afectado la televisión e Internet

Parte C: Los estudios afirman que los niños que miran mucha televisión tienen luego problemas de concentración y son más hiperactivos. Teniendo en cuenta ese dato, ¿qué reglas para mirar televisión implementarán Uds. con sus hijos?

ACTIVIDAD 19 Los más pequeños y los ancianos

Parte A: En grupos de tres, discutan estas preguntas sobre la educación infantil y el cuidado de los ancianos.

1. Imaginen que tienen un niño menor de dos años. ¿Lo dejarían en una guardería todo el día? ¿Cuáles serían tres ventajas y tres desventajas?
2. Si vivieran cerca de la casa de sus padres, ¿dejarían al niño todos los días con ellos? ¿Les gustaría a ellos?
3. ¿Quién debe ser responsable de la crianza de los niños y por qué?
4. ¿De qué forma malcrían los padres a los niños? ¿Por qué creen que lo hagan?
5. ¿Qué papel desempeñan/desempeñaron sus abuelos en su familia?
6. Imagínense que sus padres son ancianos y necesitan cuidados especiales. ¿Cuáles serían tres ventajas y tres desventajas de que ellos vivieran con Uds.?
7. ¿Pondrían a sus padres en una casa de ancianos? ¿Cuáles serían las ventajas y desventajas de hacerlo?

Parte B: Ahora lean lo que dice una venezolana acerca del cuidado de los niños y de los ancianos en su país. Luego, en su mismo grupo de tres, comparen lo que dice ella con lo que contestaron Uds.

Fuente hispana

"En Latinoamérica, una familia con hijos pequeños nunca los llevaría a una guardería antes de los dos años para que allí se los cuidaran. Preferiría en todo caso contratar a una niñera que les ayudara con la parte pesada de ese trabajo, como es el bañarlos, darles de comer, cambiarles los pañales, supervisar sus juegos. Ahora bien, en caso de no tener recursos económicos para contratar ayuda, acudirían a la madre o a la suegra. Ellas, sin duda, lo harían con mucho amor, sin esperar ningún tipo de compensación económica.

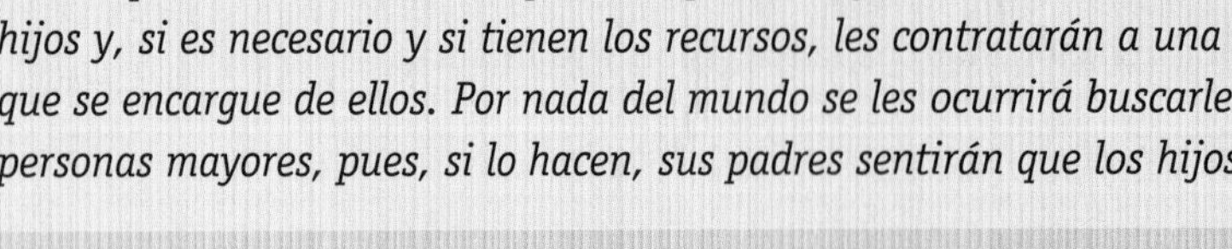

Por otro lado, si los padres de la pareja son muy ancianos y no pueden valerse por sí mismos, ellos esperarán que sus hijos los cuiden. Vivirán en la casa de uno de sus hijos y, si es necesario y si tienen los recursos, les contratarán a una enfermera particular para que se encargue de ellos. Por nada del mundo se les ocurrirá buscarles lugar en un asilo para personas mayores, pues, si lo hacen, sus padres sentirán que los hijos los han abandonado." ■

 *El rol de la mujer*

ACTIVIDAD 20 ¿Costumbres semejantes?

Parte A: En parejas, lean las siguientes preguntas y discutan sus respuestas basándose en sus ideas sobre la sociedad de este país.

1. ¿Es común que un hombre soltero o una mujer soltera de treinta años viva con sus padres?
2. ¿Con quién viven sus abuelos? ¿Tienen Uds. algún pariente en una casa de ancianos?
3. ¿Hay presión para que los recién casados tengan hijos?

(*Continúa en la página siguiente.*)

4. ¿Comparten por igual el padre y la madre la crianza de los niños?
5. ¿Quién cuida a los niños durante el día?
6. ¿Cómo dividen las responsabilidades de la casa las parejas casadas si solo una persona trabaja fuera de casa? ¿Y si los dos trabajan fuera de casa?
7. ¿Tiene la mujer de hoy más independencia que antes? Expliquen.

Parte B: En parejas, lean las preguntas nuevamente y traten de imaginar lo que contestaría un hispano.

▶ Un hispano diría que (no) es común que un hombre de treinta años viva con sus padres.

Parte C: A continuación hay una lista de respuestas que dieron una mexicana y una española a las preguntas de la Parte A. Algunas respuestas fueron similares y otras no. Comparen estas respuestas con lo que respondieron Uds. en las Partes A y B de esta actividad. Los números corresponden a las preguntas de la Parte A.

LAS RESPUESTAS SIMILARES

mexicana

española

- "Es común y aceptable que un hombre o una mujer de treinta años viva con sus padres si todavía no se ha casado." (pregunta 1)
- "En general, la madre es la que más se ocupa de la crianza de los niños." (4)
- "Los abuelos y otros familiares suelen vivir en la misma ciudad y ayudan a cuidar a los niños cuando los padres lo necesitan." (5)
- "Dentro de la casa, generalmente la mujer sigue ocupándose de la mayoría de las labores domésticas." (6)
- "La mujer de clase media tiene cada vez más independencia y trabaja más fuera del hogar." (7)

LAS RESPUESTAS DIFERENTES

mexicana	española
• "Relativamente pocas personas tienen parientes en casas de ancianos." (2)	• "Las cosas han cambiado, ya que la mujer trabaja fuera de casa, y por eso ahora hay más personas en residencias de ancianos. También existen las residencias de día: son como guarderías, pero para mayores." (2)
• "La familia espera que los recién casados tengan hijos pronto, pero últimamente esto está cambiando en las grandes ciudades." (3)	• "Normalmente tienen hijos dos o tres años después de casarse, si los tienen. Las mujeres tienen el primer hijo más o menos a los 30 años." (3)

ACTIVIDAD 21 Una pareja hispano-norteamericana

Después de discutir las preguntas de las Actividades 19 y 20, en grupos de tres, hagan conjeturas sobre qué conflictos habría si se casaran una mujer de este país y un hombre de un país hispano. Luego hagan lo mismo para un hombre de este país y una mujer de un país hispano.

V. Hypothesizing (Part One)

Si Clauses (Part One)

In this section, you will learn to discuss hypothetical situations.

1. When making a hypothetical statement about a situation that may or may not happen, use the following construction.

May or may not happen

si + *present indicative*, { *present indicative* / **ir a** + *infinitive* / *future* / *command* }

Si Paco tiene tiempo, *If Paco has time,* (which he may or may not)	**le hablo del problema.** *I am going to speak to him about the problem.*
	le voy a hablar del problema. *I am going to speak to him about the problem.*
	le hablaré del problema. *I will speak to him about the problem.*
	háblale del problema. *speak to him about the problem.*

2. When making a hypothetical statement about an imaginary situation, use the following construction. Notice that the **si** clause contains a contrary-to-fact statement (if I were a rich man—which I am not).

Imaginary situations

si + *imperfect subjunctive,*	*conditional*
Si tuviera el dinero,	**viajaría** por todo el mundo.
If I had the money (which I do not),	*I would travel all over the world.*
Si estuvieras de visita en Sitges,	**irías** a la playa todos los días.
If you were visiting Sitges (which you aren't),	*you would go to the beach every day.*
Si mi hermana **fuera** piloto,	**conocería** muchos lugares.
If my sister were a pilot (which she is not),	*she would know many places.*

3. In all sentences with **si** clauses, the **si** clause can start or end the sentence.

Si Uds. me ayudan, terminaremos pronto.*	=	Terminaremos pronto si Uds. me ayudan.

***Note:** If the **si** clause comes first, a comma is needed.

ACTIVIDAD 22 Situaciones para niños

Imagina que eres un/a niño/a y acabas de participar en un taller (*workshop*) sobre seguridad personal. Di qué harías en las siguientes situaciones.

1. Si alguien te preguntara en la calle cómo llegar a un lugar, ...
2. Si un amigo o una amiga te ofrecieran un cigarrillo, ...
3. Si un amigo o una amiga te sugirieran que robaras algo en una tienda, ...
4. Si tú estuvieras solo/a en casa y una persona llamara por teléfono y preguntara por uno de tus padres, ...
5. Si en la calle alguien te ofreciera un dulce, ...

ACTIVIDAD 23 Acciones poco comunes

Parte A: Entrevista a personas de la clase para averiguar si han hecho o harían, si pudieran, las actividades de la siguiente lista. Debes hacerle solo una pregunta a cada persona que entrevistes y escribir solo un nombre para cada acción. Sigue el modelo.

▶ A: ¿Alguna vez has comido ancas de rana?

B: Sí, lo he hecho.
↓
A: ¿Cuándo las comiste?
↓
B: El verano pasado y me gustaron mucho.

B: No, nunca lo he hecho.
↓
A: ¿Las comerías si pudieras?
↓
B: No, nunca lo haría. / Creo que sí lo haría.

	LO HA HECHO	NUNCA LO HARÍA	LO HARÍA SI PUDIERA
1. correr en un maratón	________	________	________
2. escalar una montaña alta	________	________	________
3. participar en un reality show	________	________	________
4. hacer un viaje por la selva	________	________	________
5. nadar sin traje de baño	________	________	________
6. actuar en una película	________	________	________
7. vivir por lo menos un año en un país de habla española	________	________	________
8. ser reportero/a para un periódico de chismes	________	________	________

Parte B: Ahora en parejas, díganle a la otra persona los datos que obtuvieron.

▶ Beth dice que, si pudiera, comería ancas de rana.

ACTIVIDAD 24 ¿Cómo serías?

En parejas, túrnense para decir cómo sería su vida si Uds. fueran diferentes en ciertos aspectos.

► ser más alto

Si yo fuera más alto, podría ser un buen jugador de basquetbol. Practicaría todos los días y también viajaría mucho para jugar partidos.

1. ser más bajo/a o alto/a
2. ser hombre/mujer
3. hacer más/menos ejercicio
4. ser famoso/a
5. (no) estar casado/a
6. (no) tener hermanos
7. (no) cambiarse el color del pelo
8. vivir en un país de habla española

ACTIVIDAD 25 La clonación

Mientras hacían las últimas actividades, Uds. tuvieron la oportunidad de explorar un poco la variedad de personas que hay en la clase y sus opiniones. Durante siglos se decía que no había dos personas iguales en el mundo. Ahora, en grupos de tres, van a discutir las siguientes preguntas sobre la clonación (*cloning*).

1. ¿Qué significa el término "planificación familiar"?
2. Si la clonación y los mapas genéticos de embriones estuvieran al alcance de todos, ¿cómo cambiaría la definición de "planificación familiar"?
3. ¿Creen que la clonación sea moral o inmoral? Justifiquen su respuesta.
4. ¿Creen que muchas personas harían un clon de su perro o gato si pudieran?
5. ¿Cómo se sentiría un niño si supiera que es producto de una clonación?
6. ¿Qué consecuencias tendría la clonación para la estructura familiar? ¿Cómo cambiaría el concepto de "hermanos" o el de "padres"?
7. Miren el chiste y contesten esta pregunta: Si pudieran pedir un hijo como piden una hamburguesa, ¿cómo les gustaría que fuera?

www.gaturro.com

ACTIVIDAD 26 El piropo

Existe una costumbre en países de habla española llamada el piropo. El piropo suele ser una frase agradable que le dice normalmente un hombre en la calle a una mujer desconocida. Por lo general, no es apropiado que la mujer le haga caso a su admirador. Aunque hoy día no se oyen tantos piropos como antes y aunque se dice que la calidad también ha bajado, todavía es posible oír algunos muy bien expresados. Aquí hay algunos ejemplos.

> "Si fuera un caramelo, me gustaría derretirme (*melt*) en tu boca."
> "Si pudiera hacerlo, volvería a ser niño para ser tu primer amor."
> "Desearía ser tu perfume para besar tu cuello constantemente."

En parejas, escriban un piropo para hombres o mujeres con cada una de las siguientes fórmulas.

1. **Si yo fuera un/a** + *sustantivo*, + ...
2. **Si yo pudiera...,** + ...
3. **Desearía ser tu** + *sustantivo* + **para** + ...

En vez de decir **Desearía ser tu...**, se puede decir **Me gustaría ser tu...** o **Quisiera ser tu...**

Para leer más piropos, haz una búsqueda en Internet con la palabra "piropo". ¡Ojo! Existen diferentes tipos de piropos, unos son chistosos, otros simpáticos y algunos poéticos, pero también existen piropos de muy mal gusto y en Internet vas a encontrar un poco de todo.

ACTIVIDAD 27 Un anuncio publicitario

Parte A: Mira el anuncio y contesta estas preguntas.

1. ¿Qué ofrece el anuncio?
2. ¿A quién está dirigido?
3. ¿Qué supone el anuncio que la persona está haciendo?
4. Si una empresa quisiera ofrecerle algo a ese consumidor en los Estados Unidos, ¿aceptaría el consumidor ese tipo de anuncio o lo interpretaría como ofensivo?
5. Si tuvieras que hacer un anuncio para ofrecerle ese tipo de servicio a un hombre, ¿qué dirías en el anuncio?

Parte B: En grupos de tres, lean las siguientes ideas sobre los anuncios comerciales y digan qué opinan.

1. En los anuncios, el hombre vende productos caros y la mujer vende productos baratos.
2. Los anuncios para adelgazar son para las mujeres.
3. Los anuncios de juguetes para niños están dirigidos a los niños y a sus madres.
4. Muchos anuncios presentan a la mujer como un "premio".

Señora, haga ya sus compras sin quitarse su máscara verde de belleza.

Nuestros vendedores la atenderán como si no la vieran, pero con una cordialidad especial para lectores de La Nación.

4343-8930 al 35

USTED ES DE LOS NUESTROS.

ACTIVIDAD 28 Lectura entre líneas

Parte A: En grupos de cuatro, Uds. son empleados de una fábrica. Uno de Uds. se sentó frente a una computadora durante las horas de trabajo y se dio cuenta de que alguien había olvidado salir del sistema y por eso aparecieron en pantalla unos mensajes electrónicos entre Pura Morales (la nueva presidenta del sindicato) y el dueño de la fábrica. Lean los mensajes empezando con el primero al final de la página siguiente y hagan conjeturas sobre lo que ocurrió. Usen frases como: **Aquí dice que..., pero antes decía que...; Sería que ellos...; Esto implicaría que...; ¿Será posible que...?**

De: Felipe Bello [fbello@sistema.com]
Fecha: 18/4
A: Pura Morales [puramo@sistema.com]
Tema: Una rosa roja

Hace tiempo que no me divertía tanto, Pura. Entre nosotros no hay falta de comunicación. Cuando te vea el viernes, tendré una rosa roja para que la lleves entre los dientes. Hasta el viernes próximo a las ocho en Le Rendezvous.

>----**Mensaje original----**
>**De:** Pura Morales [puramo@sistema.com]
>**Fecha:** 7/4
>**A:** Felipe Bello [fbello@sistema.com]
>**Tema:** A las ocho
> Obviamente no quiero entrometerme en tu vida familiar.
>El sábado que viene está perfecto. Estaré allí a las ocho.

>>---- **Mensaje original----**
>>**De:** Felipe Bello [fbello@sistema.com]
>>**Fecha:** 6/4
>>**A:** Pura Morales [puramo@sistema.com]
>>**Tema:** Le Rendezvous

>>Mira, chica, me es imposible. Este sábado me toca cuidar a los niños ya que
>>no me gusta dejarlos con la niñera. Lo siento mucho, pero ¿qué tal el
>>sábado que viene? Seguro que puedo decirle a mi mujer que voy a un
>>partido de fútbol y así no podrá comunicarse conmigo.

>>>----**Mensaje original----**
>>>**De:** Pura Morales [puramo@sistema.com]
>>>**Fecha:** 5/4
>>>**A:** Felipe Bello [fbello@sistema.com]
>>>**Tema:** El secreto

>>>Oye, Felipe, ¿qué te parece si vamos al restaurante Le Rendezvous este
>>>sábado? El dueño es un íntimo amigo mío y es de confianza. Él no
>>>le dirá nada a nadie. Seguro que el dueño nos puede dar una sala
>>>especial solo para nosotros donde podamos escuchar tangos.

>>>>----**Mensaje original----**
>>>>**De:** Felipe Bello [fbello@sistema.com]
>>>>**Fecha:** 4/4
>>>>**A:** Pura Morales [puramo@sistema.com]
>>>>**Tema:** Nuestro secreto

>>>>No sabes cuánto me gustó conocerte, Pura. Eres muy especial. ¡Hay
>>>> pocas mujeres tan valientes! Confía en mí, no voy a decir nada de lo
>>>>nuestro a nadie. Dime cuándo puedes reunirte conmigo.

>>>>>----**Mensaje original----**
>>>>>**De:** Felipe Bello [fbello@sistema.com]
>>>>>**Fecha:** 31/3
>>>>>**A:** Pura Morales [puramo@sistema.com]
>>>>>**Tema:** Reunión

>>>>>Srta. Morales:
>>>>>No tengo ningún inconveniente. Ya es hora de que nos
>>>>>conozcamos personalmente.

>>>>>>----**Mensaje original----**
>>>>>>**De:** Pura Morales [puramo@sistema.com]
>>>>>>**Fecha:** 30/3
>>>>>>**A:** Felipe Bello [fbello@sistema.com]
>>>>>>**Tema:** Reunión

>>>>>>Sr. Bello:
>>>>>>Me gustaría hablar con Ud. el lunes 3 de abril a las 15:00.
>>>>>>¿Estaría bien a esa hora? La cita no es para hablar de trabajo.

Parte B: Para ver qué pasó de verdad, lean el artículo que salió en el boletín (*newsletter*) de la fábrica a principios de mayo y comparen sus deducciones con la información del boletín. (Ver página 351.)

Parte C: Antes de discutir el tema de la fidelidad, vuelvan a leer en la página 289 la información que se publicó en España sobre el tema. Luego compárenla con lo que creen que ocurre en este país.

1. ¿Creen que sea común la infidelidad entre personas que tienen un vínculo amoroso? Si supieran que la pareja de un amigo íntimo le pone los cuernos a su amigo, ¿bajo cuáles de estas circunstancias le dirían algo?
   - si fueran novios
   - si vivieran juntos, pero no estuvieran casados
   - si pensaran casarse
   - si estuvieran casados sin hijos
   - si estuvieran casados con hijos
2. ¿Cambiaría su respuesta si fuera una amiga íntima?
3. Si estuvieran Uds. en cualquiera de esas situaciones, ¿les gustaría que alguien les dijera la verdad? ¿Preferirían enterarse de otra forma? ¿Preferirían no saber nada?
4. Si un político casado se echara una cana al aire, ¿cómo reaccionarían los ciudadanos? Si una mujer política casada se echara una cana al aire, ¿cómo reaccionarían los ciudadanos?

Do the corresponding web activities to review the chapter topics.

Vocabulario activo

La pareja y la familia

el asilo/la casa/la residencia de ancianos *nursing home*
confiar en *to trust*
la crianza *raising, rearing* (of children)
criar *to raise, rear*
echar(se) una cana al aire *to have a one-night stand; to let one's hair down*
ejercer autoridad *to exert authority*
entrometerse (en la vida de alguien) *to intrude, meddle (in someone's life)*
la falta de comunicación *lack of communication*
la fidelidad *fidelity*
la generación anterior *previous generation*
la igualdad de los sexos *equality of the sexes*
inculcar *to instill, inculcate*
independizarse (de la familia) *to become independent (from one's family)*
la infidelidad *infidelity*
inmoral *immoral*
el machismo *male chauvinism*
malcriar *to spoil, pamper* (a child)
matriarcal *matriarchal*
moral *moral*
la niñera *nanny*
la pareja *partner; couple*
patriarcal *patriarchal*
ponerle los cuernos a alguien *to cheat on someone* (literally, to put horns on your partner)
rebelarse *to rebel*
rebelde *rebellious*
ser fiel/infiel *to be faithful/unfaithful*
sumiso/a *submissive*
tener una aventura (amorosa) *to have an (love) affair*
el vínculo *bond*
vivir juntos/convivir *to live together*

Expresiones útiles

un/a amigo/a íntimo/a *a close friend*
mientras más vengan, mejor *the more, the merrier*
¿No te/le/les parece? *Don't you think so?*
Eres un ángel. *You're an angel.*
Eres un/a santo/a. *You're a saint.*
Eres más bueno/a que el pan. *You are as good as gold.* (literally, You are better than bread.)
Esa es una mentira más grande que una casa. *That's a big fat lie.*
Francamente, creo que tú... *Frankly, I think that you ...*
¡Qué decente! *How decent!*
¡Qué responsable! *How responsible!*
¡Qué caradura! *Of all the nerve!*
¡Qué sinvergüenza! *What a dog/rat!*
¡Qué desconsiderado/a! *How inconsiderate!*

Más allá

Canción: "Sería feliz"

Julieta Venegas

La cantautora nació en Tijuana, México, en 1970 y ya de pequeña empezó a estudiar piano. En casa su madre escuchaba canciones mexicanas tradicionales que Venegas luego incorporó en su música. Por su proximidad a los Estados Unidos, también escuchó rock norteamericano a través de una conocida estación de radio de San Diego, California. En Tijuana tocó con varios grupos, pero luego se mudó a la Ciudad de México, donde finalmente decidió ser solista. Venegas es considerada hoy día una de las mejores cantantes de música alternativa y ha recibido varios Grammys Latinos y premios de MTV como mejor artista del año, mejor solista y mejor artista mexicana.

ACTIVIDAD ¿Cómo podrías ser feliz?

Parte A: Antes de escuchar la canción, di cuatro o cinco condiciones que necesitarías para ser feliz. Usa el siguiente formato: **Si..., sería feliz.**

Parte B: Escucha la canción y marca todas las condiciones que necesitaría la cantante para ser feliz.

_____ tener a su compañero a su lado
_____ tener cosas que nunca pudo tener
_____ tener a su familia cerca
_____ tener suficiente tiempo
_____ tener suficientes amigos
_____ tener suficiente vida
_____ tener un lugar para expresar sus necesidades
_____ alguien escucharla
_____ haber paz en el mundo
_____ las personas que la ignoran respetarla
_____ otros ver de lo que ella es capaz

Parte C: En grupos de tres, discutan las siguientes preguntas sobre la canción y la felicidad.

1. ¿En qué se diferencian las condiciones para ser feliz que mencionaron Uds. en la Parte A de las que menciona la cantante?
2. ¿Qué es la felicidad? ¿Es algo permanente o transitorio? Intenten definirla.
3. Hay gente que dice que, para ser feliz, hay que rodearse de gente positiva. Comenten esta idea.

Videofuentes: *En la esquina* (cortometraje)

Antes de ver

ACTIVIDAD 1 ¿De qué se trata?

El cortometraje *En la esquina* ganó premios en Chile, Italia, Cuba y los EE.UU.

En el siguiente cortometraje chileno llamado *En la esquina*, aparecen un chico, su novia y una segunda chica. En grupos de tres, miren el título del corto y la foto, y usen la imaginación para inventar lo que creen que va a ocurrir.

Mientras ves

ACTIVIDAD 2 El cortometraje

Parte A: Mira el cortometraje y prepárate para hablar de las siguientes ideas.

- quiénes son los personajes
- qué ocurre en la esquina
- cuál es el final de la historia
- qué creen que ocurrirá después del final que se presenta

Parte B: El cortometraje muestra realidad y fantasía. En grupos de tres, discutan qué partes creen Uds. que sean reales y cuáles no.

Después de ver

ACTIVIDAD 3 Las relaciones amorosas

Parte A: Ahora, en parejas, discutan las siguientes preguntas sobre las relaciones amorosas.

1. ¿Qué harían si estuvieran en el lugar del chico de la película y por qué?
2. Si fueran la chica de la esquina y el chico les hablara, ¿qué le dirían?
3. ¿Alguna vez han visto en la calle o en una fiesta a alguien muy atractivo cuando tenían novio o novia? ¿Qué hicieron? ¿Imaginaron algo?
4. ¿Alguna vez han visto en la calle a un ex novio o ex novia? ¿Qué hicieron y por qué?
5. En su opinión, ¿creen que algunas parejas estén juntas por costumbre y no porque realmente se quieran?
6. ¿De qué modo cambia la gente su comportamiento cuando está delante de alguien que le gusta mucho?

Parte B: Ahora miren los siguientes refranes y expliquen cómo se reflejan en la película que acaban de ver.

- Más vale malo conocido que bueno por conocer.
- Del dicho al hecho hay mucho trecho.

ACTIVIDAD 4 En la esquina (Segunda parte)

En grupos de tres, escriban el argumento de un segundo cortometraje (continuación del primero) con los mismos personajes. Luego prepárense para actuar la situación delante de la clase.

Película: *Valentín*

Drama

Argentina, 2002

Director: Alejandro Agresti

Guion: Alejandro Agresti

Clasificación moral: Todos los públicos

Reparto: Rodrigo Noya, Carmen Maura, Julieta Cardinali, Jean Pierre Noher, Mex Urtizberea, Alejandro Agresti, más...

Sinopsis: Un niño vive en Buenos Aires con su abuela en la década de los 60 y sus dos sueños son ver a su madre y ser astronauta. Su padre no se ocupa mucho de él y por eso no hay ningún hombre en la vida del niño hasta que conoce a un vecino excéntrico. También conocerá a la nueva novia de su padre.

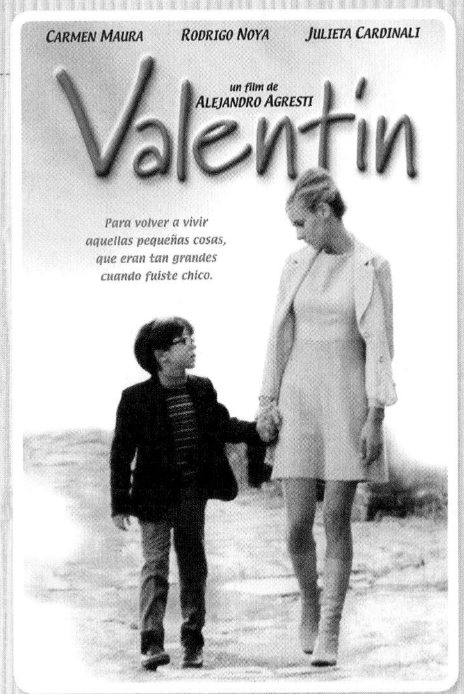

ACTIVIDAD La vida de Valentín

Parte A: En grupos de tres, usen la imaginación y hagan conjeturas sobre el presente y el futuro para hablar de las siguientes preguntas.

1. ¿Por qué vivirá Valentín con su abuela y no con su madre?
2. ¿Qué hará el niño un día típico?
3. ¿Por qué soñará con ser astronauta?
4. En el futuro, Valentín conocerá a la novia de su padre. Digan qué ocurrirá.

Parte B: Ahora vayan al sitio de Internet del libro de texto y hagan las actividades que allí se presentan.

Sociedad y justicia

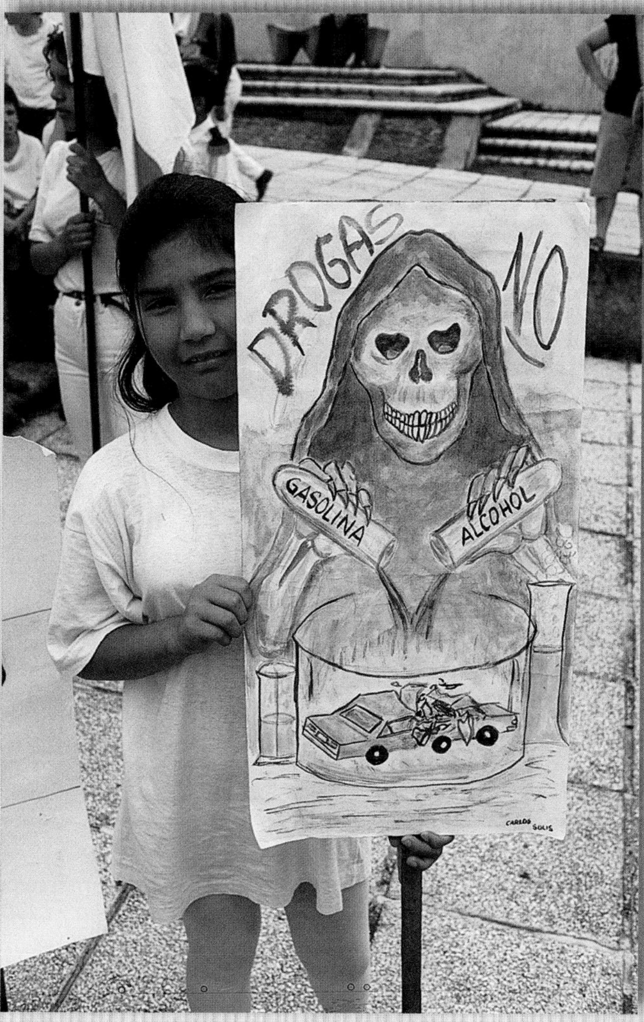

Estudiante con cartel antidrogas en San José, Costa Rica.

METAS COMUNICATIVAS

- hacer hipótesis (segunda parte)
- expresar influencia, emociones y duda en el pasado
- hablar sobre delincuencia y justicia

META ADICIONAL

- usar palabras que conectan

¿Coca o cocaína?

La coca

a propósito	on purpose
(para) dentro de (diez) horas/días/ años/etc.	in (ten) hours/days/years/etc.
pretender + *infinitive*	to attempt (and to hope) + *infinitive*

Pretende aprobar el examen aun cuando no ha estudiado. = He attempts (and hopes) to pass the exam even when he hasn't studied.

Sacerdotes andinos preparan hojas de coca para un ritual tradicional.

ACTIVIDAD 1 ¿Es droga o no?

Lee la siguiente definición sobre la droga. Después, marca cuáles de las siguientes sustancias son drogas.

> Droga: "Se dice de cualquier sustancia de origen vegetal, mineral o animal que tiene un efecto depresivo, estimulante o narcótico."

❑ el café	❑ la hoja de coca	❑ el cigarrillo
❑ el alcohol	❑ el éxtasis	❑ la heroína
❑ los somníferos	❑ las pastillas para adelgazar	❑ la mariguana
❑ el té	❑ la Coca-Cola	

ACTIVIDAD 2 ¿Cuál es su opinión?

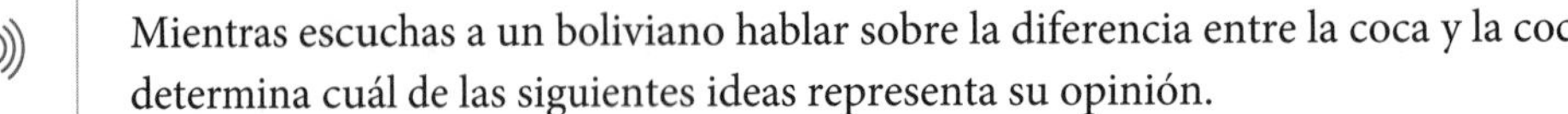

Mientras escuchas a un boliviano hablar sobre la diferencia entre la coca y la cocaína, determina cuál de las siguientes ideas representa su opinión.

1. ______ La cocaína es una droga, pero no debe ser ilegal.
2. ______ La coca no es una droga y no debe ser ilegal.
3. ______ La coca y la cocaína son drogas que deben ser ilegales.

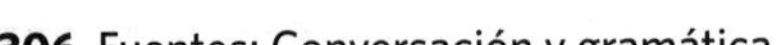

ACTIVIDAD 3 ¿Qué es la coca?

Ahora, lee las siguientes preguntas y después, para contestarlas, escucha la entrevista otra vez.

1. ¿Cuál es la diferencia entre la coca y la cocaína?
2. ¿En qué países se consume la coca?
3. ¿Con qué bebida compara el narrador el mate de coca?
4. Según el narrador, ¿cuáles son algunos de los grupos que consumen coca y por qué la consumen?
5. ¿Qué ha hecho el gobierno boliviano con respecto a la coca?
6. ¿Qué hizo la reina Sofía de España cuando llegó a La Paz?

¿Lo sabían?

La hoja de coca es utilizada de diferentes maneras por indígenas en Perú, Bolivia, el norte de Argentina, Ecuador, Colombia, Venezuela, Brasil y Chile:

- como unidad monetaria para intercambiar alimentos
- en ceremonias religiosas (nacimientos, bautizos, casamientos, actos relacionados con la naturaleza, etc.) porque se considera una planta sagrada
- como medicamento para enfermedades de la piel, el aparato digestivo y el sistema circulatorio, por ser un remedio popular y de bajo costo

En los Estados Unidos esta hoja se utilizó por primera vez en 1884 en una bebida llamada Vino Francés de Coca, inventada por el Dr. Pemberton en Atlanta. Años después él creó la Coca-Cola (con la hoja de coca y la nuez kola) que era una gaseosa y a la vez un medicamento para el dolor de cabeza.

¿Sabes qué es el peyote? En los Estados Unidos, ¿es legal o ilegal?

ACTIVIDAD 4 ¿Qué harían?

En grupos de tres, discutan qué harían Uds. en las siguientes situaciones.

1. ¿Tomarían mate de coca si estuvieran en La Paz como turistas?
2. Si Uds. fueran el/la presidente de los Estados Unidos y estuvieran de visita en Bolivia, ¿tomarían mate de coca si se lo ofreciera el alcalde de una ciudad? Si aceptaran, ¿cómo lo interpretaría el pueblo norteamericano? ¿Y el pueblo boliviano?

I. Discussing Crime and Justice

Do the corresponding web activities as you study the chapter.

La justicia

MI BLOG

Tuve que presentar un trabajo sobre las **pandillas** para mi clase de ciencias políticas y, entre las cosas interesantes que encontré había información sobre Homies Unidos. Esta es una organización que ayuda a jóvenes en los Estados Unidos y El Salvador que están en pandillas como, la Mara Salvatrucha o la Mara 18, a salirse de las mismas. Estas pandillas se originaron en los Estados Unidos, con jóvenes que habían llegado con su familia de El Salvador en los 80 escapando de la guerra civil de su país. Luego, cuando estos jóvenes fueron deportados a su país de origen, formaron células en El Salvador y eventualmente en Guatemala, Honduras y México. La organización Homies Unidos, liderada por ex **pandilleros**, promueve la **reinserción en la sociedad** a través de charlas para **prevenir** la **violencia** y la **delincuencia**; clases de derechos humanos, clases de inglés, clases de arte; un programa para quitar los tatuajes y programas de **prevención** de la **drogadicción** y el **alcoholismo.** La cadena de televisión CNN nombró al director de la organización en El Salvador, Luis Ernesto Romero, Héroe de CNN.

gangs

gang members

reintegration into society

prevent; violence

crime, criminal activity

prevention

drug addiction; alcoholism

Asesinar refers to all homicides and not just to those of important people. **Crimen** means serious crime as well as homicide.

Personas	Hechos y cosas	Acciones
el asaltante	el asalto	asaltar
el/la asesino/a	el asesinato	asesinar
	la cárcel (*jail, prison*)	encarcelar
	el castigo (*punishment*)	castigar
	la condena (*the sentence*)	condenar (a alguien) a (10) meses/años de prisión
el/la delincuente (*criminal of any age*)	la delincuencia (*crime, criminal activity*); la delincuencia juvenil; el delito (*a criminal offense, a crime*)	
el/la drogadicto/a	la droga	
	la legalización	legalizar
el/la mediador/a	la mediación	
el/la narcotraficante	el narcotráfico	
	el robo (*robbery*)	robar
	el secuestro (*kidnapping; hijacking*)	secuestrar
el/la terrorista	el terrorismo	
el/la violador/a (*rapist*)	la violación	violar (a alguien)

Otras palabras relacionadas con la delincuencia	
(acudir a) la Justicia	(to go to) the authorities (*the law*)
la adicción	addiction
la cadena perpetua	life sentence
el cartel (de drogas)	
consumir drogas	to use drugs
el crimen	serious crime; homicide
detener	to arrest
el homicidio	
el/la juez/a	judge
la justicia/injusticia	justice/injustice
el ladrón/la ladrona	thief
la libertad condicional	parole
la pena de muerte / la pena capital	death penalty
el/la preso/a	prisoner
el/la ratero/a	pickpocket; petty thief
la rehabilitación	
la seguridad/inseguridad	security/insecurity
la víctima	

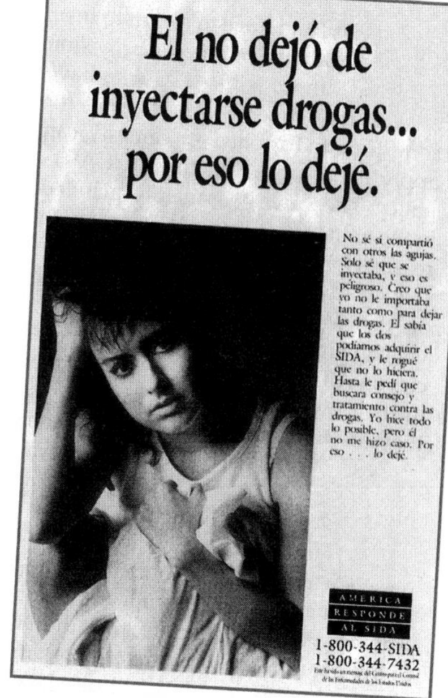

Víctima is always feminine even when referring to men: Él fue **la única víctima.**

ACTIVIDAD 5 Los titulares

Lee los siguientes titulares (*headlines*) y complétalos con palabras de las listas de vocabulario.

Se discute en el Senado la ________________ de la mariguana

Se inaugura programa de ________________ para alcohólicos

________________ a 8 jugadores de fútbol
No pasaron el control antidoping

La ________________ investiga un caso de corrupción política

A 3 años de la muerte del Presidente Ramírez, condenan al ________________ a ________________

ACTIVIDAD 6 ¿Cuánto sabes?

Habla sobre las siguientes personas, instituciones u organizaciones usando palabras de las listas de vocabulario. Sigue el modelo.

► Jesse James fue un **ladrón** que participó en muchos **robos** durante el siglo XIX. **Robaba** bancos y trenes, y finalmente fue **asesinado**, pero nunca estuvo en la **cárcel**.

(*Continúa en la página siguiente.*)

1. Bonnie y Clyde
2. Alcatraz
3. la mujer de los ojos vendados
4. *Homies Unidos*
5. la escuela Columbine de Colorado
6. John Wilkes Booth
7. John Lennon
8. ¿?

ACTIVIDAD 7 El país

Parte A: Piensa en este país y numera del 1 al 12 los asuntos que te preocupan, del que más te preocupa (1) al que menos te preocupa (12). Luego en grupos de tres, comparen el orden que escogió cada uno y expliquen por qué ciertos asuntos les preocupan más/menos que a sus compañeros. Intenten decidir cuáles son los dos más importantes y los dos menos importantes.

► A mí me preocupa que... más/menos... porque...

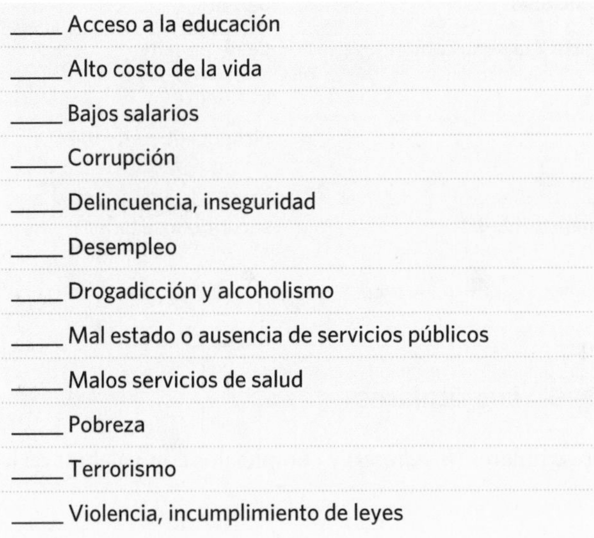

_____ Acceso a la educación
_____ Alto costo de la vida
_____ Bajos salarios
_____ Corrupción
_____ Delincuencia, inseguridad
_____ Desempleo
_____ Drogadicción y alcoholismo
_____ Mal estado o ausencia de servicios públicos
_____ Malos servicios de salud
_____ Pobreza
_____ Terrorismo
_____ Violencia, incumplimiento de leyes

Parte B: En grupos de tres, miren los resultados de una encuesta realizada a un grupo de guatemaltecos sobre los asuntos que les preocupan de su país. Comparen esas respuestas con las de Uds.

Principales problemas a resolver en Guatemala

	N	%
Delincuencia, inseguridad	736	32,0%
Desempleo	421	18.3%
Alto costo de la vida	351	15,2%
Pobreza	189	8,2%
Acceso a la educación	163	7,1%
Violencia, incumplimiento de leyes	122	5,3%
Corrupción	114	4,9%
Malos servicios de salud	85	3,7%
Mal estado o ausencia de servicios públicos	42	1,8%
Drogadicción	24	1,1%
Bajos salarios	23	1,0%
Otros	9	,4%
Ninguno	6	,3%
Ns-Nr	15	,7%
Total	**2301**	**100%**

Multirespuesta
Demoscopía S.A.

Ns - Nr = No sabe./No responde.

¿Lo sabían?

Manifestación en Andoain, España, contra el terrorismo de ETA.

Hoy día la gente no solo se preocupa por la delincuencia sino también por el terrorismo. ETA es una organización terrorista en España que busca la secesión del llamado País Vasco —región que se encuentra en la parte norte del país— del resto de España, argumentando que tienen su propio idioma y su propia cultura diferente del resto del país. En septiembre de 1998, ETA y el gobierno español acordaron una tregua (*truce*) como un principio para resolver este conflicto, pero desde el año 2000 ha habido un promedio de seis muertos por año. Desde principios de los años 60, han sido asesinadas más de 940 personas, en su gran mayoría representantes del gobierno, como políticos y policías.

¿Qué hace tu país para combatir el terrorismo?

ACTIVIDAD 8 Combatir las pandillas

En el blog de la sección de vocabulario en la página 308, se presenta información sobre las pandillas y una organización que lidia con este problema. Léelo y luego, en grupos de tres, discutan las siguientes preguntas.

1. ¿Quiénes formaron pandillas como la Mara Salvatrucha? ¿Dónde y cuándo las formaron?
2. ¿Qué problema había en su país de origen?
3. ¿En qué otros países hay células hoy día?
4. ¿Quiénes lideran la organización *Homies Unidos* y cuál es su objetivo?
5. ¿Qué programas ofrecen para ayudar a ex pandilleros?
6. En tu opinión, ¿crees que estos programas sean eficaces para los ex pandilleros?
7. ¿Conoces programas para prevenir la delincuencia juvenil en tu país?

ACTIVIDAD 9 La oferta y la demanda

Parte A: El problema que generan la cocaína y su erradicación es un tema que preocupa a todos. Lee la opinión de una peruana sobre cómo eliminar las plantaciones de coca en Perú y luego, en grupos de tres, digan qué piensan de esa idea.

Fuente hispana

"En Perú hay muchos campesinos que trabajan en las plantaciones de coca y es muy fácil decir que uno de los pasos para eliminar el problema de la droga es quemar esas plantaciones. Algunos dicen que en vez de plantar coca podrían plantar café, pero una planta de café tarda cuatro años en dar frutos. ¿Y qué haría la gente mientras tanto? Creo que la solución es que el gobierno peruano implemente un plan integral en el que se diera subsidios a los trabajadores durante esos cuatro años para que cambien de cultivos. Pero el plan también debe incluir el construir escuelas y postas médicas. Con plantaciones que no fueran coca, la gente ganaría menos dinero, pero creo que no le importaría si tuviera ciertos servicios básicos cerca del lugar donde vive. Trabajé en esa zona y viví con los campesinos. En mi opinión, lo único que quieren es vivir en paz y con dignidad." ■

Parte B: Ahora, hagan una lista de lo que hace y de lo que podría hacer el gobierno actual para reducir la demanda en este país. Luego digan qué medidas (*measures*) les parecen más eficaces y por qué.

ACTIVIDAD 10 La violencia

En grupos de tres, discutan las siguientes preguntas relacionadas con la violencia.

1. ¿Cuáles son las cinco causas más importantes de la violencia en este país? ¿Cómo se podría solucionar este problema?
2. Algunos dicen que la televisión fomenta la violencia en la sociedad, pero para otros, la programación es solo el reflejo de una sociedad enfermiza. Den dos argumentos a favor de la primera idea y dos a favor de la segunda.
3. ¿Qué tipo de programas televisivos prefieren los niños de hoy? ¿En qué se diferencian estos programas de los que veían Uds. de niños? ¿Son más o menos violentos? ¿Más o menos educativos? Mencionen algunos ejemplos.
4. ¿Alguna vez han jugado videojuegos o juegos en Internet que sean violentos? ¿Creen que estos videojuegos sean apropiados para los niños?
5. ¿Creen que los programas que muestran la reconstrucción de un asesinato sean beneficiosos para la sociedad? ¿Es buena idea dejar que los niños vean ese tipo de programa? Si contestan que no, ¿cómo se podría lograr que no lo vieran?

¿Lo sabían?

Desde hace años, en países como Colombia, España y Argentina el gobierno les prohíbe a los canales de televisión que no son de cable presentar programas de contenido pornográfico o con mucha violencia antes de las diez de la noche. También les exige que se le recuerde al televidente la finalización de este horario con anuncios como "Aquí termina el horario de protección al menor. La presencia de los niños frente al televisor queda bajo la exclusiva responsabilidad de los padres".

Sexo y violencia en televisión

El Congreso de los Diputados aprobó el jueves 30 con carácter definitivo, la ley por la cual se incorpora al derecho español la directiva comunitaria de "televisión sin fronteras". En ella se atribuye al Ministerio de Obras Públicas el control e inspección de todas sus disposiciones, incluidas las emisiones pornográficas o de "violencia gratuita", que los espectadores no podrán recibir entre las seis de la mañana y las diez de la noche.

—El País

Di si crees que sería bueno utilizar este sistema de control en tu país.

ACTIVIDAD 11 Decidan ustedes

Parte A: En parejas, comenten las siguientes situaciones y usen las expresiones de la lista.

1. Un criminal violó y mató a una niña de ocho años y fue condenado a cadena perpetua. Después de ocho años, salió en libertad condicional.
2. Un muchacho de 15 años que mató a una anciana de 75 años y le robó su dinero fue encarcelado, pero a los 21 años lo soltaron por haber cometido el crimen cuando era menor de edad.
3. Un hombre de 58 años que siempre mantenía su inocencia fue declarado inocente después de que le hicieron un análisis de ADN. Estuvo en la cárcel 27 años.

ADN = DNA

Para comentar

¿Y a ti qué te parece?	What do you make of it?
¿Qué opinas sobre esta situación?	What do you think about this situation?
Desde mi punto de vista...	From my point of view...
A mi modo de ver...	The way I see it...
Es un acto despreciable.	It's a despicable act.
¡Qué injusticia!	How unfair! / What an injustice!

Parte B: En grupos de tres, cuéntenles a sus compañeros, con detalle, un crimen o un delito reciente.

II. Hypothesizing (Part Two)

A The Future Perfect and the Conditional Perfect

In Chapter 10, you studied how to express probability about the present and the past using the future and the conditional. In this chapter you will learn how to hypothesize about the future and the past. In the interview you heard at the beginning of this chapter, the Bolivian used the future perfect when he said **"para dentro de diez años, el mundo ya habrá entendido la diferencia entre uno y otro"** to express what *will have happened* in ten years.

1. When talking about what will have happened by a certain time in the future, use the future perfect (**futuro perfecto**), which is formed as follows.

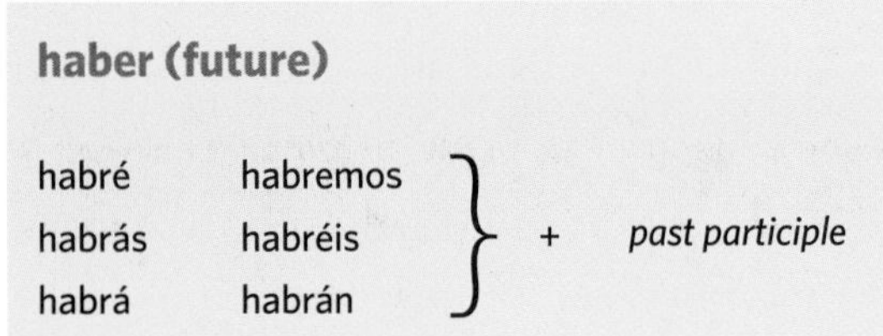

haber (future)

habré	habremos	+	*past participle*
habrás	habréis		
habrá	habrán		

To review the formation of past participles, see Appendix A, page 365.

—Dentro de un mes ya **habré dejado** de fumar.	*In a month I will have already quit smoking.*
—¿Y **habrás comenzado** a sentirte mejor dentro de tres meses?	*And will you have started to feel better in three months?*

2. When talking about what *would have happened* in the past, use the conditional perfect (**condicional perfecto**), which is formed as follows.

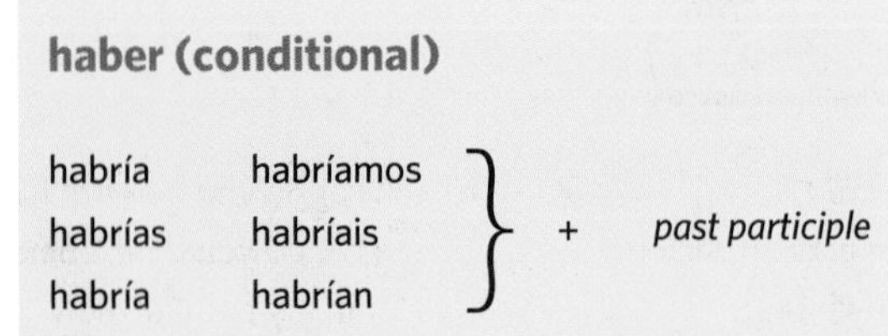

haber (conditional)

habría	habríamos	+	*past participle*
habrías	habríais		
habría	habrían		

—La muchacha les contó a sus padres que su hermano era drogadicto. ¿Qué **habrías hecho** en su lugar?	*The young woman told her parents that her brother was a drug addict. What would you have done in her place?*
—Yo le **habría hablado** a mi hermano primero.	*I would have talked to my brother first.*

ACTIVIDAD 12 El cigarrillo

Parte A: Hoy en día se habla mucho del cigarrillo y sus efectos. En parejas, hablen de cuál será la actitud hacia el cigarrillo dentro de cinco años. Sigan el modelo.

▶ el gobierno / prohibir / fumar en presencia de los niños

—¿Crees que dentro de cinco años el gobierno ya habrá prohibido fumar en presencia de los niños?

—Sí, el gobierno ya lo habrá prohibido.

—No, el gobierno no lo habrá prohibido todavía.

1. el gobierno / prohibir / fumar en los bares y restaurantes de todo el país
2. los médicos / inventar / un método para dejar de fumar en un día
3. algún niño / demandar (*to sue*) / a sus padres por fumar en casa
4. el gobierno / abrir / clínicas de acupuntura para dejar de fumar
5. las compañías tabacaleras / hacer / un cigarrillo que no produzca humo (*smoke*)
6. el número de fumadores menores de 18 años / reducirse / drásticamente
7. el gobierno / limitar / la cantidad de nicotina en los cigarrillos
8. el gobierno / prohibir / la venta de cigarrillos en tiendas donde hay farmacias

LA INDUSTRIA TABACALERA VENDE MUERTE.

La industria tabacalera es responsable por causar la muerte de más de 400.000 personas anualmente. No se deje engañar: el cigarrillo mata.

Mensaje pagado por el Departamento de Servicios de Salud de California. ©2001 California Department of Health. Todos los derechos reservados.

Muchas personas han dejado de fumar, y usted también puede hacerlo. Para ayuda, llame gratis al (1-800) 45-NO FUME

Parte B: Miren el póster contra la industria tabacalera y contesten estas preguntas.

1. ¿Están de acuerdo con lo que dice este anuncio?
2. ¿Qué imagen usa el anuncio? ¿En qué celebración les hace pensar?
3. ¿Creen que sea efectivo el anuncio?

ACTIVIDAD 13 Tu futuro

En parejas, entrevisten a su compañero/a para averiguar cómo habrán cambiado ciertos aspectos de su vida dentro de tres y diez años, y escriban la información de forma breve.

▶ —¿Cómo habrá cambiado tu vida sentimental dentro de tres años?

—Me habré casado...

Vida	3 años	10 años
sentimental	____________ ____________	____________ ____________
familiar	____________ ____________	____________ ____________
profesional	____________ ____________	____________ ____________

ACTIVIDAD 14 La mejor excusa

En parejas, inventen el contexto en que se hicieron estas preguntas y las excusas que se dieron en cada caso. Sigan el modelo.

▶ —¿Por qué no le prestaste el coche a tu hermano?

—Estábamos en el centro y él quería irse a casa (*contexto*). Se lo habría prestado, pero él estaba borracho (*excusa*).

1. ¿Por qué no lo invitaste a salir?
2. ¿Por qué no te pusiste los pantalones negros que te regalé?
3. ¿Por qué no llamaste a la policía?
4. ¿Por qué no le abriste la puerta?

ACTIVIDAD 15 Situaciones difíciles

Parte A: En grupos de tres, lean cada situación y luego discutan qué habrían hecho Uds. en cada caso y por qué.

1. Teresa estaba en una tienda de regalos y, sin querer, rompió un animalito de cristal muy caro, pero nadie vio lo que ocurrió. En la tienda había un cartel que decía: "No tocar". ¿Qué habrían hecho Uds. en el lugar de Teresa y por qué?
2. John estaba en una discoteca en un país extranjero con leyes muy estrictas y conoció a unos muchachos que lo invitaron a ir a un bar. En el carro uno de los muchachos encendió un porro (*lit a joint*) y se lo ofreció a John. ¿Qué habrían hecho Uds. en el lugar de John y por qué?
3. Era un día lindísimo y la playa estaba llena de gente. Patricio se metió en el mar para refrescarse y una ola gigantesca lo revolcó en el agua. Cuando se recuperó, se dio cuenta de que había perdido el traje de baño. ¿Qué habrían hecho Uds. en el lugar de Patricio y por qué?
4. Un taxista encontró en su taxi una mochila con 35 mil dólares que habían dejado unos pasajeros. En la mochila había una identificación con un número de teléfono. ¿Qué habrían hecho Uds. en el lugar del taxista y por qué?

la guita = el dinero (*slang*)

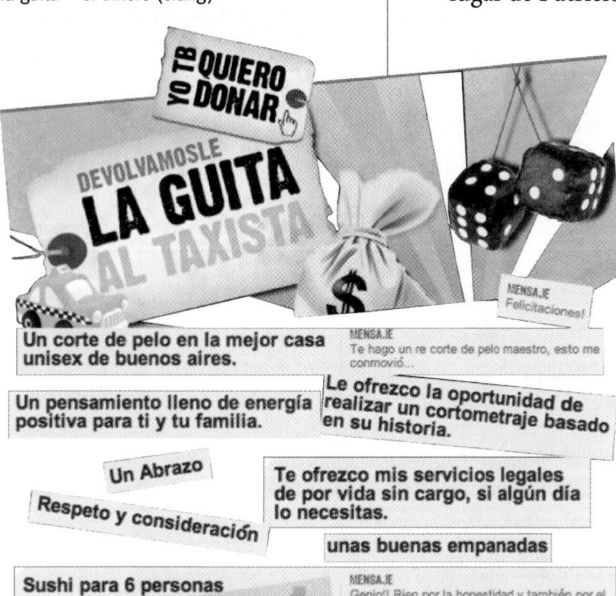

Parte B: La última situación que discutieron fue un hecho real que ocurrió en La Plata, Argentina. El taxista llamó a los dueños y les devolvió el bolso con todo el dinero. Las personas que recuperaron el dinero no le dieron ninguna recompensa al taxista. Como reacción, dos jóvenes de una agencia de publicidad hicieron un sitio Web para que la gente le donara dinero, servicios u otras cosas al taxista que fue tan honesto. Miren el sitio Web y algunas de las donaciones y luego digan qué donación habrían hecho Uds.

B *Si* Clauses (Part Two)

In Chapter 10 you studied how to make statements about hypothetical situations that may or may not happen or that are imaginary: **Si tengo tiempo, iré. Si tuviera tiempo, iría.** In this chapter you will learn how to hypothesize about the past.

1. When you want to make statements about hypothetical situations to express hindsight or regrets, use the following formula. Notice that the **si** clause contains a contrary-to-fact statement.

Remember that the **si** clause can start or end the sentence.

Hindsight and regrets	
si + *pluperfect subjunctive,*	*conditional perfect*
Si hubiéramos recurrido a un mediador, *If we had turned to a mediator* (which we didn't),	**habríamos resuelto** el problema con rapidez. *we would have solved the problem promptly.*
Si **hubiera tenido** más dinero, *If I had had more money* (which I didn't),	**habría consultado** a un abogado. *I would have consulted a lawyer.*

2. The pluperfect subjunctive (**pluscuamperfecto del subjuntivo**) is formed as follows.

haber (imperfect subjunctive)			
hubiera	hubiéramos	+	*past participle*
hubieras	hubierais		
hubiera	hubieran		

There is an optional form, frequently used in Spain and in some areas of Hispanic America, in which you may substitute **-se** for **-ra**; for example: **hubiera** = **hubiese.**

To review the formation of past participles, see Appendix A, page 365.

3. Compare the following sentences.

Si **tengo** fuerza de voluntad, **asistiré** a un programa de rehabilitación.
If I have willpower (which I might, therefore this may or may not happen), *I will attend a rehab program.*

Si **tuviera** la fuerza de voluntad, **asistiría** a un programa de rehabilitación.
If I had the willpower (which I don't, therefore describing an imaginary situation), *I would attend a rehab program.*

Si **hubiera tenido** la fuerza de voluntad, **habría asistido** a un programa de rehabilitación.
If I had had the willpower (which I didn't, therefore expressing hindsight or regrets), *I would have attended a rehab program.*

To review other **si** clauses that *can* refer to situations that may or may not happen and to situations that are imaginary, see page 294.

4. The phrase **como si** (*as if*) is ALWAYS followed by the imperfect or pluperfect subjunctive in contrary-to-fact statements.

Habla **como si fuera** el rey de España.	*He talks as if he were the king of Spain* (which he is not).
Me mira **como si** yo **hubiera cometido** un crimen.	*She's looking at me as if I had committed a murder* (which I didn't).

ACTIVIDAD 16 La seguridad en la universidad

Imagina que ya terminaste la universidad. Di qué habrías hecho para mejorar la seguridad en tu universidad si hubieras podido.

► Si hubiera podido, yo...

1. aumentar el número de policías
2. crear un servicio de guardias que acompañaran a la gente de noche
3. mejorar el sistema de alumbrado (*lighting*) de los estacionamientos
4. instalar más teléfonos de emergencia
5. expulsar a los estudiantes problemáticos
6. financiar un sistema de transporte nocturno gratis
7. poner cámaras de video en las bibliotecas
8. ofrecerles a los estudiantes un curso sobre seguridad personal

ACTIVIDAD 17 Un mundo diferente

En grupos de tres, terminen estas frases con una cláusula que explique de qué manera habría sido diferente el mundo bajo las siguientes condiciones.

1. Si en 1491 los aztecas hubieran descubierto Europa, ...
2. Si Portugal, en vez de España, hubiera financiado los viajes de Colón, ...
3. Si México hubiera ganado la guerra con los Estados Unidos en 1848, ...
4. Si no hubieran construido el Canal de Panamá, ...
5. Si Oswald no hubiera asesinado a JFK, ...
6. Si no hubieran atacado las torres gemelas de Nueva York, ...

ACTIVIDAD 18 La tecnología en la historia

Parte A: En parejas, miren estos chistes de la versión mexicana de la revista *MAD* y contesten las preguntas para hablar sobre lo que habría pasado si la tecnología hubiera invadido la historia.

¿Y si Moisés hubiera tenido un fax?

¿Y si Vincent Van Gogh hubiera tenido un walkman?

¿Y si Alexander Graham Bell hubiera tenido espera de llamadas?

¿Y si los caballeros medievales hubieran tenido imanes para refrigerador?

¿Y si Nerón hubiera tenido una máquina de Cantaré?

¿Y si Paul Revere hubiera tenido un beeper?

Parte B: Ahora, inventen dos preguntas semejantes sobre la tecnología y la historia. Luego háganle sus preguntas al resto de la clase.

ACTIVIDAD 19 La escuela y los mediadores

Lee la siguiente parte de un artículo publicado en Internet por el Ministerio de Educación de Chile sobre una escuela que logró reducir la violencia escolar. Luego, en grupos de tres, discutan las preguntas de la página 320.

PALABRAS EN VEZ DE GOLPES

En la escuela Valle de Lluta de San Bernardo, los alumnos resuelven sus diferencias conversando. Con la acción de niños mediadores desterraron los golpes del aula. Los protagonistas quisieron contar sus vivencias para que otras comunidades escolares puedan mejorar su convivencia.

"Antes de que fuéramos mediadores había muchas peleas en la sala y en el patio", dice Kathia (15 años). Su compañero Luis (16 años) agrega, "Y no solo golpes, también había alegatos que no se terminaban nunca. Ahora, los mediadores les decimos a los que pelean, que la gente se entiende conversando". Entre los ochocientos alumnos de la escuela, 24 son quienes tienen la función de mediar los conflictos. Ellos son niños y jóvenes que tienen condiciones de líderes —en su versión positiva o negativa— y fueron escogidos por el profesor jefe para capacitarse en la técnica de la mediación.

arguments

1. ¿En qué consiste el programa de la escuela Valle de Lluta para reducir la violencia escolar?
2. ¿Había mediadores cuando Uds. estaban en la escuela secundaria?
   - Si contestan que sí: ¿En qué consistía el trabajo del mediador? ¿Alguna vez estuvieron en un conflicto que se resolvió con la ayuda de un mediador? ¿Fueron Uds. mediadores? ¿Creen que el uso de esta técnica de resolución de conflictos haya sido eficaz en su escuela? Si Uds. hubieran sido el/la director/a de su escuela, ¿qué otras técnicas habrían aplicado?
   - Si contestan que no: Si Uds. hubieran sido el/la director/a de su escuela, ¿habrían utilizado esta técnica para resolver conflictos? ¿Por qué sí o no? ¿Les hubiera gustado ser mediadores/as? ¿Qué otra técnica habrían utilizado?
3. ¿Había en su escuela estudiantes que llevaran armas?
   - Si contestan que sí: ¿Qué hacía el/la director/a de la escuela para prevenir ese problema?
   - Si contestan que no: ¿Había detector de metales en la puerta para ver si los estudiantes llevaban armas? ¿Revisaba la escuela el contenido de los armarios (*lockers*) de los estudiantes con/sin su permiso? ¿Había policías armados en la escuela todos los días?

ACTIVIDAD 20 Como si...

Anoche estuviste en una fiesta y oíste solo partes de algunas conversaciones. Escribe posibles finales para estas frases que oíste.

1 Odio a la gente que habla como si...
2 Hay gente que va muy elegante a la universidad como si...
3 Mi profesor de literatura nos manda leer un montón de libros como si...
4 En el último partido, nuestro equipo jugó como si...
5 Ayer mi mejor amigo tenía una cara larga como si...

III. Expressing Influence, Feelings, and Doubt in the Past

The Pluperfect Subjunctive

1. You have already seen in this chapter how to use the pluperfect subjunctive to hypothesize about the past. Like other tenses of the subjunctive, the pluperfect can be used after expressions of influence, emotion, doubt, or denial, and in descriptions of what one was looking for. In all these cases, the pluperfect subjunctive usually refers to an action that preceded another past action. Look at the following sentences.

La policía **buscaba** a alguien que **hubiera visto** a la narcotraficante.	*The police were looking for someone who had seen the drug dealer.*
Me alegré de que ella **hubiera dejado** el alcohol.	*I was happy that she had quit drinking.*
Habría querido que la policía **hubiera sido** más dura con los ladrones.*	*I would have liked the police to have been tougher with the thieves.*

What one is looking for: Chapter 7

Feelings: Chapter 6

Influencing: Chapter 5

*Note: This combination of *conditional perfect* + **que** + *pluperfect subjunctive* is frequently used to express hindsight and regrets: **Habríamos preferido que él no hubiera venido el domingo.**

2. Compare the following sentences containing either the imperfect subjunctive or the pluperfect subjunctive and note the difference in meaning conveyed by each.

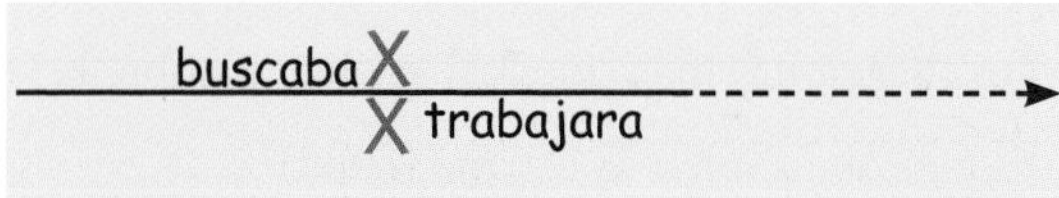

La policía **buscaba** a alguien que **trabajara** con drogadictos.	*The police were looking for someone who worked with drug addicts.*

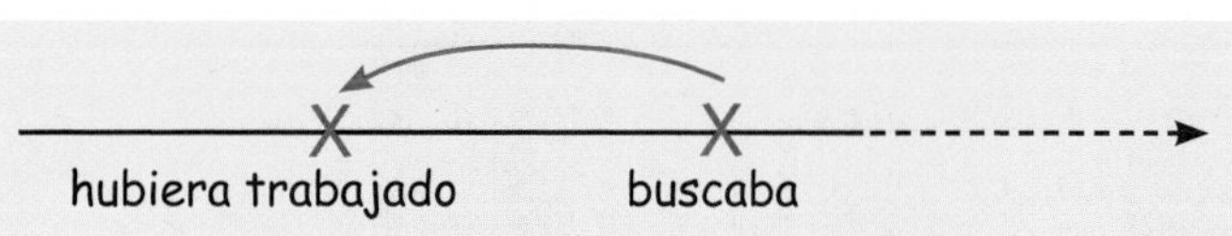

La policía **buscaba** a alguien que **hubiera trabajado** con drogadictos.	*The police were looking for someone who had worked with drug addicts.*

ACTIVIDAD 21 No estaba de acuerdo

Completa con detalle estas situaciones para indicar cómo se sintieron las personas en cada caso. Usa el pluscuamperfecto del subjuntivo.

1. Marta me dijo que ella había visto un robo en la calle y que unos policías habían atrapado al delincuente y le habían pegado mucho, pero como Marta siempre cuenta historias, yo no creía que... porque...
2. José, de catorce años de edad, llegó a casa después de una fiesta con un olor a alcohol muy fuerte, pero les juró a sus padres que él no había bebido. Ellos dudaban que... porque...
3. La hija del Sr. Salinas era contadora, tenía cuarenta años y estaba en la cárcel por haber cometido fraude en el trabajo. Su padre habría querido que... porque...
4. Hubo un conflicto entre vecinos por la reforma de la entrada del edificio; algunos querían gastar mucho dinero y otros poco, por eso fueron a mediación. El mediador escuchó a las dos partes y no estaba seguro de que ninguna de las dos partes... porque...

ACTIVIDAD 22 Mirar al pasado

En grupos de tres, digan cómo habrían querido que hubieran sido ciertos aspectos de su infancia y adolescencia. Sigan el modelo.

► mis profesores / darme / materia más (menos) difícil

Habría querido que mis profesores me hubieran dado materia más difícil porque así (yo) habría estudiado más y...

1. mi escuela / ofrecer / más (menos) actividades extracurriculares
2. mis padres / ser / más (menos) estrictos
3. mis padres / tener / más (menos) hijos
4. mi escuela / dar / explicaciones más (menos) explícitas sobre la sexualidad
5. mi familia / residir / en una zona más urbana (rural)
6. mis amigos / participar / más (menos) en las actividades de la escuela
7. Mi familia / hacer / más (menos) actividades junta

Madre e hijos hacen senderismo en la Sierra de Francia, Salamanca, España.

IV. Linking Ideas

A Pero, sino, and sino que

Pero, sino, and **sino que** join different parts of a sentence and are called conjunctions (**conjunciones**).

1. **Pero** means *but* (when *but* means *however*) and can be used after affirmative or negative clauses. Note that a comma is used before **pero**.

No iba a hablar con el pandillero, **pero** cambié de idea.	*I wasn't going to speak with the gang member, but I changed my mind.*
Fui a su casa, **pero** no estaba.	*I went to his house, but he wasn't there.*

2. **Sino** and **sino que** also mean *but* (when *but* means *but rather* or *but instead*). These words can only be preceded by a negative clause. **Sino** is followed by a word or a phrase that does not contain a conjugated verb, and **sino que** introduces a clause that contains a conjugated verb. Note that a comma is used before **sino** and **sino que**.

No estaba tomando, **sino** consumiendo drogas.	*He wasn't drinking but rather using drugs.*
No estaba tomando, **sino que estaba** consumiendo drogas.	*He wasn't drinking but rather/instead he was using drugs.*
No fui a un abogado, **sino** a un juez.	*I didn't go to a lawyer but rather to a judge.*
No fui a un abogado, **sino que fui** a ver a un juez.	*I didn't go to a lawyer but rather/instead I went to a judge.*

ACTIVIDAD 23 Consejos para un amigo

Parte A: Tienes que darle consejos a un/a amigo/a que está por irse de viaje al extranjero. Termina las ideas usando **pero, sino** o **sino que**.

1. No debes llevar joyas de oro, ____________________ de fantasía.
2. No debes llevar bolsa, ____________________ debes llevar una riñonera (*fanny pack*).
3. Puedes llevar dinero en efectivo, ____________________ es mejor usar el cajero automático.
4. Nunca debes dejar la cámara digital en un auto estacionado, ____________________ tenerla contigo en todo momento.

(*Continúa en la página siguiente.*)

5. Puedes llevar el pasaporte contigo, ____________________ también es buena idea tener una fotocopia del pasaporte en el hotel.
6. No debes obtener dinero local en el aeropuerto, ____________________ en un cajero automático porque te da más dinero por cada dólar.
7. En el aeropuerto no debes dejar las maletas solas, ____________________ debes llevarlas contigo a todos lados.

Parte B: En grupos de tres, discutan si Uds. o personas que conocen han estado en algunas de las situaciones que se mencionan en la Parte A, ya sea en el extranjero o en este país. Digan si les han robado algo alguna vez. Describan qué ocurrió.

B *Aunque, como,* and *donde*

The conjunction **aunque** and the adverbs **como** and **donde** are used as follows.

1. Aunque (*even if, even though, although*) is used to disregard information. It is usually followed by the subjunctive. Note that a comma is used before **aunque**.

Siempre asisten a una reunión de Alcohólicos Anónimos, **aunque estén** cansadas.	*They always attend a meeting of Alcoholics Anonymous although they may be tired.* (It doesn't matter if they are tired.)
Aunque te **condenen** a diez años de prisión, te voy esperar.	*Even if they sentence you to ten years in prison, I'll wait for you.*
Paco nunca probaría drogas, **aunque** se las **ofrecieran.**	*Paco would never try drugs even if they were offered to him.*

Don't confuse **cómo** and **dónde,** which are question words, with **como** and **donde,** which are adverbs.

2. Como (*as, how, any way*) and **donde** (*where, wherever*) use the indicative when referring to a specific manner or place, and the subjunctive when referring to an unknown manner or place.

Specific: Indicative	Unknown: Subjunctive
La condenaron **como** yo **quería.** *They sentenced her as I wanted.*	Bueno, condénala **como quieras.** *OK, sentence her any way you want.*
Se vistió **como quería.** *She dressed as she wanted.*	Dile que se vista **como quiera.** *Tell her to dress any way she wants.*
Cuelga el cuadro **donde** yo **quiero:** allí. *Hang the painting where I want it: over there.*	Cuelga el cuadro **donde quieras.** *Hang the painting wherever you want.*
Busqué la ciudad **donde había** poca delincuencia. *I looked for the city where there was little crime.*	Busqué una ciudad **donde hubiera** poca delincuencia. *I looked for a city where there was little crime.*

ACTIVIDAD 24 Combinaciones

Combina ideas de las dos columnas para formar oraciones lógicas.

A	B
Va a acudir a la Justicia, aunque...	enseñarte / la semana pasada
Nunca te dejaría, aunque...	no confiar / en los jueces
Generalmente trasnochamos, aunque...	pasar / su adolescencia
Ella volvió al lugar donde...	dejarme / de querer
Busco un barrio donde...	querer / pero sin zapatos de tenis
Puedes ir vestido a ver al juez como...	poder vivir / tranquilo
Prepara el mate de coca como yo...	estar / muy cansados

ACTIVIDAD 25 La seguridad

Termina las siguientes ideas sobre la seguridad.

1. A veces un hombre que viola a una mujer sale en libertad condicional, aunque...
2. Queremos vivir en un lugar donde...
3. Muchos criminales cometen crímenes horribles, aunque...
4. Los pandilleros necesitan poder acudir a una organización donde...
5. Muchos asesinos parecen personas normales, aunque...
6. El acusado del secuestro fue condenado como...

Porcentaje de la población de 15 a 64 años que consume:
mariguana
Colombia 1,9%
México 3,1%
Estados Unidos 17%
cocaína
Colombia 0,8%
México 0,8%
Estados Unidos 3%

ACTIVIDAD 26 ¿Legalización o no?

Parte A: La legalización de las drogas es un tema muy controvertido. Lee las siguientes ideas sobre su legalización e indica si crees que muestran una posición a favor (AF) o en contra (EC). Luego comparte tus ideas con el resto de la clase.

	AF	EC
1. La legalización puede acabar con la violencia generada por el narcotráfico.	_____	_____
2. Es posible que la legalización de la droga genere un aumento del consumo.	_____	_____
3. El consumo de drogas debe ser una elección personal y no debe estar regido por el gobierno como no lo está el alcohol.	_____	_____
4. Los narcotraficantes obtienen ganancias increíbles debido a la prohibición de la droga. Hay que acabar con esta situación.	_____	_____
5. Para terminar con la droga hay que destruir las plantaciones.	_____	_____
6. Legalizar las drogas sería como perdonar y olvidar todos los crímenes cometidos por el narcoterrorismo.	_____	_____
7. Los países productores no producirían tanta droga si no hubiera tanta demanda de los países consumidores. Hay que reducir la demanda.	_____	_____
8. Si las drogas fueran legales, podríamos ganar dinero a base de impuestos para escuelas y obras públicas.	_____	_____

Parte B: Ahora formen dos grupos: uno a favor de la legalización de la droga en este país y el otro en contra. Tomen unos minutos para preparar sus argumentos usando ideas de la Parte A como punto de partida. Luego, hagan un debate sobre la legalización de la droga.

Do the corresponding web activities to review the chapter topics.

Vocabulario activo

La justicia

(acudir a) la Justicia *(to go to) the authorities* (the law)
la adicción *addiction*
el alcoholismo *alcoholism*
el asaltante *assailant*
asaltar *to assault*
el asalto *assault, attack, robbery*
asesinar *to murder*
el asesinato *murder*
el/la asesino/a *murderer*
la cadena perpetua *life sentence*
la cárcel *jail, prison*
el cartel (de drogas) *drug cartel*
castigar *to punish*
el castigo *punishment*
la condena *the sentence*
condenar (a alguien) a (diez) meses/años de prisión *to sentence (someone) to (ten) months/years in prison*
consumir drogas *to use drugs*
el crimen *serious crime; homicide*
la delincuencia *crime, criminal activity*
la delincuencia juvenil *juvenile delinquency*
el/la delincuente *criminal* (of any age)
el delito *criminal offense, crime*
detener *to arrest*
la droga *drug*
la drogadicción *drug addiction*
el/la drogadicto/a *drug addict*
encarcelar *to jail, imprison*
el homicidio *homicide*
la injusticia *injustice*
la inseguridad *insecurity*
el/la juez/a *judge*
la justicia *justice*
el ladrón/la ladrona *thief*
la legalización *legalization*
legalizar *to legalize*
la libertad condicional *parole*
la mediación *mediation*
el/la mediador/a *mediator*
el/la narcotraficante *drug dealer*
el narcotráfico *drug traffic*
la pandilla *gang*
el/la pandillero/a *gang member*
la pena de muerte / la pena capital *death penalty*
el/la preso/a *prisoner*
la prevención *prevention*
prevenir *to prevent*
el/la ratero/a *pickpocket; petty thief*
la rehabilitación *rehabilitation*
la reinserción en la sociedad *reintegration into society*
robar *to steal; to rob*
el robo *robbery*
secuestrar *to kidnap; to hijack*
el secuestro *kidnapping; hijacking*
la seguridad *security*
el terrorismo *terrorism*
el/la terrorista *terrorist*
la víctima *victim*
la violación *rape*
el/la violador/a *rapist*
violar (a alguien) *to rape (someone)*
la violencia *violence*

Expresiones útiles

a propósito *on purpose*
(para) dentro de (diez) horas/días/años/etc. *in (ten) hours/days/years/etc.*
pretender + *infinitive* *to attempt (and to hope)* + infinitive
A mi modo de ver... *The way I see it...*
Desde mi punto de vista... *From my point of view...*
Es un acto despreciable. *It's a despicable act.*
¡Qué injusticia! *How unfair! / What an injustice!*
¿Qué opinas sobre esta situación? *What do you think about this situation?*
¿Y a ti qué te parece? *What do you make of it?*

Más allá

Canción: "El costo de la vida"

Juan Luis Guerra

El cantante, compositor y productor nació en 1957 en la República Dominicana. De joven, era fanático de Los Beatles. Antes de dedicarse de lleno a la música, estudió literatura y filosofía en una universidad de su país. Más tarde, asistió a la Escuela de Música Berklee en Boston para estudiar jazz. Las canciones de Guerra, con ritmos como el merengue, la bachata y el bolero, incluyen temas románticos y sociales. Entre sus canciones más famosas se encuentran "Ojalá que llueva café", "La bilirrubina" y "El Niágara en bicicleta". Guerra lleva vendidos mundialmente unos 20 millones de discos y ha recibido numerosos Grammys y Grammys Latinos. En 2008 la UNESCO lo nombró "Artista para la Paz" por su trabajo con niños minusválidos y en situación de emergencia.

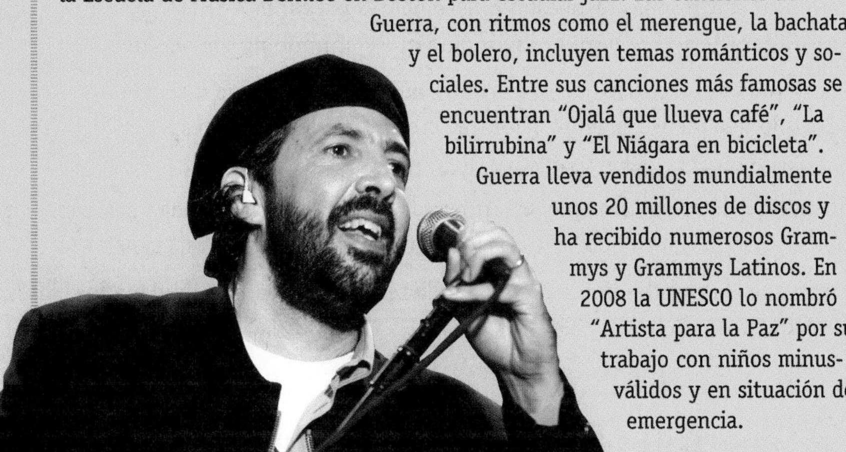

ACTIVIDAD **El costo de vida**

Parte A: Antes de escuchar la canción "El costo de la vida", habla sobre el costo de vida en tu ciudad y país.

1. ¿Le alcanza hoy día a la gente el dinero que gana para vivir?
2. ¿Con qué frecuencia suben los precios de la canasta familiar (*weekly groceries*)?
3. ¿Qué artículos de la vida diaria están caros hoy día?
4. ¿El costo de vida en la ciudad donde vives es alto comparado con el de otras ciudades de tu país?

Parte B: Lee las preguntas y luego escucha la canción para buscar la información.

1. ¿Qué cosas aumentan en la República Dominicana?

_______ el costo de vida _______ la gasolina _______ la corrupción

_______ los secuestros _______ los sobornos _______ la delincuencia

_______ las habichuelas _______ el desempleo _______ la recesión

2. ¿Que cosas bajan?

_______ el peso dominicano _______ la tranquilidad

_______ la democracia

(*Continúa en la página siguiente.*)

3. ¿Por qué será que a nadie le importa lo que piensa la gente de la República Dominicana? Porque los dominicanos... (Marca todas las opciones correctas.)

   ________ no hablan inglés ________ generalmente no protestan

   ________ no hablan francés ________ viven en un país muy pequeño

Parte C: En grupos de tres, discutan estas preguntas relacionadas con la canción.

1. Según el cantante, a nadie le interesa lo que piensa la gente de la República Dominicana. Miren las respuestas que sugiere la pregunta 3 de la Parte B. ¿Creen que esas características sean motivos para que el mundo no los respete?
2. El cantante también dice que ni a la compañía Mitsubishi ni a la Chevrolet les interesa lo que piense la gente. ¿Por qué creen que mencione a estas compañías?
3. Juan Luis Guerra compuso esta canción en 1992, año en que se cumplió el quinto centenario del "descubrimiento" de América. En la canción cuestiona quién descubrió a quién. ¿Por qué creen que haga esta pregunta en el contexto de esta canción?
4. ¿Creen que las grandes potencias tengan la responsabilidad de ayudar a los países más pequeños?

Videofuentes: *Día latino en Fenway Park*

Antes de ver

ACTIVIDAD 1 Premios y honores

En la escuela primaria y secundaria de este país los estudiantes reciben premios y honores por ser buenos estudiantes. En grupos de tres, den ejemplos de algunos de esos premios. Digan también si alguna vez recibieron un premio en la escuela.

Mientras ves

ACTIVIDAD 2 Un día de reconocimiento

Lee las siguientes preguntas y contéstelas mientras ves el video sobre el *Día de reconocimiento de los jóvenes latinos*. Mira el video hasta que los estudiantes empiezan a dar consejos.

1. ¿Dónde tiene lugar este evento?
2. ¿Por qué se premia a los estudiantes?
3. ¿Quién organiza el evento?
4. ¿Quiénes les dan los premios a los estudiantes?
5. ¿Adónde se transmite el evento?

ACTIVIDAD 3 Los consejos

Parte A: Ahora lee esta lista de consejos y mira el resto del video para marcar los consejos que ofrecen los estudiantes.

_____ estar en contacto con sus padres	_____ tener un horario para hacer la tarea	_____ no faltar a clase
_____ estudiar mucho	_____ no descuidar los estudios	_____ no hablar en clase
_____ portarse bien	_____ no estar en una pandilla	_____ no meterse en problemas

Parte B: En parejas, digan otros consejos para que un estudiante no tenga problemas en la escuela. Sigan el modelo.

► Es importante que duerma ocho horas cada noche.

Pedro Martínez felicita a uno de los chicos.

Después de ver

ACTIVIDAD 4 Niños en la cárcel

Parte A: Lee qué hizo una estudiante norteamericana que pasó un semestre en Ecuador y contesta las preguntas de tu profesor.

"Soy estudiante de Boston College y pasé el segundo semestre de mi tercer año estudiando en Quito. Allí asistí a clases, pero también trabajé como voluntaria en la cárcel de mujeres. Hay una ley en Ecuador que dice que en caso de que no haya parientes para cuidar al hijo de una mujer acusada de un delito, el niño, si es menor de tres años, debe ir a la cárcel a vivir con la madre. Mi trabajo consistía en ayudar a las mujeres que trabajan allí con los niños. Les daba comida, les enseñaba a contar, los ayudaba con proyectos de arte y los cuidaba cuando estaban jugando afuera. Pero, sobre todo, creo que mi trabajo era prestarles atención en forma individual, abrazarlos, ayudarlos a calmarse cuando lloraban y decirles que los quería mucho. Esa fue una experiencia inolvidable para mí y espero que también para ellos." ■

Parte B: En grupos de tres, discutan las siguientes preguntas.

1. Si hubieran sido uno de esos niños cuya madre estaba presa, ¿habrían preferido estar en la cárcel con ella o en algún otro lugar sin ella? ¿Cuáles habrían sido las ventajas y las desventajas de cada situación?
2. ¿Su respuesta a la primera pregunta habría variado si Uds. hubieran tenido 3 meses o 3 años de edad?
3. En este país, ¿es posible que las madres presas tengan a sus hijos menores de edad en la cárcel con ellas?

Proyecto: Entrevista por un mundo mejor

En parejas, van a hacerle una entrevista en video a una persona famosa que hace trabajo para contribuir a que haya un mundo mejor. Para preparar el guion de la entrevista (incluyendo preguntas y respuestas) busquen en Internet información sobre el trabajo que está haciendo uno de los siguientes famosos. Al filmar la entrevista, uno de Uds. será el/la entrevistador/a y el otro será la persona famosa.

- Juanes
- Juan Luis Guerra
- Soraida Martínez
- Enriqueta Ulloa

La comunidad latina en los Estados Unidos

Niños en el Festival Boliviano de Arlington, Virginia.

META COMUNICATIVA

- narrar y describir en el presente, pasado y futuro (repaso)

Un poema

ACTIVIDAD 1 Un poema

Parte A: La locutora de un programa de radio de Laredo, Texas, va a leer un poema escrito por una estadounidense de ascendencia mexicana. Antes de escucharlo, busca la ciudad de Laredo en el mapa que está al principio del libro y contesta las siguientes preguntas.

1. ¿Cómo crees que sea la composición étnica de la población de Laredo?
2. ¿Crees que sea una ciudad típica de los Estados Unidos? ¿Por qué?
3. ¿Qué idiomas crees que se hablen allí?
4. ¿Crees que la poeta se identifique con la cultura estadounidense, con la cultura mexicana o con las dos? ¿Por qué?

Parte B: Ahora vas a trabajar con algunas palabras que aparecen en el poema. Lee las siguientes oraciones, busca el significado de las palabras en negrita en la columna de la derecha y escribe la letra correspondiente.

1. A ella le molesta **andarse con tiento** y no poder decir lo que piensa. ______
2. No me importan los problemas **ajenos.** Solo me preocupo por los míos. ______
3. Antonio tenía un puesto muy bueno, pero se sintió **desplazado** cuando le dieron su puesto a otro empleado. ______
4. Cada vez que recuerdan la comida deliciosa que les hacía su madre, a los hermanos **se les hace agua la boca.** ______
5. Tengo 60 años, **¿y qué?** Puedo comprarme ropa para gente joven, si me gusta. ______
6. Cuando escuché la noticia del accidente de carro, **se me hizo un nudo en la garganta.** Traté de no llorar, pero no pude contener las lágrimas. ______
7. Para hacerle un **injerto** a esa planta, le hice un corte con un cuchillo... ______
8. ... Pero mi idea no funcionó pues la planta **no pegó** y se murió. ______
9. A ella le molesta que la llamen **pocha**. Parece que algunos mexicanos la rechazan por no haber nacido en México. ______
10. Cuando el nadador olímpico escuchó el himno nacional al recibir la medalla de oro, **se le enchinó el cuero.** ______

a. y no importa lo que piensen los demás

b. que lo han quitado de su lugar

c. tener mucha saliva en la boca al pensar en una comida

d. de otras personas

e. emocionarse tanto que se le pone la piel de gallina

f. no tener éxito al implantarle una planta a otra

g. estar a punto de llorar

h. implante de parte de una planta a otra

i. persona de ascendencia mexicana que nació en EE.UU. (peyorativo)

j. tener cuidado con lo que se dice o hace

Parte C: Ahora, usa la información de la Parte A y el vocabulario de la Parte B para predecir el tema del poema llamado "Soy Como Soy Y Qué" de Raquel Valle Sentíes. Luego escucha el poema para confirmar tu predicción.

Soy flor injertada que no pegó.
Soy mexicana sin serlo.
Soy americana sin sentirlo.
La música de mi pueblo,
la que me llena,
los huapangos, las rancheras,
el himno nacional mexicano,
hace que se me enchine el cuero,
que se me haga un nudo en la garganta,
que bailen mis pies al compás,
pero siento como quien se pone
sombrero ajeno.
Los mexicanos me miran como diciendo
¡Tú, no eres mexicana!

El himno nacional de Estados Unidos
también hace
que se me enchine el cuero,
que se me haga un nudo
en la garganta.
Los gringos me miran
como diciendo,
¡Tú no eres americana!
Se me arruga el alma.
En mí no caben dos patrias
como no cabrían dos amores.
Desgraciadamente,
no me siento ni de aquí,
ni de allá.

Ni suficientemente mexicana.
Ni suficientemente americana.
Tendré que decir
Soy de la frontera.
De Laredo.
De un mundo extraño
ni mexicano,
ni americano.
Donde al caer la tarde
el olor a fajitas asadas con mesquite,
hace que se le haga a uno agua la boca.
Donde en el cumpleaños
lo mismo cantamos
el *Happy Birthday* que las mañanitas.
Donde festejamos en grande
el nacimiento de Jorge Washington
¿quién sabe por qué?
Donde a los foráneos
les entra *culture shock*
cuando pisan Laredo
y podrán vivir cincuenta años
aquí y seguirán siendo
foráneos.
Donde en muchos lugares
la bandera verde, blanca y colorada
vuela orgullosamente
al lado de la *red, white and blue.*

Soy como el Río Grande,
una vez parte de México,
desplazada.
Soy como un títere
jalado por los hilos de dos culturas
que chocan entre sí.
Soy la mestiza,
la pocha,
la Tex-Mex, la Mexican-American,
la hyphenated,
la que sufre
por no tener identidad propia
y lucha por encontrarla,
la que ya no quiere cerrar los ojos
a una realidad que golpea,
que hiere
la que no quiere andarse con tiento,
la que en Veracruz
defendía a Estados Unidos
con uñas y dientes.
La que en Laredo
defiende a México
con uñas y dientes.
Soy la contradicción andando.

En fin, como Laredo,
soy como soy y qué.

ACTIVIDAD 2 La "hyphenated"

Antes de escuchar el poema otra vez, lee las siguientes preguntas. Luego escucha el poema para buscar la información correspondiente.

1. ¿De quién habla y dónde vive esa persona?
2. ¿De qué país es y de dónde se siente que es?
3. ¿Qué conflicto tiene con los mexicanos y con los americanos?
4. ¿Qué problema tienen los foráneos (las personas de otro lugar u otro país) en Laredo?
5. ¿A qué conclusión llega la poeta?

ACTIVIDAD 3 Tu opinión

En parejas, una persona es el/la locutor/a del programa de radio y la otra persona llama para decir si le gustó o no el poema y para expresar su opinión sobre el conflicto que tiene la poeta. Justifiquen su opinión.

¿Lo sabían?

A través de los años, los hispanos en los Estados Unidos han tenido que luchar para defender su derecho a la igualdad de oportunidades, como lo han hecho otras minorías. Es así como, en 1968, el año en que asesinaron a Martin Luther King y a Robert F. Kennedy, surgieron dos organizaciones para representar a los hispanos. Una fue el Consejo Nacional de La Raza y la otra el Fondo Mexicano Americano para la Defensa Legal y la Educación, conocidas respectivamente por sus siglas en inglés NCLR y MALDEF. Ambas organizaciones son apartidarias y son entidades sin fines de lucro, y su objetivo es proteger los derechos civiles de los hispanos en los Estados Unidos. La NCLR cuenta con numerosos programas; entre ellos, programas educativos para combatir el analfabetismo, para preparar a los jóvenes a entrar en la universidad y para enseñarles a los padres a participar en la educación de sus hijos. MALDEF, por otra parte, es una organización legal que promueve la igualdad y la justicia, asegurándose de que las leyes se apliquen de manera justa. También se ocupa de educar a la población hispana sobre sus derechos legales y de promover la igualdad socioeconómica a través de becas para la educación superior de los hispanos.

¿Qué organizaciones existen en tu país para proteger los derechos de alguna minoría o de los ciudadanos en general?

Narrating and Describing in the Past, Present, and Future (A Review)

Do the corresponding web activities as you study the chapter.

In this chapter you will review how to narrate and describe in the past, present, and future. Before reviewing each, read the following chart, which is a synopsis of the life of a man and his family. First, read the columns vertically. Then go back and compare the horizontal columns to each other.

PAST	PRESENT	FUTURE
Cuando era joven, Juan vivía en Puerto Rico.	Ahora Juan vive en Nueva York con su familia.	Juan va a comprar una casa en Puerto Rico y vivirá allí durante los veranos.
Él tenía 17 años cuando terminó la secundaria.	Tiene 40 años y trabaja en el Hospital Monte Sinaí.	Tendrá 65 años cuando se jubile.
Sus padres querían que él fuera a los Estados Unidos a estudiar medicina.	Tiene una hija y quiere que ella pase los veranos con sus abuelos en Puerto Rico para que aprenda bien el español.	Él y su esposa querrán que su hija también estudie en Harvard.
Como Juan había sacado buenas notas en la escuela, lo aceptaron en Harvard.	Como ella saca buenas notas en la escuela, no tiene que estudiar durante el verano.	Seguramente ella sacará buenas notas y será médica, como sus padres.
Mientras estudiaba en Harvard, conoció a su esposa Marta.	Mientras él está en el hospital, su esposa Marta, que también es médica, trabaja con niños que tienen diabetes.	Mientras ella estudie la carrera universitaria, trabajará como voluntaria en un hospital.
Si Juan se hubiera quedado en Puerto Rico, nunca habría conocido a Marta.	Si Marta tuviera más tiempo, iría a las escuelas para hablar sobre la prevención de la diabetes.	Si la hija tiene tiempo, tratará de trabajar, al igual que su madre, con niños que tienen diabetes.

Now you will review how to discuss past, present, and future actions and states. If you feel you need more in-depth explanations, consult the pages given in the annotations in the margin.

A Discussing the Past

To review narration and description in the past, see pages 45, 48–49, 50–51, 61, 71–72, 74–75, 108–109, and 117. Note that throughout the chapter, topic titles and page references are given in the margin to tell you where you can review the topic.

1. Look at how the preterit and imperfect are used to talk about the past as you read this brief summary of Cuban immigration to the United States.

Preterit	Imperfect
	• **Setting the scene: Description** **(1)** *Durante la década de los 50,* **había** *en Cuba mucha corrupción en la dictadura de Batista.*
• **Completed action** **(2)** **Hubo** *una revolución en 1959 y después Fidel Castro* **subió** *al poder.*	• **Setting the scene: Age** **(3)** *Castro* **tenía** *solo 32 años.*
• **End of action** **(4)** *La revolución le* **puso fin** *a la dictadura de Batista.*	• **Setting the scene: Ongoing emotion or mental state** **(5)** *Muchas personas le* **tenían** *miedo al nuevo gobierno.* • **Action or state in progress** **(6)** *Y a estas personas no* **les gustaban** *los cambios que* **veían**.
• **Beginning of action** **(7)** *En 1959* **empezó** *el gran éxodo de cubanos hacia los Estados Unidos y en 1966* **comenzó** *la salida de otra ola de refugiados.*	• **Habitual action** **(8)** *Cada día* **llegaba** *a los Estados Unidos más y más gente que* **buscaba** *asilo político.*
• **Action in progress when another action occurred** **(9)** *Cuando* **intentaban/estaban intentando** *salir de Cuba en embarcaciones pequeñas, muchos* **murieron**.	
• **Action over specific period of time** **(10)** *Entre 1966 y 1971 los Estados Unidos* **permitieron** *la entrada de casi 300 mil cubanos.*	• **Simultaneous ongoing actions** **(11)** *A principios de los 80, cada vez que* **llegaba** *un grupo de cubanos, mucha gente* **protestaba** *porque muchos eran delincuentes.*

Past action preceded by other past actions, see page 55.

2. To denote a past action that preceded another past action, use the pluperfect.

En 1999, **se estrenó** la película *Buena Vista Social Club* sobre un grupo de músicos cubanos, pero dos años antes ya **había salido** el CD del mismo nombre.

3. To ask the question *Have you ever?* and to refer to past events with relevance to the present, use the present perfect.

—¿**Has leído** algún artículo sobre la situación cubana actual?
—Últimamente no **he visto** nada sobre Cuba en el periódico.

Present perfect, see pages 121-122.

4. To describe what someone was looking for but didn't know whether it existed or not, use the imperfect subjunctive in dependent adjective clauses.

Los cubanos que salieron de Cuba querían ir a **un lugar donde pudieran** empezar una vida nueva.

Imperfect subjunctive, see pages 259-261.

5. To refer to a pending or not yet completed action in the past, or to express possibility, purpose, restriction, and time in the past, use the imperfect subjunctive in dependent adverbial clauses.

Muchos refugiados políticos pensaban quedarse en los Estados Unidos solo **hasta que cambiara** el gobierno de Cuba. (*Pending action in the past*)
Trabajaban **para que** sus hijos **tuvieran** un futuro mejor. (*Purpose in the past*)

Pending actions, see pages 210-211 and 259-261.

Possibility, purpose, restriction, time, see pages 231-232.

6. To talk about past actions or states after expressions of influence, emotion, doubt, and denial, use the present perfect subjunctive, the imperfect subjunctive, or the pluperfect subjunctive in the dependent clause.

Present perfect subjunctive, imperfect subjunctive, and pluperfect subjunctive, see pages 169, 259-261, and 321.

Present emotion ——→ Past action (Present Perfect Subjunctive)

Es una pena que tantas familias **se hayan separado** por razones políticas.

Past influence ——→ Past action (Imperfect Subjunctive)

Mucha gente **quería que** Kennedy **interviniera** militarmente contra Castro.

Past emotion ——→ Past action before past emotion (Pluperfect Subjunctive)

Me sorprendía que mis padres **hubieran dejado** a mis abuelos en Cuba y **hubieran venido** a Miami, pero ahora lo entiendo.

7. To wonder or to express probability about the past, use the conditional tense.

Mis padres **tendrían** unos 28 años cuando salieron de la isla.

Expressing probability about the past, see page 287.

8. To make a hypothetical statement to express hindsight or regrets, use:

si + *pluperfect subjunctive, conditional perfect*

Si yo **hubiera sido** exiliado político, no **habría podido** volver a mi país.

Hypothesizing about the past, see pages 317-318.

ACTIVIDAD 4 La vida de Lucía (Parte 1)

Lee sobre la vida de una inmigrante colombiana y completa la información con el pretérito, el imperfecto, el pluscuamperfecto del indicativo, el pluscuamperfecto del subjuntivo, el condicional perfecto o el infinitivo de los verbos que aparecen en el margen.

tener, vivir	En 1970, Lucía ______ (1) 21 años y ______ (2) en
decidir	Colombia con sus padres y hermanos, cuando ______ (3) ir a los
estudiar	Estados Unidos para ______ (4) inglés. Su madre no quería que
ir, pasar	ella ______ (5) porque temía que a su hija le ______
haber	(6) algo en un país tan lejano. En esa época, no ______ (7) Internet
conocer	y era casi imposible ______ (8) bien la realidad de otro país. Pero la
tener, trabajar	madre ______ (9) una hermana que ______ (10) en
poder	Milwaukee y era posible que su hija ______ (11) quedarse con ella.
aceptar	La tía de Lucía ______ (12) con gusto tener a su sobrina en casa.
tener	Entre las tres acordaron que en caso de que Lucía ______ (13)
extrañar	problemas o ______ (14) a la familia, la tía la iba a mandar de regreso
cuidarse	a Bogotá. La madre de Lucía le pidió a su hija que ______ (15)
volver	y que ______ (16) a su país lo antes posible, pero la idea de Lucía era
aprender	quedarse en los Estados Unidos hasta que ______ (17) inglés bien
terminar	y cuando ______ (18) uno o dos cursos intensivos, iba a regresar a
	Colombia.

llegar, ser	Cuando ______ (19) a Milwaukee todo ______ (20)
ser	muy diferente para ella. En Colombia el clima ______ (21)
hacer	templado, pero en Wisconsin, en enero, ______ (22) mucho frío
nevar, aclimatarse	y ______ (23). En cuanto ______ (24) al lugar,
matricularse, conocer	______ (25) en su primera clase de inglés, donde ______
llegar	(26) a Georg, un alemán que ______ (27) a los Estados Unidos hacía
ser, tener	dos años. ______ (28) bajo como Lucía y ______ (29)
ser	ojos de un azul intenso. ______ (30) también muy simpático.
perder	El joven no ______ (31) tiempo en invitarla a salir. Su inglés
ser, estudiar	______ (32) mejor que el de ella porque él ya ______
	(33) un poco de inglés antes.

separarse, casarse	Georg y Lucía nunca más ______ (34). ______ (35) a
tener	los seis meses de conocerse y dos años después ______ (36) a su hijo
vivir	Andrés en Wisconsin, donde ______ (37) por casi cuarenta años.
ser, volver	Si ______ (38) por Lucía, ______ (39) a vivir a
acostumbrarse	Colombia con Georg y Andrés, pero su esposo ya ______ (40) a vivir
	en un país nuevo y no quería aprender otro idioma.

Puerto Rico y Cuba

ACTIVIDAD 5 Los inmigrantes hispanos

Habla de la llegada de los tres grupos principales de hispanos (mexicanos, cubanos, puertorriqueños) a los Estados Unidos usando los datos que están en la página siguiente. Incorpora el nombre del grupo apropiado en tus oraciones.

► en 1959 / empezar a salir de la isla / cuando subir / al poder Fidel Castro

En 1959 los cubanos empezaron a salir de la isla cuando subió al poder Fidel Castro.

1. vivir / en la zona que se extiende de Texas a California antes que los primeros inmigrantes anglosajones
2. llegar / como refugiados políticos
3. en 1917 / obtener / el estatus de ciudadanos estadounidenses
4. en 1848 / firmar / el Tratado de Guadalupe Hidalgo con los Estados Unidos
5. para 1980 / ya / vivir / en Chicago, Los Ángeles, Miami, Filadelfia y el norte de Nueva Jersey
6. establecerse / principalmente en Miami
7. después de la Segunda Guerra Mundial / comenzar / la movilización a Nueva York
8. llevar / a EE.UU. / su habilidad para fabricar puros (*cigars*)
9. no querer / que sus hijos / vivir / bajo un régimen comunista

ACTIVIDAD 6 Inmigrantes célebres

Los siguientes inmigrantes han aportado mucho a la cultura y la historia norteamericana. En grupos de tres, digan de dónde son y qué han hecho o hicieron estas personas.

1. Martina Navratilova
2. Alberto Einstein
3. Yo-Yo Ma
4. Ang Lee
5. Charlize Theron
6. Hakeem Olajuwon
7. I. M. Pei

ACTIVIDAD 7 Hispanos famosos

Hispanos famosos

Parte A: Lee la siguiente biografía que está escrita en el presente histórico y cámbiala al pasado.

Sandra Cisneros nace en Chicago en 1954. Su padre es mexicano y su madre chicana. Tiene seis hermanos y ella es la única hija. Su abuela paterna vive en México y su familia se muda a ese país con frecuencia por diferentes períodos. Debido a esta situación y al hecho de que, con frecuencia, cambia de escuela, Sandra es una niña tímida e introvertida. En la escuela secundaria empieza a escribir poesía y en 1976 recibe una especialización en Literatura de la Universidad de Loyola en Chicago. Luego, mientras realiza estudios de maestría en la Universidad de Iowa, descubre su voz para escribir. Esto la lleva a escribir *The House on Mango Street.* A través de los años, recibe diferentes premios por sus libros y trabaja como maestra de estudiantes que dejan la escuela secundaria.

Sandra Cisneros.

Parte B: En parejas, lea cada uno la información sobre uno de los siguientes hispanos famosos para luego contársela a la otra persona, usando verbos en el pasado donde sea apropiado.

Roberto Clemente (1934-1972)

- nacer / en Puerto Rico
- ya / jugar / para los Cangrejeros de Santurce en Puerto Rico cuando / empezar a jugar / para los Piratas de Pittsburg
- mientras / jugar / con los Piratas / dar / más de 3.000 batazos (*hits*)
- ayudar / a su equipo a ganar dos Series Mundiales
- en 1966 / nombrarlo / el jugador más valioso de la Liga Nacional
- jugar / en 14 partidos de los All-Stars
- mientras / viajar / a Managua, Nicaragua, para ayudar a víctimas de un terremoto / morir / en un accidente de avión en 1972
- ser / muy generoso
- ser / elegido al Salón de la Fama de Béisbol en 1973
- los puertorriqueños / considerarlo / héroe nacional

Roberto Clemente.

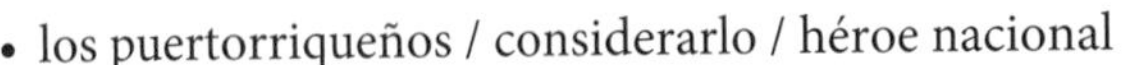

Sonia Sotomayor (1954-)

Sonia Sotomayor y su madre.

- nacer / en EE.UU. de padres puertorriqueños
- criarse / en una zona de viviendas públicas del Bronx
- cuando / tener / nueve años / su padre / morirse
- la madre / tener que / tener dos trabajos
- cuando / ser / niña / gustarle ver / el programa policíaco de TV de Perry Mason
- siempre / pensar en / ser jueza
- graduarse / de la Universidad de Princeton y de Yale
- en 1991 / llegar a ser / la primera jueza federal hispana de Nueva York
- mientras / ser / jueza federal / hacerse / famosa por un caso judicial de jugadores de béisbol
- cuando / ser / nombrada al Tribunal Supremo en 2009 / ya / trabajar / en el Tribunal de Apelaciones
- los puertorriqueños / ponerse / muy orgullosos al oír la noticia

ACTIVIDAD 8 ¿Qué pasó?

En parejas, escojan a una de las siguientes personas e inventen cómo era su vida en su país, cómo fue su emigración y digan cuántos años tendría la persona cuando emigró. Luego hablen sobre su adaptación a los Estados Unidos y cómo se hizo famosa.

Remember to use the conditional when speculating about someone's age in the past.

Arnold Schwarzenegger (austríaco)	Michael J. Fox (canadiense)
César Millán (mexicano)	Isabella Rossellini (italiana)
Isabel Allende (chilena)	Carlos Santana (mexicano)

ACTIVIDAD 9 Un anuncio comercial

Parte A: Contesta estas preguntas basadas en el anuncio de McDonald's.

1. ¿En qué lugar y en qué país se encontraron Rubén y Ernesto?
2. ¿Qué estaba haciendo Ernesto cuando vio a Rubén?
3. ¿Había pasado mucho o poco tiempo desde la última vez que se vieron? Busca dos pistas.
4. ¿Qué le contó Rubén a Ernesto sobre su vida?

Parte B: En el anuncio, Ernesto menciona que acaban de trasladar a Rubén a los Estados Unidos. En grupos de tres, digan seis consejos que Rubén puede haber recibido de su amigo para adaptarse al nuevo país con más facilidad. Recuerden que Rubén está casado y tiene dos hijas. Usen expresiones como: **Ernesto le aconsejó que..., Le sugirió que...**

Parte C: Ernesto y Rubén ya eran amigos en su país. Basándose en la información del anuncio, comenten cómo era la relación entre ellos. Usen expresiones como: **Creo que..., Dudo que..., Es posible que...**

vacilar = to kid (around)

Parte D: Contesten estas preguntas.

1. ¿Por qué creen que McDonald's haya hecho un anuncio comercial dirigido a inmigrantes o a extranjeros trabajando en los Estados Unidos? Justifiquen su respuesta.
2. Si este anuncio hubiera aparecido en inglés en una revista como *Time* o *Sports Illustrated*, ¿habría tenido éxito? Justifiquen su respuesta.
3. En el anuncio Ernesto dice: "¡Qué chiquito es el mundo!" ¿Están de acuerdo con esa frase?
4. Mientras estaban en otra ciudad u otro país ¿alguna vez se han encontrado con (*have you run into*) alguien a quien conocían? ¿Qué pasó?
5. Estando de vacaciones, ¿han conocido a alguien que era de su estado o su ciudad? ¿Sintieron alguna afinidad con esa persona?
6. Si sus padres se hubieran tenido que trasladar a otro país cuando Uds. eran niños/as, ¿dónde les habría gustado vivir? ¿Por qué?

Un Momento así
Sólo en McDonald's

McDonald's Corporation

¡Qué chiquito es el mundo! Mira que encontrarme a Rubén aquí en Estados Unidos después de tanto tiempo.

Yo estaba almorzando con una compañera del trabajo en el McDonald's de aquí a la vuelta y lo vi entrar.

"Rubén", le grité.

"¡Ernesto!", y nos dimos tremendo abrazo.

"¿Qué haces aquí?", pregunté.

"Lo mismo que tú, a punto de comerme un Big Mac", me contestó vacilándome como lo hacía antes.

Me contó que se casó con Lupe, su novia de toda la vida, que tienen dos niñas preciosas y que lo acaban de transferir aquí a Estados Unidos.

Y así se nos pasó el tiempo.

Si no hubiera sido porque teníamos que regresar a trabajar, nos hubiéramos quedado el resto de la tarde platicando en McDonald's.

¡Qué agradable reencontrarnos!

Lo que quieres, aquí está.

McDonald's

B Discussing the Present

Review how to talk about the present as you read about the life of Junot Díaz, a Dominican writer who emigrated to the United States when he was a child.

Narrating in the present, see pages 17–18 and 23–24.

1. To talk about present habitual actions or present events or states, use the present indicative.

   El escritor dominicano, Junot Díaz, **escribe** sobre eventos que ocurrieron en su vida.
   Tiene puesto de profesor en M.I.T.

2. To discuss actions in progress at the moment of speaking, you may use either the present indicative or the present progressive.

   Escribe/Está escribiendo una novela.

Describing what one is looking for, see pages 204–205.

3. To describe something that someone is looking for but doesn't know whether it exists or not, use the present subjunctive in the dependent clause.

   Junot Díaz quiere que el mundo **sepa** cómo es la vida de la persona que emigra a los Estados Unidos.

Present subjunctive, see pages 134–135, 164–165, and 176–177.

4. To talk about present actions or states after expressions of influence, emotion, doubt, and denial, use the present subjunctive in the dependent clause.

   Es interesante que Junot Díaz utilice un estilo hablado al escribir.

Present subjunctive, see pages 134–135 and 139.

Commands, see pages 141 and 144.

5. To influence someone's actions, use a command or the present subjunctive after an expression of influence.

   Cómprame el libro de Junot Díaz, *The Brief Wondrous Life of Oscar Wao.*
   Dile que me lo **compre.**
   Quiero que me lo **compres.**

Wondering and expressing probability about the present, see page 287.

6. To wonder or express probability about the present, use the future tense.

   La familia de Junot Díaz **estará** muy orgullosa de los premios que ha recibido él.

To make hypothetical statements about imaginary situations, see page 294.

7. To make hypothetical statements about imaginary situations, use:

   si + *imperfect subjunctive, conditional*

   Si fuera escritor (*which I am not*), **soñaría** con ganar el Pulitzer, como Junot Díaz.

ACTIVIDAD 10 La vida de Lucía (Parte 2)

Lee otra parte de la vida de la inmigrante colombiana y completa la información con el presente del indicativo, el presente del subjuntivo, el condicional o el infinitivo de los verbos que aparecen en el margen.

Hoy día Lucía __________ (1) con su esposo Georg en un pequeño pueblo	vivir
de Texas. Su hijo Andrés, su nuera Evan y su nieta Pilar __________ (2)	tener
una casa al lado. A Lucía le encanta __________ (3) tiempo con su	pasar
nieta y, cuando __________ (4), la invita a la casa para que las dos	poder
__________ (5) en el jardín. Algunas noches, Lucía la invita	jugar
a __________ (6) siempre y cuando la niña __________ (7)	dormir, portarse
bien. Entonces, le __________ (8) a la nieta sus cuentos favoritos hasta	contar
que la niña __________ (9).	dormirse
En general, Lucía le __________ (10) a su nieta en español y está muy	hablar
contenta de que Pilar le __________ (11) también en español sin que ella	responder
le __________ (12). En cambio el abuelo le __________ (13)	insistir, decir
algunas palabras en alemán, pero le tiene que pedir a la niña que __________	contestar
(14) en alemán porque tiene la tendencia a contestarle en inglés. La niña absorbe todo	
lo que le __________ (15) los abuelos y, si __________ (16)	decir, haber
una escuela bilingüe en su pueblo, los padres de la niña la __________	llevar
(17) con gusto. Es muy bueno que la niña __________ (18) abuelos que	tener
hablan otros idiomas, pero es una lástima que no __________ (19) la posi-	tener
bilidad de __________ (20) instrucción ni en español ni en alemán.	recibir

ACTIVIDAD 11 ¿Cuánto sabes?

Parte A: Usa la imaginación y lo que sabes sobre la población hispana de los Estados Unidos para completar este cuestionario.

1. En el año 2020, se calcula que la población negra va a representar el 13,5% de la población estadounidense y que la hispana va a representar el ______.
   a. 15,9% b. 16,9% c. 17,8%
2. Indica el porcentaje de la población hispana en los EE.UU. que proviene de los siguientes lugares.
   ______ Cuba a. 64,3%
   ______ El Salvador b. 9,1%
   ______ México c. 3,5%
   ______ Puerto Rico* d. 3,2%
   ______ la República Dominicana e. 2,6%
   *Los puertorriqueños son ciudadanos estadounidenses.
3. El poder adquisitivo de la población de los EE.UU. creció un promedio del 4,9% anual entre 1990 y 2009, mientras que el de los hispanos creció el ______ anual.
   a. 5,9% b. 7,1% c. 8,2%
4. El sueldo promedio de una familia en los EE.UU. es de $50.595; el de una familia hispana es de ______.
   a. $35.783 b. $40.476 c. $46.294
5. El 23,9% de la población estadounidense es católica. El porcentaje de hispanos católicos es del ______.
   a. 57% b. 68% c. 80%

(Continúa en la página siguiente.)

6. El ______ de la población hispana que vive en los EE.UU. nació en ese país.
   a. 50,4% b. 60,2% c. 72,9%

7. En los EE.UU. la edad promedio es de 36,6 años; entre los hispanos es de ______ años.
   a. 27,6 b. 31,8 c. 34,1

8. Según el censo del año 2005, en los EE.UU., el ______ habitantes (de más de 5 años de edad) habla español en casa.
   a. 16,5% o 1 de cada 6 b. 12,5% o 1 de cada 8 c. 10% o 1 de cada 10

9. De las personas que hablan español en casa, ______ dice que habla inglés con fluidez.
   a. el 25% b. el 40% c. más de la mitad

Parte B: Ahora, en grupos de cuatro, compartan y justifiquen sus opiniones con el resto de la clase usando expresiones como: **Creo que..., Dudo que...**

ACTIVIDAD 12 Emigración e inmigración

Parte A: En parejas, hagan una lista de cinco motivos por los cuales hay más inmigración a los Estados Unidos y menos emigración de los Estados Unidos a otros países. Estén preparados para explicar los motivos.

Parte B: Si este país pasara por una situación económica desastrosa y fuera muy difícil continuar viviendo aquí, ...

1. ¿adónde irían a vivir?
2. ¿con quién(es) irían?
3. ¿qué llevarían?
4. ¿cómo se sentirían?
5. ¿cómo sería la adaptación?
6. ¿qué cosas extrañarían?
7. ¿los aceptaría la población local?
8. ¿qué harían para integrarse?

ACTIVIDAD 13 En el extranjero

En parejas, imaginen que un amigo va a ir a estudiar por seis meses a un país de habla española. Escríbanle una lista de recomendaciones para que aproveche el viaje. Usen expresiones como: **Te recomendamos que..., Es importante que..., No te olvides...**

ACTIVIDAD 14 ¿Qué falta aquí?

En parejas, lean el anuncio de la página siguiente y discutan estas preguntas.

1. ¿De quiénes habla el anuncio y cómo los describe?
2. ¿A quién está dirigido?
3. ¿Cuál es el propósito del anuncio y quién lo patrocina (*sponsors*)?
4. ¿Cómo será la vida de un refugiado recién llegado?
5. Durante el régimen de Castro, muchos cubanos llegaron a los Estados Unidos como refugiados políticos. ¿Conocen Uds. a hispanos de otros países que también hayan sido aceptados en este u otro país como refugiados políticos? ¿Cuál fue la causa?

¿QUÉ FALTA AQUÍ?

Observa detenidamente este grupo de personas. Todas ellas tienen algo. Algunas tienen herramientas, otras portan una maleta, conducen un vehículo o llevan cualquier utensilio. Todas ellas podrían considerarse normales, gente corriente.

Sin embargo, hay una excepción. Ese buen hombre, el segundo por la derecha, en la tercera fila, parece no tener nada.

En efecto, no tiene nada. Es un refugiado. Y, como en principio habrás podido notar, es una persona como todas las demás. Porque los refugiados son gente corriente. Como tú y como yo. Gente normal con una pequeña diferencia: todo lo que tenían ha sido destruido o confiscado, arrebatado tal vez a cambio de sus vidas.

No tienen nada.

Y nunca más lo tendrán si no les ayudamos.

Por supuesto, no podemos devolverles aquello que les fue arrebatado. Pero sí podemos ofrecerles nuestra solidaridad. Por eso no te pedimos dinero, aunque la más mínima contribución siempre es una gran ayuda. Ahora lo que más necesitan es sentirse recibidos con cordialidad.

Tal vez una sonrisa no parezca gran cosa. Pero para un refugiado puede significarlo todo.

El ACNUR es una organización con fines exclusivamente humanitarios, financiada únicamente por contribuciones voluntarias. En la actualidad se ocupa de más de 19 millones de refugiados en todo el mundo.

ACNUR
Alto Comisionado para los Refugiados
Apartado 69045
Caracas 1062a
Venezuela

Naciones Unidas
Alto Comisionado para los refugiados

Cambio 16

¿Lo sabían?

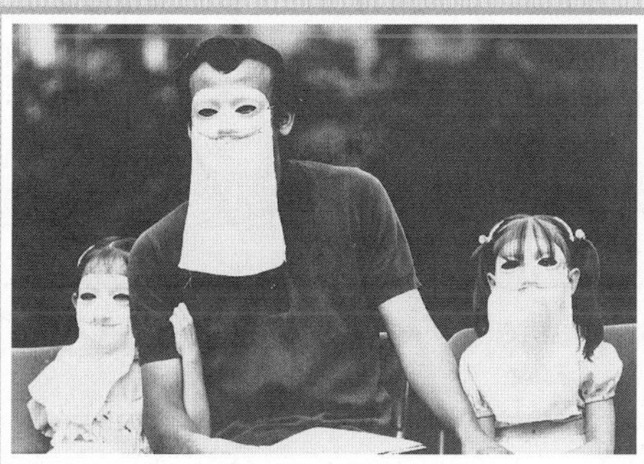

Una familia de refugiados salvadoreños se cubre la cara para no ser identificada (Cincinnati, Estados Unidos, 1982).

Durante los años 70 y 80, muchos de los habitantes de El Salvador y Guatemala huyeron de su patria porque su vida corría peligro, cruzaron México e intentaron entrar en los Estados Unidos. Se prohibió la entrada a los inmigrantes de los dos países y el gobierno norteamericano decidió no aceptarlos como refugiados políticos. Fue así como muchas iglesias se organizaron y fundaron el movimiento "Santuario", para ayudarlos a cruzar la frontera y darles casa, comida y apoyo, tanto económico como espiritual. Algunos de los líderes norteamericanos del movimiento fueron encarcelados por su participación.

¿Crees que un grupo religioso que quebranta la ley deba ser procesado (*prosecuted*) por participar en lo que considera actividades humanitarias?

C Discussing the Future

Future actions, see pages 9, 17–18, and 281.

1. To refer to a future action, you can use the following.

a. the present indicative	Esta noche **hay** una película de América Ferrera en la tele.
b. **ir a** + *infinitive*	Para el año 2050, los hispanos **van a representar** el 29% de la población estadounidense.
c. the future tense	En el futuro los hispanos **ocuparán** más puestos en el gobierno.

Present subjunctive, see pages 134–135, 164–165, and 176–177.

2. To talk about future actions or states after expressions of influence, emotion, doubt, and denial, use the present subjunctive in dependent clauses.

Las grandes compañías **quieren que** los hispanos **compren** sus productos. Para vender productos entre la comunidad hispana de Nueva York, **es importante que muestren** anuncios comerciales durante el noticiero de Univisión, porque es el programa de noticias número uno en toda la ciudad.

Pending actions, see pages 210–211.

3. To describe actions that are pending or have not yet taken place, use the present subjunctive in dependent adverbial clauses.

Algunos inmigrantes piensan volver a su país **cuando se jubilen**.

Hypothesizing about the future, see page 314.

4. To say something will have happened by a certain time in the future, use the future perfect.

Para el año 2050, la población hispana de los Estados Unidos **habrá alcanzado** el 29%.

Hypothesizing about the future, see page 294.

5. To hypothesize about the future, use:

si + *present indicative, future*/**ir a** + *infinitive*

Si el país **incrementa** sus exportaciones a Hispanoamérica, **habrá/va a haber** más empleos.

ACTIVIDAD 15 La vida de Lucía (Parte 3)

Lee otra parte de la vida de la inmigrante colombiana y completa la información con el futuro, el futuro perfecto, el presente del indicativo, el presente del subjuntivo o el infinitivo de los verbos que aparecen en el margen.

Cuando la nieta de Lucía ________________ (1) doce años, la abuela la ________________ (2) a Colombia. Para entonces la niña ya ________________ (3) lo suficiente como para no ________________ (4) a sus padres. La abuela quiere que Pilar ________________ (5) a toda su familia, que ________________ (6) bien el español y que ________________ (7) apreciar su cultura. Si Lucía ________________ (8) tiempo y suficiente dinero, intentará quedarse allí con su nieta por lo menos un mes. Luego, el verano siguiente ella y su esposo quieren ________________ (9) a Alemania con la niña para ________________ (10) a la familia de él y para que la niña ________________ (11) tiempo con sus primitas. Ellos están seguros de que la niña ________________ (12) a estar lista para disfrutar de esos viajes y saben que hasta que ella no ________________ (13) a Colombia y a Alemania no ________________ (14) valorar su herencia cultural.

cumplir
llevar, madurar
extrañar
conocer, aprender
poder
tener

ir, visitar
pasar
ir
ir
poder

ACTIVIDAD 16 Proyecciones

Mira el siguiente gráfico del censo estadounidense y discute las preguntas.

Distribución de edad por sexo y origen hispano: 2002

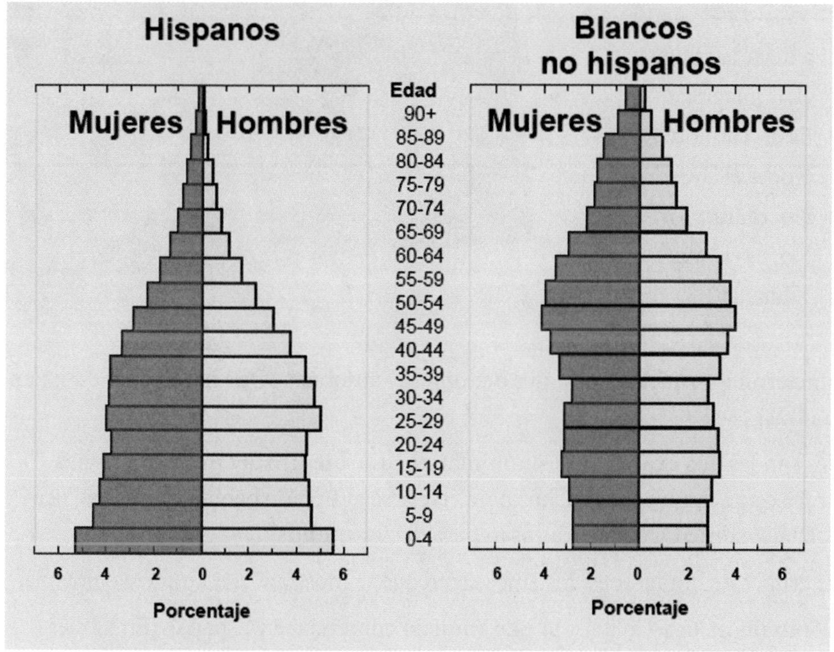

Cada barra representa el porcentaje de la población hispana o no hispana blanca que cae dentro de cada grupo por su edad y sexo.

1. ¿Cuál de los dos grupos tiene un porcentaje mayor de gente joven?
2. Más o menos, ¿qué porcentaje de la población hispana tiene menos de 24 años? ¿Y de la población blanca que no es hispana?
3. Teniendo en cuenta que normalmente las mujeres dejan de tener hijos antes de cumplir los 45 años, ¿cuál será el crecimiento de la población hispana con respecto a la blanca no hispana?
4. En los Estados Unidos, los trabajadores pagan, a través de los impuestos, el seguro social de los jubilados. ¿Habrá suficiente dinero para el seguro social cuando se jubile la gente que ahora tiene entre 40 y 60 años? ¿Ayudará o perjudicará el crecimiento de la población hispana con este asunto? ¿Qué hará el gobierno si no hay suficiente dinero?

ACTIVIDAD 17 Un anuncio de Coca-Cola

Las grandes compañías están familiarizadas con el crecimiento de la población hispana y el mercado que esta representa dentro de los Estados Unidos. Lee el siguiente guion de un anuncio comercial de televisión que ha hecho la empresa Coca-Cola. Después, contesta las preguntas.

padre (*México*) = **chévere** (*Caribe*)

A: ¡Oye! ¡Qué padre! Un jueguito de fútbol, ¿no?
B: Muchacho, ¿cómo que "padre"? Se dice "chévere".
C: Ya comenzaron de nuevo.
B: ¿Qué pasa?... Mira, "gaseosa".
A: Que ya se dice "soda".
C: No, "refresco".
B: No, no, no, no, no, ya... una Coca-Cola.
A: Ándale, ya nos entendemos.
B: Salud.
C: Salud.
B: ¡Oye! Mira, flaco, nos va a dejar la guagua.
C: ¿La "guagua"?
A: Es el "camión".
C: No, es el "bus".
A: No, el "camión".
C: No, es el "bus".
B: "Guagua".

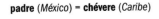

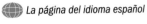

camión (*México*) = **guagua** (*Caribe*)

1. ¿Qué hicieron los muchachos antes de tomar el autobús? ¿Qué harán cuando bajen del autobús?
2. ¿Cuáles son las dos expresiones sinónimas de **¡qué bien!**? Hay tres expresiones diferentes que usan los muchachos para referirse al tipo de bebida que es la Coca-Cola, ¿cuáles son? ¿Qué palabras usan para decir **autobús**?
3. ¿A qué grupos de inmigrantes hispanos creen que se mostrará este anuncio comercial?
4. En tu opinión, ¿Coca-Cola usará este anuncio comercial en España? ¿En Chile? ¿En Venezuela? ¿Por qué sí o no?

La página del idioma español

Do the corresponding web activities to review the chapter topics.

ACTIVIDAD 18 El futuro

¡Felicitaciones por haber terminado este curso de español de nivel intermedio! En el futuro, todos Uds. van a usar el español de una forma u otra, ya sea en un viaje a un país de habla española, al continuar sus estudios del idioma en la universidad, al mirar una película en español o posiblemente al hablarlo en el trabajo. En grupos de tres, discutan cómo creen que usarán el español en el futuro.

Más allá

Videofuentes: *Estudiar en el extranjero*

Antes de ver

ACTIVIDAD 1 Tus amigos en el extranjero

Antes de ver un video sobre estudiantes que estudiaron en el extranjero, di si conoces a gente que haya estudiado en otros países y explica lo que sabes de sus vivencias.

Mientras ves

ACTIVIDAD 2 En el exterior

Ahora mira el video sobre cuatro jóvenes que estudiaron en el extranjero y completa la tabla.

Nicole

	Andrés	Sarah	Stephanie	Nicole
dónde estuvo	________	________	• ________ • ________	________
cuánto tiempo	XXX	________	________	________
qué le gustó	• ________ ________ • ________ ________	• ________ ________ ________ • ________ ________	• ________ ________ ________ ________	• ________ ________

Después de ver

ACTIVIDAD 3 Vivencia en el extranjero

Parte A: Mira las siguientes oraciones y escoge la respuesta que crees que sea correcta.

1. En 1994/95, más de ______ estudiantes universitarios de los Estados Unidos optaron por estudiar en el extranjero.

   a. 80.000 b. 135.000 c. 150.000

2. En 2006/07, más de ______ estudiantes universitarios de los Estados Unidos recibieron crédito por haber tomado clases en otros países.

   a. 150.000 b. 200.000 c. 240.000

Parte B: Como se puede ver en las respuestas de la Parte A, el número de estudiantes universitarios norteamericanos que estudia en otro país va en aumento. En grupos de tres, discutan las siguientes preguntas.

1. ¿Han estudiado en el extranjero? Si contestan que sí, ¿adónde fueron? ¿Les gustó la vivencia? Si no han estudiado en el extranjero, ¿han considerado ir? ¿Adónde les gustaría ir y por qué?
2. En los últimos años, se ha hecho más y más énfasis en la importancia de estudiar en otro país. En el año 2007, según el *Institute of International Education*:
   - más de 40 universidades mandaron a más de 1000 estudiantes a estudiar en el extranjero (NYU fue la primera con 2.809 estudiantes)
   - 18 universidades mandaron a más del 80% de sus estudiantes
   - la mayoría de los estudiantes que fueron a estudiar al extranjero eran de ciencias sociales, gerencia y negocios, y humanidades
   - entre los 20 países más populares para estudiar se encuentran, No. 3 España (21.881), No. 6 México (10.022), No. 9 Costa Rica (5.518), No. 13 Argentina (2.865), No. 16 Chile (2.578) y No. 20 Ecuador (2.171)

   En su opinión, ¿cuáles son las cinco razones más importantes para estudiar en el extranjero?

Source: Open Doors Report on International Educational Exchange, New York: Institute of International Education. Printed with permission from the Institute of International Education.

Buena comida y ¿un tango sensual?

Como todos los años, los trabajadores de la fábrica tuvieron una fiesta en el restaurante Le Rendezvous después de Semana Santa. Esta reunión fue algo extraordinario. La nueva presidenta del sindicato ha sido fiel a su palabra: dijo que mejoraría las relaciones entre la dirección y los empleados y prometió que no lo haría de una manera convencional. Este viernes cumplió con su palabra cuando bailó un tango sensacional con Felipe Bello.

El tango fue una representación cómica e

irónica de las relaciones entre la gerencia y el sindicato. Él llevaba un saco con sus iniciales y ella una camiseta blanca con el símbolo del sindicato. Él ejercía el control mientras ella bailaba con una rosa entre los dientes. Los dos se burlaban del control que tiene un jefe y de cómo puede abusar de los empleados. Pero poco a poco cambió el baile y, al final, él tenía la rosa entre los dientes y era ella quien ejercía el control.

Un reportero le preguntó al Sr. Bello qué significaba el final cuando él estaba tendido en el suelo con la rosa en una mano y el pie de la mujer sobre su estómago. Él le explicó que la presidenta había negociado un aumento de sueldo a partir del primero de mayo. El anuncio inesperado fue recibido con grandes aplausos del público eufórico.

Reference Section

Appendix A Verb Conjugations

Appendix A contains rules for verb conjugations in all tenses and moods. Since you may already be familiar with much of the information in this appendix, you should read through the explanations and focus on what is new to you or what you feel you may need to review in more detail. Highlighting portions of the explanations might help you study more efficiently. Inexpensive reference books that may help you find specific verb conjugations are *201 Spanish Verbs* and *501 Spanish Verbs*, published by Barron's Educational Series. There are also verb conjugation sites on the Internet.

- While studying these rules, remember that most compound verbs are conjugated like the base verb they contain: con***seguir***, ob***tener***, re***volver***, etc.
- Reflexive verbs can be used in all tenses and moods. To review placement of reflexive pronouns and other object pronouns, see pages 370–372.
- To review accentuation rules, see page 374.
- When conjugating verbs in Spanish, remember the following spelling conventions:

verbs ending in **-car**	ca	que	qui	co	cu
verbs ending in **-gar**	ga	gue	gui	go	gu
verbs ending in **-ger** or **-gir**	ja	ge	gi	jo	ju
verbs ending in **-guir**	ga	gue	gui	go	gu
verbs ending in **-zar**	za	ce	ci	zo	zu

The Present Indicative Tense—*El presente del indicativo*

A. Regular Forms

1. To form the present indicative of regular verbs, drop the **-ar, -er,** or **-ir** ending of the infinitive and add the appropriate endings to the stem.

dibuj**ar**		corr**er**		viv**ir**	
dibuj**o**	dibuj**amos**	corr**o**	corr**emos**	viv**o**	viv**imos**
dibuj**as**	dibuj**áis**	corr**es**	corr**éis**	viv**es**	viv**ís**
dibuj**a**	dibuj**an**	corr**e**	corr**en**	viv**e**	viv**en**

2. Certain verbs are regular but need spelling changes in the **yo** form. Remember these spelling conventions to help you.

Verbs ending in **-guir**: **ga gue gui go gu**
extin**guir**: exting**o** extingues extingue etc.

Verbs ending in **-ger** and **-gir**: **ja ge gi jo ju**
diri**gir**: diri**jo,** diriges, dirige, etc.
esco**ger**: esco**jo,** escoges, escoge, etc.

Other common verbs of this type are: exigir, recoger.

B. Irregular Forms

1. The following verbs have irregular **yo** forms. All other forms are regular.

caber → quepo	hacer → hago	salir → salgo	valer → valgo
caer → caigo	poner → pongo	traer → traigo	ver → veo
dar → doy	saber → sé		

Most verbs that end in -**cer** and -**ucir** have irregular **yo** forms.

conoc**er**: cono**z**co, conoces, conoce, etc.
trad**ucir**: traduzco, traduces, traduce, etc.

Other common verbs of this type are: establec**er,** prod**ucir.**

2. Verbs that end in -**uir** have the following irregular conjugation.

constr**uir**:	constru**y**o	constru**y**es	constru**y**e	construimos	construís	constru**y**en

Other common verbs of this type are: distrib**uir,** contrib**uir,** reconstr**uir.**

3. Verbs ending in -**uar** (but not -**guar**) and some verbs ending in -**iar** require an accent to break the diphthong.

conf**iar:**	confío	confías	confía	confiamos	confiáis	confían
contin**uar:**	continúo	contin**ú**as	contin**ú**a	continuamos	continuáis	contin**ú**an

Other common verbs of this type are: cr**iar,** env**iar.**

But:

aver**iguar:**	averiguo	averiguas	etc.

4. The following verbs require an accent on certain verb forms to break the diphthong.

re**u**nir:	re**ú**no	re**ú**nes	re**ú**ne	reunimos	reunís	re**ú**nen
pro**hi**bir:	pro**hí**bo	pro**hí**bes	pro**hí**be	prohibimos	prohibís	pro**hí**ben

5. The following verbs have irregular forms in the present.

estar:	estoy	estás	está	estamos	estáis	están
haber:	he	has	ha	hemos	hais	han
ir:	voy	vas	va	vamos	vais	van
oír:	oigo	oyes	oye	oímos	oís	oyen
oler:	huelo	hueles	huele	olemos	oléis	huelen
ser:	soy	eres	es	somos	sois	son

Note: *There is/are* = **hay.**

C. Stem-Changing Verbs

Stem-changing verbs have a change in spelling and pronunciation in the stem in all forms except the **nosotros** and **vosotros** forms, which retain the vowel of the infinitive. The change occurs in the *stressed* syllable of the conjugated verb, which is also the last syllable of the stem. There are four categories: **e → ie, o → ue, e → i,** and **u → ue.** All stem-changing verbs are noted in vocabulary lists and in dictionaries by indicating the change in parentheses: **volver** (**ue**).

entender (**e → ie**)		probar (**o → ue**)	
ent**ie**ndo	entendemos	pr**ue**bo	probamos
ent**ie**ndes	entendéis	pr**ue**bas	probáis
ent**ie**nde	ent**ie**nden	pr**ue**ba	pr**ue**ban

pedir (**e →i**)		jugar (**u → ue**)	
p**i**do	pedimos	j**ue**go	jugamos
p**i**des	pedís	j**ue**gas	jugáis
p**i**de	p**i**den	j**ue**ga	j**ue**gan

Note that **reírse** has an accent on the **i** of all forms to break the diphthong: **me río, te ríes, se ríe, nos reímos, os reís, se ríen.**

Some common stem-changing verbs are:

e → ie	**o → ue**	**e → i**
cerrar	almorzar	decir*
comenzar (**a** + *infinitive*)	costar	elegir** (**a** + *person*)
empezar (**a** + *infinitive*)	devolver	pedir
entender	dormir	repetir
mentir	encontrar (**a** + *person*)	seguir** (**a** + *person*)
pensar **en**	morir(se)	servir
pensar + *infinitive*	poder	
perder (**a** + *person*)	probar	
preferir	soler + *infinitive*	
querer (+ *infinitive*);	volver	**u → ue**
(**a** + *person*)	volver a + *infinitive*	jugar (**al** + ...)
tener*		
venir*		

*Verbs that have irregular **yo** forms:

decir (**e → i**) → **digo** tener (**e → ie**) → **tengo** venir (**e → ie**) → **vengo**

Verbs that have a spelling change in the **yo forms:

elegir (**e → i**) → **elijo** seguir (**e → i**) → **sigo**

The Present Participle—*El gerundio*

1. The present participle is formed by dropping the **-ar** of regular and stem-changing verbs and adding **-ando** and by dropping the **-er** and **-ir** of regular verbs and the **-er** of stem changers and adding **-iendo.** (For **-ir** stem changers, see point 2 below.)

   cerr**ar** → cerr + ando → cerr**ando**
   corr**er** → corr + iendo → corr**iendo**
   viv**ir** → viv + iendo → viv**iendo**

2. The **-ir** stem changers have a change in the stem of the present participle. In dictionary listings, stem changers are followed by vowels in parentheses. The first vowel or vowels in parentheses indicate the change that occurs in the present indicative tense: **dormir** (ue, u), **vestirse** (i, i), **sentirse** (ie, i). The second vowel indicates the change that occurs in the present participle: **dormir** (ue, u), **vestirse** (i, i), **sentirse** (ie, i). (Also see the discussions of the preterit and present subjunctive.)

   dormir → d**u**rmiendo　　vestirse → v**i**stiéndose*　　sentirse → s**i**ntiendo

3. Verbs with stems ending in a vowel + **-er** or **-ir** (except a silent **u**, as in **seguir**) take a **y** instead of the **i** in the ending.

   construir → construyendo

   Common verbs that fit this pattern include the following.

   leer → leyendo　　creer → creyendo　　oír → oyendo
   destruir → destruyendo　　caer → cayendo

The Preterit—*El pretérito*

A. Regular Forms

1. To form the preterit of regular **-ar, -er,** and **-ir** verbs and **-ar** and **-er** stem changers (but not **-ir** stem changers), drop the **-ar, -er,** or **-ir** ending of the infinitive and add the appropriate endings to the stem.

cerrar		vender		vivir	
cerr**é**	cerr**amos**	vend**í**	vend**imos**	viv**í**	viv**imos**
cerr**aste**	cerr**asteis**	vend**iste**	vend**isteis**	viv**iste**	viv**isteis**
cerr**ó**	cerr**aron**	vend**ió**	vend**ieron**	viv**ió**	viv**ieron**

Notice that the **-ar** and **-ir** endings for **nosotros** are identical in the present and the preterit.

*To review placement of object pronouns with present participles, see page 371. To review accents, see page 374.

2. Certain verbs are regular but need spelling changes in the **yo** form to preserve the pronunciation. Remember these spelling conventions to help you.

Verbs ending in -**gar: ga gue gui go gu**
pa**gar**: pa**gué,** pagaste, pagó, etc.

Other common verbs of this type are: ju**gar**, ne**gar**, re**gar**, lle**gar**, ro**gar**.

Verbs ending in -**car**: **ca que qui co cu**
bus**car**: bus**qué,** buscaste, buscó, etc.

Other common verbs of this type are: to**car**, practi**car**, criti**car**, expli**car**.

Verbs ending in -**zar: za ce ci zo zu**
empe**zar**: empe**cé,** empezaste, empezó, etc.

Other common verbs of this type are: almor**zar**, comen**zar**, ca**zar**, re**zar**, apla**zar**, organi**zar**.

B. Irregular Forms

1. The following verbs have irregular forms in the preterit.

dar:	di	diste	dio	dimos	disteis	dieron
ir:	fui	fuiste	fue	fuimos	fuisteis	fueron
ser:	fui	fuiste	fue	fuimos	fuisteis	fueron
estar:	estuve	estuviste	estuvo	estuvimos	estuvisteis	estuvieron
tener:	tuve	tuviste	tuvo	tuvimos	tuvisteis	tuvieron
poder:	pude	pudiste	pudo	pudimos	pudisteis	pudieron
poner:	puse	pusiste	puso	pusimos	pusisteis	pusieron
saber:	supe	supiste	supo	supimos	supisteis	supieron
hacer:	hice	hiciste	hizo	hicimos	hicisteis	hicieron
venir:	vine	viniste	vino	vinimos	vinisteis	vinieron

2. The verbs **decir, traer,** and verbs ending in -**ducir** take a **j** in the preterit. Notice that they drop the **i** in the third person plural and are followed by **-eron.**

decir:	dije	dijiste	dijo	dijimos	dijisteis	di**jeron**
traer:	traje	trajiste	trajo	trajimos	trajisteis	tra**jeron**
producir:	produje	produjiste	produjo	produjimos	produjisteis	produ**jeron**

The Present Subjunctive—*El presente del subjuntivo*

A. Regular Forms

1. The present subjunctive of most verbs is formed by following these steps.
   - Take the present indicative **yo** form: **hablo, leo, salgo.**
   - Drop the **-o: habl-, le-, salg-.**
   - Add endings starting with **e** for **-ar** verbs and with **a** for **-er** and **-ir** verbs.

habl**ar**		le**er**		sal**ir**	
que habl**e**	habl**emos**	que le**a**	le**amos**	que salg**a**	salg**amos**
habl**es**	habl**éis**	le**as**	le**áis**	salg**as**	salg**áis**
habl**e**	habl**en**	le**a**	le**an**	salg**a**	salg**an**

2. Certain verbs are regular but need spelling changes to preserve the pronunciation. Remember these spelling conventions to help you.

Verbs ending in **-gar**: **ga gue gui go gu**
pa**gar**: que pa**gue,** que pa**gues,** que pa**gue,** etc.

Other common verbs of this type are: lle**gar**, ju**gar**, ne**gar**, re**gar**, ro**gar**.

Verbs ending in **-gir**: **ja ge gi jo ju**
ele**gir**: que eli**ja,** que eli**jas**, que eli**ja,** etc.

Other common verbs of this type are: esco**ger**, exi**gir**, reco**ger**, diri**gir**.

Verbs ending in **-car: ca que qui co cu**
sa**car**: que sa**que**, que sa**ques,** que sa**que,** etc.

Other common verbs of this type are: bus**car**, to**car**, criti**car**, expli**car**, practi**car**.

Verbs ending in **-zar**: **za ce ci zo zu**
empe**zar**: que empie**ce,** que empie**ces**, que empie**ce,** etc.

Other common verbs of this type are: almor**zar**, comen**zar**, organi**zar**, ca**zar**, re**zar**.

B. Irregular Forms

Common irregular imperfect forms include the following.

dar:	que dé	des	dé	demos	deis	den
estar:	que esté	estés	esté	estemos	estéis	estén
haber:	que haya	hayas	haya	hayamos	hayáis	hayan
ir:	que vaya	vayas	vaya	vayamos	vayáis	vayan
saber:	que sepa	sepas	sepa	sepamos	sepáis	sepan
ser:	que sea	seas	sea	seamos	seáis	sean

Note: *There is/are* = **que haya.** *There will be* = **que haya.**

C. Stem-Changing Verbs

1. **-Ar** and **-er** stem-changing verbs in the present subjunctive ending have the same stem changes as in the present indicative tense.

almorz**ar:**	que alm**ue**rce	alm**ue**rces	alm**ue**rce	almorcemos	almorcéis	alm**ue**rcen
quer**er:**	que qu**ie**ra	qu**ie**ras	qu**ie**ra	queramos	queráis	qu**ie**ran

2. **-Ir** stem-changing verbs in the present subjunctive have the same stem changes as in the present indicative except for the **nosotros** and **vosotros** forms, which require a separate stem change. In dictionary listings, this is the second change indicated and is the same change as in the preterit and the present participle: **dormir (ue, u)**.

mentir (ie, **i**):	que mienta	mientas	mienta	m**i**ntamos	m**i**ntáis	mientan
morir (ue, **u**):	que muera	mueras	muera	m**u**ramos	m**u**ráis	mueran
pedir (i, **i**):	que pida	pidas	pida	p**i**damos	p**i**dáis	pidan

Commands—*El imperativo*

A. Negative Commands

All negative commands use the corresponding present subjunctive forms.

XXX	¡No comamos eso!
¡No comas eso!	¡No comáis eso!
¡No coma (Ud.) eso!	¡No coman (Uds.) eso!

B. Affirmative Commands

1. Use the third person forms of the present subjunctive to construct affirmative **Ud.** and **Uds.** commands.

hable (Ud.)	salga (Ud.)	vaya (Ud.)
hablen (Uds.)	salgan (Uds.)	vayan (Uds.)

Note: Subject pronouns are rarely used with commands, but if they are, they follow the verb.

2. To form regular affirmative **tú** commands, use the present indicative **tú** form of the verb omitting the **-s** at the end.

habla (tú)	come (tú)	duerme (tú)

Note: Subject pronouns are rarely used with commands, but if they are, they follow the verb.

Irregular affirmative **tú** commands include the following.

Infinitive	*Tú* Command	Infinitive	*Tú* Command
decir	di	salir	sal
hacer	haz	ser	sé
ir	ve	tener	ten
poner	pon	venir	ven

3. Affirmative **nosotros** commands (*let's + verb*) use the corresponding present subjunctive forms.

hablemos	comamos	salgamos

Exception: The affirmative **nosotros** command for **ir** is **vamos** (not **vayamos**).

4. The affirmative **vosotros** commands are formed by replacing the final **r** of the infinitive with a **d.** If a reflexive pronoun is added, the **d** is deleted.

habla**d**	come**d**	sali**d**	levantaos*

The only exception is **irse: idos.**

Note: It is common simply to use the infinitive form as an affirmative **vosotros** command in colloquial speech (**Hablad en voz baja.** = **Hablar en voz baja.**).

*To review placement of object pronouns with commands, see pages 371–372.

The following chart summarizes the forms used for commands:

Ud./Uds.		**Tú**	
Affirmative: subjunctive	Negative: subjunctive	Affirmative: present indicative **tú** form without -s	Negative: subjunctive
suba/n	**no suba/n**	**sube***	**no subas**

*NOTE: All forms are identical to the subjunctive except the affirmative command form of **tú.**

The Imperfect Subjunctive—*El imperfecto del subjuntivo*

1. The imperfect subjunctive is formed by following these steps.
   - Take the third person plural of the preterit: **venir = vinieron.**
   - Drop **-ron** to create an imperfect subjunctive stem: **vinie-.**
   - Add either of the following sets of endings.

-ra endings		**-se** endings	
-ra	-ramos	-se	-semos
-ras	-rais	-ses	-seis
-ra	-ran	-se	-sen

Note: The **-ra** endings are used by more speakers of Spanish. The **-se** endings are common in Spain and in some areas of Hispanic America.

Infinitive	**3rd person pl. pret.**	**Imp. sub. stem**	**Imp. sub.**
venir ⟶	vinieron ⟶	vinie- ⟶	viniera/viniese

-ra forms		**-se** forms	
que vinie**ra**	vinié**ramos**	que vinie**se**	vinié**semos**
vinie**ras**	vinie**rais**	vinie**ses**	vinie**seis**
vinie**ra**	vinie**ran**	vinie**se**	vinie**sen**

Note: The **nosotros** form always takes an accent.

2. All imperfect subjunctive verbs follow this pattern. There are no irregular verbs in the imperfect subjunctive; they are all are based on the third person plural of the preterit. Review the preterit, especially the third person plural, to ensure proper formation of the imperfect subjunctive.

   Note: *There was/were* = **hubiera/hubiese.**

The Past Participle—*El participio pasivo*

The past participle is a verbal form that can be used either as part of a verb phrase or as an adjective modifying a noun. When used as part of a verb phrase, the past participle has only one form, which ends in **-o.** When used as an adjective modifying a noun, the past participle agrees with the noun in gender and number.

A. Regular Forms

The past participle of -**ar** verbs is formed by adding -**ado** to the stem. The past participle of -**er** and -**ir** verbs is formed by adding -**ido** to the stem.

compr**ar** → compr**ado**   vend**er** → vend**ido**   decid**ir**→ decid**ido**

The past participle of **ser** is **sido** and of **ir** is **ido.**

B. Irregular Forms

1. Common irregular past participles include the following.

Infinitive	Past Participle	Infinitive	Past Participle
abrir	abierto	morir	muerto
cubrir	cubierto	poner	puesto
decir	dicho	resolver	resuelto
describir	descrito	romper	roto
escribir	escrito	ver	visto
hacer	hecho	volver	vuelto

Note: Compound verbs are usually conjugated like the verb they contain.

de*volver* → ***devuelto***   des*hacer* → ***deshecho***   re*poner* → ***repuesto***

2. Some past participle forms differ whether they are used as part of a verb phrase (e.g., **he bendecido**) or used as an adjective (**está bendito**). The following is a list of common verbs that have two different forms.

Infinitive	Past Participle in a Verb Phrase	Past Participle as an Adjective
bendecir	bendecido	bendito/a
confundir	confundido	confuso/a
despertar	despertado	despierto/a
freír	freído	frito/a
imprimir	imprimido	impreso/a
soltar	soltado	suelto/a

The Perfect Tenses—*Los tiempos perfectos*

The perfect tenses are formed by using a form of the verb **haber** + *past participle.* See the explanation of the formation of past participles if needed.

The Present Perfect—*El pretérito perfecto*			
he	hemos	+	*past participle*
has	habéis		
ha	han		

The Present Perfect Subjunctive—*El pretérito perfecto del subjuntivo*			
haya	hayamos	+	*past participle*
hayas	hayáis		
haya	hayan		

The Pluperfect—*El pluscuamperfecto*			
había	habíamos	+	*past participle*
habías	habíais		
había	habían		

The Pluperfect Subjunctive—*El pluscuamperfecto del subjuntivo*			
hubiera	hubiéramos	+	*past participle*
hubieras	hubierais		
hubiera	hubieran		

Note: There is an optional form, frequently used in Spain and in some areas of Hispanic America, in which you may substitute **-se** endings for **-ra** endings: **hubiera** = **hubiese.**

The Future Perfect—*El futuro perfecto*			
habré	habremos	+	*past participle*
habrás	habréis		
habrá	habrán		

The Conditional Perfect—*El condicional perfecto*			
habría	habríamos	+	*past participle*
habrías	habríais		
habría	habrían		

Appendix B Uses of *ser, estar,* and *haber*

1. Use **ser:**

   a. to describe the being or essence of a person, place, or thing. This includes personality traits, physical characteristics, and place of origin.

      Mi amigo Walter **es** muy divertido. (*personality traits*)
      Es bajo y un poco gordo. (*physical characteristics*)
      Es de Guatemala. (*origin*)

   b. to state an occupation.

      Es estudiante universitario.

   c. to tell time and dates.

      Ahora **son** las cuatro de la tarde.
      Los exámenes finales **son** entre el 2 y el 10 de mayo.

   d. to indicate possession.

      Los libros que usa para estudiar **son** de su primo Carlos.

   e. to state when and where an event takes place.

      El examen de química **es** a las once de la mañana y **es** en el Appleby Center.

2. Use **estar:**

   a. to describe condition or state of being of a person, place, or thing.

      Hoy **está** cansado porque no durmió mucho anoche.
      Su habitación **está** sucia y tiene que limpiarla.

   b. to describe the location of a person, place, or thing.

      Ahora Walter **está** en la clase con sus amigos.
      Su universidad **está** en el centro de la ciudad.
      El examen de química **está** en el escritorio del profesor.

   c. as a helping verb with the present progressive to describe actions in progress.

      Él y sus amigos **están** haciendo planes para el fin de semana.

3. Use a form of **haber** to state the following.

   there is/are (not) = **(no) hay**
   there was/were (not) = **(no) hubo** (*preterit*) / **(no) había** (*imperfect*)
   there will (not) be = **(no) habrá**
   there would (not) be = **(no) habría**

   Hay 50.000 estudiantes en esa universidad.

Appendix C Gender of Nouns and Formation of Adjectives

A. Gender of Nouns

1. Most nouns that end in **-l, -o, -n,** and **-r** are masculine.

   un carte**l**   **el** partid**o**   **el** exame**n**   **el** televiso**r**

   Common exceptions: **la imagen, la mano, la mujer.** Remember that **la foto** (**fotografía**) and **la moto** (**motocicleta**) are feminine.

2. Most nouns that end in **-a, -ad, -ión, -umbre,** and **-z** are feminine.

   la lámpar**a**   **la** libert**ad**   **una** canc**ión**   **la** cost**umbre**   **una** lu**z**

   Common exceptions: **el camión, el avión, el día, el lápiz, el pez.**

3. Feminine nouns that begin with a stressed **a-** sound (**agua, área, arpa, hambre**), use the articles **el/un** in the singular, but still use the articles **las/unas** in the plural. If adjectives are used with these nouns, they must be in the feminine form.

   el alma pur**a**   **el** agua fresc**a**
   las alma**s** pura**s**   **las** agua**s** fresca**s**

   Note: There is one exception; the word **arte** begins with a stressed **a-** and is normally masculine in the singular and feminine in the plural: **el** arte modern**o**, **las** bell**as** art**es**.

4. Memorize the gender of nouns that end in **-e.** Common words include:

   Masculine: **el accidente, el cine, el coche, el diamante, el hombre, el pasaje, el viaje**
   Feminine: **la clase, la fuente, la gente, la noche, la tarde**

5. Many nouns that are borrowed from languages other than Latin are usually masculine in Spanish. Here are a few nouns that are borrowed from English: **los blue jeans, el hall, el kleenex.**

6. Many nouns that end in **-ma, -pa** and **-ta** are masculine and are of Greek origin: **el drama, el idioma, el mapa, el planeta, el poema, el problema, el programa, el sistema, el tema.**

B. Use and Formation of Adjectives

1. With few exceptions, adjectives agree in number (singular, plural) with the nouns they modify. The plural is formed by adding **-s** to adjectives that end in an unaccented vowel (usually **-e, -o,** or **-a**) and **-es** to those that end in a consonant or an accented vowel (usually **-í** or **-ú**). Adjectives ending in **-o** and **-or** agree not only in number but also in gender (masculine, feminine) with the noun they modify. Adjectives ending in **-ista** agree in number only. See the following charts.

-e		consonant	
interesant**e**	interesant**es**	libera**l**	libera**les**

-í, -ú		-ista	
israel**í**	israel**íes**	real**ista**	real**istas**
hind**ú**	hind**úes**		

-o, -a		-or, -ora	
seri**o**	seri**os**	conservad**or**	conservad**ores**
seri**a**	seri**as**	conservad**ora**	conservad**oras**

una clase interesante — unas clases interesantes
una profesora seria — unas profesoras serias
un artículo liberal — unos artículos liberales
el estudiante conservador — los estudiantes conservadores
un profesor realista — unos profesores realistas

2. Adjectives of nationality that end in **-és** or **-án** drop the accent from the masculine singular and add the appropriate endings to agree in gender and number with the nouns they modify.

ingl**és***	ingl**eses**	ingl**esa**	ingl**esas**
alem**án***	alem**anes**	alem**ana**	alem**anas**

*To review rules of accentuation, see Appendix F.

3. Adjectives that end in -**z** change **z** to **c** in the plural.

feli**z** → feli**ces** capa**z** → capa**ces**

Appendix D Position of Object Pronouns

Prior to studying the position of object pronouns (direct, indirect, and reflexive), you may want to familiarize yourself with the following terms.

1. Infinitives—**Infinitivos**

   a. In the following sentence, *to work* is an infinitive.

      I have *to work* tomorrow.

   b. Infinitives in Spanish always end in either **-ar, -er,** or **-ir.**

   c. The infinitive is the verb form listed in Spanish dictionaries.

   d. In the following sentence, **trabajar** is an infinitive.

      Tengo que **trabajar** mañana.

2. Present Participles—**Gerundios**

   a. In English, present participles end in *-ing.* In the following sentence, *studying* is a present participle.

      I am *studying.*

   b. In Spanish, present participles end in **-ando, -iendo,** or **-yendo.** In the following sentence, **estudiando** is a present participle.

      Estoy **estudiando.**

3. Past Participles—**Participios pasivos**

   a. In English, many past participles end in **-ed**. In the following sentence, *traveled* is a past participle.

      Have you ever *traveled* to Costa Rica?

   b. In Spanish, regular past participles end in **-ado** or **-ido**.

      ¿Has **viajado** alguna vez a Costa Rica?

4. Commands—**Órdenes**

   a. Commands are direct orders given to people to do something. In the following sentence, *help* is a command.

      Help me!

   b. In the following sentence, **ven** is a command.

      Niño, ¡**ven** aquí en seguida!

5. Conjugated Verbs—**Verbos conjugados**

   a. In the following sentence, *am* and *is* are conjugated verbs. Their infinitive is the verb *to be.*

      I *am* smart and this *is* easy.

b. Conjugated verbs are any verbs that are not infinitives, commands, or present or past participles.

c. Conjugated verbs can be in the present, past, future, or conditional tense, as well as part of the perfect tenses, and they can be in both the indicative and subjunctive moods. In the following sentences, the conjugated verbs are in bold.

Ella **trabaja** para IBM.
¿Dónde **comieron** Uds. anoche?
Quería que ellos **vinieran** a mi casa.

A. Pronoun forms

1. Object pronouns include direct objects (**me, te, lo, la, nos, os, los, las**), indirect objects (**me, te, le, nos, os, les**), and reflexive pronouns (**me, te, se, nos, os, se**).

2. When an indirect- and a direct-object pronoun are used in succession, **le** and **les** become **se** when followed by **lo, la, los,** or **las.** When two object pronouns are used in the same phrase, they are not separated and must be used in succession.

B. Placement

The placement of object pronouns is as follows.

1. before a conjugated verb

Lo habré hecho para el lunes.
Lo haré el lunes.
Te lo voy a hacer el lunes.
Quiero que **lo hagas** el lunes.
Lo hago los lunes.
Te lo estoy haciendo.
Si **lo hiciera** ahora, no podría terminar.
Lo hice el lunes pasado.
Lo hacía los lunes.
Lo había hecho el lunes antes de trabajar.
Si él **lo hubiera** hecho, yo no **lo habría** sabido.

2. before the verb in a negative command

¡No **lo hagas!** ¡No **se lo compre!**

3. after and attached to an affirmative command

¡Hazlo! **¡Cómpreselo!*** **¡Dáselo!***

*When another syllable is added to a command consisting of two or more syllables, or when two pronouns are added to monosyllable commands, place an accent over the stressed syllable.

a. When the reflexive pronoun **os** is attached to the **vosotros** command, the **-d** is dropped.

Bes**aos.** Quer**eos.**

The only exception is the verb **irse: idos.**

b. When the reflexive pronoun **nos** or the indirect-object pronoun **se** is attached to the **nosotros** command, the **-s** is dropped.

Comprémonos un coche. **Comprémosela.**

4. after and attached to an infinitive

Voy a **hacerlo** el lunes. Voy a **hacértelo*** el lunes.

*When two object pronouns are added to an infinitive, place an accent over the stressed syllable.

5. after and attached to a present participle

Estoy **haciéndolo.*** Estoy **haciéndotelo.***

*When an object pronoun or pronouns are added to a present participle, place an accent over the stressed syllable.

6. Object pronouns can come before the conjugated verb or after and attached to an infinitive or a present participle. Therefore, the following sentences are synonymous.

Lo voy a hacer. Voy a **hacerlo**.
Te lo estoy haciendo. Estoy **haciéndotelo.**

Appendix E Uses of *a*

Use the word **a**:

1. to indicate destination: **ir a** + *article* + *place.*

    Van **a la** playa.
    Vamos **al** cine. (remember: **a** + **el** = **al**)

2. to discuss the future: **ir a** + *infinitive.*

    Ellos **van a estudiar** esta tarde.

3. after certain verbs when followed by infinitives. These verbs include **aprender, comenzar, empezar,** and **enseñar.**

    En esa escuela **enseñan a pintar.**

4. in prepositional phrases to clarify or emphasize the indirect-object pronoun.

    ¿**Le** diste el dinero **a Carlos?**

    Note: A prepositional phrase can also be used to clarify the indirect object with verbs like **gustar, encantar,** and **fascinar.**

    A mí me encanta la música de Celia Cruz.

5. when the direct object is a person.

    Vas a ver **a Felipe Pérez** y **al hermano de Alicia** si vas a la fiesta.
    ¿Conociste **a la profesora Vargas?**

Appendix F Accentuation and Syllabication

A. Stress—Acentuación

1. If a word ends in **-n, -s,** or a **vowel,** the stress falls on the *next-to-last syllable.*

   lava**pla**tos **exa**men **ho**la aparta**men**to

2. If a word ends in any **consonant** other than **-n** or **-s,** the stress falls on the *last syllable.*

   espa**ñol** us**ted** regu**lar** prohi**bir**

3. Any exception to rules number 1 and 2 has a written accent mark on the stressed vowel.

   televisi**ó**n tel**é**fono **á**lbum cent**í**metro

Note: Words ending in **-ión** lose their written accent in the plural because of rule #1: **nación,** *but* **naciones.**

4. Question and exclamation words, e.g., **cómo, dónde, cuál, qué,** always have accents.

5. Certain words change their meaning when written with an accent although the pronunciation remains the same.

cómo	how	**como**	like, I eat
dé	give (*command*)	**de**	of, from
él	he/him	**el**	the
más	more	**mas**	but
mí	me	**mi**	my
sé	I know	**se**	*3rd person pronoun*
sí	yes	**si**	if
sólo*	only (*adv.*)	**solo***	alone
té	tea	**te**	you (*object pronoun*)
tú	you	**tu**	your

*Note: Due to recent rule changes in the Spanish language, **solo** can mean *alone* (**el niño comió solo**) or *only* (**solo = solamente; El niño comió solo/solamente papas fritas**). When ambiguity exists, an accent is needed on **sólo** when it means *only.* Compare these sentences: **Fue solo al cine.** (He went *alone* to the movies) vs. **Fue sólo al cine.** (He *only* went to the movies.)

6. You may see demonstrative pronouns with a written accent to distinguish them from demonstrative adjectives (except for **esto, eso,** and **aquello,** which are neuter pronouns and never have an accent). According to recent rule changes in the Spanish language, you must add an accent to a demonstrative pronoun if ambiguity exists.

este niño	éste	estas blusas	éstas

Nos vendieron **aquellos** caramelos.	*They sold us those candies over there.* (**Aquellos** modifies candies and is a demonstrative *adjective* and therefore has no accent.)
Nos vendieron **aquéllos** caramelos.	*They sold us candies.* (**Aquéllos** is a demonstrative *pronoun* and refers to those people way over there and can take an accent.)

7. One-syllable words (other than those listed in #5 on page 374) are not accented. Some examples include: **guion, rio** (*he/she laughed*), **vio, fe**, etc. Note: This is a recent change to the Spanish rules of orthography, so some texts printed before the change was made official may show these words with accents: **guión, rió, vió, fé.**

B. Diphthongs—*Diptongos*

1. A diphthong is the combination of a weak vowel (**i, u**) and a strong vowel (**a, e, o**) or the combination of two weak vowels in the same syllable. When two vowels are combined, the strong vowel or the second of the weak vowels takes a slightly greater stress in the syllable.

v**ue**lvo   ***au***tomático   t**ie**ne   conc**ien**c***ia***   c**i*u***dad

2. When the stress of the word falls on the weak vowel of a strong–weak combination, the weak vowel takes a written accent mark to break the diphthong. No diphthong occurs because the vowels belong to different syllables.

pa-ís   **dí-a**   **tí-o**   **en-ví-o**   **Ra-úl**

Note: **Ma-rio,** *but* **Ma-*rí*-a.**

C. Syllabication—*Silabeo*

1. A single consonant between vowels always goes with the second vowel. Remember that **ch, ll,** and **rr** are considered single consonants in Spanish.

A-**mé-ri-ca**   to-**ma-te**   ca-**je-ro**   *But:* pe-**rro**

2. When there are two or more consonants between vowels, the second vowel takes as many consonants as can be found at the beginning of a Spanish word (English and

Spanish allow the same consonant groups at the beginning of a word, except for **s** + *consonant* which does not exist in Spanish). The other consonants remain with the first vowel.

Pa-**blo** (*bl* starts words, as in **blanco**)
es-pe-cial (**s** + *consonant* does not start words in Spanish, **p** does)
ex-**plo**-rar (**xpl** does not begin words, **pl** does)
tra**ns**-**po**-lar (**nsp** does not begin words, **sp** does not start words in Spanish, **p** does)

3. A diphthong is never separated. If the stress falls on the weak vowel of a strong–weak vowel combination, an accent is used to break the diphthong and two separate syllables are created.

a-m**ue**-blar   **ciu**-dad   ju-**lio**   *But:* **dí-a**

Note: Two strong vowels never form a diphthong: **po-e-ta, le-er.**

Appendix G Thematic Vocabulary

The following lists contain basic vocabulary. For more advanced vocabulary on some of these topics, see the vocabulary entries in the glossary.

La ropa

la blusa	blouse
la camisa	shirt
la chaqueta	jacket
la corbata	tie
la falda	skirt
las medias	socks
los pantalones	pants
el saco	sports coat
el sombrero	hat
el traje de baño	bathing suit
el vestido	dress
los zapatos	shoes

Los colores

amarillo/a	yellow
anaranjado/a	orange
azul	blue
blanco/a	white
gris	gray
marrón	brown
morado/a	purple
negro/a	black
rojo/a	red
rosa, rosado/a	pink
verde	green

Los días de la semana

lunes	Monday
martes	Tuesday
miércoles	Wednesday
jueves	Thursday
viernes	Friday
sábado	Saturday
domingo	Sunday

Los meses del año

enero	January
febrero	February
marzo	March
abril	April
mayo	May
junio	June
julio	July
agosto	August
septiembre	September
octubre	October
noviembre	November
diciembre	December

Las estaciones

el invierno	winter
la primavera	spring
el verano	summer
el otoño	fall

La comida

el ajo	garlic
la carne de res	beef
la coliflor	cauliflower
los espárragos	asparagus
las habichuelas	green beans
los huevos	eggs
el jamón	ham
el jugo	juice
la mermelada	marmalade
el pan	bread
la pimienta	pepper
el pollo	chicken
el queso	cheese
la sal	salt
la tostada	toast
el vinagre	vinegar
el yogur	yogurt

Los deportes

el basquetbol	basketball
el béisbol	baseball
el fútbol	soccer
el fútbol americano	football
el golf	golf
la natación	swimming
el squash	squash
el tenis	tennis
el voleibol	volleyball

El medio ambiente

la basura	trash
la ecología	ecology
en peligro	in danger

la energía nuclear	nuclear energy
la energía solar	solar energy
la fábrica	factory
la lluvia ácida	acid rain
el reciclaje	recycling
reciclar	to recycle

Los números ordinales

primer(o)/a	first
segundo/a	second
tercer(o)/a	third
cuarto/a	fourth
quinto/a	fifth
sexto/a	sixth
séptimo/a	seventh
octavo/a	eighth
noveno/a	ninth
décimo/a	tenth

Los números cardinales

0 cero
1 uno, un/a*
2 dos
3 tres
4 cuatro
5 cinco
6 seis
7 siete
8 ocho
9 nueve
10 diez
11 once
12 doce
13 trece
14 catorce
15 quince
16 dieciséis (diez y seis)
17 diecisiete (diez y siete)
18 dieciocho (diez y ocho)
19 diecinueve (diez y nueve)
20 veinte
21 veintiún, veintiuno/a*
22 veintidós (veinte y dos)
30 treinta
31 treinta y un, uno/a*
32 treinta y dos
40 cuarenta
50 cincuenta
60 sesenta
70 setenta
80 ochenta
90 noventa
100 cien
101 ciento un, uno/a*
110 ciento diez
200 doscientos*
300 trescientos*
400 cuatrocientos*
500 quinientos*
600 seiscientos*
700 setecientos*
800 ochocientos*
900 novecientos*
1.000 mil
2.000 dos mil
100.000 cien mil
200.000 doscientos mil*
500.000 quinientos mil*
1.000.000 un millón (de)**
2.000.000 dos millones (de)**
1.000.000.000 mil millones (de)**
billón (de)

Notes:

a. Numbers ending in **uno** drop the **-o** before a masculine noun: **veintiún libros, cuarenta y un libros.** *But:* **veintiuna chicas.**

b. The numbers 16 through 29 are more commonly written as one word: **veintitrés** instead of **veinte y tres.**

c. The numbers **dieciséis, veintidós, veintitrés,** and **veintiséis** have an accent.

d. The word **y** is only used with numbers 16 through 99: **treinta y dos,** *but* **tres mil doscientos cuatro.**

e. *1,000,000,000 = one billion*, but **1.000.000.000 = mil millones.**

* These numbers agree in gender with the nouns they modify. **Había** ***trescientas personas*** **en la conferencia.**
** **De** is used before a noun: **Había un millón de personas.**

Spanish-English Vocabulary

This vocabulary includes both active and passive vocabulary found throughout the chapters. The definitions are limited to the context in which the words are used in the book. Exact or reasonably close cognates of English are not included, nor are certain common words that are considered to be within the mastery of a second-year student, such as numbers, articles, pronouns, and possessive adjectives. Adverbs ending in **-mente** and regular past participles are not included if the root word is found in the vocabulary or is a cognate.

The gender of nouns is given except for masculine nouns ending in **-l, -o, -n, -r,** and **-s** and feminine nouns ending in **-a, -d, -ión,** and **-z.** Nouns with masculine and feminine variants are listed when the English correspondents are different words (e.g., *son, daughter*); in most cases, however, only the masculine form is given (**carpintero, operador**). Adjectives are given only in the masculine singular form. Irregular verbs are indicated, as are stem changes.

The following abbreviations are used in this vocabulary.

adj.	adjective	*n.*	noun
adv.	adverb	*pl.*	plural
conj.	conjunction	*p.p.*	past participle
f.	feminine	*prep.*	preposition
inf.	infinitive	*pro.*	pronoun
irreg.	irregular verb	*sing.*	singular
m.	masculine		

A

a: ~ fines de at the end of; **~ la vuelta de** around the corner from; **~ las...** at ... o'clock; **~ menos que** unless; **~ menudo** often, frequently; **~ pesar de que** even though; **~ principio(s) de** at the beginning of (*time*); **~ propósito** on purpose; **~ que no saben...** Bet you don't know ...; **~ través de** through; **~ veces** sometimes
abarrotar to become packed (*with people*)
abierto (*p.p. of* **abrir**) open
absoluto: no, en ~ no, not at all
abstracta: la obra ~ abstract painting
abuela grandmother
abuelo grandfather; *pl.* grandparents
aburrido bored; boring
aburrirse (de) to become bored (with)
abusar to abuse
abuso *n.* abuse
acabar to finish; to run out (of); **~ de** (+ *inf.*) to have just (done something)
acallar to stifle, silence
acampar to go camping
acaso: ¿~ no sabías? But, didn't you know?; **por si ~** just in case
acceder to assent, consent
acción: película de ~ action movie
aceite *m.* oil
aceituna olive
acogedor welcoming, warm
aconsejable advisable
aconsejar to advise
acontecimiento event
acordarse (ue) de to remember
acoso harassment
acostarse (ue) to lie down; to go to bed
acostumbrarse (a) to become accustomed (to)
actitud attitude
activismo activisim
acto: es un ~ despreciable it's a despicable act
actriz actress
actual present-day, current
actualidad: en la ~ at the present time
actualmente at present, nowadays
actuar to act
actuación *n.* acting
acuerdo *n.* agreement; pact; **de ~ a** according to; **estar de ~** to be in agreement; **No estoy de ~ del todo.** I don't completely agree.
acusado accused
adelgazar to lose weight
además *adv.* besides; **~ de** *prep.* besides
adivinar to guess
adoptivo: hijo ~ adopted son; **hija adoptiva** adopted daughter
afeitarse to shave
agobiante exhausting
agradecerle to thank someone
agrandarse to grow larger
agregar to add
agricultura: ~ sostenible sustainable agriculture
agridulce sweet and sour
agrio sour
agua *f.* (*but* **el agua**)**: ~ con gas** sparkling water; **~ mineral** mineral water
aguacate *m.* avocado
agua fuerte *m.***: grabado al ~** etching
aguantar to tolerate, stand
águila *f.* (*but* **el águila**) eagle
aguinaldo end-of-the-year bonus
aguja needle
agujero hole
ahorrar to save
aire *m.* air; al ~ libre outdoors; **echar(se) una cana al ~** to have a one-night stand; to let one's hair down
aislado isolated
aislarse to isolate onself
ajo garlic
ajustado tight
al tanto up-to-date
alas: hacer ~ delta to hang-glide
alcalde *m./f.* mayor
alcanzar to be sufficient; to reach, attain
alcoholismo alcoholism
alegrarse (de) to become happy (about)
alemán *n., adj.* German
alfabetización literacy
álgebra *f.* (*but* **el álgebra**) algebra
algo something; **~ así** something like that
alguien someone
algún/alguna/os/as + *n.* *adj.* a, some, any; sin **duda alguna** without a doubt
alguno/a/os/as *pro.* one, some
alianza alliance

alimenticio *adj.* nutritious
alimento food
almendra almond
almorzar (ue) to have lunch
alondra lark
alquilar to rent
alquiler *n.* rent
alto stop; ~ **en calorías** high in calories
altura height
alumbrado *n.* lighting
ama de casa *f.* (*but* **el ama**) housewife
amante *m./f.* lover
amargo bitter
ambiente *m.*: **medio** ~ environment
ámbito sphere; field (*of influence*)
ambos both
amenaza threat
amenazar to threaten
amigo friend; ~ **íntimo** a close friend
amor: ¡Por el ~ de Dios! My gosh/God!
analfabeto *n., adj.* illiterate
ancas de rana *pl.* frogs' legs
anchoas *pl.* anchovies
anciano: asilo de ancianos nursing home; **residencia de ancianos** nursing home
andar *irreg.* to work, function
ángel angel; **Eres un ~.** You're an angel.
anidamiento nesting
anillo ring
ánimo: sin ~ de lucro nonprofit
anoche last night
anorak *m.* parka
anteanoche the night before last
anteayer the day before yesterday
antepasado ancestor, forefather
anterior previous
antes *adv.* before; ~ **de** *prep.* before; ~ **(de) que** *conj.* before
anticuado old-fashioned, antiquated, obsolete
antropología anthropology
añadir to add
año: ~ **clave** key year; ~ **escolar** school year
apagar to turn off
apariencia appearance
apenas hardly
aperitivo food and beverage before a meal
aplazar to postpone
apoyar to support
apoyo *n.* support
apreciar to appreciate
aprieto: sacar a alguien de un ~ to get someone out of a jam
aprobar (ue) to pass (*a course*); to approve
aprovecharse de to take advantage of
apuntar to write down; to make note of
apuntes *m. pl.* class notes
argumento plot (*of a book, movie*)
armario closet
arqueología archeology
arquitecto architect
arrancar to start (*a motor*); to tear out (*weeds*)
arrebatar to snatch, seize
arrecife *m.* reef
arreglar to fix; **arreglarse** to make oneself presentable
arreglo repair; agreement
arrepentirse (ie, i) to regret
arrestar to arrest
arroz *m.* rice
arruga *n.* wrinkle
arte *m. sing.* art; **artes** *f. pl.* arts
artesanía crafts
artista *m./f.* artist
arvejas *f. pl.* (*Latinoamérica*) peas
arzobispo archbishop
asado barbecue
asaltante *m./f.* assailant
asaltar to assault
asalto assault, attack, robbery
ascendencia ancestry
asegurar to assure
asemejarse a to resemble, be like
asesinar to murder
asesinato *n.* murder
asesino murderer
así: algo ~ something like that
asignatura subject, course
asilo: ~ **político** political asylum; ~ **de ancianos** nursing home
asimilarse to assimilate
asimismo in the same way, likewise
asistir a to attend
asombro amazement
asombroso astonishing
aspiradora vacuum cleaner
aspirar a ser to aspire to be
astuto clever
asunto político/económico political/economic issue
atender (ie) to attend to; to pay attention to
atentado *n.* attemped crime
atento polite, courteous
atrevido *adj.* daring, nervy; *n.* daredevil, bold person (*negative connotation*)
atribuir *irreg.* to attribute
atroz huge; **tener un hambre ~** to be really hungry
atún tuna
audaz daring (*positive connotation*)
aumentar to raise, increase; ~ **el sueldo** to raise the salary
aumento *n.* raise, increase
auto: ~ **de fe** public punishment by the Inquisition tribunal; **pasear en ~** to go cruising
autoridad: ejercer ~ to exercise authority
autorretrato self-portrait
ave *f.* (*but* **el ave**) bird
aventura: tener una ~ (amorosa) to have an (love) affair
averiguar to find out (about)
avisar to inform, notify; to warn
avisos clasificados *m. pl.* classified ads
ayer yesterday
ayudante de cátedra *m./f.* teaching assistant
ayunas: en ~ fasting
azafata airline stewardess
azúcar sugar

B

bailar: ~ **en grupo** to dance in a group; **ir a ~** to go dancing
bajar: ~ **el fuego** to lower the heat; ~ **el sueldo** to lower the salary
ballena whale
bandeja tray
bañarse to bathe
banda sonora soundtrack
bar bar, café
barajar to shuffle
barba beard
barbilla chin
barra (de chocolate) (chocolate) bar
bastante quite, very
basura garbage
batalla battle
batazo hit (*in baseball*)
batería battery (*cell phone, camera*)
batido shake (*drink*)
bautismo baptism
bautizar to baptize
beber to drink
bebida drink
beca scholarship
belleza beauty
beneficio laboral work benefit
berenjena eggplant
bienestar común the common good
bigotes *m. pl.* mustache
bilingüe bilingual
billón trillion
bisabuela great-grandmother
bisabuelo great-grandfather
blanco *adj.* white; **voto en ~** blank vote
blando soft
boda wedding
bodegón still life
boletín newsletter
bolsa bag
bombero firefighter
bono bonus (pay)
boquiabierto open-mouthed, shocked
borrador first draft
bosque *m.* woods
botella bottle

botón button
breve brief (*in length*)
brindar to offer, provide
brocha paintbrush
bruscamente abruptly
bucear to scuba dive
buceo scuba diving
bueno: ¡Qué ~! That's great!
bufón buffoon
búho owl
bullicio noise, din
burla mockery
burlarse de to mock/joke, make fun of
busca: en ~ de nuevos horizontes in search of new opportunities (horizons)
buscar to look for; **pasar a ~ a alguien (por/en un lugar)** to pick someone up (at a place)
búsqueda *n.* search

C

caballero gentleman; knight
caber to fit; **no cabe duda** there is no doubt
cabeza: No tiene ni pies ni ~. It doesn't make (any) sense to me./I can't make heads or tails of it.
cabina telefónica telephone booth
cacahuates peanuts (*México*)
cacahuetes peanuts (*España*)
cadena chain; **~ perpetua** life sentence
caer to fall; **caerle bien/mal (a alguien)** to like/dislike (someone); **caerse** to fall down; **¡Ya caigo!** Now I get it.
café: color ~ *adj.* brown; *m.* coffee; an espresso; **~ con leche** coffee with lots of hot milk
cafeína: con ~ with caffeine
caja box; cash register
cajero cashier
calabaza pumpkin
calamares *m. pl.* calamari, squid
cálculo calculus
calentar (ie) to heat
calidad quality
callarse to shut up
calorías: alto/bajo en ~ high/low in calories
calvo bald
calzoncillos *m. pl.* boxer shorts; briefs
camarera waitress
camarero waiter
camarón shrimp
cambio: en ~ instead; **en ~ yo** instead I . . . / Not me, I . . .
cambios climáticos climate changes
caminata: hacer una ~ to go for a walk/hike
camino a on the way to
camiseta T-shirt
camote *m.* (*México*) sweet potato
campaña electoral political campaign
campesino peasant; farmer
camping *m.* campsite
campo field (*business, farm, sports*)
cana: echar(se) una ~ al aire to have a one-night stand; to let one's hair down
Canal de la Mancha English Channel
canasto basket
canela: piel ~ *f.* cinnamon-colored skin
canoso white-haired, gray-haired
cansancio tiredness
caña (*España*) glass of beer
capa de ozono ozone layer
capacitación *n.* training; **cursos de ~** training courses
capaz capable
caprichoso capricious, fussy
cara larga long face
caradura: ¡Qué ~! Of all the nerve!
¡Caray! Geeze!
cárcel *f.* jail, prison
cargado charged
cargador (solar) (solar) charger
cariño affection; **con ~** fondly
cariñoso loving, affectionate
carne *f.* meat
carnet *m.* ID card
carpintero carpenter
carrera professional studies, degree
carrito cart
carta de recomendación letter of recommendation
cartel (de drogas) drug cartel
cartelera: seguir en ~ to still be showing (*movie*)
cartero mail carrier
casa house; home; **~ de ancianos** nursing home; **una mentira más grande que una ~** a big, fat lie
casado married
casamiento marriage, wedding
casarse (con) to get married (to)
casero homemade
caso: en ~ (de) que in the event that, if
castaño: pelo ~ brown hair
castigar to punish
castigo punishment
casualidad: por ~ by chance
catarata waterfall
cátedra: ayudante de ~ *m./f.* teaching assistant; **dar ~** to lecture someone (on some topic)
cautiverio: en ~ in captivity
cazar to hunt
cebolla onion
celoso jealous
cenar to have dinner/supper
censura censorship; censure
censurado censored; censured
censurar to censor; to censure
cepillarse (el pelo/los dientes) to brush (one's hair/teeth)
cercano *adj.* near, nearby
cerdo pork
cerrado closed; narrow-minded
cerrar (ie) to close
cesante *adj.* unemployed
césped *m.* lawn
chaleco vest
chaqueta jacket
charlar to chat
chévere: ¡Qué ~! (*Caribe*) That's cool.
chisme *m.* piece of gossip
chismear to gossip
chismoso gossipy
chiste *m.* joke; **~ verde** dirty joke
chocar to crash
choque cultural *m.* culture shock
chofer *m./f.* chauffeur, driver
cicatriz scar
ciego blind
cielo heaven; sky
ciencia: ~ ficción science fiction; **película de ~ ficción** science fiction movie; **ciencias políticas** *f. pl.* political science
científico scientist
cierre *m.* zipper
cierto certain; **(no) es ~** it's (not) true; **por ~** by the way
cine *m.* movie theater; **ir al ~** to go to the movies
cinturón belt
cirugía surgery
cita appointment; quote
ciudadanía citizenship
ciudadano citizen; **hacerse ~** to become a citizen
claro clear; **tener en ~** to have it clear in your mind
clase particular *f.* private class
clave *sing.* **años/palabras ~** key year/words
clavo: dar en el ~ to hit the nail on the head
clérigo clergy
clonización cloning
cochinillo roast suckling pig
cocinero *n.* cook
cóctel cocktail
código code
codo elbow
coger el sueño to fall asleep
cola: ~ de caballo pony tail
colar (ue) to drain
colgar (ue) to hang
colocar to place
color: ~ café brown; **~ miel** light brown
colorín, colorado esta leyenda ha terminado and so the legend ends

combinar to match
comedia comedy
comenzar (ie) a to begin, start to
comer to eat; **comérselo todo** to eat it all up; **ser de buen ~** to have a good appetite
comestible *m.* food
cometer to commit (*a crime*)
cómico *adj.* funny
comida chatarra junk food
comienzo beginning
como si as if
compartir to share
complacer to please
completar una solicitud to fill out an application
comportamiento behavior
comprensivo understanding
comprobar (ue) to prove
comprometerse (con) to get engaged (to)
compromiso commitment, engagement
computación computer science
con: ~ cafeína with caffeine; **~ frecuencia** frequently; **~ gran esmero** with great care; **~ tal (de) que** *conj.* provided that
concentrado concentrated
concienzudo conscientious
concierto concert
concurso contest
condena sentence (*jail*)
condenar: ~ (a alguien) a (10) meses/años de prisión to convict someone to (10) months/years in prison
condicional: libertad ~ parole
conejo rabbit
confianza trust
confiar to trust
congelado frozen
conjetura conjecture, guess
conmover (ue) to move, touch (*emotionally*); **me conmueve** it moves me
conquista conquest
conquistador conqueror
conquistar to conquer
consciente aware
conseguir (i, i) to obtain
consejero advisor
consejo (piece of) advice
conservador *adj.* conservative
consiguiente: por ~ therefore
constar de to consist of
consumir to consume; to use; **~ drogas** to take/use drugs
contabilidad accounting
contador accountant
contaminación pollution
contaminante *adj.* contaminating
contaminar to contaminate, pollute
contar (ue) to tell
contenido *n.* content; **de alto/bajo ~ graso** high/low fat content
contraer *irreg.* to contract, catch (*a cold*)
contratar a alguien to hire someone
contratiempo: tener un ~ to have a mishap that causes one to be late
contribuir *irreg.* to contribute
convencer: No me termina de ~. I'm not totally convinced.
convenir *irreg.*: **te conviene** it's better for you
convivencia living together, cohabitation
convivir to live together
cónyuge *m./f.* spouse
coquetear to flirt
cordero lamb
cordillera mountain range
cordón shoelace
Corea Korea
coreano *n., adj.* Korean
corona crown
correo electrónico email
correr to run
corriente *adj.* ordinary
cortado *n.* coffee (small cup) with a touch of milk
corto short (*in length, duration*)
cortometraje *m.* (movie) short
cosechar to harvest
cosquillas: hacerle ~ to tickle someone
costar (ue) to cost
costumbre *f.* custom, habit
cotilleo *m.* gossip
creador creator
crear to create
creencia belief
creer to believe, to think; **creo que...** I believe that . . . ; **No te creo.** I don't believe you.
creído vain
crema cream
cremallera zipper
crianza upbringing, raising (*of children*)
criar to bring up, raise (*a child*)
crimen serious crime; homicide
cristal glass (*material*)
cristiano Christian
crítica *n.* critique
criticar to criticize; to critique
crítico *n.* critic
cuadrado square
cuadro painting
cuando when; **de vez en ~** every now and then; **siempre y ~** provided that
cuanto: en ~ as soon as; **en ~ a** with reference to
cuchara spoon
cuello collar; neck
cuenta bill, check (*in a restaurant*)
cuerda *n.* rope; string
cuerdo *adj.* sane
cuerno horn; **ponerle los cuernos a alguien** to cheat on someone
cuerpo body; **tener ~ de gimnasio** to be buff
cuesta hill
cuidar (a) niños to baby-sit
culpa guilt, blame
culpabilidad guilt
culpar to blame
cultivo crop
cumplir to fulfill
cuñada sister-in-law
cuñado brother-in-law
cura *m.* priest
curioso: ¡Qué ~! How strange/weird!
curriculum (vitae) *m.* résumé
cursar (una clase) to take, study (a class)
cursi tacky; **¡Qué ~!** How tacky!
curso course
cuyo whose, of which

D

dañado damaged
dar *irreg.*: **~ a luz** to give birth; **~ cátedra** to lecture someone (on some topic); **~ en el clavo** to hit the nail on the head; **~ una película** to show a movie; **ir a ~ una vuelta** to go cruising/for a ride/walk; **darle igual (a alguien)** to be all the same (to someone), not to care; **darle la espalda (a alguien)** to turn one's back on; **darle pena (a alguien)** to feel sorry; **darse cuenta (de)** to realize
de: ~ acuerdo a according to; **~ alto/bajo contenido graso** high/low fat content; **~ hecho** in fact; **~ ningún modo** no way; **~ pocos recursos** low income; **~ por vida** for life; **~ repente** suddenly; **~ todos modos** anyway; **~ una vez por todas** once and for all; **¿~ veras?** Really?/You're kidding./Don't tell me!/You don't say!/Wow!; **~ vez en cuando** every now and then
deber *n.* duty; *v.* should, ought to; **¿A qué se debe eso?** What do you attibute that to?
debido a due to
década decade
decano dean
decidir to decide
decir *irreg.* to say, tell; **Es ~...** That is (to say) . . . ; **el qué dirán** what others may say; **¡No me digas!** Don't tell me!/You don't say!/Wow!; **Te lo digo en serio.** I'm not kidding.; **Ud. me dice que...** You are telling me that . . .
dedicarse a to devote oneself to

deducir to deduce
degenerarse to degenerate
dejar to quit, stop; ~ **a medias** to leave unfinished; ~ **plantado (a alguien)** to stand someone up; **¿Me dejas hablar?** Will you let me speak?
delantal apron
delincuencia crime, criminal activity; ~ **juvenil** juvenile delinquency
delincuente *m./f.* criminal (*of any age*)
delito offense, crime
demanda: oferta y ~ supply and demand
demandar to sue
demás: los ~ others
dentro *adv.* inside; ~ **de (diez) horas/días/años** in (ten) hours/days/years
deportista *m./f.* athlete
derecho law; **derechos humanos** human rights; **el respeto a/la violación de los derechos humanos** respect for/violation of human rights
derrotar a to defeat
desafiar to challenge
desaparecer to disappear
desaparecidos *m. pl.* missing people
desaparición disappearance
desarrollo development
desbordar to overflow
descafeinado decaffeinated
descalzo barefoot
descansar to rest
descendiente *m./f.* descendant
descomponerse *irreg.* to break down
descompuesto (*p.p. of* **descomponerse)** broken
desconsiderado inconsiderate
desconocido *n.* stranger; *adj.* unknown, unidentified
descortés impolite
descubridor discoverer
descubrimiento discovery
descubrir to discover
descuidar to neglect
desde: ~**... hasta...** from ... to ...; ~ **luego** of course; ~ **mi punto de vista** from my point of view
desechable *adj.* throwaway, disposable
desechar to throw away
desecho rubbish, waste
desempeñar to fill; to occupy; ~ **el papel de** to play the role of
desempleado: estar ~ to be unemployed
desequilibrar to throw off balance
desequilibrio imbalance
desesperado desperate
desfile *m.* parade
desgracia: por ~ unfortunately
deshacer *irreg.* to undo; **deshacerse de** to get rid of
deshecho (*p.p. of* **deshacer)** undone
desigualdad inequality
desnudo naked
desovar to lay eggs (*turtles*)
desove *m.* egg laying (*turtles*)
despacho office
despedida de soltero/a bachelor/bachelorette party
despedir (i, i): ~ **a alguien** to fire, dismiss someone; **despedirse de** to say good-bye to
desperdiciar to waste
desperdicio *n.* waste
despertarse (ie) to wake up
despistado absent-minded
desproporcionado disproportionate, out of proportion
después *adv.* later, then, afterwards; ~ **de** *prep.* after; ~ **(de) que** *conj.* after; **¿Y ~ qué?** And then what?
destierro exile, banishment
destruir *irreg.* to destroy
desventaja disadvantage
desvestirse (i, i) to undress
detener *irreg.* to arrest; to stop
detenidamente thoroughly, closely
detrás: ir ~ del escenario to go backstage
devolver (ue) to return, give (something) back
día *m.*: ~ **feriado** holiday
dibujar to draw
dibujo drawing
dictadura dictatorship
dieta: hacer ~ to be on a diet
difícil difficult
difundir to spread (*news*)
digas: ¡No me ~! Really?/You're kidding./Don't tell me!/You don't say!/Wow!
dignidad dignity
dineral great deal of money
Dios: ¡Por (el amor de) ~! My gosh/God!
dirán: el qué ~ what others might say
dirección address; management
director de cine movie director
diría: quién ~ who would have said/thought
dirigir to direct
disco: ir a una ~ to go to a club
discriminación discrimination
discriminar (a alguien) to discriminate (against someone)
disculpar to forgive
disculparse to apologize
discurso speech
discutir to discuss; to argue
disentir (ie, i) (de) to dissent (from)
diseñador designer
diseño *n.* design
disfrazar to disguise
disfrutar to enjoy
disgustarle to dislike, displease
disminuir *irreg.* to decrease, diminish
disponerse *irreg.* **a** a to get ready to
dispuesto willing, ready
diurno *adj.* day, daytime
divertido fun; **¡Qué ~!** How fun!
divertirse (ie, i) to have fun, have a good time; ~ **un montón** to have a ball, a lot of fun
divorciado divorced
divorciarse (de) to get divorced (from)
documental documentary
dolor ache, pain
domicilio domicile, residence
dominador dominator
dominar to dominate
dominio mastery, command
dorar to brown
dormir (ue, u) to sleep; **dormirse** to fall asleep
dormitorio bedroom
drama *m.* drama
droga drug
drogadicción drug addiction
drogadicto drug addict
drogarse to take drugs; to get high
ducharse to take a shower
duda: no cabe ~ there is no doubt; **por si las dudas** just in case; **sin ~ alguna** without a doubt; **sin lugar a dudas** without a doubt
dudar to doubt; **Lo dudo.** I doubt it.
dudoso doubtful
dulce *adj.* sweet
duque *m.* duke
durante during
durar to last
durazno peach

E

echar to pour, put in; ~ **a perder** to waste, to spoil, ruin; ~ **de menos** to miss; ~ **un vistazo** to glance at; **echar(se) una cana al aire** to have a one-night stand; to let one's hair down
ecologista *m./f.* ecologist
economía economics; ~ **sumergida** underground economy
efectivo: en ~ cash
efecto: ~ **invernadero** greenhouse effect; **efectos especiales** *m. pl.* special effects
eficaz effective
eficiencia efficiency
egoísta *m./f., adj.* selfish
ejemplo: por ~ for example
ejercer: ~ **autoridad** to exercise authority
ejército army
electricista *m./f.* electrician
elegir (i, i) to choose, select, elect

embarazada pregnant
embargo: sin ~ nevertheless
emborracharse to get drunk
embrión *m.* embryo
embutidos *m. pl.* types of sausages
emigrar to emigrate
emisora broadcasting station
empezar (ie) a to begin to, start to; **~ de cero** to start from scratch
empleado employee
empleo job; **solicitar un ~** to apply for a job
empresa company, business
empujar to push
en: ~ absoluto not at all; **~ ayunas** fasting; **~ cambio** instead; **~ cambio yo...** instead I/not me, I . . . ; **~ caso (de) que** in the event that, if; **~ cuanto** as soon as; **~ cuanto a** with reference to; **~ el extranjero** abroad; **~ la actualidad** at the present time; **~ plena forma** fully awake, alert; **~ seguida** at once; **~ torno** around
enamorarse (de) to fall in love (with)
encantador *adj.* charming
encantarle to really like
encarcelar to incarcerate, imprison
encargar to commission (*a painting*); **encargarse de** to take charge of; to look after
encender (ie) to light
encontrar (ue) to find; to meet
encontrarse a/con to run into
encuentro finding; meeting
encuesta *n.* survey
enfadarse to get angry
enfermarse to get sick
enfermero nurse
enfermizo sickly
enfocar to focus
enlatado canned
enmienda amendment
enojarse (con) to become angry (with)
enseguida at once
enseñanza teaching
entender (ie) to understand; **A ver si entendí bien.** Let me see if I got it.
enterarse de to find out about
entrada ticket (*to an event*)
entregar to hand in
entrenamiento training
entrevista *n.* interview
entrevistarse (con alguien) to be interviewed (by someone)
entrometerse (en la vida de alguien) to intrude, meddle, interfere (in someone's life)
entusiasmarse to become excited
envase *m.* container
enviar to send
envolver (ue) to wrap
envuelto (*p.p. of* **envolver)** wrapped
época era, period of time
equilibro balance
equivocado wrong
equivocarse to err, make a mistake
escasez shortage
escalar (montañas) to climb (mountains)
escaleras *f. pl.* staircase; stairs
escena scene
escenario stage; **ir detrás del ~** to go backstage
esclavo slave
escoger to choose
escolar: año ~ school year
esconder to hide
escrito (*p.p. of* **escribir)** written; **el trabajo ~** written paper
escritor writer
escuchar música to listen to music
escultor sculptor
escultura sculpture
esforzarse (ue) to make an effort
esmero: con gran ~ with great care
espalda: darle la ~ a to turn one's back on
espárragos *m. pl.* asparagus
especia spice (*food*)
especializarse (en) to specialize (in); to major (in)
especie *f.* species
espejo mirror
esperanza *n.* hope; **~ de vida** life expectancy
esperar to hope
espesar to thicken
espiar to spy
espionaje: película de ~ spy movie
espontáneo spontaneous
esposa wife
esposo husband
esquí: hacer ~ acuático to water-ski; **hacer ~ alpino** to downhill ski; **hacer ~ nórdico** to crosscountry ski
esquina corner
estabilidad stability
estacionamiento parking lot
estampilla stamp
estrenarse to premiere
estreno premiere, opening
estar *irreg.*: **~ de acuerdo** to be in agreement; **~ de moda** to be in style; **~ harto (de +** *inf.*) to be fed up (with + *-ing*); **~ pasado de moda** to be out of style; **~ rebajado** to be on sale; **no ~ de acuerdo del todo** to not completely agree
estatua statue
estricto strict
estupefaciente *n. m., adj.* narcotic
etapa period of time; state, phase
ético ethical
evitar to avoid
exigencia *n.* demand
exigente demanding
exigir to demand
éxito success; **tener ~** to be successful
expectativa expectation; hope; prospect
experiencia laboral work experience
experimentado experienced
explotador exploiter
expresar to express
expulsar to expel
extinguirse to become extinct
extranjero *n.* foreigner; *adj.* foreign, alien; **en el ~** abroad
extrañar to miss
extraño *n.* stranger; *adj.* strange
extremo *n.* end

F

fa: ni fu ni ~ it doesn't do anything for me
fábrica factory
fácil easy
factible feasible, possible
facultad school, college
falta de comunicación lack of communication
faltar: ~ (a clase/al trabajo) to miss (class/work); **faltarle** to be lacking, missing (*something*)
fama fame
fascinarle to really like
fastidio: ¡Qué ~! What a nuisance/bother!
faz face (*metaphorical*)
felicidad happiness
feliz happy
feriado: días feriados holidays
ferrocarril railroad
ficha index card
fidelidad fidelity
fiebre *f.* fever
fiel faithful; **serle ~ (a alguien)** to be faithful (to someone)
fijarse (en) to notice
fila row; **sentarse (ie) en la primera/última ~** to sit in the first/last row
filosofía philosophy
final: al ~ de at the end of
finalmente finally
finca farm
fines: a ~ de at the end of (*time*); **sin ~ de lucro** nonprofit
flan custard
flauta flute
flequillo bangs
flirtear to flirt
flujo flow

folleto pamphlet
fomentar to foment, stir up
fondo background (*of a painting*)
foráneo foreign
forma: en plena ~ fully awake, alert
fornido strong, strapping
frac *m.* tuxedo
fracasar to fail
francamente frankly
francés *n., adj.* French
frasco jar
frecuencia: con (gran) ~ frequently
frecuentemente frequently
freír (i, i) to fry
frenillos *m. pl.* braces (*teeth*)
frente: hacer ~ a to stand up to
fresco fresh
frijol bean
frontera *n.* border
fronterizo *adj.* on or near the border
fruta fruit
fu: ni ~ ni fa it doesn't do anything for me
fuego heat; fire; **bajar/subir el ~** to lower/raise the heat
fuente *f.* fountain; **~ de inspiración** source of inspiration; **fuentes de energía renovable** sources of renewable energy
fuera *adv.* outside
fuerza: por la ~ by force, forcibly
fumar to smoke
fundación founding
fundador founder
fundar to found

G

gambas *f. pl.* (*España*) shrimp
ganancia earning, profit
ganas: se me fueron las ~ de (+ *inf.*) I didn't feel like (doing something) anymore; **tener ~ de (+ *inf.*)** to feel like (doing something)
gandules *m. pl.* (*Caribe*) pigeon peas
ganga good buy, bargain
gas: agua con ~ sparkling water
gaseosa soda pop
gastar (dinero) to spend (money)
gasto expenditure, expense
generación anterior previous generation
general: por lo ~ in general
género genre; gender (*grammar*)
genial brilliant, great (*idea*); **¡Qué ~!** How great!
gerencia management
gerente *m./f.* manager
gimnasio gymnasium; **tener cuerpo de ~** to be buff
glorificar to glorify
golpe de estado *m.* coup d'état
gorra cap (*hat*)
gozar to enjoy
grabado: ~ al aguafuerte etching
gracioso funny, amusing; **¡Qué ~!** How funny!
graso: de alto/bajo contenido ~ high/low fat content
gratis free of charge
grato pleasing, agreeable
grave serious
gritar to shout
grupo: bailar en ~ to dance in a group
guapo good-looking
guardería (infantil) daycare center
Guatemala: Fuiste de ~ a Guatepeor. You went from bad to worse.
guerra war
guerrero warrior
grueso thick
gubernamental: organización no ~ (ONG) non-governmental organization (NGO)
guion *m.* script; screenplay
guisada: carne ~ stew
guisantes *m. pl.* (*España*) peas
gustar: me gustaría... I would like to . . .

H

había there was/were; **~ una vez...** once upon a time, there was/were . . .
habichuelas beans
habilidad innata innate ability
hablar: Quiero ~. I want to speak.
hacer *irreg.* to make; to do; **~ alas delta** to hang-glide; **~ algo contra su voluntad** to do something against one's will; **~ dieta** to be on a diet; **~ ecoturismo** to do ecotourism; **~ esquí acuático** to water-ski; **~ esquí alpino** to downhill ski; **~ esquí nórdico** to cross-country ski; **~ frente a** to stand up to; **~ investigación** to do research; **~ kayak** to go kayaking **~ preguntas** to ask questions; **~ rafting** to go rafting; **~ senderismo** to hike; **~ snorkel** to snorkel; **~ snowboard** to snowboard; **~ surf** to surf; **~ trekking** to hike; **~ una caminata** to go for a walk/hike, **~ una locura** to do something crazy; **~ una pasantía** to do an internship; **~ vela** to sail; **hacerle cosquillas** to tickle someone; **hacerse ciudadano** to become a citizen; **hacerse la América** to seek success in America
hacia toward
hambre (*f. but* **el hambre**) hunger; **tener un ~ atroz** to be really hungry
hasta: ~ que until; **desde... ~ ...** from . . . to . . .
hecho (*p.p. of* **hacer**) made, done; *n.* fact; **de ~** in fact
heredar to inherit
herida wound
hermana sister; **media ~** half sister
hermanastra stepsister
hermanastro stepbrother
hermano brother; **medio ~** half brother
hervir (ie, i) to boil
hija daughter; **~ adoptiva** adopted daughter; **~ única** only daughter
hijastra stepdaughter
hijastro stepson
hijo son; **~ adoptivo** adopted son; **~ único** only son
histérico hysterical
hogar home
holgado loose
holgazán/holgazana lazy
hollywoodense: ser muy ~ to be like a Hollywood movie
homicidio homicide
honradez honesty
honrado honest
hora: ¿A qué ~ es...? What time is . . . at?; **a la ~ de** (+ *inf.*) when the time comes to (+ *verb*)
horario schedule, timetable
horizonte *m.* horizon
hormiga ant
hormiguero anthill
horror: ¡Qué ~! How terrible/horrible!
hoy: ~ en día these days
hoyuelo dimple
huella ecológica ecological footprint
huelga strike
huérfano orphan
hueso bone
huésped *m./f.* guest
humo smoke
humor: sentido de ~ sense of humor

I

idealista *m./f.* idealist
idioma *m.* language
iglesia church
igual: darle ~(a alguien) to be all the same (to someone), not to care
igualdad equality; **~ de los sexos** equality of the sexes
imagen *f.* image, picture
imaginar: Me lo imagino. I imagine/bet.
impar *adj.* odd (*number*)

impermeable *m.* raincoat
importarle to matter
imprescindible essential
impuesto *n.* tax
incendio *n.* fire
incentivo incentive
incertidumbre *f.* uncertainty
incierto uncertain
inclusive even, including
incómodo uncomfortable
inculcar to instill, inculcate
independizarse (de) to become independent (from)
índice *m.* rate
indígena *m./f.* native person; *adj.* indigenous, native
ineficiencia inefficiency
inesperado unexpected
inestabilidad instability
infantil: guardería ~ child care center; **película ~** children's movie
infiel: serle ~(a alguien) to be unfaithful (to someone)
infidelidad infidelity
influencia influence
influir *irreg.* **en** to influence (something)
informe *m.* report
ingeniería engineering
ingeniero engineer
ingenioso resourceful
inglés *n., adj.* English
ingresos *m. pl.* income
iniciativa initiative, drive
injusticia injustice; **¡Qué ~!** How unfair!/What an injustice!
inmaduro immature
inmediatamente immediately
inmigrar immigrate
inseguridad insecurity
insistir en to insist on
insoportable unbearable
insulso bland (*food*)
intentar to try, attempt
intercambiar to exchange
interesar: interesarle to interest; **interesarse (por)** to take an interest (in)
interpretar to interpret
íntimo: amigo ~ close friend
inundación flood
invasor invader
inversión investment
invertir (ie, i) to invest
investigación *n.* research; **hacer ~** to do research
ir: ~ a bailar to go dancing; **~ a dar una vuelta** to go cruising/for a ride/walk; **~ a una disco** to go to a club
irritarse to become irritated
irse *irreg.* **(de)** to go away (from), leave (a place)
isla island

J

jamás never
jarabe *m.* syrup
jarrón vase
jaula cage
jefa *f.* boss (*female*)
jefe *m.* boss (*male*)
jerga slang
jeringa syringe
jeroglífico *n.* hieroglyph
jornada working day
joya de fantasía costume jewelry
jubilado: estar ~ to be retired
judío *n.* Jew; *adj.* Jewish
juez judge
jugar (ue) to play; **~ al (nombre de un deporte)** to play (a sport)
juguete *m.* toy
juguetón/juguetona *adj.* playful
junta militar military junta
juntarse con amigos to get together with friends
junto *adv.* together; *adj.* **vivir juntos** to live together
jurado jury
jurar to swear
justicia justice; **(acudir a) la Justicia** (to go to) the authorities (the law)
justo fair, just
juventud youth

K

kayak: hacer ~ to go kayaking

L

laboral: experiencia ~ work experience
lacio: pelo ~ straight hair
lácteo: producto ~ dairy product
lado: por otro ~ on the other hand; **por un ~** on the one hand
ladrón/la ladrona thief
lamentable: es ~ it's a shame
lamentar to lament, be sorry
langostino prawn
lanza lance
lápiz de labios *m.* lipstick
largometraje *m.* feature-length film
lástima: es una ~ it's a shame; **¡Qué ~!** What a shame!
lata *n.* can
lavaplatos *sing./pl.* dishwasher
lavarse (el pelo/las manos/la cara/etc.) to wash (one's hair/hands/face/etc.)
lazo *n.* tie, bond
lealtad loyalty
leche *f.* milk
lechería dairy store
lechón suckling pig
lechuga lettuce
lector reader
leer *irreg.* to read
legumbres *f. pl.* legumes
lejano: pariente ~ distant relative
lengua tongue; language; **~ materna** mother tongue
lenguado sole (*fish*)
lenteja lentil
lento *adj., adv.* slow
leve *adj.* light (slight)
leyenda legend
libertador liberator
libertad: freedom; **~ condicional** parole; **~ de palabra/de prensa** freedom of speech/of the press
licencia leave, leave of absence; **~ por enfermedad/maternidad/matrimonio/paternidad** sick/maternity/wedding/paternity leave; **~ de manejar** driver's license
lienzo artist's canvas
ligar (*España, México*) to pick someone up (*at a club, bar*)
ligero *adj.* light
lingüística linguistics
linterna flashlight
liquidación sale
liviano *adj.* light (weight)
llamarle la atención to catch someone's eye
llanta *n.* tire
llanura plain (*flat land*)
llegar a un acuerdo to reach an agreement
llevar: ~ a cabo to carry out (*a task*); **llevarle a alguien...** to take someone (*a period of time to do something*)
locura: hacer una ~ to do something crazy
locutor announcer, commentator, speaker
logotipo logo
lograr to achieve
logro achievement
loncha slice (of ham)
luchar to fight
lucro: sin ánimo/fines de ~ nonprofit
luego later, then; **desde ~** of course
lugar: tener ~ to take place
luna de miel honeymoon
lunar beauty mark
lunes: el ~ on Monday; **el ~ pasado** last Monday; **los ~** on Mondays
luz: dar a ~ to give birth

M

machacar to crush, mangle
machismo male chauvinism
madera wood
madrastra stepmother
madre *f.* mother
madrina maid-of-honor
madrugada daybreak, early morning
maestra: obra ~ masterpiece
maestría master's degree
mago magician
maíz *m.* corn; **palomitas de ~** *f. pl.* popcorn
mal evil
malcriar to spoil, pamper, raise badly
maletín briefcase
malhumorado moody, ill-humored
mancha stain
mandamiento commandment
mandíbula jaw
maní *m.* (*pl.* **maníes**) peanut
manifestación demonstration, protest
mano de obra *f.* labor, manpower
manta blanket
manzana apple
mapa *m.* map
maquillarse to put on makeup
maravilla: ¡Qué ~! How marvelous!
maravilloso: es ~ it's marvelous
marca brand name
marcha: ponerse en ~ to start off (*on a trip*); to start up
marginar to marginalize (someone)
mariposa butterfly
mariscos *m. pl.* seafood, shellfish
más: ~ de lo debido more than required; **~ seguido** more often; **~ tarde** later, then
masticar to chew
matar to kill
materia subject, course; material
materno *adj.* on your mother's side
matrícula tuition
matricularse to register
matutino *adj.* morning (*person*)
mayorista *m./f.* wholesaler
mecánico *n.* mechanic; *adj.* mechanical
medalla medal
media: ~ hermana half sister; **medias: dejar a ~** to leave unfinished
medicamento medicine
mediación mediation
mediador mediator
médico doctor
medida measurement
medio: ~ ambiente *m.* environment; **~ hermano** halfbrother
mejilla cheek
mejillones *m.pl.* mussels
mejor: es ~ it's better
mejorar to improve
melocotón peach
melodrama *m.* melodrama
membrete *m.* letterhead
menor de edad minor (age)
menos less, lesser, least; **a ~ que** unless; **echar de ~** to miss; **por lo ~** at least
mensaje *m.* message
mensual *adj.* monthly
mentir (ie, i) to lie
mentira *n.* lie; **una ~ más grande que una casa** a big, fat lie
menudo: a ~ often, frequently
mercadeo marketing
merluza hake (*fish*)
mermelada jelly
mestizo *person of mixed European and American indigenous blood*
meter to put; to insert; **meterse** to meddle, interfere; **meterse en** to get/go into; **¡Uy! ¡Metió la pata!** Wow! He/She put his/her foot in his/her mouth!
mezcla *n.* mix
mezclar to mix
miedo: tener ~ (de) to be afraid (of)
miel *f.* honey; **color ~** light brown; **luna de ~** honeymoon
mientras: ~ (que) while, as long as; **~ más vengan, mejor** the more, the merrier
militar military person
mínimo minimal; **salario ~** minimum wage
minusválido handicapped
mío: el ~ también/tampoco mine too/neither
mirar (la) televisión to watch TV
mitología mythology
mochila backpack
moda: estar de ~ to be in style; **estar pasado de ~** to be out of style
modales de la mesa *m. pl.* table manners
modo: a mi ~ de ver... the way I see it . . . ; **de ningún ~** no way; **de todos modos** anyway
mojado *n.* wetback (*derogatory slang*); *adj.* wet
molestar to bother, annoy; **molestarle** to be bothered by, find annoying
molesto *adj.* bothersome, annoying
momento: Un ~. Just a moment.
moneda currency; coin
monja nun
monje *m.* monk
montar: ~ a caballo to ride a horse; **~ en bicicleta de montaña** to ride a mountain bike
montón: un ~ a lot; **divertirse (ie, i) un ~** to have a ball, a lot of fun
moreno dark-skinned
morir(se) (ue, u) to die
moro *n.* Moor, Moslem; *adj.* Moorish
mosaico mosaic
mosca *n.* fly; **por si las moscas** just in case
mostrador counter (*store, airline*)
mostrar (ue) to show
mucama (*partes de Suramérica*) maid
muchas: ~ personas many people; **~ veces** many times
mudarse to move (*to a new residence*)
mudas: películas ~ silent films
muerto (*p.p. of* **morir**) dead; **estar ~** to be dead
muestra *n.* sample
mujer policía *f.* policewoman
mujer política *f.* politician (*female*)
mujeriego *adj.* womanizer
mulato mulatto (*person of mixed European and black blood*)
multa *n.* fine, citation
mundial *adj.* world, worldwide
musical musical

N

nacimiento birth
nada nothing, not anything
nadie no one
naranja orange (*fruit*)
narcotraficante *m./f.* drug dealer
narcotráfico drug traffic
naturales: recursos ~ natural resources
naturaleza muerta still life
navaja suiza Swiss army knife
navegante *m./f.* navigator
necesitado needy, poor
negar (ie) to deny; to negate; **negarse a** (+ *inf.*) to refuse (+ *inf.*)
negocio business; **hombre de negocios** *m.* businessman; **mujer de negocios** *f.* businesswoman
nevar (ie) to snow
nexo connection
ni: ni... ni neither . . . nor; **~ (siquiera)** not even; **~ fu ~ fa** it doesn't do anything for me; **~ me va ~ me viene** it doesn't do anything for me; **No tiene ~ pies ~ cabeza.** It doesn't make (any) sense to me./I can't make heads or tails of it.
nieta granddaughter
nieto grandson
ningún/ninguna (+ *singular noun*) *adj.* not any; **de ningún modo** no way
ninguno/a *pro.* not any, none, no one
niñera nanny
niñez childhood
nivel del mar sea level

no: ~, en absoluto. No, not at all.; **~ obstante** nevertheless
noche *f.*: **~ de bodas** wedding night; **la ~ está en pañales** the night is young
nostalgia: sentir (ie, i) ~ (por) to be homesick; to feel nostalgic (about)
nota: sacar buena/mala ~ to get a good/bad grade
noticias *f. pl.* news
novato novice, beginner
novedoso novel, new
noviazgo courtship
nuera daughter-in-law
nuez nut (*food*); **nueces** walnuts
número par/impar even/odd number
nunca never

O

o... o either ... or
o sea that is (to say)
obra: ~ abstracta abstract work (of art); **~ maestra** masterpiece; **ser mano de ~ barata** to be cheap labor
obstante: no ~ nevertheless
obvio obvious
occidente *m.* west
ocio leisure time; relaxation
ocuparse (de) to take care (of)
odiar to hate
oferta y demanda supply and demand
oficina de reclamos complaint department
ojalá I hope
ola *n.* wave
óleo oil painting
oler *irreg.* to smell
olla *n.* pot; **~ de presión** pressure cooker
olor smell, odor
olvidarse (de) to forget (about)
olvido *n.* forgetfulness
ondulado: pelo ~ wavy hair
opinar: Opino como tú. I'm of the same opinion.; **¿Qué opinas de esta situación?** What do you think about this situation?
opinión: en mi ~ in my opinion
optimista *m./f.* optimist
oratoria public speaking
ordenador (*España*) computer
organización: ~ no gubernamental (ONG) non-governmental organization (NGO)
orgullo *n.* pride (*emotion*)
orgulloso proud (*negative connotation*)
oriundo *adj.* to come from, be native to; **ser ~ de** to be originally from
osado daring (*negative connotation*)
osito de peluche teddy bear
ostra oyster
otro other; **por ~ lado** on the other hand
ovalado oval
oveja sheep

P

paciente *adj.* patient
padecer to suffer from
padrastro stepfather
padre *m.* father; priest; **padres** *m. pl.* parents; fathers; priests
padrino best man
pago mensual/semanal monthly/weekly pay
paisaje *m.* landscape
paja straw
palabra word; **Pido** la ~. May I speak?
paladar palate
paloma *n.* dove
palomitas de maíz *f. pl.* popcorn
pan: bread; **Eres más bueno que el ~.** You are as good as gold. (literally, You are better than bread.)
pandilla gang
pandillero gang member
pantalla screen
pañales *pl.*: **la democracia/la noche/la fiesta está en ~** the democracy/night/party is young
pañuelo scarf, handkerchief
papa (*Latinoamérica*) potato
papel: hacer el ~ to play the role
paquete *m.* package
par even (*number*)
para que in order to, so that
pardo *adj.* hazel (*eye color*)
parecer: ¿No te/le/les parece? Don't you think so?; **¿Y a ti qué te parece?** What do you make of it?
pared wall
pareja pair; partner; significant other; couple
parentela relatives
pariente *m./f.* relative; **~ lejano** distant relative: **~ político** in-law
paro work stoppage
parte *f.*: **por otra** on the other hand; **por de ~ (mi, tu, etc.) madre/padre** on my/your/etc. mother's/father's side; **por una ~** on the one hand
particular *adj.* private, personal
partido *n.* game; (political) party; **~ demócrata** Democratic party; **~ republicano** Republican party
pasa *n.* raisin
pasado: el lunes/fin de semana/mes/año/siglo ~ last Monday/weekend/month/year/century; **~ de moda** out of style
pasaje de ida *m.* one-way ticket
pasantía internship
pasar: ~ a buscar/recoger a alguien (por/en un lugar) to pick someone up (at a place); **~ tiempo con alguien** to hang out with someone; **~ la noche en vela** to pull an all-nighter, to stay awake all night; **pasarlo bien/mal** to have a good/bad time
pasatiempo hobby
pasear: ~ al perro to walk the dog; **~ en el auto** to go cruising
pastel cake; pie
pastelería pastry shop
pastelito cake, pastry
pastilla pill
paterno *adj.* on your father's side
patillas *f. pl.* sideburns
patinar to skate
patrocinar to sponsor
pavo turkey
pecar to sin
pecas *f. pl.* freckles
pechuga: ~ de pollo chicken breast
pedazo piece, slice
pedir (i, i) to ask (for); **~ algo de tomar** to order something to drink; **Pido la palabra.** Can I speak?
peinarse to comb one's hair
película: dar una ~ to show a movie; **~ de acción** action movie; **~ de ciencia ficción** science fiction movie; **~ de espionaje** spy movie; **~ de terror** horror movie; **~ infantil** children's movie; **películas mudas** silent films; **ser una ~ taquillera** to be a blockbuster
peligroso dangerous
pelirrojo redhead
pellizcar to pinch
peluca wig, toupee
peludo hairy
pena: darle ~ (a alguien) to feel sorry; **es una** ~ it's a shame; **~ capital / ~ de muerte** death; **Vale la ~ callarse porque...** It's worth it to keep quiet, because ...; penalty; **¡Qué ~!** What a shame!
pensar (ie) (+ *inf.*) to plan to (do something); **~ en** to think about
pepino cucumber
pera pear
perder (ie) to lose (*someone/ something*); **echar a ~** to waste, to spoil, ruin
pérdida loss
perdón excuse me
perdonar to forgive
perezoso lazy
perfeccionamiento: tomar cursos de ~ to take continuing education courses
perfil *n.* profile
periódico newspaper

perjudicial harmful
permanente *n. f., adj.* permanent; **tener ~** to have a perm
perpetua: cadena ~ life sentence
personaje *m.* character
pertenecer to belong
pertenencias *f. pl.* belongings
pesa weight, dumbell
pesado heavy; **ser un ~** to be a bore
pesar to weigh; **a ~ de que** even though
pescado fish (*that is eaten*)
pescar to fish
pesimista *m./f.* pessimist
pez *m.* fish (*the animal*); **~ vela** sailfish
picar to chop; to nosh, nibble on something
piel *f.* skin
piedra rock
pies: No tiene ni ~ ni cabeza. It doesn't make (any) sense to me./I can't make heads or tails of it.
pila battery (*AA, AAA*)
pimiento (verde, rojo) (green, red) pepper
pincel paintbrush (*art*)
pincho: ~ de tortilla (*España*) slice of a potato omelet
pintar to paint
pintor painter
pintura painting
piña pineapple
pisar to step on
piscina swimming pool
pista *n.* clue
placa license plate; plaque
planchar to iron (*clothes*)
plano: el primer ~ foreground
plantado: dejar ~ (a alguien) to stand someone up
plata money
plátano banana; plantain
platicar to chat (*México*)
plato: primer/segundo ~ first/second course; **platos** *m. pl.* dishes
plena: en ~ forma fully awake, alert
plomero (*Latinoamérica*) plumber
pluma feather
pobreza poverty
pocas: ~ personas few people
poder *irreg.* to be able to, can; **no ~ más** to be full, to not be able to take it any more; **no puede ser** it can't be, that can't be true.
poderoso powerful
policía *m./f.* police officer; *f.* police (force); **la mujer ~** policewoman
política *n.* politics; policy; **la mujer ~** politician (*female*)
político *n.* politician (*male*); *adj.* political
pómulo cheekbone
poner *irreg.*: **~ la mesa** to set the table; **ponerse** to put on (*clothing*); **ponerse de acuerdo** to agree, reach an agreement
por: ~ casualidad by chance; **~ cierto** by the way; **~ consiguiente** therefore; **~ desgracia** unfortunately; **~ ejemplo** for example; **~ esa razón** that's why, for that reason; **~ eso** that's why, therefore; **~ lo general** in general; **~ lo menos** at least; **~ lo tanto** therefore; **~ otra parte** on the other hand; **~ otro lado** on the other hand; **~ parte de mi madre/padre** on my mother's/father's side; **~ si acaso** just in case; **~ si las dudas** just in case; **~ si las moscas** just in case; **~ supuesto** of course; **~ un lado/~ el otro** on the one hand/on the other; **~ una parte/~ la otra** on the one hand/on the other
porción serving
porro joint (*marijuana*)
portar to carry
posadas: las posadas *Mexican Christmas custom re-enacting Mary and Joseph's search for shelter*
poseer to have, own, possess
posgrado *adj.* postgraduate
postal: tarjeta ~ post card
postre *m.* dessert
postura stand, point of view
precioso lovely, adorable
preciso: es ~ it's necessary
predecir *irreg.* to predict
preferir (ie, i) to prefer
preguntas: hacer ~ to ask questions
prejuicios: tener ~ contra alguien to be prejudiced against someone
premio prize
prendedor pin, brooch
prender to start (*a motor*)
prensa press; **libertad de ~** freedom of the press
preocuparse to become worried; **~ (de, por)** to worry (about), to take care (of)
preparado: ser una persona preparada to be an educated person
prepararse (para) to prepare oneself (for)
presencia: la buena ~ good appearance
presión pressure
preso prisoner
préstamo *n.* loan
prestar atención to pay attention
presupuesto estimate, budget
pretender (+ *inf.*) to attempt (and to hope) (+ *inf.*)
prevención prevention
prevenir to prevent
prever *irreg.* to foresee
previsto (*p.p. of* **prever**) foreseen
primer *adj.* first; ~ plano foreground; **~ plato** first course
primero *adj.* first
primo cousin
primordial primary, fundamental
principio *n.* beginning; **a principios de** at the beginning of
prisa: tener ~ to be in a hurry
prismáticos *m. pl.* binoculars
privar to deprive
probador dressing room
probar (ue) to taste; to try; **probarse** to try on (*clothing*)
producir *irreg.* to produce
producto product; **~ lácteo** dairy product
productor producer
profecía prophesy
profesorado faculty
promedio *n.* average
prometer to promise
promoción advertising
pronto soon; **tan ~ como** as soon as
propietario owner
propina gratuity, tip
propio *adj.* own
proponer *irreg.* to propose
propósito purpose; **a ~** on purpose
protector solar sunscreen
proteger to protect
provecho: ¡Buen ~! Enjoy your meal!; **sacar ~** to take advantage of
proveedor supplier
provenir *irreg.* to come from
psicología psychology
psicólogo psychologist
pudrir to rot
pueblo people, nation; town
puesto *n.* position (job); **solicitar un ~** to apply for a job; (*p.p. of* **poner**) put, placed, set (*table*)
pulir to polish
pulpo octopus
puntaje *m.* score (*sports*)
punto: desde mi ~ de vista from my point of view; **~ de partida** point of departure; **y ~** and that's that
puro *n.* cigar; *adj.* pure

Q

que: A ~ no saben... Bet you don't know ...
qué: ¿~? What?; **¡~ +** ***adj.*****!** How + *adj.*!
quebrantar to break
quedar to stay behind; **~ en una hora con alguien** to meet at an agreed upon time; **quedarle bien/mal** to (not) fit well (*clothing*)
quehaceres *m. pl.* household chores

quejarse (de) to complain (about); **No sirve de nada ~...** It's not worth it to complain . . .
quemar to burn
querer *irreg.* to want; to wish; to love; ~ **repetir** to want a second helping
quién: ¿~ diría...? Who would have said/ thought . . .?
quiero: ~ hablar. I want to speak.
química chemistry
químico *n.* chemist; *adj.* chemical
quiosco kiosk
quisiera... I would like to . . .
quitarse to take off (*clothes*)

R

raíz (*pl.* **raíces**) root
raptar to kidnap
raro strange, unusual
rasgo feature
ratero pickpocket
razón *f.*: **por esa ~** that's why, for that reason; **tener ~** to be right
realista *adj.* realistic
realizar to carry out (*a plan*)
rebaja sale
rebajado: estar ~ to be on sale
rebanada (de pan) slice (of bread)
rebelarse to rebel
rebelde rebellious
recargable rechargeable
recargar to recharge
receta recipe
rechazar to reject
rechazo rejection
recién casados *m. pl.* newlyweds
reclamo claim; complaint
reclutar to recruit
recoger: ~ información to gather information; **pasar a ~ a alguien (por/en un lugar)** to pick someone up (at home, etc.)
recomendar (ie) to recommend
reconocimiento gratitude, recognition
recto *adj.* straight (*as in a line*)
recuerdo memory; souvenir
recursos: ~ humanos *m. pl.* human resources, personnel; **~ naturales** *m. pl.* natural resources; **ser de pocos ~** to be a low income person
redactar to compose (*prose*), write
redondo round
reducir *irreg.* to reduce
reemplazar to replace, substitute
reemplazo replacement
referencias *f. pl.* references (*job*)
reflejo reflection
refrán proverb
refugiado político political refugee
regalo gift
regar to water
rehabilitación rehabilitation
reina queen
reinserción en la sociedad reintegration into society
reírse (i, i) (de) to laugh (at)
relaciones: ~ exteriores *f. pl.* foreign affairs; **~ públicas** *f. pl.* public relations
relajado relaxed
reliquia relic, heirloom
remojar to soak
remordimiento remorse, regret
reparto cast
repelente *m.*: **~ contra insectos** insect repellent
repente: de ~ suddenly
repetir (i, i) to repeat; **querer ~** to want a second helping
reponer to replenish
reposo resting place, repose
residencia de ancianos nursing home
resolver (ue) to solve
respetar to respect
respeto respect; **~ a los derechos humanos** respect for human rights
respirar to breathe
restringir to restrict
resuelto (*p.p. of* **resolver**) resolved
resumir to summarize
retratar to paint a portrait of; to photograph
retrato portrait
reunión meeting; gathering
reunir to join
reunirse (con) to meet (with)
revalorizar to revalue
revendedor ticket scalper
revivir to revive
revolcar (ue) to knock over
revolver (ue) to mix
revuelto (*p.p. of* **revolver**) overturned; scrambled (*eggs*)
rey *m.* king
rezar to pray
rígido rigid, stiff
rincón corner
riñonera fanny pack
riqueza riches
rizado: pelo ~ curly hair
róbalo bass (*type of fish*)
robar to rob, steal
robo robbery, theft
rogar (ue) to beg
romántico romantic
romper to break
roto (*p.p. of* **romper**) broken
rubio blond
ruido noise

S

sábalo shad (*type of fish*)
saber *irreg.* to know; **¿A que no saben...?** Bet you don't know . . .?; **¿Acaso no sabías?** But didn't you know?; **No saben la sorpresa que se llevó cuando...** You wouldn't believe how surprised he/she was when . . .; **¡Ya sé!** I've got it!
sabio wise
sacar to get, obtain; **~ a alguien de un aprieto** to get someone out of a jam; **~ a bailar a alguien** to ask someone to dance; **~ buena/mala nota** to get a good/bad grade; **~ entradas** to get tickets; **~ provecho** to take advantage of
saco de dormir sleeping bag
sagrado sacred
salado salty
salario mínimo minimum wage
salchicha sausage
salir *irreg.* to leave, go out; **~ bien/mal (en un examen)** to do well/poorly (on an exam); **salirse con la suya** to get his/her way
saltar to jump
salvar to save
salvavidas *m./f. sing./pl.* lifeguard(s)
sangre *f.* blood
sandía watermelon
sano healthy
santo saint; **Eres un ~.** You're a saint.
sardina sardine
sátira satire
satisfecho: estar ~ to be full
sea: o ~ that is to say
secador de pelo hair dryer
secadora (de ropa) clothes dryer
secarse (el pelo, la cara, etc.) to dry (one's hair, face, etc.)
secuestrar to kidnap; to hijack
secuestro *n.* kidnapping; hijacking
seda silk
seguida: en ~ at once
seguir (i, i) to follow
según according to
segundo *adj.* second; **~ plato** second course
seguridad security
seguro *adj.* sure; **es ~** it's certain; **(no) estar ~** to (not) be sure; **~ médico/ dental/de vida** *n.* health/dental/life insurance
selva forest
semana pasada last week
semanal *adj.* weekly
semilla seed
sencillo simple
senderismo hiking; **hacer ~** to hike

Sendero Luminoso Shining Path (*Peruvian guerrilla group*)
sensato sensible
sensible sensitive
sentarse (ie) to sit down
sentido: (no) tener ~ (not) to make sense; **~ de humor** sense of humor
sentir (ie, i) to be sorry; **~ nostalgia** to be homesick, to feel nostalgic (about); **sentirse** to feel; **sentirse rechazado** to feel rejected
señal *f.* signal
ser *irreg.*: **~ un pesado** to be a bore; **no puede ~** it can't be, it can't be true; **serle fiel/infiel (a alguien)** to be faithful/unfaithful (to someone); *n. m.* being; **~ humano** human being
serenata serenade
serio serious; **¿En~?** Really?; **Te lo digo en ~.** I'm not kidding.
servir (i, i) to serve; **No sirve de nada quejarse...** It's not worth it to complain . . .
siempre always; **~ y cuando** provided (that)
silvestre wild
símbolo symbol
sin: ~ ánimo/fines de lucro nonprofit; **~ duda alguna** without a doubt; **~ embargo** nevertheless; **~ lugar a dudas** without a doubt; **~ que** *conj.* without
sindicato labor or trade union
sinvergüenza: ¡Qué ~! What a dog/rat!
siquiera: ni ~ not even
smoking *m.* tuxedo
sobornar to bribe
soborno *n.* bribe
sobremesa after dinner chat at the table
sobrina niece
sobrino nephew
sofreír (i, i) to fry lightly
sofrito lightly fried dish
soga rope
solapa lapel
soler (ue) (+ *verb*) to do . . . habitually; to usually (do something)
solicitar un puesto/empleo to apply for a job
solicitud application; **completar una ~** to fill out an application
solomillo filet mignon
soltar (ue) to free
soltero single (*marital status*)
sombra shadow
someterse to submit
somnífero sleeping pill
sonora: banda ~ soundtrack
sonreír (i, i) to smile
sonrisa smile
sordo deaf
soroche *m.* altitude sickness
sorprenderle (a alguien) to be surprised
sorpresa: ¡Qué ~! What a surprise!
soso bland
sostén bra
sostener *irreg.* to support; to hold up
subir to raise; **~ el fuego** to raise the heat
subrayar to underline
suceder to happen
suceso event; **sucesos del momento** current events
sucio dirty
sudadera sweatsuit, sweatshirt
suegra mother-in-law
suegro father-in-law
suela sole (*of a shoe*)
sueldo salary; **bajar/aumentar el ~** to lower/raise the salary
sueño: coger el ~ to fall asleep
sugerencia suggestion
sugerir (ie, i) to suggest
suicidio suicide
sumar to add
sumergido underground
sumiso submissive
sumo enormous, great
superar to overcome; to surpass
supervivencia survival
suplicar to implore, beg
supuesto: por ~ of course
suya: salirse con la ~ to get his/her way

T

tacaño stingy, cheap
tachar to cross out
tal: con ~ (de) que *conj.* provided that
taller workshop
tamaño size
también: Yo ~. I do too./Me too.
tambor drum
tampoco: Yo ~. I don't either./Me neither.
tan pronto como as soon as
tanto so much; as much; **al ~** up-to-date; **por lo ~** therefore; **¡~ tiempo!** Such a long time!
tapar to cover
taquillera: ser una película ~ to be a blockbuster
tarde *adv.* late; **más ~** later, then
tarjeta card; **~ verde** green card (*residency card given to immigrants in the United States*)
tarta (*España*) cake; tart
tatarabuela great-great-grandmother
tatarabuelo great-great-grandfather
tatuaje *m.* tattoo
taxista *m./f.* taxi driver
teatro theater
tecla key (*of a keyboard*)
tejer to weave; to knit
tela material, fabric, cloth
telenovela soap opera
tema *m.* theme, topic
temer to fear
temprano early
tendido stretched, spread out
tener *irreg.* to have; **~ en claro** to have it clear in your mind; **~ ganas de** (+ *inf.*) to feel like (doing something); **~ lugar** to take place; **~ prejuicios** to be prejudiced; **~ prisa** to be in a hurry; **~ que** (+ *inf.*) to have to . . .; **(no) ~ sentido** (not) to make sense; **~ título** to have an education/a degree; **~ una aventura (amorosa)** to have an (love) affair; **~ un contratiempo** to have a mishap (that causes one to be late); **~ un hambre atroz** to be really hungry
teñido dyed
tercero *adj.* third
terminar to finish; to run out (of); **al ~ (de** + *inf.*) after finishing (+ -ing); **No me termina de convencer.** I'm not totally convinced.
ternera veal
ternura tenderness
terremoto earthquake
terror: película de ~ horror movie
terrorista *m./f.* terrorist
tesoro treasure
tía aunt; **~ política** aunt-in-law
tibio lukewarm
tiempo: ¿Cuánto ~ hace que...? How long have you . . . ?/How long ago did you . . . ?; **¡Tanto ~!** Such a long time!; **trabajar medio ~** to work part-time; **trabajar ~ completo** to work full-time
tienda de campaña tent
tiernamente tenderly
tijeras *f. pl.* scissors
tío uncle; **~ político** uncle-in-law
tira cómica comic strip
tirar to throw away
título title (*book, person*); degree; **tener ~** to have an education/a degree
tocar: Ahora me toca a mí. Now it is my turn.
todavía still, yet; **todavía no** not yet
todo everything; **~ el mundo** everyone; **todos** everyone; **todos los días/domingos/meses** every day/Sunday/month
tomar cursos de perfeccionamiento/capacitación to take continuing education/training courses
tomate *m.* tomato

torno: en ~ around
torpe clumsy
torta cake
tostar (ue) to toast
trabajar: ~ de sol a sol to work from sunrise to sunset; ~ **medio tiempo/ tiempo completo** to work part-time/ full-time
trabajo escrito written paper
traducir *irreg.* to translate
traición betrayal
traidor traitor
trailers *m. pl.* previews (*movies*)
trampa *f.* trick, trap
tranquilo calm
transpiración perspiration
trasladar to transfer
trasnochar to stay up all night
trastorno *n.* inconvenience, upheaval
tratado treaty
través: a ~ de through
travieso mischievous
trenza braid
trigo wheat
trigueño olive-skinned
trilingüe trilingual
trillizos *pl.* triplets
tristeza sadness
tronco trunk (*of a tree*)
trozo piece
turnarse to take turns
turquesa turquoise

U

ubicarse to be located
una vez once
unirse to unite
uno: ~ a(l) otro each other; **(los) unos a (los) otros** one another (more than two)
útil useful

V

vacilar to kid around
vacuna vaccine
vaina pod (*bean*)
valer *irreg.*: ~ **la pena** to be worthwhile; **(No) ~ la pena** (+ *inf.*) It's (not) worth it to (+ *verb*); **valerse por sí mismo** to manage on one's own
valioso valuable
vanidoso vain
valor value; valor, courage
variedad variety
vasco *n., adj.* Basque
veces: a ~ sometimes; **muchas ~** many times
vecino neighbor
vela: hacer ~ to sail; **pasar la noche en ~** to pull an all-nighter, to stay awake all night
vencedor conqueror
vencer to defeat
vencimiento conquest
vendedor salesperson
vender to sell
veneno poison
venir *irreg.* to come
venta sale
ventaja advantage
veras: ¿De ~? Really?/You're kidding./Don't tell me!/You don't say!/Wow!
verdad: (no) es ~ it's (not) true
verde green; **chiste ~** *m.* dirty joke; **tarjeta ~** green card (*residency card given to immigrants in the United States*)
verdura vegetable
vergüenza: ¡Qué ~! What a shame!
verter (ie) to shed (*tears*)
vespertino *adj* evening
vestido de fiesta evening dress
vestimenta clothes, garment
vestirse (i, i) to get dressed
vestuario costumes
vez: de una ~ por todas once and for all; **de ~ en cuando** every now and then; **Había una ~ ...** Once upon a time there was/were ...; **una ~** once
víctima (*f. but refers to both males and females*) victim
vida: de por ~ for life
vientre *m.* belly: **la danza del ~** belly dancing
vínculo bond
vino wine
violación rape; violation; ~ **de los derechos humanos** violation of human rights
violador rapist
violar to rape
violencia violence
viruela smallpox
vistazo: echar un ~ to glance at
vitrina store window
viuda widow
viudo widower
vivienda housing
vivir to live; ~ **juntos** to live together
vivo *adj.*: **en ~** live (*performance*); **estar ~** to be alive; **ser ~** to be smart
voluntad will; **contra su ~** against one's will
volver (ue) to return, come back; **~ a** (+ *inf.*) to do something again; **~ a empezar de cero** to start over again from scratch
voto en blanco blank vote
vuelta: a la ~ de la esquina around the corner from; **ir a dar una ~** to go cruising/ for a ride/walk

X

xenofobia xenophobia (*fear of strangers or foreigners*)

Y

¿Y qué más? And what else?
ya already; yet; ~ **no** no longer, not any-more; **¡~ sé!** I've got it!; **¡~ voy!** I'm coming!
yerno son-in-law
y punto and that's that

Z

zanahoria carrot
zapatería shoe store
zapatillas *f. pl.* slippers

Index

Credits

Illustrations

Andrés Fernández Cordón

Photographs

Preliminary chapter: page 1, Jeremy Woodhouse/Jupiter Images; page 2, Ulrike Welsch; page 3, Frerck/Odyssey/Chicago; page 10, courtesy of Khandle Hedrick. **Chapter 1:** page 13, © Pablo Corral Vega/Corbis; page 14, Richard T. Howitz/Photo Researchers, Inc.; page 15, Courtesy of Haggith Uribe; page 21, Courtesy of Alejandro Lee; page 22, © Owen Franken/Corbis; page 28l, Ron Dahlquist/Getty Images; page 28r, Image 100/Royalty Free/Corbis; page 37t, Courtesy of Martín Bensabat; page 37b, Courtesy of María Fernanda Seemann Meléndez; page 39, © Reuters/Corbis **Chapter 2:** page 42, Jarno Gonzalez Zarraonandia/Shutterstock; page 43, Frerck/Odyssey/Chicago; page 47, Courtesy Lorenzo Barello; page 54, © Rafael Ramirez Lee/istockphoto; page 56, © Reuters/Newmedia, Inc./Corbis; page 57, Courtesy of Carmen Fernández; page 62, Courtesy of Lorenzo Barello; page 63, © Joseph/Shutterstock; page 65, © J.J. Guillen/epa/Corbis. **Chapter 3:** page 68, Scala / Art Resource, NY; page 70, Gordon Galbraith/Shutterstock; page 78, Courtesy of María Fernanda Seemann Meléndez; page 80t, Courtesy of Esteban Mayorga; page 80b, Courtesy of Fabiana López de Haro; page 81, The Image Works Archives; page 83t, Courtesy of María Fernanda Seemann Meléndez; page 83b, Courtesy of Esteban Mayorga; page 84tl, ©classmates.com; page 84tr, ©classmates.com; page 84bl, ©classmates.com; page 84br, © Fabio Nosotti/Corbis; page 94, The Granger Collection; page 96, © Juan Medina/Reuters/Corbis. **Chapter 4:** page 100, Miguel Cabrera, Escena de mestizaje, 1763. Museo de America, Madrid. Scala/Art Resource; page 101, Courtesy of Alexandre Arrechea; page 103t, Courtesy of Marcela Domínguez; page 103b, Courtesy of Pablo Domínguez; page 105, Courtesy of Tanya Duarte; page 107, © Molly Riley/Reuters/Corbis; page 111, Courtesy of Pablo Domínguez; page 113, Courtesy of Pablo Domínguez; page 117, Courtesy of Pablo Domínguez; page 120, © Patrick Giardini/Corbis; page 122, Jose Gil/Shutterstock; page 125, AP Photo/Marco Ugarte; page 126, AP Photo/Kevork Djansezian. **Chapter 5:** page 130, Courtesy of Marcela Domínguez; page 137, © Tom Bean/Corbis; page 138, Courtesy of Haggith Uribe; page 139, Courtesy Adán Griego; page 143, Sacramento Bee/ Lezlie Sterling/Zuma Press; page 145, Gina Sanders/Shutterstock; page 147, © Danny Lehman/Corbis; page 148t, Stuart Cohen/The Image Works; page 148b, Courtesy of María Fernanda Seemann Meléndez; page 149, Courtesy of Carmen Fernández; page 150, Bob Daemmrich/The Image Works; page 153, Stephen Finn/Shutterstock; page 154, © Craig Lovell / Eagle Visions Photography / Alamy; page 158, © Francesco Spotorno/Reuters/Corbis. **Chapter 6:** page 161, Martin Bernetti/AFP/Getty Images; page 162, © Neal Preston/Corbis; page 168, Courtesy of Magalie Rowe; page 170, Courtesy of Ann Widger; page 175, © Guillermo Granja/Reuters/Corbis; page 173, Courtesy of Esteban Mayorga; page 174, Alyx Kellington; page 185, Juan Barreto/Getty Images; page 189, © Deborah Feingold/Corbis. **Chapter 7:** page 192, Tom Dempsey/Photoseek; page 193, James D. Nations/DDB Stock Photo; page 194, Courtesy of Juan Alejandro Vardy; page 195, jason scott duggan/Shutterstock; page 197, Michael Doolittle/The Image Works; page 198, Courtesy of Fabiana López de Haro; page 208, Courtesy of Meghan Allen; page 209t, DDB Stock Photo; page 209r, Frerck/Odyssey/Chicago; page 209b, Frances S./Explorer/Photo Researchers, Inc.; page 217, Buddy Mays/Travel Stock; page 218, © Getty Images/Jupiter Images; page 221, Alexander Tamargo/Getty Images. **Chapter 8:** page 224, Danny Lehman/Corbis; page 227, John Lund/Tiffany Schoepp/Jupiter Images; page 230, Paolo Augilar/epa/Corbis; page 232, Courtesy of Pablo Domínguez; page 233l, Karlionau/Shutterstock; page 233r, Dorner/Shutterstock; page 241, Courtesy of Fabiana López de Haro; page 246, © Emiliano Rodriguez/Alamy. **Chapter 9:** page 251, Digital Image © The Museum of Modern Art/Licensed by SCALA / Art Resource, NY; page 252, B. Brent Black; page 253, Jennifer Stone/Shutterstock; page 254b, imageZebar/Shutterstock; page 254t, Courtesy of Fabiana López de Haro; page 257, Barbara Alper/Stock Boston; page 258, *Sueño y premonicion* by

Maria Izquierdo. Courtesy of the Andrés Blaisten Collection/www.museoblaisten.com; page 262, Velasquez, Diego Rodriguez de Silva y (1599–1660). Las meninas, 1656. Prado, Madrid. Bridgeman Art Library, N.Y.; page 265, Blanton Museum of Art, The University of Texas at Austin, Barbara Duncan Fund, 1977; page 266, Botero, Fernando (b.1932) © Marlborough Gallery. The Presidential Family, 1967. Oil on canvas, 6′ 8 1/8″ × 6′ 5 1/4″. Gift of Warren D. Benedek. (2667.1967) Location: The Museum of Modern Art, New York, NY, U.S.A. Photo Credit: Digital Image © The Museum of Modern Art/Licensed by SCALA/Art Resource, NY; page 272l, © Bettmann/Corbis; page 272m, Pablo H. Caridad/Shutterstock; page 272r, Jack Picone; page 274, © David Niviere/Kipa/Corbis. **Chapter 10:** page 278, Courtesy of Laura Acosta; page 280, Courtesy of Carla Montoya Prado; page 288, Peter Dejong/AP Wide World Photos; page 292, Courtesy of Fabiana López de Haro; page 293l, Courtesy of María Fernanda Seemann Meléndez; page 293r, Courtesy of Carmen Fernández; page 301, © Eduardo Munoz/Reuters/Corbis. **Chapter 11:** page 305, David J. Sams/Stock Boston; page 306, © Carrion/Sygma/Corbis; page 311, Juan Herrero/AFP/Getty Images; page 312, Debbie Rusch; page 322, Courtesy of Silvia Martín Sánchez; page 327, © Reuters/Corbis. **Chapter 12:** page 331, Rob Crandall/The Image Works; page 339, Eric Gay/AP Photos; page 340t, © Reuters/Corbis; page 340b, White House/Rapport Syndication/Newscom; page 345, AP/Wide World Photos; page 347, Courtesy of Pilar Garner; page 348, Courtesy the Coca-Cola Company. "Coca-Cola Classic" and "The Genuine Coca-Cola Bottle" are registered trademarks of The Coca-Cola Company.

Realia

Chapter 1: page 16, US Census Bureau; page 20, Moto Paella, Madrid, Spain; page 29, Created by Debbie Rusch, illustration © malko #10684653/fotolia; page 34, Created by Debbie Rusch. **Chapter 2:** page 45, La Feria del Libro de Buenos Aires; page 47, © Figaro Films/Courtesy The Everett Collection; page 58, Created by Debbie Rusch; photo courtesy of Nahuel Chazarreta; page 67, Miramax Films/Courtesy Everett Collection. **Chapter 3:** page 76, Created by Debbie Rusch; photo courtesy of Leticia Mercado: (b) Matt Trommer/Shutterstock; page 89, Debbie Rusch. **Chapter 4:** page 104, Courtesy of Marcela Dominguez; page 116, © Nik Gaturro/www.gaturro.com. Reprinted with permission.; page 128 ©Distribuidora de Entretenimiento de Cine S.A. de C.V./courtesy Everett Collection. **Chapter 5:** page 131, Courtesy of Restaurante Tocororo; page 133, SOS Cuetara, S.A. **Chapter 6:** page 170, © 2009 Republican National Committee. **Chapter 7:** page 205, Reprinted with permission of the City of Los Angeles, Department of Public Works, Bureau of Sanitation; page 212, Courtesy of Gobierno de la Ciudad de Mexico. **Chapter 8:** page 225t, Courtesy Jennifer Jacobsen; page 225b, Courtesy Jeff Stahley; page 228, © Daniel Paz; page 234, © Nik Gaturro/www.gaturro.com. Reprinted with permission.; page 241t, Courtesy of Jennifer A. Jacobsen; page 241b, Courtesy of Jeffrey Paul Stahley; page 250, © Vitagraph Films/Courtesy Everett Collection. **Chapter 9:** page 257t, Estancia el Carmen S. R. L.; page 257l, © National Federation of Coffee Growers of Colombia; page 257r, Aeromexico, New York, NY; page 261, Created by Debbie Rusch/book photo by Najin/Shutterstock. **Chapter 10:** page 283, Campaña del 8 de marzo del 2009, "Mujeres en huelga, ¿qué pasaría?" Courtesy of Emakunde- Instituto Vasco de la Mujer.; page 289, Photo by Alvaro Villarrubia; page 295, Courtesy of Ministerio de la Mujer y Desarrollo Social; page 296, Nik Gaturro/www.gaturro.com; page 297, La Nacion, Buenos Aires; page 304, © Miramax/courtesy Everett Collection. **Chapter 11:** page 308, Courtesy of Lucila Domínguez; page 309, Center for Disease Control, Atlanta, GA; page 310t, México unido contra la delincuencia; page 310b, encuestadelsiglo@sigloxxi.com; page 315, California Department of Health Services; page 316, Created by Debbie Rusch /www.devolvelelaguitaaltaxista.com; page 319, Reprinted with permission from MAD en Mexico. **Chapter 12:** page 341, Reprinted with permission of McDonald's Corporation; page 345, Reprinted with permission from The United Nations High Commission for Refugees; page 347, This statistical profile of the Latino population is based on Pew Hispanic Center tabulations of the Census Bureau's 2007 American Community Survey (ACS). Analysis published March 5, 2009 at http://pewhispanic.org/factsheets/factsheet.php?FactsheetID=46.

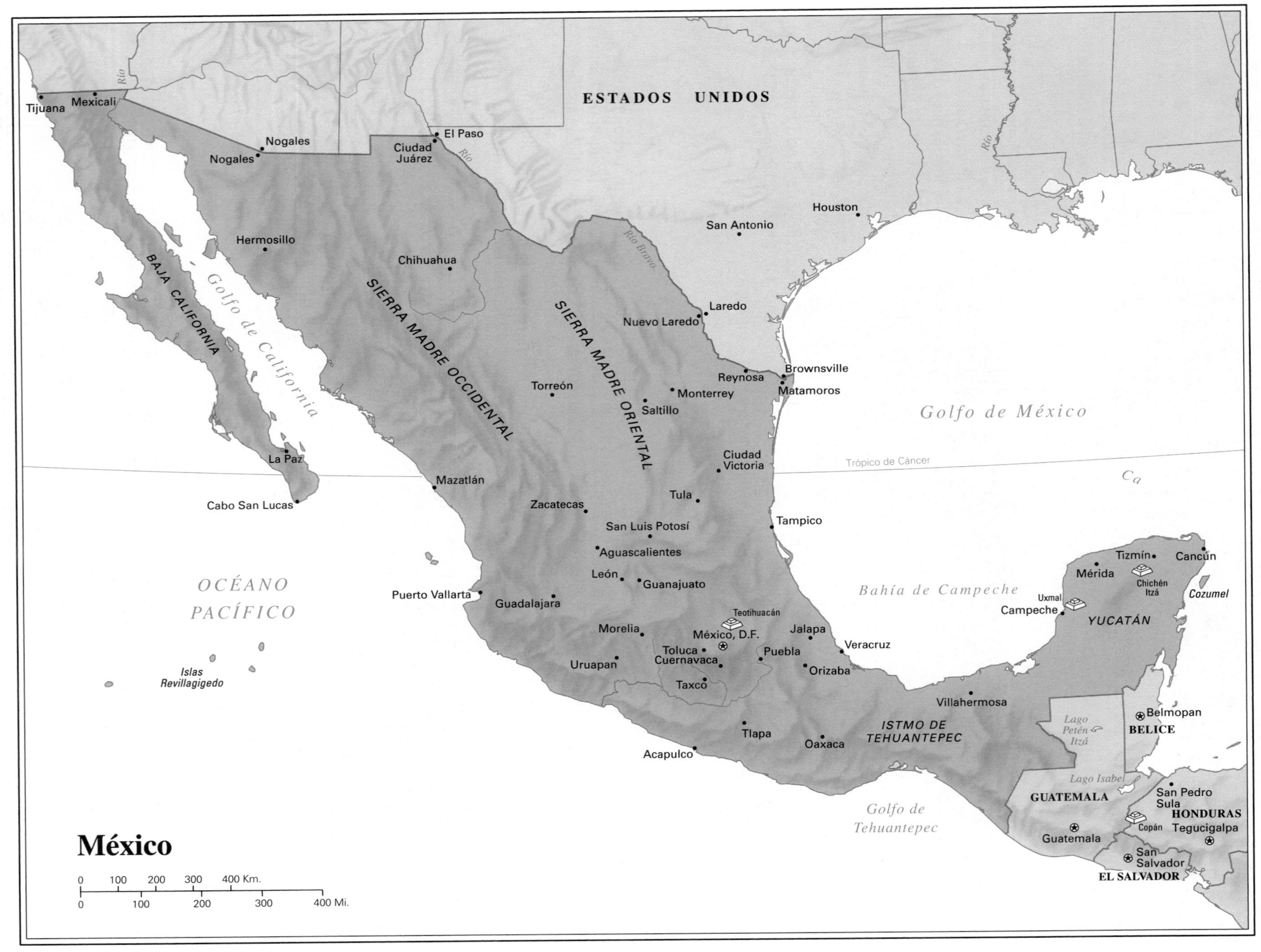
México
0
100
200
300
400 Km.
0
100
200
300
400 Mi.
ESTADOS UNIDOS
Río
Río Bravo
Tijuana
Mexicali
Nogales
Nogales
El Paso
Ciudad Juárez
Houston
San Antonio
Hermosillo
Chihuahua
BAJA CALIFORNIA
Golfo de California
SIERRA MADRE OCCIDENTAL
SIERRA MADRE ORIENTAL
Laredo
Nuevo Laredo
Brownsville
Reynosa
Matamoros
Monterrey
Torreón
Saltillo
Golfo de México
Trópico de Cáncer
Ca
La Paz
Ciudad Victoria
Mazatlán
Cabo San Lucas
Tula
Zacatecas
Tampico
San Luis Potosí
Aguascalientes
León
Guanajuato
Puerto Vallarta
Guadalajara
OCÉANO PACÍFICO
Bahía de Campeche
Teotihuacán
México, D.F.
Morelia
Jalapa
Veracruz
Toluca
Cuernavaca
Puebla
Uruapan
Orizaba
Taxco
Islas Revillagigedo
Tizmín
Cancún
Mérida
Chichén Itzá
Uxmal
Campeche
Cozumel
YUCATÁN
Villahermosa
Lago Petén Itzá
Belmopan
BELICE
Tlapa
ISTMO DE TEHUANTEPEC
Oaxaca
Acapulco
Lago Isabel
GUATEMALA
San Pedro Sula
HONDURAS
Copán
Tegucigalpa
Golfo de Tehuantepec
Guatemala
San Salvador
EL SALVADOR

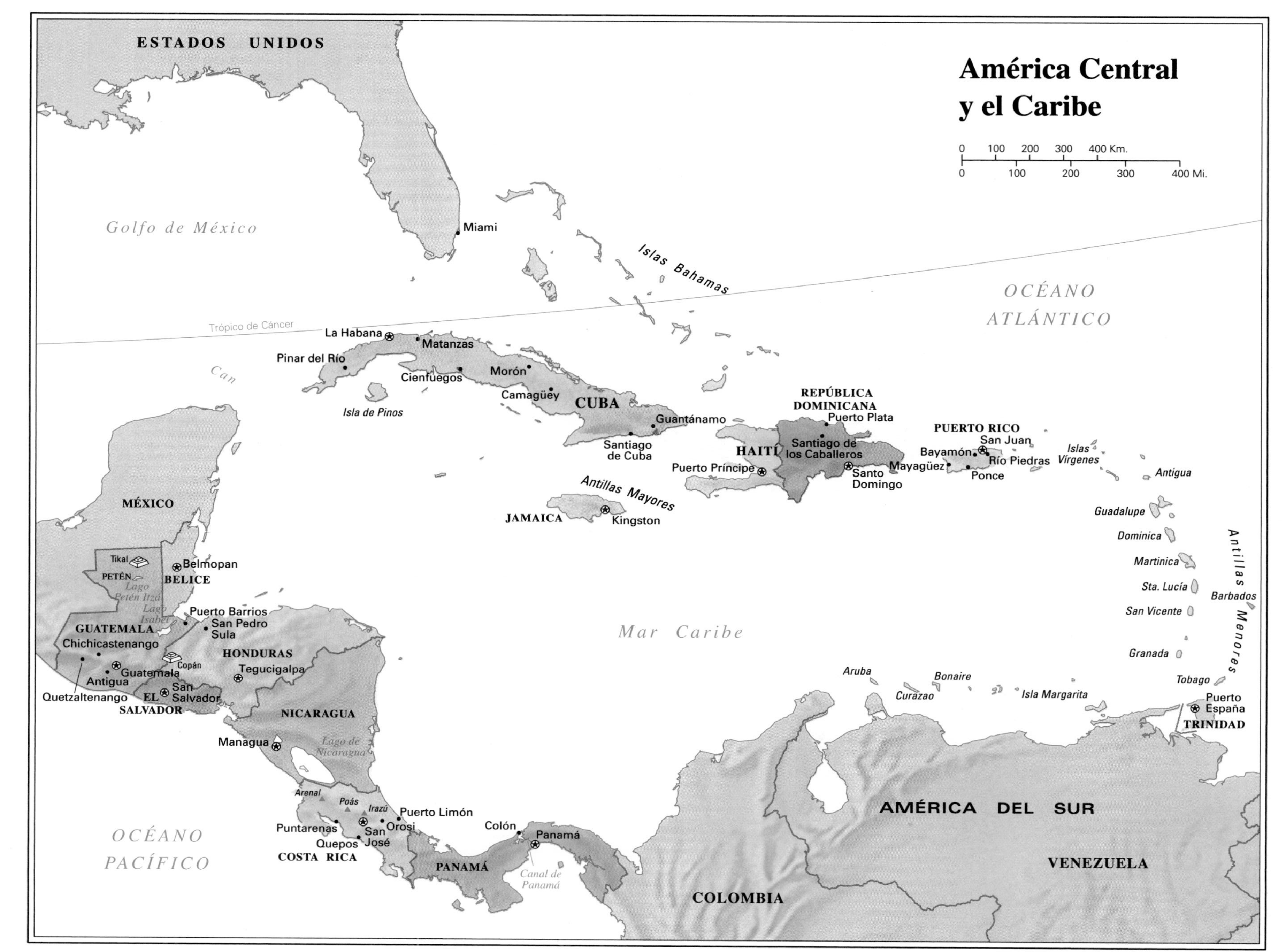

América Central
y el Caribe
0 100 200 300 400 Km.
0 100 200 300 400 Mi.
ESTADOS UNIDOS
Golfo de México
Miami
Islas Bahamas
Trópico de Cáncer
OCÉANO
ATLÁNTICO
La Habana
Matanzas
Pinar del Río
Cienfuegos
Morón
Camagüey
CUBA
Isla de Pinos
Guantánamo
Santiago
de Cuba
REPÚBLICA
DOMINICANA
Puerto Plata
Santiago de
los Caballeros
HAITÍ
Puerto Príncipe
Santo
Domingo
PUERTO RICO
San Juan
Bayamón
Río Piedras
Mayagüez
Ponce
Islas
Vírgenes
Antigua
Guadalupe
Dominica
Martinica
Sta. Lucía
San Vicente
Barbados
Antillas Menores
Granada
Tobago
Puerto
España
TRINIDAD
Antillas Mayores
JAMAICA
Kingston
Mar Caribe
MÉXICO
Tikal
PETÉN
Lago
Petén Itzá
Belmopan
BELICE
Lago
Isabel
Puerto Barrios
San Pedro
Sula
GUATEMALA
Chichicastenango
HONDURAS
Copán
Guatemala
Antigua
Tegucigalpa
Quetzaltenango
San
Salvador
EL
SALVADOR
NICARAGUA
Managua
Lago de
Nicaragua
Arenal
Poás
Irazú
Puerto Limón
Puntarenas
San
José
Orosi
Quepos
COSTA RICA
OCÉANO
PACÍFICO
Colón
Panamá
PANAMÁ
Canal de
Panamá
Aruba
Curazao
Bonaire
Isla Margarita
AMÉRICA DEL SUR
VENEZUELA
COLOMBIA

América del Sur
Mar Caribe
OCÉANO ATLÁNTICO
OCÉANO PACÍFICO
Barranquilla
Cartagena
Maracaibo
Caracas
La Guaira
San Carlos
TRINIDAD Y TOBAGO
Puerto España
Ciudad Bolívar
VENEZUELA
Río Orinoco
Georgetown
Paramaribo
Cayena
GUYANA
SURINAM
GUAYANA FRANCESA
Salto Ángel
Medellín
Río Magdalena
Zipaquirá
Bogotá
Cali
COLOMBIA
Popayán
San Agustín
Otavalo
Pichincha
Santo Domingo de los Colorados
Quito
ECUADOR
Chimborazo
Guayaquil
Ecuador
CORDILLERA DE LOS ANDES
Río Negro
Río Amazonas
Manaos
Belén
Iquitos
Río Madeira
Sipán
Trujillo
BRASIL
Recife
PERÚ
Callao
Lima
Machu Picchu
Cuzco
Lago Titicaca
Puno
La Paz
Arequipa
Tiahuanaco
Cochabamba
BOLIVIA
Río Paraguay
Salvador
Brasilia
Arica
Sucre
Potosí
Bello Horizonte
Iquique
Filadelfia
Río Paraná
Río de Janeiro
PARAGUAY
Asunción
San Pablo
Santos
Trópico de Capricornio
Antofagasta
Salta
San Miguel de Tucumán
Puerto Iguazú
Resistencia
Río Uruguay
CHILE
Puerto Alegre
Córdoba
Aconcagua
Mendoza
Viña del Mar
Valparaíso
Santiago
Rosario
URUGUAY
Montevideo
Buenos Aires
La Plata
Punta del Este
Río de la Plata
ARGENTINA
Concepción
Mar del Plata
Río Colorado
Bahía Blanca
ISLAS GALÁPAGOS
San Salvador
Santa Cruz
San Cristóbal
Isabela
Ecuador
ECUADOR
Quito
Guayaquil
Bariloche
Puerto Montt
PATAGONIA
Estrecho de Magallanes
Punta Arenas
TIERRA DEL FUEGO
Islas Malvinas
Cabo de Hornos
0 250 500 Km.
0 250 500 Mi.